Bettina Owczarski

Elmsühne

Kriminalroman

LEDA

Für meine Eltern

Prolog

Schweißgebadet schreckte er hoch und starrte in die Dunkelheit. Sein Herz raste, Panik drückte seine Brust zusammen. Er wollte das Licht anmachen, doch er war vollkommen bewegungsunfähig. Schweiß rann ihm von der Stirn in die Augen und brannte salzig wie Tränen; Tränen, die nicht fließen wollten.

Er war wieder dort gewesen, an jenem Ort, der ihn nie mehr loslassen würde. Seine Schritte hatten in den schmalen, hohen Fluren gehallt. Das Sonnenlicht war wie immer dort draußen vor den riesigen Fenstern geblieben, hatte scheu hereingelugt, jedoch die dunklen Flure nicht mit Licht und Glück erfüllt. An diesem Ort gab es kein Glück.

Angst drang mit jedem Atemzug in die Lungen, drückte die Augen aus den Höhlen und quoll aus jeder Pore. Er stank nach Angst. Die anderen konnten es riechen, den Opfergeruch. Er schluchzte auf. Es gab kein Entkommen.

Schritte näherten sich und er erstarrte. Schwer atmend stierte er in den dunklen Gang, sah sich um, suchte nach einem Fluchtweg. Gleich würde der Mann kommen, schnell. Er öffnete eine Tür und schlüpfte hinein. In die Dunkelheit geduckt lauschte er, jede Zelle seines Körpers horchte nach draußen. Würde sein Verfolger ihn wittern, seinen Angstschweiß riechen? Oder war ihm für heute eine Auszeit vergönnt, eine Atempause, bevor sich morgen Hohn und Spott umso quälender über ihn ergießen würden?

Verdient hatte er es. Er war wertlos, ungenügend, er wusste es selbst. Aber die Angst vor der Qual war stärker als die Einsicht.

Er wünschte sich, jemand würde ihn umbringen. Er wollte sterben, aber er war zu feige, seinem Leben selbst ein Ende zu setzen. Er hatte es versucht. Sogar zum Sterben war er nicht zu gebrauchen. Er duckte sich tiefer, lauschte. Die Schritte kamen näher, zögerten. Er presste die Faust vor den Mund, um nicht zu schreien. Hämmernder Herzschlag dröhnte in seinen Ohren. Ein Klacken, Licht fiel in die dunkle Kammer.

»Nein!« Sein Schrei riss ihn aus der Erstarrung und er tastete nach dem Schalter.

Warm flutete der gelbliche Schein der Nachttischlampe in die Schwärze seines Schlafzimmers und löste den Druck auf seiner Brust. Er griff nach seinen Tabletten und spülte gleich zwei davon hinunter.

Jetzt würde er schlafen können, schlafen und vergessen, bis ein neuer Tag die Angst zurückbrachte.

Kapitel 1

Sex, war sein erster Gedanke. Er hatte fantastischen Sex gehabt, falls er das nicht geträumt hatte. Ja!

Hauptkommissar Giovanni Beck schlug die Augen auf und genoss das wohlig entspannte Gefühl, das seinen ganzen Körper durchströmte. Vorsichtig drehte er sich auf die Seite und betrachtete die Frau, deren Anwesenheit nicht ganz unwesentlich zu seiner Entspannung beigetragen hatte.

Beck grinste zufrieden. Die ernste Sarah hatte sich in seinen Kissen in einem wahren Feuerwerk der Gefühle entladen und ihn bis zur Erschöpfung gefordert. Wenn das so weiterging, brauchte er kein Fitnessstudio mehr.

Er richtete sich halb auf, um sie besser betrachten zu können. Ihre rotbraunen Locken ergossen sich über das Kopfkissen und boten einen hübschen Kontrast zu ihrem schmalen, blassen Gesicht. Auf den Wangenknochen lagen flatternd ihre langen dunklen Wimpern und Beck ertappte sich bei dem Wunsch, sie wachzuküssen und vielleicht dort weiterzumachen, wo sie vor nicht allzu langer Zeit aufgehört hatten.

Guck mal an, alter Knabe, dachte er befriedigt, was so eine Phase der Enthaltsamkeit doch Gutes bewirken kann.

Lächelnd erinnerte er sich an die Zeit, als er Sarah kennengelernt hatte, im Zusammenhang mit einem Mordfall, der ihm kurz nach seinem Wechsel von Berlin nach Braunschweig übertragen worden war.

Es war an Weihnachten gewesen. Das Fest der Liebe. Wie passend. Würde er das nächste Fest gemeinsam mit Sarah feiern? Gemeinsam mit Sarah – wie selbstverständlich ihm so ein Gedanke kam … Etwas erschreckend.

Vor drei Monaten hatte er noch nicht einmal gewusst, dass es sie überhaupt gab, geschweige denn, dass er den Wunsch verspüren könne, mit ihr oder überhaupt irgendeiner Frau wieder eine Beziehung einzugehen, die über Sex und Frühstück (am besten ohne Frühstück) hinausging.

Es war wirklich ein Witz. Jahrelang hatten er und Sarah in Berlin gelebt, ohne sich zu begegnen. Kaum hatten sie der Millionenstadt den Rücken gekehrt und sich in die Provinz geflüchtet, kreuzten sich ihre Wege. Kein Wunder – in Berlin sah man wahrscheinlich vor lauter Menschen den einen nicht mehr, auf den es ankam. So wie mit dem Wald und den Bäumen.

Vielleicht sollte er seinen Single-Freunden aus der Großstadt mal einen Tipp geben: Fahrt in die Provinz, dort werdet ihr der Frau eures Lebens begegnen.

Wie bitte? Vorsichtig, lieber Giovanni, immer hübsch langsam. Genieß einfach die Zeit mit der schönen Sarah und bleib locker.

Als hätte sie seine Gedanken gespürt, murmelte Sarah und bewegte sich unruhig. Sie drehte ihren Kopf auf die Seite und schlug die Augen auf. Da waren sie wieder, diese dunklen Teiche aus flüssiger Schokolade, deren Blick Beck immer ein wenig weich in den Knien werden ließ.

Sie reckte sich und lächelte ihn verschlafen an. Mann! Dieses Lächeln kribbelte über Becks Haut wie eine Berührung. Am liebsten hätte er sich sofort wieder über sie geworfen, aber er hatte gelernt, dass die Frauen eine etwas subtilere Herangehensweise schätzten, vor allem am frühen Morgen.

Gott, warum lässt du Frauen und Männer sexuell so unterschiedlich funktionieren, wenn du willst, dass wir uns vermehren?!

Wohlerzogen, wie er war, verdrängte er die Steinzeit-Automatismen seines Körpers und lächelte zurück. »Hallo, Süße. Hast du gut geschlafen? Wie sieht es aus, hast du Lust auf ein schönes Frühstück?«

Sarah brummte zufrieden und schlang einen Arm um Becks Hals. »Gute Idee. Wie wär's denn erst mal mit einer kleinen Vorspeise?«

Bevor Becks Gehirn aussetzte und andere Körperteile die Regie übernahmen, entschuldigte er sich noch schnell bei Gott.

*

Sarah warf sich Giovannis Schlafanzugoberteil über ihre Blöße und betrachtete sich in seinem Schlafzimmerspiegel. Dittmann, du alte Schlampe. Sie kicherte, als sie die Küche betrat.

Beck wandte sich nach ihr um und reichte ihr einen Becher mit Cappuccino. »Prego, signorina. Worüber lachst du?«

Sie deutete auf sein Schlafanzugoberteil. »Was für ein Klischee. Nach einer heißen Nacht kommt die Frau nur mit seiner Schlafanzugjacke bekleidet in die Küche, damit auch der schwachsinnigste Zuschauer merkt, was gelaufen ist.« Sie lehnte sich an den Küchentisch und nahm einen Schluck aus dem Becher.

Giovannis Blick glitt an ihren Beinen hinauf und hinterließ dort eine heiße Spur.

Jetzt nicht rot werden! Dankbar für den heißen Becher in ihrer Hand, neigte sie den Kopf tiefer und ließ vorsichtshalber ein paar Locken vor ihr Gesicht fallen. So musste sich Bridget Jones nach dem Sex mit Daniel Cleaver gefühlt haben.

»Wenn ich dich so anschaue, weiß ich auch, warum die Regisseure so oft auf dieses Detail setzen. Weißt du eigentlich, dass Wagner deine Beine bewundert?«

»Was?« Sarah verschluckte sich und hustete. »Über so was sprecht ihr? Ich denke, der mag dich nicht?«

»Er bewundert ja auch nicht meine Beine, sondern deine. Zu Recht.«

Sarah setzte sich an den Küchentisch, weil ihr Becks

Blick auf besagte Extremitäten zu intensiv wurde. Noch eine Runde und sie musste an den Tropf. »Wie kommt dein Kollege dazu, sich über meine Beine zu äußern?«

»Tja, als wir dich das erste Mal gesehen haben, waren wir schon beide überrascht. Positiv natürlich. Obwohl ich eher auf deine Augen abgefahren bin.«

»Ha, ha.« Sarah schnaubte ungläubig. »Die Definition der Männer von Augen ist ja bekanntermaßen etwas weiter angelegt.«

»Nein, wirklich. Obwohl ich deinen Po zugegebenermaßen auch ziemlich sehenswert fand.«

Sarah griff nach einem Croissant. »Ich fasse es nicht. Du kommst zu mir, um in einem wirklich grauenhaften Mordfall zu ermitteln und starrst auf meinen Po? Männer!«

»So sind wir, Schatz, das Testosteron ist unser Fluch.« Beck grinste. »Mein Anteil an diesem Hormon scheint dich aber heute Nacht nicht weiter gestört zu haben.«

Verdammt, jetzt wurde sie doch rot. »Nein, manchmal ist das schon eine nützliche kleine Einrichtung mit den Hormonen.« Vor allem, wenn sie in so einer leckeren Verpackung daherkommen, du Schnuckel.

»Du wirst ja rot, wie süß.«

»Danke, dass du mich darauf hinweist.« Sarah warf das Croissant nach Beck.

»Aua. Man wirft nicht mit Lebensmitteln, Frau Lehrerin. Dein Östrogen war schließlich auch ganz schön aktiv, du fleischgewordene Männerphantasie! Weißt du eigentlich, wie viele Männer sich vorstellen, heißen Sex mit ihrer Lehrerin zu haben?«

»Hör auf. Ich komme mir vor wie die Hauptdarstellerin in einem Softporno.« Verlegen presste Sarah ihre Hände an die heißen Wangen. Sie schielte vorsichtig in Becks Richtung. Gott, sah dieser Mann gut aus, einfach verboten! Vor allem heute Morgen, mit leichtem Bartschatten, dem zerwuschelten, blonden Haar und seinem schiefen Lächeln.

»Tja, ich fand dich auch ganz hübsch bei unserer ersten Begegnung. Und vor allem wollte es mir nicht in den Kopf, wie jemand, der so blond ist wie ein Wikinger, Giovanni heißen kann.«

Beck verzog gequält das Gesicht. »Warum müsst ihr Frauen einen eigentlich immer hübsch nennen? Damit kastriert ihr uns. Ein Mann ist nicht hübsch, er sieht höchstens gut aus.«

»Na gut, dann sage ich eben nicht, dass ich fand, dass du aussiehst wie ein Unterwäschemodel für Calvin Klein.«

Jetzt warf Beck das Croissant und stand auf. Sarah kreischte und flüchtete um den Tisch. »Man schmeißt nicht mit Lebensmitteln, Herr Kommissar.«

»Nein, und man schlägt auch keine Frauen. Deshalb muss ich mir wohl eine andere Strafe ausdenken.« Beck schnappte sich Sarah und trug sie aus der Küche.

Huch, dachte Sarah, wie herrlich anachronistisch! Ich Jane, du Tarzan.

*

Beck schlang sich seinen grauen Schal um den Hals und blickte in den Spiegel. Ihm fiel auf, dass seine Gesichtshaut so frisch aussah, als habe er seinen Spaziergang schon hinter sich. Sex war anscheinend nicht nur für die Durchblutung der Lenden gut. Er trat beiseite, um Sarah Gelegenheit zu geben, ihre Baskenmütze dekorativ über ihre Locken zu stülpen. Amüsiert betrachtete er ihre rosigen Wangen und grinste.

»Was ist?« Sarah schob sich irritiert ihre Kopfbedeckung aus der Stirn. »Findest du die Mütze doof?«

»Nein, ganz im Gegenteil, ich finde du siehst ganz entzückend damit aus. Wie eine rothaarige Pariserin.« Beck schob Sarah vor sich und küsste sie in den Nacken.

»Ich bin nicht rothaarig!« Empört befreite sie sich aus seinen Armen. »Mein Haar ist kastanienfarben.«

»Sag ich doch – rothaarig«, neckte Beck sie und zog an einer Locke. »Vielleicht sollte ich dich Pippi nennen.«

»Untersteh dich!« Sarah boxte ihn vor die Brust.

Beck griff ihre Fäuste und hielt sie fest. »Wir kennen uns noch nicht einmal ein Vierteljahr und schon schlägst du mich?«

Sarah legte den Kopf in den Nacken und strahlte ihn an. »Ja, und? Haben deine anderen Frauen länger gebraucht, bis sie Gewalt angewendet haben?«

»Meine anderen Frauen, wie du dich auszudrücken beliebst, haben gemerkt, dass Gewalt nicht vonnöten ist, wenn sie es mit einem solch sensiblen Feingeist wie mir zu tun haben.« Beck zog Sarah an sich und küsste sie auf den Hals.

»Mmm. Hör auf, wir wollen spazieren gehen. Noch eine Runde überlebe ich außerdem nicht.«

»Na und? Wär doch ein schöner Tod, oder?« Beck hatte plötzlich keine Lust auf einen Spaziergang mehr, es war doch sowieso viel zu kalt.

Leider schien Sarah diesmal ernsthaft anderer Meinung zu sein und schob ihn von sich. »Nein, Schluss jetzt. Ich will in den Park. Weißt du, dass ich noch nie im Prinzenpark spazieren gegangen bin?«

Versuchsweise schob Beck seine Hand in ihren Mantel. »Der wird sowieso vollkommen überbewertet.«

Sarah kicherte. »Glaub ich nicht. Komm, die kalte Luft wird dich abkühlen.«

»Na schön.« Beck gab auf, zumindest vorerst. Er öffnete seine Wohnungstür und trat in das Treppenhaus.

Sarah blieb an der Tür stehen und betrachtete die bunten Blumenmotive, die in die große Glasscheibe eingelassen waren. Sie strich bewundernd über eine Tulpe. »Jugendstil. Ich liebe diese Epoche.«

Beck nickte. »Ja, dachte ich mir.«

Misstrauisch sah Sarah zu ihm auf. »Wieso? Willst du damit sagen, dass ich einen Hang zum Kitsch habe?«

»Nein, aber du hast eine romantische Seele.«

»Das klingt irgendwie, als ob es ein Makel wäre.«

Beck lachte. »Nein, nur, wenn Weiblichkeit ein Makel ist.«

»Findest du mich weiblich?« Kokett schielte Sarah unter der Baskenmütze zu ihm hoch.

»Hör auf, mich so anzusehen, wenn du in den Park möchtest.« Beck griff nach Sarah und versenkte sich in ihre Lippen. Gott, war das schön, so einen weichen Frauenkörper zu spüren, mit all den wunderbaren Rundungen und Pölsterchen und ...

Über ihm ging eine Tür auf und ein Schlüssel klirrte. Er ließ Sarah los und sie fuhren auseinander wie zwei ertappte Teenager. Rasch ordnete Sarah ihre Locken und Beck wandte sich ab, um seine Tür abzuschließen. Das fehlte gerade noch, dass ihn einer seiner Nachbarn, alles ältere Herrschaften, beim Knutschen im Treppenhaus erwischte. Er gewann gerade rechtzeitig seine Fassung zurück, um dem Mieter über ihm, einem distinguiert wirkenden älteren Herrn in Hut und Mantel, freundlich einen guten Morgen wünschen zu können.

Der Herr lüpfte höflich mit einer Verbeugung in Sarahs Richtung den Hut und lächelte fein. »Wenn man so jung ist wie Sie, ist zwölf Uhr mittags sicherlich eine morgendliche Stunde. In meinem Alter denkt man um diese Zeit schon wieder an das Mittagsschläfchen.«

Sarah lachte und ließ den Herrn vorbei. Er schritt, gemächlich seinen eleganten, mit Silber beschlagenen Stock schwenkend, die Treppen hinunter.

»Ich hoffe, wenn ich in diesem Alter bin, wirke ich noch genauso smart«, flüsterte Sarah in Becks Ohr. »Wer ist das?«

»Augustus von Düren, pensionierter Studienrat.«

»Huch, ein Kollege. Was für ein Name!«

»Du bist doch selbst von Adel, Fräulein von Warberg.«

»Nur zu Hälfte. Und nenn mich nicht immer so. Ich

heiße Dittmann und ich fürchte, die bürgerliche Linie schlägt bei mir ziemlich massiv durch.«

»Das finde ich auch. Ein züchtiges Adelsfräulein hätte heute Nacht nicht ... Au!« Er zuckte theatralisch unter Sarahs leichtem Hieb zusammen. »Das ist schon das zweite Mal heute, dass du mich prügelst.«

»Unbewusst verlangst du danach. Aber findest du nicht auch, dass er wirkt wie eine Gestalt aus einem anderen Jahrhundert?«

»Ja, man kann sich nicht vorstellen, dass in seinem Unterricht irgendein Jugendlicher gewagt hätte, in zerrissenen Jeans aufzutreten.« Beck gab Sarah einen leichten Schubs Richtung Haustür.

»Wahrscheinlich hat er dann nur eine fein geschwungene Augenbraue hochgezogen, über seinen Kneifer geblickt und alle sind in Ehrfurcht erstarrt.« Sarah setzte sich langsam in Bewegung.

»Du hast zu oft die *Feuerzangenbowle* gesehen.« Beck lachte. »Er scheint aber tatsächlich einen tiefen Eindruck bei seinen Schülern hinterlassen zu haben. Ich treffe häufig junge Männer im Flur, die ihn besuchen wollen.«

»Vielleicht sind es seine Söhne?«

Beck schüttelte den Kopf und zog Sarah in Richtung Treppenstufen. »Nein, er ist, glaube ich, nicht verheiratet. Zumindest wohnt keine Frau bei ihm, vielleicht ist er aber auch verwitwet.«

»Du meinst, er lebt ganz allein? Ob er kochen kann? Kaum vorzustellen, dieser feine Mensch mit einer Schürze vor dem Herd.« Sarah schien über die Maßen fasziniert zu sein von seinem eleganten Nachbarn.

»Ich glaube, seine Schwester macht ihm den Haushalt. Jedenfalls ist sie häufig bei ihm. Wir haben uns mal unterhalten, als ich eingezogen bin.«

»Ist sie genauso etepetete wie er?«

»Sie war sehr freundlich. Und ja, sie wirkte sehr gepflegt und ätherisch. Dieser Typ Frau, der aussieht, als könnte der leiseste Windhauch ihr eine Lungenentzündung bescheren.«

Sie traten aus der Haustür. Trotz der Kälte hing ein Hauch von Frühling in der Luft, dieser wunderbare Geruch nach feuchter Erde, die nach langem Schlaf beginnt, zum Leben zu erwachen. Beck atmete tief ein und zog Sarah an seine Seite. Sie schob ihre Hand durch seine Armbeuge und er legte einen Arm um ihre Hüften. Herrlich – bald kam der Frühling und er war ver… – er hatte eine wunderbare Frau kennengelernt. Das Leben konnte doch fantastisch sein.

*

Beck beobachtete aus seinem Wohnzimmerfenster, wie Sarah aus der engen Parklücke fuhr. Gar nicht so einfach mit ihrem Beetle und seinen riesigen Kotflügeln. Typisch Frau, sich ein Auto nur nach der Optik zu kaufen. Er grinste selbstironisch, als er an seinen Porsche dachte, den er vor ein paar Jahren schweren Herzens verkauft hatte, da der regelmäßig neidvolles Befremden bei seinen Berliner Kollegen ausgelöst hatte. Die angenehme finanzielle Unabhängigkeit, in die ihn das Erbe seiner Mutter versetzt hatte, ermöglichte ihm so einiges, was seinen Kollegen bei der Kripo verwehrt blieb. Er hatte gelernt, tiefzustapeln, um sich nicht zum Außenseiter zu machen.

Er warf einen letzten Blick auf das davonfahrende Cabrio und wandte sich vom Fenster ab. Ein Blick auf die Uhr sagte ihm, dass es langsam Zeit wurde für die Probe, die ausnahmsweise an einem Sonntagnachmittag stattfand. Obwohl er sehr glücklich war, in Braunschweig wieder eine Band gefunden zu haben, in der er Gitarre spielen konnte, verspürte er heute nur wenig Lust auf die üblichen Kalauer seiner Musikerkollegen (Na, Alter, sind die Eier noch warm?).

Viel lieber hätte er sich mit einem Glas Rotwein in seinen geliebten Ohrensessel gesetzt und über den gestrigen Abend nachgedacht. Die liebe Sarah hatte ihn ganz schön umgehauen, mehr, als er gedacht und beabsichtigt hatte.

Er zuckte mit den Schultern. Er würde es einfach auf sich zukommen lassen, jetzt ließ sich sowieso nichts mehr aufhalten. Und warum auch? Er hatte sich seit Monaten schon nicht mehr so gut gefühlt wie heute.

Pfeifend griff er nach seiner Les Paul und verstaute sie in seinem Gitarrenkoffer. Allzu spät würde er es heute nicht werden lassen, die letzte Nacht machte sich jetzt doch bemerkbar. Man wurde nicht jünger.

Im Auto stellte er das Radio an. Duffy flehte mit rauchiger Stimme um »mercy« und er grölte laut mit.

»I don't know what you do, but you do it well!«

Wäre auch mal ein guter Song für die Band, nur hatte der gute Tom nicht ganz die sexy Ausstrahlung der blonden Waliserin. Aber vielleicht sahen das die Frauen ja anders, wer wusste das schon. Er konnte sowieso nie einschätzen, auf wen sie flogen und auf wen nicht.

Seine Exfreundin Ayana hatte regelmäßig Seufz-Attacken bekommen, wenn irgendwo John Bon Jovi zu sehen oder zu hören war. Nicht nachvollziehbar. Als er einmal aus ihr hatte herauskriegen wollen, was denn an dem Mann so Besonderes sei, hatte sie gelacht und gesagt: »Das fragt der Richtige. Guck mal in den Spiegel, ich habe dich nur genommen, weil du ihm ähnlich siehst.«

Grauenhafte Vorstellung. Er hasste Bon Jovis Schmuserock und der ständige Vergleich mit dem blonden Schönling machte die Liebe auch nicht größer.

Er fuhr auf den Parkplatz vor dem Schimmelhof, einem alten Werksgelände, in dem sich ihr Übungsraum befand. Im langen Kellerflur empfing ihn der typische Klangteppich einer Musikprobe: Gelächter mischte sich mit dem Klirren von Bierflaschen und dem jaulenden Protest einer Gitarre, die gerade gestimmt wurde.

Gut gelaunt riss er die schwere Metalltür weiter auf und rief seinen Kollegen einen Gruß zu. Tom hob die Bierflasche. »Na, gut drauf?«

»Klar, warum auch nicht?« Beck stellte seinen Koffer ab.

»Schöne Nacht gehabt, was?« Tom machte eine unmissverständliche Handbewegung.

Verwundert sah Beck auf. »Wieso, hast du in meinem Schlafzimmer eine Kamera installiert?«

»Das auch, aber ich habe dich vor deinem Haus gesehen mit einer Schnuckelmaus. Beine bis unter die Achselhöhlen. Ich hab dir aus dem Wagenfenster zugerufen, aber du warst anscheinend zu beschäftigt.« Tom grinste anzüglich.

Beck fuhr sich verlegen durch die Haare und lachte. Mit lautem Gejohle drückten die anderen ihre neidvolle Anerkennung aus. »Wenn du sie mal nicht mehr willst, ruf an, ich springe ein.«

»Danke für das Angebot, aber erst mal nicht, danke.«

»Hört, hört, unseren Gio hat es aber schwer erwischt. Da sind die Eier aber heute heißgelaufen, was?« Paul, der Bassist, legte sich sein Instrument zurecht.

War klar. »Können wir jetzt mal das Thema wechseln?« Beck hob abwehrend die Hand. »Was hast du eigentlich vor meinem Haus gemacht, du Spanner?«

»Ich habe was abgegeben für meine Patentante Dagi, guter Junge, der ich nun mal bin. Ihr Bruder wohnt in deinem Haus, Augustus. Du kennst ihn sicherlich.«

»Ach? Augustus von Düren ist dein Onkel?«

»Na ja, eigentlich nicht. Wir sind ja nicht blutsverwandt.«

»Und? Ein Gentleman mit ordentlich Kohle, was?« Beck stimmte nebenbei seine Les Paul.

»Ja, Geld ist ausreichend vorhanden. Was meinst du, warum ich immer so lieb zu Tante Dagi bin?« Tom lachte scheppernd und schüttelte fröhlich die braunen Locken.

»Da gibt's ordentlich was zu erben, bei den beiden. Und keine Kinder – nur der liebe, hilfsbereite Tom.«

Beck schüttelte missbilligend den Kopf. »Erbschleicher.«

»Aber klar doch. Der Erbschleicher hat übrigens einen Gig klargemacht, Ostersamstag im *Jolly Jumper.*«

»Hey, das ist ja super! Hoffentlich bin ich bis dahin so weit.« Beck verzog zweifelnd den Mund.

»Na klar, das schaffst du schon. Heute machen wir erst mal die Stücke, die wir für das Programm noch brauchen.«

»Und bring deine Maus zum Gig mit.« Panne kroch hinter sein Schlagzeug. »Dann wollen wir doch mal sehen, wer am Ende mit ihr nach Hause geht.«

»Hört euch den Dicken an.« Michael, der zweite Gitarrist, tippte mit dem Fuß auf seinem Effektgerät herum. »Der glaubt immer noch, dass er Chancen bei den Weibern hat.«

»Habe ich auch.« Panne klopfte sich zufrieden auf seinen nicht unbeträchtlichen Bauch. »Die meisten Frauen stehen auf richtige Kerle und nicht auf solche Schönlinge wie Gio.«

»Also, bitte, ja …«

Ehe sich Beck ernsthaft zu seiner Verteidigung aufschwingen konnte, griff Tom ein. »Ach ja? Ich möchte mal die Frau sehen, die Meat Loaf nimmt, wenn sie Bon Jovi haben kann. Meine Schwester hat nämlich gesagt, du siehst aus wie der.« Tom wandte sich grinsend an Beck.

Der stöhnte. Kopfschüttelnd stöpselte er seine Les Paul in den Verstärker.

»Nimm's leicht.« Tom klopfte ihm mitfühlend auf die Schulter. »Stell dir vor, sie würden dich mit George Michael vergleichen, dann hättest du wirklich Grund, dich aufzuregen.«

»Obwohl – jetzt, wo du's sagst …« Panne betrachtete Beck nachdenklich.

Der ließ entnervt seine Les Paul aufjaulen. »Halt die Klappe, Meat Loaf.«

Panne lachte und beendete die Diskussion mit einem Trommelwirbel.

*

Wie es wohl mit Sarah und ihm weiterging? Hm.

Müde schlenderte Beck durch seine Altbauwohnung und klimperte beiläufig auf seiner Gitarre. Er musste mehr üben, das war ihm auf der Probe peinlich bewusst geworden. Aber seit er Sarah kannte, war er stinkend faul. Er schien nur noch in irgendwelchen Betten herumzuliegen oder zu -turnen, statt sich um sein musikalisches Fortkommen zu kümmern. Und sonst bekam er auch nicht viel gebacken. Missbilligend betrachtete er die zahlreichen kahlen Stellen an seinen Wänden. Vielleicht hätte er doch nicht alle Bilder bei seiner Ex lassen sollen? Schließlich waren die auch von seinem schwer erarbeiteten Geld bezahlt worden, auf zahlreichen kleinen Ausstellungen hatte er die gemeinsam mit seiner Verflossenen nach und nach zusammengesucht.

Ob Sarah wohl Kunst mochte? Keine Ahnung, er wusste eigentlich noch nicht viel über sie, außer dass sie im Bett einfach eine Granate war. Da passten sie gut zusammen – aber sonst? Man würde sehen. Laut knurrend übertönte sein Magen die nicht verstärkte E-Gitarre und er stellte das Instrument resigniert auf sein Stativ.

Hungrig riss er den Kühlschrank auf und stierte hinein. Natürlich nichts, wie immer. Ob er noch mal losging? Irgendwo hier im östlichen Ringgebiet bekam er bestimmt noch eine warme Mahlzeit. Warum nur konnte er nicht einmal wie ein normaler Mensch für das Wochenende einkaufen? Je länger er darüber nachdachte, desto hungriger wurde er. Oder ob er den Pizza-Service anrufen sollte?

Neidisch dachte er an Sarah und ihr Schlösschen. Die

saßen jetzt bestimmt um einen hübsch gedeckten Tisch und aßen irgendetwas Fantastisches aus Astas Küche.

Er stöhnte. Allein, einsam und hungrig, er war wirklich zu bedauern. Ein alternder Hagestolz, der nicht ordentlich für sich sorgen konnte. Vielleicht sollte er Sarah heiraten? Dann war seine Versorgung gesichert.

Er schüttelte den Kopf und zeigte sich selbst einen Vogel. Pfui, was war er nur für ein Opportunist. Heiraten für eine warme Mahlzeit, so weit kam es noch. Schließlich hatte er bei seinen Eltern gesehen, wohin so eine Ehe führen mochte. Zank, Hass, schlagende Türen, Geschrei, Trennung. Nein, danke.

Eilig warf er sich seinen Mantel über und ging in das dunkle Treppenhaus hinaus, um nach einem Restaurant zu suchen, das ihn vor dem Hungertod rettete. In der Wohnung über ihm fiel Licht durch die Glasscheibe der Wohnungstür bis hinunter auf die Stufen in seinem Stockwerk. Leise Klänge drangen an sein Ohr, ein melodischer Gruß aus dem Leben eines anderen. Er blieb stehen und lauschte.

Nein, das war kein Radio, da spielte einer Geige. Von Düren, sein Nachbar von oben. Wunderschön, der war richtig gut. Das Stück kannte er auch. Es war das Violinkonzert in e-Moll von Mendelssohn – Bartholdy. Schwermütig und voller Sehnsucht.

Beck sank auf die oberste Stufe seines Treppenabsatzes und hörte zu. Wie schön das war. Seine Seele hob sich den Klängen entgegen, Traurigkeit stieg aus ihren Tiefen empor und füllte seine Brust.

Er atmete tief aus. Nein, das war nicht der Zeitpunkt.

Schnell stand er auf und verschloss sich gegen die schluchzenden Klänge der Violine. Man konnte nicht auf der Treppe sitzen und weinen wie ein trunkener Poet, weil einer Geige spielte.

Das ging einfach nicht. Wenn das einer sah.

*

Beck blickte Sarah tief in die Augen und setzte zu seinem Gitarrensolo an. Beflügelt durch ihre Bewunderung spielte er kreativer und dynamischer als jemals zuvor. Fast hatte er das Gefühl zu fliegen. Hinter ihm schien der Schlagzeuger eine ähnliche Empfindung zu haben, er drosch auf die Bassdrum, als wollte er vor dem Winter noch genügend Brennholz spalten. Irritiert wandte sich Beck in seine Richtung, um ihm zu signalisieren, er solle Lautstärke und Tempo mäßigen.

Aber der Mann hatte den Blick gesenkt und schien völlig von Sinnen zu sein. Seine Schläge folgten immer schneller und lauter, das Publikum schrie abwehrend und hielt sich die Ohren zu. Sarah wandte sich von der Bühne ab und lief nach draußen. Wütend brach Beck sein Solo ab und ging auf das Schlagzeug zu, um dem Drummer die Sticks aus der Hand zu reißen. Ausgerechnet bei dem ersten Konzert seiner Band, das Sarah miterlebte, musste der Kerl seinen Verstand verlieren. Außer sich vor Wut legte er dem Schlagzeuger eine Hand auf den Arm. Der zuckte zusammen und hörte endlich auf zu spielen. Seltsamerweise schlugen die Drums trotzdem weiter.

Beck schlug die Augen auf und fand sich in seinem Schlafzimmer wieder. Er tastete nach seinem Wecker und starrte auf die Anzeige. Kurz vor halb acht. Benommen setzte er sich auf und versuchte das Geräusch einzuordnen, das immer noch in seinen Ohren dröhnte. Jemand schlug an seine Wohnungstür und klingelte Sturm. Er sprang aus dem Bett und stieß dabei das Wasserglas um, das er auf seinem Nachttisch stehen hatte. Fluchend suchte er im Halbdunkel des Zimmers nach seinem Bademantel und warf ihn über. Er hastete durch seinen Flur und schloss die Wohnungstür auf. Eine kleine, rundliche Frau, die ihm vage bekannt vorkam, ließ die erhobene Hand sinken und starrte ihn an.

»Herr Kommissar, schnell, Sie kommen, er ist tot, ich glaube.« Ihr schwerer Akzent zerhackte die Worte in slawischer Schwermut. Verwirrt schüttelte Beck den Kopf und versuchte, wach zu werden. »Wer? Wer ist tot?«

»Herr von Dürrren, schnell!«

*

Das verzweifelte Schluchzen der Putzfrau riss Beck aus seiner Erstarrung. Er wählte eine Nummer auf seinem Handy. »Beck hier. Kommen Sie in die Kastanienstraße 41, ich habe hier eine Leiche aufgefunden. Ja, bei mir im Haus. Nein – erstickt. Wahrscheinlich ein Raubüberfall. Bis gleich.«

Die Eleganz des ehemaligen Studienrates war im Todeskampf einer grotesken Verzerrung seines lebendigen Ichs gewichen. Die verdrehten Gliedmaßen waren fest an einen Stuhl gefesselt, der leicht gekippt auf einem schweren viktorianischen Tisch auflag. Wahrscheinlich hatte von Düren in seinen letzten bewussten Momenten versucht, mit Hilfe der Tischkante das Klebeband von seinem Mund zu entfernen. Vergeblich, das schwarze Kreuz des Isolierbandes verschloss in unerbittlicher Beständigkeit Lippen und das linke Nasenloch.

Beck ließ seinen Blick durch den Raum schweifen. Schwere, kostbare Antiquitäten aus dunklem Mahagoni ließen auf eine sehr gute Pension oder ein persönliches Vermögen schließen. Hier war für einen Einbrecher sicher etwas zu holen gewesen. Schubladen waren herausgerissen und durchwühlt worden.

Beck trat näher an eine Vitrine und inspizierte die davor liegenden Schubfächer. Die Besteckkästen waren leer. Sicher hatte sich schweres Silberbesteck darin befunden.

»Wer tut so etwas? Er war guter Mann!«

Mein Gott, die arme Frau war immer noch im Zimmer. Beck trat zu ihr und führte sie sanft in die gegenüberliegende Küche. Er nahm ein Glas aus einem hübschen Buffet und füllte es mit Leitungswasser. »Setzen Sie sich und trinken Sie etwas.«

Er wartete einen Moment, bis die kleine Frau getrunken und sich die nassen Augen getrocknet hatte. »Wie heißen Sie?«

»Kowalska, Irrrina. Ich bin Putzfrrrau bei Herrn von Dürrren.«

»Wann haben Sie ihn gefunden?«

»Gerrrade eben, bevor ich Sie hole. Ich errrst gedacht, dass er noch lebt, aber …« Ihre Stimme brach und sie zog ihr Taschentuch wieder aus der Kittelschürze.

»Kommen Sie immer montags zu Herrn von Düren?«

»Ja und an Donnerrrstag. War so ein netter Mann, immer frrreundlich.«

Ein melodischer Klingelton schien die Trauer der Frau zu verspotten. »Das werden meine Kollegen sein, entschuldigen Sie.« Er hastete über den Flur und riss die Tür auf.

»Neue Arbeitskleidung?« Kollege Wagner ließ seinen Blick abschätzig über Becks Gestalt gleiten. Die beiden Beamten hinter ihm grinsten

»Ja, nun, ich hatte noch keine Zeit, mich anzuziehen.«

Konnte der Mann einem nicht erst mal einen guten Morgen wünschen? Beck trat beiseite und ließ die Kollegen vorbei. Ein Blick in den Flurspiegel zeigte ihm einen igelhaarigen Penner mit starkem Bartschatten und schlampig zugebundenem Morgenmantel. Den stylishen Höhepunkt des Outfits bildeten die ledernen Pantoffeln, die haarige, weiße Knöchel sehen ließen. Beeindruckend. Er richtete seinen Mantel notdürftig und folgte den Männern in das Wohnzimmer.

Wagner beugte sich über die Leiche. »Tja, ist wohl ein bisschen in die Hose gegangen, der Einbruch.«

»Ja, sieht ganz so aus. Ich denke nicht, dass der Tod beabsichtigt war. Wann kommt der Arzt?«

Wagner feixte. »Ärztin. Rosi kommt.«

Beck stöhnte. Dr. Rosengarten war sehr hübsch, sehr kompetent und sehr, sehr direkt. »In der Küche sitzt die Putzfrau. Die hat ihn gefunden. Ich zieh mir mal schnell was an.«

»Och, warum denn? Rosi hätte sich bestimmt gefreut. Ein Kommissar im Negligé, das ist doch mal was. Vor allem so ein hübscher.« Wagners Tonfall ließ keinen Zweifel daran, dass dies keineswegs als Kompliment gedacht war.

Arschloch. »Freut mich, dass ich Ihnen gefalle.« Beck drehte sich hastig um und stieß gegen eine zierliche Frau mit langen, rabenschwarzen Haaren. Er lächelte resigniert. »Warum müssen Sie die einzige Frau unter der Sonne sein, die mit ihrer Morgentoilette eher fertig ist als ich?«

»Ich bin schon seit zwei Stunden unterwegs, lieber Herr Beck.« Dr. Rosengarten zog die kühn geschwungenen Augenbrauen hoch und musterte Beck. »Netter Mantel. Vielleicht ein bisschen kühl für die Jahreszeit.«

Wagner lachte krächzend.

»Finden Sie? Ich hab's gern ein bisschen luftig.«

Der Blick der Ärztin wurde intensiver. »Haben Sie eigentlich darunter was an?«

»Ich …« Beck fehlten die Worte. Die Männer im viktorianischen Zeitalter hatten gar nicht gewusst, wie gut es ihnen ging.

»Dürfte ich Ihre geschätzte Aufmerksamkeit vielleicht einen kleinen Augenblick in Anspruch nehmen? Wir haben hier eine Leiche, die beschaut werden möchte. Lästig, zugegeben, aber doch notwendig.«

Zum ersten Mal war Beck dankbar für Wagners schneidende Kommentare. Er murmelte eine Entschuldigung und hastete in das Treppenhaus.

In Zukunft würde er sich nur noch voll bekleidet ins Bett legen.

Kapitel 2

Sarah nahm die Kiste mit den Materialien für ihren Unterricht aus dem Kofferraum und schleppte sie die Stufen zur Eingangshalle der kleinen Dorfschule hoch. Eine Schande, dass sie die kurze Strecke vom Hof bis zur Schule mit dem Auto fuhr, aber meistens hatte sie zu viel Gepäck dabei, um mit dem Fahrrad fahren zu können. In Berlin war sie häufiger Rad gefahren als hier auf dem Lande. Ziemlich paradox. Sie summte leise die Melodie, die ihr seit dem Aufstehen durch den Kopf ging: »Du bist das Beste, was mir je passiert ist…« Tja, wie das wohl in ihren Kopf gekommen war.

Sie stieß mit dem Fuß die Glastür zu dem kleinen Flur auf, in dem sich ihr Büro befand. Vor ihrer Tür stand eine Frau mit einem schwarzhaarigen Jungen, den sie nicht kannte. Ein neuer Schüler? Sie seufzte leise. Eigentlich hatte sie gehofft, ausnahmsweise in Ruhe die Medien für den Sachunterricht in ihrer vierten Klasse ordnen zu können, aber das schien nun nichts zu werden.

Sie nickte der Frau freundlich zu und stellte ihre Kiste ab, um ihr Büro aufzuschließen. »Guten Morgen. Möchten Sie zu mir? Ich bin Sarah Dittmann, die Schulleiterin.«

Die junge Frau, trotz der morgendlichen Stunde stark geschminkt, nickte und streckte Sarah eine perfekt manikürte Hand entgegen. »Ich möchte meinen Sohn anmelden.«

Sarah bat die beiden herein und bot ihnen Platz an ihrem runden Besuchertisch an, der wie immer mit zahlreichen Unterlagen, Prospekten und Büchern bedeckt war. Sie schob alles so gut es ging an die Seite und sah den Jungen an. Der saß unbehaglich auf die Stuhlkante gekauert und mied ihren Blick.

»Wie heißt du denn?« Sarah konnte das Unbehagen

des Kindes gut nachempfinden, es musste scheußlich sein, in diesem Alter aus seiner gewohnten Umgebung gerissen zu werden, mit der Aussicht, für eine ungewisse Zeit mit dem Brandzeichen ›der Neue‹ auf der Stirn über den Schulhof zu gehen.

Die Frau schubste ihren Sohn leicht in die Seite. »Nun sag schon, wie du heißt.«

Der Junge schob die Unterlippe vor und schwieg.

»Lassen Sie ihn nur. Das ist kein einfacher Tag für ihn. Er wäre sicher lieber an seiner alten Schule geblieben.«

Für einen Moment hob der Junge den Blick und sah Sarah aus tiefschwarzen Augen an. Wäre er nicht noch ein Kind gewesen, hätte Sarah seinen Blick zynisch genannt.

Die Frau schüttelte den Kopf. »Das glaube ich nicht. Er geht nicht gern zur Schule, in keine.«

Sarah holte ein Blatt Papier aus dem Drucker, um sich Notizen machen zu können. »Verraten Sie mir seinen Namen, wenn er es schon nicht tun mag?«

»Farid. Farid Askari.«

»Ein ungewöhnlicher Name.«

»Sein Vater ist Iraner.« Ein leichtes Zucken der Mundwinkel ließ erahnen, was die Mutter des Jungen vom Erzeuger ihres Sohnes hielt.

»In welche Schule ging Farid bisher und in welche Klasse?«

Die Frau nannte eine Grundschule in der Braunschweiger Weststadt. »Er geht in die vierte. Aber seine Klassenlehrerin meinte, dass er die wahrscheinlich nicht schafft. Er muss sich mehr anstrengen, hat sie gesagt.«

Farid senkte den Kopf tiefer und verbarg seine Augen hinter den rabenschwarzen Locken.

»Wir werden sehen. Du kommst in meine Klasse, Farid. Es sind nette Kinder, du wirst dich bestimmt dort wohlfühlen.«

Wieder ein kurzer Blick unter den Locken hervor. Du kannst mir viel erzählen, schien er zu sagen. Sarah lächelte den Jungen mitfühlend an, sagte aber nichts mehr zu ihm.

»Wann sind Sie hierher gezogen?«

Die Mutter zögerte und warf ihrem Sohn einen Seitenblick zu. »Eigentlich schon vor zwei Wochen, aber...«

Der Junge sank in seinem Stuhl zusammen.

»Er wollte nicht in die Schule gehen?«

Die Frau nickte. Ihre Augen füllten sich mit Tränen. »Es ist so schwierig mit ihm. Manchmal weiß ich nicht weiter. Ich habe keine Ahnung, was mit ihm los ist. Als Kleinkind war er völlig unproblematisch.«

Farid rutschte unruhig auf seinem Stuhl hin und her.

Sarah warf einen Blick auf ihre Uhr. »Wir müssen einen Termin unter vier Augen ausmachen, Frau Askari.«

»Dorenkamp. Ich habe meinen Mädchennamen wieder angenommen.«

»Frau Dorenkamp. Ich möchte Farid das Klassenzimmer zeigen und ihn seinen Mitschülern vorstellen, bevor der Unterricht beginnt.« Sie wandte sich direkt an den Jungen. »Du hast in der ersten Stunde Musik. Magst du Musik?«

Ein kurzes Achselzucken war die Antwort.

»Er mag Musik. Er singt wie ein Engel, schon von klein an. Von mir hat er das nicht, ich bin völlig unmusikalisch.« Frau Dorenkamp blickte ihren Sohn mit einem schmerzlichen Lächeln an und rang die Hände mit den blutrot lackierten Nägeln. Wenn sie auf eine Reaktion wegen ihres Lobs gehofft hatte, wurde sie enttäuscht, ihr Sohn verzog keine Miene, sein Blick blieb starr auf den Boden gerichtet.

Sarah reichte der Frau entschlossen ihre Hand, bemüht, die quälende Situation zu beenden. »Wie sieht es aus? Können Sie heute Mittag kommen, nach der Schule, so etwa gegen zwei?«

Frau Dorenkamp nickte und beugte sich zu ihrem Kind hinunter. »Farid, ich gehe jetzt. Bis heute Mittag, ja?«

Ihr Sohn drehte den Kopf zur Seite, um ihrem Blick auszuweichen. Seine Mutter erhob sich und zuckte resigniert mit den Achseln. »Bitte, könnten Sie darauf achten, dass er sein Brot isst? Von allein isst er nicht und er ist sowieso schon viel zu dünn.«

»Natürlich, keine Sorge.« Sarah tat die Frau zwar leid, aber sie öffnete dennoch die Tür, um den Abschied einzuleiten.

»Bis heute Mittag.« Frau Dorenkamp zögerte, hoffte auf einen Blick ihres Sohnes, doch der tat ihr den Gefallen nicht.

Sarah legte eine Hand auf Farids Schulter. »Komm, ich bringe dich in deine Klasse.« Mitleidig fühlte sie die schmalen Schultern, die vor Anspannung verkrampft waren. Sie führte ihn den Flur entlang, sein schmaler Rücken starr vor Abwehr gegen ihre führende Hand. Vor der Klassentür blieb sie stehen und hockte sich vor den Jungen. »Farid, wie kommt es, dass du die Schule nicht magst?«

Der Junge schwieg und hob den Blick. Sie zuckte unwillkürlich vor der Wucht seines schwarzen Blickes zurück. Der Hass in seinen Augen schien schmerzhafte Male auf ihrer Haut zurückzulassen. Der Junge war zehn Jahre alt.

Was war ihm zugestoßen?

*

Beck schloss die Mappe mit dem vorläufigen Bericht der Spurensicherung und schüttelte den Kopf. Warum bloß schlossen die Leute ihre Haustür niemals ab? Es hätte sich doch eigentlich inzwischen herumsprechen müssen, dass jeder halbwegs fähige Einbrecher in der Lage war, ein Schloss zu knacken, das nicht entsprechend gesichert war. Ein zweimaliges Drehen des Handgelenkes – und von Düren könnte noch am Leben sein.

Unklar war noch der Zeitpunkt des Einbruchs. Der

Tod dürfte wenig später eingetreten sein. Rosis Bericht würde frühestens morgen vorliegen.

Es musste schrecklich sein, zu ersticken. Wie lange hatte von Düren noch gehofft, gekämpft, gezappelt? Wann hatte der Einbrecher gemerkt, dass er einen Menschen umgebracht hatte? Hatte er es überhaupt bemerkt?

Es konnte nur nachts geschehen sein, obwohl ein Einbrecher entgegen der landläufigen Meinung selten in der Dunkelheit kam. Und gegen 19 Uhr hatte er selbst von Düren ja noch Geige spielen hören. Mittags hatte er ihn sogar noch gesehen, nicht wissend, dass es das letzte Mal sein würde.

Hatte der Einbrecher womöglich vor der Tür im Auto gesessen, das Haus beobachtet, als er kurz nach dem ehemaligen Studienrat das Haus verlassen hatte? Möglich, aber unwahrscheinlich. Der Einbruch musste ja viel später stattgefunden haben.

Wieso hatte sich der Einbrecher einen Zeitpunkt ausgesucht, zu dem der alte Herr mit ziemlicher Wahrscheinlichkeit zu Hause sein musste? Alte Menschen lagen nachts nun mal schlafend im Bett und zogen nicht um die Häuser. Ungewöhnlich.

Die meisten Diebe vermieden diese Situation. Dem Ganoven musste viel an seiner Beute gelegen haben. Warum war er nicht einfach geflüchtet, als er merkte, dass er nicht allein in der Wohnung war oder der Alte aufgewacht war? Die Kaltblütigkeit, einen Menschen zu fesseln und zu knebeln, um dann in aller Ruhe die Wohnung auszuräumen, besaßen nur wenige Diebe.

Beck runzelte die Stirn. Irgendetwas war hier nicht stimmig, jedenfalls hatte der Einbrecher gegen einige Regeln der Zunft verstoßen. Hatte er verheißungsvolle Informationen über den Umfang der Beute gehabt? Von wem?

Beck dachte an die jungen Männer, die häufig bei von Düren zu Besuch gewesen waren. Vielleicht hatte einer seiner Schüler Geld gebraucht und das Vertrauen seines ehemaligen Lehrers missbraucht? Er setzte sich elektrisiert auf. Das war es! Natürlich! Wahrscheinlich hatte von Düren seinem Mörder noch freundlich lächelnd die Tür aufgemacht!

Nein, das konnte nicht sein. Am Schloss waren Spuren von Werkzeugen zu sehen gewesen. Dennoch. Er musste sofort in Erfahrung bringen, wer die Besucher waren. Beck griff zum Telefon, um von Dürens elfenhafte Schwester anzurufen. Trauer hin und her, das musste jetzt leider sein.

Die Tür ging auf und Pumuckl, seine Sekretärin – mit bürgerlichem Namen Cosima Meier – steckte den signalroten Wuschelkopf durch den Spalt. »Ich wollte nur sagen – die neue Espressomaschine ist eben gekommen.«

Beck ließ den Hörer sinken. »Gelobt sei der Herr! Sollte die Ära des säurehaltigen Pappkaffees tatsächlich vorbei sein?«

Pumuckl grinste und blinkerte mit den metallisch grünen Augenlidern. »Sieht ganz so aus, Chef! Wollen wir sie ausprobieren?«

»Fragen Sie das im Ernst? Auf diesen Tag warte ich, seit ich mir hier das erste Mal den Magen verätzt habe! Ich muss nur noch jemanden anrufen, dann kann's los gehen.«

Becks Laune hatte sich schlagartig gehoben. Das waren die Freuden des Alters: Ein magenschonender Kaffee und eine funktionierende Prostata.

*

Nachdem die Tür hinter Farids Mutter ins Schloss gefallen war, nahm Sarah ihre Schultasche vom Schreibtisch und sah auf den verwaisten Schulhof hinaus. Im Wind schwang die Schaukel leise hin und her, als säße immer noch ein Kind auf ihr, unsichtbar, eine vergessene Seele. Ein kleiner Schauder ran eisig ihren Rücken hinunter und sie wandte sich hastig ab.

Wenn sie doch nur in ihre Kinder hineinsehen könnte, in ihre Herzen!

Sie dachte an die Verzweiflung der Mutter über ihr Kind, das keines mehr war. Irgendwo auf seinem kurzen Lebensweg hatte Farid sein Vertrauen verloren, die kindliche Zuversicht, willkommen und geliebt zu sein. Er ließ Sarah nicht an sich heran, auch seine Mitschüler hatte er keines Blickes gewürdigt. Mit unbewegter Miene hatte er heute stumm und teilnahmslos ihren Unterricht verfolgt, kein Scherz, kein Lächeln in seine Richtung hatte irgendeine Wirkung gezeigt. Würde Farid ihr eines Tages vertrauen? Oder war die Verletzung zu groß, die Wunde zu tief, die irgendetwas, irgendjemand ihm geschlagen hatte? Sie seufzte und ging zu ihrem Wagen. Heute würde sie nichts mehr bewegen können.

Gedankenverloren fuhr sie durch Avessen. Ihr Wagen kannte den Weg und fuhr brav die von hübschen Fachwerkhöfen gesäumte Straße entlang. Über den Häusern erhob sich sanft geschwungen der Elm, seine Buchen noch im silbrig kahlen Winterkleid. Eine italienische Sonne strahlte von einem leuchtend blauen Himmel und ließ die bevorstehende Verwandlung durch den Frühling bereits ahnen.

Ein Glücksgefühl ließ ihre Brust weit werden. Bald war Frühling und sie war verliebt – nein, verknallt. Mehr würde sie einfach nicht zulassen.

Schwungvoll bretterte sie auf den Schlosshof und hätte fast Muffin überfahren, die sorglose Golden-Retriever-Hündin ihrer Tante Asta. Schimpfend stieg Sarah aus und kraulte die Todeskandidatin hinter den Ohren. »Hast du überhaupt keine Instinkte? Man sollte doch meinen, dass ein normaler Hund wegläuft, wenn ein Auto auf ihn zufährt.«

Dümmlich grinsend ließ Muffin ihre Zunge seitwärts aus dem Maul hängen und stellte eindeutig klar, dass sie keine normale Vertreterin ihrer Rasse war.

Sarah schüttelte den Kopf und lud ihre Reisetasche aus dem Auto. Sie umrundete das Rondell mit den Rosenbüschen, die anklagend ihre dornigen Finger in den Himmel reckten. Eine der nackten Putten, die inmitten der Rosen froren, hatte einen Flügel verloren, wahrscheinlich durch den Frost. Verwittert, verfallen, vermodert, wie alles hier im Schloss.

Seufzend nahm sie die Tasche in die andere Hand und ging, schon weniger beschwingt als zuvor, weiter über den Hof auf das Haupthaus des Schlösschens zu, in dem sie wieder wohnte, seit sie aus Berlin nach Avessen zurückgekehrt war.

Auch hier sickerte der Verfall aus allen Rissen im gelben Putz des Schlosses, ein grüner Fensterladen hing schief, die Treppe zur Halle musste unbedingt ausgebessert werden, die Stufen waren lebensgefährlich. Über das riesige, tief heruntergezogene Dach des alten Barockschlosses mochte Sarah erst gar nicht nachdenken, ständig wurde daran herumgebessert und doch war es nie wirklich dicht.

Trotzdem, immer wenn sie über einen Verkauf nachdachte, zog sich ihr Herz zusammen. Sentimental und unvernünftig wahrscheinlich, aber sie hing an dem alten Gemäuer, genau wie Luise und Asta, ihre Tanten, mit denen sie den morbiden Charme dieser Behausung teilte.

Sie ging durch die große, kalte Halle, die von einem riesigen Lüster nur notdürftig erhellt wurde, in ihr Schlafzimmer und stellte die Reisetasche ab. Kalt.

Bibbernd zog sie eine dicke, graue Strickjacke aus dem Schrank und eilte in ihre Küche im Untergeschoss des Schlosses. Wie immer ließ sie die Stufe mit dem dunklen Fleck aus, der Legende nach Blut eines ermordeten Butlers. Sie hätte gern geglaubt, dass es in Wirklichkeit Sonnenblumenöl war, aber an alten Legenden war doch meistens etwas dran, oder?

Schreiend wich Sarah auf die Treppe zurück, als sich

die schwere Küchentür knarrend öffnete. »Asta! Mein Gott, hast du mich erschreckt! Was machst du denn hier?«

»Kind, was bist du schreckhaft! Hast du wieder den ganzen Tag nichts gegessen? Das ist doch nicht gut für die Nerven!« Ihre Tante Asta führte alle Gemütszustände auf Mahlzeiten, deren Qualität oder deren Abwesenheit zurück.

»Nee, seit dem Frühstück nichts mehr.« Sarah presste eine Hand auf ihr klopfendes Herz und atmete aus.

»Dann komm mit rüber, ich habe gerade 'ne Quiche im Ofen. Ich dachte, du hättest vielleicht noch Reibekäse, aber natürlich Fehlanzeige. In diesem Haus würde ja nie eine was essen, wenn ich nicht ab und zu für Nahrungsmittelzufuhr sorgte.« Missbilligend schüttelte Asta ihre hennaroten Flechten und rückte ihren langen violetten Wollrock zurecht.

»Ja, das sieht man ja hier …« Sarah klopfte sich auf ihre Hüften. »Keine Sorge, ich verhungere bestimmt nicht, dafür bin ich viel zu verfressen. Nur wenn ich mit Giovanni zusammen bin, vergesse ich das Essen manchmal.« Sie lächelte ihre Tante an.

»Ja, ich kann es mir vorstellen. Hach. Ich weiß gar nicht mehr, wie das ist, einen Mann zwischen meinen Beinen zu haben.«

»Asta!«

»Ja, was, Asta? Glaubst du, bloß weil ich die Fünfzig überschritten habe, schwitze ich mir alles aus? Ich bin noch nicht tot, weißt du? Ein, zwei Hormone wallen schon noch in mir herum!«

»Ja, bestimmt, aber das will ich gar nicht wissen. Du bist doch die heilige Asta, Heilerin und Tantenmutter.«

»Tantenmutter …« Asta seufzte und betrachtete sich in dem riesigen, üppig mit Gold umrahmten Spiegel, der in der eisigen Halle hing. »Schöner Nachruf. Sie hatte keinen Sex, aber sie war eine gute Tantenmutter.«

»Na ja. Sex ist auch nicht alles. Ich darf gar nicht darüber nachdenken, wie es wohl weitergeht mit Giovanni und mir.«

*

Wagner pfiff anerkennend durch die Zähne, als das repräsentative Haus hinter hohen Buchsbaumhecken sichtbar wurde. »Scheint ja nicht gerade arm zu sein, die Familie derer von Düren.«

»Nee. Wer sich in Riddagshausen auch nur einen Bretterverschlag leisten kann, dürfte sicher nicht von Hartz IV leben.« Beck ließ den Blick über die gepflegte, pfirsichfarbene Fassade des säulengeschmückten Gebäudes gleiten, in dem von Dürens Schwester wohnte. Hübsch. Hier würde er auch gern leben. Stadtnah und trotzdem mitten in der Natur. Zwar war das ehemalige Dörfchen Riddagshausen das regelmäßige Wochenendziel ganzer Völkerscharen, aber wenn man sich hinter diesen dichten Hecken verkriechen konnte, störte das ja nicht weiter.

»Kommen Sie?« Wagner stand schon vor der Haustür und trappelte ungeduldig mit den Füßen.

»Ja.« Mein Gott, dieser Mann hatte wirklich überhaupt keine Geduld. Wie gut, dass er nicht mit Wagner in den Urlaub fahren musste, der würde bestimmt von einer Sehenswürdigkeit zur nächsten hetzen. Er grinste, als er sich mit Wagner traulich im Hotelbett liegen sah. Na, Schatz, hast du gut geschlafen?

Wie kam er bloß auf so etwas? Wenn überhaupt, fuhr er vielleicht mit Sarah in den Urlaub. Oder war das noch zu früh? Wohin sie wohl …

»Herr Beck?« Wagner zog genervt eine Augenbraue hoch

»Ich komme.« Beck eilte die Stufen empor und verschob seine Urlaubsplanung auf später.

Auf Wagners Klingeln öffnete eine zierliche Dame

die Tür und nickte freundlich auf Becks Gruß hin. Zu seiner Erleichterung wirkte sie trotz des Unglücks völlig gefasst.

»Ach, die Herren von der Polizei. Kommen Sie doch herein.« Sie strich den Rock ihres zartgelben Kostüms glatt und trat zur Seite. Ein langer, dunkler Flur ließ am Ende einen sonnendurchfluteten Raum nach Süden ahnen. Sie ging voraus und wies auf eine Sitzgruppe mit Blick in den noch frühlingsnackten Garten. Ein sorgfältig gedeckter Tisch mit drei Gedecken lud zur Teestunde.

»Nehmen Sie doch Platz. Ich habe ein wenig Tee und Gebäck vorbereitet, wenn es Ihnen recht ist?«

»Gern.« Beck nahm neben Wagner auf einem Biedermeiersofa Platz, dass mit steiler Rückenlehne jeden Besucher in eine aufrechte Haltung zwang. Die Damen mit den Fischbeinkorsagen waren bestimmt dankbar dafür gewesen, Beck war es nicht. Er fühlte sich wie ein Schuljunge auf Besuch bei der Erbtante.

»Sie leben allein hier, Frau von Düren?«

Die kleine Frau nickte energisch, was jedoch keine der sorgfältig gelegten weißen Wellen in Bewegung brachte. »Ja, es ist mir lieber so. Augustus liegt – lag mir immer in den Ohren, ich sollte jemanden mit ins Haus nehmen, eine junge Frau, die mir zur Hand geht. Aber ich möchte das nicht. Nicht, solange ich noch gut allein zurecht komme. Ich habe eine Zugehfrau, das reicht.« Sie schenkte mit sicherer Hand Tee aus einer silbernen Kanne in die Tassen. »Ein wenig Gebäck?«

Sie reichte einen Teller mit kunstvoll verzierten Petits Fours herum, die Becks Magen mit lautem Knurren begrüßte. »Verzeihung. Das Frühstück ist schon ein bisschen her.«

Frau von Düren lächelte mitleidig. »Ja, Sie haben bestimmt zu viel zu tun, um regelmäßig an das Essen zu denken.«

»Sie haben Ihrem Bruder den Haushalt geführt?«

Wagner hatte mal wieder genug vom Vorgeplänkel und brach durch die Tür.

»Nun, das wäre zu viel gesagt. Ich habe hin und wieder nach dem Rechten gesehen, den Kühlschrank geleert, die Tischwäsche zur Heißmangel gebracht, all diese Dinge, für die Männer nun mal keinen Sinn haben.«

»Haben Sie auch für ihn gekocht?« Beck meinte sich zu erinnern, dass sie bei ihrem zufälligen Treffen im Treppenhaus so etwas erwähnt hatte.

»Ab und zu. Im Allgemeinen ging Augustus lieber aus zum Essen. Wir alten Leute müssen sehen, dass wir aus dem Haus kommen, hat er immer gesagt. Das sorgt für Disziplin und Reinlichkeit.« Sie lachte wehmütig und erstmals schimmerte eine Träne in ihren Augen auf. »Das war ihm sehr wichtig.«

»Ja, das kann ich mir denken. Er war ein auffallend gepflegter Mensch.« Beck zögerte einen Moment. »Er hatte häufig Besuch von jungen Männern.«

»Ja. Ehemalige Schüler. Sie hingen sehr an ihm.« Sie biss zierlich in ein Gebäckstück.

»Das mag sein – ich finde es dennoch ziemlich ungewöhnlich, dass so junge Männer regelmäßige Besuche bei ihrem alten Lehrer machen.«

»Was wollen Sie damit sagen?« Frau von Düren legte das angebissene Petit Four auf ihren Teller zurück.

»Gar nichts. Ich hoffte, Sie hätten eine Erklärung dafür.«

»Mein Bruder war nicht homosexuell, falls Sie darauf anspielen.« Eis klirrte in der mädchenhaften Stimme Frau von Dürens.

»Nun, das wollte ich auch nicht unbedingt andeuten. Kennen Sie die ehemaligen Schüler, zu denen ihr Bruder Kontakt hatte?«

»Ja. So viele waren es auch gar nicht. Drei sind es und sie stammen alle aus der letzten Klasse meines Bruders. Da ist es doch verständlich, dass er vielleicht ein bisschen mehr an ihnen hing als an all den Jungs, die früher durch seine Hände gegangen sind – im übertragenen Sinne, natürlich.«

Jungs? Hat Ihr Bruder denn keine Mädchen unterrichtet?« Beck rechnete nach. Nein, die Zeit der Jungengymnasien und Mädchenlyzeen lag zu lange zurück.

»Früher war es so. In seiner Anfangszeit als Studienrat hat er an einem Jungeninternat unterrichtet. Dieser Zeit hat er immer hinterhergetrauert. Mit Mädchen konnte er nicht viel anfangen. ›Mir fehlt der Zugang zu diesen kichernden Parfümwolken‹, hat er immer gesagt.«

»Hat Sie das nicht geärgert? Sie waren doch auch einmal ein Mädchen.«

Sie lächelte. »Mich und unsere Schwester hat er natürlich von dieser Einschätzung des weiblichen Geschlechts ausgenommen.«

»Sie haben eine Schwester?«

»Hatte. Sie ist schon vor vielen Jahren … gestorben.« Abwehr lag in ihrer Stimme und Traurigkeit. Es war sicher beängstigend, als einzige von drei Geschwistern noch am Leben zu sein.

»War ihr Bruder jemals verheiratet?« Wagner hatte seine Petits Fours verspeist und war wieder gesprächsfähig.

Frau von Düren lachte silbern auf. »Augustus und eine Frau? Nein, niemals hätte er einer Ehefrau Rechte in seinem Leben zugestanden. Dabei hat es ihm an Verehrerinnen wirklich nicht gemangelt, selbst als älterem Herrn nicht.«

»Und dennoch schließen Sie Homosexualität aus?« Wagners Tonfall ließ keinen Zweifel an seiner persönlichen Sicht dieser Tatsache.

»Völlig.« Frau von Düren richtete sich kerzengerade auf.

»Hm. Wir benötigen die Namen und Adressen der

drei jungen Männer, die noch Kontakt zu Ihrem Bruder hatten.«

»Warum? Keinem von ihnen ist ein – Mord zuzutrauen.« Ihre Stimme zitterte ein wenig und sie faltete die Hände im Schoß.

»Sicherlich war auch kein Mord beabsichtigt. Ihr Bruder war nicht unvermögend. In seiner Wohnung befinden sich zahlreiche wertvolle Gegenstände, auch jetzt noch, nach dem Einbruch.«

»Sie meinen ...?«

»Jemand könnte sein Vertrauen missbraucht haben, ja.«

»Nun – der eine ist der Sohn des Bürgermeisters, Gabriel Oppermann.«

Beck unterdrückte ein Stöhnen. Konnte er einmal einen Fall abwickeln, ohne der Prominenz auf die Füße zu treten?

»Ein anderer hieß Bela Fröhlich, ein einprägsamer Name, und Philipp ... Karsten, Kasten oder so ähnlich.« Sie runzelte die zarte Stirn.

»Das bekommen wir heraus. Ich muss Sie auch bitten, uns eine Liste der Gegenstände anzufertigen, die in der Wohnung Ihres Bruders fehlen.«

»Oh Gott.« Jetzt rang die kleine Frau doch um Fassung. »Muss das sein?«

»Ich fürchte, ja. Wir haben sonst niemanden, der den Besitz Ihres Bruders gut genug kennt.«

»Nun gut. Wann?«

»So bald wie möglich. Heute noch, oder gleich morgen früh. Das ist sehr wichtig für unsere Ermittlungen. Meistens tauchen gestohlene Dinge irgendwo wieder auf und geben uns Hinweise auf den Dieb.«

Sie nickte ergeben, das Grauen angesichts der vor ihr liegenden Pflicht war ihr deutlich anzusehen.

Beck warf Wagner einen Blick zu und erhob sich. »Es tut mir leid, Frau von Düren. Ich möchte Ihnen noch einmal mein aufrichtiges Beileid aussprechen.«

Sie stand auf und begleitete die beiden Beamten zur Tür. »Morgen. Ich möchte morgen die Wohnung meines Bruders durchsehen, meine ich. Gleich morgen früh.« Sie straffte den Rücken und blickte Beck an.

»Natürlich, wenn Sie es so möchten, können wir es einrichten.« Beck blickte sie mitfühlend an. Arme Frau.

Ein kurzes Nicken, dann schloss sich die schwere Tür vor Becks Nase.

»Die war ja sehr gefasst, wenn Sie mich fragen.« Wagner klang missbilligend. Aber das tat er ja meistens.

»Contenance, Contenance. Sie ist nicht die Sorte Frau, die vor wildfremden Menschen weinend zusammenbricht.«

»Trotzdem. Nicht, dass ich meine Schwester besonders leiden könnte, aber wenn sie umgebracht würde – da wäre ich schon etwas mehr aus der Fassung.«

Warum überraschte es Beck nicht, dass Wagner noch nicht mal seine eigene Schwester leiden konnte?

*

»Dürerstraße. Das ist gleich bei mir nebenan.« Beck legte sein Handy beiseite und startete den Wagen.

»Ist doch praktisch. Da hat er keinen weiten Weg gehabt, um seinen Lehrer kaltzumachen.« Wagner lachte blechern.

»Sind Sie nicht ein bisschen voreilig?«

»War doch nur ein Spruch. Kerle, die nach der Schule noch bei ihrem Lehrer aus und ein gehen, sind mir ziemlich suspekt. Wer macht denn so was? Bisschen krank, finden Sie nicht?« Unter akrobatischen Verrenkungen zog Wagner eine zerknitterte Zigarettenschachtel aus der Manteltasche.

»Tja, ist schon ungewöhnlich. Andererseits war Herr von Düren auch ein besonderer Mensch, soweit ich das beurteilen kann. Ich kann mir schon vorstellen, dass er für Jungs ein Vorbild, vielleicht sogar eine Vaterfigur darstellen konnte. Wir hatten damals auch so einen Lehrer, mit dem man über vieles reden konnte.« Bukow, Heinrich Bukow. Wie oft hatte er sich während seiner Internatszeit gewünscht, dass dieser verständnisvolle Mann sein Vater wäre? Ein Vater, der einem zuhörte, der einen unterstützte, an Stelle des Eisblocks, der seinen Sohn nur selten und widerwillig zur Kenntnis nahm. Schön wär's gewesen.

Wagner schnaubte verächtlich und zündete sich eine Zigarette an. »Sie haben doch nichts dagegen?«

»Nee.« Wenn Wagner ihm ständig eine vorquarzte, dauerte es wahrscheinlich nicht mehr lange, bis er auch wieder anfing. Aber das sagte er lieber nicht. Wer wusste, wie gallig sein lieber Kollege erst wurde, wenn er unter Nikotinentzug stand. Nicht auszudenken.

Natürlich war die Dürerstraße zugeparkt bis zum Anschlag. Ging hier eigentlich nie einer arbeiten? Einen Parkplatz im östlichen Ringgebiet gab man anscheinend nur im Todesfall auf. Genervt quetschte sich Beck in eine nicht vorhandene Lücke zwischen einem Müllcontainer und einem schlecht geparkten Kleinwagen.

»Hier komm ich nicht raus«, nörgelte Wagner.

»Dann klettern Sie über den Fahrersitz«, Beck knallte die Tür gegen den Container und wand sich aus dem Wagen.

Wagner folgte knurrend. »Hoffentlich ist er überhaupt da, wenn ich mir hier schon einen Bandscheibenvorfall turne!«

Beck entfloh in Richtung Nummer 17 und drückte auf den Klingelknopf. Während er Wagner hinter sich schnaufend und murmelnd näher kommen hörte, ertönte das Rauschen der Gegensprechanlage.

»Wer ist da?«

»Beck, Kriminalpolizei.«

»Kriminalpolizei?«

»Ja. Machen Sie bitte auf.«

Der Türöffner summte und Beck drückte gegen die schwere Glastür. »Vierter Stock«, rief er über die Schulter seinem Kollegen zu und grinste schadenfroh in sich hinein.

»Verdammt.« Wagner hielt es mit Churchill: ›No sports.‹

Beck hatte allerdings auch schon lange kein Fitnessstudio von innen gesehen. In Berlin hatten sie eins in der Behörde gehabt, aber in Braunschweig … na ja. Jetzt im Frühjahr würde er aber wirklich mal wieder joggen, im Prinzenpark, gemeinsam mit einer Hundertschaft anderer Bürohengste, die wie er die Hoffnung hatten, im Grünen ihren schlaffen Waden und runden Bäuchen davonlaufen zu können.

Das Nichtrauchen zahlte sich aus, er war schon oben, als Wagner noch im zweiten Stock herumkeuchte. Wieder mal ein Pluspunkt auf dem schwarzen Konto, das sein Kollege für ihn führte. Er wartete, bis Wagner nach Luft japsend die letzte Stufe erklommen hatte, und klingelte erneut. Die Tür wurde prompt geöffnet und ein irritiert blickender Endzwanziger erschien in der Türöffnung. Sein eleganter, silbergrauer Anzug ließ darauf schließen, dass er gerade erst von der Arbeit gekommen war.

»Herr Karstens?« Beck zückte seinen Ausweis. Nach einem prüfenden Blick bat der junge Mann sie mit einer entsprechenden Handbewegung hinein.

Sie folgten ihm durch den für die Braunschweiger Altbauwohnungen typischen schlauchförmigen Flur in ein geräumiges Wohnzimmer mit einem hohen Kachelofen, der Becks Ästhetenherz neidvoll zucken ließ.

Phillip Karstens wies einladend auf eine großzügige Sitzlandschaft, deren cremefarbener Lederbezug so makellos schimmerte wie in einem Möbelkatalog. Beck fragte sich, wie manche Menschen es schafften, ihr Zuhause in einem perfekten, jederzeit vorzeigbaren

Zustand zu halten. Schließlich hatte Karstens nicht gewusst, dass sie kommen würden. War er eigentlich der Einzige, der seinen Sofabezug nach Schmuddelkompatibilität aussuchte?

Ein hohes Fenster eröffnete den Blick auf die reich verzierten Balkone gegenüberliegender Häuser aus der Gründerzeit. In einer Loggia machte sich bereits eine Frau an ihren Balkonkästen zu schaffen. War das nicht noch ein bisschen früh? Von Blumen hatte er wirklich überhaupt keine Ahnung als Großstadtpflanze, die er nun mal war.

»Setzen Sie sich doch. Darf ich Ihnen etwas zu trinken anbieten?«

Beck und Wagner verneinten. Karstens lächelte wohlerzogen und nahm ebenfalls Platz.

»Herr Karstens, in welcher Beziehung stehen Sie zu Herrn von Düren?«

Entweder war der junge Mann ein sehr guter Schauspieler oder die Frage überraschte ihn wirklich. Das verbindliche Lächeln bröselte aus seinem glatten Gesicht. »Zu ... Herrn von Düren? Wie ... warum fragen Sie?«

Wagner hustete und setzte zu einer seiner Freundlichkeiten an.

»Beantworten Sie bitte meine Frage«, Beck lächelte freundlich und warf einen warnenden Blick in Wagners Richtung. Wann würde der Kotzbrocken endlich begreifen, wer hier die Ermittlungen leitete?

»Ich ... Herr von Düren war mein Lehrer am Schlossgymnasium.«

Karstens sprach mit der überlegten Sorgfältigkeit eines Menschen, der einmal in den Genuss einer Sprachtherapie gekommen war, vielleicht hatte er einmal gestottert? Die kurzen Pausen vor schwierigen Anlauten verrieten ihn. Unaufmerksamen Mitmenschen fiel das sicherlich nicht auf, Beck gehörte jedoch nicht zu ihnen, zumal einer seiner besten Freunde, Gunnar, genau dieselben verräterischen kleinen Anläufe vor bestimmten Worten nahm.

»Ihr Abitur ist doch schon eine ganze Weile her?«

»Ja, nun, ich habe eben den Kontakt gehalten. Herr von Düren ... hat mich sehr unterstützt, damals.« Karstens fuhr sich durch das perfekt gestylte Haar und sah Beck fragend an.

»Unterstützt? Was heißt das?«

»Ich war nicht besonders gut in Mathe, mies, um ehrlich zu sein. Augustus ... Herr von Düren zeigte viel Geduld mit mir und gab mir Nachhilfestunden.«

»Nachhilfestunden?« Wagner hätte jedem Inquisitor Nachhilfe für perfide Untertöne geben können.

Karstens wurde, wie die meisten Unglücklichen, die in den Genuss von Wagners sensibler Verhörtechnik kamen, aggressiv. »Ja, Nachhilfestunden in Mathematik. Ich wüsste nicht, was dagegen einzuwenden ist.«

»Nichts, Herr Karstens«, Beck musste mal wieder retten. »Und daraus ergab sich ein über zehn Jahre andauernder Kontakt?«

»Nicht nur daraus. Wir teilten viele Interessen, Musik – Herr von Düren spielt sehr gut Geige, ich auch, allerdings nicht so gut – Theater und so weiter. Es ergab sich einfach.«

»Die Schwester Ihres ehemaligen Lehrers erzählte uns, dass Sie nicht der einzige ... Freund waren, der aus seiner Schülerschaft stammte.«

»Nein. Bela und Gabriel besuchten ihn auch hin und wieder.«

»Hatten Ihre Freunde ebenfalls Nachhilfeunterricht bei Herrn von Düren?«

»Nicht, dass ich wüsste. Und sie sind nicht meine Freunde. Warum fragen Sie mich das alles? Ich verstehe nicht, wieso meine ... Freundschaft mit Herrn von Düren für die Kriminalpolizei von Interesse ist.«

Du hast recht lange für diese Frage gebraucht, mein Junge, dachte Beck. »Herr von Düren ist tot.«

»Tot? Wie ... ich verstehe nicht ... « Das leicht gebräunte, attraktive Gesicht Karstens verlor schlagartig jegliche Farbe.

Beck musterte ihn aufmerksam. »Ihr Lehrer wurde ermordet. Erstickt, um genau zu sein. Ein qualvoller Tod.«

Manchmal war es nötig, grausam zu sein. Dass es sich wahrscheinlich nur um Totschlag handelte, konnte man später einflechten.

»Erstickt? Ich ... wer? Wer hat das getan? Und warum?« Wie die gläsernen Verzierungen einer venezianischen Karnevalsmaske blickten Karstens' auffallend blaue Augen starr aus der wächsernen Blässe seines Gesichts.

Beck schwieg. Schweigen war auch bei einem Ermittlungsgespräch meistens Gold.

Wagner war da anderer Meinung. »Das ist die Frage, Herr Karstens. Haben Sie finanzielle Probleme?«

Irgendwann bringe ich ihn um, dachte Beck und nahm sich zum wiederholten Mal vor, mit seinem Kollegen eine intensive Unterredung über angemessene Gesprächsstrategien zu führen. Das würde dann die diplomatischen Beziehungen zwischen ihnen beiden allerdings endgültig zum Erliegen bringen. Feigling.

»Nein! Was soll diese Frage?« Karstens richtete sich auf.

»Nun – Herr von Düren war nicht unvermögend. Und jemandem, der bei ihm ein und aus ging, ist das sicherlich nicht verborgen geblieben.« Leider musste Beck den von Wagner bereiteten direkten Weg weiter beschreiten.

»Was soll das heißen? Verdächtigen Sie mich etwa, Augustus wegen seines Geldes umgebracht zu haben?« Karstens sprang auf, den Blick starr auf Beck gerichtet. »Das ist ja lachhaft! Ich habe keinerlei Schulden und ein mehr als gutes Gehalt!«

Das stimmte wahrscheinlich sogar. Karstens war trotz seiner jungen Jahre bereits auf der untersten Führungsetage einer großen Bank gelandet. Das ließ auf eine aussichtsreiche Karriere schließen. Aber vielleicht gab es Spielschulden, überzogene Kredite für überzogene Autos und ähnliche Prestigeobjekte, mit denen ein junger Banker etwaige Konkurrenten blenden musste. Beck ließ seinen Blick über Karstens gleiten. Und der Anzug war auch nicht von H & M.

Ausnahmsweise schien Wagner sich in ähnlicher Denkrichtung zu bewegen. »Was fahren Sie für einen Wagen?«

»Bitte? Was hat das ...? Einen Porsche.«

Da haben wir's.

»Den hat mir mein Vater zum Diplom geschenkt.«

Oder auch nicht. »Wo waren Sie denn, Herr Karstens, heute Nacht zwischen ... neunzehn und sieben Uhr?«

»In Wolfenbüttel, bei meinen Eltern. Meine Mutter hatte Geburtstag.«

»Wann waren Sie wieder zu Hause?«

»Nach Mitternacht, genau weiß ich es nicht.«

»Sie waren bis nach Mitternacht auf dem Geburtstag Ihrer Mutter?«

»Hinterher war ich noch mit einem Kollegen was trinken.«

»Hat Sie jemand gesehen, als Sie nach Hause kamen?«

»Ja, meine Nachbarin, Heike Levandowski. Sie war gerade mit dem Hund draußen gewesen. Und heute Morgen traf ich sie wieder, auf dem Weg zur Arbeit, gegen halb sieben.« Die Starre in Karstens' Augen wich einem triumphierenden Funkeln. Er hob das Kinn.

»Sie sind heute früh zu Hause, Herr Karstens. Muss man nicht länger arbeiten, wenn man bei der Bank Karriere machen will?« Unverdrossen holte Wagner den Holzhammer wieder hervor. Aber er hatte nicht ganz unrecht. Ein Abweichen von der täglichen Routine konnte immer ein Hinweis auf Schuld und Trauma sein.

»Die ganze Abteilung ist heute eher gegangen. Der Chef hat eingeladen, anlässlich eines Firmenjubiläums.« Sein Ton ließ keinen Zweifel daran, wer daran schuld wäre, sollte seine Karriere durch eine Verspätung Schaden nehmen.

Beck lächelte und erhob sich. »Nur eine Kleinigkeit noch, Herr Karstens. Der Name Ihres Kollegen?«

»Meines Kollegen?«

»Mit dem Sie gestern noch etwas trinken waren.«

»Marco Dressel. Sie glauben also ernsthaft, ich hätte Augustus getötet? Das kann doch nicht Ihr Ernst sein?«

»Ich glaube gar nichts, Herr Karstens. Sie hatten engeren Kontakt zum Toten und ich stelle meine Routinefragen, nichts weiter. Ich wünsche Ihnen dennoch einen angenehmen Abend.«

»Schleimen Sie sich schön beim Chef ein.«

Hinter ihnen knallte die Tür ins Schloss.

Der Tag der Dienstaufsichtsbeschwerde war nicht mehr fern, die Beck wegen tätlicher Übergriffe auf seinen Kollegen erhalten würde.

3. Kapitel

Grässlich. Daglind von Düren war beim Anblick der verwüsteten Wohnung ihres Bruders in Tränen ausgebrochen und hatte sich nur schwer wieder fassen können. In solchen Momenten fühlte sich Beck wie ein Schlächter, ein Seelenschänder. Aber er hatte nun mal keine Wahl. Niemand sonst hätte den Besitz von Dürens überprüfen können.

Es fehlten eine Menge wertvoller Gegenstände, unter anderem das antike Silberbesteck, das Meißner Porzellan, einige Goldmünzen. Die Geige von Dürens, die nach Aussage seiner Schwester viele tausend Euro wert war, lag noch an ihrem üblichen Platz im Arbeitszimmer.

Mit preußischer Disziplin hatte Daglind von Düren schließlich ihre Tränen getrocknet und akribisch eine Liste erstellt, auf der wahrscheinlich noch nicht einmal ein verlorener Hosenknopf vergessen worden war.

Besonders schwer war ihm gefallen, ihr die Mitnahme eines Fotos in goldenem Rahmen verweigern zu müssen, das die drei Geschwister in ihrer frühen Jugend zeigte. Stattdessen hatte er es in einem unbeobachteten Moment selbst eingesteckt.

Nachdem sein Kollege den Wagen verlassen hatte, blieb Beck noch einen Moment sitzen und betrachtete es. Ernst blickten die drei jungen Menschen in die Kamera, so als ahnten sie bereits, dass das Leben ihnen nicht nur Glück bringen würde. Von Düren wirkte zart, fast schon ätherisch. Der strenge Haarschnitt nach der Mode der damaligen Zeit ließ die hohen Wangenknochen stark hervortreten, eine blonde Strähne hatte sich vorwitzig aus der pomadigen Fasson gewagt und fiel in die glatte Stirn. Die schneidige Kluft der Hitlerjugend wirkte wie eine Verkleidung an ihm, ein Faschingskostüm. Seine Schwestern nahmen ihn in die Mitte, die jüngere, Tilrun, sah bewundernd zu ihm auf. Ihre dunklen Locken, die sich widerspenstig aus einem dicken Zopf lösten, bildeten einen starken Kontrast zum goldenen Blondhaar ihrer Geschwister.

Daglind blickte unter schweren blonden Flechten als einzige in die Kamera, mit festem Blick, als hätte sie dem Fotografen Einhalt gebieten wollen.

Er steckte das Foto wieder ein und stieg widerwillig aus. Hoffentlich hatte schon irgendjemand die neue Espressomaschine in Gang gebracht. Tränen auf einen koffeinlosen Magen waren nur schwer zu ertragen.

Gleich beim Hereinkommen sah Beck schon den Bericht der Pathologin in der Ablage liegen und stürzte sich darauf. Noch im Mantel las er die erste Seite.

Von Düren war tatsächlich nachts gestorben, etwa zwischen zwanzig und sieben Uhr morgens, die Leichenstarre war zum Zeitpunkt der Untersuchung vollständig eingetreten gewesen. Der ehemalige Studienrat hatte einen Schlag mit einem stumpfen Gegenstand auf den Kopf erhalten, dieser war aber nicht die Todesursache. Wahrscheinlich war er schachmatt gesetzt worden, damit er sich nicht gegen die Fesseln wehrte.

Der Zeitpunkt ließ eigentlich nicht auf einen Profi schließen. Ein erfahrener Einbrecher hätte das Haus beobachtet und gesehen, dass Augustus von Düren das Haus gegen Abend verlassen hatte, und zu diesem Zeitpunkt zugeschlagen.

Hatte der Einbrecher nicht mit von Dürens Anwesenheit gerechnet?

Vor Becks innerem Auge lief ein Film ab: Ein gesichtsloser Mann riss mit behandschuhten Händen Schubladen aus einer Kommode, ein Schlüssel knirschte im Schloss, ein entsetzter Aufschrei, ein Schlag, Stille. Hektische Suche nach einem Seil … – Womit war der Mann eigentlich gefesselt worden? War der Bericht der Spurensicherung schon da? Wahrscheinlich nicht.

Er eilte zur Tür und riss sie auf. »Pu… Frau Meyer?! Ist der Bericht von der Technik schon da?«

Pumuckl steckte den Wuschelkopf durch ihre Türöffnung. »Nein. Noch nicht. Und Sie können ruhig ›Pumuckl‹ sagen, ich weiß sowieso, dass Sie mich alle so nennen.«

Fast wäre Beck rot geworden. »Ähm, nein, das fände ich nicht nett.«

Pumuckl zuckte mit den Achseln und verschwand.

Ihm fiel etwas ein und er musste sich setzen. Tom! Der Sänger hatte doch erzählt, er hätte am Tag, an dem von Düren starb, etwas bei diesem abgegeben! Vielleicht hatte Tom etwas bemerkt? Oder … vielleicht hatte er seinen Fast-Onkel ausgeraubt? Und aus Versehen umgebracht? Tom litt doch als Langzeitstudent unter notorischem Geldmangel. Nein. Beck schüttelte den Kopf. Niemals. Dazu war er auf der Bandprobe viel zu unbefangen gewesen. Dennoch würde er ihn anrufen müssen. Wie unangenehm.

Vielleicht sollte er erst einmal seinen Mantel ausziehen. Und dann brauchte er unbedingt einen Kaffee. Woher wusste seine Sekretärin eigentlich von ihrem Spitznamen? Den hatten sie doch hoffentlich nie in ihrer Gegenwart benutzt? Andererseits war ja Wagner für seinen dezenten, sensiblen Umgang mit Kollegen geradezu berühmt. Egal, es war nicht mehr zu ändern.

Wie die Kollegen ihn wohl nannten? Oder war er so uninteressant, dass er noch nicht einmal einen Spitznamen hatte? Ach, er wollte es gar nicht wissen. Für Wagner hätte er schon mal ein paar nette Namen auf Lager: Muffelbratze, Stinkstiefel, Spaßbremse …

»Herr Beck?« Die Spaßbremse steckte das heitere Antlitz durch die Tür.

Beck verschluckte sich und musste husten. Nachdem die Hustenattacke vorüber war, sank er völlig entkräftet auf seinen Sessel.

Wagner musterte ihn befremdet. »Geht's noch? Oder soll ich den Notarzt rufen? Ich wäre dann so weit.«

»Wie weit?« Beck rang immer noch nach Luft.

»Ich denke, wir wollten heute Morgen noch zu Oppermann, bevor er in die Uni fährt!«

»Ja, stimmt. Na, dann los.« Das war die Strafe für schlechte Gedanken wider seinen Nächsten. Jetzt war es schon zehn und er hatte nicht einen einzigen Schluck belebenden Koffeins intus.

Kleine Sünden bestrafte Gott eben doch sofort.

*

»Das hätte ich ja nicht gedacht. Der Sohn des Bürgermeisters wohnt im Affenfelsen?« Kopfschüttelnd sah Wagner an der monströsen Fassade des riesigen Studentenwohnheims hoch. »Schön ist was anderes.«

Hinter ihnen flutete der Verkehr brausend um das dunkle Massiv des Hochhauses wie der Pazifische Ozean um Kap Hoorn. Nur war das berühmte Grab vieler Matrosen immerhin ein hübscher Anblick. Ein Grab war der Affenfelsen jedoch auch – Beck hatte von Selbstmorden munkeln hören. Kein Wunder. Wahrscheinlich wäre sogar Hape Kerkeling depressiv geworden, hätte er hier Quartier nehmen müssen.

»Stimmt. Vielleicht soll er sich gerade nicht aus der Masse der Studenten hervorheben? Sie wissen schon, nach dem Motto ›Ich musste mir auch alles selbst verdienen‹. Manche Väter sind so.« Beck betrat die Eingangshalle des Wohnheims, die ungeachtet der verstrichenen Jahrzehnte immer noch mit dem schäbigen Chic der siebziger Jahre aufwartete. Ihre Schritte hallten auf dem praktischen PVC-Fußboden.

»Gemütlich. Wer in diesen Wänden sein Zuhause hat, hält sich wahrscheinlich freiwillig an die Regelstudienzeit.« Wagner lachte keuchend.

Beck warf einen Blick auf die Übersichtstafel. »Zimmer 405.«

Vorsichtig betraten sie einen wenig Vertrauen erweckenden Fahrstuhl, der sie asthmatisch schnaufend in den vierten Stock schuckelte.

»Mein Gott, da wären wir ja zu Fuß schneller gewesen«, Wagner war schon wieder in Hochstimmung.

»Sehen Sie einen Wegweiser?« Beck schaute sich suchend in den langen, kahlen Fluren um, deren einziger Schmuck die obligatorischen Schwarzen Bretter waren, auf denen neonfarbene Zettel nach Beachtung schrien. *Mitfahrgelegenheit nach Bremen gesucht, Riesige Yucca abzugeben, Suche günstigen Laptop, Tausche ruhiges Zimmer zur Mühlfordstraße gegen größeres Zimmer zum Ring, Wer hat mein Fahrrad gesehen? Rosa Lackierung mit schwarzem Korb. Belohnung!!, Tobias, wo bist du? Habe deine Telefonnummer verloren! Suse, Zimmer 406 (die Blonde aus dem* Faust*).*

»*Faust?*«

»Ist 'ne Studentenkneipe auf dem Campus. Was grinsen Sie denn so?« Wagners Ton legte nahe, dass Grinsen mit einer Ordnungsstrafe belegt werden sollte.

»Ich grinse nicht.« Doch Beck merkte selbst, dass ihn die Studentenbotschaften in eine selig nostalgische Stimmung versetzt hatten. Ach, was für schöne Zeiten, in denen geklaute Fahrräder und das blonde Mädchen vom letzten Wochenende die größten Sorgen in seinem Leben gewesen waren.

»Verdammte Scheiße noch mal!« Eine Tür fiel krachend zu und beide zuckten zusammen. Zwei Mädchen stürmten im Eiltempo den Flur entlang, die eine blond, die andere schwarz, wie Schneeweißchen und Rosenrot. »Fuck – jetzt haben die Arschkrampen mir das BaFöG gestrichen. Kannste mir mal sagen, wie ich jetzt klarkommen soll? Und Torben nervt auch nur ab, ich glaube, den schieß ich in den Wind, den Loser.« Die Stimme der Blonden überschlug sich in schwindelerregende Höhen.

So hätte Schneeweißchen den Prinzen nie gekriegt.

Die Schwarze streifte Beck mit einem Blick, der in seiner Gleichgültigkeit schon beleidigend war. »Was soll ich denn sagen? Meine Alten liegen mir permanent in den Ohren, wie teuer alles ist. Ich kann aber nicht arbeiten, wegen diesem verfickten Praktikum! Das kapieren die einfach nicht.«

Mit wehenden Mähnen und knallenden Springerstiefeln zogen die jungen Frauen an den Männern vorbei. Fast hätte sich Beck an die Wand gedrückt. Mann wusste ja nie. Von Schneeweißchen und Rosenrot waren die so weit entfernt wie Amy Winehouse von Heidi Klum. Wie gut, dass er heute nicht mehr jung und auf der Suche war – solche Mädchen hätten ihm eine Angstneurose verpasst. Die kastrierten einen ja schon mit einem Blick.

Er schüttelte den Kopf. Jetzt war er schon in einem Alter, das die Jugend nicht mehr verstand. Deprimierend. Fehlte bloß noch, dass er mangelnde Manieren und laute Musik beklagte.

»Herr Beck!« Wagners Ton ließ das Erreichen einer Toleranzgrenze erkennen. Anscheinend rief er nicht das erste Mal. »Hier ist es, 405.«

Beck schloss eilig zu seinem Kollegen auf, der bereits ungeduldig an die grün lackierte Tür klopfte.

Eine Tür klackte, Schritte näherten sich, anscheinend war jemand zu Hause. Soweit man das so nennen konnte. In einem schmalen Spalt erschien ein fragendes Auge. »Ja?«

»Herr Oppermann?«

Das Auge zwinkerte bestätigend. »Hmm.«

»Kriminalpolizei. Dürfen wir hereinkommen?«

Der Türspalt weitete sich und ließ einen ätherisch wirkenden jungen Mann erkennen. Glänzende hellbraune Locken umrahmten ein zartes, fast mädchenhaft hübsches Gesicht. Beck war versucht, nach den Ohren zu schielen. Es hätte ihn nicht überrascht, wenn sie spitz gewesen wären. Ein junger Elf, ein Wechselbalg.

»Kriminalpolizei?« Die schräg gestellten grünen Elfenaugen zeigten recht irdisches Erschrecken

»Ja. Wir müssen mit Ihnen sprechen.« Wagner drängelte bereits durch die schmale Türöffnung und der Junge trat überrumpelt zurück.

Das Zimmer wies mit drangvoller Enge auf eine erschwingliche Miete hin. Eine schmale Pritsche, ein Schreibtisch, ein Schrank. Das war's. Lediglich einige Poster – anscheinend war der junge Oppermann David-Garret-Fan – und eine kränkelnde Topfpflanze auf dem schmalen Fensterbrett versuchten vergeblich, diesem Schlauch einen Hauch von Individualität zu verleihen.

Beck wies mit dem Kinn auf das ultraweiße Lächeln des jungen Stargeigers. »Spielen Sie Geige?«

»Cello. Wieso?« Sie standen zwischen Bett und Schreibtisch eingeklemmt wie Footballspieler in voller Montur in einem Kinderzimmer des sozialen Wohnungsbaus. Oppermann wies auf das sorgfältig mit einer indischen Decke verhüllte Bett und setzte sich selbst auf den einzigen Stuhl. »Bitte. Andere Sitzgelegenheiten habe ich leider nicht.«

»Sie spielen Cello?« Beck setzte sich und sah sich suchend im Zimmer um. »Wo …?«

»Nicht hier. Viel zu hellhörig. Ich spiele in der Uni, da gibt es schallgedämpfte Übungsräume.«

»Studieren Sie Musik?«

»Nee. Jura. Worum geht es hier eigentlich? Sie sind doch nicht gekommen, um nach meinem Studiengang zu fragen.« Der Elf hatte eine erstaunlich tiefe und raue Stimme, die in attraktivem Gegensatz zu seiner zarten Erscheinung stand.

»Sie kennen Augustus von Düren?«

»Augustus? Ist ihm etwas … etwas passiert?« Gabriel Oppermann beugte sich angespannt nach vorn.

»Kennen Sie ihn?«

»Ja. Ja, natürlich. Aber das wissen Sie doch schon, sonst wären Sie nicht hier.«

»In welcher Beziehung standen Sie zu Herrn von Düren?« Beck konnte sich einen schnellen Blick auf die vollen, schön geschwungenen Lippen des Jungen nicht verkneifen.

»In welcher Beziehung? Er war mein Lehrer ... früher. Wir waren ... befreundet.«

»Nur befreundet?« Wagner war das leichte Zögern ebenso wenig entgangen wie Beck.

»Ja.«

»Hat er Ihnen auch ... Nachhilfestunden gegeben?«

Becks Nackenhaare stellten sich auf, aber er griff nicht ein. Manchmal war Wagners Hang zur Gemeinheit ganz nützlich.

»Was meinen Sie?« An Oppermanns Schläfe pochte eine blaue Ader.

»Sie wissen schon, was ich meine.«

»Spinnen Sie? Mit dem alten Kerl?« Gabriel Oppermann lächelte verzerrt. »So kaputt bin noch nicht mal ich. Ja, er hat mir tatsächlich in der Schule Nachhilfe geben. Na und? Ist das vielleicht verboten?« Er hob das spitze Kinn

»Nein. Natürlich nicht.« Beck legte um Verständnis werbende Wärme in seine Stimme. »Wir fragen uns nur, warum so viele seiner ehemaligen Schüler noch einen recht intensiven Kontakt zu Herrn von Düren hatten. Das ist etwas ungewöhnlich. Normalerweise ist man doch froh, wenn man seine Lehrer nach dem Abi nie mehr wiedersehen muss.«

Die lang bewimperten Lider Oppermanns flatterten und er lächelte. »Das stimmt schon.« Das Lächeln verschwand. »Aber mit ... Augustus war es eben anders.«

»Wie anders denn?« Wagner verfolgte sein Ziel mit der ungerührten Sturheit eines Bulldozers.

»Verdammt noch mal! Wir haben uns eben gut verstanden. Wir interessierten uns beide für Musik und so weiter.« Gabriel ließ grüne Pfeile in Wagners Richtung blitzen.

Beck schaltete sich wieder ein. »So? War es auch die Musik, die Philipp Karstens und Bela Fröhlich mit Ihrem gemeinsamen Lehrer verband?«

»Mag sein. Keine Ahnung.«

»Hm. Verstehe ich Sie richtig, Sie waren zwar, wie Philipp Karstens und auch Bela Fröhlich, mit Augustus von Düren befreundet, aber nicht miteinander?«

»Ja. Das haben Sie ganz richtig verstanden. Wir haben schon in der Schulzeit nicht viel miteinander zu tun gehabt.«

»Ungewöhnlich.« Beck blickte zu Wagner, doch der zuckte bloß mit den knochigen Schultern.

»Warum? Bloß, weil wir zufällig in einem Jahrgang waren, müssen wir doch nicht befreundet sein. Aber sagen Sie doch endlich, warum Sie hier sind! Was ist mit Augustus?!«

»Er ist tot. Ermordet.« Beck richtete seinen Blick hart auf sein Gegenüber.

»Er ...« Oppermann griff sich an die Brust und fiel um. Er schlug so schnell und hart auf den Boden auf, dass weder Beck noch Wagner reagieren konnten.

»Verdammt. Was für eine Schwuchtel.«

Beck enthielt sich eines Kommentars und legte die Füße des Ohnmächtigen hoch. »Holen Sie mal einen feuchten Lappen.«

Abfällig murmelnd stieg Wagner über den leblosen Körper und machte sich im angrenzenden Badezimmer zu schaffen. »Hier.«

Beck legte das nasse Handtuch gefaltet über die durchscheinende Stirn. Der Junge sah aus wie ein marmorner Grabengel. Nomen est omen. Überrascht fühlte er ein Ziehen in der Brust, ein schmerzhaftes Sehnen. Er hustete. »Da, er kommt zu sich.«

Die bläulichen Lider zuckten. Gabriel blickte orientierungslos in Becks Gesicht. Ein zögerndes Lächeln erschien auf seinen Lippen. »Was ist ...?«

»Sie sind ohnmächtig geworden.« Und Wagners Tonfall ließ keinen Zweifel daran, was er davon hielt.

»Ach, Gott.« Der Junge richtete sich auf.

»Langsam.« Beck stützte ihn und fühlte die spitzen Schulterblätter in seinen Handflächen. Wie Engelsflügel. Hatte er eigentlich noch alle Tassen im Schrank?

»Möchten Sie ein Glas Wasser?«

»Nein, nein, das geht schon. Ich habe das öfter, leider. Mein Herz … na ja.« Die vollen Lippen schimmerten bläulich.

»Nehmen Sie Tabletten? Soll ich …« Beck hatte wenig Lust, für einen Herzanfall verantwortlich zu sein.

»Nein, nein. Ich habe meine Dosis heute schon genommen, danke.« Gabriel stand auf und nahm wieder auf dem Stuhl Platz.

»Was sagen Sie also dazu?«

»Wozu?«

»Dass Ihr alter Freund ermordet wurde?«

»Dass es schrecklich ist, was dachten Sie denn? Wer hat das getan?«

»Wenn wir das wüssten, wären wir nicht hier. Oder vielleicht doch, wie man's nimmt.« Wagner ließ sich auch durch einen Schwächeanfall nicht beirren.

»Was wollen Sie damit sagen? Ich … Sie glauben doch nicht etwa …« Oppermann fasste sich an die Herzgegend.

»Ersparen Sie uns bitte einen weiteren Anfall. Also?«

»Was – also? Ich war's nicht.«

»Wo waren Sie am Sonntag zwischen neunzehn und sieben Uhr morgens? Regen Sie sich nicht auf, wir müssen das jeden fragen, der mit Herrn von Düren Kontakt hatte.« Beck lächelte entschuldigend.

»Am Sonntag? Erst war ich in der Uni zum Üben, mit einem Freund. Danach ich war zum Abendessen bei meiner Mutter. Wir haben dann noch ziemlich lange musiziert, deshalb habe ich auch bei ihr übernachtet.«

»Bei Ihrer Mutter? Leben Ihre Eltern nicht zusammen?«

»Nein. Aber mein Vater zieht es vor, der Öffentlichkeit was anderes vorzumachen. Offiziell sind meine Eltern glücklich verheiratet.« Gabriel verzog den hübschen Mund.

Sieh an. Der Bürgermeister lebte getrennt. Aber wahrscheinlich wusste das wieder jeder, nur Beck nicht. Vielleicht sollte er doch häufiger die Klatschspalte in der *Braunschweiger Zeitung* lesen. »Gibt es Zeugen? Für Ihr Üben, meine ich?«

»Nico. Nico Hahnewald.« Zarte Röte überzog die blassen Wangen.

Aha.

»Er spielt Querflöte. Manchmal verabreden wir uns zum Duett.«

»Wie lange waren Sie bei Ihrer Mutter?«

Gabriel dachte nach. »Bis acht, denke ich. So in etwa.«

»Und danach?«

»Danach war ich hier. Und ehe Sie fragen, Suse hat mich kommen sehen. Wir haben noch einen Wein zusammen getrunken. Sie hat das Zimmer neben mir, 406.«

406. Die Blonde aus dem *Faust*. »Gehen Sie manchmal ins *Faust*?«

»Wie bitte? Ja, ab und zu, warum?« Gabriel lächelte zögernd.

Tja, das wusste Beck selbst nicht. Er erhob sich. »Gut. So weit erst einmal. Vielen Dank, Herr Oppermann, wir wollen Sie nicht weiter von Ihren Vorlesungen abhalten. Halten Sie sich aber bitte bereit, es kann gut sein, dass wir weitere Hinweise von Ihnen benötigen.«

»Ja.« Gabriel Oppermann blickte auf seine Armbanduhr.

Vor der Tür blieb Beck stehen. »Ach. Eine Frage noch.«

Alarmiert blickte der junge Mann auf.

»Haben Sie jemandem von dem Wohlstand Ihres Lehrers erzählt? Freunden? Mitstudenten?«

Tränen traten in die Elfenaugen. Stumm schüttelte Oppermann den Kopf und blickte zu Boden. »Nein.« Seine Stimme brach. »Ich habe eigentlich nie mit jemandem über Augustus gesprochen.«

»Gut. Sie hören von uns. Auf Wiedersehen.«

Vor der Nachbartür blieb Beck stehen und klopfte. Nichts. Die Bewohnerin war anscheinend schon eifrig beim Studieren. Die Zeiten, zu denen Studenten sich bis um elf im Bett gewälzt hatten, waren ja lange vorbei. Arme Jugend, die keine mehr hatte. Nein, bei allen Vorteilen eines Körpers, der ohne jedes Zutun mit einem flachen Bauch aufwarten konnte – Beck war froh, dass er zu einer Zeit jung gewesen war, zu der man sich noch ungestraft mitten in der Woche die Kante geben konnte, ohne gleich ein Semester zurückzufallen.

»Na, da haben Sie ja eine Eroberung gemacht.« Wagner brachte sich knarrend in Erinnerung.

»Was?«

»Der hat Sie ja regelrecht angehimmelt. Ätzend.«

»Wieso ätzend? Wenn er eine hübsche Blondine wäre, würden Sie es doch auch nicht ätzend finden.«

»Doch. Das würde ich auch ätzend finden.« Wagner stapfte schnaubend davon.

Beck fehlten mal wieder die Worte.

*

Erstaunt blickte Sarah auf den gedeckten Tisch in Luises Salon. »Nanu? Vier Gedecke? Bekommen wir Besuch?«

Asta blickte über ihre Schulter und nahm ein Stöfchen aus dem Vertiko. »Filomena kommt gleich. Sie hat von der Raststätte angerufen! Da habe ich euch ein bisschen Kaffee gemacht.«

»Filo kommt?« Sarah stellte ihre Tasche verwundert neben das rote Samtsofa.

»Sie hat wohl Stress mit einem Kerl, jedenfalls habe ich das so verstanden.« Asta rückte eine Kuchengabel zurecht.

»Hat sie mal wieder einen armen Kerl zum Dessert vernascht und wird ihn jetzt nicht wieder los?« Die Eskapaden ihrer besten Freundin verliefen immer wieder nach demselben Muster. Sarah schaute von der weißen Leinentischdecke aus der Aussteuer ihrer Mutter auf die verlockend schimmernde Schokoladentorte. »Ein ›bisschen Kaffee‹ ist gut. Hast du die Torte extra für uns gebacken?«

»Du weißt doch, dass ich gerne backe.«

»Nur zu gut. Egal, wenn Filo hier ist, habe ich sowieso keine Aussicht auf eine vernünftige Lebensweise.« Ein Poltern in der kleinen Halle ließ beide Frauen herumfahren. »Wenn man vom Teufel spricht ...«

»Wer spricht vom Teufel?« Mit von kühler Frühlingsluft geröteten Wangen kam Filomena hereingestürmt und schwenkte triumphierend eine Champagnerflasche.

Sarah stöhnte. »Siehst du? Keine Chance.«

»Keine Chance auf was?« Filo warf ihre hübsche Chanelhandtasche achtlos neben einen Stuhl und schüttelte glitzernde Tropfen aus dem schwarzen Pagenkopf.

»Auf eine gesunde Ernährung, wenn du in der Nähe bist!« Lachend umarmte Sarah ihre Freundin.

»Wozu denn auch. Gesund macht keinen Spaß!«

»Das erzähl mal Asta. Die wird dir gleich vorrechnen, dass dein biologisches Alter sich nach dem Genuss dieser Flasche in Windesseile verdoppeln wird.«

»Bla bla.« Asta blies die schmalen Wangen auf. »Ich gehe jetzt. Erzählt euch in Ruhe von Liebesglück und Liebesleid. Aber erzählt schnell, wenn Luise mitkriegt, dass es hier Champagner gibt, seid ihr nicht lange allein.«

»Wie wahr. Wenn man eine Säuferin in der Familie hat, sollte man jeglichen Alkohol schnell selbst vernichten.«

»Ts, ts. Luise säuft nicht, sie regt ihren Kreislauf ein klein wenig an. Ihr wisst doch, ihr Blutdruck.« Asta grinste.

Alle kicherten.

»Pfui!« Filo suchte in einer Schublade des riesigen schwarzen Küchenbuffets nach einem Korkenzieher. »So über eine reizende, alte Dame zu sprechen. Ihr solltet euch schämen.«

»Die reizende, alte Dame hat sich gerade bei Karstadt einen Leopardenstring gekauft.« Asta zog eine andere Schublade auf und reichte Filo das gesuchte Werkzeug. »Und als die Verkäuferin sie gefragt hat, ob sie ihn als Geschenk verpacken soll, hat Luise gesagt: ›Nein, danke – wenn hier irgendein Geschenk verpackt wird, dann bin ich das. Und zwar mit diesem String.‹ Manchmal könnte ich wirklich sterben, wenn sie den Mund aufmacht.«

Filo warf den Korkenzieher beiseite und lachte kreischend. »Ich liebe diese Frau! Und? Was hat die Verkäuferin gesagt?«

»Nichts mehr. Sie hat mit zitternden Händen das Teil in die Tüte gepackt und wahrscheinlich gehofft, dass ihr das Bild von Luises Hintern in diesem unsäglichen Ding irgendwann wieder aus dem Kopf geht.« Asta ging zur Tür und lächelte. »Viel Spaß, ihr beiden. Macht es euch hübsch.«

Knallend fuhr der Korken aus der Flasche und schoss gegen einen der alten Kupferkessel, die nur noch zur Dekoration in den gemauerten Regalen der alten Schlossküche standen. Filo goss die schäumende, goldene Flüssigkeit in Sarahs Sektflöten und ließ sich seufzend auf das alte dunkelrote Samtsofa sinken. »Ach, tut das gut, hier zu sein, bei euch. Am besten, ich bleibe für immer hier.«

Befremdet setzte sich Sarah auf einen Stuhl. »Was ist denn bloß los, Filo?«

»Nichts. Ich habe bloß alles so satt. Berlin, meine Arbeit, die Kerle, einfach alles. Es ist Frühling, ich habe eine neue Handtasche, hatte bis vor zwei Tagen einen reichen, gut aussehenden Freund – und finde alles zum Kotzen. Das ist doch nicht normal! Kann man mit neunundzwanzig eigentlich schon in die Wechseljahre kommen?« Filos Unterlippe verzog sich zitternd und eine silbrige Träne suchte sich zögernd einen Weg über die alabasterweiße Wange, sie war es sichtlich nicht gewohnt, hier entlang zu fließen.

»Mein Gott, du weinst ja! Ach, Schatz …« Sarah stürzte um den Tisch und setzte sich neben ihre Freundin auf das Sofa.

Energisch schüttelte Filo den Kopf. »Nein. Auf keinen Fall. Ich weine nie.« Sie brach in haltloses Schluchzen aus.

Ratlos legte Sarah einen Arm um ihre Freundin. »Sag mir doch, was los ist, Filo.«

»Ich … mein … mein Vater ist gar nicht mein Vater. Habe ich gerade erfahren. Ich weiß überhaupt nicht, warum ich flenne. Ich sollte eigentlich froh sein, dass ich mit dem Arsch nicht verwandt bin.«

»Woher weißt du das?«

»Meine Tante hat sich verplappert. Die Ziege. Tja, mit der bin ich ja dann auch nicht verwandt. Hurra.«

»Deine Tante Amalie? Die Schwester von deinem … äh«

»Von meinem Nicht-Vater, jawohl.«

»Aber … wieso … ich meine …?«

»Bezahlt haben sie ihn. Damit er meine Mutter mit ihrem ungeborenen Balg wieder ehrbar macht. Bezahlt, damit er Ehemann und Vater spielt. Und ich wundere mich mein ganzes Leben, dass ich ihm so scheißegal bin. Na ja, das Wundern habe ich mir ja schon lange abgewöhnt. Was soll's, ich komme schon klar. Am liebsten würde ich meinen Namen abgeben. Von Seifen. Mein Leben lang habe ich zu hören bekommen, dass ich ihm Ehre machen soll, dem Namen, der gar nicht meiner ist.«

Sarah streichelte hilflos über Filos knochigen Rücken und dachte an ihren eigenen Vater, der sie nur selten zur Kenntnis genommen hatte.

Väter. Irgendwie brachten die kein Glück.

*

Erfreut betrachtete Beck den hübschen Fachwerkhof, der sich an die sanften Hügel des südlichen Elms schmiegte wie ein Lämmchen an die Flanke seiner Mutter. Ein murmelnder Bach säumte den gewundenen Pfad, der zu einer niedrigen Haustür führte, die jemand in einem hübschen Lavendelton sorgfältig gestrichen hatte.

Beck blieb einen Moment stehen und atmete tief ein. »Schön hier. Manche Leute haben ein Glück!«

»Finden Sie? Ist doch absolut tote Hose.« Wagner scharrte ungeduldig mit einem schlammigen Schuh über die Pflastersteine.

Armer Wagner. In seiner Welt gab es keine murmelnden Bächlein, nur stinkende Gräben, keine Osterlämmchen, nur Lammkoteletts.

Beck ließ noch einmal den Blick schweifen, über den Wald, der in winterlicher Spröde verharrte und sich in seiner Strenge noch nicht von den Märzenbechern und Krokussen beirren ließen, die im Vorgarten des kleinen Bauernhofes den Frühling willkommen hießen. Plötzlich hätte er die ganze Welt umarmen können. Morgen würde er Sarah wiedersehen und es roch nach feuchter Erde, die Welt erwachte wieder.

Wagner, der nicht wusste, dass er nur haarscharf einer innigen Umarmung entgangen war, schlurfte weiter und klopfte an die himmelblaue Tür, die sich sofort öffnete.

Eine zierliche Frau mit feinen, scharf geschnittenen Zügen trat auf die Schwelle und bat sie mit einer einladenden Handbewegung herein. »Guten Tag. Mein Sohn hat sich schon gedacht, dass Sie kommen.«

»Tatsächlich? Guten Tag. Beck ist mein Name und dies ist mein Kollege.«

»Wagner.«

Sie folgten der dunkelhaarigen Frau durch einen engen Flur in ein geräumiges Wohnzimmer, in dem ein bullernder Kaminofen behagliche Wärme verbreitete.

Ein junger Mann erhob sich aus einem gemütlich wirkenden Sessel, der nahe beim Ofen stand, und legte ein schweres Buch beiseite, in dem er offensichtlich gelesen hatte. Er war seiner Mutter wie aus dem Gesicht geschnitten, die gleichen schwarzen Augen schauten wach unter einem dichten, dunklen Schopf auf die Besucher.

Er reichte ihnen die Hand und wies auf ein Sofa vor dem Fenster, dessen samtige, dunkelgrüne Vorhänge weit zur Seite geschoben worden waren, um die Frühlingssonne hereinzulassen. »Fröhlich. Nehmen Sie doch Platz.«

Seine Mutter schenkte dampfenden Kaffee in dickwandige blaue Steingutbecher mit weißen Tupfen. »Oder möchte jemand lieber Tee?«

»Nein, Kaffee ist gut, vielen Dank.« Beck lächelte dankbar.

Wagner grunzte zustimmend.

»Ich weiß, warum Sie hier sind. Philipp Karstens hat mich angerufen.«

Verdammt. Das war ärgerlich, aber nicht zu ändern. Ein Überraschungsbesuch brachte meistens mehr an den Tag, nun war der junge Mann leider vorbereitet. »So? Und was hat er Ihnen erzählt?«

»Dass jemand Augustus von Düren getötet hat. Und dass Sie ihn verdächtigen.«

»Unsinn. Wir verdächtigen ihn nicht. Außerdem hat er ja ein Alibi.«

»Womit wir gleich beim Thema wären.« Wagner hatte anscheinend erst einmal genug Koffein zu sich genommen und feuerte wieder. »Wo waren Sie denn, Herr Fröhlich? In der fraglichen Zeit?«

»Welche fragliche Zeit?« Fröhlich nahm einen Schluck Kaffee und blickte fragend unter seinen dunkelbraunen Locken hervor. In diese plumpe Falle war er schon einmal nicht getappt. Wagner neigte dazu, seine Mitmenschen für allzu dämlich zu halten.

»Zwischen Mitternacht und sieben Uhr, gestern.«

Aus den Augenwinkeln nahm Beck wahr, wie Frau Fröhlich nahezu lautlos das Zimmer verließ. Sehr gut.

»Sonntagnacht? Da war ich in Magdeburg. Ich mache dort mein AiW.«

»AiW?«

»Assistenzarzt in Weiterbildung. Ich bin dabei, meine fachärztliche Ausbildung abzuschließen.«

»Für welche Richtung haben Sie sich entschieden?«

»Anästhesie.«

»Ich nehme an, Sie haben Zeugen für Ihren Aufenthalt in Magdeburg?« Beck beobachtete den jungen Mann konzentriert.

»Natürlich. Ich hatte Bereitschaftsdienst und schlief in der Klinik. Die Nachtschwester und ein Assistenzarzt waren ebenfalls dort.«

»Bis wann waren Sie in der Klinik?«

»Etwa bis um sechzehn Uhr. Danach bin ich nach Hause gefahren, hierher. Zum Abendessen kamen dann Freunde der Familie vorbei.« Fröhlich richtete sich angespannt in seinem Sessel auf.

»Wir werden Ihre Angaben überprüfen. Sie sind also seitdem hier geblieben, in Reitlingen?«

»Ja. Ich verbringe oft meine dienstfreie Zeit bei meiner Mutter. Ich erhole mich hier besser als in Magdeburg.«

»Das glaube ich Ihnen. Sie haben es hier sehr schön. Gibt es eigentlich einen Vater in Ihrem Leben? Ihre Mutter scheint allein hier zu wohnen?« Beck ließ seinen Blick durch den Raum schweifen.

Abwehr stand in Fröhlichs dunklen Augen. »Ja. Mein Vater ist schon lange verstorben, ich habe ihn nie kennengelernt.«.

»Und es gibt auch keine Freundin, Frau, die Anspruch auf Ihre freie Zeit erhebt?«

»Nein. Für so was habe ich keine Zeit. Ein Arzt in der Ausbildung – die meisten Frauen suchen jemanden, in dessen Leben sie im Mittelpunkt stehen. Das kann ich zurzeit nicht bieten.« Fröhlich sprach sachlich, ohne Bitterkeit. Anscheinend hatte er die Situation akzeptiert.

Becks Gedanken eilten zu Ayana zurück. Sie war auch in der Facharztausbildung gewesen. Der Beruf hatte sie und ihre gemeinsame Beziehung aufgefressen. Sei nicht ungerecht, Giovanni, mahnte er sich. Dein Beruf ist auch ein Liebeskiller. Er dachte an Sarah und räusperte sich unbehaglich.

»... Nachhilfestunden?« Kaum war er abgelenkt, übernahm Wagner die Regie.

»Nein. Warum? Wie kommen Sie darauf?«

»Von Düren hat Ihren Freunden Nachhilfestunden gegeben. Da liegt die Vermutung nahe, dass auch Sie Ihrem Lehrer dadurch näher gekommen sind.«

»Nun, ich war nicht besonders gut in Mathematik. Aber das war eigentlich kein Problem, er half mir ein wenig hier und da, aber Nachhilfestunden würde ich das nicht nennen.«

»Was war dann der Grund?«

»Der Grund wofür?« Fröhlich zog die dichten, schwarzen Brauen zusammen.

»Für Ihre Freundschaft zu Augustus von Düren.«

»Er mochte mich, schon in der Schule. Wir interessierten uns beide für das Theater, Musik. Er war ein bisschen einsam, denke ich. Keine Kinder, keine Enkel, da hat er wohl Ersatz gesucht. Warum auch nicht?«

»Sicher, das ist eine naheliegende Erklärung.« Zu naheliegend? Das würde sich zeigen.

»Haben Sie Schulden?«

»Wie bitte? Warum fragen Sie das?«

»Nun, Herr von Düren ist ausgeraubt worden. Es fehlen einige kostbare Wertgegenstände.«

»Seine Geige!« Erregt richtete Fröhlich sich auf.

»Sie wissen von seiner Geige?«

»Natürlich weiß ich davon. Sie war sehr selten, eine Donati.«

»Was ist so was wert?« Geld interessierte Wagner immer.

»Hm, schwer zu sagen. Ich denke, so um die fünfundzwanzigtausend Euro, wahrscheinlich mehr.«

Wagner pfiff durch die Zähne. »Na ja, das lohnt sich ja dann. Und – haben Sie Schulden?«

»Nein. Ich habe überhaupt keine finanziellen Probleme, ich spiele nicht, nehme keine Drogen, habe keine teuren Hobbies.«

»Der reinste Musterknabe also.«

»Wagner, bitte. – Sie kennen sich anscheinend gut aus mit Geigen, oder irre ich mich da?«

»Ein bisschen, gut ist übertrieben.«

»Spielen Sie Geige?«

»Habe ich mal. Ich hab's aufgegeben, zu wenig Zeit.«

»Schade für Sie. Gut, das war's dann erst mal, denke ich. Die Geige ist übrigens nicht gestohlen worden.« Beck erhob sich. »Sind Sie eigentlich mit Herrn Karstens befreundet?«

»So würde ich es nicht nennen. Wir kennen uns seit der Schulzeit, aber Freunde, nein, das sind wir eigentlich nicht.«

»Immerhin hat er Sie gleich angerufen, als er vom Tod Ihres Lehrers erfuhr.«

»Na ja, das ist doch verständlich, finden Sie nicht? Er wusste, dass ich auch mit Augustus Kontakt hielt. Wem hätte er es denn sagen sollen?«

»Gabriel Oppermann, vielleicht? Oder einem Freund, seinen Eltern?«

Fröhlich zuckte mit den Schultern »Vielleicht hat er es denen ja auch erzählt? Was weiß ich.«

Beck nickte. »Danke. Wo finde ich Ihre Mutter?«

Abwehr stand in den intelligenten Augen des jungen Mannes. »In der Küche. Warum? Ich möchte nicht, dass meine Mutter damit belastet wird.«

»Verständlich. Ich lasse mir nur Ihr Alibi bestätigen, das ist leider notwendig.«

Fröhlich ging voraus und öffnete eine Tür am Ende des schmalen Flurs. »Mutsch? Der Kommissar möchte kurz mit dir sprechen.«

Beck trat in eine kleine, helle Küche, die in der Farbe reifer Aprikosen gestrichen war und ihn an die Räume im Elternhaus seiner italienischen Mutter erinnerte. Auch die Frau darin hätte mit ihren dunklen Haaren und den brombeerschwarzen Augen gut nach Dolcedo gepasst.

»Ja?« Dunkle Augen blickten angespannt in seine.

»Wann ist Ihr Sohn hier in Reitlingen angekommen?« Im Grunde war die Frage überflüssig. Fröhlich hätte sich überall aufhalten können, wäre er eher aus Magdeburg zurückgekommen.

Frau Fröhlich bestätigte wie erwartet seine Aussagen. Ihr warmer Blick und das glückliche Lächeln zeigten deutlich, wie sehr sie die Anwesenheit ihres Sohnes genoss. Ein Anflug von Traurigkeit ließ das Licht des goldenen Frühlingstags matter werden. Wie gern hätte auch Beck seine Mutter besucht. Das war nicht mehr möglich, würde es nie mehr sein.

Ihm blieb nur ein Vater, der unter einem Besuch eine Inquisition hinsichtlich Karriere und Kontosaldo verstand.

4. Kapitel

Beck saß in seiner Küche und blickte hinaus in den dämmrigen Märzmorgen. Müllmänner rollten scheppernde Tonnen über das Kopfsteinpflaster, ein Hund bellte, der Briefkasten klapperte. Und über allem schwebte das Stimmengewirr der Vögel, die nach einem langen Winter die Freude über das Leben in die Welt zwitscherten. Seltsam, dass man immer erst im Frühling merkte, wie still sie im Winter gewesen waren.

Er lächelte und nahm einen Schluck Kaffee. Zufrieden mit sich selbst blickte er auf seinen Frühstückstisch. Mit dem Frühling waren auch die guten Vorsätze zurückgekommen. Giovanni Beck hatte sich heute Morgen ein Biomüsli zubereitet, mit Obst, von seinen eigenen Händen geschnitten. Jetzt war Schluss mit den hastig heruntergeschlungenen Müsliriegeln und Gammelbananen.

Er hatte von Ayana geträumt. Es war kein angenehmer Traum gewesen, irgendetwas mit Entscheidungen, einer Entscheidung, die ihm schwerfiel. Sarah war auch darin vorgekommen.

Jetzt wusste er es wieder. Ayana hatte gewollt, dass er zurückkehrte, nach Berlin, zu ihr. Und er hatte das Gefühl gehabt, dass er es tun müsse, dass ihn etwas zurückzog in sein altes Leben. Und Sarah hatte geweint. Er war aufgewacht, bevor er eine Entscheidung getroffen hatte.

Kopfschüttelnd zog er seine Müslischale zu sich heran. War er denn immer noch nicht damit durch? Sein altes Leben stand nicht mehr zur Debatte. Sowie Ayana ihre Facharztausbildung beendet hatte, würde sie als Chirurgin nach Äthiopien zurückkehren. Und er wäre hier geblieben, so oder so. Ayana war Vergangenheit und Sarah die Gegenwart. Was die Zukunft bringen würde, das wusste keiner. Er wollte es auch gar nicht wissen, wollte nicht grübeln, wollte in sein neues Leben eintauchen und es genießen.

Das Klingeln seines Handys ließ ihn vom Stuhl hochschießen. »Ja?«

»Ich bin's, Sarah.«

Aha, die Gegenwart, das war ein Zeichen. »Hallo! Nanu?«

»Entschuldige, dass ich so früh anrufe, aber ich dachte, morgens erwische ich dich am besten.«

»Du willst doch nicht etwa absagen. Unser Date, meine ich?«

»Nein, eigentlich nicht, aber ... Filo ist da, ganz überraschend. Sie will zwar heute Abend mit Asta und Luise ins Kino, aber um sechs sind sie alle noch da. Macht es dir was aus, wenn wir zusammen essen? Filo geht's nicht so gut. Aber ich kann auch stattdessen zu dir kommen, wenn es dir lieber ist.«

»Hm. Nein, nein, ich komme. Ich freue mich, ein Abendessen mit vier schönen Frauen einnehmen zu können.«

»Wirklich? Hinterher sind wir dann ja auch allein, wenn ... ich meine ...«

Beck grinste in den Hörer. »Ja, darauf freue ich mich am meisten, Amore.« Er gab seiner Stimme das schmachtende Timbre italienischer Strandgigolos.

»Hör auf!« Sarah kicherte. »Gut, dann ist es abgemacht. Du kommst um sechs, wir essen zusammen und dann ...«

»Und dann gibt es Sarah zum Dessert.«

»Äh ... ja, wenn du das möchtest.«

»Das möchte ich.«

»Ciao, Giovanni. A questa sera, caro.« Sarah konnte auch schmachten.

»Ciao, bella.«

Eigentlich brauchte er jetzt eine kalte Dusche, aber

dafür war keine Zeit mehr, wenn er noch sein Vernunftmüsli zu sich nehmen wollte. Also an die Arbeit denken, das half immer.

Von Düren. Tja, drei Exverdächtige und kein Mörder. Und der verdammte Bericht ließ immer noch auf sich warten. Kollege Herwig hatte die Schweinegrippe, zwei seiner Mitarbeiter ebenfalls, das hatte alles verzögert.

Wenn der Einbrecher nicht völlig unprofessionell war, hatte er keine Fingerabdrücke hinterlassen. Und selbst wenn – in einer Privatwohnung wimmelte es von Abdrücken. Die Putzfrau, die Schwester des Toten, die drei Schüler von Dürens, von Düren selber und Gott weiß wer hatten dort Gegenstände und Türklinken angefasst. Die mussten alle erst noch ausgeschlossen werden. Und wenn Fingerabdrücke übrig blieben, konnten es immer noch andere Bekannte des Verstorbenen sein.

Blieb noch die Hoffnung, dass einer der gestohlenen Gegenstände wieder auftauchte. Eine sehr vage Hoffnung. Er seufzte und löffelte seine Schale leer. Jetzt aber los, Wagner wartete bestimmt schon sehnsüchtig auf ihn.

*

Im Büro legte Beck resigniert den Bericht der Technik beiseite. Absolut nichts Neues. Na, prima. Wie erwartet jede Menge Abdrücke, die noch auf ihre Identifizierung warteten.

Also blieb erst einmal nichts anderes als die einschlägigen Flohmärkte und Pfandhäuser hier und in den nahe liegenden Großstädten zu beobachten. Wagner hatte schon eine Liste der gestohlenen Gegenstände über INPOL zu den Kollegen an der Grenze nach Polen und Tschechien weitergeleitet. Jetzt stand noch ein Besuch bei Frau Oppermann an, der wahrscheinlich auch nichts Neues bringen würde. Spannender Tag. Und er musste endlich bei Tom anrufen. Puh.

Er gab sich einen Ruck und wählte die bekannte Nummer. Hallo Tom, hast du Augustus von Düren ausgeraubt und nebenbei umgebracht? Und wenn ja, bringst du dann Daglind nächste Woche um?

Tom meldete sich gewohnt munter und Becks Magen zog sich zusammen.

Er plauderte ein wenig über dieses und jenes um dann – hoffentlich unauffällig – zum Kern zu kommen. »Nach unserer Probe, wart ihr da eigentlich noch in der *Uschi Bar?*« Das war ihre Lieblingskneipe, in der sie die Probe oft noch mit ein, zwei Bieren begossen.

»Klar. Wie immer. Bloß du warst nicht da, du alter Schlaffsack, wahrscheinlich biste gleich wieder zu der Kleinen in die Kiste gehüpft.«

»Hm.« Beck enthielt sich eines Kommentars. »Wie ihr das schafft, immer bis Ladenschluss und morgens zur Arbeit, ist mir ein Rätsel – ich bin wohl wirklich ein Schlaffsack.« Er wartete gespannt, ob Tom den Köder fraß.

Der lachte amüsiert. »Ja, dieses Mal ging es leider wirklich bis Ultimo, Panne konnte kein Ende finden.« Ultimo hieß in der *Uschi Bar* morgens um vier. War Tom mit einigen Bieren intus noch zu von Düren gegangen und hatte ihn gefesselt und geknebelt? Unwahrscheinlich. Das würde Beck erst in Erwägung ziehen, wenn sonst gar nichts ging.

»Warum fragst du?«

Gute Frage. »Ach, ich habe dann zu Hause wach gelegen und bereut, nicht mitgegangen zu sein, nichts weiter.« Ach ja. Sehr überzeugend.

Tom schien aber nichts seltsam zu finden (jedenfalls nicht mehr als sonst) und man verabschiedete sich in bestem Einvernehmen. Davongekommen.

Ächzend stemmte er sich aus seinem Schreibtischstuhl hoch und ging in Wagners Büro. »Wollen wir?« Sein Kollege saß mit Leidensmiene vor seinem Rechner und hielt sich den Magen. »Ist was?«

»Nee, nee. War nur mit einem Kumpel gestern was trinken. Irgendwie ist mir das auf's Gedärm geschlagen. Man wird nicht jünger. Noch nicht mal einen saufen kann man mehr ungestraft.«

»Soll ich lieber allein fahren?«

»Nein, es geht schon. Ich habe gerade eine Tablette eingeworfen.«

Im Wagen steckte sich Wagner als Erstes eine Zigarette an. Beck warf ihm einen Blick zu und verkniff sich einen Kommentar.

»Ich weiß, ich weiß, davon wird der Magen auch nicht besser. Saufen kann man nicht mehr, rauchen kann man nicht mehr und die Weiber stehen auch nicht gerade Schlange, wenn man über fünfzig ist.« Wagner warf seinem Chef einen galligen Seitenblick zu. »Das werden Sie schon auch noch merken.«

Hoffentlich nicht. Er hoffte, mit fünfzig noch ein klein wenig vitaler zu sein als der liebe Kollege. »Meinen Sie?«

»Nicht wirklich. Sie werden mit fünfzig wahrscheinlich immer noch aussehen wie Bon Jovi.« Wagner lachte abfällig.

»Ich sehe nicht aus wie Bon Jovi. Schließlich bin ich über einssechzig groß.« Langsam reichte es. Was wollte er sich eigentlich von diesem Miesepeter noch bieten lassen? Schließlich konnte er nichts für dessen verpfuschtes Leben. Und er war auch nur indirekt dafür verantwortlich, dass die Spaßbremse die Beförderungsstelle nicht gekriegt hatte. Pech.

Anscheinend fand Wagner selbst, dass er zu weit gegangen war. »Stammt nicht von mir. Das habe ich von Pumuckl.« Er schraubte seine heisere Stimme in ungeahnte Höhen. »Herr Beck sieht aus wie Bon Jovi. Oder wie Brad Pitt. Ein richtiges Sahneschnittchen.«

Beck stieg unwillkommene Hitze in die Wangen. »Das hat sie zu Ihnen gesagt?« Unglaublich. Vielleicht sollte er die geschickten Chirurgenhände seines Vaters in

Anspruch nehmen, der schon so vielen unzufriedenen Frauen das Aussehen eines Stars verpasst hatte. Einmal Ozzy Osbourne, bitte.

»Quatsch. Natürlich nicht. Die hat sich mit Viktoria unterhalten.«

Die Polizeipsychologin Viktoria Mendel war eine Freundin Becks und eine vernünftige Frau. Fast wäre ihm ein ›Und was hat Viktoria dazu gesagt?‹ herausgerutscht, er konnte es gerade noch herunterschlucken. Zeit, das Thema zu wechseln. »Ich weiß überhaupt nicht, warum wir uns die Mühe machen, Frau Oppermann aufzusuchen. Ich erwarte keinerlei Neuigkeiten von ihr.« Beck merkte selbst, dass er klang wie ein quengelndes Kind.

»Das weiß man nie. Mir kommt der junge Oppermann spanisch vor. Ich hab da so ein Gefühl.«

Klar. Wagner war ja berühmt für seine Intuition. Kommentarlos bog Beck von der Wilhelm-Bode-Straße in das durch Wohlstand geprägte Biotop des Malerviertels und hielt vor einer hübschen kleinen Villa aus den dreißiger Jahren. Nicht schlecht, mitten in Braunschweig und trotzdem ruhig, bar aller nervenden Geräusche der Mieter aus benachbarten Wohnungen. Beck dachte an den Sozialpädagogen unter ihm, der gern zu nachtschlafender Zeit Metallica hörte. Vielleicht sollte er das Vermögen seiner Mutter auch in solch ein Objekt stecken? Bloß, was sollte er mit einer Zehn-Zimmer-Villa?

»…aussteigen?«

»Was?«

»Ob wir vielleicht mal aussteigen wollen?« Wagner betrachtete Beck wie ein Pfleger den unberechenbaren Insassen einer Nervenklinik.

»Ich schon. Und Sie?« Man würde ja wohl mal zwei Minuten an etwas anderes denken dürfen als diesen dämlichen Fall. Ohne auf Wagner zu warten, eilte Beck auf die Tür zu, durch deren vergittertes Fenster ein Gesicht zu sehen war. Sie waren also schon entdeckt worden.

Bevor Beck auf den messingfarbenen Klingelknopf drücken konnte, schwang die Tür nach innen auf und eine ausgesprochen attraktive, verdächtig jung aussehende Dame wurde sichtbar. Sie trug ein von exklusiver Designerhand auf ihre schlanke Taille gegossenes Kostüm, dessen Rock wohlgeformte Oberschenkel mehr als nur ahnen ließ.

»Sie sind sicherlich der Herr von der Kriminalpolizei?« Ein strahlendes Lächeln erhellte ein faltenloses Gesicht und ließ blendend weiße Zähne sehen. Gabriels Mutter hatte sichtlich gute Ärzte. Darf's heute etwas Botox sein, Frau Bürgermeister?

Frau Oppermann bat ihn mit einer eleganten Handbewegung hinein und wollte die Tür hinter ihm schließen. Wagner konnte sich gerade noch hereinquetschen, ehe sie ihm vor der knochigen Nase zugeschlagen worden wäre.

Auf dem Weg in das Innere des Hauses setzte Gabriels Mutter mit leichtem, aber gekonntem Schwung ihre perfekt geformten Hüften in Szene. Es klappte, Beck konnte seinen Blick kaum vom durchtrainierten Po seiner Gastgeberin wenden. Wie alt mochte sie sein? Gabriel war Ende zwanzig – dann konnte sie über fünfzig sein. In Wagners Alter – kaum zu glauben, sie sah aus wie dessen Tochter. Irgendwie unheimlich. Erschrak sie nicht manchmal selbst, wenn sie ihr konserviertes Gesicht im Spiegel sah?

Der hübsche Po beendete seine verheißungsvollen Schwingungen und blieb in einem hübschen, großen Raum stehen, der durch eine breite, geöffnete Doppeltür in einen weiteren überging. Durch die Tür konnte Beck einen großen Flügel sehen. Gabriel hatte seine Musikalität also geerbt, wahrscheinlich von seiner Mutter, da ja sein Vater nach seiner Aussage nur noch zum Schein in diesem Haus lebte.

»Bitte«, anmutig wies Gabriels Mutter auf eine zierliche Sitzgruppe mit grün-weiß gestreiften Bezügen im

Empirestil. Sie schlug die langen, seidenbestrumpften Beine in einer fließenden Bewegung übereinander, die ihren Rock gerade so viel höher rutschen ließ, dass der Anstand noch gewahrt wurde. Perfekt.

Beck warf einen Blick auf Wagner, der offensichtlich angestrengt versuchte, seine Augen in den Höhlen zu behalten. Er hätte sich die Mühe nicht zu machen brauchen, denn Frau Oppermann ignorierte ihn völlig und richtete ihren nicht unbeträchtlichen Charme konzentriert auf Beck, der ihn wie eine feuchte, schwere Wolke auf sich niedergehen fühlte. Anscheinend stand auch sie auf Brad Bon Jovi. Mann! Wie war Bürgermeister Oppermann nur dieser geballten Sexualität entkommen? Vielleicht war er ja zu oft verschlungen und wieder ausgespuckt worden?

Beck besann sich darauf, dass er der Sprache mächtig war. »Frau Oppermann, Sie wissen, worum es geht. Ihr Sohn hat uns berichtet, er sei am Sonntagabend bei Ihnen gewesen. Stimmt das?«

»Aber sicher. Gabriel besucht mich meistens am Sonntag. Er weiß, dass ich mich dann oft ein wenig … einsam fühle.« Eine perfekt manikürte Hand strich glänzendes, sorgfältig in der Farbe dunklen Honigs gesträhntes Haar zurück. Ein zierlicher Fuß in mörderisch hohen Pumps strich langsam an der wohlgeformten Wade des anderen Beins entlang.

Beck schluckte und wandte den Blick ab. »Wann ist er gekommen und wieder gefahren?«

»Ich denke, er ist so gegen 19 Uhr gekommen. Wir haben zusammen zu Abend gegessen und dann musiziert. Das tun wir häufig. Ich spiele Klavier, Gabriel Cello. Diesmal ist es ein wenig später geworden, deshalb hat er dann hier übernachtet. Ich denke, er ist gegen halb acht in die Uni gefahren.« Ihre Hand strich über die goldene Kette im tiefen Ausschnitt des Kostüms, der runde, volle Brüste mehr als ahnen ließ.

Die Frau konnte keinen Satz sagen, ohne dabei irgendeinen Körperteil zur Geltung bringen zu wollen. Schlagartig war die sexuelle Anziehung, die Gabriels Mutter auf ihn ausübte, verflogen, als habe jemand einen Schalter umgelegt. Zu offensichtlich war das Bemühen um Verführung, zu dick aufgetragen die Anmache. »Finden Sie die Freundschaft, die Ihr Sohn mit Herrn von Düren pflegte, nicht ein wenig seltsam?«

»Nein, warum sollte ich?«

»Nun, Herr von Düren war über siebzig, Ihr Sohn ist achtundzwanzig … was konnten sie denn gemein haben? Die Frage stellt sich doch.«

»Das finde ich nicht. Sie lagen wohl in vieler Hinsicht auf einer Wellenlänge. Gabriels Großväter sind schon lange verstorben – warum sollte er nicht Kontakt pflegen zu einem älteren Herrn, der ihm in seiner Schulzeit einige Unterstützung zukommen ließ?« Die mädchenhafte Stimme bekam einen harten Unterton.

»Sicher, warum nicht.«

»Hat Ihr Sohn finanzielle Probleme?« Wagner hatte seine Stimme wiedergefunden.

Die geschickt geschminkten Augen richteten sich irritiert auf Becks Kollegen, als habe sie ein lästiges Insekt in ihrem Salon entdeckt. »Nein.«

»Sie haben keine Veränderungen bemerkt? Vielleicht teure Anschaffungen, von denen Sie sich nicht erklären können, wie er sie finanziert hat?«

»Nein. Gabriel bekommt von uns, alles, was er braucht.«

»Und dennoch wohnt er in einem preisgünstigen Studentenwohnheim?«

»Er wollte es so. Mein … Mann wollte ihm ein Appartement kaufen, das hat er abgelehnt.«

»Ihr Sohn ist auch schon recht alt für einen Studenten. Müsste er nicht schon längst im Referendariat sein?«

»Gabriels Gesundheit ist angegriffen. Er musste sich

immer mal wieder eine Auszeit nehmen, er kann das nicht in der Regelstudienzeit schaffen wie andere, gesunde Altersgenossen.«

Zum ersten Mal bemerkte Beck echtes Gefühl in der botoxreduzierten Mimik. »Was genau fehlt ihm denn eigentlich?«

Frau Oppermann richtete sich auf und strich ihren Rock glatt. Die Charmeoffensive war beendet. »Er hat eine Fallot-Tetralogie, eine komplizierte Fehlbildung des Herzens.«

»Kann man das nicht operieren?«

»Schon. Aber bei Gabriel ist die Operation zu spät gemacht worden, daher wird er leider beeinträchtigt bleiben.« Ihre Stimme zitterte, doch sie bewahrte Fassung.

»Wie äußert sich das? Als wir ihm vom Tod seines großväterlichen Freundes berichteten, fiel er in Ohnmacht.«

»Ja, das ist typisch. Er muss Belastungen jeder Art möglichst vermeiden.« Gabriels Mutter senkte die Lider und nestelte an ihrem Rocksaum. »Bitte ersparen Sie ihm möglichst weitere Aufregungen.«

»Wenn irgend möglich, ja.« Beck warf Wagner einen Blick zu und stand auf. »Vielen Dank, Frau Oppermann. Ich wünsche Ihnen einen guten Tag.«

Der Weg zurück zur Haustür wurde von Frau Oppermann wesentlich unspektakulärer gestaltet, ihre Hüften schienen einiges an Beweglichkeit eingebüßt zu haben.

Plötzlich tat sie Beck leid. Ein desinteressierter Ehemann, ein herzkranker Sohn und eine Schönheit, deren Bewahrung immer mühsamer und als Tauschmittel gegen Liebe – oder was dafür gehalten wurde – immer wertloser werden würde, das war keine gute Grundlage für eine glückliches Leben. Aber was wusste er schon davon. Vielleicht hatte sie ja einen netten Liebhaber und fand ihre Erfüllung im Klavierspiel?

»Auf Wiedersehen.« Beck lächelte ihr tröstend zu.

Sie senkte den Blick, plötzlich wirkte sie scheu und verletzlich. »Auf Wiedersehen.«

»Sie waren ja so still?« Beck wandte sich an seinen Kollegen, der grummelnd zum Wagen strebte.

»Ich wollte nicht stören. Ich dachte, wenn ich ganz ruhig bleibe, zieht sie sich womöglich noch aus vor Ihnen.«

»Tja, tut mir leid für Sie, dass es nicht geklappt hat.«

Wagner schnaubte und murmelte etwas vor sich hin. Beck meinte »Weiberheld« verstanden zu haben.

»Bitte?«

»Nichts.«

Vielleicht sollten sie im Büro zusammenlegen und Wagner eine Stripperin zum Geburtstag schenken.

*

Nachdenklich legte Sarah den Hörer auf. Die Schulpsychologin hatte bei Farid auf Dyskalkulie getippt, eine ausgeprägte Rechenschwäche. Über die Ursachen hatte sie nur mutmaßen können, sie wollte das Kind erst noch im Unterricht beobachten. Nach Sarahs Beschreibung hatte sie eine angstbedingte Konzentrationsstörung vermutet.

Sarah schloss die Augen und versuchte, Farids verschlossenes Gesicht vor sich zu sehen. Die schwarzen Augen, die wie ein dunkler Samtvorhang die Seele verbargen, die Abwehr, mit der er allen Annäherungsversuchen begegnete. Da war kein kindliches Vertrauen, keine Neugier, keine Freude. Hinter diesen dunklen Vorhängen verbarg er eine tief verletzte Kinderseele.

Sie musste unbedingt mit Farids vorheriger Klassenlehrerin sprechen. Sie sah auf ihre Armbanduhr. Zwanzig nach eins, vielleicht erwischte sie die Dame noch. Kurz entschlossen griff sie nach Farids Akte und suchte die Schulnummer heraus. Sie hatte Glück, schon nach dem zweiten Klingeln meldete sich die Schulleiterin.

Sarah umriss kurz ihr Problem und fragte nach der Klassenlehrerin.

Ihre Kollegin zögerte. »Hm. Leider ist Frau Merseburg längerfristig erkrankt. Kann ich Ihnen vielleicht weiterhelfen?«

»Ich habe wegen Farid bereits mit der Psychologin gesprochen. Sie tippt auf eine Hemmung, Dyskalkulie. Angst könnte eine der Ursachen bei Farid sein. Kennen Sie das Kind?«

Die Kollegin auf der anderen Seite der Leitung schwieg. Sie schwieg so lange, dass Sarah verunsichert nachfragte: »Sind Sie noch dran?«

»Ja. Ja, ich bin noch da. Ich denke darüber nach. Ich bin ein bisschen in Nöten, weil ich nicht weiß, wie viel ich Ihnen erzählen darf, ohne meine Schweigepflicht zu verletzen. Es gab ... gab Vorfälle in Farids Klasse, Probleme mit Frau Merseburg.«

»Inwiefern?«

»Von der Seite der Eltern kamen ... Beschwerden. Ihre Kinder hätten Angst vor Frau Merseburg.«

»Warum?«

»Hm. Es ist ein bisschen schwierig für mich. Der Fall liegt momentan bei der Schulbehörde. Ich möchte nicht zu viel sagen. Es gab Vorwürfe. Frau Merseburg soll sehr hart zu den Kindern gewesen sein. Unnötig hart.«

»Und? Im Allgemeinen kennt man doch sein Kollegium. Wäre das denkbar?«

»Nun ja. Frau Merseburg ist einsam, hat viele Schicksalsschläge hinnehmen müssen. Vielleicht hat sie ihre Enttäuschung über das Leben an den Schulkindern ausgelassen.«

»Wie hat sie denn die Kinder behandelt? Gab es Schläge?«

»Nein, körperliche Gewalt ist wohl kein Thema in diesem Fall. Es waren wohl eher ... Drohungen, Spott, unangebrachte Strafen ...«

»Was für Strafen?«

»In der Ecke stehen, die Eselsmütze aufsetzen ...« Die

Kollegin sprach gepresst, die Scham, ein so pechschwarzes Schaf in ihrem Team zu haben, war ihr deutlich anzumerken.

»Die Eselsmütze? Ich dachte, die wäre mit dem neunzehnten Jahrhundert ausgestorben?« Sarah konnte ihr Entsetzen nicht verbergen.

»Sie sind noch jung, Frau Dittmann. Ich könnte Ihnen Geschichten aus meiner eigenen Schulzeit erzählen ... und ich bin eindeutig nicht im neunzehnten Jahrhundert zur Schule gegangen.«

Sarah erinnerte sich an eine Sportlehrerin an ihrem Gymnasium. Vor deren ironischen Anmerkungen zu ihrem Unvermögen, ihre zu lang geratenen Gliedmaßen dekorativ über einen Stufenbarren zu befördern, hatte ihr so sehr gegraust, dass sie den Unterricht mit gefälschten Unterschriften so oft wie möglich geschwänzt hatte. Das hatte sie völlig verdrängt. Schreckliche Frau. Die hatte ihr auch eine Eselsmütze aufgesetzt, eine Mütze aus Spott und Verachtung, so dicht gewebt, dass Sarah sie damals fast körperlich gespürt hatte. »Ja, Sie haben recht. Es gibt solche Menschen. Nur schade, dass manche von ihnen Lehrer werden.«

»Ja, in der Tat.«

»Und bei Frau Merseburg hatte Farid auch Mathematik?«

»Ja. Mathematik ist ihre Leidenschaft. Möglich, dass sie in diesem Fach besonders wenig Verständnis für Kinder hatte, denen der Umgang mit Zahlen nicht so leicht fiel wie ihr.«

»Ja, das ist denkbar. Ich danke Ihnen, Ihre Informationen werden mir sehr helfen im Kontakt mit Farid, jedenfalls hoffe ich das. Er wirkt sehr verletzt, sehr abweisend.«

»Ja, ich weiß. Ihn hat es wohl besonders hart getroffen, er ist ja sehr sensibel. Ich wünsche Ihnen viel Erfolg mit ihm.«

»Danke.« Sarah verabschiedete sich und legte auf.

Sie dachte an den verhassten Sportunterricht zurück. Frau Petermann, eine kleine, drahtige Frau mit herrischer Stimme und scharfen Falten um die Mundwinkel. »Sehr elegant, Sarah. Ein nasser Sack sieht gut aus gegen dich. Gib's auf. Das wird nie was.«

Das unterdrückte Kichern ihrer Mitschülerinnen, die Scham. Der muffige Geruch der Turnhalle nach Gummi und schweißigen Turnschuhen stieg ihr in die Nase. Noch heute konnte sie kein Fitnessstudio ohne Unbehagen betreten. Und das hatte sie vergessen? Weggeräumt in die Abstellkammer ihrer Seele. Wer wusste, was da noch so alles vor sich hinmoderte. Lieber nicht darüber nachdenken.

Ihre Gedanken kehrten zu Farid zurück. Gegen dessen Lehrerin war Frau Petermann wahrscheinlich eine gute Fee gewesen. Armer Kerl. Hoffentlich hatte er noch nicht völlig zugemacht, war da noch eine undichte Stelle in dem Mauerwerk, das er um seine Seele gezogen hatte.

Und wenn nicht? Wenn er beschlossen hatte, dass Vertrauen gefährlich war, Neugier auf das Leben bestraft wurde? Wenn er gelernt hatte, dass die einzige Möglichkeit zu überleben darin lag, noch gemeiner zu sein als seine Peiniger?

Dann war er verloren, verloren in einer Dunkelheit, die so tiefschwarz war wie seine Augen.

*

Beck brütete über einer Liste der letzten Einbruchserien in Braunschweig. Vor einem halben Jahr war mehrfach im östlichen Ringgebiet eingebrochen worden. Leider kamen die Täter nicht mehr in Frage, da sie ihre Strafe schon sicher weggesperrt verbüßten. Mehrere Aufbrüche von PKW, ungeklärt. Wahrscheinlich waren die Autoradios, Boxen und diversen Motorteile in den Osten gegangen. Kaum vorstellbar, dass dieselben Täter von Düren geknebelt und seine Antiquitäten beiseite geschafft hatten. Er stöhnte und schob die Liste zur Seite.

In seiner Mailbox eine Nachricht seines Vaters, der anlässlich seines Geburtstags ein Essen geben wollte. Giovanni Beck war herzlich eingeladen, gern auch mit Begleitung. Das fehlte gerade noch, dass er Sarah dem sezierenden Blick und den charmanten Avancen Alexanders aussetzte.

Wahrscheinlich würde er hinfahren müssen, seit Weihnachten hatte er sich, trotz guter Vorsätze, nicht mehr in Hannover blicken lassen. Obwohl er einen überraschend netten Heiligen Abend in der Villa seines Vaters verbracht hatte, zusammen mit Alexanders ebenso überraschend sympathischen neuen Freundin Maria, hatte er sich nicht zu einem Besuch aufraffen können. Er lächelte bei der Erinnerung an sie. Ob Maria auch zum Geburtstagsessen kommen würde? Als Sopranistin an der Staatsoper konnte sie ganz sicher nicht frei über die Wochenenden verfügen.

So viele Jahre nach dem Tod seiner Mutter hatte Alexander sich wieder eine Italienerin angelacht. Dabei hatte er in den Jahren nach der Trennung keinen Zweifel daran gelassen, wie sehr ihm Chiaras südländisches Temperament auf die Nerven gegangen war. Kein Wunder – ein kalter Fisch und ein ligurisches Feuerwerk, das hatte ja nicht gut gehen können.

Die Erinnerung an die Jahre nach dem Weggang seiner Mutter schob sich gegen seinen Willen vor die Gegenwart. Bis heute konnte er nicht begreifen, warum sie ihn nicht mitgenommen hatte. Wie viel besser hätte seine Jugend verlaufen können, wenn er sie im Kreise der lärmenden und warmherzigen Verwandtschaft in Dolcedo hätte verbringen können?

Stattdessen hatte sie ihn zurückgelassen, bei einem Vater, der seine Existenz nur zeitweise irritiert zur Kenntnis genommen und ihn so schnell wie möglich in ein exklusives Internat abgeschoben hatte. Und er hatte seine Traurigkeit, seine Einsamkeit in sich verschlossen und sich abgefunden, wie Kinder es eben taten.

Komisch, dass er seine Mutter nie gefragt hatte, ob er nicht nach Italien kommen könne, für immer, nicht nur in den stets herbeigesehnten Sommerferien. Diese Ferienwochen hatten ihm wahrscheinlich das Leben gerettet – wunderbare, goldene, sonnendurchflutete Tage, angefüllt mit dem ansteckenden Lachen seiner Mutter und dem Geschmack sonnenwarmer Tomaten, die seine Nonna im Garten zog.

Und als er alt genug gewesen war, selbst zu entscheiden, war sie gestorben, hatte ihn endgültig allein zurückgelassen. Gut versorgt, zumindest finanziell. Mit achtzehn Jahren hatte ihn ihr kleines Vermögen zum wohlhabenden Mann gemacht. Die Unabhängigkeit vom Vater war ihr größtes Geschenk an ihn. Alexander hatte getobt, als sein Sohn ihm mitgeteilt hatte, dass er niemals Medizin studieren und in die väterliche Privatklinik einsteigen würde. Beck lächelte bitter. Nur zu gut erinnerte er sich an die Kälte, die Verachtung, mit der sein Vater seine Berufswahl kommentiert hatte.

Das Telefon schrillte und riss ihn rüde aus der Vergangenheit. Der Telefonhörer entglitt seiner Hand und fiel polternd zu Boden, als er aufgescheucht danach griff. Er bückte sich hastig unter seinen Schreibtisch und stieß beim Hochkommen krachend mit dem Kopf unter die Tischkante.

»Hallo?« Eine irritierte Stimme plärrte ihm entgegen.

»Ja, Beck?«

»Herwig. Was veranstalten Sie denn da? Klingt ja, als wenn Sie Ihr Büro auseinandernehmen!«

»Ach, nichts weiter. Ich habe nur versucht, mich mit der Schreibtischplatte umzubringen.« Beck rieb sich den schmerzenden Schädel und unterdrückte ein Stöhnen.

Kollege Herwig ließ herzliches Gelächter hören, das

sich aber recht schnell in einen heftigen Hustenanfall verwandelte.

»Sie klingen aber auch nicht gerade lebendig! Ich denke, Sie haben die Schweinegrippe?«

»Habe ich ja auch. Aber im Büro ist dermaßen der Notstand ausgebrochen, dass ich mein Krankenlager vorzeitig verlassen habe. Ich grunze noch.«

»Was gibt's denn so Dringendes? Ich hoffe, es hat sich gelohnt, meine Schädeldecke zu zertrümmern?«

»Wir haben noch einen Fingerabdruck gefunden.«

»Ja, und?« Der einhundertdreiundzwanzigste Abdruck war nun wirklich keinen schmerzenden Schädel wert.

»Auf dem Klebeband. Das hat mein junger Kollege leider vergessen zu präparieren. Es lag hier so in der Gegend herum, als ich heute kam. Wenn man nicht alles selber macht.«

»Auf dem Klebeband!« Schlagartig war Beck voll da. Adrenalin schoss in seine Blutbahnen ein und ließ seine Haut kribbeln.

»Ja. Und er passt zu keinem der anderen, die wir in der Wohnung gefunden haben. Das ist doch mal was, oder?«

»Haben Sie ihn geröntgt?«

»Klar.«

Beck atmete auf. Der Einsatz eines Pulvers machte den Abdruck unbrauchbar für einen DNA-Vergleich.

»Und? Schon gescannt?«

»Nee. Beziehungsweise ja, aber ohne Ergebnis. Ich komme in die Datenbank momentan nicht rein. Das System ist mal wieder zusammengebrochen. Kann ein paar Stunden dauern.«

»Verdammt. Was meinen Sie, wann können Sie es abgleichen?« Beck trommelte ungeduldig mit den Fingern auf seinem Schreibtisch. Endlich mal eine Spur und dann versagte die Technik.

»Keine Ahnung. Sie wissen doch, wie's ist. Die EDV-

Fritzen sind schon am Rotieren. Kann in zehn Minuten wieder gehen oder in drei Stunden. Und dann muss ja noch im BKA abgeglichen werden, wenn wir einen Treffer landen. Ein bisschen wird's also noch dauern.«

Beck stöhnte genervt. Dass das immer alles so langsam gehen musste! Eigentlich war er für einen deutschen Beamten viel zu ungeduldig. Vielleicht sollte er es machen wie die frustrierten Cops in den amerikanischen Krimiserien und privater Ermittler werden. Da durfte man so manches beschleunigen, was er als Polizeibeamter aussitzen musste.

Giovanni Marlowe … Den coolen Borsalino könnte er sich ja schon mal anschaffen.

»Herr Beck? Sind Sie noch da?«

»Ja, ja, Entschuldigung. Was sagten Sie gerade?« Er musste sich besser konzentrieren, in letzter Zeit trat er andauernd weg. Das war doch wohl hoffentlich noch keine Alterserscheinung?

»Ich sagte, ich melde mich, wenn ich was habe.«

»Ja, gut. Vielen Dank. Hoffentlich bald, tschüss.«

Er legte den Apparat zurück auf die Station und riss die Arme hoch. Yeah! Ein Fingerabdruck auf dem Klebeband, das von Dürens Mund verschlossen und seinen Tod herbeigeführt hatte!

Der konnte ja eigentlich nur dem Täter gehören. Oder?

*

»Nun mach schon. Ich möchte nicht halb geschminkt herumsitzen, wenn Giovanni kommt. Außerdem gehen wir nicht auf einen Ball!« Sarah zappelte ungeduldig auf ihrem Frisierhocker herum.

»Jetzt sitz doch mal still! Sonst hast du die Super-Volumen-Mascara auf den Wangen!« Herrisch drückte Filo ihre Freundin auf den Hocker zurück. »Wenn ich mit dir fertig bin, wirst du so toll aussehen, dass Gio in Ohnmacht fällt bei deinem Anblick.« Mit geschickten

Bewegungen trug sie die schwarze Wimperntusche auf Sarahs lange Wimpern auf.

»Nicht so viel! Ich möchte nicht aussehen wie Luise!«

»Wieso eigentlich nicht? Gio steht doch auf Luise.« Filo grinste und wich Sarahs Schlag aus. »Wahrscheinlich ist er nur mit dir zusammen, um an Luise heranzukommen. Keine Sorge, ich habe dich auf ›nude‹ geschminkt.«

»Und das heißt?« Hieß ›nude‹ nicht nackt? Wie passend. So hatte sie jedenfalls vor, den Abend zu beenden.

»Mit wahnsinnig viel Schminke ungeschminkt aussehen, nur besser.«

Der Türklopfer dröhnte durch die Halle und Sarah schoss hoch. »Schnell, mach mal auf! Gib mir den Rock rüber!«

Mit fliegenden Händen streifte sie Filos Ledermini über ihre seidenbestrumpften Beine. Mein Gott, war der kurz. Da konnte sie sich ja gleich an die nächste Ecke stellen und das Handtäschchen schwingen. Wenigstens war der Pullover dazu seriös. Na ja, war ja auch ihrer.

Sie warf einen flüchtigen Blick in den Spiegel. Wow! Filo hatte ein Wunder vollbracht. Die fade Dorfschullehrerin hatte sich in einen Cindy-Crawford-Verschnitt verwandelt. Jetzt passte auch der Lederrock, irgendwie. Sie schlüpfte in ihre Pumps und stürzte in die Halle. Halt! Noch einen Spritzer Parfüm. Shalimar, bloß nicht zu viel.

Gelächter klang aus der Halle herüber, wahrscheinlich hatte Filo ihren Charme angeknipst.

Ein neidischer Stich durchzuckte sie, als sie Becks Stimme erkannte. Er unterhielt sich mit Filo, ganz eindeutig amüsiert. Eifersüchtig auf die beste Freundin, wie tief konnte man eigentlich sinken? Bitch. Sie fuhr sich ein letztes Mal durch die Locken und zupfte ihren Rock herunter.

Beck drehte sich zu ihr herum, als er ihre Absätze heranklackern hörte. Seinem Gesichtsausdruck nach zu schließen, mochte er Lederminiröcke. Sein Blick klebte an ihren Beinen, keinen Blick hatte er für die schöne Filo, die augenzwinkernd neben ihm stand. Nur mit großer Mühe konnte Sarah ein triumphierendes Grinsen unterdrücken. Sie gab eine Spur mehr Schwung in die Hüften und stöckelte weiter. Filo hob den Daumen.

»Hallo, Giovanni, schön, dass du ...« Hilfe! Anscheinend war der Rock doch zu kurz, Sarah versank in einem leidenschaftlichen Kuss, der selbst Luise die Strümpfe ausgezogen hätte.

»Ähem, soll ich gehen?« Filo brachte sich lachend in Erinnerung.

»Ja.« Becks Griff um Sarahs Taille wurde noch fester.

»Giovanni! Warte doch ... ich ... wir ...« Sarah zappelte, um sich zu befreien. »Jetzt lass doch mal.«

»Ungern.« Beck gab sie frei und lachte sie an.

Mann! Hilflos lächelte sie zurück.

»So, ihr Süßen, ehe ihr gleich wieder die Beherrschung verliert, möchte ich euch daran erinnern, dass nicht alle Anwesenden in der glücklichen Lage sind, ein ausgefülltes Sexualleben zu besitzen. Also, bitte – reißt euch zusammen!«

Froh über die Ablenkung, riss Sarah ihren Blick aus Becks gletscherblauen Augen. »Pfff. Dein Sexualleben ist im Allgemeinen so ausgefüllt, dass es eigentlich platzen müsste. Also komm mir nicht mit der Mitleidstour, ja?«

»Dann vielleicht damit, dass ich Hunger habe und Asta ihre fantastische Spinatlasagne gemacht hat? Und hinterher gibt's Tiramisu, extra für Gio.«

»Oh, nein. Dann sprenge ich diesen Rock.« Sarah hielt sich schon mal prophylaktisch den Bauch.

»Diesen ungemein ansprechenden Rock?« Beck strich angelegentlich über ihren lederbezogenen Po. »Obwohl die von dir in Aussicht gestellte Sprengung sicherlich auch spektakuläre Folgen hat.«

»Äh, ja.« Sarah ging einen Schritt nach vorn, um der

Berührung auszuweichen. Wenn er so weitermachte, legte sie sich gleich hier hin, mitten in die Halle.

»Na, dann wollen wir doch mal daran arbeiten.« Filo erbarmte sich ihrer Freundin und öffnete die Tür nach draußen.

Der Tisch in Luises Salon war gedeckt, als gelte es einen Staatsempfang zu absolvieren. Das flackernde Kaminfeuer überhauchte den femininen Raum mit anmutiger Röte, die silbernen Kerzenleuchter waren bereits angezündet und gaben dem Tisch eine festliche Note.

Plötzlich bereute Sarah, dass sie nicht auf einem Essen in ihrer Küche bestanden hatte. Das wäre gemütlicher, zwangloser gewesen. Hier herrschte eine Atmosphäre wie in einem Edelpuff. Na ja, nicht mehr zu ändern. Die meisten Männer hatten ja nichts gegen ein bisschen Bordellatmosphäre.

»Giovanni! Wie schön, dass du uns die Ehre gibst.« Luise hatte ihren großen Auftritt, wie immer in weiße Seide gehüllt, die Haare auf Monroe geföhnt, im Gefolge das nach ihrem Idol benannte Malteserhündchen Marilyn. Im Gegensatz zu ihrer Großnichte hatte sie nicht am Parfüm gespart, über den Raum senkte sich eine betäubende Wolke *Chanel Nr. 5*. Ein Augenaufschlag, von kiloschweren Wimpern belastet, eine zierliche, zartbestrumpfte Fessel, die unter gerafften Satinfalten sichtbar wurde – Luise war einfach unschlagbar in diesen Dingen.

Beck zollte dem Aufwand auch artig Tribut, indem er sich über ihre Hand beugte und einen Kuss andeutete. Auch er war ziemlich gut, für einen Mann, der nicht mit Gary Grant und Clark Gable aufgewachsen war.

Sarah warf ihrer Freundin einen Blick zu und kam sich vor wie eine Mutter, die argwöhnisch die Annäherung einer Sirene an ihren attraktiven Sohn überwachte. Irgendetwas stimmte hier nicht. Zeit, sich wieder ins Spiel zu bringen.

Bevor sie jedoch etwas sagen konnte, öffnete sich die Salontür erneut und Asta wehte auf die Bühne, nicht weniger spektakulär im Aufgang als Luise. Ihre violette Haremshose konkurrierte mit den tausend dunkelroten Zöpfchen und schwerem selbstgefertigten Silberschmuck um Aufmerksamkeit. Bei jedem Schritt bimmelten irgendwelche Glöckchen, die wahrscheinlich den bösen Blick oder andere karmische Widrigkeiten abwenden sollten.

Sarah beobachtete Giovanni besorgt aus den Augenwinkeln. Der begrüßte den Freak genauso gelassen wie den Vamp. Alle Achtung. Der Mann konnte was ab.

»So, dann setzt euch mal alle hin. Ich hole den Salat. Möchte vielleicht jemand einen Prosecco?« Asta klingelte in Richtung Küche und Beck eilte ihr beflissen hinterher.

»Gott! Dieser Mann ist einfach eine Augenweide!« Luise verdrehte anerkennend die Augen. »Wenn ich nur zwanzig Jahre jünger wäre....«

»Hätte ich keine Chance, ich weiß. Damit musst du nicht immer wieder anfangen.« »«

»Tue ich ja gar nicht. Man wird doch wohl mal gucken dürfen.« Luise verzog beleidigt den dunkelrot gelackten Mund.

»Mal, ja.« Sarah erhob sich wieder und nahm Giovanni die Salatschüssel ab.

Asta klingelte mit dem Prosecco heran und schenkte ihn in langstielige Gläser. »Wo sind eigentlich deine Jugendstilkelche, Luise?«

»Die hat sie doch schon letztes Jahr verkauft. Für Chanel.« Sarah fühlte eine leise, widerliche Genugtuung darüber, dass Luises Glamour gerade ein klein wenig an Glanz verlor. Konkurrente Ziege.

»Was? Aber wieso ...?«

»Wir haben Gäste, Asta.« Mit einem hoheitsvollen Kopfrucken beendete Luise die Diskussion. Auch darin war sie sehr gut. Sie prostete Giovanni zu. »Na, mein

Lieber, mit was für einem schrecklichen Fall beschäftigst du dich gerade?«

»Ach. Das ist doch kein Thema für ein nettes Essen.« Giovanni lachte abwehrend und warf Sarah einen fragenden Blick zu.

»Oh, da täuschst du dich aber. Luise liest zum Einschlafen Stephen King. Das sagt wohl alles.« Sarah zwinkerte ihrer Großtante zu.

»Ja, das ist wahr. Wenn das Blut spritzt, dann freue ich mich immer, dass ich's so gemütlich habe und schlafe ein. Also? Erzähl doch mal.« Gespannt beugte sich Luise vor und fixierte Giovanni aus hexengrünen Augen.

»Na ja. Ich hab's Sarah noch gar nicht erzählt. Mein Nachbar ist getötet worden, bei einem Einbruch. Damit bin ich gerade befasst. Heute sind wir auf eine erste Spur gestoßen, vielleicht. Ich weiß noch nichts Genaues.«

Sarah bemerkte, dass ihr Mund offen stand und schloss ihn eilig, nur um ihn sofort wieder zu öffnen. »Welcher Nachbar? Dieser elegante Herr? Wie hieß er noch … von Düren?«

»Von Düren?«

»Augustus?«

Filo und Luise kreischten wie aus einem Mund.

Beck ließ die Gabel sinken. »Was? Ihr kennt … kanntet ihn?«

Beide nickten, wie am selben Draht aufgehängt.

»Er war mein Lehrer. Am Schloss.« Filo schob ihren Teller von sich.

Luise senkte die glitzernden Lider. »Ich bin mit seiner Schwester zur Schule gegangen.«

Asta ließ die Schüssel fallen.

5. Kapitel

Verschlafen blickte Beck auf die interessante Szene vor seinem Bürofenster. Ein Kollege war einem anderen an dessen Auto gefahren, was diesen nicht freute. Lautstark mutmaßte er gerade über die Herkunft des Führerscheins seines Unfallgegners (Aldi). Der bemängelte die Einparkfähigkeiten des Geschädigten (Hausfrauen-Niveau). Nach diesen erfreulichen Statements verschwanden sie leider aus Becks Sichtfeld und bewegten sich schimpfend Richtung Bürogebäude. Er überlegte kurz, ob er auf dem Flur weiterlauschen sollte, aber das war ihm zu anstrengend. Dazu hätte er ja aufstehen müssen.

Er gähnte herzhaft. Ein Glas Sekt weniger am gestrigen Abend wäre wahrscheinlich von Vorteil gewesen. Nach der Überraschung darüber, dass Filo und Luise mit von Düren bekannt gewesen waren, hatten sie alle ein wenig die Kontrolle über ihren Alkoholkonsum verloren.

Er grinste, als ihm einfiel, wie Sarah ihm das Hemd vom Leib gerissen hatte – wesentlich später am Abend. Hier hatte sich eine gewisse … Beschwingtheit eindeutig nicht als Nachteil erwiesen. Hmmm.

Filo hatte von Düren als unnahbaren, aber gerechten Lehrer beschrieben. Sie hatte mit ihm keine Probleme gehabt. Viel hatten sie allerdings nicht mehr besprechen können, weil die drei Damen ins Kino nach Königslutter gefahren waren. Da musste er unbedingt noch mal nachhaken. Vielleicht kannte sie ja auch die drei Schützlinge von Dürens. Mal sehen.

Luise hatte sich über von Dürens Schwester Daglind ausgelassen, die sie als steif und voller Dünkel beschrieben hatte. Da in Luises Augen aber eigentlich jeder steif war, dessen Liebhaber- und Alkoholkonsum unter drei Männern beziehungsweise Flaschen am Tag lag, durfte man das wohl nicht überbewerten. Aber vielleicht konnte er ja noch etwas mehr über von Düren als Mensch erfahren. Ob ihn das allerdings weiterbrachte? Wahrscheinlich eher nicht.

Er dachte an die drei jungen Männer und ihre seltsame Freundschaft zu von Düren. Merkwürdig, dass sie untereinander keinen Kontakt pflegten. Aber warum eigentlich? Anscheinend hatten sie außer von Düren wenig gemein. Allerdings spielten alle ein Instrument, alle liebten die Musik. Dennoch waren sie sehr unterschiedliche Persönlichkeiten, der sensible Gabriel, der ernste Bela und der smarte Philipp. Drei Männer, ein Dreigestirn, das keines war.

Nicht so wie Gunnar, Hartmut und er selbst. Und auch sie waren sehr verschieden gewesen. Der Ernste, das war eindeutig Gunnar, Hartmut war zielstrebig und tough. Womit für Beck die Rolle des Sensiblen übrig blieb. Der Gabriel, das Weichei, wieder mal. Eine Künstlerseele, so hatte es seine Exfreundin Ayana nett umschrieben. Wenn es ihr gerade gepasst hatte, war er aber auch das unsensible Arschloch gewesen, ein Mann eben.

Seine Gedanken kehrten zu Gunnar und Hartmut zurück. Die Freundschaft zu den beiden Jungen hatte ihm das Internat nach den ersten einsamen Monaten, in denen er den üblichen Hänsel- und Spottritualen ausgesetzt gewesen war, erträglich gemacht. Oft war er sogar froh gewesen, wenn er aus den Ferien wieder zu den beiden hatte zurückkehren können. Nur nach den Sommerferien in Italien war das anders gewesen.

Manchmal hatte er auch die Ferien bei Gunnar verbracht, seine Eltern hatten einen Reiterhof in der Nähe von Hamburg gehabt. Ein Paradies für Jungs. Hier hatten sie ihre pubertäre Coolness für ein paar Tage zusammen mit ihrer Schuluniform an den Nagel gehängt und waren wieder zu natürlichen, wilden Wesen geworden, die lachen durften und auf Bäume kletterten.

Er lächelte wehmütig. Am Tag der Rückkehr hatten sie dann die erwachsene Haut peinlich berührt wieder über ihre Kinderseelen gezogen und den Blick des anderen gemieden, der wusste, was darunter verborgen war.

Er fiel fast vom Stuhl, als das Telefon ihn herrisch in die Gegenwart zwang.

»Beck.« Beinahe hätte er Giovanni gesagt.

»Hier Herwig. Guten Morgen und gute Neuigkeiten.«

»Der Fingerabdruck? Haben Sie ihn ...?«

»Ja. Ist ein alter Bekannter. Andreas Stein. Hatte aber in der Vergangenheit eher mit Drogen zu tun. Einbruch oder Mord stand bisher nicht auf seiner persönlichen To-do-Liste.«

»Ja, ich ... habe letztes Jahr seine Bekanntschaft gemacht. Ich danke Ihnen.« Langsam legte er den Apparat beiseite und sank in seinen Stuhl zurück, aus dem er sich unwillkürlich halb erhoben hatte.

Andreas Stein, ein kleiner Drogendealer, der sich angeblich aus dem Geschäft zurückgezogen hatte. Über den ein Freund mal gesagt hatte, er könne noch nicht einmal einen Hamster erschlagen.

Und nun hatte er einen Menschen getötet.

*

Müde lächelnd sah Sarah ihrer nach Hause lärmenden Kindermeute hinterher. Wie konnten die nach sechs Stunden Unterricht bloß noch so viel Energie haben? Man müsste noch mal zehn Jahre sein!

Oder nein, lieber doch nicht.

Sie dachte an den leeren Blick ihres Vaters, der nie auf ihr verweilt hatte, über sie hinweggeglitten war in eine Ferne, in die sie ihm nicht hatte folgen können. Dachte an gemalte Bilder, die unbeachtet von Tischen glitten und sich in dunklen Ecken knüllten, umwispert von nie gesagten Worten, nie erzählten Träumen. Nein, sie wollte niemals wieder zehn Jahre alt sein.

Ein leises Rascheln ließ sie herumfahren.

»Farid! Warum bist du noch hier? Hat dich deine Mutter nicht abgeholt?«

Ein schwarzer Blitz traf sie unvermittelt zwischen die Augen. »Ich kann allein nach Hause gehen.«

»Natürlich, entschuldige.« Mühsam unterdrückte Sarah das breite Grinsen, das ihre Mundwinkel auseinanderziehen wollte.

Farid hatte etwas gesagt! Das erste Mal seit seiner Ankunft in ihrer Schule hatte sie seine heisere, etwas atemlose Stimme gehört. Das konnte doch nur etwas Gutes bedeuten! Sie zwang sich, ruhig das Klassenbuch aufzuschlagen, als sei nichts Besonderes passiert. Aus den Augenwinkeln konnte sie sehen, dass der Junge unruhig die Füße in den überdimensionierten Turnschuhen auf und ab wippen ließ und einen zögernden Schritt in ihre Richtung machte.

Gemächlich schraubte sie ihren Füllhalter auseinander und sah aus dem Fenster, obwohl sie am liebsten aufgesprungen wäre und den Jungen in ihre Arme geschlossen hätte. Garantiert der sicherste Weg, um ihn für immer in die Flucht zu schlagen. Sie unterdrückte ein Seufzen und dachte an den kleinen Hund, der ihr vor vielen Jahren in Berlin zugelaufen war. Den mageren Körper ängstlich an den Boden gepresst, hatte er misstrauisch zu ihr aufgesehen, nichts Gutes erwartend und es doch erhoffend.

Bitte liebe mich.

Gleichgültigkeit vortäuschend senkte sie die Augen auf das Buch und schielte durch die Wimpern auf den Jungen. Offensichtlich wollte er etwas. Sein Körper war angespannt, auf Flucht vorbereitet, doch etwas hielt ihn hier fest, war stärker als der Wunsch zu entkommen.

»Kann ich sie haben?«

Erstaunt Sarah sah auf. »Was?«

Farid blickte aus dem Fenster. Eine blaue Ader unter

der zarten Haut seines mageren Kinderhalses pochte rhythmisch. Er schluckte schwer und sein Adamsapfel hüpfte auf und ab.

»Was möchtest du haben, Farid?«

»Ach, vergessen, Sie's.« Der Junge schnellte herum und lief zur Klassentür.

»Farid!!« Oh nein, jetzt bloß nicht die Verbindung verlieren, vielleicht für immer. »So sag mir doch bitte, was du meinst, ich habe keine Ahnung.« Bleib stehen, flehte sie stumm in den schmalen Kinderrücken.

Eckige Schultern zogen sich nach vorn und ließen spitze Schulterblätter abwehrend in ihre Richtung zielen. »Die CD.« Zwei Worte, so leise, dass sie kaum gesprochen schienen.

Die CD? Wovon in aller Welt sprach dieses Kind? Verdammt! »Es tut mir leid, Farid, aber du musst mir noch mal helfen. Welche CD meinst du?« Sarah zwang sich, ganz ruhig zu sprechen, nichts von ihrem drängenden Wunsch nach Kontakt spüren zu lassen. War es schon eine Frage zu viel gewesen?

Doch er blieb stehen und wandte sich um. Ein tiefer Seufzer ließ seine Brust auf und nieder sinken. »Die mit dem Fluss.«

Ratlos durchforstete Sarah ihre Hirnzellen nach irgendwelchen Flussliedern. Eine Randbemerkung ihrer Musikkollegin heute Morgen im Lehrerzimmer fiel ihr ein: »Mal sehen, was deine Chaoten wohl zu Smetana sagen. Ich höre sie schon: ›Ist ja oberöde!‹«

»Die Moldau? Das, was ihr heute im Musikunterricht gehört habt?«

Ein ungeduldiges Nicken. Alte, frag nicht so blöd.

»Ich weiß ehrlich gesagt nicht, ob du die haben kannst. Sie gehört doch Frau Hintze.«

Bla, bla, bla. Erwachsenengequatsche. Farid zuckte mit einer Achsel und wandte sich ab.

Verzweifelt überlegte Sarah, wie sie dem Jungen seinen

Wunsch erfüllen konnte. Hatte Susanne die CD vielleicht in ihrem Fach gelassen? Aber sie konnte sie doch nicht einfach herausnehmen und sie Farid geben? Luise! Luise hatte eine Schwäche für die Komponisten der Romantik und wenn Sarah sich nicht irrte, besaß sie auch Smetana. »Aber ich habe die Musik zu Hause, Farid. Reicht es dir, wenn ich sie dir morgen mitbringe?«

Ein weiteres Achselzucken. Mir doch egal, ey.

»Also bringe ich sie dir morgen mit, versprochen. Darf ich dich fragen, warum du sie haben möchtest?« Unwillkürlich hielt Sarah den Atem an.

Ein Blick aus dem Fenster, Füße scharrten, bereit zur Flucht.

»Du musst es mir nicht sagen. Ich gebe sie dir auch so.«

Ein Murmeln, unverständlich.

»Bitte? Was sagtest du?«

Komm, Sarah, lass den armen Kerl in Ruhe. Was soll er schon anstellen mit einer CD?

»Spielen. Ich spiele sie nach.« Unwillig stieß Farid die Worte durch seine schmalen Lippen.

»Du spielst sie nach? Mit einem Instrument?« Womit denn wohl sonst, Dittmann?

Das schien Farid auch zu denken, seine ganze Körperhaltung drückte genervte Resignation aus.

»Was spielst du denn für ein Instrument, verrätst du mir das noch?« Sie konnte es nicht lassen, neugierige Oberlehrerin, die sie war.

Dem Jungen reichte es. »Klavier«, warf er ihr vor die Füße und verschwand durch die Tür.

Tja, abgeblitzt. Aber immerhin hatte er geantwortet. Beeindruckt schüttelte sie den Kopf. Konnte ein Kind Smetana auf dem Klavier nachspielen? Ohne Noten? Schwer vorstellbar, sie kannte jedenfalls keinen, der das konnte.

Außer Mozart.

*

»Ach nee, Sie schon wieder?« Andy Steins Freundin Olga versuchte sich in einem koketten Augenaufschlag, der wegen der verschmierten Wimperntusche auf den Tränensäcken aber eher grotesk geriet.

»Ja, leider. Ist Ihr Freund da, Andreas?« Beck lächelte nicht, der Anlass war nicht danach.

»Ja, warum? Er hat doch nicht etwa schon wieder Ärger?«

»Vielleicht. Wir müssen ihn dringend sprechen. Können wir reinkommen?«

»Was bleibt mir denn anderes übrig?« Olga Neumann zog ihre knallengen Hüftjeans zurecht und ließ die beiden Beamten passieren. In der Wohnung roch es nach kaltem Zigarettenrauch und billigem Parfüm.

Beck folgte Olgas ausgestrecktem Arm und ging in das Wohnzimmer, Wagner postierte sich an der Eingangstür.

Andreas Stein lümmelte mit dem Rücken zur Tür auf einem Fernsehsessel von gewaltigen Ausmaßen. Aus den zahlreichen Rissen in dem schwarzen Lederimitat quoll die Füllung. Auf einem überdimensionalen Flachbildschirm rasten flachgedrückte Rennwagen sinnlos um langgestreckte Kurven. Das aggressive Röhren der Motoren erfüllte den kleinen, stickigen Raum mit einem Höllenlärm und ließen selbst Becks durch Rockmusik gestählte Ohren ächzen.

»Herr Stein?«

Als Beck dem jungen Mann eine Hand auf die Schulter legte, zuckte er zusammen und fuhr herum. »Sie?« In die umschatteten hellen Augen trat ein misstrauisches Flackern. »Was ist?«

»Könnten Sie bitte den Fernseher ausmachen?« Beck hatte das Gefühl, die Rennwagen führen direkt durch seine Gehörgänge.

Stein drückte auf die Fernbedienung und stand auf. »Was wollen Sie?«

»Ich denke, Sie wissen, was ich will!«

»Nee, wirklich nicht.« Stein fuhr sich durch die mit reichlich Gel hergestellte Igelfrisur.

Beck unterdrückte ein Stöhnen. Auf diese Spielchen hatte er überhaupt keinen Bock. »Spitzwegstraße 41, sagt Ihnen das was?«

»Nee.« Steins Blick wich flackernd zur Seite.

Ein miserabler Lügner. Schlecht für Stein, gut für Beck. »Ich glaube doch, Herr Stein. Ich verhafte Sie wegen Mordes an Augustus von Düren.«

»Mord! Sind Sie wahnsinnig! Ich habe keinen umgebracht!«

»Andy! Was hast du getan!« Die Wohnzimmertür wurde aufgerissen und Steins Freundin stürzte in das Zimmer.

Wo war eigentlich Wagner? »Verlassen Sie bitte den Raum, Frau Neumann!« Beck wandte sich zu der aufgebrachten jungen Frau um und wurde im selben Moment durch einen heftigen Schlag an seine Schulter gegen eine Schrankwand geworfen.

Stein stieß seine Freundin zur Seite und rannte in den Flur, Beck hinterher. Ein kurzer Ringkampf im Flur, aus dem Beck mit Wagners Hilfe als Sieger hervorging, ließ Stein in Handschellen enden.

»Machen Sie nicht so ein Theater! Vor drei Tagen waren Sie doch auch nicht so zimperlich«, herrschte Wagner.

»Lassen Sie mich los, ich habe überhaupt nichts gemacht!« Stein wehrte sich gegen Wagners festen Griff.

»Oh, Andy, ich habe dir immer gesagt, du sollst mit diesen schlimmen Sachen aufhören! Habe ich nicht gesagt, das nimmt kein gutes Ende?« Olgas schrille Stimme gab der Szene die Würze einer griechischen Tragödie. Sie raufte sich sogar die pechschwarz gefärbten Haare.

Im Treppenhaus öffneten sich Türen, gegenüber wurden pinkfarbene Lockenwickler sichtbar. »Endlich holen sie den ab. Jetzt ist es endlich vorbaa mit der ewigen

Feieraa zu nachtschlafender Zaat.« Ein gut ausgefüllter bunt geblümter Morgenmantel schob sich hinter den Wicklern durch die gegenüberliegende Wohnungstür.

»Bitte gehen Sie wieder hinein, hier gibt es nichts zu sehen.« Der ewige Stoßseufzer aller Polizeibeamten, ebenso zwecklos wie unwahr. Wann bekam man schon mal den eigenen Nachbarn in Handschellen geboten?

Aufgescheucht durch den Lärm kamen die beiden Uniformierten die Treppe hochgerannt, die auf Becks Anweisung vor der Haustür gewartet hatten.

»Macht er Ärger?«

»Ja, er macht Ärger!« Wütend wehrte Stein sich gegen Wagners festen Griff. »Weil er gar nichts getan hat! Ich habe keinen umgebracht!«

»Was? Hat der aanen ermordet? Ich hab's ja schon immer jesagt, der is zu allem fähig.« Der geblümte Morgenrock wälzte sich weiter in den Flur hinein.

»Gehen Sie bitte zurück in die Wohnung!« Beck riss der Geduldsfaden.

»Maan Gott, so hübsch und so schlecht jelaunt!« Die Lockenwickler wackelten missbilligend hin und her.

»Was is'n da los baa euch oben, Trudi?« Eine heisere Stimme aus dem Erdgeschoss.

Beck gab Wagner ein Zeichen, die Beamten griffen zu und bugsierten Stein die Treppe hinunter.

»Die holen den Staan ab. Der hat aanen umjebracht!« Die Wickler wippten aufgeregt über das Treppengeländer.

»Naan, ehrlich? Wen denn?«

»Saane Freundin nich, die steht hier im Flur und flennt.«

»Halt die Klappe, du fette Kuh!« Olga ging mit gezückten Nägeln auf ihre Nachbarin los.

»Ruhe! Alle verschwinden sofort in ihren Wohnungen! Den nächsten, der den Mund aufmacht, verhafte ich wegen Behinderung der Polizeiarbeit!« Becks Stimme hallte von den rissigen Wänden zurück.

Stille.

Dann setzte mürrisches Gemurmel und Geschlurfe ein.

»Sie sollten auf Ihren Blutdruck achten, junger Mann.« Der geblümte Morgenrock verschwand hinter einer Wohnungstür, deren abgeplatzter Lack dekorative Inseln bildete, und setzte ein durch den Spion verzerrtes Auge an seine Stelle.

»Ich will einen Anwalt! Ich will meinen Anwalt anrufen!« Stein war den Tränen nah.

»Das können Sie. Sowie wir im Kommissariat angekommen sind. Ab.« Beck bedeutete den Kollegen mit einem Kopfrucken, den Verdächtigen endlich abzuführen.

»Andy! Lass dir nichts einreden! Du bist kein Mörder!« Die griechische Tragödin hatte sich von Becks Drohung anscheinend nicht angesprochen gefühlt.

»Frau Neumann, bitte!« Beck drehte sich warnend um.

Sie zeigte ihm den Mittelfinger und verschwand heulend in ihrer Wohnung.

»Mann!« Beck dröhnten die Ohren. Shakespeare hätte wahrscheinlich seine Freude gehabt an dieser Posse, er konnte darauf verzichten.

Im Wagen wandte sich Wagner grinsend zu ihm um. »Wusste gar nicht, dass Sie so ein Organ haben, Chef!«

»Tja, jahrelang auf den Proben gegen das Schlagzeug angebrüllt. Das hilft.« Beck schaute nach hinten. Stein saß zusammengesunken zwischen den beiden Beamten und sah zu Boden. Anscheinend weinte er.

Beck schüttelte den Kopf. Ein zart besaiteter Einbrecher und Mörder. Eine seltsame Welt. Der Wagen fuhr an und Beck lauschte auf die Melodie, die ihm hartnäckig im Kopf herumging.

Jetzt hatte er es, es war Bryan Adams – *I'm not guilty, baby, I'm not.*

*

Sarah lehnte ihre Schultasche an den Sekretär in ihrem Salon, der ihr gleichzeitig als Arbeitszimmer diente. Irritiert sah sie sich um. Was war denn hier los? Im Kamin brannte ein Feuer, das gemütliche Wärme in dem großen Raum verbreitete. Über dem Biedermeiersofa, auf dem sie manchmal ihrem Mittagsschläfchen frönte, von Filo boshaft Lehrer-Koma genannt, lag ein Plaid, das sie nicht kannte.

Sie trat näher und befühlte es. Eindeutig Kaschmir. Hübsch war es auch, es passte mit seinen warmen Erdfarben genau zu den Gelb- und Terra-Tönen, die dem Raum den Namen ›Italienischer Salon‹ gegeben hatten.

Sie lächelte. Vielleicht fühlte Gio sich deshalb hier so wohl, ihr blonder Italiener.

Auf dem runden Tisch am französischen Fenster zur großen Terrasse prunkte ein gelber Tulpenstrauß mit den honigfarbenen Vorhängen um die Wette. Anscheinend waren die Heinzelmännchen hier gewesen und hatten den Frühling mitgebracht. Asta?

»Na, gefällt es dir?«

Sarah fuhr herum und sah ihre Freundin strahlend im Türrahmen stehen. »Warst du das? Du bist verrückt, das Plaid hat doch bestimmt ein Vermögen gekostet!«

»Einkaufspreis.«

Filo war Einkäuferin für ein exklusives Kaufhaus in Berlin.

»Trotzdem. Vielen, vielen Dank. Aber du musst mir doch nichts schenken.«

»Ich wollte aber. Es ist so schön, dass ich immer bei euch untertauchen kann, wenn ich ein paar Streicheleinheiten brauche. Und ich konnte deine alte graue Pferdedecke hier wirklich nicht mehr ertragen.«

»Pferdedecke! Die hat noch meiner Mutter gehört!« Sarah schnaubte empört.

»Ach so, entschuldige. Ich wollte nicht ...« Filo hob Abbitte leistend eine Hand.

»Nein, nein, schon gut. Ich nehme sie in mein Schlafzimmer, da sieht sie keiner.« Noch während sie es aussprach, fiel Sarah ein, dass das seit ein paar Monaten nicht mehr zutraf. Sie fasste sich an die heißen Wangen. »Äh …«

Filo kicherte. »Das war wohl nichts. Ich hatte gestern den Eindruck, dass sich Gio deine Decken ziemlich genau ansehen wollte, kaum dass wir alten Frauen aus dem Haus waren.«

»Das … hat er, ja.« Verlegen fummelte Sarah an der Kaschmirdecke herum. Hatte Filo sie etwa gehört, als sie aus dem Kino nach Hause gekommen war? Sie hatte ja leider ganz schön einen im Tee gehabt. Wahrscheinlich waren ihre begeisterten Rufe angesichts der kriminaldienstlichen Ermittlung, die ihr Gio hatte angedeihen lassen, durch das ganze Schloss gehallt. Oh Gott.

»Wirst du etwa rot? Ich bin es, deine Freundin Filomena, nicht deine Mutter.«

»Ja, ja. Ich weiß. Wie war eigentlich der Film?« Es war höchste Zeit, das Thema zu wechseln.

Breit grinsend gab ihr Filo zu verstehen, dass sie den plumpen Versuch zur Kenntnis genommen hatte. »Zuckersüß. Das ganze Kino voller rührseliger Weiber, eigentlich ein Alptraum. Ich war wahrscheinlich die Einzige im Saal, die nicht geplärrt hat. Luise sah hinterher aus wie ein Pandabär.«

»Worum ging es denn?«

»Ach, das Übliche. Frau liebt Mann, Mann liebt Frau, da aber beide einen an der Waffel haben, dauert es anderthalb Stunden, bis sie sich kriegen. Schluchz.«

»Also überhaupt nichts für die harte Filo. Vielleicht hättest du dir lieber einen ordentlichen Actionfilm anschauen sollen, wo die Kerle so richtig was auf's Maul kriegen.«

»Ja, vielleicht.« Filo zuckte gleichgültig mit einer Schulter.

»Komm, wir trinken einen Kaffee.« Sarah ging ihrer Freundin voraus die Küchentreppe hinunter und zog eine Grimasse. Musste die immer so abgebrüht tun? Sie selbst liebte romantische Filme, je sentimentaler desto besser.

Durch die halbrunden Sprossenfenster des alten Küchengewölbes fiel das Sonnenlicht auf die gemütliche Sitzecke, die Sarah nach ihrer Rückkehr aus Berlin dort platziert hatte. Auf den schwarz-weißen Fliesen der geräumigen Schlossküche brachte die Frühlingssonne Marmeladenflecken und ähnliche interessante Muster zu Tage. Diese alte Bude war einfach viel zu groß. Kein Mensch konnte sie ohne eine bis zwanzig Putzfrauen sauber halten. Ganz zu schweigen von der Feuchtigkeit in den Mauern und der vor Alterschwäche röchelnden Heizung, die an sonnigen Tagen wie diesem stets funktionierte, um dann beim ersten Nachtfrost punktgenau den Geist aufzugeben. Sarah steuerte auf das hübsch geschwungene Biedermeiersofa zu und registrierte resigniert, dass der ehemals edle dunkelrote Samtbezug in der Frühlingssonne ziemlich schäbig aussah. Hier gammelte wirklich alles.

Filo schaltete die Espressomaschine ein, die mit lautem Getöse ihren Unwillen über die Störung an die gekalkten Wände warf. »Das ist ja ein Ding, dass der alte von Düren ermordet worden ist.« Sie stellte Sarahs Kaffeebecher (›Drama-Queen's Cup‹) unter die sprotzende Maschine.

»Ja. Ich kannte ihn ja eigentlich nicht, aber zufällig trafen wir ihn kurz vor seinem Tod in Gios Treppenhaus. Ich habe noch seine Eleganz bewundert. Schrecklich.«

»Ja, allerdings. Und alles nur wegen ein paar Antiquitäten und ein bisschen Geld. Die Menschen sind widerwärtig.«

»Manche. Aber wir wissen ja auch nicht, wie es ist, wenn man verzweifelt ist, vielleicht Schulden hat und keinen Ausweg mehr sieht.« Sarah trank dankbar den ersten Schluck.

»Und das rechtfertigt einen Mord?« Filo knallte einen zweiten Becher unter die Maschine (‚Don't speak up to my first cup!')

»Natürlich nicht. Wie war er denn so? Von Düren, meine ich?«

»Habe ich doch schon gesagt. Sehr distanziert, sehr elegant, gerecht.«

»Ja, aber ... hatte er Humor? Mochte er euch?«

»Keine Ahnung. Zu den Jungs war er ein bisschen strenger als zu uns Mädchen. Da müsstest du Thomas fragen, Thomas Jankowski. Ich erinnere mich dunkel, dass es da mal Probleme gab.« Filo nahm einen Schluck Kaffee.

»Ach ja, Thomas ist ja in deinem Jahrgang gewesen.«

Thomas war der Vater von Karla, der Tochter einer alten Freundin, die letztes Jahr ermordet worden war. Nach Claudias Tod hatte Sarah die Kleine bei sich aufgenommen. Claudia. Ihr Tod hatte Giovanni in ihr Leben gebracht. Sie blinzelte hastig eine Träne weg.

Und nun schon wieder ein Mord. War das so, wenn man einen Kommissar liebte? War der Tod in ihrem Leben jetzt allgegenwärtig? Hielt sie das aus? Und wie hielt Gio das nur aus?

»Sarah! Du grübelst schon wieder! Um Claudia hast du wirklich genug geweint. Wie geht's eigentlich Karla?«

»Ich hoffe, gut. Ich war schon länger nicht mehr da. In der Schule macht sie einen fröhlichen Eindruck. Wie wär's? Hast du Lust, die beiden zu besuchen?«

Filo setzte sich auf das Sofa und trank aus dem leuchtend gelben Becher. »Ja, warum nicht? Ist bestimmt witzig, Thomas wiederzusehen, nach all diesen Jahren. Wie ist er denn so? Hat er sich sehr verändert?«

»Ich kenne ihn von früher kaum. Auf jeden Fall sieht er gut aus, wie ein Zigeuner, schwarze Locken, braune Samtaugen und so. Ich mag ihn.« Sarah warf ihrer Freundin einen schrägen Blick zu.

Die lächelte fein. »Also so hübsch wie früher.«

»Filo! Lass bloß die Finger von ihm! Da hängt ein Kind dran! Den kannst du nicht einfach vernaschen und wieder ausspucken! Solche Affären hat Karla schon genug bei Claudia mitgemacht!«

»Komm runter! Ich hab nicht vor, mich an ihm zu vergreifen. Aber nett, wie du davon ausgehst, dass kein Mann meinem Liebreiz widerstehen kann.« Filo prostete ihrer Freundin mit dem Kaffeebecher zu.

»Hab ich ja schließlich oft genug miterlebt, du Gottesanbeterin.«

»Igitt. Die Gottesanbeterin schminkt sich jetzt die Facettenaugen. Und dann besucht sie Karla und verspeist ihren Vater zum Abendbrot.«

Sarah zog ihren Schuh aus und warf ihn der Freundin hinterher. »Wehe.«

*

»Ich sage Ihnen doch, ich war's nicht!« Stein fuhr sich nervös über das tränenüberströmte Gesicht.

Seit Beck die Tür des Vernehmungsraums hinter sich geschlossen hatte, saß Stein ihm gegenüber und heulte. So eine Tränenflut hatte Beck bei einem Verdächtigen überhaupt noch nicht erlebt. Allerdings hatte er auch noch keinen verhört, der sein Opfer aus Versehen umgebracht hatte. Falls es so war – aus dem Mann war ja außer Wasser nichts herauszubekommen.

»Was waren Sie nicht?«, fragte Beck zum hundertsten Mal.

»Ich habe keinen umgebracht. Ich könnte so was nie, da können Sie alle fragen!«

»Ach – und den Einbruch geben Sie zu?«

Stein schüttelte den Kopf und ließ seinem nie versiegenden Tränenfluss freien Lauf. »Ich will mit meinem Anwalt sprechen.«

Beck gab dem vor der Tür wartenden Beamten einen Wink. »Führen Sie ihn ab, das bringt momentan nichts mehr. Wann kommt denn endlich dieser verdammte Anwalt?«

»Der hat angerufen ...« Der semmelblonde, junge Mann fummelte mit roten Wangen einen Zettel aus seiner Jackentasche. »Er steht im Stau bei Hannover, er rechnet noch mit zwei Stunden.«

»Und warum sagen Sie mir erst jetzt Bescheid? Ich hätte inzwischen ertrinken können dort drinnen!«

Die Wangen des jungen Kollegen nahmen ein tiefes Purpurrot an. »Der ... äh, Verdächtige hat so geflennt, ich meine ... geweint, da dachte ich, Sie wären kurz vorm Durchbruch.«

Beck grinste. »Sie sollten nicht so viele amerikanische Krimis lesen, lesen Sie lieber deutsche, die sind realistischer. In welchem Jahr sind Sie?«

»Im zweiten. Ich habe nächste Woche meine Ernennung.« Er strahlte in Erwartung dieses historischen Ereignisses.

Beck kam sich plötzlich uralt vor. War er auch mal so leicht zu erfreuen gewesen, so eifrig? »Na, dann alles Gute.«

Er winkte dem zukünftigen Beamten zu und ging in sein Büro, schwenkte aber kurz vorher nach rechts zu Wagner ab. Er blickte durch die Tür – gähnende Leere.

Auf Wagners Schreibtisch das übliche Chaos – wie irgendein Mensch in dieser Unordnung denken konnte, war ihm ein Rätsel. Hinter dem Aktenhaufen ein Foto mit einem lachenden, blonden Mädchen, das einen Welpen auf dem Arm trug und – Beck glaubte seinen Augen nicht zu trauen – einem ebenfalls lachenden Wagner. Er hatte gar nicht gewusst, dass sein Kollege so was konnte. Ein zynisches Grinsen, ja, auch ein schmallippiges Lächeln hatte er schon gesehen – aber so ein freies, glückliches Strahlen? Der Mann sah völlig verändert aus, kaum wiederzuerkennen. Was das Leben so aus einem machen konnte ...! Hoffentlich ging es mit ihm selbst netter um. Momentan konnte er sich ja nicht beklagen, es ging eindeutig aufwärts, in jeder Hinsicht. Er gönnte sich einen Gedanken an Sarahs hübsche ... Augen.

Wann war es wohl mit Wagner abwärts gegangen? Als er ihm die Beförderungsstelle vor der Nase weggeschnappt hatte? Nein, das konnte doch nicht sein. Hoffentlich. Die Scheidung? Vielleicht.

Raschelnd schlug ein Zweig des alten Lindenbaums, der vor seinem Bürofenster stand, gegen die Scheibe und holte ihn in die Realität zurück.

Er ging zwei Türen weiter und sah in Pumuckls Zimmer. Auch keiner da. Wo waren denn alle? Es war so still hier, kein Tastaturgeklapper, kein Gelächter, keine Schritte. Richtig unheimlich.

Verwirrt eilte er in sein Büro und griff zum Telefon. Vielleicht wusste Viktoria etwas? Die Polizeipsychologin war im Allgemeinen über alles gut informiert, was in der Behörde vor sich ging.

»Mendel?« Die rauchige Stimme seiner Lieblingskollegin hätte auch einer Bardame im Rotlichtviertel gut gestanden.

»Beck. Hallo, Vicky. Weißt du, was hier los ist? Auf dem ganzen Stockwerk ist kein Mensch in seinem Büro!«

»Heute wird doch der neue KD in sein Amt eingeführt! Er ist übrigens eine Frau – kleiner Umtrunk im Erdgeschoss. Wo warst du denn?«

Beck schlug sich vor die Stirn. Die Amtseinführung des neuen Kriminaldirektors war groß angekündigt worden. »Ach ja! Das habe ich total vergessen. Ich war im Verhör. Verdammt. Wie ist sie denn so?«

»Eine eiserne Lady. Die lässt sich die Butter von euch Kerlen garantiert nicht vom Brot nehmen.«

»Ich will ja ihre Butter gar nicht.«

»Das wird auch besser sein. Wenn du dich beeilst, kriegst du noch einen Sekt ab. Zeig mal dein hübsches Gesicht vor.«

»Bin schon unterwegs.« Er hastete an sein Waschbecken und sah in den Spiegel. Hatte er heute Morgen vergessen, sich zu kämmen? Er sah aus, als hätte er den Finger in die Steckdose gesteckt. Na prima. Mit angefeuchteten Händen versuchte er die Tolle zurückzustreichen, die ihm immer hartnäckig über sein linkes Auge fiel, natürlich vergeblich. Auf seinem Hemd entdeckte er einen Fettfleck – wo kam der denn her? Wenn er sein Jackett schloss, sah man ihn fast nicht mehr. So musste es gehen.

Eilig lief er die Treppe in das Erdgeschoss hinunter und stieß fast gegen Wagner.

»Sie wurden schon vermisst.« Nicht von Wagner, das sagte der Ton seines Kollegen ganz deutlich.

»Ja, ich weiß. Es hat ewig gedauert, aber ich habe trotzdem nichts aus der Heulsuse herausbekommen. Ohne Anwalt sagt der gar nichts mehr.« Ohne einen weiteren Kommentar abzuwarten, ging Beck weiter und öffnete die Tür zum Besprechungsraum.

Nur ein kleines Grüppchen Kollegen scharte sich noch um eine sehr große Frau mit eisengrauer Mähne. Als Beck zögernd näher trat, machte der nette Kollege Klauenberg vom Fachkommissariat Zwei Platz für ihn.

Irritiert über die leichte Verschiebung an ihrer Seite sah die Riesenfrau sich um und fixierte Beck aus stahlgrauen Augen.

»Beck.« War sie etwa größer als er? Schwer zu sagen.

»Ach, der Berliner.« Seine neue Chefin hatte ihre Hausaufgaben gemacht.

Beck lächelte charmant, wie er hoffte. Sein Lächeln fand jedoch keinerlei Widerhall in den herben Zügen der Riesin. Sie nickte ihm kühl zu und blickte ihm auf den Grund seiner Seele, ohne auch nur einmal zu blinzeln. Hilfe.

»Und – wie gefällt es Ihnen in der Provinz?«

»Bisher ganz gut. Braunschweig ist eine nette Stadt,

finde ich.« Fand er das? Egal, irgendetwas musste er ja schließlich sagen. Anscheinend war es das Falsche.

»Nett ist so ein nichtsagendes Wort, finden Sie nicht?«

»Nun ja, besonders viel Zeit für tiefer gehende Studien hatte ich noch nicht.« Beck zuckte entschuldigend mit den Achseln. Leider fiel ihm ihr Name einfach nicht ein.

»Frau Stahlberg-Ballhausen?« Kollege Klauenberg kam beflissen mit einem Glas Orangensaft herbeigeeilt.

Beck unterdrückte ein Lächeln. Nomen est omen. Wobei die Dame eher nach Stahl als nach Ball aussah. Aber vielleicht schwebte sie ja in ihrer Freizeit in einer glitzernden Tüllrobe über das Parkett. Die muskulösen Waden ließen jedenfalls auf intensive sportliche Bemühungen schließen.

»Herr Beck?«

Rasch wandte er seinen Blick von den Waden seiner Vorgesetzten und sah ihr tapfer in die silbrigen Augen. »Ja?«

Das leichte Zucken eines strengen Mundwinkels hätte man fast als Lächeln werten können. Hatte sie etwa gesehen, wie er ihr auf die Beine geglotzt hatte? Na prima.

»Sie bearbeiten den Fall von Düren?«

»Ja, ich habe gerade den Hauptverdächtigen verhört, allerdings bisher ohne Erfolg.«

»Hm. Ich erwarte eine diskrete und zügige Ermittlung. Ich kenne die Familie von Düren recht gut.«

»So?« Beck schluckte. Wie reizend. Es ließ sich bestimmt besonders gut arbeiten unter dem ehernen Blick Frau Stahlberg-Ballhausens. Hoffentlich ließ sie ihn nicht zu Stein erstarren.

Das hing wahrscheinlich von Stein ab. Wie lustig.

*

Sarah drückte das kleine, blonde Mädchen fest an sich. »Hallo, Karla! Wie geht es dir?«

»Gut. Guck mal, Thomas hat mir einen Sternenhimmel

über mein Bett gemalt!« Die Kleine fasste Sarahs Hand und zog sie den Flur entlang.

»Warte, ich schaue ihn mir gleich an. Ich möchte erst Thomas guten Tag sagen. Und hier ist Filo, die kennst du doch noch, oder?«

»Klar. Ist Sascha auch da?« Sarahs exzentrischer, verspielter Freund, mit dem sie in Berlin zusammen gewohnt hatte, nahm einen besonderen Platz in Karlas Kinderherzen ein.

Filo lächelte das Mädchen an. »Nein, dieses Mal leider nicht. Aber er kommt bestimmt bald auch wieder mit.«

»Papa ist im Atelier. Er arbeitet.« Die Kleine schaute ernst zwischen Filo und Sarah hin und her.

»Oh. Meinst du, wir dürfen ihn mal stören?«

»Bestimmt. Ich bringe euch hin.« Das Mädchen öffnete die Haustür und ging über den mit unregelmäßigen Kopfsteinen gepflasterten Hof voran.

In der Mitte des Platzes wachte eine anmutige Bronzejungfrau über ein Blumenbeet, in dem unzählige Märzveilchen die violetten Gesichter zusammensteckten und über den kühlen Frühlingstag meckerten. Karla öffnete eine leuchtend blau gestrichene Stalltür und winkte die beiden Frauen herbei.

Im Inneren des ehemaligen Schweinestalls verbreitete ein schwarzer Kaminofen angenehme Wärme. Der beißende Geruch nach Ölfarbe und Verdünner mischte sich mit dem Duft der brennenden Holzscheite. Vor einer großen Leinwand stand ein hochgewachsener, schlanker Mann in einem farbverschmierten Arbeitsoverall und setzte mit sicheren Pinselstrichen Lichtreflexe auf ein Stillleben.

Die zarten Gläser und Flaschen waren so plastisch, dass Sarah meinte, sie aus der Leinwand nehmen und daraus trinken zu können. »Das ist fantastisch, Thomas! So ein Bild hätte ich auch gern in meinem Salon.«

Karlas Vater wandte sich um und zuckte mit den

Schultern. »Ich mal dir eins, wenn du möchtest. Hallo, Sarah, schön, dass du mal vorbeischaust.« Er legte den Pinsel aus der Hand und nahm Sarah in den Arm. Sein Blick glitt jedoch an ihr vorbei und richtete sich auf Filo, die im Hintergrund stehen geblieben war.

»Erinnerst du dich noch an Filo? Filomena von Seifen? Ihr seid zusammen ...«

»... zur Schule gegangen. Natürlich erinnere ich mich. Wie könnte man dieses Gesicht vergessen?« Thomas ging langsam auf Filo zu und streckte ihr eine Hand entgegen. »Hallo. Du hast dich überhaupt nicht verändert.«

»Du dich auch nicht. Hallo, Thomas. Schön, dich wiederzusehen.« Filo umarmte ihren ehemaligen Klassenkameraden und küsste ihn leicht auf die Wange.

»Du bist mit Filo in die Schule gegangen?« Karla betrachtete ihren Vater fasziniert.

»Ja. Das kannst du dir gar nicht vorstellen, was?« Thomas wuschelte seiner Tochter zärtlich durch das feine Haar. »Es ist aber wahr. Und ich habe eine ganze Weile für sie geschwärmt.«

Sarah warf ihrer Freundin einen Blick zu und registrierte erstaunt, dass sich Filos Wangen zartrosa verfärbten. Was war denn mit der los? »Hört, hört. Ein weiteres Opfer von Filos Schönheit.«

»Quatsch. Hör doch auf, Sarah. Hast du schon gehört, Tommy, dass unser Lehrer ...« Filo sah zu Karla und brach ihren Satz mit einem Hüsteln ab.

»Unser Lehrer – was?« Thomas sah fragend von Filo zu Sarah.

Mit einem bedeutungsvollen Blick sprang Sarah in die Bresche. »Später. – Wolltest du mir nicht deinen Sternenhimmel zeigen, Karla?«

»Ja, komm! Gehst du auch mit, Filo?« Karla nahm die beiden Frauen an die Hand und zog sie aus dem Atelier.

»Ich komme auch mit rüber und koche uns einen

Kaffee.« Thomas griff nach einem Lappen und wischte die Farbe von seinen Fingern.

In Karlas Zimmer wölbte sich ein nachtblauer Himmel mit unzähligen Sternen und Kometen über dem Bett und verwandelte den kleinen Raum in einen orientalischen Traum. Ein lachender Mond wachte wohlwollend über Karlas Schlaf.

»Oh, wie schön! So ein Zimmer hätte ich als kleines Mädchen auch gern gehabt!« Sarah sah sich anerkennend um. In einer Ecke des Raumes war ein Zelt aus durchscheinenden, glitzernden Gazetüchern aufgebaut, von dessen Mitte ein Mobile aus schillernden Schmetterlingen herabhing.

»Das ist meine Kuschelecke. Manchmal schlafe ich da auch, wenn meine Freundin bei mir übernachtet. Alle wollen immer in meinem Zelt liegen.« Karla strahlte voller Besitzerstolz.

»Super. Das ist ein tolles Zimmer! Darf ich auch mal dein Zelt ausprobieren?« Filo legte sich probeweise auf die großen Kissen im Inneren.

Aus dem Flur wehten die perlenden Töne eines Glockenspiels heran.

»Karla, Sabrina ist da.« Thomas steckte den schwarz gelockten Kopf zur Tür herein. Hinter ihm wurde ein Mädchen sichtbar, dessen rote Zöpfe gut zu ihren Sommersprossen passten.

Die Begeisterung, mit der die Mädchen sich kichernd begrüßten, degradierte die Erwachsenen zu Statisten.

Die beiden Frauen überließen die Mädchen ihren geflüsterten Geheimnissen und folgten dem verlockenden Kaffeeduft in eine kleine Küche, in der Thomas schon bunte Steingutbecher auf einen alten Tisch aus blank gescheuertem Eichenholz gestellt hatte. Überall in den offenen Regalen, auf der Fensterbank und dem alten Küchenbuffet standen Becher, Vasen, Kannen in fröhlichen Farben neben kleinen Figuren aus glasiertem Ton.

»Hast du die selbst gemacht?« Filos Ästheten-Auge hatte eine besonders hübsche zierliche Blumenfrau erspäht und sie nahm das Figürchen vorsichtig in die Hand.

»Ja, die mache ich manchmal zur Entspannung. Preise kann ich damit nicht gewinnen, aber es macht Spaß. Ich habe ja den Hof von einer Töpferin übernommen, deshalb stand die Töpferscheibe noch herum. Setzt euch doch. Das ist aber wirklich eine schöne Überraschung, Filo! Wie lange haben wir uns nicht gesehen?« Thomas schenkte Kaffee ein und richtete seinen samtigen Blick auf sie.

»Bitte zwing mich nicht, darüber nachzudenken!« Filo lachte. »Ich denke, es war auf irgendeiner Schulparty. Ich bin ja gleich nach dem Abi nach Berlin gegangen.«

»Mein Gott. Dann ist das jetzt über zehn Jahre her. Fünfzehn! Unfassbar. Was wolltest du eigentlich vorhin sagen? Mit unserem Lehrer?«

»Von Düren, unser Lateinlehrer, weißt du noch?«

Thomas setzte seinen Kaffeebecher ab. »Allerdings. Wieso, was ist mit dem?«

»Er ist tot, ermordet. Giovanni will auch noch mit dir darüber reden.« Sarah war ein wenig unbehaglich, griffen sie jetzt Gios Ermittlungen vor? Aber andererseits, warum sollte sie Filo verbieten, darüber zu sprechen, wenn er es auch nicht getan hatte?

»Wie ist das denn passiert? Weiß man schon, wer es war?«

»Bei einem Einbruch. Giovanni meint, es war wahrscheinlich nicht beabsichtigt, aber er weiß noch nichts Genaues.«

»Ein Einbruch! Ja, ich kann mir schon vorstellen, dass es bei dem was zu holen gab. Man munkelte damals, dass er aus einer recht wohlhabenden Familie stammte.«

»Du scheinst nicht gerade erschüttert zu sein. Mochtest du ihn nicht?«

»Nein. Was nicht heißt, das ich ihm den Tod gewünscht hätte. Aber ich hatte damals Angst vor ihm. Ziemliche

Angst.« Thomas schüttelte den Kopf und trank einen Schluck Kaffee.

»Ich erinnere mich, dass du öfter Ärger mit ihm hattest, nicht?« Filo beugte sich vor und sah Thomas an.

»Ja. Er mochte mich nicht. Keine Ahnung, warum. Auf jeden Fall hat er bei jeder Gelegenheit auf mir herumgehackt, ich konnte ihm nichts recht machen.«

»Aber warum nur? Du warst doch bestimmt kein aufmüpfiger Schüler, oder?« Sarah konnte sich nicht vorstellen, dass der sanfte Thomas jemals den Unwillen eines Lehrers erregt haben konnte.

»Nein, dazu war ich viel zu verträumt. Aber ich habe auch immer nur die Hälfte von dem mitgekriegt, was um mich herum vor sich ging, habe häufig meine Hausaufgaben vergessen und so weiter. Außerdem war ich schlecht in Latein. Und je mehr Angst ich vor ihm hatte, desto schlechter wurde ich.« Thomas rührte nachdenklich in seinem Becher herum.

Sarah dachte an Farid und schwieg.

»Ich erinnere mich jetzt wieder – einmal hat er dich sogar gezwungen, vor dem ganzen Kurs zu sagen ...« Filo machte eine abwehrende Handbewegung.

»›Ich bin ein Versager. Ich bin faul und nutzlos.‹ Oh, ja, das weiß ich noch sehr gut, dreimal hintereinander musste ich es sagen. Widerlich.«

»Das ist ja ekelhaft. Armer Thomas.« Sarah schlug mit der Faust auf den Tisch. »Wie kann man nur seine Macht als Lehrer so missbrauchen! Warum hast du dich denn nicht gewehrt? Wussten deine Eltern davon?«

»Nee, natürlich nicht. Ich hatte Angst, wenn sie sich beschwert hätten, würde es noch schlimmer werden. Tja. Andere hatten aber gar keine Probleme mit ihm, fanden ihn sogar sehr gerecht und haben ihn regelrecht angehimmelt, das machte es für mich irgendwie noch schlimmer. Er hatte immer irgendwelche Lieblinge. Zu denen war er sehr charmant.« Thomas fuhr sich durch die schwarzen Locken. »Was für ein unerfreuliches Thema für unser Wiedersehen, außerdem ist das wirklich nicht mehr wichtig. Wollen wir nicht lieber über was anderes sprechen?«

»Doch. Aber eins würde ich trotzdem noch gern wissen: Was hast du denn gemacht, wenn er dich so vorgeführt hat?« Sarah war von einer widerwilligen Faszination erfüllt.

»Die Klappe gehalten. Was sollte ich denn tun? Wenig später bin ich dann sowieso abgegangen, Gott sei Dank! Was machst du denn jetzt eigentlich, Filo?«

»Ich bin Einkäuferin bei Lafayette.«

»Also die Schickimicki-Branche?« Thomas' Lächeln nahm seiner Stichelei die Spitze.

»Mode war schon immer mein Ding.« Filo lächelte zurück.

»Das sieht man. Du warst schon immer sehr schön angezogen, ein Edelstein unter all den Plastikmäusen an der Schule.«

Sarah bekam stellvertretend für Filo weiche Knie. Mein Gott, konnte der Mann gucken! Natürlich stand sie eher auf blaue Augen, aber ... dieser Elm-Zigeuner konnte eine Frau schon in Unruhe versetzen.

»Na, na. Nun trag mal nicht so dick auf.« Da war sie auch schon, die kalte Dusche, die Filo so ernüchternd über erhitzte Möchte-gern-Liebhaber ausgießen konnte. Allerdings wurde sie sonst nicht rot dabei.

»Ich trage nicht dick auf. Du weißt selbst bestimmt sehr gut, wie schön du bist. Ich würde dich gern malen, du hast ein außergewöhnliches Gesicht.« Thomas ließ seinen Plüschblick über Filos Schneewittchenhaut gleiten.

Und die schlug doch tatsächlich die Augen nieder wie eine Jungfrau auf dem Weg ins Hochzeitsbett! Sarah unterdrückte ein Grinsen. Das versprach ja spannend zu werden!

Sie würde mal nachsehen, was Karla so mit ihrer Freundin trieb.

Schließlich wusste sie, wann sie überflüssig war.

Kapitel 6

Mit zitternder Hand stellte Beck seine hundertundfünfte Tasse Kaffee an diesem Tag beiseite und biss von seinem saftigen Kopenhagener Brot ab. »Mmm, hast du das gebacken, Luise?«

»Fragst du mich das im Ernst?« Sarahs Großtante strich eine platinblonde Welle aus dem fast faltenlosen Gesicht.

»Nein. Asta?« Inzwischen kannte sich Beck mit der Aufgabenverteilung in diesem seltsamen Frauenhaushalt einigermaßen aus: Asta war für das Catering und allgemeine Wohlbefinden ebenso zuständig wie für esoterische Lebensberatung, Sarah managte die Finanzen und den Erhalt des ständig irgendwo bröckelnden Anwesens und Luise sorgte für Glamour und Zuckerguss, jedenfalls hatte Beck bei ihr noch keine praktische und allgemeinnützliche Tätigkeit ausmachen können. Dazu waren Frauen wie Luise auch nicht da, sie dienten der Dekoration und Animation. Hatte Luise ihm bereits erklärt. Er grinste sie an. Göttlich, die Frau.

»Klar, wer sonst?« Luise zog genüsslich an ihrer vergoldeten Zigarettenspitze. »Erzähl Sarah bloß nicht, dass ich um diese Zeit schon rauche! Schrecklich, wie vernünftig dieses Mädchen ist. Von mir hat sie das jedenfalls nicht.«

Sie blinzelte ihm zu und Beck konnte sich lebhaft vorstellen, wie sie früher mit diesem sexy Trick die Männer zu Boden geschickt hatte. Er bekam ja jetzt noch fast weiche Knie. Dass sie mit diesen Wimpern überhaupt die Lider bewegen konnte! Ob die wirklich echt waren?

»Luise, darf ich dich mal was fragen?«

»Fragen darfst du immer. Ob du eine Antwort bekommst, bleibt abzuwarten.« Zierlich schlürfte sie ein Schlückchen Tee aus einer Tasse, deren Porzellan so hauchdünn war, dass die bernsteinfarbene Flüssigkeit hindurchschimmern konnte.

Beck kniff doch lieber. »Augustus von Düren – wie war er denn so als junger Mann?«

»Hübsch.« Luise lächelte fein, als wisse sie genau, dass Beck eigentlich etwas anderes hatte fragen wollen. »Hübsch und irgendwie nicht von dieser Welt.«

»Was meinst du damit?« Beck legte eine Hand auf seinen überstrapazierten Magen. Diese ewige Kaffeetrinkerei musste ein Ende haben. Ab morgen. Nein, lieber übermorgen.

Luise zuckte anmutig mit einer schmalen Schulter. »Er nahm einen gar nicht so richtig wahr. Ich war ja öfter bei den von Dürens auf irgendwelchen Festen oder Bällen eingeladen. Es ist mir selten passiert, dass mir ein Mann nicht richtig zuhörte.« Eine fein gezeichnete Braue hob sich tadelnd.

»Das glaube ich dir sofort. Aber bei Augustus war es so? Er hatte kein ... Interesse an dir?«

»Nein. Aber auch an keiner anderen Frau, denke ich.«

»War er homosexuell?« Beck dachte an von Dürens Schüler, die ihn so oft besucht hatten.

»Nein, glaube ich auch nicht. Eher asexuell, vergeistigt. Er hatte auch überhaupt keine Wirkung auf Frauen – auf Männer wahrscheinlich auch nicht, obwohl er so gut aussah.«

»Aber sein Charakter? War er freundlich, launisch – wie hast du ihn empfunden?«

»Immer sehr höflich – die von-Düren-Kinder waren alle sehr gut erzogen und hatten vorzügliche Umgangsformen. Und sonst? Verschlossen war er, von einer kühlen Freundlichkeit, die seine hübsche Erscheinung wie ein dünner Eisfilm überzog und die Menschen auf Distanz hielt.« Luise legte den schönen Kopf auf die Seite und lauschte ihrer Formulierung nach. »Ja, ich denke, das trifft es ganz gut.«

»Hatte er Freunde? Irgendwelche Menschen, die er näher an sich heran ließ?«

»Seine jüngste Schwester. Tilrun. Wenn sie in der Nähe war, war er wie verwandelt, wirkte gelöster. Wärmer. Er liebte sie sehr, denke ich.« Versonnen blickte Luise in das Kaminfeuer und wirkte plötzlich sehr jung und verletzlich.

Fast konnte Beck sie dort sehen, in den Flammen, die schwarzlockige Tilrun mit dem dicken Zopf und der blonde Jüngling, einander liebevoll zugeneigt. »Liebte sie? Du meinst ... zu sehr?«

»Na ja.« Mit einem Ruck kehrte Luise in ihr souveränes, glitzerndes Ich zurück. »Vielleicht. Ich weiß es nicht. Vielleicht war es auch nur eine besonders ausgeprägte Geschwisterliebe. Sie waren ja beide sehr musikalisch, er spielte Geige und sie Cello. Wunderbar spielten sie, ich habe sie selbst gehört. Das hatten sie von ihrer Mutter, die war eine große Musikliebhaberin und Förderin. Nur die arme Dagi, die war so unmusikalisch, dass sie den Männern beim Tanzen ständig auf die Füße getreten ist. Vollkommen aus der Art geschlagen.« Ein verächtliches Lächeln umspielte Luises wie immer tiefrot geschminkte Lippen und sie warf den Kopf in den Nacken.

Die arme Daglind konnte einem leidtun. Es hatte wahrscheinlich damals wie heute jemand nichts zu lachen, der sich Luise zur Feindin gemacht hatte. »Du mochtest sie nicht?«

Luise schnaubte verächtlich durch die Nase. »Ach was. Dazu war sie viel zu unbedeutend. Eine Langweilerin. Vor lauter Angst, irgendeine Konvention zu verletzen, hat sie sich vorsichtshalber gar nicht bewegt. Sie betete ihren Vater an, den großen Maximilian. Die beiden passten zusammen. Er war auch so ein steifer Hammel.«

War Maximilan von Düren ebenfalls immun gegen Luises Flirtversuche gewesen? Beck unterdrückte ein Grinsen. Wahrscheinlich hatte es damals wohl keinen Mann zwischen zwanzig und sechzig gegeben, der vor Luises Charme-Attacken sicher gewesen war. Aber ebenso wahrscheinlich hatte es, bis auf Augustus und seinen Vater, auch keinen gegeben, der sich davor in Sicherheit hatte bringen wollen.

Wie alt war sie damals wohl gewesen? Neunzehn, zwanzig in den vierziger Jahren, das sprichwörtliche blonde Gift. Vor seinem inneren Auge schwebte Luise in weißen, plissierten Satin gehüllt mit laszivem Hüftschwung eine Freitreppe herunter. Den Männern mussten die Zungen bis auf die Lackschuhe gehangen haben.

Er zwang sich in die Gegenwart zurück. »Also war Augustus kein dominanter Typ? Eher zurückhaltend?«

»Ja, genau. Sehr ruhig, eher scheu. Hat mich auch gewundert, dass er später Lehrer geworden ist, das passte irgendwie überhaupt nicht zu ihm. Musiker hätte er werden sollen, aber da wäre natürlich der Alte davor gewesen.«

»Warum denn? Ist das denn was Ehrenrühriges?«

»Damals? Absolut! Augustus hatte einen Namen zu vertreten, Güter zu verwalten. Musik war nur ein netter Zeitvertreib, vorzugsweise für Frauen, aber kein Beruf.«

»Aber nach dem Krieg? Was ist denn aus den Gütern geworden?«

»Tja. Dahin, dahin. Die lagen auf der falschen Seite von Deutschland.«

»Aber dann hätte er doch Musiker werden können?« Beck fühlte mit Augustus. Diese Väter, die ihre Söhne in ein Leben pressen wollten, das nicht ihres war. Wenn er mal einen Sohn haben sollte, dann …

»Aber Giovanni! Wer sollte denn bei Kriegsende oder in der Hungerzeit Musiker werden – da musste man ums nackte Überleben kämpfen! Und später waren alle Messen gesungen, was eine Musikerkarriere betraf. Das müsstest du als Musiker doch wissen.«

»In der Rockmusik sind die Grenzen nicht so eng gesteckt. Da kann man auch noch mit zwanzig anfangen und muss mit siebzig noch nicht aufhören, denk mal an Mick Jagger.«

»Nein, an diesen hässlichen Zwerg denke ich ganz bestimmt nicht. Das ist doch kein Mann!«

Beck lachte. »Darüber müsstest du dich mal mit Asta unterhalten, die ist da ganz sicher anderer Meinung.«

»Ich weiß. Die hat ja sowieso einen grauenhaften Männergeschmack. Wie heißt noch mal ihr Abgott? Dieser Kerl, der heißt wie ein Flugzeug?« Luise schürzte abschätzig die Lippen.

»Meinst du Steven Tyler? Von Aerosmith?« Beck grinste.

»Lach nicht so. Ja, ich glaube, so heißt der. Müssen Männer heute eigentlich Lippen haben wie Brigitte Bardot? Das ist doch abartig! Welche Frau will denn so was küssen?« Luise schüttelte sich.

»Eine Menge. Aber ich fürchte, wir kommen etwas vom Thema ab.«

»Ach, schade. Männer sind ein so viel erfreulicheres Thema als die Vergangenheit.«

Beck lächelte. »Für mich nicht. Kannst du dir vorstellen, was von Düren für ein Lehrer geworden ist? Streng? Sarah deutete am Telefon kurz an, Thomas Jankowski habe unter ihm gelitten.«

»Unter Augustus?« Luise schüttelte ungläubig den Kopf. »Nein, das kann ich mir eigentlich nicht vorstellen. Aber Menschen verändern sich, vor allem, wenn sie älter werden. Das Leben ist nicht immer freundlich.«

Beck dachte an das Leid, das ein Krieg über die Menschen brachte, ein Leid, das er sich gar nicht vorstellen konnte, und nickte. »Du hast recht. Ich muss mit Thomas selbst sprechen.«

Energisch schüttelte Luise die weißblonden Wellen und richtete den schmalen Oberkörper auf. »Schluss jetzt mit dem trübseligen Gegrabe in alten Erinnerungen. Mir ist schon ganz blümerant. Darf ich dich zu einem Glas Champagner einladen?«

»Schon wieder? Ich werde hier noch zum Alkoholiker!« Beck hob abwehrend eine Hand. »Außerdem bin ich im Dienst.«

»Du hast gerade Pause. Mein Gott, was seid ihr nur für eine larmoyante Generation! Ständig seid ihr um eure Gesundheit besorgt und greint nach irgendwelchen übel schmeckenden Körnermüslis oder abartigen Körperertüchtigungen. Was habt ihr von einem langen Leben, in dem keiner irgendwelchen Spaß hat? Schau mich an! Ich habe die Feste immer gefeiert, wie sie gefallen sind, und wenn es keine gab, habe ich mir welche gemacht. Und? Sehe ich deshalb schlecht aus oder bin ich krank?«

Beck betrachtete Luises anmutige Erscheinung und schüttelte anerkennend den Kopf. Gut in Alkohol konserviert. Laut sagte er: »Nein. Aber nur eine unter zehntausend hat deine eiserne Konstitution, liebe Luise.« Und deine Leber.

Luise winkte ab und sah zum Fenster. »Da kommt Sarahchen. Na, die brauche ich gar nicht zu fragen, ob sie ein Gläschen mit mir trinkt. Die hält mir gleich wieder Vorträge über die Leistungsfähigkeit einer Frauenleber. So jung und schon so alt.« Luise schnalzte missbilligend mit der Zunge.

Beck fuhr herum und sah aus dem hohen Fenster zum Hof. Tatsächlich, da kam seine Liebste auf ihren langen Beinen mit wehenden Locken über den Platz geeilt, die Stirn nachdenklich gerunzelt. Filo, die kurz hinter ihr ging, sagte etwas, was Sarahs Miene schlagartig aufhellte. Gerade stellte sie eine große Tasche ab, um Muffin zu begrüßen, die auf sie zugetollt kam.

Ihr freudiges Gebell brachte Marilyn auf den Plan, die bisher fest zusammengerollt auf Luises grün-weiß gestreifter Ottomane geschlafen hatte. Anmutig sprang sie von dem zierlichen Möbelstück und verschwand schwanzwedelnd in der Halle, um gleich darauf ebenfalls auf dem Hof sichtbar zu werden. Sie sprang an Sarahs

Bein hoch und kläffte gebieterisch um die ihr zustehende Aufmerksamkeit.

Sarah strich sich die widerspenstigen Locken aus dem Gesicht und sagte lachend etwas zu den Hunden, das Beck nicht verstehen konnte. Seine. Die schöne Frau da draußen war seine. Dieser Gedanke war noch immer ungewohnt, fühlte sich aber gut an. Sarah verschwand aus seinem Blickfeld und er wandte sich wieder Luise zu.

»Was?« Warum schaute sie denn so? Irritiert brachte er seine eigenen Mundwinkel aus der Ohrnähe wieder in ihre übliche Stellung zurück. Anscheinend hatte er gegrient wie ein Honigkuchenpferd.

Luise lachte leise. »Nichts.«

Er zog eine Augenbraue hoch und versuchte, wie ein Erwachsener auszusehen.

Die Tür wurde aufgedrückt und Sarah stürmte herein, dicht gefolgt von den Hunden.

»Giovanni!« Ihre riesigen Schokoladenaugen leuchteten auf und sie kam offensichtlich erfreut auf ihn zu.

Es half nichts, seine Mundwinkel berührten schon wieder seine Ohrläppchen. Wahrscheinlich sah er wie ein Idiot aus. Wieder einmal.

*

Was für eine nette Überraschung! Nach Hause zu kommen und einen hübschen Mann vorzufinden, der einem entgegenstrahlte. Daran könnte sie sich gewöhnen. Schade nur, dass er nicht hatte bleiben können. Na ja, sie war sowieso zu kaputt, um wirklich charmant sein zu können. Kaffee, Füße hoch und eine Viertelstunde Ruhe, das brauchte Großmutti jetzt. Schließlich hatte sie nach der Schule noch nicht eine Sekunde Ruhe gehabt. Daran änderte auch der sexiest Kommissar alive leider nichts. Gott, was war sie alt und lahm geworden, eine Schande!

Sarah stellte ihre Handtasche neben dem zierlichen Biedermeierschreibtisch ab und seufzte wohlig. Hach!

Anscheinend mochte er sie doch wirklich gern. Sonst hätte er doch nicht so gelächelt bei ihrem Anblick?

Sie betrachtete sich in dem goldgerahmten Spiegel neben der Tür. Wenn er bei diesem Anblick lächeln konnte, musste er sie wirklich lieben, oder so. Was hatte sie denn bloß mit ihren Haaren veranstaltet? Sie sah aus wie eine geplatzte Rosshaarmatratze! Stöhnend fuhr sie sich über die zerzausten rotbraunen Korkenzieherlocken, ein Erbe ihrer Mutter. Hätte sie nicht lieber die schmalen Hüften erben können? Aber nein, das war ihr natürlich nicht vergönnt. Sie brauchte ein Croissant nur anzugucken und schon hatte sie es auf denselben kleben.

Sie drehte sich zur Seite, zog den Bauch ein und kniff den Po zusammen. So würde es gehen. Ob sie mal die Klinik aufsuchen sollte, in der Luise sich schon hin und wieder hatte »auffrischen lassen« (»Nein, Luise, was siehst du erholt aus! So ein Kurzurlaub wirkt doch Wunder!«)? Ein bisschen Fett hier und da abgesaugt und sie sah aus wie Kate Moss. Wie Kate Moss vor der Diät.

Sie streckte sich die Zunge heraus. Bäh! Wie gern wäre sie wirklich schön gewesen für Giovanni. Entschlossen wandte sie der unzulänglichen Frau im Spiegel den Rücken zu und ging zum Sofa. Nur ein paar Minuten!

Ihr Blick fiel auf die CD für Farid, die obenauf in der roten Kiste lag. *Mein Vaterland.* Spontan nahm sie sie heraus und legte sie in den Player. Übermütig sprudelte die noch junge Moldau in ihren Salon, umspülte verspielt die geschwungenen Beine ihres josefinischen Tischchens und strömte über den verblassten Perser Richtung Parkterrasse, auf der die fröhlichen Klänge einer Bauernhochzeit zum Tanz einluden.

Entzückt sank sie auf das Sofa und lauschte. Das hatte sie schon ewig nicht mehr gehört. Sie hatte die Faszination ganz vergessen, mit der sie als Kind den Weg des Flusses verfolgt hatte, den der Komponist mit Tönen gemalt hatte, die Verwandlung der silbrig sprudelnden

Quelle in einen großen, majestätisch dahin fließenden Strom.

»*Mein Vaterland*, warum heißt das so?«, hatte sie ihren Vater gefragt, verwirrt von der Vorstellung eines merkwürdigen Landes voller Väter.

»Heimat«, hatte ihr Vater geantwortet, »damit meint man seine Heimat.«

Natürlich war sie nicht im Traum darauf gekommen, die Melodie nachspielen zu wollen mit ihrer Blockflöte, dem einzigen Instrument, das sie je erlernt hatte. Grausame Vorstellung.

Wie gern würde sie jetzt Giovanni mit einem fulminanten Klavierkonzert an Luises weißem Flügel beeindrucken. In einem dunkelroten Samtkleid, das bis auf den Boden floss, die Haare zurückgebunden, nur ein, zwei Locken wie zufällig aus dem schweren Chignon geglitten, das Gesicht sanft von dem silbernen Kandelaber auf dem Flügel angestrahlt und Giovanni hingerissen und verzaubert von den betörenden Klängen, die sie mit zarten weißen Händen dem Instrument entlockte.

Mit einem Krachen fiel die schwere Haustür ins Schloss und übertönte das Murmeln der Moldau. Sarah fuhr auf und rieb sich die Augen. Waren einem denn in diesem Haus nicht mal fünf Minuten Ruhe vergönnt?

Ihr Blick fiel auf die große alte Standuhr neben dem pfirsichfarbenen Marmorkamin. Von wegen! Sie hatte fast eine Stunde geschlafen, in den Schlummer gewiegt von einem Fluss, von dem sie noch nicht einmal genau wusste, wo er überhaupt entlangfloss. Tschechien, oder? Eine tolle Lehrerin war sie.

Sie setzte sich gerade auf und versuchte wach zu werden, als Filo in der Tür erschien.

»Na, Schlafmütze?«

»Von wegen Schlafmütze! Ich habe gearbeitet! Habe eine CD probegehört für einen Schüler.« Sarah grinste.

»Aha. Und davon bekommt man rote Striemen auf der

Backe, alles klar.« Filo kam herein und ließ sich auf dem kleinen Lehnstuhl nieder, dessen goldfarbener Chintz einen perfekten Hintergrund für ihr rabenflügelschwarzes Haar und ihre Alabasterhaut bildete. Wie Schneewittchen.

Sarah unterdrückte den Anflug von Missgunst und schwang die Beine vom Sofa. »Ja, stell dir vor, der Farid, der Junge von dem ich dir erzählt habe, möchte sie nachspielen! Smetana!«

»Hm, schön. Ist ja ein Ding.« Filo war ganz offensichtlich nicht bei der Sache.

»He! Filomena! Wo bist du gerade?«

»Ach. Ich dachte nur gerade an Karla.«

»An Karla? Oder an Thomas?« Sarah feixte.

»Hör auf, so blöd zu grinsen! Ihr frisch Verliebten habt doch nichts anderes im Kopf, als möglichst alle anderen Leute in eurem Umfeld auch zu verkuppeln!« Filo verdrehte genervt die grauen Augen.

»Ja, schon gut, reg dich ab.« Sarah warf ein Kissen nach ihrer Freundin.

Die fing es und legte es sich in den Nacken. »Nein, ich habe nur gedacht, wie es sein muss für sie. Von einer chaotischen Mutter zu einem überforderten Vater. Kann einem leidtun, die Kleine.«

»Mag sein. Ich glaube aber, dass sie bei Thomas ein beständigeres und liebevolleres Zuhause hat als sie es bei Claudia hatte. Kinder stört es nicht, wenn die Regale staubig sind oder der Fußboden dringend gefegt werden müsste, Hauptsache, sie werden geliebt.«

»Ja, du hast recht.« Filo sah zum Fenster hinaus und schwieg.

Unfreundliche dunkelgraue Wolken ließen kalten Frühlingsregen gegen die deckenhohen Scheiben prasseln. In ihrem Schatten sahen die goldgelben Seidentapeten des Salons schäbig aus. Schnell wandte Sarah den Blick ab.

Thomas war bestimmt ein netter Vater. Sie konnte sich gut vorstellen, wie er sich mit liebevollem Lächeln seiner

Tochter zuwandte und ihr etwas erklärte. Verstohlen warf sie einen Blick auf Filos klassisches Profil. Von wem sie wohl ihr gutes Aussehen hatte? Ihrer verstorbenen Mutter, einer hübschen, aber etwas faden Blondine, sah sie überhaupt nicht ähnlich. Bisher hatte Sarah immer angenommen, dass Filo die dunklen Haare von ihrem vermeintlichen Vater geerbt hatte, aber das hatte sich ja nun als unmöglich herausgestellt.

»Sag mal …«, begann sie zögernd. »Willst du denn gar nicht wissen, wer dein Vater ist? Dein wirklicher Vater, meine ich?«

»Weiß ich doch.« Filo zuckte mit den Schultern. »›Ein dahergelaufner Schmierenkomödiant‹, von dem ich angeblich meinen verlogenen Charakter geerbt habe. Pfff.« Sie schlang die schlanken Arme um ihren Oberkörper. »Sag mal, ist die Heizung nicht an?«

»Doch, aber die Temperatur wird dadurch nur geringfügig beeinflusst. Ich mache gleich den Kamin an. Ein Schauspieler? Dein Vater war ein Schauspieler?« Fasziniert starrte Sarah ihre Freundin an.

»Ja, anscheinend. Und um das Übel noch zu vergrößern, ist er auch noch Pole. Ein polnischer Schmierenkomödiant, stell dir das mal vor. Ein dunkler Abszess im preußischen Adelsgeschlecht, entwürdigend!« Filo ahmte die schrille Stimme ihrer Tante, die einige Jahre widerwillig die Stelle ihrer Mutter vertreten hatte, täuschend ähnlich nach.

Sarah grinste. »Na und? Klingt doch spannend! Vielleicht hast du ja noch Verwandte in Polen?«

»Keine Ahnung. Aber vielleicht in Hollywood.« Filo legte den Kopf auf die Seite und lächelte schief.

»In Hollywood? Wieso? Ist er denn berühmt, dein Vater? Kenne ich ihn?« Sarah hielt unwillkürlich den Atem an.

Filo grinste. »Marek Nowak heißt er.«

Sarah schüttelte enttäuscht den Kopf. »Nie gehört.«

Irritiert sah sie, wie sich das Grinsen auf Filos Gesicht ausbreitete. »Moment mal! Marek … – etwa Marc Newton?«

Filo nickte und zog eine Schulter hoch.

»Nee! Ich fasse es nicht! Weiß er, dass er eine Tochter hat?«

Marc Newton war einer der wenigen europäischen Schauspieler, die es in Hollywood zu Rang und Namen gebracht hatten. Dem attraktiven, dunkelhaarigen (aha!) Mann mit dem gefährlichen Lächeln brachten Frauen im Allgemeinen keine töchterlichen Gefühle entgegen.

»Das wusste meine Tante nicht, sie glaubt nicht. Und sie wünscht natürlich, dass das auch so bleibt.«

»Und du? Was wünschst du dir?«

»Weiß ich noch nicht. Fürs Erste hab ich von Vätern die Schnauze voll, Hollywood hin und her.« Entschlossen schlug Filo mit einer Hand auf die Armlehne des Sessels und stand auf. »Ich hole jetzt Holz rein, mir ist kalt.«

Sarah blieb auf dem Sofa sitzen und versuchte ihre wirbelnden Gedanken zu ordnen. Filos Mutter und Marc Newton? Wie die sich wohl kennengelernt hatten? Und wo? Das musste vor Marcs Durchbruch in Hollywood gewesen sein. Sie schlug sich vor die Stirn. Man konnte ziemlich genau ausrechnen, wie lange das her war, Filo war zweiunddreißig. Auch wenn sie nur neunundzwanzig zugab.

Sie dachte an ihren eigenen Vater, immer abwesend, immer melancholisch, nie Zeit für seine Tochter.

Hätte ihre Mutter nicht eine Affäre mit, sagen wir mal, Harrison Ford haben können?

*

Himmelherrgott noch mal! Beck verdrehte entnervt die Augen. »Das hatten wir doch schon! Wenn Sie von Düren das Klebeband nicht über den Mund geklebt haben, wie kommen denn dann Ihre Fingerabdrücke darauf?«

Wagner lehnte sich auf seinem Stuhl zurück und stöhnte demonstrativ.

»Ich weiß es nicht!« Andreas Stein war immer noch aufgebracht, heulte aber Gott sei Dank nicht schon wieder. Die Anwesenheit seines Anwalts schien ihm Sicherheit zu geben. Warum auch immer.

Der ölig lächelnde Kerl sah in seinem zu sehr glänzenden Anzug und dem eng an den schmalen Schädel gegelten Haar aus wie eins der unbedeutenderen Mitglieder der Cosa Nostra. Fehlte nur noch die Knarre in der Aktentasche, aber vielleicht hatte er sie ja dabei. Für Koks oder Kohle würde der nicht nur seine Mutter, sondern sämtliche Familienmitglieder verraten und verkaufen. Jetzt schlug er seine Beine übereinander und wippte mit einem maßangefertigten Schuh. »Mein Mandant hat diese Aussage jetzt schon mehrfach zu Protokoll gegeben.« Der Schmierlapp zog eine sorgfältig gezupfte Augenbraue hoch und wischte ein imaginäres Stäubchen von seiner Ludenhose.

»Deswegen wird sie nicht wahrer.« Beck lächelte verbindlich. »Herr Stein, ich glaube ja gern, dass Sie nicht beabsichtigt haben, Herrn von Düren zu töten, das hieße dann also Totschlag. Geben Sie Ihre Tat zu, gibt das weitere Strafminderung, das wissen Sie wahrscheinlich. An Ihrer Stelle …«

»Sie beeinflussen meinen Mandanten, Herr Kommissar, das ist so nicht in Ordnung.«

»Ich beeinflusse ihn nicht. Ich sage, was ich denke und weise ihm Möglichkeiten auf, die verhindern könnten, dass er lebenslänglich in den Bau geht.«

»Lebenslänglich?« Stein jaulte auf wie ein Kater, dem man die rollige Katze weggesperrt hatte. »Ich soll lebenslänglich in den Knast für etwas, das ich gar nicht getan habe?«

Wagner schnaubte verächtlich und kippelte auf seinem Stuhl nach hinten.

»Nein, natürlich nicht.« Schmierlapp gab seiner Ölstimme eine väterliche Einfärbung, die bei Beck Würgereiz erzeugte. »Das ist vollkommener Quatsch und das weiß der Kommissar auch.«

»Das weiß der Kommissar nicht und ein Fingerabdruck ist ausreichend, um den Tatbestand nachzuweisen, ich brauche mir diese Märchenstunde also nicht länger reinzuziehen.« Beck stand auf. Zur Not fraß der Teufel das Brot auch ohne Geständnis.

Stein sprang auf. »Nein, so glauben Sie mir doch! Ich …«

»… war's nicht, ich weiß.« Beck wandte sich zum Gehen. Sollte sich doch der Staatsanwalt weiter mit den beiden Traumtypen herumärgern.

»Herr Beck! So warten Sie doch! Ich … der Mann, der war gar nicht da!«

»Was?« Drehte Stein jetzt vollkommen durch?

»Der Typ, der von Düren, der war gar nicht da, als ich eingebrochen habe!«

»Herr Stein!« Das ölige Lächeln tropfte auf den Fußboden, der Anwalt kam auf die silbrig verhüllten Beine. »Passen Sie auf, was Sie sagen! Ich möchte allein mit meinem Mandanten sprechen!«

»Gleich.« Beck setzte sich wieder. »Den Einbruch geben Sie also zu?« Hab ich dich endlich.

»Ja, ja, den gebe ich zu.« Stein überhörte das warnende Zischen seines Öllappens und beugte sich eindringlich nach vorn. »Aber als ich in die Wohnung gekommen bin, war da keiner. Ich schwör's! Keine Menschenseele. Deshalb habe ich's ja auch nur gemacht.«

Die Cosa Nostra regte sich auf. »Ich bestehe darauf, jetzt allein mit meinem Mandanten zu sprechen, er redet hier ohne zu wissen, wie sehr er sich schadet, nur weil er dem Druck nicht standhalten kann.«

»Welchem Druck? Das sind wichtige Neuigkeiten für mich, die möchte ich doch geklärt haben, Herr Dahnebrok.« Beck wandte sich wieder an Stein. »Sie sagten, ›nur deshalb‹ haben Sie es gemacht. Sie wussten also, dass von Düren an diesem Tag nicht in der Wohnung sein würde? Und damit kommen Sie mir jetzt erst? Warum haben Sie das nicht gleich erzählt? Bisschen merkwürdig, meinen Sie nicht?«

Stein senkte den Kopf. »Ich habe gedacht, das glauben Sie mir sowieso nicht. Ich versteh's ja selber nicht.«

»Also dachten Sie, es sei niemand in der Wohnung? Woher wollen Sie das gewusst haben?« Beck hielt den Atem an und warf einen drohenden Blick in die Richtung des Schmierlapps.

»Äh – ich … habe einen Tipp bekommen.« Stein atmete schwer aus und fuhr sich nervös durch die dunkelblonden Haare.

»Von wem? Kennen Sie den Informanten?« Jetzt wurde es ja richtig interessant. Die Cosa Nostra zappelte nervös mit den edel umhüllten Füßen.

»Nee. Nie vorher gesehen, den Typen.« Stein blickte Beck mit einem treuherzigen Dackelblick in die Augen. Bitte, Papi, hau mich nicht.

»Hm. Wie sah er denn aus?«

»Blond, sehr dünn, wie 'n Kettenraucher. Ganz blass mit braunen Augenschatten. Ich weiß noch, dass ich dachte, wie fertig der aussah.«

Beck legte die bisher am Fall Beteiligten auf seinen inneren Scannner. Nee, dünn und blond war da keiner. Verdammt. »Wann und wo soll dieser Mann Sie denn über den Verbleib von Dürens an diesem Sonntag informiert haben?«

Eifrig rutschte Stein auf seinem Stuhl nach vorn, froh dass Beck ihm anscheinend Glauben schenkte. »Das war 'n paar Tage vorher, ich weiß nicht mehr genau – doch, am Donnerstag. Im *Faust.*«

Die Studententränke auf dem Campus. »Sie gehen in das *Faust*?«

»Ja. Meinen Sie, ich bin zu blöd dazu? Das Bier schmeckt da auch nicht schlauer als woanders.« Stein hatte irgendwo noch einen Rest seiner Würde wiedergefunden und hob sie auf.

»Warum gehen Sie dorthin? Kennen Sie dort Leute?« Beck dachte an Gabriel Oppermann. Vielleicht gab es hier eine Verbindung?

»Nee. Eigentlich kenne ich da keinen. Aber das Bier ist da billiger als anderswo, vor allem am Donnerstag.«

»Und der Typ, der Informant? Der ist einfach so auf Sie zugestürzt und hat Sie gefragt, ob Sie am Sonntag schon was vorhätten?«

Die Cosa Nostra atmete tief ein, enthielt sich aber eines Kommentars.

»Quatsch. Der saß zufällig neben mir und wir kamen in's Gespräch, wie's eben so geht.«

»Wie geht's denn so? Ich habe keine Ahnung, wie man sich gegenseitig Tipps für einen Bruch rüberschiebt, vor allem, wenn man sich gar nicht kennt. Da müssen Sie mich schon aufklären.« Beck lächelte freundlich.

»Der wollte mir doch keinen Tipp geben, Mann. Der arbeitet in dem Restaurant, in dem der Alte immer essen gegangen ist. Und da hat er eben erwähnt, dass der jeden Tag gegen neunzehn Uhr dreißig zum Essen kommt, danach einen Kaffee trinkt und nach genau siebzig Minuten das Lokal wieder verlässt. Wie 'n Uhrwerk. Und dann bin ich eben gegen acht hin in seine Bude.«

Wagner regte sich in seiner Ecke. »Aha. Und wie ist er auf dieses Thema gekommen? Kommt mir ein bisschen spanisch vor, gelinde gesagt. So was erzählt man doch nicht von ungefähr einem Wildfremden?«

Stein schwieg und dachte nach. »Keine Ahnung mehr, wie wir darauf gekommen sind, wir waren ja beide nicht mehr nüchtern.«

Beck schüttelte den Kopf. »Wären Sie's man geblieben, Herr Stein, dann wäre Ihnen vielleicht aufgefallen, dass es doch sehr merkwürdig ist, jemandem, den man gerade kennengelernt hat, eine solche Story aufzutischen.«

Stein zuckte mit den Schultern. »Ich bin ja nicht blöd. Aber an dem Abend kam's mir überhaupt nicht komisch vor. Es ergab sich, wir sprachen über Gewohnheiten und so. Aber genau weiß ich's eben nicht mehr. Scheiße.« Er vergrub den Kopf in seine Hände und rieb sich die Stirn. »Meinen Sie, da hat mir jemand eine Falle gestellt?«

»Keine Ahnung. Genauso wie ich keine Ahnung habe, ob Sie mir nicht irgendeine Fabel erzählen. Gab es Zeugen?«

Stein stöhnte. »Höchstens den Bubi hinter der Theke.«

»Name?«

»Bobbie oder so ähnlich.«

»Hm. Wir werden das überprüfen. Die Beschreibung von Ihrem Gesprächspartner müssen Sie noch ein bisschen genauer rüberwachsen lassen.« Beck erhob sich und nickte Wagner zu. »Wir überlassen Sie jetzt dem Schäferstündchen mit Herrn Dahnebrok.«

Vor der Tür blieb Beck stehen und wandte sich an seinen Kollegen. »Was sagen wir denn dazu?«

»Erst mal nichts. Glauben Sie die Räuberpistole?«

»Weiß ich noch nicht. Erst mal lassen wir eine Zeichnung machen und dann sehen wir weiter.« Grüßend hob Beck die Hand und erklomm die Stufen zu seinem Büro. Wagner eilte nach draußen, um seiner Nikotinsucht den stündlichen Tribut zu zollen.

Seltsame Entwicklung. Beck warf sich auf seinen Schreibtischstuhl und legte die Füße auf die Tischplatte. Draußen klatschte der Regen an die Scheibe, als kriegte er's bezahlt. Scheißwetter. Scheißfall. Er spielte mit dem Gedanken, sich noch einen Kaffee zu gönnen, verwarf ihn aber zugunsten seines Blutdrucks gleich wieder. Mit dem Schlaganfall wollte er lieber noch ein, zwei Jahre warten.

Warum sollte irgendjemand Stein erzählen, dass es a) in von Dürens Wohnung etwas zu holen gab und b) dass dieser zu regelmäßigen Zeiten nicht da war, ohne diese Tatsachen selbst nutzen zu wollen? Hatte jemand Stein den Mord an von Düren anhängen wollen? Aber der war doch laut Steins Aussage gar nicht in der Wohnung gewesen? Das machte doch überhaupt keinen Sinn!

Es sei denn, jemand hatte von Düren umgebracht, nachdem dieser wieder in die Wohnung zurückgekehrt war. Aber warum sollte dieser Jemand das tun? Und wie war dann Steins Fingerabdruck auf das Klebeband geraten? Das war doch alles Schwachsinn! Es konnte nur Stein gewesen sein. Bestimmt war von Düren eher als erwartet in die Wohnung zurückgekehrt.

Ungläubig schüttelte Beck den blonden Kopf.

Er konnte sich die Szene lebhaft vorstellen, die entsetzte Überraschung von Dürens, die Panik Steins, ein Schlag auf den Schädel, die Fesselung, die Stein in seiner ängstlichen Hektik ein wenig zu effektiv geraten war. Jede andere Erklärung war einfach an den Haaren herbeigezogen. Jede Wette, dass sich keine Spur fand von dem blonden Kettenraucher-Informanten. Ein ertappter Verbrecher war bisweilen bei der Vertuschung seiner Tat so kreativ wie ein Kind beim Erfinden von Gründen, nicht ins Bett zu müssen.

Beck gähnte und rieb sich die müden Augen. Apropos Bett: Wäre nicht schlecht, wenn er heute Abend mal früher in dasselbe finden und dann auch schlafen würde. Er hatte sich zwar in letzter Zeit ziemlich viel auf Matratzen herumgewälzt, aber ums Schlafen war es dabei weniger gegangen. Seine Gedanken glitten in eine Richtung, in der schwarze Spitzendessous und weiße Frauenschenkel eine erfreuliche Rolle spielten.

»Was grinsen Sie denn so?« Wagner stand missbilligend in der Tür.

Beck fuhr zusammen und warf seine Schreibtischlampe um. »Ach – nur so.«

*

Unschlüssig trat Sarah von einem Bein auf das andere und starrte auf die rote Eingangstür des hübschen Einfamilienhauses im Avesser Neubaugebiet. Sollte sie klingeln? Muffin steckte die Schnauze durch das Gartentor und kläffte ungeduldig.

»Aus!«

Es reichte doch wirklich, Farid die CD morgen im Unterricht zu geben. Andererseits war das ein guter Vorwand für einen inoffiziellen Hausbesuch. Aber wenn sie damit Farid zu sehr unter Druck setzte oder die Mutter? Sie selbst hatte auch nicht so gern unangekündigten Besuch, da sie nicht zu den Frauen gehörte, die zu jeder Tages- und Nachtzeit vorzeigbar waren und eine blitzblank geputzte Wohnung aufzuweisen hatten. Leider. Eher war es so, dass sie garantiert gerade ihre ältesten Gartenklamotten trug und seit einer Woche nicht aufgeräumt hatte. Na ja.

Ach, sie würde doch lieber bis morgen warten. »Komm, Muffin, wir gehen weiter.«

Die Haustür ging auf und Frau Dorenkamp steckte den Kopf heraus. »Frau Dittmann? Möchten Sie nicht hereinkommen?«

Wie peinlich war das denn? Aufgeklaubt von der Straße wie eine Göre mit Hausverbot. Sarah zwang sich ein verbindliches Lächeln ins Gesicht. »Wenn ich nicht störe? Farid hat mich um eine CD gebeten und da ich gerade mit dem Hund raus wollte, dachte ich …«

»Das ist aber nett.« Frau Dorenkamp kam die zwei Stufen vor ihrer Haustür herunter und betrachtete zweifelnd die Hündin. »Beißt der?«

Sarah lachte. »Nein. Die weiß gar nicht, wie das geht. Aber sie kann draußen warten.«

»Nein, nein, bringen Sie sie nur mit rein. Farid mag Hunde gern. Vielleicht …« Mit einer einladenden Geste ließ Farids Mutter ihren Satz versickern, aber Sarah verstand, was sie hoffte. Genau aus diesem Grund hatte sie Muffin ja mitgenommen.

Im Haus herrschte peinliche Ordnung, Frau Dorenkamp gehörte anscheinend zu dieser perfekten Spezies, die Frauen wie Sarah im Zuge der Evolution weit hinter sich lassen würden. Beeindruckt ließ sie den Blick über blitzblanke Fenster und dekorative Arrangements aus Trockenblumen und bunten Glasgefäßen gleiten. Hübsch, wenn auch ein bisschen steril.

Sie wurde in ein helles Wohnzimmer geführt, das mit seiner Einrichtung in puderigen Pastelltönen an ein Puppenhaus erinnerte. An der Querwand stand ein weißes Klavier. In der auf Hochglanz polierten Oberfläche spiegelten sich die cremefarbenen Rosen, die auf seinem Aufsatz standen. Frau Dorenkamp würde sich in Einrichtungsfragen gut mit Luise verstehen.

Muffins Krallen klapperten über das glänzende Parkett, als sie schweifwedelnd durch das Zimmer lief und durch eine Tür auf der gegenüberliegenden Seite verschwand.

»Muffin!« Natürlich keine Reaktion. Dieser Hund vergaß seine guten Manieren zuverlässig immer, wenn es darauf ankam. »Muffin! – Entschuldigen Sie bitte, ich hätte sie doch draußen lassen sollen.«

»Ach, das macht doch nichts.« Frau Dorenkamp wies auf eine Polstergarnitur in zartem Apricot. »Bitte, nehmen Sie doch Platz.«

Die Gegenwart eines zehnjährigen Jungen war dieser Puppenstube nicht anzumerken. Bestimmt musste der arme Kerl durch eine Schleuse, wenn er nach Hause kam und alles ausziehen, was auch nur eine Andeutung von Schmutz aufwies.

Sarah sah unruhig zur Tür. »Ich sollte doch mal nachsehen, wo Muffin geblieben ist.«

»Ach, die ist bestimmt zu Farid ins Zimmer gelaufen, ich schau mal nach. Bestimmt freut er sich, wenn er hört, dass Sie gekommen sind.«

Das wagte Sarah zwar sehr zu bezweifeln, erwiderte aber nichts.

»Farid?« Frau Dorenkamp verschwand in dem kleinen Flur, der hinter der Tür sichtbar war.

Neugierig sah sich Sarah um und ihr Blick fiel auf ein Foto, auf dem Farid mit einem gutaussehenden Mann zu sehen war, dessen schwarze Haare und Augen ihn als seinen Vater auswiesen. Kein Wunder, dass Farids Mutter sich in den verknallt hatte, der sah ja aus wie ein Beduinenfürst. Aber so benahm er sich wahrscheinlich auch. Farid hatte auf dem Foto den Blick anbetend zu seinem Vater erhoben und dieser schaute offensichtlich stolz auf seinen Sohn.

Tja, was für die Mutter schlecht war, war es nicht unbedingt immer für das Kind. Ein unzulänglicher Ehemann musste nicht zwangsläufig ein ebensolcher Vater sein. Und umgekehrt. Bei ihrem Vater hatte es nur für den Ehemann gereicht. Pech.

Tumult entstand an der Tür und Muffin stürzte auf Sarah zu, als hätte sie sie tagelang nicht gesehen. Hinter ihr kam Frau Dorenkamp in das Wohnzimmer zurück, gefolgt, oh Wunder, von Farid, der gar nicht so abweisend aussah, wie Sarah gefürchtet hatte. Anscheinend hatte die Hündin ihre bewährte Eisbrecherarbeit wie erhofft abgeleistet.

Farid warf sich in seiner fleckigen Jeans mit einer Selbstverständlichkeit auf den pfirsichfarbenen Traum, die Sarahs gehässige Überlegungen ad absurdum führten. Frau Dorenkamp hatte anscheinend ein Geheimrezept, das ihre Einrichtungsgegenstände so proper aussehen ließ. Sarah dachte an ihr geliebtes Brokatsofa, dessen goldfarbener Stoff ein interessantes Muster brauner Pfotenabdrücke aufwies, und unterdrückte ein Stöhnen.

»Sag ›Guten Tag‹ zu deiner Lehrerin, Farid.« Frau Dorenkamp lächelte entschuldigend in Sarahs Richtung.

»Tag. Hast du die CD mitgebracht?« Farid blies sich eine Locke aus dem Auge und zappelte ungeduldig mit dem Fuß.

»Ja, deshalb bin ich ja hier.« Sarah bückte sich und zog die CD aus ihrer Handtasche. »Hier.«

Farid sprang auf und schnappte sich die Hülle.

»Sag danke.« Seine Mutter schnalzte unwirsch mit der Zunge.

»Danke.« Ohne einen Blick zurück stürzte Farid aus dem Zimmer, dicht gefolgt von der treulosen Muffin.

»Macht er das wirklich? Etwas nach einer CD nachspielen, meine ich?«

Farids Mutter nickte. »Das hat er von seinem Vater, der ist Musiker. Spielt zehn Instrumente. Na ja.« Ein resigniertes Schulterzucken deutete an, dass sich Frau Dorenkamp andere Qualitäten von ihrem Ex-Ehemann erhofft hatte.

»Aha. Hat er seinem Sohn das Klavier geschenkt?«

»Sie machen wohl Witze? Wovon denn? Der hat doch keinen Euro flüssig. Nee, bisher hatten wir immer eins gemietet und jetzt ... mein Freund verdient gut.«

Sarah nickte. Wahrscheinlich ein Versuch des neuen ›Vaters‹ sich bei Farid einzukaufen. »Wie lange spielt Farid schon?«

»Seit sieben Jahren.« Frau Dorenkamp konnte ein stolzes Lächeln nicht ganz aus dem sorgfältig geschminkten Gesicht tilgen.

»Was? Er hat mit drei Jahren angefangen?«

»Ja. Das war nicht geplant, aber er klimperte bei jeder Gelegenheit auf Dians Keyboard herum und dann hat mein Mann ... Exmann ... irgendwann angefangen, das Ganze ein bisschen systematischer anzugehen. Na ja, und Farid ist eben wohl total begabt. Inzwischen kann Dian ihm überhaupt nichts mehr beibringen, im Gegenteil.«

»Hm. Beeindruckend. Ich würde ihn zu gern mal spielen hören. Aber damit warte ich wohl lieber noch.«

»Ja. Das hasst er auch. Leuten vorspielen zu müssen, meine ich.« Frau Dorenkamp lächelte bedauernd. »Aber was meinen Sie denn nun zu seiner Versetzung? Wenn er bloß ein bisschen besser in Mathe wäre, das würde ihm mehr nützen als die Musik.«

»Ich glaube nicht, dass er wirklich eine Rechenschwäche hat. Musik und Mathematik haben viele Parallelen.«

»Ehrlich? Kann ich mir gar nicht vorstellen. Meinen Sie, er schafft die Vierte?«

»Ich weiß es noch nicht, Frau Dorenkamp. In seiner alten Schule muss einiges schiefgelaufen sein, vor allem, was den Mathematikunterricht betrifft. Und das Schuljahr ist ja nicht mehr lang. Vielleicht wäre es besser, er wiederholte die Klasse, damit er in Ruhe und ohne Angst seinen Lernstoff nachholen kann.«

»Meinen Sie?«

Im Kinderzimmer entsprang die Moldau und quirlte mit silbrigen Strudeln über die Steine. Frau Dorenkamp lauschte. »Oh. Das ist schön.«

»Ja«, Sarah lächelte, »das findet Farid anscheinend auch. Ungewöhnlich für einen Zehnjährigen. Hört er auch aktuelle Musik, Pop, Rock, oder den unvermeidlichen Rap?«

»Nein, komischerweise nicht, dabei ist sein Vater Rockmusiker. Aber zu Dians großem Kummer interessiert ihn die Musik seines Vaters nicht.« Frau Dorenkamp bemühte sich gar nicht, die Zufriedenheit in ihrem Tonfall zu unterdrücken.

Gemeinsam lauschten sie noch ein wenig dem Lauf des Flusses.

Mein Vaterland. Väter und Söhne. Ein Zitat von Goethe tauchte aus den Tiefen des Dittmannschen Erinnerungsallerleis auf: ›Gewöhnlich zerstreut der Sohn, was der Vater gesammelt hat, sammelt etwas anderes oder auf andere Weise.‹

Von Töchtern war mal wieder keine Rede.

Kapitel 7

Missmutig verzog Beck die Mundwinkel und betrachtete die Regentropfen auf der Fensterscheibe. Er trank seinen lauwarmen Kaffee und ignorierte das flaue Gefühl in seinem Magen.

Würde er jemals wie ein normaler Mensch heißen Kaffee und gesundes Müsli frühstücken? Einer, der morgens sein Breichen nicht aß, hatte wahrscheinlich sowieso kein Anrecht auf schönes Wetter. Er erinnerte sich dunkel an einen obskuren Zusammenhang, den seine Nonna zwischen einem abgegessenen Teller und Sonnenschein hergestellt hatte. Na, passte ja. Giovanni Beck hatte mal wieder für schlechtes Wetter in Braunschweig gefrühstückt.

Er erhob sich und wandte sich angenehmeren Betrachtungen zu: Sein neues Sofa hatte endlich, mit acht Wochen Verspätung, Einzug in sein Wohnzimmer gehalten. Jetzt trug der Raum diesen Namen endlich zu Recht, jedenfalls nahezu.

Zufrieden strich er über das butterweiche schwarze Leder und klopfte sich innerlich selbst auf die Schulter. Gut ausgesucht, Giovanni. Hatte ja auch ein Schweinegeld gekostet. Wenn Wagner das wüsste, wäre er mal wieder unten durch bei seinem Kollegen, der hielt ihn ja sowieso für einen verwöhnten Snob. Wahrscheinlich war er das auch.

Er seufzte und streifte seine Schuhe ab. Nur eine Minute lang wollte er sich auf seiner neuen Errungenschaft ausstrecken und sein Wohnzimmer aus dieser ungewohnten Perspektive genießen.

Richtig wohnlich sah es schon aus bei ihm. Natürlich, mit Sarahs fantastischen Räumen konnte seine hübsche Altbauwohnung im östlichen Ringgebiet niemals mithalten, aber dennoch: Ein großes abstraktes Gemälde seines

Hamburger Freundes Gunnar, das mit den warmen Farbexplosionen immer das Sonnenlicht zu speichern schien, sein weißer Flokati und die bunten Glasflaschen, die Asta ihm für die Fensterbank geschenkt hatte, machten den hohen Raum freundlich und wohnlich.

Ob er sich auch einen Kronleuchter an die Decke hängen sollte, so wie Sarah? Zweifelnd betrachtete er die Stuckrosette, aus der immer noch ein verwaistes Kabel ragte. Hm, er wohnte ja schließlich nicht in einem Schloss. Und überhaupt stellte er in der letzten Zeit eine bedenkliche Tendenz bei sich fest, alles nachahmen zu wollen, was ihm im Haushalt der Warbergfrauen gefiel. Peinlich.

Er verschränkte die Arme im Nacken und betrachtete seine Fotowand. Auf der cremefarbenen Tapete hing ein verblasstes Foto seiner Großeltern aus Italien, natürlich Chiara, seine Mutter, Gunnar und Hartmut, seine besten Freunde noch aus Internatszeiten, und er selbst: lachend, braun gebrannt, in kurzen Hosen am Strand der Riviera. Zehn Jahre war er damals gewesen, da hatte seine Mutter noch gelebt. Traurigkeit kroch aus den Tiefen seiner Seele hervor und er räusperte sich.

Was lag er eigentlich hier herum und stierte in die Gegend, statt zur Arbeit zu gehen? Eigentlich musste er schon seit einer halben Stunde wieder im Büro sein. Ach, was sollte es. Im Büro warteten ja sowieso nur ein ewig mäkelnder Wagner und ein heulender Stein.

Er blickte wieder auf die Fotos. Sein Vater fehlte. Er wusste gar nicht, ob er von Alexander überhaupt ein ordentliches Foto hatte. Aber wenn er sich vorstellte, dass ihn jeden Tag der kühle Blick seines Vaters durch die Wohnung verfolgte – nein, danke.

Das wunderschöne Foto von Ayana, das in Berlin einen Ehrenplatz in seiner Fotogalerie gehabt hatte, lag unten in seinem Kleiderschrank, wenn er sich nicht irrte. Schade, es war wirklich eine hervorragende Aufnahme.

Aber das ging nicht, seine Exfreundin nur aus dekorativen Gründen aufzuhängen. Wahrscheinlich würde das Sarah auch nicht gefallen. Er lächelte. Vielleicht würde er ja irgendwann Sarahs Bild dazu hängen?

Seine Gedanken glitten zurück zu Stein. Der hatte sich ganz schön in die Scheiße geritten. Und ganz schönen Mist erzählt. Kein Wunder, dass der Anwalt so nervös gewesen war. Dennoch, so dämlich war der Knabe doch eigentlich nicht. Was sollte diese Geschichte? Konnte sie denn wahr sein?

Sicherlich war es richtig, dass von Düren zunächst nicht zu Hause gewesen war. Aber ebenso sicher hatte niemand anderer von Düren getötet.

Andererseits: Hatte es jemand vielleicht so gewollt, dass von Düren Stein überraschte und von diesem getötet wurde? Konnte man so etwas planen? Eigentlich nicht, denn die Wahrscheinlichkeit, dass Stein eher flüchtete, war zu groß. Schließlich hatte er doch keine Waffe bei sich gehabt.

Beck fuhr hoch.

Hatte er nicht? Woher wollte Beck das eigentlich wissen? Danach hatte er Stein doch gar nicht gefragt, schließlich schien es keine Rolle zu spielen! Aber *wenn* Stein eine Waffe gehabt hätte und *wenn* jemand davon gewusst hätte und *wenn* jemand von Düren hätte tot sehen wollen, dann hätte dieser Jemand durchaus berechtigte Annahme zu der Hoffnung gehabt, dass Stein von Düren tötete.

Nur hatte Stein von Düren nicht erschossen oder erstochen, sondern wahrscheinlich versehentlich erstickt. Und das war nun wirklich nicht planbar.

Scheppernd schreckte ihn die Türklingel aus seinen Gedanken. Bei seinem Versuch, sich möglichst schnell aufzurichten, wäre er fast vom Sofa gefallen. Hastig durchquerte er sein Wohnzimmer und blieb mit seinem kleinen Zeh am Türrahmen hängen. Autsch! Wie konnte ein so kleiner Körperteil nur so furchtbar wehtun? Mannhaft ein Wimmern unterdrückend humpelte er zur Wohnungstür und sah durch den Spion.

Woher kannte er diese kleine, mollige Frau? Sein Zeh schrillte empört und hinderte ihn am Denken.

Von Düren! Natürlich, das war von Dürens Putzfrau. Er öffnete neugierig die Tür.

»Gutten Tak.« Die Frau nestelte nervös an ihrer roten Handtasche aus billigem Kunstleder.

»Guten Morgen. Kann ich Ihnen helfen?«

»Ja, nein, ich ...«, das runde Gesicht färbte sich rot. »Ich wollte frragen, ob Sie vielleicht eine Putzhilfe können brrauchen. Ich hätte Zeit, jetzt, wo Herrr von Dürren ...«

Huch! Brauchte er eine Putzhilfe? Eigentlich nicht, da er ja nie putzte. Also wahrscheinlich doch ziemlich dringend. Er sah auf seine Armbanduhr. Heute würde er so was von gnadenlos zu spät kommen, dass er sich dringend irgendeine passable Ausrede ausdenken musste. ›Ich musste auf meinem neuen Sofa Probe liegen‹ käme bei Wagner und Pumuckl wahrscheinlich nicht so furchtbar gut an.

»Herrr Beck?« Die kleine Person blickte fragend zu ihm auf.

Anscheinend hatte er mal wieder in die Gegend geglotzt wie ein Dorfdepp. Das wurde auch immer schlimmer. Er hustete. »Ja, kommen Sie doch kurz herein. Ich muss zwar eigentlich schnellstens zur Arbeit, aber ich brauche vielleicht tatsächlich jemanden, der in meiner Wohnung ein wenig Ordnung hält.« Und wenn Sie gleich mein Leben auch etwas aufräumen könnten? Oder auch etwas mehr? Ein Frühjahrsputz in meiner Seele, das wäre ...

»Gähen wirr in Küche?«

»Äh, ja.« Vielleicht sollte er mal zum Neurologen gehen. »Darf ich Ihnen einen Kaffee anbieten?«

»Danke, nein. Also, ich kann kommen, wenn Sie sind bei Arrbeit und mache alles saubärr, wenn Sie wollen.« Sie neigte den Kopf mit den einbetonierten schwarzen Locken zur Seite und sah ihn hoffnungsvoll an.

»Ja, also eigentlich ... Doch, ja, das wäre schön. Gießen Sie auch Blumen?«

»Ja. Aber warrum, Sie haben keine?« Sie sah sich suchend in der Küche um.

»Nein, aber dann könnte ich mir welche anschaffen. Ich vergesse es immer. Sie zu gießen, meine ich.« Gott, oh Gott, was faselte er da nur? »Ich habe leider auch Ihren Namen vergessen.« Gleich würde sie aufstehen und gehen. Arbeitslos zu sein war wahrscheinlich immer noch besser als für einen Irren zu arbeiten.

»Kowalska, Irrrina.« Sie lächelte. »Also, gutt?«

»Ja, auf jeden Fall.« Plötzlich wurde es Beck ganz leicht ums Herz. Dass er da nicht selbst drauf gekommen war! Frau Kowalska würde seine Wohnung wienern, seine schnellstens zu erwerbenden Pflanzen gießen (hatte Sarah nicht so eine tolle, riesige Yucca im Salon stehen?) und alles würde gut werden. Am liebsten wäre er aufgesprungen und ihr um den Hals gefallen, aber er wollte sie nicht doch noch in die Flucht jagen.

Seine Retterin strahlte ihn an. »Wie oft ich soll kommen? Bei Herrrn von Dürren ich warr zweimal in derr Woche, habe ich auch gebügelt seine Hemden und so.«

»Ach, Sie bügeln auch? Wunderbar!« Beck fühlte sich, als wäre Ostern und Weihnachten an einem Tag. Wenn er eins hasste, war es Bügeln. Der Kampf zwischen ihm und dem dampfenden, zischenden Bügeleisen ging selten zu seinen Gunsten aus. Schweißgebadet und völlig erschöpft fühlte er sich gewöhnlich nach einem Bügelmarathon wie Indiana Jones, nachdem er sich zum Tempel der Kali durchgeschlagen hatte. »Prima, dann machen wir es doch auch so. Sie kommen zweimal in der Woche, sagen wir ... Montag und Donnerstag?«

Sie nickte. »Schönn. Dann ich kann gleich anfangen?«

»Heute?«

»Ja. Ist Frreitag, aber ist schmutzig.« Irina legte wieder den Kopf schräg und betrachtete ihn interessiert wie eine seltene Spezies.

»Ach, ja, richtig. Na, dann. Schön.« Beck stand auf und fuhr sich durch die Haare. »Ich weiß nur nicht, ob ich überhaupt genügend Reinigungsmittel habe und so etwas. Es ist alles unter der Spüle, hier, sehen Sie.« Er öffnete die entsprechende Tür und starrte verzweifelt hinein. Ein vor Dreck starrender Lappen, eine Bürste mit zwei Haaren und ein Allzweckreiniger, den er schon in Berlin gehabt hatte. Tja.

»Ich finde schon. Gähen Sie zu Arrbeit, gähen Sie.«

Beck ließ die Tür vor dem peinlichen Stillleben zuschnappen und flüchtete nach einem kurzen Gruß in den Flur. Er warf sich in seinen Mantel und sah auf die Uhr. Am besten, er täuschte eine Herzattacke vor, darunter ging nichts.

»Herrr Beck?«

»Ja?« Er steckte den Kopf durch die Küchentür. Vielleicht schrieb ihm Irina ja eine Entschuldigung?

»Ich glaube, err hatte Angst, Herrr von Dürren.«

»Was? Wovor?«

Irina Kowalska zuckte mit den molligen Schultern und untersuchte kopfschüttelnd seine kläglichen Reinigungswerkzeuge. »Ich weiß nicht. Abärr hatte err. Err warr so still, ganz blass und bei lautem Gerräusch machte err so.« Sie zuckte scheinbar erschrocken vor Beck zurück.

»Hm. Und so war er früher nicht?«

»Nein. Immerr frröhlich, immerr so ... wie sagt man? Gentlemään, ja.«

»Seit wann war er denn so verändert?« Beck schob sich weiter in die Küche hinein.

»Vielleicht so ... zwei Wochen?«

»Haben Sie ihn mal gefragt, was er hat?«

»Ja. Err saggt, er hat nix. Aberr ich glaube, err wusste, dass err bald stirrbt. Ja.« Sie nickte bekräftigend und hielt seinen Drecklappen unter den Wasserhahn.

Eine russische Cassandra. Das hatte ihm gerade noch gefehlt.

*

Sarah stöhnte wohlig und wand sich genießerisch unter Astas kräftigen Händen. »Oh, ja, ja, das ist die Stelle, genau da!«

Asta knetet und massierte den Pflasterstein, der sich auf Sarahs Schulterblatt verirrt hatte. »Mein Gott, was machst du bloß immer? Jetzt habe ich dir schon ein Keilkissen und eine Gelauflage für dein Mouse-Dings geschenkt und du holst dir immer noch ständig diese Verspannungen an deinem blöden Computer.«

»Der PC ist nicht blöd – ich bin es, weil ich immer davor sitze wie das Kaninchen vor der Schlange und überhaupt nicht merke, wie ich mich verdrehe.«

Asta klopfte mit der Handkante auf Sarahs Rücken und ignorierte ihr Wehgeschrei. »Wo ist eigentlich Filo?«

Sarah grinste in die Massagebank. »Die hat bei Thomas übernachtet. ›Über alte Zeiten quatschen‹, haha.«

»Läuft da was?« Asta träufelte eine neue Portion Massageöl auf Sarahs Rücken.

»Bisher nicht. Wie ich aber meine liebe Freundin kenne, wird da spätestens seit gestern Abend die Post abgehen in Thomas' Bett.«

»Meinst du? Warum muss Filo eigentlich immer gleich mit den Männern ins Bett hüpfen?« Asta schnalzte missbilligend mit der Zunge.

»Seit wann bist du denn so prüde? Ausgerechnet du, Angehörige der legendären Woodstockgeneration!«

»Ich muss doch sehr bitten! Als Jimi Hendrix sich in Woodstock die Finger blutig gespielt hat, da habe ich noch in die Windeln gemacht! Mach mich nicht noch älter, als ich sowieso schon bin! Also frisst Filo jetzt auch noch den armen Thomas.«

»Wieso auch noch?«

»Na ja, ist sie nicht hier, weil sie schon wieder Ärger mit einem abgelegten Lover hat?«

»Nee, glaube ich nicht. Das war zwar der offizielle Anlass, aber ich glaube, geflüchtet ist sie wegen dieser Vatersache. Arme Filo.«

»Das ist ja auch ein Ding. Will sie denn Kontakt aufnehmen zu Marc Newton? Und wenn ja, darf ich dann ihre neue Stiefmutter werden?«

Sarah wälzte sich auf den Rücken und lachte ihre Tante an. »Ach ja, ich habe ganz vergessen, dass du für Marc schwärmst.«

Asta seufzte sehnsüchtig. »Wer nicht? Wenn du mich fragst, hat Filo doch einen prima Tausch gemacht, den alten arroganten Sack gegen den sexiest man alive.«

»Tja, ich weiß nicht, ob sie das schon so sehen kann. Vielleicht ist ein Arschloch, das man kennt, besser als ein Phantom in Hollywood? Außerdem ist Brad Pitt der sexiest man alive.« Dicht gefolgt von Giovanni Beck. Sarah lächelte unwillkürlich.

»Du siehst aus wie eine Katze, die gerade den Sahnetopf leer geleckt hat und ich weiß genau, an wen du gerade denkst.« Asta gab Sarah einen liebevollen Klaps und schraubte die Ölflasche zu. »So, und jetzt achte mal ein bisschen auf dich.«

»Jawoll, Chef.« Gähnend setzte sich Sarah auf und sah zum Fenster. »Das regnet ja immer noch. Dann kann ich ja schon wieder nicht vor der Schule joggen, oh wie schade.«

»Ich versteh sowieso nicht, wieso du dich immer dazu zwingst, wenn du es hasst. Mach doch etwas, das dir Spaß macht!«

»Was denn? Krampfadergymnastik vielleicht oder Wassertreten? Wir sind hier nicht in Berlin! Die Angebote des Kneipp-Vereins sind nicht gerade berauschend!«

»Mein Gott, du wirst ja wohl nach Braunschweig fahren können zum Aerobic oder was auch immer du bevorzugst.«

»Tja, das werde ich wohl müssen, wenn ich Giovanni nicht irgendwann im Bett erdrücken will.« Sarah streifte sich ein T-Shirt über.

»Genau. Schön ist das aber nicht von Filo, wenn sie was mit Thomas anfängt, meine ich. Denkt sie auch mal an Karla? Das Kind hat doch nun genug mitgemacht.«

»Doch, den Vortrag habe ich ihr auch schon gehalten. Ich denke schon, dass sie zumindest auf Diskretion achtet. Und das muss sie auch, sonst bringe ich sie um.«

»Es ist schon seltsam, dass ihr gemeinsamer Lehrer zu Tode kommt, während Filo gerade hier ist.«

Sarah lachte. »Was willst du damit sagen? Dass Filo ihn umgebracht hat?«

»Quatsch! Aber es kommt mir so vor, als wenn das Universum gewartet hätte, damit seine Schüler Zeugnis ablegen können über sein Leben.«

»Du immer mit deinem Universum! Das Zeugnis, das die beiden ablegen, ist aber nicht unbedingt schmeichelhaft für ihn.« Mit einem Schütteln versuchte Sarah den Schauder abzuwerfen, der über ihren frisch massierten Rücken lief. Was war sie bloß für ein Schisser! Aber was war schon zu erwarten von einer, die sich schon bei der Lektüre von Harry Potter in die Hose machte?

»Nein, aber er stirbt nicht unbemerkt.« Asta richtete ihren blauen Blick in eine unbestimmte Ferne.

»Unbemerkt ganz bestimmt nicht, bei dem Polizeiaufgebot, das sich um seinen Leichnam tummelt.«

Astas Blick kehrte zurück und bohrte sich in Sarahs Augen. »Rede doch nicht so blöd daher! Als ob die Polizei Anteil nimmt am Tod eines für sie Unbekannten.«

»Jetzt hör doch mal auf.« Sarah mochte es nicht, wenn ihre Tante in esoterische Tiefen abtauchte. Das Hier und Jetzt war gruselig genug. »Ich ...« Sie schrak zusammen, als die Salontür mit einem lauten Krachen an die Wand knallte und Filo hereinließ.

»Einen guten Morgen, ihr Schönen! Stellt euch vor, Thomas kannte einen, der sich wegen von Düren umgebracht hat. Ein Schüler. Ist das nicht furchtbar?«

*

»Die Putzfrau verhört?« Kollege Wagner ließ seinen wenig wohlwollenden Blick über Becks vom Sofa zerknitterte Erscheinung gleiten.

Dieser unterdrückte den Impuls, seinen Mantelkragen höher zu ziehen, am besten über den Kopf. »Ja. Sie glaubt, von Düren habe Angst gehabt, habe gewusst, dass er sterben müsse.«

Wagner ließ sein allgegenwärtiges Schnauben hören. »Wer ist sie? Das Omen?«

»Wieso? Das kann man doch ruhig ernst nehmen, schließlich ist sie diejenige, die ihn nach seiner Schwester wahrscheinlich am besten gekannt hat.«

»Und seine Schätzchen? Die Typen, mit denen er ja angeblich nichts hatte außer einer hehren Männerfreundschaft?« Wagners Glaube an das Gute im Menschen war wie immer ungebrochen.

»Genau die werde ich danach fragen. Ob ihnen etwas Ungewöhnliches aufgefallen ist an von Dürens Verhalten.«

»Jetzt?« Wagner sah bedauernd auf ein halb ausgepacktes Frühstücksbrot.

»Jetzt fahren wir erst mal ins *Faust*, nach dem geheimnisvollen Informanten fragen, von dem Stein uns erzählt hat.«

»Da können wir lange suchen, wenn Sie mich fragen.«

Ich frag dich aber nicht. Beck warf einen flüchtigen Blick in den fleckigen Spiegel über Wagners Waschbecken und bereute es sofort. Hoffentlich ließen sie ihn ins *Faust* überhaupt hinein, er sah aus wie ein Penner. Augenschatten bis in die Kniekehlen und die Haare wie Kraut und Rüben. Wie gut, dass er überhaupt nicht eitel war, haha.

Auf dem Parkplatz starrte er verwirrt auf den Wagen, vor dem Wagner stehen geblieben war. »Der? Wo ist denn unser Golf?«

Sein Kollege zeigte eines seiner äußerst seltenen Lächeln. »Überraschung! Unserer ist seit heute in der Werkstatt. Für eine Woche haben wir jetzt dieses Schätzchen. Sie hatten keinen anderen mehr stehen.«

Ehrfürchtig strichen sie um den chromglänzenden Audi und streichelten andächtig seine schnittigen Linien.

»Was macht denn der?«

Beck beugte sich hinunter, um auf den Tacho zu sehen, und ignorierte das hohläugige Gespenst, das ihm aus der Scheibe entgegen stierte. »Zweihundertfünfzig. Fünf Zylinder.«

Wagner klimperte mit den Schlüsseln. »Wer fährt?«

Beck bereute, dass er ein soziales Wesen war. »Na gut. Sie. Aber nur hin.«

Sie falteten sich in den niedrigen Roadster und stellten die Sitze auf eine Position, die es ihnen ermöglichte, die Knie aus den Augenhöhlen zu nehmen.

Wagner drehte den Zündschlüssel und ließ den Motor röhren. »Das nenne ich einen Sound!« Er gab Gas und der Wagen schnellte wie abgeschossen aus der Parkbox. Ein unglücklicher Kollege, der gerade aus dem Nachbarwagen stieg, sah sein Leben gefährdet und schüttelte die geballte Faust hinter ihnen her.

Wagner bremste und ließ die Scheibe heruntergleiten. »Nur kein Neid, Kollege Büchen!« Sein lässig aus dem Fenster gehängter Ellenbogen hätte Manni alle Ehre gemacht.

»Darf ich Ihnen ein Goldkettchen reichen?« Beck versuchte die anfeuernden Rufe des Kollegen (gemeingefährlich, Verkehrsrowdie, sollte man melden) zu übertönen.

»Später.« Wagner gab Gas und verwandelte den Stadt- in den Nürburgring.

Vor dem *Faust* blieb der Roadster mit qualmenden Reifen stehen und Beck drückte seinen Magen in dessen übliche Position zurück. »Mann. Wenn ich mal Selbstmord auf dem Stadtring begehen will, stelle ich mich an Ihrem Arbeitsweg auf die Straße.«

»Okay. Ich verspreche Ihnen, nicht anzuhalten.« Wagner stieß die Tür auf und bemühte sich redlich, auszusteigen.

Beck verschob es auf später, darüber nachzudenken, wie viel Wahrheitsgehalt diese Aussage hatte. Wahrscheinlich hundert Prozent.

Eine Hand dezent an die schmerzende Bandscheibe gelegt – mit vierzig konnte er wahrscheinlich die ersten Ersatzteile anfordern – nahm er das Studentenlokal in Augenschein. »Manche Dinge ändern sich nie.« Amüsiert schüttelte er sein alterndes Haupt.

Die Scheiben der Kneipe waren genauso zugekleistert mit bunten Plakaten wie zu seiner Studentenzeit an seiner Lieblingskneipe. Vor den Stufen des Lokals drängten sich die gleichen altersschwachen schwarzen Fahrräder, wahrscheinlich wurden sie von einer Studentengeneration zur nächsten weitervererbt. Allerdings blitzten hier und dort einige silbrige High-Tech-Exemplare hervor – die gehörten wahrscheinlich den Strebern.

Wie um seine nostalgischen Überlegungen zu verifizieren, trat ein zottelhaariger, dread-gelockter Junge in zerschlissenen Jeans und grüner Parkajacke aus der quietschenden Tür. Nur war die Jeans wahrscheinlich heute eine von Diesel – im *destroyed look*.

»Was ist? Wollen wir nun rein oder nicht?« Wagner betrachtete seinen Chef einmal mehr mit einem Blick, der eine Anstaltsverwahrung nahe legte.

»Ja, ja. Ich habe nur gedacht, dass sich am Studentenambiente seit meiner Zeit nicht viel geändert hat.« Beck warb mit einem charmanten Lächeln um Verständnis. Vergeblich.

»Keine Ahnung. *Ich* habe ja nicht studiert.«

Autsch. Falsches Thema. Wie konnte er auch nur einen Augenblick vergessen, dass er der studierte Arsch war, der Wagner um seine Stelle betrogen hatte? Beck zog sein mit Asche bestreutes Haupt ein und folgte Wagners missbilligendem Rücken in die Kneipe.

Dem allgemeinen Rauchverbot zum Trotz war die Luft im Inneren geschwängert vom Qualm unzähliger Zigaretten und anderem brennbaren Material. An schmierigen Holztischen lümmelten substanzlose Gestalten, die hier augenscheinlich dauerhaft wohnten. Die Frühstückspalette reichte von Kaffee mit Zigarette bis hin zum Bier mit Rührei.

Becks Magen knurrte leidend und erinnerte ihn mürrisch daran, dass er auch gerne mal ein Frühstück bekommen hätte. Schließlich war es schon zehn und er hatte mal wieder nichts gehabt außer Kaffee. Mühsam nahm er seinen Blick aus dem fettigen Bauernfrühstück eines übernächtigt aussehenden Knaben und blickte in Richtung Theke.

Dort wienerte ein milchkaffeefarbenes Mädchen mit einer Million fröhlich wippender Zöpfe – offensichtlich hatte sie denselben Frisör wie Asta – die Theke und übertönte Kylies dünnes Popstimmchen mit einem warmen souligen Alt, der sofort Becks Zwerchfell in angenehme Schwingungen versetzte. Vielleicht sollte er die Kleine mal fragen, ob sie Lust hatte, in einer Altmänner-Band die Backings zu singen?

Sie hatte seinen Blick bemerkt und zwinkerte ihm zu. »Frühstück?«

»Nein, oder vielleicht später.« Beck trat heran und zückte seinen Ausweis.

»Polizei? Oh, je, ich kann die Typen einfach nicht

vom Rauchen abhalten, die hören nicht auf mich!« Die Kleine riss ihre untertassengroßen Augen auf Suppentellergröße.

»Darum geht es nicht. Arbeitet hier ein Bobbie oder so ähnlich?«

»Robbie, ja. Der muss gleich zurückkommen. Wieso, hat er was Schlimmes getan?«

»Nein, nein, er soll nur etwas bestätigen.«

Der melassefarbene Blick des Mädchens glitt über seine Schulter. »Da kommt er.«

Beck wandte sich in ihre Blickrichtung und erblickte den Möchtegern-Rasta von vorhin.

Der Junge schlurfte an ihm vorbei und nahm die beiden Greise in seiner Kneipe mit einem irritierten Seitenblick zur Kenntnis. »Hi.«

Beck unterdrückte ein Lächeln und brachte sein Anliegen vor.

»Ja, der ist ab und zu hier. Andy, kann ganz schön was vertragen.« Robbie schob dem Mädchen das Foto über den Tresen.

»Ach, der. Der nervt.« Die Kleine rollte die schwarzen Augen.

»Warum?«

»Wenn er voll ist, fühlt er sich immer wie Robert Pattinson. Grabscht und so.« Das Mädchen zupfte demonstrierend an ihrem T-Shirt.

»War er am 12.3. hier?«

»Was war' n das für'n Tag?« Der Rasta fummelte gelangweilt an seinem Augenbrauen-Piercing.

»Das war der vergangene Donnerstag.« Beck schon das Foto zurück in seine Brieftasche.

»Hm. Ja, doch, der war da. Der ist meistens donnerstags da, wegen der *Happy hour*.«

»Wo hat er gesessen?«

»Hier, am Tresen.« Robbie wühlte in einer Schublade und zog ein Gummi heraus, das er sich sorgfältig um seine verfilzten Haare wand, wahrscheinlich sein Zugeständnis an die Gebote des Ordnungsamtes.

»Hat er sich mit jemandem unterhalten?« Beck zückte die Computergrafik, die ein Kollege von Steins geheimnisvollem Informanten erstellt hatte. »Mit dem, zum Beispiel?«

Die bezopften Schädel beugten sich konzentriert über die Zeichnung. »Nee. Kenne ich nich, du, Jo?«

Das Mädchen schüttelte den Kopf. »Nee, ich glaub nich.«

Obwohl er sich schon gedacht hatte, dass dieser Mensch eine verzweifelte Erfindung Steins gewesen war, war Beck enttäuscht. Irgendwie mochte er Andy Stein und wollte ihn nicht als Mörder sehen, wenn auch nur als Mörder wider Willen.

Und Hunger hatte er jetzt auch keinen mehr.

*

Resigniert drückte Sarah auf die rote Taste ihres Handys. »Er geht nicht ran, wahrscheinlich ist er nicht im Büro. Ich komme mir sowieso blöd dabei vor, so hinter ihm her zu telefonieren.«

»Ach – du kommst dir immer wegen irgendwas blöd vor, da macht einmal mehr keinen Unterschied.« Filo wehrte lachend den Schlag ab, den Sarah ihr auf die Schulter gab.

»Blöde Kuh.«

»Selber. Du telefonierst doch nicht hinter ihm her, wenn du was Interessantes in seinem Fall mitzuteilen hast.« Filo nahm sich einen Keks aus der bunten Schale auf Sarahs Biedermeiertischchen.

»Wer bin ich denn, Miss Marple? Und außerdem weiß ich ja gar nicht, ob es für ihn interessant ist, dass sich in grauer Vorzeit mal jemand umgebracht hat – angeblich wegen von Düren.«

»Nee, das weißt du nicht. Und meine Schulzeit als graue Vorzeit zu bezeichnen ist eine Unverschämtheit.«

»Ja, ja.« Mürrisch warf Sarah das Handy in ihre Tasche zurück.

Filo sprang vom Sofa auf und reckte ihren gertenschlanken Körper. »Ich gehe jetzt joggen. Kommst du mit?«

»Was? Jetzt, bei dem Scheißwetter? Nee, keine Lust. Ich muss eh gleich los, zur Schule.« Sarahs schlechte Laune nahm rapide zu. Widerlich, wie konnte man nur immer und immer so fit sein? Warum hatte sie sich nur jemals mit dieser Miss Perfect angefreundet?! Bäh. Sie ließ ihren schlaffen Körper zurück in den Lehnsessel sinken. »Hau ab.«

»Uh – haben wir schlechte Laune? Und hängt diese Laune vielleicht damit zusammen, dass wir uns heute Abend nicht mit dem göttlichen Giovanni verabredet haben?«

»Quatsch. Ich werde ja wohl mal einen Abend ohne den auskommen.«

»Na, offensichtlich nicht. Ich gehe jetzt meinen Body shapen.« Mit aufreizend federndem Schritt verließ Filo den Salon. Endlich.

»Übrigens – ich habe Thomas heute zum Abendessen eingeladen.« Wie ein Springteufel tauchte der schwarze Kopf ihrer allerliebsten Freundin erneut im Türrahmen auf. Filo zog eine Grimasse, als sie Sarahs wissendes Grinsen bemerkte. »Ganz unverbindlich.«

»Ja, klar. Jetzt geh endlich.« Sarah wusste selbst nicht, warum sie so missgestimmt war. Das hing doch wohl nicht wirklich mit einem Giovanni-Entzug zusammen? Hoffentlich nicht. Bloß nicht schon wieder so abhängig von einem Kerl, so hübsch und blond er auch sein mochte.

Am Samstag hatte er sie, Filo und Asta zu einem Gig eingeladen – Luise hatte abgewinkt, sie bräuchte keine Musik von kreischenden Halbaffen. Giovanni hatte sich bedankt.

Das würde bestimmt seltsam sein, ihn so auf der Bühne zu sehen. Sie würde sehr darauf achten müssen, ihn nicht anzuschmachten. Ob sie noch in ihre schwarze Lederhose passte? Sie hatte auch noch so ein silbriges Glitzer-Shirt, das würde dazu bestimmt ...

Ja, staffier dich nur aus wie ein Groupie, Dittmann, du bist nicht mehr zwanzig!

Trotzdem, anprobieren konnte sie das Outfit ja mal. Sie steckte der miesepetrigen Muffeltante in ihrer Brust die Zunge heraus und sah aus dem Fenster. Es regnete nicht mehr. Ob sie doch noch joggen sollte? Ihr Handy klingelte und machte diesen unerfreulichen Überlegungen glücklicherweise ein Ende. »Dittmann? – Giovanni!«

»Du hast angerufen? Was gibt es denn?« Ihr Liebster klang geschäftsmäßig und nur mäßig erfreut. Na prima.

»Ja, Filo kam eben von Thomas zurück und berichtete, er habe einen Mitschüler gehabt, der sich – angeblich – wegen von Düren umgebracht hat.«

»Ach?« Plötzlich klang Giovanni ganz wach und interessiert. Wie schön.

»Ja, angeblich war er in ihn verliebt, stell dir mal vor. Aber du sagtest doch, von Düren sei nicht homosexuell gewesen?« Komm, sag doch mal was Nettes zu mir, sag, dass du dich freust, dass ich angerufen habe, dass du nicht eine Minute ohne mich ...

»Sagt seine Schwester. Aber vielleicht ja der Schüler?«

»Was? Ach so, homosexuell. Ja, mag sein, keine Ahnung.« Und ist mir auch scheißegal.

»Hat Filo irgendwas über die Reaktion berichtet, die Reaktion von Dürens auf diesen Selbstmord?«

»Na ja, er war auf der Beerdigung wie alle Lehrer. Er wird wohl kaum öffentlich zugeben, dass er eine Affäre mit ihm hatte, oder?« Genau wie du jetzt gerade tust, als wenn wir uns kaum kennen, Herr Ich-bin-so-beschäftigt-Kriminalkommissar.

»Das stimmt allerdings. Glaubt Thomas das?«

»Was?«

»Dass von Düren eine Affäre mit diesem Schüler hatte.«

»Ja, anscheinend. Filo klang so. Das musst du am besten mit Thomas besprechen.«

»Natürlich, das mache ich auch. Und du? Was machst du gerade?« Als habe man einen Schalter umgelegt, klang Giovannis Stimme plötzlich wärmer und ließ Sarahs Eierstöcke seufzen.

Ich räkele mich gerade nur mit Strapsen bekleidet auf meinem Bett. »Och, nichts Besonderes. Ich habe gerade erfolgreich verhindert, mit Filo joggen gehen zu müssen. Leider muss ich gleich zur Arbeit.«

Giovanni lachte. »Oh Gott, hör bloß auf. Ich weiß gar nicht mehr, wie das geht, Sport. Vielleicht sollten wir zusammen wieder anfangen?«

Sicher, damit du meine pfeifende Lunge und schwabbelnden Oberschenkel vorgeführt bekommst? »Ja, vielleicht. Und du, was machst du?« Denkst du gerade an mich? Fehle ich dir? Liebst du mich?

»Ich versuche meinen Magenwänden mit Kaffee endgültig den Rest zu geben und ansonsten werde ich bald Mittagspause machen. Ich habe gerade ein völlig fruchtloses Verhör mit dem Hauptverdächtigen geführt und schon jetzt die Schnauze für heute voll.«

»Ach je, du Armer.« Komm doch her, dann tröste ich dich.

»Du willst heute Abend bestimmt etwas mit Filo unternehmen, oder?«

»Ich … nein, eigentlich nicht. Wieso?« Eilfertig verriet Sarah beim ersten Hahnenschrei ihre beste Freundin und strich den gemeinsamen Videoabend bei Luise von der Liste. *Sex and the City 2* war nichts gegen *sex in the village with Giovanni.*

Außerdem – hatte Filo sich nicht auch entgegen ihrer Verabredung einen Kerl eingeladen? Eigentlich eine Unverschämtheit, wenn sie es recht bedachte.

»Och. Ich wollte mich bei euch zum Abendessen einladen oder so. Irgendwie habe ich heute keine Lust auf meine eigene Gesellschaft.«

Sarah lächelte zufrieden. Anscheinend war sie nicht die Einzige mit Entzugserscheinungen. »Thomas Jankowski kommt auch. Filo hat ihn eingeladen.« Das überlegene Grinsen fiel aus ihrem Gesicht, als ihr einfiel, dass es dann wahrscheinlich ein Geschäftsessen für Giovanni werden würde. Mist.

Und richtig: »Ach, das passt ja gut. Dann kann ich ihn gleich mal fragen, was er über diese Selbstmordgeschichte weiß. Obwohl es mich wahrscheinlich gar nicht weiterbringt.«

»Nein, ich denke, du weißt längst, wer den armen Düren umgebracht hat?«

»Ja.« Giovanni klang nicht besonders überzeugt.

»Na gut, ich sage Asta Bescheid, dass sie ihre Pizza ein bisschen größer anlegen muss als geplant.« Besser ein Geschäftsessen mit Giovanni als gar keins.

»Vielleicht hast du ja hinterher auch noch ein, zwei Stündchen allein für mich Zeit, mia cara?«

Hach. »Könnte sich eventuell einrichten lassen.« Sarahs Innereien schienen in einer rosaroten Masse zu zerfließen.

War eigentlich ihre neue rote Spitzenunterwäsche gewaschen?

*

»Und wie hat dir die CD gefallen?« Gespannt beugte sich Sarah vor und blickte in Farids schwarze Augen.

Das übliche Schulterzucken. »Gut.«

Mein Gott, was war der Junge wortkarg! Würde sie denn nie an ihn herankommen? »Hast du sie schon – nachgespielt?«

Irrte sie sich oder umspielte tatsächlich ein amüsiertes Lächeln Farids Mundwinkel? »Nein. Ich muss sie erst noch ein paarmal hören. Das geht doch, oder? Mama will sie mir kaufen, aber ...«

»Ja, klar, behalt sie ruhig, solange du sie noch brauchst. Kein Problem. Ich würde nur gern einmal ...« Himmel, sie war ja richtig aufgeregt! Der Kleine war dermaßen zugeknöpft, dass sie sich aufdringlich vorkam. »Ich würde furchtbar gern mal zuhören, wenn du etwas daraus spielst.« Sarah hielt den Atem an. Bestimmt würde er wieder zuschnappen wie eine Auster.

»Mal sehen.«

Sarah kam sich vor wie eine Vierzehnjährige, der Justin Bieber gerade eine Audienz in Aussicht gestellt hatte. »Okay.« Sie winkte dem Jungen kurz zu und schloss die Tür ihres Büros, bevor sie den Arm triumphierend in die Höhe riss. Immerhin hatte er sie nicht sofort abgebügelt, sie machten Fortschritte. Dafür war sie bereit, ihren gesamten CD-Bestand zu opfern, wenn es sein musste.

Einige Schülerakten später blickte sie von ihrem Schreibtisch auf und ließ die schmerzenden Schultern kreisen. Zeit für eine Pause. Was gäbe sie für eine Sekretärin, eine, die nicht nur zweimal die Woche den gröbsten Formularwald abholzte, sondern so eine, wie sie Giovanni hatte: tüchtig, und vor allem täglich. Sie seufzte. Daran war angesichts der desolaten Finanzlage, in der sich das Land schon befand, seit Sarah Lehrerin war, nicht zu denken. Vielleicht sollte sie nach Bayern auswandern, die hatten einfach mehr Geld.

Nur schlecht, wenn sie ihre Schüler nicht verstehen konnte. Sie grinste. ›Jo, mei, Frau Dittmann, do hob i halt die Hausaufgab'n vergess'n.‹ Nee, lieber nicht.

Kindergeschrei auf dem Pausenhof schreckte sie auf. Was machten die denn da draußen? Es war doch gar keine Pause! Stirn runzelnd trat sie an ihr Fenster und blickte über den Hof. Kein Kind zu sehen.

Da war es wieder, mehrere Stimmen, die in dem seit Generationen gleichen gehässigen Singsang (Sarah, die

Doofe, macht sich in die Hose!) einem Ritual folgten, dass genau wie Versteckspiele und aufgekratzte Mückenstiche zu jeder Kindheit gehörte. Das gemeinsame Schurigeln einer armen Seele, die den Fehler begangen hatte, irgendwie von der Norm abzuweichen. Sollte sie sich einmischen? Sie lauschte. Der Chor wurde lauter, klatschende Geräusche untermalten rhythmisch seinen erbarmungslosen Takt. Das ging zu weit.

Sie rannte über den Flur und noch ehe sie um die Ecke der kleinen Turnhalle gebogen war, wusste sie, wen sie dort vorfinden würde, auf verlorenem Posten einer Gruppe Peiniger trotzend. »Was ist hier los?!«

Vier Jungen aus der Parallelklasse ihrer Vierten wandten sich erschrocken um. Natürlich, Kevin Fuhrmann, der älteste Enkel vom Dorfschlachter – den hatte sie sowieso gefressen, auch wenn es unprofessionell war. Ein unsympathisches Kind mit einem Hang zur Grausamkeit, der Sarah erschreckte. Einmal hatte sie ihn dabei erwischt, wie er einem Marienkäfer die Flügel abriss. Vielleicht waren in seiner Familie ein paar Schweine zu viel geschlachtet worden.

»Was macht ihr hier? Kevin? Kannst du mir erklären, warum ihr zu viert über Farid herfallt?«

Der semmelblonde Kevin schob die feuchte rote Unterlippe nach vorn. »Wir haben gar nichts gemacht!«

»Ach, nee?« Sarah bückte sich und hob einen Erdbrocken auf, der offensichtlich von der Wand abgeprallt war, an die Farid sich mit finsterem Blick presste. Sie wog ihn in der Hand. »Tut ziemlich weh, wenn man den ins Gesicht bekommt.«

Kevin scharrte mit den teuren Chucks und schwieg. Seine drei Vasallen warfen ihm schräge Blicke zu und bissen sich auf die Lippen.

»Vielleicht hat mal einer der Herren die Güte, mir zu erklären, was hier vorgefallen ist?« Sarah erschrak selbst vor der kalten Wut, die sie jäh überfiel. Mit Wonne hätte sie Kevin an die Wand gestellt und mit diesen Brocken beworfen. Also war sie auch nicht besser als der Schlachtersjunge, oder? »Ich warte!«

Farid wandte das Gesicht ab, als wäre ihm ihre Wut unangenehm.

Leon, der etwas unterbelichtete, aber eigentlich harmlose Sohn von Bäcker Hainke, hielt das Schweigen als erster nicht mehr aus. »Wir haben doch nur Spaß gemacht! Aber Farid ist gleich so wütend geworden und da ...« Er zuckte hilflos mit den Schultern.

»Verstehe ich gar nicht, wieso der wütend wird, bloß wegen ein paar Dreckklumpen an seiner Jacke!« Sarah stemmte die Hände in die Hüften, ganz rächende Autoritätsperson.

Leon grinste, wischte es sich aber schnell aus dem Gesicht, als er Sarah in die Augen sah.

»Was?« Sarah beugte sich zu Kevin herunter, der leise etwas in seinen Schal geflüstert hatte.

»Der hat sie nicht alle.« Kevin sah von unten zu Sarah hoch und blinzelte mit den kleinen, rot geränderten Augen.

»Wie kommst du zu diesem Urteil?« Sarah sprach leise, flüsterte fast, um den Jungen nicht anzubrüllen.

»Der spinnt, immer hockt er allein in einer Ecke und summt. Der ist doch plemplem. Mein Vater hat auch gesagt, dass alle Arabs irre sind.«

»So, hat er das? Bestimmt kennt dein Vater ja sehr viele Menschen aus arabischen Staaten besonders gut, nicht wahr, Kevin?« Entsetzt nahm sie den hasserfüllten Unterton ihrer Stimme wahr. Sie musste sich zusammenreißen, der Junge plapperte nur unbedacht rassistische Äußerungen von Erwachsenen nach. Man hatte noch niemanden zur Toleranz erzogen, indem man ihn mit zynischer Wut traktierte. Sie atmete tief ein. »Es gibt in jedem Land freundliche Menschen und Menschen, die voller Vorurteile sind, Kevin. Vielleicht denkst du mal darüber nach, zu welcher Gruppe du gehörst. Ich möchte, dass ihr euch bei Farid entschuldigt und anschließend die Wand säubert, aber pronto.«

Kevin schnaubte leise, wagte aber nicht zu widersprechen.

Ein Junge nach dem anderen trat auf Farid zu und reichte ihm die Hand, eine Geste, die durch den Zwang, unter dem sie ausgeübt wurde, völlig sinnlos war. Bei der nächsten Gelegenheit würden sie ihren Frust noch hemmungsloser auslassen, irgendwann, wenn Sarah nicht in der Nähe war, um ihn zu retten.

Und Farid würde es keinem erzählen, das taten sie nie, die Opfer.

»Sollte mir irgendetwas zu Ohren kommen, irgendeine Prügelei oder Hänselei, stehe ich sofort bei euren Eltern auf der Matte.«

Sarah nickte Farid zu, um ihm zu bedeuten, dass er weitergehen solle, nach Hause, solange die anderen Jungen noch mit der verschmierten Turnhallenwand beschäftigt waren. Er zog die mageren Schultern hoch und strich an ihr vorbei. Sarah wandte sich nach der Jungengruppe um, gerade rechtzeitig, um den Blick zu sehen, den Kevin ihrem Schützling zum Geleit gab. Ein Blick, so alt wie die Furcht des Menschen vor dem Fremden, ein Blick, der unversöhnliche Rache verhieß. Sie bohrte ihre Augen in die des Jungen, bis er wegsah.

Wahrscheinlich hatte sie durch ihre Aktion alles nur noch schlimmer gemacht. Kleine Mistkerle. Wie eine Schar Krähen, die auf den verirrten Kanarienvogel einhackte, bloß weil er gelb war.

Bedrückt folgte sie Farid und hielt ihn am Arm fest. »Geht es dir gut?«

Unwirsch riss der Junge sich los. »Lass mich in Ruhe!«

»Was haben sie zu dir gesagt? Du brauchst keine Angst vor ihnen zu haben, ich werde nicht zulassen, dass sie dir etwas tun.«

Farid blieb stehen und sah sie an, so etwas wie Mitleid in seinen dunklen Augen. »Sie können nichts tun. Die werden mir auflauern und dann haue ich ihnen eine in die Fresse.«

»Allein gegen vier?«

Ein Schulterzucken. »Na und?«

»Bitte, Farid, sag mir Bescheid, wenn etwas passiert. Soll ich mit deiner Mutter reden?«

»Wozu? Die regt sich bloß wieder künstlich auf und dann will sie wieder umziehen.«

»War das schon mal so? Seid ihr schon mal umgezogen, weil du Probleme hattest mit anderen Kindern?«

Farid warf ihr einen nachtschwarzen Blick zu und ging.

Aufgewühlt blieb sie zurück, im Ohr die rhythmischen Geräusche der Bürsten, die sich die Übeltäter inzwischen vom Hausmeister geholt hatten. Leise zischend schienen sie den Spottvers der Jungen wieder aufzunehmen:

Mullah, du stinkst! Mullah, du stinkst! Mullah, du stinkst!

8. Kapitel

Versonnen lächelnd stand Beck am Fenster zur Straße und betrachtete seinen neuen Dienstwagen. Daneben wirkte sein vernünftiger Mittelklassekombi wie der spießige große Bruder. Er blies die Backen auf und überlegte, warum er sich eigentlich nicht selbst so einen schnittigen Roadster anschaffte. So fuhr man doch viel lieber zur Arbeit und bei Sarah und Luise würde er auch ein bisschen mehr Furore machen können. Nicht, dass das eine Rolle spielte. Jedenfalls wollte er auch wieder ein Auto, bei dessen Motorengeräusch sein Blut schneller durch die Adern brauste, und nicht so eine lahme Vernunftente. Allerdings konnte er sich nur zu gut vorstellen, was Wagner zu solch einer Anschaffung zu sagen hätte, von »Wohl im Lotto gewonnen« bis hin zu »Da hat's wohl einer nötig« würde die Palette mindestens reichen und er hätte mal wieder verschissen.

Also weiter Langweiler-Kombi. Er schnitt seinem Wagen eine Grimasse und nahm einen Schluck von seinem Espresso.

Unten ging ein junger Mann vorbei, dessen sorgfältig gegelter Igelkopf ihn an Stein erinnerte. Dieser Idiot. Jetzt hatte der sein Leben endgültig verpfuscht, kein Wunder, dass er so beharrlich jede Schuld am Tod von Dürens abstritt. Unbehaglich schüttelte Beck die Schultern. Er fühlte sich nicht wohl damit, irgendwie war es nicht richtig, obwohl alles passte, alles ganz eindeutig war. Hm. Leider stellte ihm das Leben die Mörder selten nach Wunsch.

Er ging in die Küche, auf deren Fensterbank – danke, Frau Kowalska – ein Körbchen mit sonnengelben Primeln prunkte. Da er seinen Unheil bringenden Daumen von ihnen fernhielt, gediehen sie prächtig. Er stellte die Tasse auf die Spüle und ging in den Flur.

Sein Blick streifte einen ihm unbekannten Schlüssel auf seiner Telefonablage und er stutzte. Ach, das war der Schlüssel für von Dürens Wohnung. Einer spontanen Eingebung folgend, nahm er ihn auf und trat in den Hausflur.

Im zweiten Stock, vor von Dürens Wohnungstür, zögerte er kurz und steckte dann den Schlüssel in das Schloss. Knarzend schwang die Tür auf und eröffnete den Blick auf einen langen, dunklen Flur, dessen blank gebohnerte Dielen mit einem antiken Perserteppich bedeckt waren. Es roch unbewohnt, als lauerten Einsamkeit, Verfall und Fäulnis in Ritzen und Nischen.

Schnell schaltete er das Deckenlicht ein und eilte in das Wohnzimmer. Hier hatte Frau Kowalska ihn gefunden, da stand noch der Stuhl, auf dem von Düren elend zugrunde gegangen war. Hastig wandte Beck den Blick ab und ließ seinen Blick durch das geräumige Zimmer schweifen. Frau von Düren hatte ihm erzählt, sie wolle die Wohnung noch eine Weile unberührt lassen, sie brächte es noch nicht fertig, die Habseligkeiten ihres Bruders zu sortieren, sein Leben in Plastiktüten zu verpacken. Lediglich die wertvollen Dinge wollte sie demnächst entfernen, um sie vor einem möglichen weiteren Einbruch in Sicherheit zu bringen.

Makaber, wenn man bedachte, dass das für sie Kostbarste bereits einem Einbrecher zum Opfer gefallen war.

Er ging weiter in das kleine Arbeitszimmer. Dort lag immer noch die Geige auf dem zierlichen Tischen, als habe von Düren sie gerade aus der Hand gelegt.

Beck nahm sie vorsichtig hoch und legte sie sich auf die Schulter. In grauer Vorzeit hatte er auch einmal Geigenunterricht gehabt, den er in grauenvoller Erinnerung hatte. Wie hatte er die quietschenden, kratzenden Töne gehasst, die er dem Instrument abgerungen hatte! Die Leidensmiene seiner Geigenlehrerin hatte er noch sehr gut in Erinnerung.

Dennoch konnte er es nicht lassen und griff nach dem Bogen. Überrascht hielt er inne, als er den warmen, vollen Ton vernahm, den sein stümperhafter Aufstrich hervorrief. Versuchsweise setzte er einen Abstrich nach und tatsächlich, wieder belohnte ihn die Geige mit ihrem dunklen, melodischen Mezzosopran.

Ob er noch ein Vibrato hinbekam? Er ließ die Fingerkuppe an der Saite auf- und abrollen, bemühte sich, das Handgelenk dabei locker zu lassen, wie er es einst gelernt hatte. Das klang gar nicht schlecht!

Wie konnte das sein? War er im fortgeschrittenen Alter plötzlich zum Virtuosen geworden? Nein, wohl kaum. Es war die Geige, die ihm diese Illusion schenkte.

Nie hätte er gedacht, dass die Qualität des Instruments einen solchen Unterschied ausmachen könne. Ob von Düren irgendwo Noten hatte, die er Dilettant spielen könnte? Er sah sich suchend um, die Geige an das Kinn geschmiegt wie sein Erstgeborenes.

Plötzlich sah er sein Spiegelbild im Glas eines Vitrinenschränkchens und erschrak. Seine blonde Tolle fiel ihm wie immer vor das linke Auge und der typisch geneigte Kopf des Geigers gab ihm etwas Demütiges, Sanftes. Er sah aus wie ... von Düren. Wie von Düren als junger Mann auf dem Bild mit seinen Schwestern. Oh Gott.

Rasch ließ er die Geige sinken und legte sie zurück auf den Tisch. Was sollte das auch? Sie war nicht für ihn bestimmt. Bedauernd strich er ein letztes Mal über das schimmernde, mahagonifarbene Holz. Fast schien sie lebendig, sie fühlte sich warm an, zum Leben erweckt durch sein stümperhaftes Spiel.

Eine Donati, hatte Bela Fröhlich gesagt. Eine berühmte italienische Geigenbauerfamilie aus dem Piemont, nicht ganz so bekannt und alt wie die Stradivaris und Amatis, aber genauso gut. Er hatte noch nie etwas davon gehört, vielleicht sollte er mal im Internet nachschauen. Aber wozu eigentlich? Diese Geige war unbezahlbar, jedenfalls für ihn. Außerdem würden sich seine Nachbarn schön bedanken, wenn er sie mit seinem Gejaule um ihre Abendruhe brachte. Nein, nein, das war mal wieder eine seiner Schnapsideen.

Er blickte auf seine Armanduhr und fuhr zusammen. Schon wieder viel zu spät! Die Mittagspause war längst vorbei!

Was sollte er Wagner bloß dieses Mal erzählen? Habe Geige geübt und darüber die Zeit vergessen? Wagner würde ihn einliefern lassen. Habe noch mal am Tatort nach dem Rechten gesehen? Hm. Egal, schließlich war er der Chef. Zumindest auf dem Papier.

*

Mit einem Becher Café Latte aus frisch gemahlenen Bohnen bewaffnet, stieg Beck in die erste Etage hinunter und klopfte an Viktoria Menzels Tür. Wenn er nicht irrte, hatte die Psychologin heute ihren ersten Arbeitstag nach einer Fortbildungswoche und wahrscheinlich jede Menge zu tun, auch ohne seine Fragerei. Eigentlich wusste er auch gar nicht, was er von ihr wollte, aber vielleicht half sie ihm, wenigstens seine Gedanken zu ordnen, die immer wieder von seinem Fall weg und in die merkwürdigsten Richtungen strebten. Er klopfte und trat ohne auf eine Aufforderung zu warten ein, in der Gewissheit, willkommen zu sein,

»Viktoria! Bist du's?«

»Sag nichts! Ich weiß auch nicht, was mich geritten hat.« Seine Kollegin strich sich über den ehemals hellblonden Pagenkopf. »Ich hatte alles so satt. Immer derselbe Trott, immer dieselbe Visage im Spiegel. Und jetzt sehen wenigstens die Haare mal anders aus. Obwohl ich mich immer noch erschrecke, wenn ich an einem Spiegel vorbeikomme.«

Beck musterte Viktorias blauschwarze Strähnen, die in reizvollem Kontrast zu ihren hellgrünen Augen standen, und grinste. »Du siehst aus wie Mata Hari, sehr verrucht.«

»Ehrlich? Das war auch beabsichtigt, irgendwie war ich mir zu brav geworden. Schlimm genug, dass man immer älter wird, da muss man nicht auch noch trutschig werden.« Trotzig warf sie die Lippen auf und schüttelte ihren Kleopatra-Helm.

Beck dachte an den kurz bevorstehenden runden Geburtstag seiner Lieblingskollegin und schwieg weise.

»Aber du wolltest dich wahrscheinlich nicht mit mir über meine Frisur unterhalten, oder, liebster Giovanni?«

»Auch. Aber nicht nur, du hast recht. Ich habe da einen neuen Fall – mein Nachbar ist bei einem Einbruch zu Tode gekommen.« Er setzte sich und stellte den Becher auf Viktorias Schreibtisch.

»Bestechung?« Eifrig griff sie nach dem Getränk und blies in den Schaum.

»Sagen wir mal lieber, ein Beitrag zur Entspannung, während ich dich mit meiner Geschichte langweile. Hast du ein paar Minuten?«

Viktoria blickte auf ihre elegante Armbanduhr, auf der eigentlich nur eine Hellseherin die Zeit ablesen konnte, und nickte. »In einer halben Stunde muss ich zur Besprechung. Es geht um die Vergewaltigungen im Landkreis Wolfenbüttel. Ist wahrscheinlich derselbe Täter. Sie brauchen ein Profil.«

Beck nickte. »Also, eigentlich ist alles klar in meinem Fall, ich habe ein Opfer, einen Täter und ein Motiv. Aber ...« Er lächelte entschuldigend und berichtete über die Umstände, die zum Tod von Dürens geführt hatten.

»Und er behauptet, von Düren sei gar nicht da gewesen, als er eingebrochen ist?« Viktoria schüttelte ungläubig ihren Kopf.

»Ja, das wird sogar stimmen. Aber wahrscheinlich ist von Düren früher als geplant nach Hause gekommen. Und dieser Situation war Stein nicht gewachsen.«

»Wieso? Er hat ihn doch anscheinend überwältigt, ordentlich verschnürt und damit ruhiggestellt. Das würde ich schon als ziemlich souverän bezeichnen. Überfordert wäre er doch eher gewesen, wenn er gleich losgeballert hätte.«

»Er hatte aber angeblich gar keine Waffe dabei, wir haben nichts gefunden. Er ist auch nicht der Typ.«

»Wer ist schon der Typ, einen Menschen zu töten? Keiner kommt als Mörder auf die Welt, auch wenn manche meiner Kollegen da anderer Meinung sind. Was wäre die Welt doch hübsch einfach, wenn wir uns in Verbrecher und Gutmenschen portionieren könnten. Da wären wir Psychologen überflüssig.«

»Stimmt. Mich wundert nur, dass Stein keine Angst hatte, von meinem Nachbarn identifiziert werden zu können. Eigentlich hätte er ihn doch umbringen *müssen*. Das ist alles so unlogisch.«

Viktoria zog eine schwarze Braue hoch. »Vielleicht war er maskiert?«

Beck schüttelte den Kopf. »Nein, er sagt, dass er unmaskiert gewesen sei und wir haben auch nichts gefunden, keinen Strumpf, kein Tuch oder so etwas.«

»Seltsamer Vogel. Als Einbrecher die falsche Besetzung, würde ich mal sagen.«

»Ja, ist er auch. Eigentlich ein ganz netter Kerl, bisschen haltlos, bisschen Drogenhandel, aber bisher weder gewalttätig geworden noch durch Brüche aufgefallen.«

Viktoria lächelte. »Ich glaube, du magst deinen Mörder, Giovanni. Ts ts, wie unprofessionell.«

»Sag's keinem weiter, vor allem nicht der eisernen Lady in der Chef-Etage.«

»Ach, die schaust du einmal mit deinem Herzensbrecherlächeln an und schon vergibt sie dir alles.«

»Da irrst du aber, glaube ich, gewaltig, der kommt keiner mit einem Lächeln bei.«

»Du könntest recht habe, die ist beinhart. Und was machst du nun mit deinem Mörder wider Willen?«

Beck zuckte mit einer Schulter. »Was schon? Hoffen, dass er mit Totschlag und wenigen Jahren Gefängnis davonkommt. Dazu müsste er allerdings gestehen und bereuen und danach sieht's momentan überhaupt nicht aus.«

»Vielleicht stimmt seine Story ja? Vielleicht ist ja auch ein zweiter Täter im Spiel? Wäre das möglich?«

»Sicher ist das möglich. Aber ein zweiter Täter, von dem Stein nichts weiß? Sehr unwahrscheinlich. Vielleicht jemand, den er schützen möchte? Aber warum sollte er? Wenn er einen Komplizen hatte, der von Düren zu effektiv gefesselt hat, würde er doch sofort die Schuld auf den Kollegen schieben?«

»Vielleicht hat er Angst vor dem Kollegen? Geht lieber in den Knast, als ihn zu verraten?«

Beck dachte nach. »Wäre möglich. Vielleicht jemand aus seiner Dealerzeit. Unter dem Aspekt müsste ich ihn mir noch mal vornehmen.«

Viktoria lächelte. »Und sonst? Wie läuft's mit der hübschen Sarah?«

»Mit der hübschen Sarah läuft es bestens. Tu bitte nicht immer so, als wärst du unsere Mutter!« Beck schüttelte missbilligend den blonden Kopf.

»So fühle ich mich aber! Ich bin doch bestimmt zehn Jahre älter als deine Süße?«

»Nicht ganz und so gut wie gar nicht älter als ich, meine Liebe.«

»Aber älter. Würdest du dich denn jemals mit einer Frau einlassen, die älter ist als du?« Viktoria runzelte die glatte Stirn.

»Warum denn nicht?«

»Und – warst du schon mal mit einer älteren Frau zusammen?«

Beck überlegte. Sollte er lieber lügen? »Nein, noch nicht.«

»Siehste. Das ist der Unterschied zwischen Theorie und

Praxis, Theoretisch findest du mich attraktiv, praktisch nimmst du dir lieber eine Dreißigjährige.« Die Psychologin zog einen Flunsch.

»Das ist doch Zufall. Ich habe Sarah bestimmt nicht nach ihrem Alter ausgesucht.«

»Du vergisst wohl, dass du mit einer Frau sprichst, die sich bestens mit dem Unbewussten auskennt, mein allerliebster Giovanni. Selbstverständlich hast du sie nach dem Alter ausgesucht. Du hast nach einer Frau gesucht, die deine Kinder noch gebären kann.«

»Das kannst du doch auch noch, also, ich meine ...« Verwirrt brach Beck ab. Irgendwie waren sie ganz schön vom Thema abgekommen.

Viktoria lachte schallend, Gott sei Dank. »Du Armer. Wenn du das gewusst hättest, hättest du den guten Kaffee wahrscheinlich lieber selbst getrunken, oder?«

»Nein, nein, das verkrafte ich schon. Seit ich mit Sarah zusammen bin, werde ich regelmäßig in Sachen weiblicher Hormon- und Gedankensprünge abgehärtet, keine Sorge.«

Viktoria blickte zur Uhr. »Oh, jetzt muss ich aber langsam. Wir kommen noch mal auf deinen Herrn Stein zurück, ich lass die Szenerie auf mich wirken.« Anmutig erhob sie sich und strich ihren Kostümrock glatt.

Beck wertete das als Zeichen für seinen Aufbruch und hob die Hand zum Abschied. »Ich danke dir. Mach's gut, Mata.«

»Pfff. Bis dann.«

Er schloss die Tür und blieb kurz stehen. ›Du hast nach einer Frau gesucht, die deine Kinder gebären kann.‹

Das war ja nun wirklich Quatsch.

*

Auch die erdige, Erneuerung verheißende Frühlingsluft konnte auf dem Heimweg zum Schloss nicht die Schwere aus Sarahs Brust vertreiben. Sie fühlte sich, als müsste sie gleich weinen, nur mit Mühe konnte sie die heißen Tränen zurückhalten, die beißend hinter ihren Lidern drängten. Sie blinzelte und schüttelte ihre Locken. Das fehlte gerade noch, dass die Eltern ihrer Schulkinder sie heulend auf der Straße vorfanden. Buhu, die Kinder von heute sind ja so gemein zueinander!

Sie zwang ein Lächeln auf ihre bebenden Lippen und dachte an Giovanni. Wie er wohl als Junge gewesen war? Hatte auch er in der Sicherheit der Normalität geborgen andere Kinder gehänselt, andere, die kleiner, hässlicher, dunkler, unvollkommener waren als er? Anders?

Nein, unvorstellbar. Aber das hatten schon viele gedacht, von ihren Männern, Freunden, Nachbarn, Lehrern. Unvorstellbar, dass man jemandem Leid zufügen wollte, nur, weil er auf der anderen Straßenseite geboren worden war. Unvorstellbar, nach einem Menschen zu treten, bis er am Boden lag, unvorstellbar, ihn zu quälen, bis er um Gnade flehte, unvorstellbar, einen Menschen zu töten, nur weil man es konnte.

Sie zog ihren Schal vor ihr Gesicht und flüchtete durch das eiserne Tor in den Schoß des Schlösschens, als sei der meuchelnde Mob hinter ihr her. Dann blieb sie stehen und presste eine Hand auf die Brust. Ihr Herz hämmerte schmerzhaft und drückte ihre Kehle zu.

Hysterisch, sie war vollkommen hysterisch. Wenn sie es nicht ertragen konnte, dass Kinder andere Kinder verhauten, hatte sie den falschen Beruf ergriffen. Sie reckte ihr Kinn und wedelte mit den Händen die Tränen zurück in ihre Kanäle. Schluss damit, dämliche Drama-Queen! Das Gesicht gen Himmel gewandt atmete sie tief ein, um ihre Fassung wiederzugewinnen, und fuhr nervös zusammen, als sie etwas Feuchtes, Warmes an ihrer Hand spürte. »Muffin! Hast du mich erschreckt!«

Erleichtert beugte sie sich hinunter und streichelte der Hündin liebevoll durch das goldene Fell. Diese verzichtete auf ihre übliche temperamentvolle

Begrüßungs-Choreografie und sah mit ihren honigbraunen Augen besorgt zu Sarah auf. Mitfühlend presste sie ihren warmen Körper an Sarahs Seite.

»Oh, nein, Muffin, ich hatte gerade aufgehört!« Sarah hockte sich hin und presste ihr Gesicht in das weiche Fell.

»Was ist denn hier los?« Astas tiefe Stimme verwandelte den Tränenfluss in einen reißenden Strom. »Oh je. Komm erst mal rein, meine Kleine, komm.« Eine warme Hand im Rücken schob Sarah sanft in Richtung Haus.

Wie dorthin gezaubert fand sich Sarah im Salon vor dem Kamin wieder, eine leichte Wolldecke über den Beinen, in Luises bestem Ohrensessel, in der Hand ein Taschentuch und auf dem Tischchen vor sich einen heißen Kakao.

Und so wie diese Maßnahmen gewirkt hatten, als sie noch ein kleines Mädchen war, das über die aufgeschlagenen Knie weinte, so taten sie auch jetzt ihre heilsame Wirkung: Der Druck auf ihrer Brust hob sich und die Tränen versiegten. Sie schniefte ein letztes Mal und fragte sich, warum in aller Welt sie so die Fassung verloren hatte.

Solche Situationen wie diese hatte sie in Kreuzberg zigmal erlebt, da hatten schon die Zehnjährigen bei Streitigkeiten das Klappmesser aus der Hosentasche gezogen. Wisste welche in die Fresse, Alta?!

»Was war denn los? Ärger in der Schule?« Astas akeleiblaue Augen ruhten voller Sorge auf Sarahs Gesicht.

»Ach, eigentlich nur das Übliche. Unsere Schulschläger haben sich Farid vorgenommen – ich weiß auch nicht, warum ich das so schwernehme. Aber irgendwie war es widerlich. Sie haben ihn beschimpft, weißt du. Das Übliche, einer ist anders, also muss er leiden. Das kotzt mich an. Von wegen Mulitikulti und Integration. Manchmal habe ich das Gefühl, je mehr Kinder anderer

Ursprungsnationalitäten ich an der Schule habe, desto mehr verhärten sich die Fronten. Ich hasse das. Wie kann jemand glauben, dass er besser ist als ein anderer, bloß weil er eine weiße Haut und blaue Augen hat?«

»Das ist eine gute Frage und eine, die sich schon viele gestellt haben. Die Angst vor dem Andersartigen ist alt und früher war sie zum Überleben notwendig, das sitzt tief. Schau dir die männlichen Löwen an – die fressen die Welpen ihres Vorgängers auf, da sind wir doch schon ein bisschen weiter.«

»Findest du? Wenn du diese gehässigen Gesichter gesehen hättest, wärst du, glaube ich, anderer Meinung. Tiere töten aus Instinkt, um zu überleben, Menschen quälen und töten ohne Not, das finde ich schlimmer.«

»Da würde dir Luise sicher nicht ganz zustimmen, sie, die einen schrecklichen Krieg erlebt hat. Da töten auch Menschen, um zu überleben. Aber natürlich hast du auch recht. Denk einfach nicht mehr dran. Solche Menschen wird es wohl immer geben.« Asta hockte sich vor das Kaminfeuer und legte ein gewaltiges Buchenscheit nach. »Möchtest du ein Stück Kuchen zum Kakao? Ich habe eine Aprikosentorte gebacken.«

»Ja, warum eigentlich nicht.« Ein Stück Kuchen gegen den Weltschmerz. »Wo ist denn Luise?«

»Beim Frisör in Braunschweig. Sie müsste eigentlich bald zurück sein.« Asta verließ den Salon und lehnte die Tür zur kleinen Halle an.

Seufzend lehnte sich Sarah zurück und ließ ihren Blick aus dem hohen französischen Fenster zum Hof wandern. Lugten da schon ein paar Osterglocken aus dem Rondell in der Hofmitte? Sah ganz so aus. Die tröstliche Erwartung des Frühlings ließ sie unwillkürlich lächeln.

Ebenso so sicher wie es immer Hass und Leid auf der Welt geben würde, kam auch der Frühling immer wieder zurück und machte das Leben leichter. Machte es leichter zu vergessen, dass auch im strahlenden Sonnenschein

Menschen verhöhnt, gefoltert, getötet wurden. Sie schüttelte sich. Was war nur los mit ihr?

Ein roter MG röhrte über den Hof und kam, mit einem Rad im Rondellbeet, abrupt zum Stehen. Luise war zurück, unüberhörbar.

Platinblonde Locken über einem rotblonden Fuchs wurden dekorativ aus dem Wagen gefaltet. Unglaublich, diese Frau sah einfach immer aus, als pose sie für ein *Vogue*-Shooting. Warum nur hatte Sarah dieses Gen nicht erben können? Stattdessen hatte sie irgendein nutzloses Trampelgen geerbt, dass für dauerblaue Hüften und zerschmetterte Gläser sorgte. Von Anmut keine Spur.

Sie beugte sich vor und stutzte. Was war das? Da stieg noch jemand aus. Das war doch – Farid. Wie kam der denn in Luises Auto? Sarah stand auf und strich sich über die Haare, wahrscheinlich vergeblich. Ein flüchtiger Blick in Luises raumhohen Spiegel neben der Tür zeigte ein verheultes Gesicht, das ihr nur vage bekannt erschien.

»Nanu? Bist du krank, Schatz?« Eine Woge Chanel Nr. 5 flutete den Salon.

»Nein, nein, ich habe mir nur einen kleinen Nervenzusammenbruch genommen.« Sarah lächelte ihre Großtante an und blickte an ihr vorbei. »Was ist passiert? Warum ist Farid bei dir?«

»Ich habe ihn kurzerhand eingesammelt, nachdem ich ein paar Ohren hoffentlich sehr schmerzhaft langziehen musste. Vier gegen einen – manche Dinge ändern sich einfach nie.«

»Was, schon wieder?« Sarah ging auf Farid zu, der sich verlegen im Türrahmen herumdrückte. »Waren es wieder Kevin und seine Truppe?«

Ein Schulterzucken. »Ich gehe jetzt nach Hause.« Ein faszinierter Blick zu Luise, die sich ungeniert die Lippen nachzog und die frisch erblondeten Locken ordnete.

»Nee, erst mal möchte ich hören, was eben schon

wieder los war! Und allein gehst du auf keinen Fall nach Haus, dann geht ja alles wieder von vorn los.«

»Das glaube ich nicht.« Luise lächelte zufrieden. »Dem dämlichen Schlachtersjungen wird jetzt noch der Schädel brummen, die habe ich so richtig schön mit den Köpfen zusammenkrachen lassen.«

Ein anerkennendes Lächeln zuckte um die Mundwinkel des Jungen. »Ja, das war nicht schlecht für eine Frau.«

»Na, prima, Luise, dann habe ich spätestens morgen Mittag Kevins Vater bei mir vor der Tür stehen. Das ist doch auch keine Lösung.« Sarah schüttelte entnervt den Kopf.

»Aber es tut gut. Dann merken sie wenigstens mal, wie das ist.«

»Nanu? Besuch?« Asta erschien in der Tür und betrachtete erstaunt den verlegenen Jungen.

»Ja, er hatte eine kleine Prügelei, da habe ich ihn kurzerhand eingepackt.«

»Ich will jetzt aber nach Hause.« Farid zappelte nervös im Türrahmen herum.

»Ich kann dich mit ins Dorf nehmen«, bot Asta an, »ich muss sowieso zum Bäcker.«

»Eigentlich würde ich aber erst noch gern mit dir reden, Farid. Wir müssen doch eine Lösung finden, so kann das nicht weitergehen. Bei der nächsten Gelegenheit hast du die doch wieder am Hals.« Sarah ging auf den Jungen zu.

»Sie können da nichts machen, habe ich doch schon gesagt. Die werden keine Ruhe geben, aber damit komme ich schon klar«, Farid strick sich eine schwarze Locke aus den Augen und sah plötzlich aus wie ein junger Mann, alles Kindliche war aus seinen Zügen verschwunden.

Auf ein Gespräch würde er sich jetzt nicht einlassen. Außerdem wusste sie noch keine Lösung. Sie würde mit den Eltern sprechen, das war das Einzige, was ihr einfiel und das würde Farid keineswegs gefallen.

»Okay, fahr mit Frau von Warberg, ich überleg mir

was.« Sarah machte eine resignierte Handbewegung und zog einen Mundwinkel hoch. Bedrückt sah sie zu, wie die beiden über den Hof gingen und in Astas uralten Kombi stiegen. Sie seufzte und betrachtete ihre Großtante, die ihren Lippenstift zurück in eine goldene Hülle steckte. »Du siehst fantastisch aus, Luise.«

»Danke. Du nicht. Hast du geweint?« Luise warf den Fuchs achtlos auf die ägyptische Ottomane und trat vor den vergoldeten Spiegel neben der Tür.

»Ja, ich weiß auch nicht, warum mich das so mitnimmt. Die haben Farid schon in der Schule drangsaliert und ich bin dazugekommen.«

»Wundert mich nicht.« Luise strich eine silberne Locke hinter das mit Diamanten besetzte Ohr und wandte sich zu Sarah um. »Es war doch nur eine Frage der Zeit, bis dieser in jeder Hinsicht exotische Junge ein Opfer der dörflichen Dumpfheit wird. Zu dunkel, zu begabt, zu sensibel, zu … anders. Das war in Avessen noch nie gern gesehen.« Luise lächelte schief und schmiegte sich in einen mit grün-weiß gestreiftem Chintz bezogenen Sessel. »Trinkst du ein Gläschen mit?«

»Ja.« Sarah richtete sich auf und warf ihre Locken zurück.

Luise zog eine blonde Braue hoch. »Dann geht's dir wirklich nicht gut. Dass ich den Tag noch mal erlebe! Meine Großnichte trinkt am hellerlichten Tage, ohne mit der Wimper zu zucken, Champagner mit ihrer schnapsdrosseligen Großtante. Und das ohne den Hauch einer Moralpredigt.«

»Die kriegst du von mir, liebes Tantchen.« Asta steckte die hennaroten Zöpfe durch die Tür. »Jetzt ist Fastenzeit – schon mal drüber nachgedacht?«

»Mit Schaudern, ja!« Luise glitt von der Ottomane und nahm mit trotziger Miene die Sektkelche aus der Vitrine. »Ich dachte, du bist schon weg und ich kann gefahrlos den Alkohol hervorholen!«

»Habe mein Portemonnaie vergessen, Pech für dich.« Asta zwinkerte ihrer Tante zu und verschwand wieder.

»Mein Gott, ich stehe unter ständiger Beobachtung. Kannst du dir vorstellen, wie anstrengend das ist?«

»Klar. Das hat sie mit mir doch auch gemacht. Dabei bin ich so ein Harmlosi, ich war doch als Teenager schon viel zu brav, um wahr zu sein, und daran hat sich bis heute leider nichts geändert.« Sarah zog einen Flunsch.

»Na, na. Dann ändere es. Das Leben ist zu kurz, um brav zu sein.«

»So ist es. Du sagtest eben, es war in Avessen noch nie gern gesehen, anders als die anderen zu sein. Sprichst du aus eigener Erfahrung oder meinst du nur die allgemeine dörfliche Intoleranz?«

Luise schwieg und sah aus dem Fenster.

»Luise?«

»Ach. Ich hatte das fast vergessen. Aber – dein Farid erinnert mich an einen jungen Mann, den ich ... in den ich einmal sehr verliebt war.« Luise lächelte wehmütig.

»Du warst verliebt?« Ungläubig erinnerte Sarah sich der zahlreichen Männerherzen, die Luise allein in den Jahren ihres Zusammenlebens bezwungen, wenig später unter den mörderischen Absätzen ihrer weißen Satinpumps zermalmt und ohne einen Blick zurück vergessen hatte.

»Ja, kaum vorstellbar, was? Und doch war ich es. Er hieß Leander und hatte genau solche schwarzen Locken wie der Kleine. Ich fand ihn wunderschön.« Sie lachte klirrend, es klang unecht. »Er war ja auch gar nicht viel älter, achtzehn, neunzehn. Unglaublich, wie jung wir waren.«

»Leander? Was für ein romantischer Name. Wer war er? Wo ist er geblieben?«

Ihre Tante wandte sich ab und antwortete nicht.

»Entschuldige, ich wollte nicht ...« Sarah räusperte sich unbehaglich.

Luise drehte sich um und Sarah bemerkte fassungslos, dass die sonst so kühlen grünen Augen tränenfeucht schimmerten. »Jude. Er war Jude.« Luise presste die Lippen zusammen und sah zu Boden. »Wo er geblieben ist? Ich denke, ich muss es nicht aussprechen.«

*

Beck blieb einen Augenblick stehen und nahm den Anblick des kleinen Schlösschens, das sich gemütlich in die Abenddämmerung kuschelte wie in einen staubblauen Samtumhang, genüsslich in sich auf. Was hatte dieses Anwesen nur an sich, dass er einfach nicht genug davon bekommen konnte? Vielleicht war er ja in einem früheren Leben einmal Schlossherr gewesen?

Asta konnte ihm diesbezüglich sicherlich Auskunft geben, vorausgesetzt, er ließe sich auf eine Rückführung ein. Ein kühler Schauder kroch seinen Rücken empor und er setzte sich in Bewegung. Nein, lieber nicht, womöglich kam heraus, dass er hier mal Stallknecht gewesen war und das würde sein Selbstbewusstsein wahrscheinlich nicht verkraften.

Dennoch – angesichts der hell erleuchteten Fenster, die ihm freundlich zuzuzwinkern schienen, ging ihm das Herz auf. Die Gewissheit, gleich in ein warmes Willkommen gehüllt zu werden, hatte er selten so deutlich gespürt wie hier.

Er öffnete die Tür des Seitenflügels, die, wie er jetzt schon wusste, meistens offen stand, und trat in die kleine Halle. In Luises Salon schien schon Leben eingekehrt, fröhliche Stimmen schwirrten in einem heimeligen Durcheinander durch die Luft. Zu Hause, so fühlte sich das wohl an. Er schüttelte den Kopf. Dass man im Alter sentimental werden sollte, das hatte er schon gelesen, allerdings schien dieser Prozess bei ihm verdammt früh einzusetzen.

»Giovanni!« Luise hob das unvermeidliche

Champagnerglas zum Gruß und Sarah wandte den Kopf in seine Richtung.

Das Strahlen in ihren dunklen Augen schien eine warme Kuhle in seine Brust zu brennen und für einen entsetzlichen Augenblick hatte er Angst, in Tränen auszubrechen.

Glücklicherweise hatte Marilyn beschlossen, dass er doch noch nicht zur Familie gehörte, und bemächtigte sich mit wildem Getöse seines Hosensaums. Er musste lachen und der Moment war vorüber, Gott sei Dank. Froh, seine Gesichtszüge unauffällig wieder unter Kontrolle bringen zu können, bückte er sich und löste das knurrende weiße Wollknäuel von seiner neuen Hose. »He, spinnst du?«

Marilyn hängte die rosa Zunge heraus und sah ihn zweifelnd an.

Was war bloß mit ihm los? Man konnte ja einiges über seinen mangelbehafteten Charakter sagen, aber ganz sicher war er keine Heulsuse. Er wusste gar nicht mehr, wann er überhaupt das letzte Mal geweint hatte. Wahrscheinlich, als er erfahren hatte, dass er ins Internat musste.

»Giovanni?« Asta legte eine Hand weich auf seinen Arm und schien mit ihren tiefblauen Augen bis auf den Grund seiner Seele zu sehen. »Geht es dir gut?«

»Ja, doch, auf jeden Fall.« Beck bemerkte selbst, dass er ein bisschen zu sehr beteuerte.

Asta lächelte mitfühlend und reichte ihm ein Glas, in dem eine bronzefarbene Flüssigkeit viel versprechend funkelte. »Cognac, der wärmt die Seele.« Ein leichtes Tätscheln und sie war mit einem leisen Bimmeln ihrer indischen Glöckchen zur Seite getreten, um Sarah Platz zu machen, die ihn noch eine Spur inniger begrüßte.

Nach einem Kuss, der (hoffentlich) gerade noch die Grenzen des Anstandes wahrte, löste er sich von ihr und blickte direkt in die verständnisvollen Glutaugen

Thomas Jankowskis. Er blinzelte ihm zu und begrüßte Filo, die ihn mit einem amüsierten Lächeln federleicht auf beide Wangen küsste.

»Na endlich, ich komme schon um vor Hunger!« Filo legte mit dramatischer Geste eine Hand auf ihren flachen Bauch.

Sarah hakte sich bei ihm ein und zog ihn an den reich gedeckten Tisch, dessen Anblick von Becks Magen mit einem freudigen Aufheulen begrüßt wurde. »Ich habe heute noch nichts gegessen …« Beck lächelte entschuldigend in die Runde und nahm Platz.

»Tust du das jemals?« Asta runzelte missbilligend die rötlichen Brauen und blickte ihn strafend an.

»Manchmal schon.« Erfreut blickte Beck auf das riesige Stück Pizza, das Sarahs Tante ihm auf den Teller lud.

Gefräßiges Schweigen erfüllte den Raum, nur durch das leichte Klirren des Bestecks auf Luises edlem Porzellan unterbrochen. Das Knallen des Korkens, den Luise von der zweiten Champagnerflasche des Abends aufsteigen ließ, beendete die ungewohnte Stille.

Beck blickte hinüber zu Jankowski und überlegte, wie er das Gespräch am besten auf den Selbstmord seines Schulkameraden bringen konnte. Nicht sehr passend, gerade. »Haben Sie nach dem Essen einen Moment Zeit für mich, Herr Jankowski?«

»Thomas. Diesmal bin ich doch ausnahmsweise mal nicht verdächtig, da können wir uns doch auch duzen.« Jankowski strich sich eine schwarze Locke aus seinem Zigeunergesicht.

Luise zog einen Flunsch. »Wieso kannst du Thomas denn nicht gleich fragen, Giovanni? Das interessiert uns doch alle!« Sie trommelte ungeduldig mit dunkelrot lackierten Nägeln auf die Tischplatte. Es sah aus, als habe sie ihre Fingerspitzen in Blut gebadet.

Beck blickte fragend in die Runde. »Na ja, ich weiß nicht, so beim Essen?«

Sarah stupste ihn an. »Na los, mach schon, dann hast du's hinter dir. Oder verstößt das gegen irgendwelche berufsethischen Gesetze?«

»Nee. Ich will ja auch bloß wissen, wie es zu diesem Gerücht kam. Dass sich dieser Junge wegen von Düren umgebracht hat, meine ich.« Er richtete seinen Blick fragend auf Jankowski.

»Ich weiß nicht, wer es in Umlauf gebracht hat, damals. Es war einfach so, dass alle wussten – oder glaubten zu wissen – dass Frank in von Düren verliebt war.«

»War er denn homosexuell? Dieser Frank?« Beck schluckte den letzten Bissen seiner Pizza herunter und blickte bedauernd auf seinen leeren Teller.

»Tja, muss er wohl gewesen sein, oder? Er rannte von Düren jedenfalls regelrecht hinterher, trug ihm die Tasche, hielt ihm Türen auf, saß in seinen Stunden in der ersten Reihe und bekam einen dunkelroten Kopf, wenn er von ihm angesprochen wurde.«

»Was hielten seine Mitschüler davon? Haben sie ihn verhöhnt?«

»Ein bisschen. Aber von Düren hatte eine starke Ausstrahlung – gleichgültig ließ er wohl keinen seiner Schüler. Ich zum Beispiel hatte Angst vor ihm, aber ich kenne auch Mitschüler, die regelrecht für ihn schwärmten, wenn auch nicht ganz so extrem wie Frank Siebert.«

»Und woher wollte man wissen, dass er sich wegen seines Lehrers umbrachte? Solche Gerüchte entstehen ja schnell an einer Schule.« Erfreut nahm Beck zur Kenntnis, dass sein Teller sich wie im Schlaraffenland von selbst wieder gefüllt hatte, und säbelte drauflos.

Thomas Jankowski zuckte mit einer Schulter. »Ist jetzt aber nichts für schwache Nerven.«

Filo schnaubte. »Wir sind stark, nun sag's schon.«

Jankowski zögerte. »Er hat sich erstochen, im Flur vor von Dürens Wohnungstür. Von Düren fand ihn, als er morgens in die Schule gehen wollte. Man munkelte damals, er sei ohnmächtig geworden – es war wohl alles voller Blut, der ganze Flur war rot.«

»Thomas!« Asta hielt sich die Hand vor den Mund.

»Ihr habt gesagt, ich soll es erzählen«, verteidigte sich Jankowski.

Beck schob seinen Teller beiseite. Er hatte auch seine Grenzen. Wahrscheinlich konnte er nie wieder die Stufen zu seiner Wohnung hochsteigen, ohne an den unglücklichen Frank Siebert zu denken.

Jemand weinte – er hoffte, dass er es nicht war.

9. Kapitel

Irgendetwas stimmte nicht. Beck beschloss aufzuwachen und öffnete versuchsweise ein Auge.

Was war das denn? Bekam er jetzt einen Tinnitus? Ein leises Zirpen drang an sein Ohr, zart, aber ausdauernd. Er hielt sich die Ohren zu und lauschte. Weg. Also kein Tinnitus, Gott sei Dank. Ein Blick auf den Wecker verriet ihm, dass es ohnehin Zeit war, aufzustehen. Es war zwar Samstag, aber er hatte einen Termin. Er liebte seinen Job.

Na schön, also dann. Er wickelte sich aus seiner warmen Decke und stöhnte leidend, obwohl er eigentlich gar nicht mehr müde war. Aber schließlich hatte er den jungen Morgen mit einem Stöhnen begrüßt, seit er zur Schule gekommen war und das war ... schon eine ziemlich lange Zeit. Asta hätte ihm bestimmt einen Vortrag darüber gehalten, dass es esoterisch gesehen ein absolut falscher Einstieg in den Tag war, aber er war fest davon überzeugt, dass der Tag sich erschrocken verzogen hätte, wäre ihm Giovanni Beck mit einem fröhlichen Lächeln auf den Lippen entgegengesprungen.

Wieder das komische Zirpen. Wo kam das denn her? Von draußen, wahrscheinlich ein Vogel.

Er gähnte und stolperte durch sein Wohnzimmer in Richtung Küche. Erst mal einen Kaffee. Ein goldenes Bündel aus Morgenlicht fiel durch die Balkontür und ließ seine frisch abgezogenen Dielen wie flüssigen Honig leuchten.

War etwa schönes Wetter? Wie konnte denn das passieren? Die hatten sich bestimmt in der Stadt geirrt und in Braunschweig die Lieferung für Heidelberg abgegeben. Erfreut ging er ans Fenster. Yeah! Der Frühling war da! Die Sonne schien freundlich auf die noch winterlich entblätterten Bäume des Prinzenparks.

Er reckte sich und lachte laut. Vielleicht sollte er vor

der Arbeit endlich mal eine Runde joggen? Nicht zuletzt aus diesem Grund hatte er die überteuerte Altbauwohnung am Lieblingspark der Braunschweiger überhaupt gemietet. Ja, vielleicht sollte er das tun. Die Entscheidung erforderte ein, zwei Cappucini. Er wandte sich vom Fenster ab und hielt inne. Wieder dieses Geräusch!

Irritiert öffnete er die Balkontür und schaute hinaus. Nichts, außer einem Bierkasten und einem wackeligen Klappstuhl, der bisher seine ganze Balkonmöblierung darstellte. Typisch.

Seine spärliche Bekleidung ignorierend trat er auf den eisigen Steinfußboden des Balkons und blickte suchend über die Brüstung. Nichts zu erkennen. Er zuckte die Schultern und wollte sich gerade abwenden, als er aus den Augenwinkeln eine Bewegung wahrnahm. In der verschlungenen, uralten Kletterhortensie, die sich bis zum ersten Stock emporkämpfte, hockte eine Katze und starrte zu ihm herauf.

»Ach, du jemine, wie bist du denn da hingekommen?« Beck raufte sich die Haare. Die Katze zirpte kläglich.

Was konnte er tun? Er brauchte irgendetwas, an dem die Katze das letzte Stück zu ihm hinaufklettern konnte, eine Katzenleiter oder so was. Er eilte in die Wohnung zurück und blickte sich suchend um. Im Flur lagen noch ein paar marode Dielenbohlen, die der Tischler ausgetauscht hatte. Vielleicht würde das Tierchen ja auf dem Brett nach oben laufen können, etwas anderes hatte er nicht. Mit der langen Bohle bewaffnet, beugte er sich über das Geländer und bugsierte das Brett in Richtung Katze, die seine Bemühungen mit einem erbosten Fauchen quittierte.

»Sei nicht undankbar, ich versuche nur, dir zu helfen. Na, komm schon.« Er schob das Brett so nah wie möglich an das Tier heran und lockte.

Unten auf der Straße blieb eine Frau mit einem dicken Hund stehen, dessen asthmatisches Keuchen bis oben zu hören war. »Ihre Katze?«

»Nee, die muss sich irgendwie verklettert haben.« Beck schob das Brett noch ein bisschen näher. »Na, los, trau dich, eine andere Chance hast du nicht.«

»Die wird noch jung sein. Das kommt öfter vor, die traut sich nicht mehr vor und nicht mehr zurück, da müssen Sie bestimmt die Feuerwehr rufen.«

Na prima, jetzt bekam er auch noch gute Ratschläge. Warum hatte er das Vieh auch nicht einfach hocken lassen? Der Hund beschloss, auch seinen Senf dazuzugeben, und brach in schrilles Gekläff aus.

»Aus, Poppy!«

Poppy interessierte die Intervention seines Frauchens herzlich wenig.

Eine zweite Frau kam von der anderen Straßenseite herübergewechselt, um das Schauspiel aus der Nähe genießen zu können. »Haben Sie nichts zu fressen im Haus, ein Leckerli für die arme Kleine?«

»Nein. Das ist ja nicht meine Katze.« Beck wurde es langsam zu viel.

Der Hund kläffte, als wolle er ihm doch noch zum verdienten Tinnitus verhelfen.

Ein Mann mit einem wischmopartigen Wuschelhund in schmuddeligem Schwarz trat aus dem Park und schloss sich Becks Publikum an. »Was ist denn hier los?«

»Da, die Katze!« Poppys Besitzerin wies angeregt nach oben. »Der junge Mann hat aber nichts zu fressen im Haus, dann würde sie vielleicht kommen.«

»Das sind die Richtigen, sich Tiere anschaffen und dann sich nicht drum kümmern, das liest man ja immer in der *Braunschweiger*, verantwortungslos.« Der Mann kam richtig in Fahrt.

»Das ist nicht meine Katze!« Becks Stimme bekam einen schrillen Unterton, er merkte es selbst.

Der Mophund hatte die Katze entdeckt und stimmte in Poppys Gekläff ein, zweistimmig.

Die Katze stieß einen entnervten Schrei aus und raste

das Brett empor, um sich in Becks Brust zu krallen. »Au!« Er klaubte das Tier von seiner aufgekratzten Haut und warf es zu Boden.

»Wie gehen Sie denn mit dem Tier um? Die hat doch nur Angst!«

Beck betrachtete die blutigen Schrammen auf seinem Oberkörper und schüttelte den Kopf. Da musste bestimmt Jod drauf oder so etwas. Hatte er natürlich nicht.

Ein schriller Pfiff brachte ihn auf seinen Balkon zurück. Zwei junge Mädchen radelten an seinem Haus vorbei und warfen ihm eine Kusshand zu. »Hey, Süßer, super Body!«

Er stand in seiner Unterhose auf dem Balkon, im März. Wie geriet er eigentlich immer in solche Situationen? Und wo war die Katze geblieben? Jetzt war die auch noch in seine Wohnung gerannt. Bestimmt hatte sie schon irgendwo hingeschissen.

Resigniert flüchtete er in sein Wohnzimmer und zog die Vorhänge zu. Wo war denn das verdammte Vieh? Seine schmerzende Brust ignorierend legte er sich auf den Bauch und sah unter sein kostbares Ledersofa. Richtig getippt. Zwei glühende Lichter und ein Fauchen ließen keinen Zweifel daran, dass die Katze alles andere als Dankbarkeit über ihre Rettung empfand. Na toll.

Das Telefon klingelte und er rappelte sich von den Dielen hoch. »Beck?«

»Wo bleiben Sie denn? Wir haben doch gleich den Termin bei Karstens.«

Wagner war überhaupt *not amused.* »Ich … Mir ist gerade eine Katze zugelaufen.«

Das war bestimmt die Nummer eins unter den Ausreden, warum man schon wieder zu spät zur Arbeit kam.

*

»Was ist denn los?« Besorgt betrachtete Sarah ihre ungewohnt stille Freundin und schenkte ihr noch einmal Kaffee nach.

»Nichts. Ich habe nur schlecht geschlafen, das ist alles.«

»Warum? Hast du über deine Vater-Misere gegrübelt?«

»Ja.« Filo runzelte die Stirn und nahm sich eine Scheibe Toast.

»Und? Zu welchem Ergebnis bist du gekommen?«

»Zu keinem. Ich weiß noch nicht mal, wie ich Kontakt zu dem Typen aufnehmen soll. Der glaubt doch, ich bin ein durchgeknallter Fan.«

»Möglich. Vielleicht sollte man über seinen Agenten mit ihm Kontakt aufnehmen? Hast du mal auf seiner Website geguckt?«

»Klar. Da ist auch eine Kontaktadresse angeben.« Filo rührte trübsinnig in ihrem Kaffee.

»Na los, dann mail doch oder ruf an.«

»Hab ich schon. Bis jetzt keine Reaktion. Wenn er nichts davon wissen will, habe ich sowieso keine Chance. Vielleicht stimmt's ja auch gar nicht.«

»Das hat sich Amalie bestimmt nicht ausgedacht. Deine Mutter war doch eine sehr schöne Frau.«

»Aber eiskalt.«

»Vielleicht ja damals noch nicht, wer weiß? Wenn sie ihn geliebt hat? Vielleicht ist sie ja erst nach ihre Zwangsheirat so geworden?« Mitfühlend strich Sarah über Filos Unterarm.

»Auch wieder wahr. Gott, was für ein Schlamassel. Na ja, momentan kann ich nur abwarten. Und dann geht mir immer diese von-Düren-Sache im Kopf rum, ich weiß auch nicht, ich bin doch sonst nicht so zart besaitet, aber irgendwie finde ich das bedrückend.« Filo zog die schmalen Schultern hoch und wickelte Sarahs alten Bademantel enger um sich.

»Ist es ja auch. Die Geschichte von dem Jungen, der sich vor seiner Haustür umgebracht hat, hat mich auch noch in den Schlaf verfolgt.« Sarahs Magen zog sich zusammen und sie legte ihren Toast zurück auf den Teller. »Ich finde es schon seltsam, diese ganzen jungen

Männer um ihren Lehrer herum, der war doch garantiert schwul.« Sie wischte ein paar Krümel vom Tisch.

»Vielleicht. Aber die Jungs sind es ja nicht, oder? Und warum war er dann so viel netter zu uns Mädchen? Das passt doch nicht zusammen! Und ich habe auch nie bemerkt, dass er einen hübschen Jungen bevorzugt hätte oder so. Du weißt doch, was Thomas sagt. Er hatte Angst vor ihm und wen irgendjemand der Traum eines schwulen Mannes ist, dann er.«

»Das stimmt allerdings. Allein diese Wimpern! Tja, ist schon merkwürdig.« Sarah seufzte. »Ich muss gleich los. Treffen mit dem Elternverein, wegen des Wandgemäldes an der Turnhalle. Bin mal gespannt, ob sich der Eklat um Farid schon herumgesprochen hat. Wahrscheinlich steht der Schlachter schon vor meinem Büro.«

»Dann bestell ihm mal einen schönen Gruß und frag, ob er noch mit seiner kleinen Verkäuferin pimpert, dieser Kinderschänder.«

»Ja, genau, das werde ich gleich als Erstes fragen, um die Gesprächsatmosphäre ein bisschen aufzulockern.« Sarah tippte mit dem Finger an die Stirn.

»Wieso verbessern? Um ihn darauf hinzuweisen, dass er keinerlei Grund hat, den entrüsteten Wächter der über Moral und Gerechtigkeit zu spielen, pff, ausgerechnet.« Filo schüttelte ihren blauschwarzen Pony aus der Stirn.

»Du hast ja recht.« Sarah stand auf. »Ich muss, leider. Mach's dir noch gemütlich und frag deinen Vater mal nach einem Autogramm für mich.«

»Haha, sehr lustig.«

Vor der Schule stieg Sarah aus ihrem Wagen und fragte sich wieder einmal, wie sie eigentlich hier hergekommen war. Anscheinend kannte ihr Auto den Weg. Hoffentlich überfuhr sie nicht mal ein unschuldiges Kind, wenn sie wie ein Zombie hinter dem Steuer saß und nichts mitkriegte. Ihre Gedanken waren zwischen Farid und

Filo hin und her gewirbelt und ihr Gehirn hatte den Autopiloten eingeschaltet.

Geistesabwesend nahm sie ihre Tasche vom Rücksitz und schlug die Tür zu.

Ein tiefer Seufzer entfuhr ihr, als sie die massige Gestalt vor ihrer Bürotür erkannte: Schlachter Fuhrmann, natürlich. Sonst kam der nie in die Schule. Sie setzte ein professionelles Lächeln auf und schnürte die Boxhandschuhe zu.

»Da sind Sie ja endlich.«

»Ich wünsche Ihnen auch einen schönen Morgen, Herr Fuhrmann.« Sarah klebte das Lächeln auf ihrem Gesicht fest und hoffte, dass es nicht herunterfiel.

»Sie haben sich gestern an meinem Enkel vergriffen?« Der Schlachter zog den Hosenbund hoch und mahlte mit den gewaltigen Kiefern. Warum hatten Schlachtermeister eigentlich immer so ein rotes Gesicht? Wie ein Stück gut abgehangenes Rindfleisch.

»Wie bitte?« Sarah richtete sich zu ihrer nicht unbeachtlichen Größe auf und hob das Kinn. Der mochte zwar breit sein, aber hoch war er nicht.

Fuhrmann trat eilig einen Schritt zurück, um nicht zu ihr aufsehen zu müssen. »Kevin hat sich über Sie beschwert, Sie haben ihn ungerecht behandelt, sagt er, und angeschrien.«

»Angeschrien habe ich ihn mit Sicherheit nicht.« Hatte sie doch nicht, oder? »Er bewarf zusammen mit seinen drei Freunden einen Mitschüler mit Dreck. Ich bin eingeschritten und habe die Jungs aufgefordert, die Turnhallenwand wieder zu reinigen. Ich weiß nicht, was daran ungerecht sein soll.«

»Der hat sie doch provoziert. Das war doch dieser Araber, oder?«

»Provoziert? Wodurch? Durch die Tatsache, dass sein Vater Iraner ist?« Und aus einer Kultur stammt, die bereits Gedichte schrieb, als sich deine Vorfahren noch grunzend an die Brust trommelten, du Fleischklops. Sarah räusperte sich und lächelte unbeirrt weiter, ihre Mundwinkel schmerzten schon.

»Durch ... durch ... ach, was weiß ich. Sie wissen doch, wie aggressiv diese Arabs sind.« Des Schlachters Blick flackerte und er zog erneut den Hosenbund über den mächtigen Wanst.

»Arabs?« Sarah kopierte die eisige Verachtung, mit der Luise jedwede Kreatur abstrafte, die sich ihr widrig in den Weg stellte. Der Schlachter zog den Kopf ein, es schien zu wirken. Danke, Luise.

»Araber, das ganze durchgeknallte Gesockse da unten. Bomben sich in die Luft, wenn sie ihren Willen nicht kriegen und Unschuldige mit dazu. So was braucht mein Junge nicht zu lernen.«

»Soweit ich weiß, hat Kevin Farid mit Dreck beworfen und nicht umgekehrt und mir ist auch nicht bekannt, dass Farid eine Bombe in der Schultasche gehabt hätte.«

»Sie brauchen sich gar nicht so aufs hohe Ross zu setzen, Frau Dittmann. Sie wissen genau, was ich meine. Der passt nicht hierher, dieser kleine Mullah. Was soll ein Araber im Elm, können Sie mir das mal sagen? Wenn wir alle nur hübsch zu Hause in unseren eigenen Ländern blieben, hätten wir alle unsere Ruhe.«

»Fliegen Sie nicht im Sommer immer nach Mallorca?«

Des Schlachters Gesichtsfarbe intensivierte sich bedenklich. »Jetzt reicht's aber. Das ist was ganz anderes, das ist kein richtiges Ausland! Und außerdem bleibe ich ja nicht da und nehme denen die Arbeit weg!«

Da hatten die Mallorquiner ja noch mal richtig Glück gehabt. »Ja, ist schon klar. Aber, Herr Fuhrmann, Sie würden doch auch nicht in einem Land bleiben wollen, in dem Ihre Kinder nicht studieren dürften, in dem sie zwei Jahre lang beim Wehrdienst drangsaliert werden, weil dem Major Ihre politische oder religiöse Gesinnung nicht passt?«

»Zwei Jahre Wehrdienst täten den meisten Jungen ganz gut. Ein bisschen Disziplin hat noch keinem geschadet.«

War klar. Sarah beschloss, das fruchtlose Gespräch zu beenden. »Nun gut. Dann werden Sie sicher verstehen, dass ich bei Ihrem Enkel auf eine Wiedergutmachung des Schadens bestehen musste. Es geht nicht an, dass er einen Mitschüler mit Dreck bewirft, nebenbei die Wand eines öffentlichen Gebäudes beschmutzt und ohne Konsequenzen davonkommt. Da stimmen Sie mir doch sicher zu?«

»Ja, schon, aber das muss man doch nicht so hoch hängen. Das sind doch nur Dummejungenstreiche, Frau Dittmann.«

Sarah hätte dazu noch Einiges anzumerken gehabt – zum Beispiel, dass sie die realistische Einschätzung des Intelligenzquotienten seines Enkels bewunderte – ließ die Jungenstreiche aber im Raum stehen.

»Ich weiß auch nicht, warum Sie immer nur auf meinem Enkel herumhacken, schließlich waren Patrick Kalenberg, Leon Hainke und Sebastian Mahnmann auch dabei.«

»Ja, sicher, aber Kevin gibt in der Gruppe den Ton an. Die machen nichts, was Kevin nicht will, und das wissen Sie auch.«

Ein stolzes Lächeln ließ die fleischigen Wangen ihres Gegenübers erzittern. »Ja, unser Kevin ist eine Führernatur, das hat er von mir.«

»So?« Sarah starrte, ohne eine Miene zu verziehen, bis das feiste Lächeln erstarb. »Ich möchte Sie bitten, noch mal mit Kevin zu sprechen, damit er Farid in Zukunft in Ruhe lässt.«

Der Schlachter grummelte etwas Unverständliches in sein Doppelkinn.

»Wie bitte?« Sarah beugte sich angespannt nach vorn.

»Da misch ich mich nicht ein, das sollen die Jungs man unter sich ausmachen.«

»Das ist sehr schade, dann muss eben ich mich weiterhin einmischen. Ich wünsche Ihnen einen guten Tag.« Sarah wandte sich ab und öffnete ihre Bürotür. Auf dem Pausenhof hatten sich schon die Mitglieder des Elternvereins versammelt. Bloß weg, eh sie dem Klops noch in aller Öffentlichkeit eine reinhaute.

»Ach …« Der Schlachter hatte noch was auf dem Herzen. »Meine Frau lässt fragen, wann Ihre Tante Luise ihre Rechnung bezahlt? Wir haben schon zweimal angemahnt.«

»Ich werde es ihr ausrichten.« Sarah erstickte fast an den Worten. Luise, ich bring dich um.

Ach … und meine Freundin Filomena lässt fragen, ob Sie noch mit Ihrer sechzehnjährigen Verkäuferin poppen?

*

»Ja, eine Katze. Ich kann es doch auch nicht ändern!« Beck faltete sich auf den Beifahrersitz des Roadsters und zog den Kopf ein.

»Und wo ist die jetzt?«

»Die wetzt wahrscheinlich gerade ihre Krallen an meinem neuen Ledersofa oder scheißt in die Küche.« Beck dachte an das provisorische Katzenklo aus Zeitungspapier und hoffte, dass die Katze wusste, was sie damit machen sollte. Vielleicht las sie ja auch den Wetterbericht.

»Wollen Sie die etwa behalten?« Wagner schien sich für Becks neuen Hausgenossen zu erwärmen.

»Nee, ich hatte bloß keine Lust, mir auch noch die Hände zerkratzen zu lassen. Heute Nachmittag fliegt die raus.« Beck versuchte mit mehr Entschlossenheit zu sprechen, als er empfand. Konnte man so ein Tier einfach vor die Tür setzen? Aber die gehörte ja schließlich jemandem. So eine Katze hatte doch angeblich sieben Leben, die war robust. Hauptsache, seine Wohnung stand noch, wenn er heute nach Hause kam. Er schob die Gedanken an ein zerfetztes Sofa mühsam beiseite und blickte am Affenfelsen hoch, vor dem Wagner den Roadster gerade in eine Parklücke zwängte. »Immer noch grässlich.«

Sie eilten durch die Halle zum Fahrstuhl, Wagner drückte auf den Knopf.

»Mein Gott, das dauert ja ewig.« Beck beobachtete mürrisch die blinkenden Zahlen, die in aufreizender Langsamkeit den Weg des Fahrstuhls anzeigten. »Stammt wahrscheinlich auch noch aus den Siebzigern wie alles hier.«

»Wieso, haben Sie es eilig?« Wagner wippte betont entspannt auf den Fersen.

Am liebsten hätte Beck seinem Kollegen die Zunge herausgestreckt. Eilig hatte er es nicht, aber er hatte auch keine Lust, zu gar nichts. Er wollte nach Hause und das Monster unter seinem Sofa entfernen.

Der Lift kam angerumpelt und öffnete stöhnend seine Türen. Sie traten ein und wackelten nach oben. Beck betrachtete sich in dem Spiegel, der zur allgemeinen Erbauung im Fahrstuhl angebracht war, und war entzückt. Augenschatten wie ein schwindsüchtiger Zechenkumpel und zum Frisör musste er auch dringend. Na prima, heute war sein Tag.

Als der Lift hielt, drängelte er sich an Wagner vorbei und eilte den langen Flur entlang, ohne auf seinen Kollegen zu warten. Vor Oppermanns Tür hielt er an und klopfte, Anscheinend hatte der sie schon erwartet, denn die Tür wurde sofort geöffnet.

»Guten Tag, Herr Oppermann. Schön, dass Sie nochmals Zeit für uns haben.«

Gabriel Oppermann schien keine gute Nacht gehabt zu haben, er sah noch zerbrechlicher aus als beim letzten Besuch. Dennoch umspielte ein einladendes Lächeln seine vollen Lippen und er hatte offensichtlich aufgeräumt. »Bitte nehmen Sie doch Platz.«

Oppermann wollte gerade die Tür schließen, als Wagner herangekeucht kam. »Darf ich noch mitmachen beim Tête-à-tête?«

Ungeduldig wartete Beck, bis sich sein Kollege asthmatisch schnaufend neben ihm auf dem schmalen Bett niedergelassen hatte, und zog die Zeichnung aus seiner Manteltasche. »Kennen Sie diesen Mann?«

Gabriel warf einen Blick auf das Blatt und erblasste. »Nein. Nein – den kenne ich nicht.«

»Es war aber deutlich zu sehen, dass Sie erschraken. Denken Sie daran, dass eine Falschaussage schlimme Folgen für Sie haben kann.« Beck versuchte, streng zu blicken.

Oppermann wurde noch blasser und seine Lippen schimmerten bläulich. Er fasste sich an die Brust und schwieg.

»Herr Oppermann?«

»Nein, ich ... Wirklich, ich kenne diesen Menschen nicht. Ich dachte nur im ersten Moment, aber ... nein. Entschuldigen Sie, mir geht es heute nicht so gut.« Wankend stand der Junge auf und schlich zum Waschbecken, auf dem ein gefülltes Wasserglas bereit stand. Anscheinend musste er immer für einen Anfall gewappnet sein. Er drückte eine Tablette aus ihrer Stanniolpackung und stürzte sie herunter. »So. jetzt geht's gleich wieder.«

»Ist Ihnen an von Dürens Verhalten etwas aufgefallen, kurz vor seinem Tod, meine ich? Seine Putzfrau ist der Meinung, er habe Angst gehabt.«

»Angst?« Oppermann hustete. »Wovor?«

»Das würde ich gern von Ihnen wissen.« Beck beschlich das lähmende Gefühl, dass dieser Besuch nichts bringen würde. Er mochte diesem kranken Menschen auch nicht so zusetzen, das konnte gefährlich werden.

»Wir sind uns sicher, dass Sie etwas wissen, Herr Oppermann. Schließlich standen Sie von Düren sehr nahe. Also raus damit.« Wagner teilte Becks Hemmungen mal wieder nicht. Vielleicht sollte er dankbar sein, dass er so einen Trampel abbekommen hatte. Da konnte er doch wenigstens gemeinsam mit Wagner das amerikanische Klischee vom guten und vom bösen Bullen erfüllen. Nur, dass er nicht der gute Bulle war, nur der feige Bulle.

»... vielleicht schon mal gesehen.«

Was? Zuzuhören konnte eventuell von Vorteil für seine Ermittlungen sein.

»Und wo? Im *Faust*?« Wagner rührten die blauen Lippen seines zarten Gegenübers nicht im Geringsten. Wahrscheinlich konnte sich seine Tochter glücklich schätzen, dass sie nicht mehr bei ihm leben musste. Auf mildernde Umstände wegen Liebeskummers und anderen pubertären Beeinträchtigungen hätte sie nicht hoffen dürfen.

»Könnte sein, ich weiß es nicht mehr genau.« Gabriel schob sein spitzes Kinn entschlossen nach vorn und presste die sinnlichen Lippen fest aufeinander. »Er kommt mir irgendwie bekannt vor, das ist alles. Ich kann mich auch täuschen.« Die Tablette schien zu wirken, langsam kehrte Farbe in seine blassen Wangen zurück und er atmete ruhiger.

»Haben Sie ihn vielleicht bei Herrn von Düren gesehen, besteht da eventuell ein Zusammenhang?«

Beck beugte sich gespannt nach vorn. Vielleicht kamen sie endlich ein Stück weiter mit dem Fall.

»Nein! Wie kommen Sie denn darauf? Nein, dort bestimmt nicht.« Gabriel lächelte schwach.

»Ja, warum denn nicht dort? Anscheinend gingen ja junge Männer ständig dort ein und aus, also warum nicht dieser ominöse Mensch?«

Gabriel zuckte mit einer mageren Schulter und schwieg.

»Noch einmal zurück zu der Behauptung seiner Putzfrau, von Düren habe Angst gehabt. Denken Sie genau nach. Ist Ihnen wirklich nichts aufgefallen an seinem

Verhalten, keine noch so kleine Verhaltensänderung? Vielleicht eine gewisse Fahrigkeit, Nervosität?«

»Nein. Nein, ich kann mich an nichts erinnern, wirklich nicht.« Gabriel schüttelte den Kopf so heftig, dass seine braunen Locken flogen.

»Nun gut.« Beck stand auf. »Das ist bedauerlich. Lassen wir es für beute gut sein.« Er nickte Wagner zu, der sich brav erhob, die Stirn jedoch bedenklich runzelte.

»Werden Sie noch mal wiederkommen?« Oppermann klang wie ein Kind, das Angst vorm schwarzen Mann hatte.

»Aber sicher.« Wagner fühlte sich wohl in der Rolle des Butzemanns. »Sie haben sich ja heute nicht besonders kooperativ gezeigt, also werden wir wohl wiederkommen müssen.«

»Aber ich weiß doch nichts!« Oppermanns Stimme schraubte sich anklagend in die Höhe.

»Vielleicht nicht, vielleicht aber doch.« Wagner grinste gemein, das konnte er gut.

Hilfe suchend wandte sich Gabriel in Becks Richtung, doch der wich seinem Blick aus und räusperte sich. Memme.

Beck grüßte flüchtig und schob sich aus der Tür. Sein Blick fiel auf Gabriels bleiche Hand, die dieser unwillkürlich an seine eingefallene Wange gehoben hatte. Sie zitterte so stark, dass sie in einem erbärmlichen Rhythmus gegen das blasse Gesicht schlug. Eigentlich konnte es nur einen Grund für eine derartige Erregung geben.

Angst.

*

Sarah ließ Muffin und Marilyn von der Leine und lachte über die drolligen Sprünge, mit denen die beiden Hunde ihre Freiheit begrüßten. Sie atmete tief ein. Noch war es kalt, aber die Luft hatte sich verändert, war weicher geworden. Nicht mehr lange und sie würde ohne Jacke spazieren gehen können. Erstaunlich, wie weit der letzte Sommer zurückzuliegen schien. Sie vergaß jedes Mal völlig, wie sich die Sonne und die Luft auf ihrer Haut anfühlten, so lebendig.

Sie blickte den Waldweg entlang und beobachtete, wie die Sonne sich in lichten Bündeln einen Weg durch die dunstige Feuchtigkeit des Waldes bahnte. Schön. Das Leben war schön.

Wie so oft in den letzten Monaten glitten ihre Gedanken zu Giovanni und sie seufzte. Sie hatte sich in ihn verliebt, daran konnte leider kein Zweifel mehr bestehen. Umso mehr jedoch sorgte sie sich um die Qualität seiner Gefühle. Sie konnte sich einfach nicht vorstellen, dass er jede zweite Minute des Tages schmachtend an sie dachte. Aber vielleicht taten Männer das sowieso nicht.

Nein. Sie schüttelte den Kopf. Sie wollte sich einmal nicht sorgen, nicht schon wieder nach der nächsten Wolke schielen, die auf den Sonnenschein unweigerlich folgen würde. Jetzt war alles gut so, wie es war. Filo war da, Giovanni war ihr zugeneigt – zumindest für den Moment – und vielleicht würde Sascha zu Ostern kommen.

Sie wollte einen Brunch am Ostersonntag vorbereiten. Karla und Thomas hatten schon ihr Kommen zugesagt, Giovanni natürlich auch. Der schien die gemeinsamen Mahlzeiten im Schloss sowieso zu lieben. Aber er hatte ja auch sonst keine Familie, jedenfalls keine, an der ihm etwas lag. Das Verhältnis zu seinem Vater schien recht kompliziert zu sein. Na ja, dafür hatte sie gar keinen Vater mehr, auch nicht schön. Bestimmt würde sie Gios Vater irgendwann kennenlernen müssen – gesetzt den Fall, sie blieben überhaupt lange genug zusammen. Sie hoffte allerdings, dass dieser Tag noch fern war. Der Mann war Schönheitschirurg, mein Gott, wahrscheinlich würde er ihr eine Ganzkörperoperation vorschlagen.

Gios letzte Freundin war ja vollendet schön gewesen, sie hatte leider das Foto gesehen, das aus einem Buch gefallen war, als sie es sich aus dem Regal in Gios Wohnung genommen hatte. Schön und exotisch, an der hatte Alexander Beck bestimmt nichts auszusetzen gehabt. Einfach grässlich – gegen eine solche Frau konnte sie natürlich nicht anstinken.

Sie zwang ihre Gedanken in eine andere Richtung. Filo und Thomas, ob sich da wirklich was anbahnte? Thomas war ganz offensichtlich mehr als nur interessiert, aber diese Wirkung hatte Filo ja meistens auf die Männer. Die Frage war nur, ob ihre kühle Freundin dieses Mal mehr empfand als eine laue Zuneigung und sexuelles Interesse. Schwer zu sagen bei Filo.

Sarah erlaubte ihren Gedanken, in eine heimelige Zukunft zu eilen, wo Giovanni, sie, Filo und Thomas gemeinsam mit einer Kinderschar an festlich gedeckten Tischen irgendwelche Feste feierten. Sie würden ein blondes Mädchen haben, das genauso hübsch wie Gio wäre, und einen Jungen, der ihre Locken und den Hang zu Sommersprossen erben würde. Hach.

Wildes Gekläff riss sie aus diesen zuckersüßen Gedanken und sie pfiff nach den Hunden. «Hierher, Muffin!« Nach Marilyn brauchte sie gar nicht erst zu rufen, die kam sowieso nur, wenn es ihr gerade passte, genau so starrsinnig wie ihr Frauchen.

Muffin brach aus dem Unterholz wie ein goldener Pfeil und raste mit hängender Zunge auf sie zu. Marilyns Gekläff steigerte sich zu einem schrillen Jaulen und Sarah erschrak. Da stimmte etwas nicht. Vielleicht war der Hund irgendwo hängen geblieben. Alarmiert begann sie zu laufen. »Marilyn, ich komme!«

Sie bahnte sich einen Weg durch die Brombeerranken und hastete durch die dichten Sträucher unter den Silberbuchen. Der Hund kläffte und kläffte, es war kaum auszuhalten. Sie trat mit einem Fuß tief in eine weiche Kuhle und strauchelte.

»Verdammt!« Eine dornige Ranke verfing sich in ihrem

Haar und riss daran. Ungeduldig zerrte sie an dem Zweig und opferte einen Teil der Strähne. Wo war denn dieser Köter bloß hingerannt?!

Fluchend kämpfte sie sich tiefer in das Unterholz und schnupperte angewidert. Das Laub roch hier besonders faulig. Sie umrundete eine Gruppe uralter Buchen und erstarrte.

Was hatte der Hund denn da? Da lag ein totes Tier, wie eklig! Hoffentlich hatten die Hunde nicht schon daran herumgeknabbert. Sie stapfte durch den nassen Teppich aus modernden Blättern und kniff die Augen zusammen.

Das war kein Tier.

Das war ein Mensch.

*

Fluchend schlug Beck auf das Lenkrad, als die Räder auf dem weichen, rutschigen Grund aus verwesendem Buchenlaub durchdrehten. Jetzt hatte er sich auch noch festgefahren. Egal. Er rammte die Handbremse bis zum Anschlag hoch und stieg aus dem Wagen. Etwa fünfzig Meter weiter in den Elm hinein begannen die Kollegen aus Helmstedt schon abzusperren, ein Polizeifahrzeug mit Blaulicht stand quer zum Weg und riegelte das Gebiet notdürftig ab. Wozu hatten die denn das Licht an? Das lockte doch nur Neugierige aus Avessen an. Wahrscheinlich fanden die Beamten der Kreisstadt es spannend, auch mal Räuber und Gendarm spielen zu dürfen.

Er zwang sich zur Konzentration, schließlich war er hier, um Sarah beizustehen, und nicht im Dienst. Entschlossen beschleunigte er seinen Schritt und eilte in Richtung Wald. Er sah Sarah neben einem Kollegen im obligatorischen Trench stehen. Sie wirkte nicht besonders glücklich, kein Wunder. Ihrer beider Beziehung schien mit Leichen geradezu gespickt zu sein, keine schöne Vorstellung.

Sie lächelte ihn ein wenig schief an und zuckte mit einer Schulter. Beck trat neben sie und legte einen Arm um ihre Taille.

Der Kollege aus Helmstedt sah irritiert von seinem Notizblock auf. »Entschuldigen Sie, ich bin gerade mitten in einer Vernehmung, könnten Sie für einen Moment noch beiseite treten?«

Beck grüßte und zückte seinen Ausweis. »Meine Freundin hat mich angerufen. Konnten Sie den Toten schon identifizieren?«

Sein Kollege studierte seinen Ausweis und schüttelte den Kopf. »Nein, er hat nichts bei sich, Todesursache ist auch noch unklar, sieht momentan nicht nach Fremdeinwirkung aus.« Er lächelte Sarah freundlich zu. »Sie können jetzt gehen, Ihre Personalien habe ich ja, falls noch Fragen auftauchen. Erholen Sie sich von dem Schock, Sie haben ja fachkundigen Beistand.« Er nickte Beck kurz zu und ging hinter die Absperrung.

Asta tauchte auf, die Hunde an der Leine. »Giovanni, Gott sei Dank! Ist das nicht furchtbar, die arme Sarah!«

Giovanni zog Sarah fester an sich und sah ihr in das hübsche, jetzt ungewöhnlich blasse Gesicht. »Haben die Hunde die Leiche gefunden?«

Sarah kämpfte sichtlich mit den Tränen. »Ja. Dabei hatte ich gerade gedacht, wie schön alles ist. Und dann das. Ich habe erst angenommen, da liegt ein totes Reh, aber …« Ihre Stimme brach und sie räusperte sich. »Ich weiß auch nicht, warum musste ich denn ausgerechnet hier spazieren gehen? Sonst gehe ich immer direkt von Avessen zu Fuß in den Wald, aber nein, heute musste ich mit dem Auto bis zum Waldparkplatz fahren.« Sie schüttelte den Kopf.

»Du zitterst ja.« Beck strich ihr über den Arm. »Das ist der Schock. Am besten ist es, du fährst jetzt mit Asta nach Hause und trinkst etwas Warmes oder legst dich in die Badewanne. Versuch nicht mehr daran zu denken, du hast damit nichts zu tun. Die Leiche hätte auch jeder andere finden können.«

»Es war aber leider nicht jeder andere.« Sarah seufzte.

»Komm, Kindchen, wir fahren. Es gibt hier für dich nichts mehr zu tun.« Asta hakte sich bei Sarah ein und zog sie mit sich.

»Sehen wir uns noch?« Sarah wandte sich zu Beck um.

»Ja, ich komme nachher bei euch vorbei und gucke, wie es dir geht. Bis dann!« Beck deutete eine Kusshand an und winkte Asta zu.

Die beiden Frauen wandten sich ab und folgten den ungeduldig an der Leine zerrenden Hunden.

Beck sah ihnen nach und zögerte. Über dem Elm hing die Sonne wie ein goldener Ball über noch scherenschnittartig kahlen Baumsilhouetten wie auf einem japanischen Wandbild. Es war der Szenerie nicht anzusehen, dass sich in ihr der Tod verbarg. Beck schaute zum Wald und wieder zu Sarah und Asta zurück. Am liebsten hätte er hinter ihnen her gebrüllt: »Wartet! Nehmt mich mit!«

Eine unbestimmte Sehnsucht erfüllte seine Brust, ein Gefühl, das er schon kannte und das irgendwie mit Sarah und ihrer Familie zusammenhing. Er wollte dabei sein, ein Teil davon sein, nicht allein sein. Oder so.

Er schüttelte den Kopf. Irgendwie schien er in letzter Zeit nicht ganz bei sich zu sein. Er schaute auf die Uhr. Fast eins. Er musste dringend ins Büro zurück und unterwegs nach dieser Katze sehen, aber die Luft war durch die Aufregung um Sarah raus. Er machte einen Schritt in die Richtung der beiden Frauen, die im Gegenlicht kaum noch auszumachen waren, und zauderte. Irgendetwas hielt ihn noch hier. Die Leiche, klar. Es war aber nicht seine Leiche, nicht sein Fall, also Finger weg, Giovanni. Du musst nicht überall mitmischen, das können die Helmstedter ganz allein.

Kaum hatte er es gedacht, bewegten sich seine Füße wie von selbst auf die Absperrung zu. Unverbesserlich.

Dem Beamten, der ihm gerade eine Ermahnung zurufen wollte, hielt er seinen Ausweis entgegen.

»Oh, ein Kollege. Weiß Kommissar Brand, dass Sie hier sind?«

»Äh, ja, weiß er.« Schließlich war das nicht gelogen. Beck stieg über das rot-weiße Band und versuchte im verwirrenden Schattenspiel des durch die Zweige fallenden Sonnenlichts zu erkennen, wo sich der Fundort befand. Er machte eine Gruppe Menschen in einer kleinen Senke aus.

Langsam ging er auf die Stelle zu. Was tat er hier? Er würde nur den Kollegen vor den Kopf stoßen, Nachschnüffelei von anderen Inspektionen konnte keiner leiden und er hatte keinen Grund hier zu sein, außer unangebrachter Neugierde. Dennoch schien er unbedingt dorthin zu müssen, warum auch immer.

Er blieb stehen und versuchte, an den sichernden Kollegen vorbeizuschauen. Ja, da lag eine männliche Leiche. Er trat näher und lächelte seinem Kollegen, der sich irritiert nach ihm umwandte, entschuldigend zu. »Ich will nur mal einen Blick werfen.«

Kollege Brand zog den Mund schief, trat aber ein wenig beiseite. Grell flammte ein Blitzlicht auf und fror die Szene in eisiger Bläue für einen Moment ein.

Beck kniff die Augen zusammen und hielt unwillkürlich den Atem an. »Darf ich mal sehen?« Eilig drängte er sich am Fotografen vorbei, den Protest der Kollegen missachtend.

Das konnte doch nicht wahr sein, oder? Er zog scharf den Atem ein und beugte sich nach vorn, den Blick angestrengt auf das Gesicht des Toten gerichtet.

Doch, es war wahr. Vor ihm lag der Mann, dessen verhärmtes Gesicht er das letzte Mal auf einer Zeichnung gesehen hatte, der Mann, der Stein den Tipp mit dem Einbruch bei von Düren gegeben hatte.

Mausetot.

10. Kapitel

Mit einem unguten Gefühl stieg Beck in seinen Wagen. Er duckte sich, um unter dem Rückspiegel durchsehen zu können. Die saß immer noch da. Nach mehreren Fehlversuchen war es ihm endlich gelungen, die Katze aus seinem Treppenhaus zu bugsieren. Jetzt saß sie vor der Haustür und starrte ihn mit ihren riesigen Sonnenaugen vorwurfsvoll an. Er zog den Kopf ein und sah weg.

Die würde schon merken, dass sie nicht hierher gehörte, und das Weite suchen. Wenn er heute Abend wieder kam, war sie weg, jede Wette. Das leichte Gefühl von Bedauern unterdrückend, startete er den Wagen und lenkte seine Gedanken auf den aktuellen Todesfall. Mal sehen, was Kollege Brand aus Helmstedt bisher schon herausgebracht hatte. Und dann würde er sich Stein wieder vornehmen müssen, vielleicht konnte der ja mal was beitragen außer seinen ewigen Tränen.

Auf dem verwaisten Behördenparkplatz fuhr er gleichzeitig mit Wagner in die Parkbox. Sie waren schon wie siamesische Zwillinge, keiner konnte ohne den anderen sein. Entzückend.

Wagner stieg aus und – huch! – er lächelte, konnte das wahr sein? An einem Samstagnachmittag?

Tatsächlich, es war keine optische Täuschung: Der Knurrhahn lächelte immer noch.

»Ist was passiert?« Es war heraus, bevor Beck sich auf die Zunge beißen konnte.

»Wieso?«

»Wenn Sie an einem Samstag grinsen, obwohl Sie so lange arbeiten müssen, haben Sie mindestens im Lotto gewonnen.« Beck bemühte sich redlich, den Kopf nicht einzuziehen. Gleich setzte es Prügel.

»Das wäre schön.« Wagner versetzte sein hageres Gesicht in den mürrischen Normalzustand und rauschte an Beck vorbei. Als sein Handy klingelte, verharrte er und zog es aus der Manteltasche. »Ja?« Unglaublich – da war es wieder, das Lächeln. »Ja, ich hole dich ab. Mach's gut, bis dann.« Ein schräger Seitenblick in Becks Richtung und Wagner räusperte sich. »Meine Tochter. Ist gerade für eine Woche bei mir.«

Aha. Ach, wenn doch Vanessa für immer bei ihrem Vater hätte bleiben können! Vielleicht würde sich Wagner ja dann in einen gütigen und freundlichen Menschen verwandeln? Himmlische Vorstellung.

»Was ist nun? Wollen Sie hier festwachsen?« Wagner schüttelte mal wieder den ergrauenden Kopf. Vorbei die kurze Zeitspanne der Völkerverständigung.

Beck seufzte und bewegte sich gen Dienstgebäude. »Bin mal gespannt, ob wir schon was aus Helmstedt haben.« Beck hatte seinen Kollegen gestern Abend noch über das überraschende Ableben einer Polizeizeichnung informiert.

Wagner schnaubte, eine seiner Lieblingsbeschäftigungen. »Das glauben Sie ja wohl selbst nicht. In der Provinz mahlen die Mühlen noch langsamer als bei uns.«

Beck verkniff sich die Bemerkung, dass Braunschweig aus der Sicht eines Berliners auch nichts anderes war als ländliche Einöde. Am liebsten hätte er dem zerknitterten Rücken seines Kollegen die Zunge herausgestreckt.

»Haben Sie die Katze noch?«

»Was?« Beck wäre fast in Wagner hineingerannt, so unvermittelt blieb dieser stehen.

»Die Katze!«

»Ach so. Nee, die habe ich gerade rausgeschmissen. Die muss doch irgendjemandem gehören.«

Wagner grummelte etwas in seinen Dreitagebart und ging weiter, während Beck erneut unter der Last seiner Schuldgefühle erdrückt wurde. Hätte er die Katze behalten sollen? Einen Zettel an die Bäume seiner Straße kleben müssen? Wenn sie nun überfahren würde? Wenn er nun heute Abend nach Hause käme und einen kleinen getigerten Leichnam vom Asphalt klauben müsste? Oh Gott. Er blieb stehen. »Ich glaube, ich muss noch mal nach Hause. Habe was vergessen. Bin gleich wieder da.«

Irritiert drehte Wagner sich um und feixte, als er den desolaten Zustand seines Vorgesetzten bemerkte. Es trug immer zu seinem Wohlempfinden bei, wenn es Beck schlecht ging. Reizend. »Schlechtes Gewissen gekriegt, was?«

»Was? Nein, ich ... habe wichtige Unterlagen vergessen, es ...« Beck gab auf und flüchtete zurück in seinen Wagen. Sollte der doch denken, was er wollte. Machte er sowieso.

Mit erhöhter Geschwindigkeit schoss er über den Stadtring und dankte für die göttliche Beschleunigung des Roadsters. Batman flog zur Rettung einer Katze herbei. Lachhaft.

Aus dem Augenwinkel erblickte er einen Supermarkt und flitzte unter Gefährdung seines Führerscheins und des Lebens aller am Straßenrand wartender Fußgänger in die Seitenstraße. Wenn schon, denn schon. Jetzt wurde Katzenfutter eingekauft.

Er eilte durch den Supermarkt, als gelte es eine Hungersnot in Äthiopien abzuwenden.

Wie durch ein Wunder waren die weiten Gassen zwischen den Regalen wie ausgestorben und er konnte unbehelligt eine Ladung Katzenfutter (zwei Dosen zum Preis von einer), ein Katzenklo, zwei Näpfe und ein Halsband in seinen Wagen werfen, ohne nachdenken zu müssen, was er da eigentlich tat. Er hatte schließlich schon immer gewusst, dass er nur bedingt zurechnungsfähig war.

Mit fliegenden Händen bezahlte er bei einer mütterlich blickenden Dame mit ungeheurem Busen und zu erstaunlicher Höhe aufgetürmten blonden Haaren.

»Na – ein neues Kätzchen angeschafft?«

»Äh, nein, sie ist mir zugelaufen, aber ich weiß gar nicht, ob sie noch da ist.« Was redete er denn da?

Die Dame schien nicht erstaunt. »Ach, die ist noch da. Wenn sie erst einmal beschlossen haben, zu bleiben, dann bleiben die auch, glauben Sie mir. Ich habe drei, ich weiß, wovon ich rede.«

»Oh.« Er machte, dass er davonkam, ehe er sich in Gespräche unter Katzenfreunden verstricken ließ. Er war schließlich keiner.

Während er langsam seine Straße entlangfuhr, ließ er besorgt den Blick schweifen. Eine tote Katze lag jedenfalls nirgendwo herum, Gott sei Dank. Bestimmt war sie inzwischen längst über alle Berge und er hatte sich mal wieder zum Affen gemacht.

Nein, das gab es nicht! Die saß tatsächlich immer noch vor seiner Haustür und schrie ihn empört an, als er auf sie zuging. »Ja, ja, ist ja gut. Aber wenn sich dein Herrchen oder Frauchen meldet, musst du abhauen, ist das klar?«

Beck folgte dem Tierchen die Treppe hoch zu seiner Wohnung und schloss auf. Sie schoss an ihm vorbei, als habe sie Angst, dass er ihr erneut die Tür vor der Nase zuschlagen könne.

Er arrangierte die Katzenutensilien in Bad und Küche und füllte Wasser in einen der Näpfe, alles unter dem wachsamen orangefarbenen Blick seiner neuen Mitbewohnerin.

»So. Bis heute Abend, ich hoffe, du kommst zurecht. Ich muss aber eine Anzeige aufgeben, das ist dir doch wohl klar?« Er redete mit einer Katze – wie eine alte Frau, die keinen sonst mehr hatte.

Ab nächster Woche fütterte er wahrscheinlich die Tauben im Park.

*

»Was ist los? Du trinkst schon Alkohol? Vor dem Abendessen?« Asta steckte den rot bezopften Kopf durch Sarahs Küchentür.

»Gute Frage. Dieser Tote verfolgt mich und ich frage mich, warum gerade ich ihn finden musste. Ich ziehe das ja regelrecht an.« Sarah nahm einen großen Schluck aus ihrer Bierflasche.

»Na, na. Schließlich ist das die erste Leiche, die du findest.«

»Und hoffentlich die letzte. Aber letztes Jahr Claudia und jetzt das. Ich habe mich schon gefragt, ob das mit Giovanni zusammenhängt.«

»Ein Kriminalkommissar hat nun mal mit dem Tod zu tun.«

»Ich finde aber, er könnte seine Leichen gefälligst selber finden.« Sarah setzte die Flasche an und trank sie in einem Zug leer.

»Nun sei mal nicht ungerecht. Er war davon ja auch überhaupt nicht erbaut, dass du ‚seine' Leiche gefunden hast. Und er hat sich doch ganz lieb um dich gekümmert, oder?« Asta nahm eine Schüssel aus dem Kühlschrank und zog die Frischhaltefolie ab.

»Hm.« Sarah dachte an ihre zarten Hinweise auf mögliche Alpträume, die entweder zu dezent gewesen waren oder von Giovanni geflissentlich überhört worden waren. Sie wollte, dass er heute Nacht bei ihr schlief, der alte Stoffel.

»Wenn du möchtest, dass er bei dir übernachtet, musst du ihm das sagen.« Asta stellte den Wasserkessel auf den Herd.

»Sag mal, kannst du Gedanken lesen? Das ist ja unheimlich.«

»Nee. Ich würde an deiner Stelle auch nicht allein schlafen wollen. Aber heute Abend ist ja sein Auftritt im *Kaleidoskop*. Vielleicht braucht er danach ein bisschen Ruhe?«

Sarah kicherte. »Mein Gott, er ist doch keine achtzig!«

Lächelnd füllte Asta aromatisch duftenden Kaffee in zwei Becher. »Ein gruseliger Zufall, dass dieser Tote zu Giovannis neuestem Fall gehört. Wer er wohl ist?«

Genießerisch nahm Sarah einen Schluck und fühlte sich umgehend besser. Das Koffein schien über die Blutbahn direkt in ihr Hirn zu fluten. »Tja, das weiß Giovanni ja selbst noch nicht. Keine Ahnung. Irgendjemand Geheimnisvolles jedenfalls. Sag mal – wusstest du, dass Luise mal verliebt war? In einen jüdischen Jungen namens Leander?«

»Ja, das wusste ich. Hat sie mal in einer schwachen Minute erzählt, als ich so unglücklich in deinen Vater verliebt war.«

»Und – was ist passiert? Ich meine, waren sie noch zusammen, als dieser Leander, als er …« Sarah zuckte hilflos mit den Schultern.

»Als er verschwand, meinst du? Ja, waren sie. Sie wollten heiraten.«

»Heiraten? Aber sie waren doch blutjung!« Sarah schüttete den Kaffee in sich hinein, als ginge es um ihr Leben. Sie fand auch immer eine Ausrede, um ihre Koffeinsucht zu rechtfertigen.

»Na und? Aber alt genug, allerdings nicht alt genug für eine Ehe ohne Einwilligung der Eltern. Und die hätte Luise nie bekommen, mit einem Juden. Niemals hätte Großvater Anselm einer Mischehe zugestimmt.«

»Aber das hätte sie wahrscheinlich nicht abgehalten, oder?« Sarah kannte ihre starrsinnige Großtante.

»Nein, wohl nicht. Sie wollte mit ihm durchbrennen und sich schwängern lassen. Luise mit einem Baby – kannst du dir so was vorstellen?«

»Nein. Aber vielleicht wäre sie ja einer Andere geworden durch die Liebe zu diesem Jungen, bestimmt war sie damals noch nicht so kühl, so unbeteiligt bei ihren Affären.«

»Manche Menschen verschenken ihr Herz nur einmal, so kitschig das auch klingt. Und ich fürchte, unsere liebe Luise gehört zu ihnen.«

»Aber – was ist passiert? Warum sind sie nicht durchgebrannt? Ist es aufgeflogen?«

»In der Nacht, in der Luise ihre Koffer packte, um mit Leander in wilder Ehe zu leben, verschwand er.«

»Oh Gott.« Sarah sah eine schöne, junge und verstörte Luise vor sich, frierend mit wehendem Mantel am Tor des Schlosses, in Sorge Ausschau haltend nach einem Mann, der niemals zurückkehren sollte. Ihre Augen füllten sich mit Tränen. »Wie furchtbar.«

»Ja. Vor allem, weil sie ja lange denken musste, er habe sie verlassen, einfach stehen lassen.«

»Und – wie hat sie denn erfahren, was wirklich passiert ist?«

Asta schwieg und schüttelte den Kopf.

»Asta?«

»Durch eine unbedachte Äußerung ihres Vaters.« Asta drehte einen Zopf um ihren Zeigefinger.

»Wie? Woher wusste denn Urgroßvater etwas darüber? Wo Leander geblieben ist, meine ich?« Sarah ließ den Becher sinken.

»Dreimal darfst du raten.«

*

»Na, war die Katze noch da?« Pumuckl steckte den signalroten Kopf durch die Tür und flatterte mit den metallicgrünen Lidern.

»Mein Gott, ist das jetzt schon wieder in der ganzen Behörde rum, dass mir eine Katze zugelaufen ist?!« Beck wandte sich ab und fummelte misslaunig an dem Kaffeeautomaten herum. Dieser Tag ging irgendwie über seine Leistungsgrenze.

»Ich bin doch nicht die ganze Behörde!« Ein gekränkter Unterton schlich sich in Pumuckls helle Stimme.

»Uli hat's mir eben erzählt, da dachte ich, ich frag mal nach. Ich hab doch auch eine. Eine Maine Coon.« Die Sekretärin trat näher und fixierte Beck mit ihren übergroßen Babyaugen.

»Uli?« Beck war geschockt. Seit wann waren die denn per du? Musste er jetzt mitziehen? Er hatte aber keine Lust, sich mit dem alten Stinkstiefel zu duzen. Eine schwarze Wolke senkte sich über sein ohnehin schon abgedunkeltes Gemüt und er fühlte sich wie der Außenseiter in einer Schulkasse. Keiner hat mich lieb, Mama! »Aber ich kann das Tier doch nicht einfach behalten! Die gehört doch irgendjemandem und wird bestimmt schon verzweifelt gesucht!«

»Ach so. Sie haben Angst, sich an sie zu gewöhnen, was? Und dann kommt sie wieder weg – ja, das verstehe ich. Das ist hart.« Pumuckl schob Beck sanft, aber energisch vom Automaten weg und zog die Wasserschublade heraus. »Ist doch gar kein Wasser drin. Lassen Sie mal, ich mach das schon.«

Folgsam ging Beck zur Seite. »Was machen Sie eigentlich hier – am Samstag?« Wäre er seine Sekretärin gewesen, so hätten ihn keine zehn Pferde an einem freien Tag in die Behörde bekommen.«

»Och, ich will noch ein paar Stunden einarbeiten. Für *Rock am Ring*.« Mit flinken Handgriffen bereitete die zierliche Frau Becks Bürokaffee schneller zu, als er es jemals vermocht hätte. »Sie können ja inzwischen schon mal Uli fragen, was rausgekommen ist, mit der Leiche. Der hat schon in Helmstedt angerufen.«

»Tatsächlich?« Brav entfernte sich Beck aus seinem Büro und klopfte an die Tür seines Kollegen.

»Na? Katze gut versorgt?« Wagner feixte.

»Ja, ja, ist sie. Mein Gott, man könnte meinen, ich hätte ein Findelkind auf der Schwelle gefunden.« Beck regte sich auf. Hatten die eigentlich alle keine eigenen Probleme?!

»Haben Sie doch auch. So ein Tier ist schon eine Verantwortung.« Wagner schien heute den Misanthropen abgestellt zu haben.

»Ja, schon klar. Haben Sie in Helmstedt schon was erreicht?«

»Kollege Brand hat nur den ersten Bericht vorliegen und der geht nicht von einer Fremdeinwirkung aus.«

»Wie bitte? Der hat sich in den Wald gelegt und ist gestorben, oder was?« Beck wusste selbst, wie unausstehlich er sich benahm.

»Nein, natürlich nicht. Er ist an Unterzuckerung gestorben. Er war Diabetiker.« Wagner schien den Rollentausch zu genießen und lächelte milde.

»Aha. Als Diabetiker geht man doch aber nicht los, ohne für den Notfall Insulin oder Traubenzucker einzupacken, oder?« Beck schielte in Richtung Tür, durch die aromatischer Duft herüberwaberte. Er brauchte einen Kaffee, jetzt sofort, oder er würde an Unterkoffeinierung eingehen.

»Keine Ahnung, wahrscheinlich nicht. Müsste man mal einen Arzt fragen.«

»Ich frage meinen Freund Gunnar, der ist auch Diabetiker. Deshalb weiß ich auch darüber Bescheid. Komme gleich wieder.« Beck flüchtete in Richtung Kaffee und nahm dankbar den heißen Becher entgegen, den Pumuckl ihm anbot. Was war bloß heute mit ihm los? Vielleicht bekam er seine Tage.

»Schlechte Nachrichten? Aus Helmstedt?« Pumuckl nahm einen vorsichtigen Schluck aus ihrem eigenen Becher und schaute besorgt.

»Nein, eher seltsame. Keine Fremdeinwirkung. Hm. Wieso geht ein Diabetiker ohne Notfallzucker in den Wald und stirbt dann auch noch fernab jeden Weges? Er wird wohl kaum Schnitzeljagd gespielt haben.« Beck sog dankbar den Kaffee ein und bildete sich ein, dass sein Blut gleich etwas leichter durch die morschen Adern wallte.

»Hm. Vielleicht war er sehr unter Stress? Und hat den Traubenzucker vergessen? Oder seine Notfallspritze? Mein Schwager ist auch Diabetiker. Der ist auch mal fast gestorben, als meine Nichte einen Verkehrsunfall hatte und er voller Sorge ohne Notfallset ins Krankenhaus raste. Kann schon passieren.«

»Möglich.« Beck dachte nach. Dieser Mensch hatte laut Stein den Tipp für den Einbruch gegeben, hing demnach irgendwie mit drin in diesem mysteriösen Fall. Stress könnte er also gehabt haben. Aber warum? Stein hatte ihm bestimmt keinen Ärger gemacht. Warum hatte er Stein überhaupt diesen Tipp gegeben? Was hatte er davon gehabt? Beck stöhnte. Er drehte sich im Kreis, an dieser Stelle landete er immer wieder. »Notfall-Set? Wie sieht denn so was aus?«

»Ich weiß nicht, ob das immer so ist, aber mein Schwager hat so eine kleine Schachtel mit einer Glukagon-Spritze. Davon gibt es mehrere im Haus, im Auto und so weiter. Sogar mein vierzehnjähriger Neffe weiß schon, wie man das spritzt.«

Beck schüttelte den Kopf. »Umso unerklärlicher finde ich es, dass ein so schwer kranker Mann ohne dieses Set in den Wald läuft.«

»Ja. Das ist schon sehr leichtsinnig. Aber – vielleicht war er abgelenkt?«

»Hm.« Beck lächelte seiner Sekretärin zu und wanderte langsam in sein Büro zurück. Warum hatte dieser Mann erst einen Tipp für einen Einbruch abgeben und lag dann wenig später völlig unmotiviert tot im Wald herum?

Und – wer war dieser Mensch überhaupt?

*

»Ich weiß überhaupt nicht, wie ich den Abend überstehen soll. Ich bin jetzt schon fix und fertig.« Sarah schloss die Augen und erwog, noch ein Plätzchen zu nehmen, als mit einem lauten Krachen die Salontür gegen die Wand knallte.

»Geht's noch?« Sie schoss hoch und starrte entgeistert ihre Freundin an, die theatralisch die schlanken Arme hochriss.

»Tata! Er kommt!«

»Wer?« Luise und Sarah fragten im Chor.

»Na – mein ... Marc Newton.«

»Nach Avessen?!« Luise setzte sich ebenso elektrisiert auf wie Sarah.

»Das ist noch nicht raus. Aber er will sich mit mir treffen.« Filo schlug die Hand vor den Mund und kicherte wie ein kleines Mädchen, das ihren Schulschwarm erblickt.

»Hierher, auf jeden Fall kommt der Mann hierher.« Luise sprang auf. »Hier kann er sich doch viel besser vor den ganzen Paparazzi verstecken!« Sie flatterte aufgeregt zur Salontür. »Asta! Komm doch mal!«

Sarah schüttelte den Kopf und zog Filo neben sich auf den Stuhl. »Hast du mit ihm telefoniert?«

Filo nickte. »Ja, auch. Gott, bin ich aufgeregt. Na ja – er kommt ja nicht übermorgen, das wird noch ein paar Tage dauern.«

»Hat er dir denn sofort geglaubt?«

»Ja, er machte den Eindruck, konnte sich gut an meine Mama erinnern und war ja auch schon von seinem Anwalt vorbereitet worden. Er klang ganz zugänglich.« Filo nahm Sarahs Hand und klimperte mit den Wimpern. »Sarahchen?«

Sarah kannte diesen Ton, Filo wollte etwas. »Giovanni kriegst du nicht.«

»Ach, den. Nein, ich möchte deinen Ballsaal.«

»Meinen ... spinnst du?«

»Nein. Ich habe doch am nächsten Samstag Geburtstag und da ist ja vielleicht auch schon ... Marc da und dadurch kam mir die Idee, meinen Neunundzwanzigsten mit einer richtigen rauschenden Ballnacht zu feiern. In einem richtigen, echten Ballsaal. Ein bisschen alte Welt für den Hollywoodstar, verstehst du?«

»Der richtige, echte Ballsaal ist so was von richtig heruntergekommen, das weißt du doch! Da liegen die Stuckbrocken nur so in der Gegend herum, das Parkett wirft sich auf ...«, Sarah bekam Herzrasen. »Und außerdem wirst du zweiunddreißig.«

»Niemals! Du warst noch nie gut mit Zahlen.« Filo hob in gespieltem Entsetzen die Hände. »Und was den Ballsaal betrifft – wir haben doch noch eine ganze Woche Zeit! Das schaffen wir schon. Bitte, bitte, allerliebste Sarah!«

»Also, ich finde, es ist eine grandiose Idee.« Luise lief begeistert zu Filo und umarmte sie. »Das wird uns alle aufheitern. Das machen wir, nicht wahr Sarah?

Sarah dachte mürrisch daran, dass Luise mit Sicherheit anmutig im Salon herumliegen würde, während sie auf Knien das staubigen Parkett wienerten und die Trümmerfrauen gaben. Aber irgendwie ... Es hatte was. Die Kronleuchter funktionierten auch noch bis auf ein paar wenige Lampen.

Filo hielt inne und blickte Sarah aufmerksam ins Gesicht. »Na?«

»Tja, Lust hätte ich schon und Giovanni wird begeistert sein. Er liebt den Saal. Nur ... die ganze Arbeit!«

»Das kriegen wir schon hin, lass Tante Filo mal machen.« Sarahs Freundin blinzelte ihr zu. »Juchhu! Wir laden das ganze Dorf ein, alle dürfen kommen, außer Schlachter Fuhrmann!« Sie riss die schlanken Arme hoch und tanzte durch den Salon.

Sarah seufzte. »Ich wünschte ...« Sie brach ab, weil sie spürte, dass die Aufmerksamkeit ihrer Freundin nicht mehr ihr galt.

Filo blieb stehen und ihre grauen Augen glitten über

sie hinweg zum Fenster. Eine feine Röte stieg in ihre Wangen. »Ach – da kommt Thomas!«

Sarah drehte sich um und folgte Filos Blick. Die lange, schlaksige Gestalt des Malers näherte sich dem Seitenflügel und ein leichter Windstoß zauste die glänzenden schwarzen Zigeunerlocken. Sarah grinste. Der sah aber auch schnuckelig aus! Wenn Giovanni nicht wäre …

Die Tür ging auf und Thomas stand in seiner ganzen südländischen Pracht vor ihnen. »Ich wollte Filo abholen. Was grinst ihr denn so?« Er lächelte verunsichert und trat höflich auf Luise zu, die ohne Asta in den Salon zurückgekehrt war.

Sarah winkte ihm zu und versuchte, ihr Lächeln zu unterdrücken. »Und – was sagt Asta dazu? Dass sexy Marc nach Avessen kommt?!«

»Moment mal, das steht noch nicht fest!« Filo rollte die Augen.

»Dass ihr warten sollt, bis sie beim Liften war. Und drei Kilo abgenommen hat.« Luise kicherte fröhlich. »Und das von Asta! Vielleicht sollte ich ihr schon mal die Adresse von meinem …« Sie brach ab und sah zu Thomas. »… meinem Diätberater geben.«

»Gerade noch die Kurve gekriegt«, flüsterte Filo in das Ohr ihrer lachenden Freundin.

»Wo wollt ihr denn hin? Kommt ihr nicht mit zu Gios Gig?« Sarah sah sich schon allein vor der Bühne herumstehen.

»Doch, doch, klar. Wir wollen bloß noch vorher zu Ikea, ich brauche ein neues Sofa und da wollte mich Filo beraten.« Thomas schickte ein verliebtes Lächeln in Filos Richtung.

»Zu Ikea?« Sarah war fassungslos. Demnächst würden die beiden noch losziehen und sich Partnerringe aussuchen.

»Woher hast du eigentlich diese rabenschwarzen Locken?«, wollte Luise wissen, die keinen Mann ansprechen konnte, ohne mit ihm zu flirten, und ließ die schwarzen Wimpern flattern.

»Aus dem Morgenland. Meine Mutter war Türkin, wusstest du das nicht?« Er strich sich besagte Locken aus der braunen Stirn und schaute von Luise zu Filo.

»Und dann heißt du Thomas? Klingt nicht gerade türkisch! Da hat sich wohl dein Vater durchgesetzt, was?«

»Ich heiße auch noch Samet, wenn dich das beruhigt.« Er bleckte die weißen Zähne zu einem Piratengrinsen.

»Samet – passt viel besser zu dir«, säuselte Filo.

Sarah tauschte einen wissenden Blick mit Luise und unterdrückte ein Grinsen.

»Findest du? Ich habe auch eine Zeitlang überlegt, ob ich ihn als Künstlernamen nutze. Aber für meine Auftragsarbeiten, mit denen ich meine Miete bezahle – Mutters Liebling, Vaters Rehbock – kommt ein deutscher Name besser. Leider.«

Sarahs Gedanken glitten zu Farid und sie seufzte.

Ein Zitat fiel ihr ein, tauchte aus den unzuverlässigen Tiefen ihres Gedächtnisses empor:

Die Fremde ist nicht Heimat geworden. Aber die Heimat Fremde.

*

Fluchend betrachtete Beck seine Finger, den er gerade in seiner Schublade geklemmt hatte. Wunderbar, war doch heute Abend der lang ersehnte Gig im *Kaleidoskop*.

Eigentlich hätte er sich darauf freuen müssen, würde dieser Auftritt doch seine Band um einiges bekannter machen. Immerhin wurden um die vierhundert Zuschauer erwartet. Die allerdings leider nicht ihretwegen kamen, sondern wegen der gerade angesagten Lokalmatadoren Blue Lions. Arrogante junge Schnösel, die taten, als hätten sie den Soul erfunden, den Beck schon seit fast zwanzig Jahren spielte.

Peinlich, er war ein missgünstiger alter Mann geworden. Obwohl er sonst vor einem Gig voller Vorfreude kaum schlafen konnte, hatte Beck heute überhaupt keine Lust. Nervös dachte er daran, dass sie diese Woche nur einmal geprobt hatten. Er hatte sich auch nicht bemüßigt gefühlt, seine Les Paul noch mal in die Hand zu nehmen. Hoffentlich gab das keine Blamage heute Abend. Hochmut kam doch bekanntermaßen immer vor dem Fall. Aber irgendwie war ihm das alles so egal. Nicht gut, gar nicht gut. Seit er Sarah kannte, war er vollkommen demoralisiert, hatte keine Lust zu arbeiten und keine Lust, Musik zu machen. Am liebsten würde er den lieben langen Tag mit ihr im Bett liegen – hier fehlte es nicht an Lust – und sich ab und zu mit Astas Köstlichkeiten in Luises Salon stärken.

»Oh Saaaaarah, Sarah smiles, like she doesn't care …« Beck griff nach der Luftgitarre und legte eine paar komplizierte Läufe hin. Seine Bürotür sprang auf und er fiel fast vom Stuhl. »Mein Gott!«

»Ich habe geklopft, aber Sie haben nicht geantwortet!« Wagner schnüffelte missbilligend.

»Das kann ja auch mal 'nen Grund haben. Vielleicht wollte ich mir gerade die Unterhose wechseln«, Beck legte seine Hand auf sein hämmerndes Herz. Seit wann war er denn so schreckhaft?

»Da sag ich jetzt nichts zu.« Wagner schüttelte sein graues Haupt.

»Was gibt's denn?«

»Wir haben ihn.«

»Den Toten?« Beck stand auf.

»Nee, den Osterhasen. Klar, den Toten. Ich habe die Zeichnung in der Mensa ausgehängt, war ja noch ziemlich jung, der Typ. Und – bingo!«

»Und? Wer ist es?«

»Ein Nicolaus Hahnewald.«

»Der Freund von Gabriel Oppermann!« Beck setzte sich wieder.

Wagner schaute vernagelt. »Ach, ja. Stimmt. Sein Alibi. Guck an, guck an. Da hat das Bürgermeistersöhnchen wohl doch ein bisschen die Finger im Schmutz stecken, was?«

Beck nickte und erhob sich erneut. »Hm. Zumal er vorgegeben hat, ihn nicht zu kennen.« Er umrundete seinen Schreibtisch.

»Na, dann mal los. Da wird sich unsere Chefin aber freuen.«

Beck ächzte, was Wagners Laune schlagartig hob.

Vor dem Affenfelsen war mal wieder kein Parkplatz zu kriegen und Beck stellte den Roadster auf dem Bürgersteig ab. Der Ausweis, dezent in das Fenster gelegt, würde hoffentlich das Knöllchen verhindern.

Den scharfen Geruch eines Reinigungsmittels in der Nase eilten sie mit quietschenden Sohlen durch die inzwischen vertrauten Flure des Studentenwohnheims. Beck verspürte einen unangenehmen Druck in der Magengegend. Der Burger, den er sich heute Mittag geholt hatte, schien sich nicht positiv auf seine Eingeweide auszuwirken.

Vor der Tür des jungen Oppermann blieben sie stehen und Wagner klopfte, unnötig nachdrücklich, wie Beck fand.

Stille, dann ein leichter Schritt. Der Junge war offensichtlich zu Hause.

»Sie?« Oppermann konnte sein Entzücken über die neuerliche Heimsuchung kaum verbergen.

»Dürfen wir eintreten?«

Schulterzuckend trat Oppermann beiseite und ließ sie ein. Es war offensichtlich, dass er nicht mit Besuch gerechnet hatte. Das Zimmer war unter diversen Schichten von Kleidung, Büchern, Noten und anderem Krimskrams kaum mehr wiederzufinden.

Der junge Mann schob einige Bücher auf seinem Bett zur Seite und wies einladend darauf, doch Beck blieb stehen. Wagner ließ ein missfälliges Grunzen hören.

»Nicolaus Hanewald ist ein Freund von Ihnen?« Beck hatte keine Lust auf Vorgeplänkel.
»Ja.« Oppermann erblasste in fast grotesker Weise.
»Setzen Sie sich, bitte!«
»Warum?!« Oppermanns Stimme überschlug sich in hysterischem Falsett. Er sank auf seinen Schreibtischstuhl und riss die umschatteten Augen auf.
Beck zögerte. Der Junge sah aus wie – eine Leiche. »Herr Oppermann, Sie wissen doch, dass er tot ist. Wieso haben Sie uns erzählt, Sie kennen ihn nicht?«
Bevor einer von ihnen zugreifen konnte, war Gabriel Oppermann vom Stuhl geglitten und schlug hart auf dem Boden auf.
Wagner stürzte hinzu und fühlte den Puls. »Ganz schwach. Vielleicht sollten wir einen Arzt holen. Warum haben Sie ihn auch gleich so angefratzt?«
»Ich ...« Beck fehlten die Worte. Das sagte der Richtige. Dennoch fühlte er sich schuldig. Er eilte an das Waschbecken und befeuchtete ein Handtuch. So langsam bekam man hier ja Routine als Rettungssanitäter. Er befeuchtete die Stirn des Jungen und lagerte die Beine etwas erhöht auf einem Kissen. »Hm. Vielleicht haben Sie recht und wir sollten ...«
Die bläulichen Lider flatterten und ein leiser Atemzug hob die schmächtige Brust des Ohnmächtigen. Ein Wispern drang über seine blutleeren Lippen.
»Was?« Angestrengt beugte sich Beck hinunter, versuchte zu verstehen.
»Nico. Ich habe ihn umgebracht.«

*

»Toll siehst du aus!« Filo betrachtete ihre Freundin wohlgefällig und tätschelte ihren nackten Arm,
»Nicht nuttig?«
»Doch.« Filo feixte. »Aber gut nuttig«.
»Hallo!« Giovanni lächelte verkrampft und gab ihr

ein keusches Küsschen auf die Wange. Na super, was war denn mit dem los? »Das ist Tom, unser Sänger, der wollte dich mal kennenlernen.«

Ein sympathisch aussehender Lockenkopf drängelte an Giovanni vorbei und reichte ihr höflich die Hand.

Aha, deshalb. Ihr Süßer hatte Angst, dass sie vor den Augen seiner Kumpels nicht bestehen könnte. Sie stellte ein Bein locker zur Seite und drehte die Hüfte heraus.

»Hi! Nett, dich kennenzulernen.« Sie lächelte ihr strahlenstes Lächeln (wie gut, dass sie gerade beim Bleaching gewesen war) und warf ihre mühsam geglätteten Haare über die Schulter.

»Hi.« Tom glotzte und ignorierte Filo.

Auch mal schön. Siehste, Giovanni?

»He, da ist ja deine Schnuckelmaus!« Mit Getöse schob ein untersetzter Mann mit rotem Vollbart seinen Mollenfriedhof an Tom vorbei.

Schnuckelmaus?

»Panne, unser Schlagzeuger.« Giovanni lächelte sie an, anscheinend peinlich berührt. Nur, was war ihm peinlich? Der Dicke? Oder etwa sie? Sie schielte auf ihr allzu knappes Top hinunter und kam sich plötzlich billig vor.

Ein weiterer Mann kam dazu und stellte sich als »Michael, der bessere Gitarrist der Band« vor, wobei er die Augen nur mit Mühe aus ihrem großzügigen Ausschnitt löste. Sarah schüttelte Hände, lächelte, bis ihre Mundwinkel wehtaten, und smalltalkte, bis der Esprit ihr aus den Ohren quoll. Und Giovanni stand die ganze Zeit blöde grinsend dabei und unterhielt sich ausschließlich mit den Kerlen, berührte sie nicht, tat, als sei sie eine von der Straße aufgeklaubte Bekannte. Schön. Und Filo klebte an Thomas wie ein dreizehnjähriger Teenager an seiner ersten Liebe. Auch hübsch.

Sie sah sich nach Asta um, aber auch hier war diesmal keine moralische Unterstützung zu erwarten. Ihre Tante war in ein angeregtes Gespräch mit einem grauhaarigen Hippie vertieft, dessen zottelige Haare bis auf den Rücken hingen.

Trotzig nahm Sarah einen langen Schluck aus ihrer Bierflasche und warf einen Blick auf ihre neuen silberfarbenen High Heels. Wenigstens ihre Schuhe waren ein Trost. So. Und jetzt würde sie sich den Abend schön trinken. Von Giovanni würde sie ja sowieso heute nicht mehr viel sehen. Der konnte sie mal.

Mit einem ohrenbetäubenden Intro eröffnete der Idiot, der seine Kumpels seiner Frau vorzog, den Abend. Er spielte, als ob sein Leben davon abhinge, und das tat es ja auch vielleicht. Die Frauen himmelten ihn an, zum Kotzen. Konnte er sie nicht *einmal* anlächeln? Nein, er glotzte nur zum Schlagzeuger und hatte irgendwelche wichtigen Musikerzeichen mit ihm auszutauschen. Blödmann.

Entschlossen wandte Sarah sich ab und konzentrierte sich auf die Musik. Sie warf die Locken zurück und begann die Hüften im Takt zu wiegen.

»Hör mal – das ist jetzt dein vierter Tequila.« Filos Stimme drang mahnend an ihr Ohr.

»Na und? Mir geht's gut!« Sarah hob lächelnd das Glas und stürzte es hinunter. Die Band verabschiedete sich gerade mit *River deep, mountain high*, um die Bühne den jüngeren Musikern zu überlassen. Sie hatte keine Ahnung, wie der Abend jetzt weitergehen sollte. Sie hatten geplant, noch in das *Bolero* zu gehen, eine angesagte Bar in der Nähe. Würden diese Kerle etwa alle mitkommen und sie den ganzen Abend mit ihren Blicken ausziehen, während Giovanni einen auf ›Wie heißt du noch gleich, Süße?‹ machte? Wahrscheinlich. Oh Gott. Plötzlich wurde Sarah schlecht und sie rannte los.

»Sarah?« Filos stimme hallte durch den Toilettenraum des *Kaleidoskops*.

»Hier!« Sarah saß auf einer der hinteren Toiletten und versuchte nach ihrer Übelkeitsattacke ihr Augen-Make-up mit zitternden Händen wiederherzustellen.

»Was treibst du denn da?!« Filos Schritte klapperten heran und unter der Tür wurden ihre Stilettos sichtbar. »Mach auf!«

Ächzend hievte sich Sarah vom Toilettensitz, natürlich nicht ohne den Inhalt ihrer Kosmetiktasche in der Kabine zu verteilen. »Shit!«

»Wie siehst du denn aus? Wozu habe ich dich über eine halbe Stunde hergerichtet, Aschenputtel?!« Filo riss Sarah den Kajal aus der Hand und übernahm mit geübter Hand die Restaurationsarbeiten. »Hier! Lutsch den inzwischen. Giovanni hat schon nach dir gefragt. Ich habe gesagt, du hast einen lieben alten Schulfreund getroffen.« Filo reichte ihr einen Pfefferminzbonbon

Trotz ihres gurgelnden Magens musste Sarah kichern. »Du bist doch eine Schlange! Und – was hat er gesagt?«

»Oh – das hat ihm gar nicht gefallen Noch ein bisschen *All about Eve* und du wirst ihn vernichten.« Filo nebelte mit einem Parfümspender die Kabine ein.

»Wir sind widerlich. Bestimmt sind seine Kumpels total nett.« Sarah versuchte ohne zu schwanken aus der Kabine zu treten, es gelang ihr fast.

»Bestimmt. Aber er hätte dich schon ein bisschen mehr beachten können. Weiß gar nicht, was in den gefahren ist. Wahrscheinlich gilt es unter Musikern als uncool, seiner Braut allzu viel Aufmerksamkeit zu schenken. Männer.«

Sarah lachte und fühlte sich zu ersten Mal an diesem Abend erleichtert – im wahrsten Sinne des Wortes.

Vielleicht würde der Rest des Abends ja doch noch ganz schön werden.

»Sarah?« Das war Giovanni. Er wartete im Gang zu den Toiletten und sah ihr besorgt entgegen. »Geht es dir gut?« Er legte einen Arm um ihre Taille und drückte ihr einen Kuss auf die Wange.

»Ja, klar, alles bestens.« Habe nur gerade deinetwegen gekotzt, aber sonst alles paletti. »Wo sind die anderen?«

»Ach, Asta war müde, die ist schon zurückgefahren und die Jungs wollten doch nicht mehr mit in's *Bolero*. Im Fernsehen ist irgendein Fußballspiel, das schauen sie sich jetzt an.«

»Und du nicht?« Sarah zog eine Braue hoch.

»Nein, ich verbringe den Abend lieber mit dir, wie es abgemacht war. Äh – ich schlaf dann heute bei dir, wenn du noch ein Plätzchen frei hast in deinem Bett.« Giovanni lächelte etwas unsicher. Anscheinend merkte er, dass er irgendetwas falsch gemacht hatte, und wusste nicht, was.

Richtige Antwort.

»Es lässt sich eventuell einrichten. Wenn du dich benimmst.« Päng.

11. Kapitel

»Das glaube ich einfach nicht!« Am liebsten hätte sich Beck wie ein trotziger Dreijähriger auf den Boden geworfen und mit den Fäusten auf das PVC eingeschlagen. Und wäre am besten gleich liegen geblieben, kaputt wie er war. Frauen konnten einen total fertigmachen. Er war so gut wie tot.

Der Sonntag war weiß Gott keine Erholung gewesen. Sarah hatte sich in würdevolles Schweigen gehüllt. Irgendetwas hatte er wohl am Samstagabend falsch gemacht, er hatte nur keinen Schimmer, was. Und auf seine vorsichtige Nachfrage bekam er nur ein kühles »Wenn du das nicht selbst merkst, kann ich dir auch nicht helfen« hingeworfen.

Dabei hatte er gar nichts gemacht! »Für wie blöd haltet ihr mich eigentlich alle?!«

Wagner räusperte sich vielsagend und Beck warf ihm einen, wie er hoffte, mörderischen Blick zu.

»Sie kennen den nicht, der kannte Sie nicht und Gabriel Oppermann kannte seinen eigenen Freund nicht. Noch irgendwas!?«

Andreas Stein zog den Kopf ein und schielte eingeschüchtert zu Beck hoch. »Ist aber, wahr, Chef. Ich kenn den echt nich. Noch nie gesehen.«

»Wenn ich für jedes ›noch nie gesehen‹, das ich in meiner Laufbahn schon gehört habe, einen Euro gekriegt hätte, wäre ich reich.«

»Sind Sie doch auch.« Wagner löckte mal wieder gegen den Stachel.

Woher Wagner über seine Vermögensverhältnisse informiert sein wollte, war Beck ein Rätsel, interessierte ihn aber momentan nicht besonders. Er tippte resigniert auf das Foto Gabriel Oppermanns. »Herr Stein, der Informant, mit dem Sie im Campus ins Gespräch gerieten, war ein ... Freund dieses Jungen. Das ist doch kein Zufall!«

Stein zuckte mit den Schultern und wischte sich den Schweiß aus der Stirn. »Ich kann's nicht ändern. Ich werde nicht zugeben, dass ich den Knaben kenne, bloß damit Sie heute Nacht besser schlafen können!«

»Ich fasse zusammen: Sie bekommen einen Tipp für einen Einbruch von einem Mann, den Sie zuvor noch nie gesehen haben. Und der befreundet ist mit einem Schüler – den Sie selbstverständlich auch noch nie sahen – des Mannes, der bei dem Einbruch ermordet wurde, das aber ebenso selbstverständlich nicht von Ihnen! Hören Sie sich eigentlich auch manchmal selbst zu!?« Beck konnte sich nicht erinnern, schon einmal einen Verdächtigen dermaßen unbeherrscht angeschrien zu haben. Er atmete tief ein und versuchte sich zu mäßigen. Wagner färbte ganz offensichtlich ab.

Dieser schüttelte leise den Kopf und stieß sich von der Wand ab, an der er bisher relativ unbeteiligt gelehnt hatte. »Ich wäre gar nicht überrascht, wenn Gabriel Oppermann uns erzählen würde, dass Sie sein bester Freund sind.«

»Warum fragen Sie ihn nicht einfach?« Stein schon trotzig die Unterlippe vor. »Wenn er das behauptet, dann lügt er.«

»Dann befindet er sich ja in bester Gesellschaft.« Beck hätte am liebsten irgendwen geschlagen, Wagner, Stein, die Tischplatte. Stein hatte den wunden Punkt getroffen. Leider konnte er Oppermann nicht fragen, denn das Oppermännchen war mal wieder zusammengeklappt und lag jetzt in Magdeburg auf der Intensivstation.

Und Beck war jetzt der Böse, weil er die Frechheit besessen hatte, Oppermann zu fragen, warum er die Polizei angelogen habe. Wunderbar, Beck freute sich schon auf die Reaktion seiner Chefin, wenn sie hörte, dass einer ihrer Mitarbeiter das Bürgermeistersöhnchen ins Krankenhaus gebracht hatte. ›Er hat aber angefangen, Frau Ballhausen, und außerdem hat er gelogen!‹

»Ihnen ist schon klar, was passiert, wenn Oppermann einfällt, dass er Sie kennt?«

»Nee, was denn?« Stein kniff genervt die blauen Augen zusammen.

»Die Falschaussage kommt dann noch obendrauf auf den Mord und den Einbruch.« Beck hätte fast gegrinst, weil er so dämliches Zeug erzählte.

»Ach was?! Jetzt habe ich aber Angst!« Stein teilte seine Meinung offensichtlich.

Abfällig winkte Wagner mit der nikotingelben Hand. »Das hat doch keinen Zweck, wir vertun hier nur unsere Zeit. Warten wir, bis Oppermann wieder …«

»… wieder da ist«, unterbrach Beck seinen Kollegen rüde. Stein musste nicht wissen, dass ihr Zeuge schachmatt im Krankenhaus lag. Sollte er ruhig ein bisschen Angst schieben, dass seine Lüge aufflog. Wenn es denn eine war.

»Aber, Chef, mir ist noch was eingefallen.« Stein hob den blauen Blick zu Beck und sah aus wie ein hoffnungsvoller Welpe, der auf eine Belohnung wartete.

»Was denn?« Irritiert tauschte Beck einen Blick mit Wagner.

»Na, das mit dem Klebeband. Da war welches. Ich habe mich noch gewundert, warum der seine Besteckschublade mit Klebeband zuklebt.«

»Was?!« Beck setzte sich wieder und zweifelte erneut am Verstand seines Verdächtigen.

»Der hatte die Schublade mit dem Silberbesteck zugeklebt!« Stein sprach wie mit ihm einem Kleinkind, das Sprechen lernen sollte.

»Aha.« Beck fuhr sich durch die Haare. Sollte man das jetzt glauben? Was war das hier nur für ein Kasperletheater!

Wagner mischte sich ein. »Wie sah das Klebeband denn aus?«

»Braun. So ein Paketklebeband.«

Das passte. Aber so viele Möglichkeiten gab es da ja auch nicht.

Plötzlich fühlte sich Beck alt. Alt, schlapp und zu gar nichts mehr fähig. Er schlurfte zur Tür und öffnete sie müde. Er brauchte Urlaub, bald, jetzt. Sein letzter lag schließlich fast zwei Jahre zurück. Die Vision eines sonnigen Dolcedo unter einem strahlend blauen italienischen Himmel brachte ihn fast zum Lächeln. Ach.

Er nickte Stein zu. »Wir werden das prüfen.« So ein Quatsch. Was wollte er denn da prüfen? Entweder hatte Stein sich das gerade ausgedacht oder eben nicht. Dieser Fall nahm immer groteskere Züge an.

Wagner schon ihn von hinten aus dem Vernehmungsraum und schloss die Tür hinter sich. »Ich glaube, Sie brauchen mal Urlaub.«

»Ach ja?« Hatte Wagner entdeckt, dass er in einem früheren Leben Sozialpädagoge gewesen war, oder wollte er bloß andeuten, dass seinem Chef die Verhörmethoden entglitten? »Seltsam.«

»In der Tat. So was habe ich auch noch nicht erlebt.«

»Wenn das stimmt, hat jemand Stein vorsätzlich in eine Falle gelockt.«

»*Wenn* das stimmt.«

Beck schlappte den Gang entlang wie ein Hundertjähriger. »Ich brauch jetzt einen Kaffee.«

»Ich auch.«

Wenn er nicht viel zu erschöpft gewesen wäre, hätte Beck seiner Verwunderung Ausdruck verliehen, dass sein Kollege ihm zustimmte. Auch wenn es nur bezüglich eines Kaffees war.

*

Sarah betrachtete den etwas expressionistisch anmutenden Entwurf der kleinen Anna aus der zweiten Klasse für einen Frühlingsbaum, der mit anderen

Naturdarstellungen die graue Betonwand der Turnhalle verschönern sollte. Na ja. Warum sollte ein Kirschbaum nicht auch mal neongelbe Blüten haben.

Sie seufzte und blickte verstohlen auf ihre Uhr. Gott sei Dank – nur noch fünf Minuten bis zum Schulschluss. Sie unterdrückte ein Gähnen und begann die Malutensilien zusammenzuräumen. Himmel, war sie müde! Ihr Besäufnis wirkte immer noch nach. Und sie fühlte sich einfach schrecklich. Sie unterdrückte ein weiteres Gähnen und zuckte zusammen, als die Schulklingel scheppernd von der Wand zu fallen drohte. Zufällig stand sie genau darunter. Stumm fluchend rieb sie sich das Ohr und schwor sich, bei der Eröffnung des neuen Haushaltes als erstes einen angenehmen Gong zu bestellen.

»Räumt bitte zusammen.« Aufmunternd lächelte sie den Kindern zu und hielt Max am T-Shirt fest. »Hier geblieben. Erst wird Ordnung gemacht!«

Murrend schob der Kleine die Unterlippe vor und warf die langen roten Haare zurück. »Mann, ey!«

Sarah ließ ihren Blick zu Stahl werden und der Junge drehte stöhnend bei. Sie schmunzelte und dachte daran, wie sie diesen Trick als Referendarin vor dem Spiegel geübt hatte.

Endlich hatten die Kinder alle Pinsel, Eimer und Lappen zusammengerafft und waren im Schulgebäude verschwunden. Sie lehnte sich einen Moment an die Schulwand und schloss die Augen. Heute war ein Mittagsschlaf angesagt, aber unbedingt.

Sie öffnete die Augen wieder und kreischte wie ein pubertierendes Mädchen beim Anblick eines nackten Justin Bieber. »Giovanni!« Ihr blonder Traum lächelte und brachte damit die Konsistenz ihrer Knie durcheinander. »Was machst du denn hier?«

»Och. Ich dachte, ich hole dich mal von der Arbeit ab. Das macht man doch so, oder? Seine Freundin von der Schule abholen?« Er griff nach ihr und küsste sie auf den

Mund, was durch ein anerkennendes Gejohle aus dem Fenster ihres Klassenraumes quittiert wurde.

»Hör auf! Die Kinder sind doch noch da!« Sarah wand sich aus seinem festen Griff und lächelte verlegen.

»Oh. Ich dachte, du hättest schon Schulschluss.« Giovanni fuhr sich durch die blonde Tolle und sah sich verunsichert zum Schulgebäude um.

»Habe ich auch. Warte hier einen Moment, ich verabschiede die Kids nur noch schnell.«

Auf seltsam weichen Beinen wankte sie hinein und atmete tief aus. Der Mann hatte eine Wirkung auf sie, das war schon nicht mehr gesund. Sie fühlte sich wie eine Vierzehnjährige nach ihrem ersten Kuss. Das Gefühl verstärkte sich noch, als sie mit schrillen Pfiffen im Klassenraum empfangen wurde.

»Hey! Frau Dittmann, du hast ja einen Freund!« Das war natürlich der kesse Max.

»Ja, habe ich. Und?« Sie hob das Kinn und zog eine Augenbraue hoch, als sei es völlig alltäglich, wenn die Kunstlehrerin vor der Schultüre niedergeknutscht wurde.

»Äh – nur so.« Max blickte sich zu Paul um und feixte.

»Stellt bitte die Stühle hoch und dann könnt ihr gehen. Ich wünsche euch einen wunderschönen Nachmittag.«

Das übliche Stimmengwirr und gluckernde Gelächter mischte sich mit dem Klappern der Stühle und dem ungeduldigen Scharren der Füße, die ungeduldig der Freiheit entgegen strebten. Die Geräusche der Kindheit.

Eilig nahm sie ihre Tasche und wäre am liebsten genauso befreit hinausgerannt wie ihre Schulkinder. Aber sie lenkte ihren Schritt gemessen in Richtung Giovanni, der wie eine Werbung für Männermode lässig an einer der Linden lehnte und amüsiert lächelte. Er hätte ruhig mal ein bisschen zerknirscht aussehen können. Schließlich hatte man sich in schweigender Kühle getrennt. Aber er schien einfach darüber hinweggehen zu wollen.

Das Model und der Freak. Und der Freak war sie.

Sie wankte ihm entgegen und versuchte ebenso überlegen auszusehen. »Warum grinst du denn so?«

Wie in einem amerikanischen Highschool-Film nahm er ihr die Tasche aus der Hand und legte ihr eine Hand um die Hüfte. Hach! »Weil du so süß aussiehst, mit der ganzen Farbe im Gesicht.«

»Nein!« Entsetzt eilte sie zu ihrem Beetle und blickte in den Seitenspiegel. So viel zum Thema Lässigkeit. »Wenigstens habe ich heute keinen Toner an den Händen«, bemerkte sie resigniert und dachte an den Tag ihrer ersten Begegnung.

»Nein. Aber dafür Kreide an deinem hübschen Hintern.« Giovanni lachte jetzt frei heraus.

»Freut mich, dass ich zu deinem Amüsement beitragen kann.« Sarah zog ein zerknautschtes Papiertaschentuch aus ihrer Tasche und begann eher unkoordiniert in ihrem Gesicht herumzufuhrwerken.

»Lass mich mal.« Giovanni entwand ihr das Tuch und fuhr ihr sanft damit über Wangen, Hals und Dekolleté.

»Da habe ich überhaupt keine Farbe!«

»Nein? Lass mich mal nachsehen.« Er grinste und zog sie fester an sich.

»Jetzt hör doch mal auf, Gio!« Sarah entzog sich ihm und hastete auf die Fahrerseite. »Hattest du etwas Bestimmtes vor?« Sie warf sich auf den Sitz und beäugte sich kritisch im Rückspiegel. Oh Gott.

»Na ja …«

»Essen gehen, einen Spaziergang machen …«, fiel ihm Sarah energisch ins Wort, ehe ihr die Situation erneut entglitt.

»Was du willst. Ich wollte einfach nur meine Mittagspause mit dir verbringen, da ich ohnehin gerade in der Gegend zu tun hatte.«

»Wegen … des Toten?« Sarah schluckte. Den hatte sie doch tatsächlich mal einen Moment vergessen.

»Ja. Ich habe bei den Kollegen in Helmstedt vorbeigeschaut, hat aber nicht viel Neues gebracht. Leider.«

»Ach. Dann fahren wir halt zu uns. Du kannst deinen Wagen doch hier stehen lassen, ich bringe dich nachher zurück. Asta hat bestimmt irgendwas gekocht und hinterher können wir eine kleine Runde durch den Park drehen.«

»Oder so.«

»Giovanni! Ich habe die halbe Nacht nicht geschlafen!« Schrecklich, sie klang wie eine alte Ehefrau. Ich habe Migräne!

»Warum nicht? Ich habe eigentlich ganz gut geschlafen. «

Verschnupft startete Sarah den Wagen. Schön für dich. Dich hat unsere kleine Divergenz ja anscheinend in keinster Weise beeinträchtigt. Männer waren eben doch Schweine. Sie wartete gerade eben noch, bis Beck sein zweites Bein in den Wagen geschwungen hatte – sie war ja gar nicht so – und fuhr rasant an.

Ihr Liebster wurde ruckartig gegen die Rückenlehne des Beifahrersitzes geworfen, richtete sich aber sofort wieder auf, um durch die Frontscheibe zu starren.

»Was macht der denn da?«

Sarah fuhr zusammen und lenkte den Beetle in einem kleinen erschreckten Schlenker haarscharf an einer jungen Linde vorbei. Verdammt. »Was meinst du?« Sie sah es selbst und trat auf die Bremse.

Mitten auf dem Marktplatz, mit einer Wäscheleine an eine kleine Kastanie gebunden, wehrte sich Farid wütend gegen seine Fesseln.

Entsetzt riss Sarah die Tür auf und lief über das Kopfsteinpflaster auf ihren Schüler zu. Eine geschürfte Wange und ein zugeschwollenes Auge ließen unschwer die Behandlung erahnen, die man ihm vor kurzem hatte angedeihen lassen. Ein Schild auf seiner Brust schrie: *Araber raus aus Avessen!*

»Farid!« Zornig riss Sarah den Zettel von der Brust des Jungen. »Wie lange stehst du denn hier schon?« Sie blickte auf die Uhr. Halb zwei, eine Zeit, in der ganz Avessen wie tot im Mittagsschlaf dahindämmerte. Das hatten die Peiniger des Jungen sich zunutze gemacht. Sie zerrte an den Knoten der Leine und besah gleichzeitig besorgt die Verletzungen des Jungen. »Kevin?«

Ein Schulterzucken war die Antwort.

»Das hat Folgen, das sage ich dir.«

»Da kann dich ganz offensichtlich jemand nicht leiden.« Beck war herangekommen und zog ein Taschenmesser aus seiner Jackentasche. Mit einem kurzen Schnitt befreite er den Jungen und sammelte die Wäscheleine ein.

»Das ist nicht das erste Mal, ein paar Jungen aus der Schule haben ihn auf dem Kieker, ich habe sie mir schon zur Brust genommen – man sieht ja, was es gebracht hat.«

»Habe ich Ihnen doch gesagt.« Farid nuschelte über seine blutende Lippe hinweg. »Das macht die nur noch wütender, wenn Sie sich einmischen. Ich komm schon klar.«

»Das sehe ich.« Sarah schnaubte vor Zorn. »Du kommst jetzt mit zu Schlachter Fuhrmann, damit der sieht, was sein Enkel so treibt in seiner Freizeit.«

»Wieso eigentlich Freizeit? Eben war doch noch Schule? Wie haben denn die Kameraden es geschafft, dich in der Kürze der Zeit so zuzurichten?« Beck sah den Jungen fragend an.

»Die Vierten hatten heute einen Unterrichtsgang zur Feuerwehr«, warf Sarah ein. »Auf dem Rückweg haben sie ihn wahrscheinlich vermöbelt, oder Farid?«

»Die haben auch ganz schön was abgekriegt.« Farid warf trotzig eine Locke aus der Stirn.

Beck schüttelte den Kopf und zückte eine Digitalkamera. »Ich mach mal ein Foto – nur für alle Fälle.«

Sarah trat beiseite. »Das ist gut, daran hätte ich gar nicht gedacht.«

»Nein!« Farid riss einen Arm hoch und legte ihn schützend vor sein geschundenes Gesicht. »Lassen Sie das!«

Beck ließ die Kamera sinken und nickte. »Es wäre aber besser. Vielleicht will deine Mutter ja Klage einreichen.«

»Die nicht. Die zieht wieder um.«

»Kommst du wenigstens mit zu Fuhrmanns?« Sarah warf Farid einen auffordernden Blick zu.

»Hm. Nee.«

Beck trat einen Schritt nach vorn. »Hör mal – Farid?! So etwas darf man sich nicht gefallen lassen, das ist nicht gut. Damit gibt man solchen Menschen recht. Willst du das?«

Der Junge senkte den Kopf und schwieg.

»Herr Beck hier muss es wissen, Farid. Der ist bei der Kripo. Kriminalkommissar.«

Erstaunt hob Farid seinen Kopf und betrachtete Beck mit neuem Respekt. »Echt?«

»Ja.« Beck nickte nachdrücklich.

»Haben Sie einen Ausweis?« Misstrauisch kniff Farid das eine Auge zusammen, das zu dieser Bewegung noch fähig war.

»Hier.« Beck unterdrückte ein Grinsen und zückte seinen Ausweis.

»Okay. Kommen … kommen Sie mit zu dem Arschloch?«

»Ja, das kann ich machen, wenn du möchtest.«

Mit einem schwachen Nicken deutete der Junge seine Zustimmung an und Sarah atmete erleichtert auf.

Sarah und Beck nahmen Farid in die Mitte und zogen los über den sonnigen Marktplatz, bereit, sich des Schlachters Feindseligkeiten zu stellen.

High Noon in Avessen.

*

»Diese Selbstgerechtigkeit! Ich fasse es nicht!« Sarah trat gegen Luises Salontisch.

»Kind, nun beruhige dich doch mal. Du wütest jetzt schon seit einer Stunde. Kein Wunder, dass Giovanni geflüchtet ist.« Luise zog an ihrer Zigarettenspitze und kniff ein Auge zu, um es gegen den Rauch ihres ägyptischen Glimmstengels zu schützen.

»Der musste sowieso zurück ins Büro.« Sarah zog schuldbewusst den Kopf ein. Hatte Luise recht? Hatte sie Giovanni in die Flucht geschlagen? Na prima – wie ein altes Eheweib, sie verweigerte sexuelle Zuwendung und keifte den Mann aus dem Haus. »Ich versteh nicht, wie du so ruhig bleiben kannst. Dieser Hass gegen alles, was anders ist als ihre eigene schweinchenäugige Blässe – zum Kotzen.«

»Ja, man sollte meinen, die Menschen wäre inzwischen toleranter geworden, nicht wahr? Aber engstirnige Provinzeier, die nie über den dörflichen Tellerrand gucken, wird es wohl immer geben.« Luise nahm einen Schluck Kaffee aus ihrer vergoldeten Mokkatasse und lächelte weise.

»Hoffentlich zeigt Frau Dorenkamp die Jungs an. So geht das doch nicht. Farid denkt, sie ziehen wieder um. Ich begreife so was nicht.«

»Zu meiner Zeit hätte sie ein Schild um den Hals bekommen, ›Judenhure‹.« Luise verzog den rot geschminkten Mund und blickte aus dem Fenster.

Unwillkürlich hielt Sarah den Atem an. »Hast du … haben sie …?«

»Nein, haben sie nicht. Dazu hatte mein Vater viel zu viel Einfluss im Dorf. Und war ja selbst ein wichtiger, brauner Herr. Aber hätten sie gern.«

»Hat sich nichts geändert, Luise? Genügen immer noch eine wirtschaftliche Krise und ein eloquenter Irrer, um eine Horde Dorfdeppen in den Klu-Klux-Klan zu verwandeln?«

Luise lachte hell auf. »Eloquenter Irrer? Wen von unserer geschätzten Regierung meinst du da im Speziellen?

Ich weiß nicht, ob unsere Angela Schlachter Fuhrmann dazu inspirieren könnte, sich einen weißen Sack über sein rotes Antlitz zu stülpen!«

Wider Willen musste Sarah selbst lachen. »Du weißt schon, wie ich das meine. Ich find's erschreckend. Was hat Farid denen denn getan?«

»Nichts. Darum geht's ja auch gar nicht.« Luise griff unter den Stuhl und zog Marilyn auf ihren Schoß, die selig die Augen zukniff und sich zusammenrollte.

»Worum geht's denn dann?« Sarah nahm sich wider besseres Wissen noch ein Schokoladenplätzchen.

»Ach, was weiß ich – sich abzugrenzen, sich besser zu fühlen, überlegen, und einen Sündenbock für alles zu haben, was nicht klappt im Leben. Schade, dass Giovanni sie nicht mal eine Nacht einsperren kann, diese kleinen Mistköter.«

»Ja, das hat er auch gesagt. Mich deprimiert das, da predigst du Toleranz und Nächstenliebe – alles für die Katz. Als ob Farid nicht schon genug auszustehen gehabt hätte, an seiner alten Schule.« Sarah seufzte.

»Was hat der Schlachter denn überhaupt gesagt, als ihr da aufgelaufen seid?« Luise zog fragend eine Braue hoch.

»Gesagt? Frag lieber, was er nicht gesagt hat, das alte Arsch…«

»Sarah! Ein bisschen Zurückhaltung, bitte.« Luise schüttelte tadelnd das platinblonde Haupt.

»Entschuldige. Er lief blaurot an – ich dachte, er stirbt. Leider tat er uns nicht den Gefallen. Als er gerade so richtig losschreien wollte, hat ihm Gio seinen Ausweis unter die Nase gehalten. Da zischte die Luft aus ihm raus wie aus einem alten Luftballon.« Sarah kicherte.

»Und dann?«

»Dann hat er gesagt, das hätte er sich ja denken können, dass jetzt schon die Polizei gemeinsame Sache machte mit den Arabern.«

Luise pfiff leise. »Und Giovanni?«

Sarah lachte in der Erinnerung an Giovannis wütendes Gesicht. »Der sagte, auf jeden Fall. Er habe bloß gerade seinen Kaftan in der Wäsche. Ich dachte, Fuhrmann platzt.«

Luise lachte perlend auf. »Köstlich.«

»Und dann wurde er streng und juristisch. Er knallte dem Blödmann die Paragraphen um die Ohren, dass es nur so rauschte. Und je länger er wetterte, desto mehr blühte Farid auf. Das war mir ein Genuss.« Sarah lächelte ihre Großtante an und räkelte sich wohlig.

»Na, das war's dann wohl.«

Sarah schüttelte den Kopf. »Ich weiß nicht. Der war so wütend, in seinen Schweineäuglein stand der blanke Hass. Bezahl lieber schnell deine Rechnung, sonst wachst du eines Morgens in deinem Blute auf. Der Mann ist gefährlich.«

*

»Hier.« Beck warf das Foto auf den Couchtisch und ließ sich in einen schwarzen Ledersessel fallen. »Und sagen Sie alles, aber nicht, dass Sie den Kerl nicht kennen.« Er zog eine blonde Braue hoch und blickte Wagner mit erhobenem Kinn ins Gesicht. Schnauze.

»Nein. Sage ich nicht.« Phillip Karstens ließ das Foto wieder fallen und sah Beck an.

»Was?«

»Dass ich ihn nicht kenne.«

»Sie kennen ihn also?« Beck kam seiner eigenen Konversation nicht hinterher.

Wagner hustete.

»Ja. Das ist der der derzeitige Freund von Gabriel Oppermann. Habe aber keine Ahnung, wie der heißt.« Phillip Karstens verzog seinen Mund und schenkte Wasser in ein Glas.

»Sie verkehren mit Gabriel?«

Wagner verfolgte das Plätschern des Wassers, als sei er am Verdursten.

»Nein, ich ›verkehre‹ nicht mit Gabriel, aber ich kenne ihn natürlich – schließlich sind wir zusammen zur Schule gegangen.« Karstens erbarmte sich und bot Wagner Wasser an, was dieser ablehnte, als enthalte die Geste ein unmoralisches Angebot.

»Aber immerhin kennen Sie ihn gut genug, um zu wissen, wer sein derzeitiger Gefährte war?«

»Ich habe ihn ab und zu in der Stadt getroffen mit dem Mann, das war alles.« Karstens zuckte leicht mit einer Schulter und schüttelte den Kopf. »Der fiel schon in der Schule auf solche Typen rein.«

»Was meinen Sie mit ›solche Typen‹?« Beck rutschte gespannt auf seinem Sessel nach vorn.

»Schmarotzer. Gabriels Familie hat Geld, wissen Sie. Und der Typ ist ganz bestimmt nicht aus Liebe mit Gabriel zusammen, wenn Sie mich fragen.«

»Ach? Woraus schließen Sie das, wenn Sie doch sagen, dass Sie weder mit Gabriel noch seinem Freund gut bekannt sind?« Wagner leckte sich die rissigen Lippen und schien zu bereuen, das er das Wasser abgelehnt hatte.

»Das sieht man einfach an der Art, wie der um Gabriel herumschlawenzt, so unecht. Und wenn Gabriel nicht hinguckt, baggert er nach allen Seiten und um alle Geschlechter. Mies. Aber Gott sei Dank nicht mein Problem.«

»Hm. Haben Sie die beiden auch mal im *Faust* gesehen?«

»Nein, dort verkehre ich nicht, das ist doch nur was für Kinder.« Karstens strich sich durch sein sorgfältig gestyltes Haar und sah aus wie sechzehn.

»Aha. Sind Sie denn mit Ihrem anderen Mitschüler, Bela Fröhlich, besser befreundet?«

»Hm. Nein, befreundet würde ich das auch nicht nennen. Wir sind nach dem Abitur ein paarmal ein

Bier trinken gewesen, wenn wir uns zufällig irgendwo getroffen haben, mehr nicht.«

»Finden Sie es nicht seltsam, dass Sie, Bela Fröhlich und Gabriel Oppermann engen Kontakt zu Augustus von Düren hielten – untereinander aber nicht?«

»Nein, das finde ich nicht seltsam. Wir hatten schon in der Schule nicht viel Kontakt zueinander, warum sollten wir es nach der Schule anders halten?«

»Warum sind gerade Sie drei mit Herrn von Düren befreundet gewesen? Ging das von ihm aus? Oder von ihnen?«

»Na, von ihm. Wir hätten uns doch gar nicht getraut, nach dem Schulabschluss bei ihm zu klingeln. Ich jedenfalls nicht, ich kann ja nur für mich sprechen.«

»Wie kam das? Hat er sie aufgefordert, ihn zu besuchen?«

Beck hatte plötzlich überhaupt keine Lust mehr. Nicht die Bohne. Es war ihm schnurzpiepe, was der dämliche von Düren mit seinen Schülern getrieben oder nicht getrieben hatte. Er wollte nach Hause und seine Katze füttern.

Seine Katze?

»Ja, er schlug vor, man könne doch einmal gemeinsam ins Konzert gehen. Und das haben wir getan. Und so ging es immer weiter. Keine große Sache.«

»Und nie ein Annäherungsversuch, keine Berührung, kein Versuch die Beziehung sexuell zu vertiefen?«

»Nein, nie, definitiv nicht.« Karstens blickte dem Kommissar fest in die Augen.

Beck dachte an Gabriel, der wenig Kontakt zu seinem Vater hatte, an Bela, dessen Vater bereits lange tot war, und nickte. »Lebt Ihr Vater noch?«

»Ja, schon. Aber er lebt in Australien. Ist schon lange ausgewandert mit seiner neuen Frau. Ich sehe ihn nur selten.«

»Würden Sie sagen, dass Augustus von Düren eine … Vaterfigur für Sie gewesen ist?«

Karstens lachte auf. »Nein, das würde ich auf keinen Fall sagen. Dazu war Augustus viel zu distanziert, zu beherrscht. Nein.«

»Aber – irgendetwas muss Sie doch angezogen haben an ihm.«

»Herrgott noch mal, ich hab's Ihnen doch schon gesagt! Wir teilten viele Interessen! Müssen Freunde denn immer gleichaltrig sein?!« Karstens glattes braunes Gesicht verfärbte sich rot. »Ich bin nicht schwul, er ist auch kein Vaterersatz gewesen, sondern wir sind einfach ab und zu zusammen essen gegangen oder ins Konzert!« Karstens sprang auf und ging hinüber zum Fenster.

Beck erhob sich und gab Wagner ein Zeichen. »Regen Sie sich nicht auf. Wir verlassen Sie jetzt. Nur noch eine letzte Frage: Wussten Sie, dass Gabriels Freund tot ist?«

Karstens fuhr herum und starrte Beck an. »Tot? Wie ... Ich meine ...« Er fuhr sich mit einer Hand über das erblassende Gesicht.

»Er starb an einem Zuckerschock.«

»Ich verstehe nicht.« Karstens kam zurück zum Tisch und blickte Beck ratlos an.

»Diabetes! Er war Diabetiker.«

»Ach so! Ich dachte ...« Karstens setzte sich wieder auf das Sofa.

»Was dachten Sie?« Wagners Stimme kam schneidend aus dem Hintergrund.

»Ich weiß auch nicht. Es klang so ... Und weil Sie doch von der Kripo sind, da dachte ich ... Völliger Quatsch.« Karstens nahm einen großen Schluck aus seinem Wasserglas.

»Da dachten Sie?« Beck bohrte seinen Blick in Karstens niedergeschlagene Lider.

»Ich weiß auch nicht.« Karstens hob den Blick und schüttelte den Kopf. »Dass er, dass ihn einer ...«

»... umgebracht hat?«

*

Die Katze schrie, als habe Beck sie Wochen hungern lassen.

»Ja doch!«

Frau Kowalska schüttelte den Kopf. »Sie fallen nicht drrauf rrein, ich habe gefütterrt!

»Ach so?«

»Ja natierrlich, gleich heute Mittag.«

Beck betrachtete seine blitzende Küche, auf deren Fensterbank doch tatsächlich dank der Pflege seiner Putzfrau die gelben Primeln überlebt hatten, und dann seinen maunzenden Mitbewohner. »Du Luder! Sie ist eine gute Schauspielerin.«

»Ist Katerr, nicht Katze. Ja, sind rraffinierrt.« Frau Kowalwski räumte Lappen, Wischmop – er besaß einen Wischmop – und Eimer zusammen und verstaute sie in der Speisekammer. »Sie haben nichts in Kühlschrrank, Sie Mann.«

Beck kratzte sich am Kopf. »Äh, nein?«

Er betrachtete seine ... seinen Kater. Ein Geschlechtsgenosse, na so was. Für einen Mann war der aber dünn. Spritzten die nicht alles voll? Musste er den jetzt kastrieren lassen? Autsch. Nur mit Mühe konnte er sich davon abhalten, die Hand schützend in den Schritt zu legen.

»Nein, haben Sie nicht.« Die kleine dralle Frau schüttelte nachsichtig das bekopftuchte Haupt. »Soll ich kochen für Sie?« Sie legte den Kopf schief wie ein kleines fettes Vögelchen.

»Nein, ich ... kochen?« Konnte er eigentlich noch in ganzen Sätzen sprechen?

»Ja. Kochen. Ich koche und Sie essen abends, verrstehen Sie?«

»Ja, warum nicht? Das wäre schön, glaube ich.«

»Gutt. Wir prrobierren. Ich koche an Monntag und an Donnerrstag für zwei Tage, ist gut?« Frau Kowalska nahm ihr schreiend buntes Kopftuch ab und überprüfte die einzementierten pechschwarzen Löckchen.

»Ja, ist gut, versuchen wir es.« Regelmäßige Mahlzeiten wären sicherlich auch der Blutzufuhr im Gehirn zuträglich und er müsste sich nicht mehr so oft bei Asta einladen. Das wurde ja langsam peinlich, Sarah hatte ihn schon gefragt, ob er wegen der warmen Mahlzeiten mit ihr zusammen war.

Frau Kowalska trippelte energischen Schrittes in den Flur und nahm geschäftig ihren Mantel von der Garderobe. »Ach, Herr Komissarr? Soll ich sauber machen unten bei ... Herrn von Dürren? Ist ferrtig dort?« Sie kam wieder in die Küche und blieb an der Tür stehen.

»Nein. Nein, leider sind wir dort noch nicht ganz fertig. Ich sage Ihnen Bescheid, wenn es so weit ist.«

»Gutt. Ich gehe dann jetzt. Auf Wiedersehen bis Donnerrstag. Ich kaufe ein fürr Sie.«

Beck schüttelte den Kopf, als die Tür leise klickend ins Schloss gezogen wurde. Eigentlich war er ja lebensunfähig. Eine kleine Russin musste für ihn einkaufen, damit er abends was zu essen bekam. Schlimm.

Der Kater sprang elegant in die Fensterbank und setze sich, anmutig den langen Schwanz um sich herum drapierend.

»Und jetzt habe ich dich auch noch am Hals. Was willst du bloß von mir?«

Das Tier miaute und blickte ihn aus seinen leuchtenden Augen an, als wolle es etwas sagen. Wahrscheinlich: Ich hatte Mitleid.

Von Dürens Wohnung. Hm. Beck bewegte sich aus der Küche und fand sich im Treppenhaus wieder. Offensichtlich wollte er in die Wohnung des Toten, aber ohne Schlüssel? Kopfschüttelnd kehrte er in seinen Flur zurück und suchte nach von Dürens Wohnungsschlüssel.

Wenig später stand er wieder in dem kleinen Arbeitszimmer und betrachtete die teure Geige. Was, wenn sie gestohlen wurde? Ob er sie doch lieber sicher verwahrte?

Er strich mit der Hand über die seidige Oberfläche

des antiken Sekretärs, an dem von Düren lange Jahre mit seinem Rotstift über Schülerschicksale entschieden hatte. Versetzt – nicht versetzt. Tja.

Ob er ein guter Lehrer gewesen war? Anscheinend, wenn er sich sogar die Jungs nach der Schule noch warmhalten konnte. Beck ließ seinen Blick über die Familienfotos an der Wand gleiten. Ein aufrechter Mann in Uniform, wahrscheinlich von Dürens Vater, blond und blauäugig, wie es die Ideologie jener Zeit wünschte. Der Blick war starr auf etwas gerichtet, das sich hinter dem Fotografen befunden haben musste, ein heller, durchsichtiger, ja fast seelenloser Blick, so als wohnte in diesem Körper niemand. Die Uniform, war das SA? SS? Er hatte keine Ahnung, der zweite Weltkrieg hatte ihn nie besonders interessiert, hatte in seiner Familie keine Rolle gespielt.

Nie hatte sein Vater etwas erzählt, der war wohl noch zu klein gewesen damals. Seine Nonna hatte von den Paraden berichtet, wenn Mussolini milde lächelnd wie ein netter Großvater durch die Straßen von Genua paradiert war. Sie hatte ein Fähnchen bekommen zum Winken. Seine Nonna.

Er räusperte den tränengefüllten Kloß in seinem Hals fort und konzentrierte sich wieder auf die Fotos.

Auf einem weiteren Bild die Mutter mit den Töchtern, Augustus von Düren war nicht mit abgebildet. Zwei hübsche Mädchen, die eine so blond wie Vater und Mutter, die andere dunkel, fast südländisch mit ihrem schwarzen Zopf und dem bräunlichen Teint.

Die Mutter wirkte lebendiger als Maximilian von Düren, lieblich in ihrem weißen Spitzenkleid und dem geschwungenen Hut, unter dem lachende Augen strahlten. Schützend hatte sie die jüngere, dunkle Tochter an sich gezogen, deren Namen er angestrengt zu erinnern versuchte.

Wie hieß sie nur noch? Irgend so ein gekünstelter

nordischer Name, wie sie damals von den linientreuen Familien gern gewählt wurden. Tora – nein Tilrun, so hatte sie geheißen.

Hinter den Frauen war ein imposantes weißes Haus mit einem klassizistischen Säulenportal zu sehen, wahrscheinlich der verlorene Herrensitz in Ostpreußen. Dahin, dahin oder wie Kempowski sagen würde: verbrannt, verbrannt, verbrannt. Heimatlos und vertrieben, ihrer ehemaligen Bedeutung beraubt, versuchten solche Familien wohl noch heute verzweifelt den Glanz zu bewahren, der unter den Rädern der Trecks schon lange mit Staub bedeckt worden war.

Das las er auch aus Filos Erzählungen heraus, deren stolzer Familie von den ehemals riesigen Ländereien auch nichts geblieben war als ein bedeutungsloses kleines Herrenhäuschen, das glücklicherweise auf der richtigen Seite des Eisernen Vorhangs gestanden hatte. Irgendwie auch schade. Er konnte den Schmerz des Verlustes fast selbst spüren, konnte die Hufe hören, die eine geschwungene Auffahrt entlangklapperten, die Kutsche fast sehen, durch deren Fenster lachende Gesichter unter hochgesteckten Haaren schimmerten, auf dem Weg zu einem Sommerfest, sorglos, reich, nicht wissend, dass sie schon dem Untergang geweiht waren.

Mit der Arroganz und dem Chauvinismus der alten Adelsfamilien war auch der Schimmer der Lüster, die über rauschenden Ballnächten funkelten, die feste Ordnung von oben und unten, das Rauschen gestärkter Schürzen und das Knallen sporenbesetzter Hacken für immer verschwunden.

Mit einem befremdlichen Gefühl des Bedauerns – soweit er wusste, stammte er keineswegs aus altem Adelsgeschlecht – blickte Beck auf ein weiteres Bild, das Augustus zeigte, allein, in ähnlich militärischer Haltung wie sein Vater, in der braunen Uniform der Hitlerjugend.

Der Blick unter dem rasierten blonden Schädel war jedoch weicher, verlorener als der seines Vaters, der Mund leicht geöffnet, als habe er gerade etwas sagen wollen, als der Fotograf abdrückte. Was es wohl gewesen war?

Er zwang sich, den Blick abzuwenden, und ging über den langen Flur in von Dürens Wohnzimmer. Dort hatte er gesessen, an den Stuhl gefesselt. Beck suchte mit den Augen und wusste nicht, wonach. Er dachte an das Klebeband mit Steins Fingerabdruck. Ziemlich dämlich von Stein. Der kriegte noch nicht mal einen Einbruch ordentlich hin.

Schluss jetzt. Es war alles untersucht und hin und her gewendet.

Schon im Abwenden begriffen stutzte er und schwang wieder herum. Schnell ließ er sich auf die Knie herunter und brachte seine Augen dicht über den gemusterten Perser, der hier -- wie in allen Räumen – die schönen alten Parkettböden schützte. Da! Eindeutig eine Schleifspur, wegen des bewegten Musters des Teppichs nur schwer zu erkennen. Und? Dann hatte Stein den Stuhl eben hierher gezogen, was war dabei?

Aufmerksam verfolgte er mit den Augen den Verlauf der Spur, die bei genauem Hinsehen sich deutlich durch den Flor zog, auf eine kleine niedrige Tür zu, hinter der sich eine kleine Kammer mit Gerümpel befand, wenn er sich recht erinnerte.

Vorsichtig öffnet er die Tür und sah hinein. Nichts. Alte Karten, Kartons, ein Anzug hing an einem Haken – nein, das war eine Uniform. Beck trat näher. Ja, die gleiche Uniform, die von Dürens Vater trug auf dem Foto, jedenfalls auf den ersten Blick.

Er wandte den Blick ab und sah auf die Schleifspur, die auf diese Kammer zuführte. Hatte Stein den Stuhl hier aus der Kammer genommen? Er kniete sich nieder und schüttelte den Kopf. Nein, der Flor war zum Teil in der entgegengesetzten Richtung niedergedrückt.

Hm. Das hieß, der Stuhl war aus dem Wohnzimmer

in diese Kammer gezogen worden und eventuell wieder zurück. Warum?

Er eilte in das Esszimmer und holte einen der schönen, reich durch Schnitzereien verzierten Stühle. In sicherer Entfernung von der Spur zog er den Stuhl durch den dichten Teppichflor. Nein – das gab keinen solch tiefen Abdruck. Also musste der Stuhl schwerer gewesen sein, sehr viel schwerer.

Das bedeutete, dass der Körper von Dürens sich auf dem Stuhl befunden haben musste, als sein Mörder den Stuhl in die Kammer schob. War von Düren zu diesem Zeitpunkt noch am Leben gewesen?

Und warum hatte der Mörder, Einbrecher oder wer auch immer das getan?

12. Kapitel

»Wirst du ihn behalten?« Sarah schenkte Giovanni Kaffee nach.

»Ich glaube, er hat beschlossen, mich zu behalten. Ich habe eine Anzeige in der *Braunschweiger* gehabt, aber den will keiner zurückhaben.« Giovanni grinste sie an. Er sah einfach schnuckelig aus mit seinem vom Schlaf verwuschelten Haar und dem verhangenen Blick. Schade, dass sie beide gleich zur Arbeit mussten.

»Dann musst du ihm aber auch einen Namen geben.« Sarah zwang ihren Blick zurück auf ihren Teller, auf dem ein kalorienreiches Croissant mit Marmelade bestrichen werden wollte. Ab morgen gab's wieder Knäckebrot zum Frühstück. Bäh.

»Einen Namen? Kater reicht doch, oder?« Giovanni wandte sich um und betrachtete seinen Familienzuwachs, der hinter ihm in der Fensterbank hockte und hoheitsvoll auf die Straße blickte.

»Also wirklich, Giovanni! Der braucht doch einen richtigen Namen, der zu ihm passt!«

Der Kater wandte den Kopf und starrte Sarah mit seinen orangefarbenen Augen an, ohne auch nur einmal zu blinzeln.

»Siehst du? Er findet das auch.«

»Hm. Ich glaube, dass dem das herzlich egal ist, Hauptsache der Fressnapf ist voll, dann lässt er sich auch Mieze nennen.« Giovanni streckte die Arme und gähnte. »Such du doch einen Namen aus.«

Der Kater wandte angewidert den Blick ab und sah wieder zum Fenster hinaus.

Sollte Sarah zugeben, dass sie schon vor zwei Tagen sämtliche Katzenrassen gegoogelt hatte? Sie erhob sich und holte einen Zettel aus ihrer Handtasche. »Hier, hör mal. Also, das ist, wie es aussieht, ein reinrassiger Abessinierkater.«

»Abessinier?« Beck betrachtete das Foto, das ihm von Sarah unter die Nase gehalten wurde. »Stimmt. So sieht er aus. Wie eine Fledermaus im Kaninchenfellmantel.«

»Giovanni! Wie redest du über einen Angehörigen eines uralten Adelsgeschlechts? Der Legende nach waren die Abessinier die Katzen der äthiopischen Kaiser!« Ihr Liebster warf seinem adeligen Kater einen misstrauischen Blick zu und der starrte hochmütig zurück. Sarah lachte. »Und deshalb muss er, finde ich, auch einen passenden Namen haben, einen abessinischen. Hör mal, Minas, das finde ich schön, oder Sissinios, nein, das ist zu lang, oder hier: Menelik, wie findest du denn das?«

»Was um alles in der Welt sind das für Namen?« Giovanni riss seine gletscherblauen Augen auf.

Wie konnte ein Mann nur solche Augen haben? Wenn sie ihn nicht inzwischen besser kennen würde, dächte sie, dass er eisblaue Kontaktlinsen trüge. Ach ja. »Das sind alles Kaiser von Äthiopien.«

»Gott. Eine kaiserliche Fledermaus.«

»Ich finde ihn sehr hübsch.« Sarah lächelte den Kater entschuldigend an.

»Hm. Und wie willst du ihn nun nennen?«

»Minas?« Sarah schaute den Kater an, der sich gerade schnurrend hinter die Primeln kuschelte. »Scheint ihm zu gefallen.«

»Okay, Minas also.«

Der Kater zuckte mit einem überdimensionalen Ohr.

»Er hört schon drauf.«

Giovanni lächelte spöttisch.

Sarah dachte an seinen Anruf gestern Abend. Es hatte ihr gefallen, dass er sie vermisst hatte und nicht allein schlafen wollte.

Nur leider hatte sie in ihrer unwürdigen Hast, in sein Bett zu eilen, ihr Schminktäschchen vergessen. Nun saß sie hier mit ungetuschten Wimpern und blassen Wangen. Typisch.

»Du siehst heute Morgen ganz entzückend aus.« Giovanni nahm ihre Hand und streichelte sanft über die Handfläche.

Mein Gott, der Kerl musste nur irgendeinen Körperteil von ihr berühren und schon zerfloss sie, immer noch. »Äh – findest du? Dabei bin ich total ungeschminkt.« Halt doch die Klappe, Dittmann.

»Na und, das hast du doch sowieso nicht nötig.«

Giovanni schien auch noch die rosarote Brille aufzuhaben. Von wegen. »Und – was hast du heute vor? Wirst du heute den von-Düren-Fall lösen?« Lieber ein bisschen ablenken, die Atmosphäre sprühte schon wieder Funken. Dafür war jetzt keine Zeit mehr. Ihre Schulkinder zerlegten ihr Klassenzimmer zu Kaminholz, wenn sie nicht rechtzeitig Einhalt gebot.

»Ha. Schön wär's, so weit bin ich noch lange nicht. Obwohl ich gestern etwas Merkwürdiges bemerkt habe – weiß nur noch nicht, ob mich das wirklich weiterbringt.« Giovanni stand auf und ging Richtung Küchentür.

»Was denn?« Bedauernd stellte Sarah fest, dass ihr Ablenkungsmanöver Wirkung zeigte.

»Anscheinend hat der Mörder den Stuhl mit der Leiche oder dem noch lebenden von Düren hin und her bewegt. In eine Kammer geschoben. Seltsam, oder?«

»Hm, ja, komisch. Vielleicht wollte er sie verstecken?«

Giovanni erstarrte wie vom Donner gerührt.

»Entschuldige, ist wahrscheinlich Schwachsinn, ich habe ja keine Ahnung.« Sarah wickelte sich verlegen eine Locke um den Zeigefinger.

»Nein, nein. Das ist kein Schwachsinn. Der Mörder wollte den Stuhl mit von Dürens Körper in der Kammer verstecken. Aber warum?« Beck schüttelte ratlos den Kopf. »Und warum hat er ihn dann wieder hervorgeholt?«

*

»Wenn ich's Ihnen doch sage!« Ungeduldig trommelte Beck mit den Fingern auf die Platte seines Schreibtischs. »Es muss so gewesen sein, alles andere macht noch weniger Sinn.«

Wagner zog ungläubig die Augenbrauen hoch. »Die Spur kann doch viel älter sein. Da hat er eben mal einen Stuhl hin und her geschoben, na und?«

»Herrgott noch mal, ich hab's doch schon gesagt – es muss sich etwas sehr Schweres auf dem Stuhl befunden haben! Der Stuhl allein verursacht nicht eine so tiefe Spur, dass sich der Flor noch eine Woche später nicht wieder aufgerichtet hat.« Beck fuhr sich ungeduldig durch die Haare. Himmel, war der Mann begriffsstutzig.

»Hm.« Wagner schienen die Gegenargumente auszugehen. »Dann müssen wir noch mal unseren einzigen Augenzeugen befragen.«

»Das kann ich Ihnen jetzt schon erzählen, was der sagt.« Beck presste seine Stimme zu Steins angestrengt coolem Näseln. »Da war kein Stuhl, als ich eingebrochen habe, und wenn da einer war, habe ich ihn noch nie gesehen. «

Wagner gab ein Geräusch von sich, das Beck bei jedem anderen als ein Kichern identifiziert hätte. »Kann passieren, aber fragen müssen wir ihn trotzdem.«

»Da war kein Stuhl, jedenfalls habe ich keinen gesehen! Was soll denn da noch alles gewesen sein? Eine Leiche, ein Stuhl – glauben Sie vielleicht, ich habe erst noch mal Möbel gerückt, bevor ich abgehauen bin?« Stein schüttelte den Kopf. »Ich fasse es nicht. Was erfinden Sie eigentlich noch alles? Ist ja die reinste Märchenstunde hier.« Er lehnte sich auf seinem Stuhl zurück und schaute Wagner an. »Haben Sie mal 'ne Fluppe?«

»Erst, wenn Sie mir sagen, warum Sie einen Stuhl hin und her schieben. Wollten Sie die Leiche verstecken?«

»Welche Leiche denn?« Aufgebracht richtete sich

Stein auf. »Da war keine! Geht das in Ihre Bullenhirne nicht rein? Da war keine Leiche! Da war nur ein Scheißwohnzimmer mit einem Scheißbuffet voller Scheißsilberbesteck und Scheiß-Meißner Porzellan. Alles andere hat mich nicht interessiert.«

»Na, na. Sie müssen uns schon zugutehalten, dass es doch ein ganz besonders merkwürdiger Umstand ist, in eine Wohnung einzubrechen, in der eine Leiche herumsitzt, die aber von Ihnen weder zu einer solchen gemacht wurde noch bemerkt worden ist.«

»Es war aber so! Wer sagt mir denn überhaupt, dass da eine Leiche war? Vielleicht wollen Sie mir ja auch nur was anhängen.«

Beck würdigte diesen Ausfall keiner Antwort und bedeutete mit einem schwachen Kopfnicken dem durch die Glasscheibe in der Tür sichtbaren Beamten, den nutzlosen Augenzeugen abzuführen. »Herr Stein möchte zurück in seine Suite.«

»Und meine Fluppe?«

»Kein Stuhl – keine Fluppe. So war die Abmachung.«

Steins Schultern sackten resigniert nach vorn und er ging mit dem Beamten zur Tür.

»Einen Moment noch.« Beck war noch etwas eingefallen. »Erinnern Sie sich an die Wand, an der die Kommode stand?«

»Die Wand? Hä?«

»Wie sah die Wand aus, an der die Kommode steht? Versuchen Sie sich zu erinnern.«

Stein senkte den Blick und zog die Augenbrauen konzentriert zusammen. »Hm. Wie so eine Wand eben so aussieht. Weiß.«

»Nichts Besonderes?«

»Nee. Oder doch – da war etwas. Da war eine Tür, ja, eine kleine Tür, die mit Tapete beklebt war. Eine Art Speisekammer oder so was.«

»Und es hat Sie nicht interessiert, was sich dahinter

verbarg?« Beck blickte zu Wagner, der mit gerunzelter Stirn zurückschaute.

»Doch. Aber die Tür war abgeschlossen.«

»Abgeschlossen?« Wagner und Beck gaben mal wieder die Chorknaben.

»Ja. Abgeschlossen. Ist das jetzt auch wieder verkehrt?!« Stein war anscheinend kurz davor, mit dem Fuß aufzustampfen.

Beck setzte sich auf den Stuhl, den Stein gerade verlassen hatte. So musste sich Josef K. gefühlt haben, der einzige reale Mensch in der surrealen Welt Kafkas. »Nein. Nur nicht wahr. Die Tür war offen, als wir die Leiche fanden.«

*

Blicklos stierte Beck auf die noch winterlich entkleidete Kastanie vor seinem Bürofenster.

Dieser Fall nahm geradezu groteske Züge an. Der einzige Verdächtige hatte ein Motiv und noch dazu kein Alibi, war aber eigentlich zu dämlich, um einem Wellensittich den Hals umzudrehen. Dass Stein aus Versehen einen umbrachte, konnte Beck sich ohne jede Schwierigkeit vorstellen, nicht aber, dass er so hartnäckig bei seiner Version der Geschichte bleiben würde, wenn er schuldig am Tod von Dürens wäre.

Aber von Düren war nun mal tot und in der Nacht gestorben, in der Stein in seine Wohnung eingebrochen war. Oder nicht? Beck kramte die mickrige Akte des Falls aus seiner Ablage und las noch mal den Bericht des Pathologen durch. Doch.

Aber vielleicht hatte ja doch ein anderer von Düren getötet? Aber wer? Alle anderen in Frage kommenden Personen hatten ein Alibi. Und außerdem war von Düren ja nicht vorsätzlich ermordet worden. Oder doch? Nein, ausgeschlossen, welcher Mörder klebte seinem Opfer ein Klebeband über den Mund, ließ die Nase frei und hoffte, dass sein Opfer erstickte? Nur ein etwas dämlicher. Also doch Stein?

Aber hatten sie tatsächlich schon alle in Frage kommenden Personen erfasst? Vielleicht hatte ja Daglind von Düren die Schnauze davon voll gehabt, dass ihr Bruder immer das letzte Wort hatte, und ihm mal eben den Mund zugeklebt. Haha.

Aber vielleicht war es wirklich keine schlechte Idee, Frau von Düren nochmals aufzusuchen. Es musste in von Dürens Lebenskreis noch weitere Personen geben, die Grund gehabt hätten – ja, was denn? Ihn umzubringen? Auszurauben? Totzukleben? Und wieder war er an diesem Punkt gelandet.

Hatte jemand gemeinsam mit Stein den Einbruch begangen? Aber auch das hätte dieser Naivling keine zwei Stunden bei sich behalten.

Wie man es drehte und wendete – eigentlich konnte nur Stein von Düren auf dem Gewissen haben. Verdammt. Vielleicht hatte aber tatsächlich ein anderer den Einbruch begehen wollen, dabei war von Düren versehentlich zu Tode gekommen und dann hatte man Stein in diese Falle gelockt. Nein, das passte auch nicht, schließlich hatte Stein den Tipp schon vor dem Todestag von Dürens bekommen.

Unzufrieden stand Beck auf und zog sich den Mantel über. Er würde dennoch Daglind von Düren aufsuchen – etwas Besseres fiel ihm einfach nicht ein, da Oppermann immer noch nicht vernehmungsfähig war. Dabei wäre es schon interessant, zu erfahren, warum Oppermanns Freund tot im Wald herumlag, während Oppermann selbst behauptete, ihn nicht zu kennen. Sehr interessant. Er seufzte und schlang seinen Schal um den Hals.

Im Auto stellte er das Radio an und starrte mürrisch durch die Frontscheibe. Von Frühling mal wieder keine Spur, nur triste Gräue, als habe es nie aufgehört zu novembern.

Er wollte hier weg, wollte nach Italien, nach Dolcedo, zu seiner Nonna. Nudeln, Sonne und Meeresrauschen. Vielleicht sollte er doch im Sommer mal mit Sarah zusammen hinfliegen.

Aber ... die Freundin der Familie vorstellen – war das nicht fast ein Heiratsantrag? Nein, bloß keine falschen Hoffnungen wecken. Er schüttelte den Kopf. Eingebildet war er ja gar nicht. Schon mal überlegt, dass sie dich vielleicht gar nicht haben will, Giovanni? Bisher hat sie nichts getan oder gesagt, was die Annahme bestätigen würde, sie wolle mehr als ein bisschen Spaß im Bett. Und den hatten sie. Er gestattete sich ein zufriedenes Grinsen. Oh ja.

Der große Wurf bist du nicht gerade, mit deinem Beruf, der auch noch deine Wochenenden frisst, caro mio. Und wenn der es nicht tut, dann dein Hobby. Er dachte an den letzten Samstagabend zurück und schauderte leicht. Das hatte er nicht gut gemacht, Sarah so auszugrenzen. Irgendwann war sie doch noch damit herausgerückt und sie hatte recht. Er war ein Idiot.

Ein Blick aus dem Seitenfenster zeigte ihm, dass der Roadster bereits an der Klosterkirche in Riddagshausen vorbeigehastet war. Fluchend trat er auf die Bremse, um in einen Seitenweg zu fahren. Mit hundert durch das Naturschutzgebiet, er fuhr wie ein Idiot. Aber das war ja auch nichts Neues.

Er wendete mühsam auf dem schmalen Weg und fuhr den halben Kilometer zurück zur Villa der von Dürens.

Dort angekommen blieb er im Wagen sitzen und betrachtete das hübsche Anwesen durch die vom Frost gelichtete Buchshecke. Ein wirklich schönes Haus. Vom Anstrich in der Farbe reifer Aprikosen über die dunkelgrünen Fensterläden und Türen bis hin zur weit heruntergezogenen Dachhaube entsprach es genau seinem überkandidelten Geschmack.

Seine Gedanken wanderten nach Avessen und er schüttelte resigniert den Kopf. Selbst dieses wunderschöne Haus verblasste neben Sarahs barockem Puppenschlösschen vollkommen. Er hatte sich verliebt, vielleicht in Sarah und mit Sicherheit in ihr Zuhause. Pfui über ihn. Eitel, materialistisch und nur bedingt liebesfähig – doch darüber würde er später nachdenken.

»Ach – der Herr Kommissar. Ich dachte, wir hätten alles besprochen.« Besorgt runzelte Frau von Düren die zarte Stirn und bat Beck mit einer eleganten Geste in das Innere des Hauses.

Das Wohnzimmer war selbst an diesem grauen Tag von Licht durchflutet, ein zaghafter Sonnenstrahl fiel auf die gelben Rosen, die liebevoll arrangiert auf dem cremefarbenen Flügel standen.

»Spielen Sie?« Beck wies mit dem Kopf auf das Instrument.

»Wie? Oh, nein, schon lange nicht mehr. Ich war aber nie besonders gut darin – meine Geschwister waren viel musikalischer als ich.« Sie lächelte bedauernd und deutete einladend auf einen der mit grün-weiß gestreiftem Chintz bezogenen Stühle.

»Ihr Bruder spielte Violine, darüber sprachen wir bereits, und Ihre Schwester, Tilrun, nicht wahr, Cello. Das hat mir Luise von Warberg erzählt.« Beck nahm Platz und sehnte sich nach einem Kaffee.

»Luise? Sie kennen sie?« Frau von Düren schien nicht eben erbaut über diesen Umstand. Anscheinend mochte sie Sarahs Großtante ebenso wenig wie diese sie. »Ist sie immer noch so … nun ja, das tut nichts zur Sache. Ja, Tilli spielte sehr gut Cello – wahrscheinlich war sie die Begabteste von uns, sie war außergewöhnlich talentiert. Unsere Mutter war sehr stolz auf sie.« Daglind von Düren spielte mit den Fransen ihres Chaneljäckchens.

»Und Ihr Vater nicht?« Beck überlegte, ob er so unverschämt sein konnte, um einen Kaffee zu bitten.

»Nein. Mein Vater hat für Musik nicht viel übrig

gehabt.« Frau von Düren erhob sich und ging zur Tür. »Einen Kaffee?«

»Oh, gern!« Beck fragte sich erfreut, ob seine Gastgeberin Gedanken lesen konnte.

Sie rief eine kurze Anweisung in das Dunkel des Flurs und kam zurück an den Tisch. »Nein, mein Vater mochte die Musik nicht; Augustus und Tilli haben stets geübt, wenn er aus dem Haus war.«

»Warum mochte Ihr Vater keine Musik? Das ist doch recht ungewöhnlich?«

Frau von Düren lächelte wehmütig. »Nun, er fand sie, wie soll ich es sagen, unnütz, weibisch. Beschäftigung mit Musik war für ihn keine ernstzunehmende Beschäftigung.«

»Weibisch? Aber ihre Schwester war doch eine Frau – war es nicht wenigstens für sie eine angemessene Tätigkeit?«

»Oh, nein. Seiner Meinung nach passte es nicht zu einer deutschen Frau, mit einem Cello zwischen den Knien herumzusitzen. Mein Vater war sehr ... nun, von den Gedanken Adolf Hitlers zu einer ... arischen Lebensführung geprägt.«

»Und die schloss das Beherrschen eines Instrumentes aus?« Beck versuchte, die vagen Relikte seines Geschichtsunterrichts zum Thema Nationalsozialismus auszugraben.

Daglind von Düren lachte bitter. »Die schloss für eine Frau so gut wie alles aus, außer ihren Ehemann in jeder Hinsicht zu unterstützen und seine Kinder zu gebären, möglichst vier an der Zahl.«

Beck dachte, dass sich trotz der strengen Ansichten Maximilians von Dürens keines seiner Kinder in die gewünschte Richtung entwickelt hatte, keines hatte je geheiratet oder Kinder bekommen. »Wie starb Ihre Schwester Tilrun, Frau von Düren? War sie krank?«

Das bittere Lächeln erlosch und ihr Gesicht erstarrte.

»Nein. Nein, sie war nicht krank.« Die zarten Finger nestelten nervös an den Chanelfransen.

»Nein? Sie ist doch sehr jung verstorben, nicht wahr?«

Die Tür ging auf und der Kaffee kam herein, auf einem silbernen Tablett in feinstem weißem Porzellan, serviert von einer rundlichen Frau, die eine der weißen Rüschenschürzen trug, von denen Beck eigentlich gedacht hatte, sie seien gemeinsam mit den Häubchen tragenden Zimmermädchen verschwunden. Dankbar nickte er der rotwangigen Frau zu, die ihm den dampfenden Kaffee eingoss, und nahm einen belebenden Schluck. Der Kaffee war hervorragend, stark und würzig.

Frau von Düren nahm ihre Tasse auf und stellte sie klirrend wieder ab. Ihre Hand zitterte. »Sie ... Ja, sie war sehr jung.«

»Das tut mir sehr leid.« Erstaunlich, wie nahe ihr der Tod ihrer Schwester nach so vielen Jahren noch ging.

»Warum fragen Sie nach Tilrun? Sie hat doch mit dem Tod meines Bruders nichts zu tun.« Frau von Düren gewann den Kampf gegen die Tränen, die feucht in ihren lavendelblauen Augen schimmerten.

Diese Frage konnte Beck wirklich nicht beantworten, stocherte er doch relativ unmotiviert im familiären Hintergrund des Toten herum. »Nein, ich mache mir nur ein Bild vom sozialen Hintergrund Ihres Bruders. Das hilft mir eventuell bei den Ermittlungen.« Diese dünne Erklärung musste oft herhalten, wenn er im Dunkel nach dem Faden der Ariadne tastete.

»Aha.« Frau von Düren wandte den Kopf und sah schweigend in ihren Garten hinaus.

Beck wartete und betrachtete ein Ölbild über dem Flügel, das den Vater der von Dürens zeigte, im Anzug zwar, aber ebenso steif und aufrecht, unnachgiebig, als trüge er die schwarze Uniform, wie auf dem Foto, das Beck bereits betrachtet hatte. Kein Lächeln milderte die

Strenge seines Mundes, die Augen hart auf den Betrachter gerichtet. Kein Vater zum Gernhaben.

»Tilrun starb eigentlich nicht.«

Mit einem Ruck kehrte Beck in den Salon zurück. »Wie bitte?«

»Sie starb nicht. Sie verschwand. Wir haben sie nie wiedergesehen.«

*

»Wie bitte? Wer ist dort, bitte?« Sarah presste den Hörer an das Ohr und lauschte in ihr Telefon.

»Farid.«

Farid! Oh Gott, was war denn jetzt wieder passiert? »Was ist los? Haben sie dir schon wieder etwas …«, Sarah unterbrach sich, als sie den Jungen flüstern hörte.

»Nein. Aber Mama will wieder umziehen. Und ich will nicht weg, ich will hier bleiben.« Farids Stimme brach und er räusperte sich.

Sarah dachte an die zaghaften Anfänge einer Freundschaft zwischen Farid und Phillip, einem fröhlichen, sommersprossigen Jungen aus ihrer Klasse.

»Könnten Sie … vielleicht mal mit meiner Mutter reden?«

»Mache ich. Jetzt gleich?« Sarah sah an sich herunter. Fleckige Jeans und ausgelatschte Sneakers, nun, das konnte ja schnell behoben werden.

»Ja. Jürgen ist gerade da. Der findet es auch doof, dass sie schon wieder umziehen will, wo sie gerade das Haus eingerichtet haben. Vielleicht …«

»Vielleicht schaffen wir es zu zweit, sie zu überzeugen. Ich komme, so schnell ich kann. Bis gleich.« Sarah legte auf und raste durch die Halle in ihr Schlafzimmer.

Ein flüchtiger Blick in den Spiegel zeigte ihr mal wieder ein medusenähnliches Geschöpf. Während ihr Blick durch den prall aber nutzlos gefüllten Kleiderschrank irrte, versuchte sie – fruchtlos, wie sie wusste – ihre

Locken zu glätten. Warum hatte sie eigentlich nur alte Lumpen? Seufzend griff sie nach einer weißen Jeans und zerrte ein Paar hochgeschlossene blaue Wildlederpumps heraus. Hastig schlängelte sie sich in die enge Jeans und schlüpfte in die Schuhe. Hatte sie zugenommen – an den Füßen?

Sie streckte ihrem unzulänglichen Spiegelbild die Zunge heraus und eilte nach draußen, um sich in ihren Wagen zu werfen.

Auf der Hauptstraße verfehlte sie um Haaresbreite die Katze des Nachbarn Schmidt, und Bauer Nowak zeigte ihr einen Vogel, als sie kurz vor den überdimensionierten Reifen seines Treckers über die Straße flitzte. Irgendwie konnte sie nie gelassen und geordnet von einem Ort zum anderen kommen, schon gar nicht, wenn eine Kinderseele auf dem Spiel stand.

Mit quietschenden Reifen und rauchendem Colt hielt sie vor dem Haus der Dorenkamps. Einmal noch tief durchatmen.

Was wollte sie Frau Dorenkamp eigentlich erzählen? Dass es für Farid wichtig war, ein Zuhause zu haben, einen Ort, an dem er bleiben und zu dem er zurückkehren konnte, Freundschaften zu finden, die ihm auch über die Blessuren zu helfen vermochten, die eine feindliche Umwelt ihm zufügte. Ja, so ging es.

Noch bevor sie ausgestiegen war, schob sich Farids schwarzer Lockenkopf durch den schmalen Spalt zwischen Haustür und Rahmen. Sie verzichtete darauf, sich noch mal die Nase zu pudern, und legte ein zuversichtliches Lächeln auf ihr Gesicht.

»Mama weint.« Farid verzog den Mund. »Ihre Nerven.«

Ihre Nerven? Und was war mit den Nerven ihres Sohnes? Statt dass sie für ihn eintrat, die Kinder und deren Eltern zur Rede stellte, heulte sie und versteckte sich in ihrem Haus. Sarah ermahnte sich, nicht schon wieder ein vorschnelles Urteil zu fällen – darin war sie sehr gut – und folgte Farid in das Innere des Hauses. »Sollte ich nicht lieber klingeln? Farid, ich kann doch deine Mutter nicht einfach so …«

Der Junge war schon im Wohnzimmer verschwunden und hatte sie im Flur allein gelassen. Unsicher trat sie von einem Bein auf das andere. Sollte sie noch mal zurückgehen? Schritte näherten sich der Tür. Schnell trat sie nach vorn, um an der Wohnzimmertür anzuklopfen, ehe sie gesehen wurde.

Sie hob die Hand und starrte in das verdutzte Gesicht eines sehr großen, sehr braun gebrannten, sehr blonden Mannes. »Entschuldigen Sie …«

»Was machen Sie hier? Sie können doch nicht einfach …« Der Mann wandte sich um, als Farids helle Stimme ertönte.

»Lass sie, Jürgen, das ist meine Lehrerin. Sie will mit Mama sprechen.«

Scharrende Geräusche aus dem Inneren des Raumes ließen darauf schließen, dass Farids Mutter an Flucht dachte. Sarah sah Frau Dorenkamps Freund bittend an. »Es geht um Farid, er macht sich Sorgen. Ich würde gern mit ihr reden, aber wenn es gar nicht passt …«

»Kommen Sie herein. Vielleicht bringen Sie sie ja zur Vernunft.«

Der blonde Hüne ging zur Seite und machte den Blick frei auf Frau Dorenkamp, die mit rot geweinten Augen auf dem cremefarbenen Sofa saß, umgeben von ihren zierlichen Puppenmöbeln und blank polierten Flächen. So sehr hatte sie sich bemüht, ein Heim zu schaffen, makellos, freundlich und rein. Vergeblich, der Schmutz war auch hier wieder eingedrungen.

Sarah trat näher. »Kann ich kurz mit Ihnen sprechen, Frau Dorenkamp?«

»Wenn es sein muss. Ich weiß nicht was das bringen soll, aber …« Sie machte eine resignierte Handbewegung.

»Ich würde gern allein mit Ihnen sprechen, unter vier Augen.«

»Ich habe vor Jürgen keine Geheimnisse. Farid, geh bitte in dein Zimmer.«

Der Junge ließ einen tiefen Seufzer hören, stand aber widerspruchslos auf und verließ den Raum.

»Ich möchte Sie einfach bitten, hier zu bleiben, bei uns in Avessen. Es tut mir leid, dass Ihr Sohn mit ein paar Jungen so viel Ärger hat, aber er hat auch schon einen Freund gefunden. Er braucht einen festen Ort, an dem er bleiben kann, an dem er sich geborgen fühlt. Einmal muss es ausgefochten werden, denke ich.«

»Ausgefochten werden!? Sie haben gut reden, in Ihrem Schloss. Zu Ihnen schauen die Leute hier doch auf. Wir sind immer die Zugezogenen, die Fremden, und Farid ist der Mullah, der Kümmeltürke, der Kanake und was nicht alles. Kanakenflittchen – so haben sie mich schon genannt, können Sie sich vorstellen, wie weh das tut? Ich habe mir schon was ausgesucht, ein Dorf in der Heide, ein Haus, das ganz allein außerhalb des Dorfes steht – da lassen sie uns vielleicht in Ruhe. Oder vielleicht doch wieder in die Großstadt.«

Sarah schüttelte den Kopf. »Nein. Ich glaube, dass das falsch wäre. Sie müssen mitten unter den Menschen wohnen, mit erhobenem Kopf über den Marktplatz gehen – wir leben doch nicht im Mittelalter. Sie haben einen iranischen Mann gehabt, na und? Eine meiner ältesten Freundinnen ist mit einem Türken verheiratet – glücklich. Was soll's, wir leben in Zeiten einer Globalisierung, die selbst vor unserem Kaff nicht haltmacht.«

»Schöne Worte. Theoretisch stimmt das alles, praktisch sieht es so aus, dass Farid überall, wo wir hinkommen, gemobbt wird und wir nicht akzeptiert werden. Ich hasse das.« Ihre Stimme brach und sie blickte hilfesuchend auf zu ihrem Lebensgefährten. Doch der wandte den Blick ab und schwieg.

»Aber Sie flüchten ja auch immer, bevor Sie akzeptiert werden können. Bleiben Sie hier und backen Sie zum Schulfest im April einen Kuchen, treten Sie in den Elternverein ein und kommen Sie am Dienstag mit mir zum Pilates im Dorfgemeinschaftshaus – und schon haben Sie mehr Einladungen und Komitees an der Backe, als Ihnen lieb sein wird. Glauben Sie mir, so schlimm sind wir gar nicht, wir Avesser.«

Frau Dorenkamp lächelte verzerrt unter Tränen. »Ach, wenn das so einfach wäre.«

»Versuchen Sie es. Was haben Sie zu verlieren? Außerdem lade ich Sie hiermit herzlich zu einem großen Fest ein, das wir bald im Schloss feiern, Ihren Freund natürlich auch.« Sarah zwinkerte dem blonden Hünen lächelnd zu. Filo würde ihr diese großzügige Erweiterung ihrer Gästeliste sicherlich verzeihen.

»Ja, Gabi, das ist doch ein echt guter Rat, du musst dich einmal stellen, dann wird auch alles gut.«

»Aber – Farid ...« Die überschlanke Frau nestelte nervös an ihren rot lackierten Fingernägeln.

»Farid möchte hier bleiben – trotz allem. Kevin und seine Gang sind nicht Avessen, wissen Sie? Das sind einfach Kotzbrocken, wie es sie überall gibt.« Sarah legte eine Hand auf das zitternde Knie ihres Gegenübers. »Bitte. Bleiben Sie, geben Sie Avessen, geben Sie Farid eine Chance. Ich werde Sie unterstützen, wo ich nur kann.« Sarah hoffte, dass sie ihre Worte nicht bereuen würde. Was lud sie sich hier nur wieder auf? Diese Einmischerei in das Leben anderer Leute konnte sehr gut nach hinten losgehen. Leute mit einem Helfersyndrom waren nervtötend. Ich helfe dir, damit du mich lieb hast. Grässlich. Sie hoffte, dass sie es für Farid tat, was auch immer sie hier genau tat. Man würde sehen.

»Wahrscheinlich haben Sie recht.« Farids Mutter suchte in einer Tischschublade nach einem Taschentuch, mit dem sie vorsichtig die schwarzen Rinnsale betupfte, die ihre Tränen auf den gepuderten Wangen hinterlassen hatten. »So kann es nicht weitergehen. Wir bleiben.«

Ein erleichterter Seufzer ließ den blonden Jürgen zusammensinken und Sarah merkte, wie auch ihre eigene Anspannung schlagartig nachließ. Puh.

»Erst einmal zumindest.«

Krachend sprang die Tür auf und ließ einen schwarzlockigen Wirbelwind herein. »Jey! Super! Kriege ich dann einen kleinen Hund?«

Sarah musste lachen. Unglaublich diese Regenerationsfähigkeit von Kindern. Eben noch voller Sorge am Boden zerstört und jetzt voller Tatendrang eine fröhliche Zukunft bauend – von dieser positiven Energie hätte sie gern etwas in Flaschen abgefüllt. Hatte sie das auch mal gekonnt?

»Lass deiner armen Mutter mal ein bisschen Zeit, Luft zu holen.« Sarah stand auf und lächelte ihrem Schüler zu. Sie verabschiedete sich kurz und verließ das Haus mit dem Gefühl, etwas geleistet zu haben, etwas Gutes.

Sie würde mal ihre alte Schulfreundin Dörte anhauen. Bestimmt konnte die noch eine Frau für ihre Theatergruppe gebrauchen. Und wenn nicht, dann brauchte sie spätestens jetzt eine. Gutes Mädchen, Sarah.

Wie sie allerdings verhindern sollte, dass Kevin morgen nicht wieder über Farid herfiel, das wusste sie auch noch nicht genau.

Vielleicht wäre ein kleiner Hund wirklich die Lösung – ein niedlicher kleiner Bullterrier.

Kapitel 13

Ächzend erhob sich Beck, durch die mahnende Stimme seines Weckers vom Lager der Nacht aufgeschreckt.

Ein stechender Schmerz zwang ihn jedoch unmittelbar wieder auf die Matratze zurück. Was war denn das? Hatte er sich über Nacht eine Rippe gebrochen?

Vorsichtig richtete er sich wieder auf und wartete auf den Schmerz. Au! Er robbte auf die andere Seite und rollte sich im Zeitlupentempo herum. Rückwärts krabbelnd wie ein Krebs schob er sich aus dem Bett. Das ging – einigermaßen. Stöhnend richtet er sich auf und betastete seine Rückseite. Ich habe Rücken.

Sollte er sich etwa unter die hundertachtzigtausend bandscheibenvorgefallenen Menschen in Deutschland einreihen? Nein, dazu tat es nicht weh genug, oder? Hexenschuss? Und wenn ja, was war das überhaupt? Er hatte noch nie ›Rücken‹ gehabt. Verdammtes Alter.

Er hinkte unter die Dusche und ließ den Strahl so heiß wie möglich auf seine malträtierte Rückseite prasseln. Schon besser.

Ein Handtuch um die Hüften geschlungen, betrachtete er den kaum nennenswerten Inhalt seines Medizinschränkchens. Hervorragend. Eine abgelaufene Schachtel Aspirin und eine halbe Flasche Hustensaft. Ob man den auch einreiben konnte?

Er schob sich in seinen Pullover wie eine Schnecke unter Valium und wischte sich anschließend den Schweiß von der Stirn. Jetzt musste er auch noch zum Orthopäden.

Einen Cappuccino später hatte er das Gefühl, dass sich sein Rücken etwas entspannte – Koffein war eben für alles gut. Bestimmt konnte man das auch inhalieren. Sein Blick fiel auf den nagelneuen Laptop auf seinem ebenso nagelneuen Sekretär unter dem Schlafzimmerfenster. Hm. Er könnte ja auch im Büro recherchieren. Aber der Rechner dort war so unglaublich langsam, Behördentempo eben.

Ein warmer, drahtiger Körper strich um seine Beine. Beck blickte hinunter und direkt in den Medusenblick seiner Katze. Ein anklagendes Maunzen tat das Seine und er ließ sich auf den ebenfalls neuen Stuhl sinken.

Er hatte ja jetzt Verantwortung, das Tier war sowieso viel zu viel allein. Ein Messerstich peinigte seine Lendengegend und er faltete sich stöhnend wieder in die Senkrechte. Verflucht! Vorsichtig eine Hand in sein Kreuz gepresst bewegte er sich im Zeitlupentempo in Richtung Stuhlpolster. Oh mein Gott!

Endlich saß er einigermaßen schmerzfrei und startete den Rechner, der sich in einem befriedigenden Affentempo ins Internet einklinkte. Wenigstens etwas, die Ausgabe hatte sich offensichtlich gelohnt.

Ratlos starrte er auf den hellen Bildschirm. Was sollte er überhaupt eingeben? Täter in Mordfall gesucht? Ha ha.

Mit einem weichen Satz sprang der Kater lautlos auf den Schreibtisch und drapierte sich um den Monitor. Lautes Schnurren kündete davon, dass ihm die Arbeitsplatzverlegung seines neuen Herrchens zusagte. Beck kraulte den Kater hinter den überdimensionalen Ohren und schmunzelte. Auf den Kater gekommen, eindeutig.

»Leg dich mal in meinen Rücken, Katzenfell soll doch gut bei Rückenschmerzen sein.«

Der Kater gähnte gelangweilt.

»Toll, danke für deine Hilfe, Kumpel. Früher hätten sie dir das Fell abgezogen.«

Konsterniert riss der Kater die Augen auf und fixierte Beck mit seinem Laserblick.

»Ja, ja schon gut, ich nehm's ja zurück, Eure Hoheit, Kaiser Minas.«

Er gab in das blinkende Suchfenster seines Browsers ›Verschwunden‹ ein. Vom Trailer eines bekannten Hollywoodfilms bis hin zur Homepage eines Suchservices tauchte alles auf.

Er setzte ein ›im Dritten Reich‹ hinzu, und in Windeseile bot ihm der Browser beklemmende Links an: *jüdische Nachbarn verschwunden, im Konzentrationslager verschwunden, spurlos verschwunden, ohne Urteilsspruch verschwunden, Juden gesellschaftlich ausgegrenzt.* Beklommen klickte er einen Link nach dem anderen an und las von Massenvernichtungen und Experimenten an Menschen.

Wozu Menschen fähig waren, wusste er selbst am besten, erlebte es immer wieder von Fall zu Fall in den unterschiedlichsten grausigen Variationen. Aber dies, dieses Ausmaß – einfach unvorstellbar und dennoch war es passiert.

Er ließ die Hände sinken und sah zum Fenster hinaus. Aber das hatte nichts mit ihm, nichts seinem Fall zu tun, noch nicht einmal mit dem Verschwinden Tilrun von Dürens, denn die war ja eindeutig keine Jüdin gewesen. Ihr Verschwinden war unerklärlich, schrecklich für die Familie, ja, spielte aber keine Rolle für seine Ermittlungen. Er hatte einen Hang zu unnötigen Seitenschlenkern bei seinen Nachforschungen, wahrscheinlich ein Ausweichverhalten.

Deprimiert erhob er sich und schloss gequält die Augen, als das Messer sich wieder in seine Lenden senkte. Er musste zum Arzt, so ging das nicht. Gebeugt buckelte er zum Telefon, um sich einen Termin geben zu lassen, verfolgt vom Basiliskenblick seines Tieres. Der hatte gut glotzen mit seiner beweglichen Wirbelsäule. Ächzend suchte Beck die Nummer eines bekannten Braunschweiger Orthopäden heraus.

Hoffentlich gab der ihm keine Spritze.

*

»Um Himmels willen!« Kopfschüttelnd stand Sarah in der Mitte des großen Ballsaals und sah zur Decke. »Siehst du den Riss? Wir können froh sein, wenn deine Gäste lebend deine Geburtstagsfeier verlassen.«

»Och. Der ist doch gar nicht so groß.« Filo fuhr sich schnaufend mit einer staubigen Hand über das verschwitzte Gesicht und hinterließ dabei eine interessante weiße Linie.

»Na ja. Ich weiß ja nicht.«

Asta kam mit einem riesigen Müllsack quer über das verschmierte Parkett auf sie zu und lächelte. »Hör auf zu unken. Diese Decke hat dreihundert Jahre gehalten, da wird sie nicht gerade nächstes Wochenende herunterkommen.« Sie stemmte eine Hand in die vom Yoga gestählte Taille und sah sich um. »Guckt bloß mal, was wir schon geschafft haben. Sieht doch schon richtig gut aus!«

Sarah griff sich an die Stirn. »Ach – Filo, ich habe übrigens zu deinem Fest eine neue Bekannte eingeladen, ich hoffe, das ist okay. Sie braucht ein paar neue Freunde hier in unserem Kaff. Dafür macht sie auch die Blumendeko.«

»Klar, du kannst einladen, wen du willst – schließlich ist es dein Saal.« Filo fegte einen staubenden Haufen aus Putz und Spinnweben zusammen. »Die heilige Sarah – lass mich raten, die Mutter von Farid?«

»Genau.« Sarah streckte ihrer Freundin die Zunge heraus. »Zusammen mit ihrem superblonden, superfitten Toyboy.«

»Hoho! Ist der was für mich?«

»Gibt's einen Mann, der nichts für dich ist, liebe Filomena?« Sarah zog in Nachahmung Luises spöttischer Süffisanz eine Braue nach oben.

»Solange er hübsch und gut im Bett ist – nein.«

Sarah grinste. »Kommt Thomas eigentlich auch, Asta?«

Asta feixte zurück. »Eingeladen hat sie ihn. Aber vielleicht hat er ja keine Lust, von Filo zum Dinner verspeist zu werden.«

Begeistert beobachtete Sarah, wie sich eine feine Röte über Filos Alabasterzüge legte. »Hört doch mal auf damit. Ich habe gar nichts vor mit Thomas.«

»Jaaaaa!« Sarah riss die Arme hoch und sprang in die Luft.

»Filo ist verknaaallt, Filo ist verknaaallt, Filo ist ...« Ein bröckelnder Putzfladen traf sie am Arm und ließ sie verstummen. »Spinnst du?« Ein weiterer traf sie an der Brust und zerplatzte staubend auf ihrem Sweatshirt. »Na warte!« Schnaubend griff Sarah auf den soeben zusammengefegten Haufen und donnerte ein lehmiges Stück in Filos Richtung.

»Hört auf! Sagt mal, spinnt ihr total! So werden wir nie fertig!« Asta baute sich vor dem Schmutzhaufen auf. »Finger weg! Wie alt seid ihr eigentlich?«

»Sie hat angefangen!« Anklagend wies Sarah mit dem Finger auf Filo.

»Gar nicht, Mama. Die ärgert mich immer.«

Asta kicherte. »Seid lieb, Kinder. Sonst dürfen Giovanni und Thomas nicht zum Spielen kommen, klaro?«

»Und das wäre natürlich fatal.« Sarah wischte sich den Staub von der Brust und zog das Kopftuch stramm um ihren Kopf.

»Thomas ist aber schon zum Spielen gekommen.« Die samtige Stimme von der Tür her ließ sie zusammenschrecken.

Sarah fuhr sich unwillkürlich mit der Hand über das Gesicht. Oh nein, der schöne Thomas – und sie sahen aus wie die Trümmerfrauen. Wie lange stand der denn schon da? Na, ihr konnte es ja egal sein. Ein Blick zu Filo zeigte ihr, dass ihre Freundin ähnliche Gedanken hegte. Wie zufällig griff sie gerade nach ihrem Kopftuch und ließ die blauschwarzen Haare herabfallen. Haha, von wegen nichts vor mit Thomas.

Aber weil Sarah ja ein gutes Mädchen war, lächelte sie strahlend und sagte: »Oh, Thomas, wie nett. Ich wollte gerade in die Küche gehen und Kaffee machen, kommst du mit?«

Sein Blick irrte an ihr vorbei zu Filo, doch Sarah nahm ihn gnadenlos beim Arm und verwickelte ihn in ein Gespräch über seine Tochter. So, das sollte Filo Zeit genug geben, sich vor der Kaffeepause herzurichten. Dafür hatte sie aber einen gut.

Abgesehen davon war es kein allzu großes Opfer, zehn Minuten mit dem glutäugigen Thomas allein in der Küche zu sein, vor allem, weil er ihr so schön egal war und sie in aller Ruhe und Gelassenheit mit ihm flirten konnte. Ach, wenn ihr das doch bei Giovanni auch einmal gelingen könnte!

Sie senkte zur Übung die Wimpern und warf Thomas einen, wie sie hoffte, geheimnisvollen Blick zu. Was Filo konnte, konnte sie auch … ein Griff zum Kopftuch und sie schüttelte ihre Locken dekorativ über die Schultern. Vielleicht sahen sie wie durch ein Wunder ja mal nicht nach Sauerkraut vom Vortag aus. Der reinste Vamp, war sie, jawohl, Luises Erbe kam doch noch durch.

»Du hast da eine Spinne im Haar, Sarah.«

Ihr gellender Schrei hallte von den Flurwänden zurück. »Wo?! Nimm sie raus, sofort, Thomas!« Von Widerwillen geschüttelt sprang sie von einem Bein auf das andere, bis Thomas das eklige Tier endlich aus ihrem Sauerkrautwust entfernt hatte.

Im großen Kino des Universums war sie als Vamp wohl doch fehlbesetzt. Sie konnte sich nicht erinnern, dass Marlene Dietrich jemals ihrem Flirtopfer kreischend an den Hals gesprungen war. Einfach hoffnungslos.

*

»Unter die Räder gekommen?« Das war Wagners mitfühlender Kommentar, als Beck ins Büro gekrückt kam.

Irgendwie wirkte die Spritze nicht, obwohl sie groß genug gewesen war, um einen Bullen schachmatt zu setzen. Was für ein lustiges Wortspiel. Er würde später darüber lachen.

»Hexenschuss.« Beck kroch hinter seinen Schreibtisch und fuhr den Schneckenrechner hoch.

»Ja, ja, wir werden alle nicht jünger.« Wagner feixte schadenfroh. »Hatte ich schon mal. Wenn man das einmal hatte, kriegt man das immer wieder.«

»Haben Sie sonst noch was Aufbauendes auf Lager?« Beck hätte seinem miesepetrigen Kollegen am liebsten den Stinkefinger gezeigt.

»Nein. Warum sollte ich? Mich baut ja auch keiner auf.« Wagner muffelte zur Tür hinaus und überließ Beck seinen schwarzen Gedanken und schmerzenden Bandscheiben.

Lustlos beschäftigte er sich mit einem Raubüberfall mit Todesfolge auf der Hamburger Straße – vier Jugendliche hatten eine alte Dame um ihre Geldbörse mit zwanzig Euro erleichtert und die arme Frau war so unglücklich gefallen, dass sie ihren Verletzungen wenig später erlegen war. Der Kindheit unschuldige Spiele. Seine Gedanken glitten jedoch immer wieder zu von Düren zurück. Er fühlte sich bedrückt, fast schwermütig. Warum nur? Er hatte wirklich schon belastendere Fälle erlebt.

Spontan griff er zum Telefon und wählte die Nummer seines Vaters, ehe er so richtig erfassen konnte, was er da tat.

»Hier bei Beck.« Die vertraute Stimme der Haushälterin seines Vaters trug ihn sofort in seine Kindheit zurück, eine Kindheit, in der eine Angestellte die Mutter ersetzen musste – und den Vater.

»Guten Tag, Frau Weigel, hier ist Gio.«

Der laute Jubelruf seiner Ersatzmutter ließ ihn beschämt lächeln. Jede Woche nahm er sich vor, sie anzurufen und dann tat er es doch nicht, aus Sorge, statt ihrer womöglich den ungeliebten Vater anzutreffen oder zum Besuch aufgefordert zu werden.

»Ach, Gio, wann kommst du denn endlich mal wieder?«

Da war sie, die gefürchtete Frage. »Ähm, ja, das ist so eine Sache …« War es gar nicht, er konnte sich heute noch in seinen Wagen setzen und Frau Weigel besuchen. Nur – abends war leider auch Alexander eventuell zu Hause.

»Dein Vater ist im Urlaub.« Frau Weigel seufzte. »Ich verstehe nicht, warum ihr nicht miteinander auskommen könnt. Ihr habt doch nur noch euch, seit …«

»Im Urlaub?« Beck riss ungläubig die Augen auf. Sein arbeitssüchtiger Vater war im Urlaub?

»Ja, stell dir vor, Maria hat ihn dazu überredet. Sie sind zusammen nach Italien gefahren, nach Rom, sie will ihm ihre Kinder vorstellen. Wenn du mich fragst, das ist was Ernstes mit den beiden.«

Italien? Beck hätte am liebsten den Hörer aufgeknallt. Was hatte der Kerl mit einer anderen Frau in Italien zu suchen? Sein Italien? Das Italien seiner Mutter? Eine Italienerin ins Grab getrieben und dann die nächste verbrauchen? Eifersucht fraß sich einen schmerzenden Weg durch Becks Eingeweide.

»Gio? Hätte ich's dir nicht erzählen sollen? Wegen deiner Mutter?« Besorgnis klang in Frau Weigels warmer Altstimme mit.

»Nein, nein, ich … war nur überrascht, das ist alles, ich hätte nicht gedacht, dass Alexander es überhaupt noch mal zu einer festen Beziehung bringt, bei seinem Frauenverschleiß.« Beck merkte selbst, wie giftig er klang, und räusperte sich. »Na ja, das geht mich ja auch nichts an.«

»Aber ich dachte, du magst Frau Gilberti?«

»Tue ich ja auch.« Aber nicht an der Stelle meiner Mutter. Mein Gott, wie alt war er denn? Immer noch zwölf. Eingefroren in dem Lebensalter, in dem seine

Mutter gestorben war und ihn allein zurückgelassen hatte, allein mit einem gleichgültigen Vater und einer liebevollen Fremden. Selbstmitleidiges Gewinsel. Er richtete sich gerade auf und zuckte wimmernd zusammen.

»Was ist denn? Was hast du?«

»Ach, nur einen Hexenschuss.« Beck winkte ab, obwohl Frau Weigel ihn gar nicht sehen konnte.

»Oh je. Mach mal Bestrahlung, Junge, mit der Infrarotlampe. Hast du eine?«

»Nee.« Mühsam versuchte sich Beck zu erinnern, was das war. Eine nebulöse Erinnerung tauchte auf, ein hellblonder, schmächtiger Junge in rotes Licht getaucht, trotz des intensiven Lichtstrahls ein Auge geöffnet, um den Effekt auskosten zu können, dass hinterher alles in grünen Nebel getaucht zu sein schien. Er lächelte. »Aber ich kann mir ja eine kaufen, auf dem Heimweg.«

»Mach das, Gio. Und besuch mich doch mal. Ich würde mich so freuen.«

Beck murmelte eine unverbindliche Antwort in den Hörer und hasste sich dafür. Nach einem schnellen Abschied legte er auf und starrte auf seine Hände. Zu seinem Entsetzen fühlte er Tränen aufsteigen. Rasch blinzelte er und hustete. Er hatte seit dem Tod seiner Mutter nicht mehr geweint, da würde er jetzt nicht damit anfangen, bloß weil er Rückenschmerzen hatte. Wo gab es denn so was?

Er hievte sich mühsam hoch und schlich über den Flur. Er brauchte jetzt eine menschliche Seele, die nicht Wagner war. Aber der war ja auch nicht menschlich. Er gestattete sich ein hämisches Grinsen, das vom Universum sofort mit einem stechenden Ziehen in seinem unteren Rücken geahndet wurde.

Böser Junge.

*

»Guck mal, wie schön sie zusammen spielen.« Versonnen lächelnd betrachtete Sarah durch ihr Küchenfenster die beiden Kinder, die gerade den Mirabellenbaum zu entern versuchten, auf dem sich noch die kläglichen Reste ihres eigenen Baumhauses befanden.

»Nun verheirate sie nicht schon.« Asta trat neben sie. »In dem Alter können Mädchen und Jungen noch nicht viel miteinander anfangen.« Aber auch sie lächelte angesichts der beiden hübschen Kinder, die mit ihren hellen Stimmen den sonst eher verwaisten Küchengarten zum Leben erweckten.

»Schon ein schönes Bild – sie so blond wie ihre Mutter und er so dunkel …«Asta lächelte versonnen.

»Ja, Karla wird mal genau so schön wie Claudia – da hat Thomas später alle Hände voll zu tun, die Jungs abzuwehren. Am besten, er kauft sich eine Schrotflinte.«

»Ach – Karla ist aber viel besonnener als ihre Mutter, ich glaube nicht, dass sie ihm viel Kummer machen wird.« Asta strich mit einem Finger über die angestaubte Scheibe und betrachtete kopfschüttelnd den Dreck auf ihrer Fingerspitze.

»Du hast recht. Leider musste die Kleine ja schon viel zu früh erwachsen werden. Genau wie Farid. Heute Morgen hat er Kevin nach Strich und Faden verprügelt. Ich habe so getan, als würde ich es aus meinem Bürofenster nicht sehen.« Sarah beobachtete wohlwollend, wie Farid den Kopf in den Nacken legte und lauthals über eine Bemerkung seiner neuen Freundin lachte.

»Sarah! Das kannst du doch nicht machen!« Asta riss entsetzt ihre Veilchenaugen auf. »Du hast doch die Verantwortung!«

»Ja doch. Ich habe ja auch nicht lange zugeguckt – dann bin rausgegangen. Aber angefeuert haben sie Farid, nicht Kevin. Da hat der kleine Kotzbrocken wohl doch einmal zu viel den großen Macker raushängen lassen, schätze ich.«

Asta blickte in den Garten hinaus. »Ein mutiger kleiner Mann, dein Farid. Ein kleiner Löwe.«

»Oh ja!« Sarah fühlte Stolz in ihrer Brust anschwellen, als sei er ihr eigener Sohn. »Das ist er, viel mutiger als seine Mutter. Und was für ein glücklicher Zufall, dass er gerade heute vorbeigekommen ist, um mein altes Baumhaus zu inspizieren, als Thomas die Kleine mitgebracht hat. Hach, alles wird doch noch gut, hoffe ich.«

»Apropos – wo ist eigentlich Thomas? Und wo Filo?« Asta zog eine rötliche Braue hoch.

»Tja, ich schätze mal, die wälzen sich im Gästebett. Die konnten ja schon vorhin beim Kaffee kaum die Finger voneinander lassen. Geradezu sittenwidrig.«

»Das sagt die Richtige!« Asta verpasste ihr einen leichten Schlag an die Schulter. »Wenn Gio und du sich in einem Raum befinden, kriegt man auch fast einen elektrischen Schlag.«

»Ehrlich? Oh Gott, ich dachte, wir sind ein bisschen nüchterner geworden in letzter Zeit.« Sarah grinste ihre Tante verlegen an.

»Nüchterner? Na ja, verglichen mit Romeo und Julia vielleicht. Aber auch nur vielleicht.«

»Peinlich.«

»Ach was – aus mir spricht doch nur der Neid. Ich würde auch gern mal wieder so richtig verknallt sein. Das ist so lange her.« Asta wickelte einen hennaroten Zopf um ihren Zeigefinger.

»Wer war denn dein Letzter?« Sarah kramte in ihrer Erinnerung. »Manitu?«

»Manapi«, verbesserte Asta sofort.

Sarah erinnerte sich an den hochgewachsenen Indianer, den Asta auf irgendeinem Schamanen-Workshop kennengelernt hatte und der zeitweise Astas Schlafzimmer in einen Wigwam verwandelt hatte. In einen recht häufig besuchten Wigwam. Sie grinste. »Ach, ja, Manapi. Ja, der hatte was. Was hieß das noch mal?«

»Manapi? Wundervoll, amazing. Und das war er auch. Mein Gott, manchmal konnte ich nur noch breitbeinig gehen.« Asta kicherte entzückt und sah mit ihren Zöpfchen aus wie eine rothaarige Hopi-Frau.

»Asta!« Angestrengt versuchte Sarah die auftauchenden Bilder einer nackten Asta in leidenschaftlicher Umarmung mit dem bronzefarbenen Körper ihres indianischen Lovers zu verdrängen.

»Was, ›Asta‹? Habe ich kein Recht auf wilden Sex?«

»Doch, doch. Ich will nur nichts darüber wissen. Das geht gar nicht.« Sarah legte einen Arm um Astas zierliche Schultern.

»Ja, das verstehe ich schon. Aber trotzdem, ich würde so gerne mal wieder so richtig ...« Asta verstummte, als die Tür aufgerissen wurde und mit lautem Krachen an die Wand flog.

»Sarah!« Karla kam mit roten Bäckchen und wehendem Blondhaar hereingestürmt, dicht gefolgt von einem Farid, der endlich einmal so fröhlich aussah, wie ein zehnjähriger Junge aussehen sollte. »Können wir dein Indianerzelt haben, das alte vom Boden? Wir wollen Indianer spielen, Farid ist Winnetou und ich bin seine Schwester.« Verwundert blieb die Kleine stehen und sah zwischen den gackernden Frauen hin und her. »Warum lacht ihr denn so blöd?«

»Ach – Asta hat nur gerade davon erzählt, wie sie das letzte Mal Indianer gespielt hat.«

»Verschwunden im Dritten Reich. Klingelt da was bei dir?« Beck lehnte sich in Veronikas knallrotem Besuchersessel zurück und fragte sich, woher sie diese wunderbar bequemen Sitzgelegenheiten hatte. Bestimmt nicht von ihrem gemeinsamen Arbeitgeber, der alles daransetzte, dass seine durch Eid eingeschworenen Arbeitsbienen nicht etwa durch Wohlgefühle am Arbeitsplatz von ihren Aufgaben abgelenkt wurden.

Seine Lieblingskollegin legte ihre glatte Stirn in nachdenkliche Fältchen. »Wie bist du eigentlich ohne mich ausgekommen, die letzten Tage?«

»Gar nicht. Ich finde, dass du entschieden zu oft zu deinen Psychokursen fährst. Du weißt doch sowieso schon alles.«

Die Polizeipsychologin lachte. »Von wegen. Das kommt nur euch psychologisch total unterbelichteten Bullen so vor.«

»Na na, so unterbelichtet nun auch wieder nicht. Schließlich haben wir auch das ein oder andere Seelenklempnerkürschen besucht.«

Veronika winkte lässig ab und betrachtete wohlgefällig ihre wie immer blutrot lackierten Fingernägel. »Und nun hast du einen Mörder, der im Dritten Reich verschollen ist? Interessant.«

Beck grinste. »Meine Frage hat mit meinem derzeitigen Täter nicht viel zu tun, denke ich. Es interessiert mich einfach. Eine Person aus dem Umfeld des Opfers ist damals verschwunden und nie wieder aufgetaucht.«

»Ein Jude?«

»Nein, die Tochter eines hohen Nazi-Offiziers. Seltsam, oder?«

»Hm. Vielleicht mit einem Mann durchgebrannt, der den Eltern nicht passte?« Veronika strich sich eine mahagonifarbene Strähne aus der Stirn. War sie vor ihrer Fortbildung nicht pechschwarz gewesen? Beck war sich ziemlich sicher. Diese Farb- und Stilwechsel der Frauen konnten einen Mann vollkommen aus der Spur bringen – aber das war wahrscheinlich auch beabsichtigt.

»Giovanni?«

»Äh – ich war gerade mit deiner Haarfarbe beschäftigt. Du warst doch schwarz oder irre ich mich?«

»Du irrst nicht. Ich hatte es satt, als Mata Hari für Arme herumzulaufen.«

»Und jetzt gibst du die Hayworth?«

»Gut, dass du nicht gesagt hast ›für Arme‹, mein Lieber und ich hoffe, du hast es nicht mal gedacht.« Veronika drohte mit ihrem schlanken Zeigefinger.

»Würde ich nie wagen. Du siehst sowieso mit jeder Haarfarbe gut aus.« Beck lächelte seine Kollegin an und zwinkerte.

»Du sollst doch nicht immer mit älteren Frauen flirten. Wer sagt denn, dass ich das verkrafte? Womöglich kriege ich einen Herzinfarkt?«

»Ich flirte nicht, ich sage die Wahrheit.«

»Hm.« Veronika war mit ihren Gedanken anscheinend schon wieder woanders, denn sie tippte etwas in ihre Tastatur und sah auf den Bildschirm ihres Dienstrechners. »Unter ›verschwunden‹ finde ich nur Verweise auf Juden. Vielleicht war sie mit einem Juden liiert? Das war sehr gefährlich für ein Mädchen.«

»Bei dem Vater? Und selbst wenn – glaubst du allen Ernstes, dass er sie da nicht rausgehauen hätte? Der hatte doch Einfluss.«

»Dann – Mord? Erwürgt und verscharrt?«

»Gott, ja. Da habe ich überhaupt noch nicht drüber nachgedacht.«

»Warum solltest du auch?« Veronika kicherte.

»Ha ha. Möglich wäre es aber, schließlich kann ja auch zur Nazizeit ein ganz normaler Mord passiert sein.« Beck sah sinnend zum Fenster hinaus.

»›Ein ganz normaler Mord‹ – so was kann auch nur einer von der Kripo von sich geben.« Veronika lehnte sich amüsiert in ihrem knallroten Schreibtischstuhl zurück. »Bringt dich das denn in deinem Fall weiter? Wenn du weißt, warum die Dame verschwunden ist?«

»Nein, nein, nicht die Spur. Ich komme nicht vorwärts, Frau Stahlberg-Ballhausen wird begeistert sein. Da habe ich gedacht, hier in der Provinz habe ich ab und zu mal einen kleinen Raubüberfall mit Todesfolge aufzuklären und ansonsten meine Ruhe, aber nein. Hinter jeder Ecke lauert hier ein Mörder.«

»Wir in Braunschweig sind stolz auf unsere illustren Verbrechen, das hättest du wissen sollen.« Veronika zog ihre Schreibtischschublade auf und nahm eine goldfarbene Lippenstifthülle heraus.

»Ja, hätte ich. Zu spät.« Beck erhob sich mit leisem Bedauern aus dem bequemen Sessel. »Woher hast du eigentlich diese wunderbare Sitzgruppe? Nie im Leben hat das unser Dienstherr bezahlt, oder?«

Viktoria lächelte mit frisch nachgezogenen dunkelroten Lippen. »Das, lieber Kollege, ist ein Geheimnis.«

»Oh, oh. Klingt nach etwas Verruchtem. Hat es was mit Sex zu tun?« Beck lachte über die perfekte Mata-Hari-Imitation seiner Kollegin, die mit verruchtem Augenaufschlag ihren Seidenschal über die Haare gezogen hatte.

»Ein Geheimnis ist ein Geheimnis, *mon cher.*«

»Habe verstanden, Mata. Danke für dein Ohr.« Beck zog bedauernd die Tür hinter sich zu. Vielleicht sollte er sich ein Büro mit Veronika teilen. Auf jeden Fall hätte er dann mehr Spaß.

Apropos Spaß, da eilte doch Kollege Wagner beschwingt die Stufen herunter. Cassandra on Tour. Da konnte es nur a) Vorwürfe, b) Hiobsbotschaften oder c) Weltuntergänge zu berichten geben.

»Herr Beck, ich suche Sie schon überall!«

Aha, Vorwürfe.

»Die von der Klinik in Magdeburg haben angerufen.« Atemlos hechelte Wagner ihm entgegen.

Hiobsbotschaften?

»Der Oppermann ist jetzt vernehmungsfähig, Sie haben ihn auf die Normalstation verlegt.«

»Nein!« Beck setzte sich in Bewegung.

»Aber vorher müssen wir noch Zigaretten holen. Ich habe nicht eine einzige mehr.«

Weltuntergang.

*

»Mein Gott, wie groß ist denn diese Klinik?!« Beck trommelte ungeduldig mit den Fingern auf das Armaturenbrett, während Kollege Wagner den Roadster nach einem Parkplatz suchen ließ.

»Groß.« Wagner schien es nicht eilig zu haben. den Wagen zu parken.

Er hatte mal wieder den Wettbewerb um den Fahrerposten gewonnen, zurück würde Beck fahren, komme, was da wolle. Schließlich hatten sie nur noch zwei Tage mit dem Audi, ab Montag stand leider ihr langweiliger Dienstwagen wieder zur Verfügung.

Endlich hatte Wagner eine Lücke erspäht und schoss hinein.

Mit quietschenden Gummisohlen eilten sie über den gewienerten PVC- Fußboden des Klinikfoyers auf die gläserne Pförtnerloge zu. Diverse Heilkundige in grünen und weißen Kitteln huschten mehr oder minder zielgerichtet durch die Halle wie Ameisen in einem aseptischen Ameisenhaufen.

Die Zimmernummer vor sich hin flüsternd betrat Beck den Fahrstuhl und betrachtete mit einem flauen Gefühl den frisch Operierten, der mit ihnen in den Fahrstuhl geschoben wurde. Seit seiner Geburt war er nur noch zu Besuch im Krankenhaus gewesen und das sollte auch bis zu seinem hoffentlich in weiter Ferne liegenden Tod so bleiben, wenn es nach ihm ging. Schreckliche Vorstellung, diesen desinfizierten Arbeitsbienen in Gallegrün ausgeliefert zu sein – denen war doch bestimmt egal, ob man starb oder lebte? Hop oder top.

Er betrachtete das vor Erschöpfung graue Gesicht des Pflegers und fragte sich, was jemanden bewegen mochte, sich freiwillig Tag für Tag mit Krankheit und Tod zu umgeben.

Tja, gute Frage, was, Giovanni? Sein Beruf dagegen zeichnete sich ja durch eine heitere Leichtigkeit und den ständigen Umgang mit den schönen Seiten des Lebens aus.

»Wir müssen hier raus!« Wagner sagte dies offensichtlich nicht zum ersten Mal und zog missbilligend die Mundwinkel nach unten.

Beck nickte brav und setzte sich folgsam in Bewegung. Ach ja, Oppermann. Hoffentlich kippte der nicht gleich wieder aus den Latschen.

Niemand antwortete auf ihr Klopfen, doch nach einem kurzen Zögern öffnete Beck dennoch die Tür. War Oppermann eingeschlafen?

Die Vorhänge vor den hohen Fenstern des alten Klinikgebäudes waren zugezogen und sperrten den grauen Frühlingstag aus. Der ganze Raum war in ein unwirkliches, blassgrünes Dämmerlicht getaucht, eine Stimmung wie in einem Tiefsee-Aquarium.

Deshalb sah Beck auch erst auf den zweiten Blick, dass der Platz, an dem das Bett hätte stehen sollen, leer war. »Wo ist er denn hin?« Unbehagen zog eine Faust um seinen Magen, als er sich zu Wagner umwandte.

»Jedenfalls nicht auf dem Klo.« Wagner sah sich im Zimmer um und schüttelte den Kopf.

»Der Typ hat die Angewohnheit, sich im entscheidenden Moment zu verpissen.« Beck trat an den Schrank und öffnete die Türen. »Hier hängt eine Jacke.« Er griff in die Jackentasche und zuckte zusammen, als sich hinter ihm die Zimmertür geräuschvoll öffnete.

»Was machen Sie denn hier?« Eine ausnehmend hübsche Krankenschwester, deren endlosen Beinen auch die weißen Gesundheitslatschen nichts anhaben konnten, stemmte energisch die Hände in die schlanken Hüften.

»Wir möchten zu Herrn Oppermann.« Beck trat nicht ungern auf die Schöne zu und zeigte ihr seinen Ausweis.

»Herr Oppermann ist im OP.« Die Schwester warf nur

einen flüchtigen Blick auf seine Papiere und gönnte ihm selbst dafür einen umso intensiveren. Hm.

»Im OP?« Fast hätte Beck vergessen, warum er hier war. Finger weg.

»Ja, er hatte einen lebensbedrohlichen Anfall. Sie wissen vielleicht von seiner Herzerkrankung?« Sie ließ die Wimpern flattern, als redeten sie über die neue Frühjahrsmode. Ein hübsches Schmollen betonte die vollen Lippen.

Beck trat einen Schritt zurück, aus ihrem Bannkreis. Schlagartig verflog das Kribbeln in seinem Magen, die Schöne verblich zu einem recht hübschen Mädchen mit schlecht gefärbten blonden Locken. »Ja, natürlich. Warum hat sich sein Zustand so plötzlich verschlechtert? Ich habe heute Morgen mit der behandelnden Ärztin gesprochen, da ging es ihm gut, den Umständen entsprechend natürlich.«

Die Schwester zuckte gleichgültig mit den Schultern. »Ich weiß es nicht, da müssen Sie Frau Doktor Obasi fragen.«

Wagner mischte sich brummelnd aus dem Hintergrund ein. »Hätte man uns nicht anrufen können? Wie lange ist er denn schon im OP?«

Wieder das unbeteiligte Schulterzucken. Falls sich die Kleine einbildete, ihre Schönheit reichte aus, um Herzen für sich einzunehmen, täuschte sie sich. Beck trat noch einen Schritt zurück und verachtete sich dafür, auch nur für einen Moment auf das feuchte Schwellen ihrer Lippen reagiert zu haben. Hatte Luise recht? Waren Männer wirklich nur hilflose Opfer ihrer Hormone und hatten wenig Einfluss auf ihre Gefühle? Er hoffte nicht. »Wo finden wir Frau Doktor …?«

»Obasi. Sie hat gerade Visite, und kommt jeden Moment in den Flur.«

Unwillig runzelte Beck die Stirn. Wenn er eins hasste, war es diese weiß geflügelte Schar Gottgleicher, die in die Krankenzimmer geweht kamen und ihre Patienten behandelten wie die zur Schau ausgestellten Fleischwaren im Schaufenster einer Schlachterei.

Er nickte der Kleinen zu und trat in den Flur hinaus. Plötzlich wünschte er sich weit weg, nach Hause oder noch besser an den Kamin von Sarahs Salon. Sarah. Irgendwie war der Gedanke an sie mit Heimat verbunden, seltsam, kannte er sie doch erst so kurze Zeit. Und wie armselig, dann mit einer zwanzigjährigen Krankenschwester zu äugeln. Hormonjunkie.

Er blickte den Flur entlang und erstarrte. Eine Göttin betrat den Gang, ein dunkler Engel in Weiß, ein Engel, der ihn … an Ayana erinnerte. Er blinzelte und hätte sich fast verschluckt.

»Da kommt sie.« Das Mädchen verzog abschätzig die Mundwinkel, wahrscheinlich hatte er ein bisschen zu offensichtlich gegafft.

Die schwarze Göttin trat mit ihrem Gefolge auf ihn zu und richtete ihre Botschaft mit samtiger Altstimme an ihn. »Kann ich bitte vorbei?«

Er trat hastig beiseite. »Äh, ich hatte eigentlich gehofft, Herrn Oppermann in diesem Zimmer anzutreffen. Beck, Kriminalpolizei.«

»Oh, ja, wir haben telefoniert. Es tut mir leid, aber kurz nach dem Telefonat hatte Herr Oppermann einen Anfall und musste sofort operiert werden, ein Bypass. Ich habe in der Eile vergessen, Sie zu informieren.«

»Das ist … nicht so schlimm.« Beck überhörte Wagners empörtes Husten und blickte in die tiefschwarzen Augen der afrikanischen Ärztin. Ein Déjà-vu. So hatte er Ayana kennenlernt, in einem Krankenhaus, sie in weißem Kittel, er in einen Fall verwickelt …

Wagner schob sich in den Vordergrund. »Wann wird Herr Oppermann wieder vernehmungsfähig sein?«

Die Ärztin wandte ihm den schön geformten Kopf zu. »Das kann ich Ihnen nicht sagen. Nicht so bald, er ist ja sehr geschwächt und dadurch auch sehr gefährdet.«

Verdammt. Wie lange sollte das denn noch so gehen? Da hatte er für einen Moment mal die Hoffnung gehabt, vielleicht endlich an Informationen zu kommen, die den Durchbruch in diesem Fall bedeuten könnten – und dann wieder ein Rückschlag. Er fühlte Wut aufsteigen, Wut auf Oppermanns Schwäche, auf seine Krankheit, als habe jener sich eine Herzschwäche zugelegt, nur um Becks Ermittlungen zu behindern. Jämmerlich.

Überhaupt machte er hier und heute eine ziemlich jämmerliche Figur. Er straffte seinen Körper und bedankte sich bei der Ärztin. Gott, war die Frau groß, er konnte ihr direkt in die dicht bewimperten Augen blicken. Sie lächelte, wahrscheinlich aus Mitleid.

Ein Nicken und dann war sie fort, mit eben diesem Kittelwehen, das er vor wenigen Minuten noch so unangenehm gefunden hatte.

»Na, Chef – Sie und die Frauen, das ist aber auch ’ne Geschichte für sich, was?« Wagner schüttelte das weise Haupt.

»Wie ... wie meinen Sie das?«

»Sie lassen sich ganz schön ablenken, das meine ich. Und Sie lenken die Weiber ab. Dabei habe Sie doch ’ne Freundin, oder nicht?«

Ja, die hatte er. Oder nicht?

Und er hatte eine Spur und die führte an Oppermanns Krankenbett. Oder nicht?

Kapitel 14

Stöhnend schob sich Sarah eine Hand in den Rücken und versuchte aufzustehen. Warum nur dauerten Shopping-Ausflüge immer mindestens eine Stunde zu lang? Sie spürte ihre Füße kaum noch.

Ein Grunzen vom Sofa gegenüber zeigte an, dass Filo noch unter den Lebenden weilte.

»Ich lege mich jetzt in die heiße Wanne und dann muss ich dringend ins Bett.« Sarah humpelte in Richtung Tür.

»Ich bleibe hier liegen. Ihr könnt mich morgen früh aufkehren und in den Mülleimer werfen.« Filo richtete sich auf und rieb ihre Augen. »Warum hat mir keiner gesagt, dass shoppen wehtut?«

»Weil du vom Fach bist und es wissen müsstest.« Sarah kehrte zurück und stocherte mit einem Eisenstab im Kaminfeuer herum. »Ich hätte mir morgen doch frei nehmen sollen, ich bin dermaßen erschlagen ... Frau wird nicht jünger.«

»Aber denk mal an die Kleider, die wir gekauft haben.« Ein sonniges Lächeln erhellte Filos vor Erschöpfung blasses Gesicht.

»Lieber nicht, sonst muss ich auch an meine Kreditkartenabrechnung denken«, unkte Sarah, konnte aber ein zufriedenes Grinsen nicht ganz unterdrücken.

»Ach, tu doch nicht so, du hast doch das Hammerkleid erwischt, wenn ich ein bisschen größer wäre, hätte ich es dir niemals überlassen. Giovanni wird sabbern, wenn er dich darin sieht.«

»Das ist ja auch der Zweck der Übung.« Sarah griff nach der schwarzen Papiertasche, in dem sich ihre Beute befand, und zog das schimmernde Nixenkleid heraus, das sie heute erstanden hatte, wider alle Vernunft.

»Diese Farbe, einfach genial.« Filo betrachtete das Meergrün, das im Feuerschein glitzerte.

Sarah hielt es sich vor die Brust und trat vor den großen Spiegel neben dem Kamin. »Vielleicht hätte ich mir lieber noch einen farblich passenden Schlüpfer kaufe sollen, da man den unweigerlich bei jeder Bewegung sehen wird. Gott, ist das Ding fipsig.« Zweifelnd betrachtete Sarah den kurzen Rock des Cocktailkleids.

»Das liegt nur an deinen endlosen Stelzen, von denen du mir ruhig fünf bis zehn Zentimeter abgeben könntest, du blöde Kuh.« Unzufrieden betrachtete Filo ihre schlanken Beine, an denen nach Sarahs Meinung nichts auszusetzen war.

»Na, dafür sind mir immer alle Hosen zu kurz, auch nicht schön.« Eitel wiegte sich Sarah mit dem Designerkleid vor dem Spiegel hin und her.

»Wer braucht schon Hosen, wenn er solche Beine zum Vorzeigen hat?« Filos Stimme brach und sie schlug die Augen nieder.

Erstaunt wandte sich Sarah um. »Aber du hast doch auch schöne Beine, was ist denn mit dir los?«

»Ach, nichts, es geht doch nicht um die blöden Beine.« Filo winkte ab und suchte nach einem Taschentuch.

Sarah eilte an die Seite ihrer Freundin und legte einen Arm um ihre Schultern. »Worum geht es denn dann?«

Ein jammernder Schluchzer versetzte Sarah in höchste Alarmbereitschaft. Filo weinte? Schon wieder? Wenn sie es sich genau überlegte, hatte sie Filo früher nie weinen sehen, noch nicht mal als junges Mädchen. »Was hast du denn? Ist es wegen Papa Hollywood?«

»Nein!« Ein heftiges Kopfschütteln. »Oder doch? Auch, ach, ich weiß nicht. Thomas hat …« Filo atmete tief ein und schnäuzte sich. »Thomas hat vorhin gefragt, ob ich an einer festeren Beziehung interessiert wäre. Und ich habe gesagt, nein. Und wie er da geguckt hat – ich weiß nicht, das verfolgt mich.« Mit in Tränen zerfließenden Augen sah Filo zu Sarah auf und lächelte verschwommen.

»Oh je, kein Wunder.« Sarah strich ihrer Freundin leicht über den Arm. Für Filo musste wohl noch einiges mehr passieren, um sich eingestehen zu können, dass sie sich verliebt hatte. Was sollte Sarah sagen? »Bist du denn nicht an einer festen Beziehung interessiert oder denkst du, du bist es nicht?«

»Was? Wo ist denn da bitte der Unterschied?«

»Na ja …« Sarah ließ sich neben Filo auf dem kleinen Biedermeiersofa nieder, dessen Bezug auch schon wesentlich bessere Tage gesehen hatte. »Vielleicht meinst du ja bloß, du kannst dich nicht verlieben, weil du es noch nie warst. Und jetzt hast du vielleicht den Richtigen getroffen.«

»Quatsch!« Filo setzte sich so abrupt auf, dass Sarah fast vom Sofa gerutscht wäre. »Komm mir bitte nicht mit dem ›Richtigen‹ – diese Gefühlsduselei ist dein Ding, aber nicht meins.«

Gekränkt stand Sarah auf. »Vielen Dank, ich werde Giovanni ausrichten, dass er seine Existenz in meinem Leben nur einer fehlgeleitetem Sentimentalität zu verdanken hat, in Filos Leben wäre er nämlich nur eine gute Nummer im Bett. Du kannst einem wirklich leidtun.«

»Spar dir dein Mitleid, ich brauche diesen klebrigen Mist nicht in meinem Leben!« Auch Filo war aufgesprungen, ihre eben noch bleichen Wangen hatten sich vor Erregung dunkelrot gefärbt. »Spaß ja, Sex auch ja, und wie! Freundschaft okay, aber ewige Liebe – die gibt es nicht und wird es nie geben. Oder kennst du irgendein Paar, das für immer zusammengeblieben ist und dabei glücklich war? Meine Eltern, deine Eltern, Asta, Luise, Giovannis Eltern – die Liste ließe sich unendlich fortsetzen. Nicht mit mir, da mache ich nicht mit!«

»Musst du ja auch nicht. Schlaf dich doch weiter durch Berlins Betten, wenn du das spannender findest – als wenn das nicht auch immer wieder dasselbe wäre.« Sarah hätte ihrer Freundin am liebsten eine geklebt. »Aber lass bitte meine Gefühle aus dem Spiel, das beurteile ich immer noch selbst, was damit los ist, klar? Ich lasse mir mit deinem Zynismus nicht alles kaputt machen, das bisschen Glück mit einem Mann, in den ich mich verliebt habe. Ja, verliebt habe, Filo, oh wie schrecklich. Muss ich jetzt sterben!?«

Wutentbrannt griff sie nach ihrem Designerfummel, der zu einem glitzernden Häufchen zusammengesunken vor dem Kamin lag. Vielleicht sollte sie ihn gleich ins Feuer pfeffern? Auf das Scheißfest hatte sie jetzt sowieso keine Lust mehr. Der krachende Knall der Salontür hinter ihr übertönte befriedigend Filos Stimme, die ihren Namen rief.

Die konnte sie mal, die konnten sie alle mal. Decke über den Kopf und Licht aus. Der Mensch war eben doch eine Insel.

Schade nur, dass manche Boote hatten.

*

Langsam schlenderte Beck durch den liebevoll angelegten Vorgarten der Fröhlichs. Eine passend zur Haustür blau gestrichene Bank lud in der Vormittagssonne zum Verweilen ein, eine Schubkarre, an der eine Schaufel gelehnt stand, zeugte davon, dass jemand die Gartensaison bereits eröffnet hatte, wahrscheinlich die Mutter Fröhlich.

Beck betätigte den reizenden Türklopfer, der die Form eines glotzäugigen Mopses hatte, und wartete.

In erstaunlich kurzer Zeit wurde ihm die Tür geöffnet, vielleicht war sein Herankommen bereits beobachtet worden. Esther Fröhlich legte ein warmes Lächeln über ihre erstaunten Züge und hieß ihn höflich willkommen. Mit typisch weiblicher Geste strich sie über ihre zu einem lockeren Knoten geschlungenen dunklen Haare. »Herr Beck? Ich … dachte, wir wären durch mit den Fragen?«

»›Durch‹ bin ich leider erst nach der Auflösung des Falles, Frau Fröhlich. Ist Ihr Sohn zu Hause?«

Sie schüttelte den Kopf. »Erst am Wochenende wieder, Sie müssten nach Magdeburg, wenn Sie ihn sprechen wollen, leider.«

»Darf ich dennoch kurz hereinkommen?«

Sie nickte und trat mit höflicher Geste beiseite, um ihn einzulassen.

Im Wohnzimmer, das Beck schon bei seinem letzten Besuch so gut gefallen hatte, brannte ein Feuer im Kaminofen. Eine Tasse Kaffee und die aufgeschlagene Morgenzeitung ließen darauf schließen, dass er die Dame bei einer gemütlichen Pause unterbrochen hatte.

Wohlgefällig ließ er seine Augen über die Bildersammlung an der Stirnwand des Zimmers schweifen, eine bunte Mischung aller Stilrichtungen, vielleicht Werke befreundeter Maler oder Mitbringsel aus dem Urlaub. Bilder fehlten ihm auch noch in seiner Wohnung, wie so vieles.

Er wandte den Blick seiner Gastgeberin zu, nur um festzustellen, dass sie ihn mit der warmen Nachsichtigkeit betrachtete, mit der sie wahrscheinlich einem jungen Bela einen Streich verziehen hatte.

»Setzen wir uns. Kaffee?«

Beck nahm dankend an und ließ sich im angebotenen roten Sessel nieder. Ein hübsches Zimmer, wirklich. Manche Leute hatten einfach ein Händchen dafür, mit wenigen Kleinigkeiten aus einem beliebigen Raum ein Wohlfühlzimmer zu machen. Er gehörte leider nicht dazu. Seine Wohnung sah immer noch aus wie der Showroom eines Möbelhauses während der Umbauphase.

Über dem dunkelroten Sofa hing ein Portrait von Mutter und Sohn, beide blickten mit dunklem, intensivem Blick in die Kamera, ein schönes Paar, exotisch und lebendig. Sein Blick blieb an der Mutter hängen, dem offenen dunklen Haar, das sich wie eine dunkle Wolke um das zarte Gesicht bauschte. Der Ausdruck in ihren Augen – an irgendetwas erinnerte sie ihn.

Vielleicht an seine Mutter? Nein. Es konnte ihn doch nicht jede südländisch anmutende Frau an seine Mutter erinnern, das war ja krank. Es traf in diesem Fall aber auch nicht zu.

Die Tür klappte, Frau Fröhlich kam mit dem Kaffee herein. Erwartungsfroh richtete sich Beck auf und nahm die Tasse entgegen. Wie gedacht, schmeckte der Kaffee köstlich und er sagte etwas Entsprechendes.

»Ich tue eine Prise Schokolade hinein, das macht das Aroma runder.« Sie lächelte ihm zu und strich ihr geblümtes Kleid glatt. In den Ohren trug sie kleine goldene Kreolen, die ihr etwas zigeunerhaftes Aussehen verstärkten. Wie die Mutter eines fast dreißigjährigen Sohnes sah sie wirklich nicht aus.

Schluss. Wagner hatte recht, er ließ sich wirklich ablenken. Wurde er auf seine alten Tage noch zum Weiberhelden? Ein alter Knacker, dem beim Anblick hübscher Frauen der Sabber von den Lippen lief. Grässliche Vorstellung. Was war nur los mit ihm? Er war doch in Sarah … nun ja, was auch immer.

»Sie haben noch Fragen an mich?« Die sanfte Stimme seiner Gastgeberin rief ihn in die hübsche Stube zurück.

»Nicht eigentlich an Sie, Frau Fröhlich, oder vielleicht doch, ich weiß es noch nicht genau.« Beck räusperte sich verlegen. »Es ist … – der junge Mann, mit dem ihr Sohn ja nach seiner Aussage nicht näher befreundet war, Gabriel Oppermann, ist sehr krank. Er hat eine Bemerkung gemacht, als er zusammenbrach, die mir sehr zu denken gibt.« Er nahm einen Schluck von dem köstlichen Kaffee.

Sie erwiderte nichts und legte abwartend den Kopf ein wenig schräg.

»Ein Bekannter des Jungen wurde tot im Wald gefunden, vermutlich gestorben an einem Zuckerschock.«

Ein Zucken ihrer Mundwinkel verriet ihre Betroffenheit, sie senkte den Blick.

»Vielleicht kannte Ihr Sohn den Mann ja auch? Nicolaus Hahnewald?«

»Vielleicht. Ich kenne ihn jedenfalls nicht, der Name sagt mir nichts. Aber ich kannte ja auch Gabriel Oppermann kaum.« Sie schüttelte bedauernd den Kopf.

»Was hat denn Bela damals in der Schule erzählt, von Gabriel, von seinem Lehrer?«

Sie zuckte mit den schmalen Schultern. »Eigentlich nicht viel. Jungs erzählen ihrer Mutter nicht viel, wissen Sie. Sie haben Ihrer Frau Mutter bestimmt auch nur ein paar Brocken hingeworfen, wenn Sie aus der Schule kamen.«

»Doch, ich glaube, ich habe meiner Mutter sehr viel erzählt. Sie starb allerdings schon, als ich zwölf war.« Warum sagte er ihr das?

Ihre dunklen Augen füllten sich spontan mit Tränen. »Oh nein, wie furchtbar! Sie haben sie bestimmt sehr vermisst?«

»Ich tue es noch.« Beck hätte fast missbilligend mit der Zunge geschnalzt. Was wollte er hier denn noch ausbreiten? Buhu, Tante Fröhlich, ich bin ja so allein. »Zurück zu Gabriel Oppermann. Hat Bela denn etwas erzählt? Früher?«

»Ja, schon. Er fand ihn ... na ja, zu mädchenhaft. Der ist eine Tussi, hat er gesagt.«

»Ist Bela denn weniger zart besaitet? Im Gespräch schien er mir doch auch recht sensibel zu sein, einfühlsam.«

Sie blickte zum Fenster in den Garten hinaus. »Nun, er ist sicher nicht unsensibel. Aber er ist Arzt, Naturwissenschaftler, die können es sich nicht leisten, sentimental zu sein, denke ich.«

»Ja, vielleicht.« Er dachte an seinen Vater. Nein, dem konnte man Sentimentalität bestimmt nicht vorwerfen. »Ihnen ist sicher bekannt, dass Gabriel Oppermann homosexuell ist?«

»Nein, bekannt eigentlich nicht. Aber ich habe es mir gedacht.«

»Lehnt Ihr Sohn Homosexualität ab?«

»Nein, ich denke nicht. Ich weiß es nicht, darüber haben wir nie gesprochen. Warum fragen Sie mich das?« Verwirt runzelte sie die Stirn.

»Um zu verstehen, warum Ihr Sohn so wenig Kontakt zu Oppermann hatte. Ich finde das seltsam, gingen sie doch bei demselben Mentor aus und ein.«

»Nun – ich denke, ihnen fehlte beiden eine Vaterfigur, nicht wahr?«

»Kannten Sie Augustus von Düren persönlich?«

»Nein.« Das Wort kam sehr schnell und stand hart zwischen ihnen.

Irritiert sah Beck auf. »Nein?«

Sie lächelte entschuldigend. »Ich ... mochte den Herrn, ohne ihn zu kennen, nicht. Bestimmt habe ich ihm furchtbar unrecht getan, aber ... ich denke, ich war eifersüchtig, verstehen Sie? Eine alleinstehende Mutter, die ihren Sohn mit niemandem teilen mochte.«

Beck setzte zu einer Antwort an, doch ein Schrei vor der Tür ließ ihn zusammenschrecken. Ein Kind?

»Oh, entschuldigen Sie, Balthasar begehrt Einlass.« Sie lächelte amüsiert und öffnete die Wohnzimmertür.

Ein finster blickender, gewaltiger Perserkater schlenderte in den Raum und fixierte Beck konsterniert aus bernsteinfarbenen Augen in einem rauchschwarzen Gesicht. Sein buschiger Schweif peitschte verärgert ob des unangemeldeten Besuchs hin und her.

Beck lächelte. »Ach. Ich habe seit neuestem auch einen Kater, anscheinend einen Abessinier. Er ist mir zugelaufen.«

»Oh, die sind auch sehr eigenwillig, nicht? Balthasar hier bedeutet mir jeden Tag, dass seine Anwesenheit eine Gnade ist, die er mir jederzeit entziehen kann. Unglaublich, wie arrogant eine Katze sein kann.«

»Ja, das kann ich bestätigen.« Beck hatte den Faden verloren und suchte ihn möglichst unauffällig wieder aufzunehmen. »Sie glauben also nicht, dass Ihr Sohn Hahnewald kannte, den Toten?«

»Das habe ich nicht gesagt. Ich kenne ihn nicht, aber ich kenne bei weitem nicht alle Freunde und Bekannten meines Sohnes, schließlich lebt er die ganze Woche über in Magdeburg.«

Magdeburg, erst jetzt fiel Beck ein, dass Fröhlich ja an eben diesem Klinikum arbeitete, in dem sein Schulkamerad Oppermann um sein Leben rang. Ob er ihn wohl besuchte? »Hat er nicht erzählt, dass Oppermann im Klinikum liegt? In Magdeburg?«

»Nein. Ach, dort ist er? Da kann ihn Bela doch mal besuchen. Ich werde es ihm ausrichten. Das hat er bestimmt noch nicht mitbekommen, denn das ist ja ein Riesenapparat dort. Auf welcher Station liegt er denn?«

Beck nannte ihr die Nummer und erhob sich. Wieder mal nichts erreicht. Sein Blick blieb nochmals an dem Portrait über dem Sofa hängen. »Belas Vater …« Beck zögerte.

»Hat nie eine Rolle gespielt.« Der warme Ausdruck in den Augen Esther Fröhlichs war verschwunden. »Wir haben nie zusammengelebt.« Der Ton verbot jede weitere Frage.

Beck bedeutete mit einem Nicken, dass er diese Grenze respektierte, hatten die Familienverhältnisse der Fröhlichs doch nichts mit seinem Fall zu tun. »Ich danke Ihnen.«

Frau Fröhlich erhob sich und begleitete ihn durch das Zimmer in den Flur.

Der Kater zischte feindselig, als Beck an ihm vorüberging, und schlug die Krallen in seinen linken Schuh.

»Balthasar! Entschuldigen Sie, er ist sehr wählerisch hinsichtlich seiner Zuneigungen.«

Und Beck war sehr wählerisch mit seinen Schuhen. Er

betrachtete trübselig die Schramme in seinem fast neuen italienischen Slipper und unterdrückte ein Seufzen.

Blödes Vieh.

*

»Sarah, nun sei mal nicht so kindisch.« Asta schüttelte ihren Kopf und ihre roten Zöpfchen flogen missbilligend von einer Seite zur anderen.

»Kindisch!?« Sarah hätte am liebsten mit dem Fuß aufgestampft. »Wer ist denn hier kindisch? Filo hat angefangen!« Sie musste lachen. »Ist doch wahr. Die immer mit ihren Bindungsproblemen und dann macht sie mir meine Beziehung auch noch mies. Blöde Kuh.«

»Ja, das ist wahr, Kind. Nur weißt du doch genau, dass du sowieso nicht auf Dauer mit Filo böse sein kannst, und dann kannst du auch am besten gleich aus der Schmollecke kommen. Du vergeudest hier kostbare Lebenszeit, in der du glücklich sein könntest.« Asta setzte sich neben Sarah auf das Bett und strich ihr über die mit Wimperntuche verschmierte Wange.

»Aber warum denn ich? Sie könnte doch auch mal ankommen und sagen, dass es ihr leid tut, die dumme Kuh.«

»Es tut mir leid, selbst dumme Kuh«, ertönte Filos Stimme von der Tür. Die Hände um Vergebung bittend nach vorn gestreckt kam sie in das Zimmer und lächelte Sarah zaghaft an.

»Du bist aber die dümmere Kuh.« Sarah konnte ein Lächeln nicht zurückhalten. Furchtbar, sie konnte aber auch nicht fünf Minuten die Unnahbare geben.

»Okay, gebe ich zu.« Filo setzte sich auf Sarahs andere Seite und legte den Arm um ihre Schultern. »Ich liebe dich doch, du Dussel.«

»Ach, nee. Das geht?« konnte sich Sarah nicht verkneifen und Asta schnalzte mit der Zunge.

»Ja, stell dir vor, bei dir geht das, warum weiß ich auch

nicht, wo du doch so ein emotionaler Doofkopf bist.« Filo drückte ihre Schläfe an Sarahs.

»Na ja, ich habe dich ja auch lieb, obwohl du ein gefühlsamputierter Eisberg bist.« Sarah wandte sich Filo zu und nahm sie in die Arme.

»Na, seht ihr, was für ein unnötiger Streit. Ich gehe rüber zu Luise und mir und setze Tee auf. Ich habe heute Morgen Schokostreusel gebacken.«

Astas Worte veränderten die Welt. Plötzlich war sie wieder voller Sonne, Kuchen und Frauengelächter. Sarah schnäuzte sich und atmete tief ein. Gott sei Dank, es war irgendwie doch alles gut. Wenn nur Filo ... Nein, Schluss jetzt, befahl sie sich und stand auf.

»Wenn es zu dem Tee auch noch ein bisschen was Kreislaufanregendes gibt, bin ich dabei«, sagte Filo.

Asta lachte auf. »Das fragst du jetzt wohl nicht im Ernst, Filo, Mäuschen, oder? Wir sprechen von einem Tee bei Luise. Für deinen Kreislauf wird wohl gesorgt sein.« Sie verließ den Raum und die beiden Frauen hörten ihre Schritte durch die Halle davoneilen.

Sarah blickte Filo an, unsicher, was jetzt zu sagen wäre.

»Hast du ...«

»Bist du ...«

Sie setzten gleichzeitig an und brachen in ein befreiendes Gelächter aus, das die Spannung endgültig nahm.

Sarahs Handy klingelte. »Ja?«

»Ich bin's, Schnucki! Und rate mal, wo ich bin?«

»Sascha?«

»Nee, Ricky Martin. Natürlich, dein Lieblingsfreund!«

»Und wo bist du?« Sarah schüttelte den Kopf und machte eine ratlose Handbewegung in Richtung Filo.

»Vor deiner Haustür, Mausi. Und – freust du dich?«

»Ich – ja! Filo ist auch hier!«

»Ich weiß, ich weiß. Mit der habe ich noch ein Hühnchen zu rupfen – sich einfach aus Berlin zu verpissen, ohne den lieben Sascha zu informieren!«

»Ich habe gerade ein Hühnchen mit ihr gerupft, hier fliegen noch die Federn.« Sarah zwinkerte ihrer Freundin zu.

»Schön, schön, lässt du mich jetzt vielleicht mal rein, Baby?« In Saschas Näseln schlich sich eine Spur von Wehleidigkeit. »Es ist kalt hier auf dem Lande.«

»Komme schon!«

Sarah flog durch die Halle, beflügelt von einer Vorfreude, die ihre deprimierte Stimmung der letzten Stunde völlig unwirklich erscheinen ließ. Sascha war da! Das bedeutete Lachen, Champagner und herrliche Oberflächlichkeiten. Sie riss die Tür auf und fiel ihrem Freund um den Hals.

»Sachte, sachte, Mädel, du ruinierst ja mein Make-up.« Sascha drückte trotz seines Protestes Sarah fest an sich und strich ihr über den Rücken. »Na, na. Was habt ihr denn schon wieder angestellt, dass du so außer dir bist, mein Schatz? Kaum dreht euch Sascha mal den Rücken, schon fallt ihr übereinander her?«

Sarah trat zurück und lächelte ihn an.

Saschas Erscheinung war wie immer aufsehenerregend, schrill und makellos von den gezupften Augenbrauen bis hin zu den manikürten Zehenspitzen. Sein neuer Haarschnitt ließ die Haare auf einer Seite in sattem Blauschwarz bis zum Kinn fallen, auf der anderen Seite war der Schädel bis über die Ohren rasiert. So wurde der Blick mehr oder weniger dezent auf einen glitzernden Diamanten gelenkt, der Saschas zierliches Ohr verschönte. Unter geschwungenen Brauen blickten auffallend grüne Augen leicht mit Kajal umschattet in Sarahs tiefbraune.

»Ja, ich weiß. Ich seh' gut aus, Schatzi, was man von dir nicht gerade behaupten kann. Was hast du da nur wieder an?«

Schuldbewusst blickte Sarah an ihrer farbverschmierten Latzhose herunter. »Wir haben den Ballsaal renoviert. Filo …«

»Feiert ihren Zweiunddreißigsten, ich weiß. Was meinst du, warum ich hier bin, Mäuschen?«

»Stimmt, aber irgendwie hatte ich gedacht, du wärst noch auf Bora Bora?«

»Nein. Und das ist auch gut so. Gott, was für ein Langweiler, der gute Bobby. Nur schön ist auch nichts. Und was wäre schon dieses Dorffest ohne mein Charisma, Baby? Ich werde die Tenne leuchten lassen.« Sascha griff nach seinen zwei Vuitton-Köfferchen – wie lange wollte er wohl bleiben? – und tänzelte in die Halle. »Gott! Habt ihr immer noch keine Heizung?« Fröstelnd zog er sein Leo-Cape enger um sich.

»Nein, Sascha stell dir vor, wir turnen uns immer noch warm und kochen am offenen Feuer.« Sarah zog eine Grimasse.

Filo trat aus Sarahs Zimmer in die Halle und Sascha ließ alle Koffer fallen, um mit lautem Juchzen auf die gemeinsame Freundin zuzustürmen. Sarah sah ihr strahlendes Lächeln und dachte, dass Filo immerhin zwei echte Bindungen eingegangen war – die zu ihr und Sascha. Besser als nichts. Die Welt war wieder in Ordnung und das Licht wurde heller.

Sie winkte die beiden in die Schlossküche. Im alten Küchenherd bullerte ein Feuer, um die altersschwache Heizung zu unterstützen, die das Wasser blubbernd und ächzend durch die Kupferrohre schob. Wie auf Bestellung fiel ein Sonnenstrahl durch das riesige Sprossenfenster über der Essecke und legte einen versöhnlichen goldenen Schimmer über die plüschige Schäbigkeit des alten Küchensofas.

Sascha blieb stehen und seufzte theatralisch. »Hach. Provinz hin und her, aber deine Aschenputtelküche ist einfach der Burner, Schatz. Ich liebe, liebe, liebe sie.«

Sarah lachte. »Du musst ja auch nicht mit ihr leben. Was meinst du, wie schön das ist, wenn mal wieder bei minus fünfzehn Grad ein altes Rohr platzt und wir in der Küche Schlittschuh laufen können. Oder wenn die Sicherung alle fünf Minuten rausknallt, wenn du Kaffeemaschine und Toaster gleichzeitig anhast.«

»Ach, Gewäsch eines Edelfräuleins. Gib's doch zu – eigentlich bist du stolz drauf, hier aufgewachsen zu sein.« Sascha tippelte Richtung Fenster und breitete die Arme in der Sonne aus wie ein Prophet, der gerade eine Erleuchtung gehabt hat.

Sarah runzelte die Stirn. War sie stolz auf ihre Herkunft? Sie hatte nie darüber nachgedacht. Das Schloss war eben immer dagewesen, ebenso wie die Sorgen um seinen Erhalt und seine Kosten. Aber wollte sie es missen? Nein. Niemals. »Ich glaube, du hast recht. Trotz aller Sorgen, ich wäre schon sehr traurig, wenn wir es eines Tages doch verkaufen müssten.«

Filo warf Sascha einen Topflappen an den Kopf. Dieser unterbrach die sorgfältige Kontrolle seiner neuen Frisur in der Tür des amerikanischen Edelstahlkühlschranks und kreischte.

»Hast du Lust auf Tee drüben bei Asta und Luise? Asta hat gebacken.«

»Aber immer, Schätzchen. Gibt's Champagner?«

Sarah seufzte. Wie kam sie eigentlich zu so einer versoffenen Freundesschar und Verwandtschaft? Flüchtig dachte sie an die Aufsätze auf ihrem Schreibtisch, die fehlerstrotzend auf ihren Rotstift warteten. Geregelte Arbeitszeiten und Pflichterfüllung konnte sie vergessen, wenn Sascha in der Nähe war. Am besten, sie machte sich schon mal vorbeugend einen Leberwickel.

*

Knirschend drehte sich der Schlüssel im Schloss der schönen Jugendstiltür zur Wohnung von Dürens. Beck trat zögernd in den Flur, der vom Zuschnitt dem seinen glich, durch Seidentapeten und antike Möbel jedoch ein ganz anderes Flair hatte.

Er trat in das ehemalige Arbeitszimmer, in dem der verwaiste Notenständer vergeblich darauf wartete, dass von Dürens Geige Tschaikowskys Violinkonzert D-Dur op. 35 zum Leben erweckte. Das Instrument war inzwischen sicher im Gewahrsam der Schwester, so dass Beck es nicht mehr mit seinen dilettantischen Versuchen entweihen konnte. Opus 35 hätte sein Können ohnehin um Lichtjahre überschritten.

Wieder zog Maximilan von Dürens Foto seinen Blick an. Die hellen, fast farblosen Augen blickten kalt und unnachgiebig über den Betrachter hinweg. Die verengten Pupillen ließen den Blick starr, fast grausam wirken, wie das Auge eines Raubvogels, der zum Sturzflug auf die Beute ansetzte. Das arische Blondhaar straff unter der Uniformmütze nach hinten gekämmt stand er aufrecht da, eine Hand hinter den Rücken, die andere an die Knopfleiste der schwarzen Uniform gelegt.

Schon im Abwenden stutzte Beck. Dieses Koppel, das vom Gürtel zur Schulter lief, das hatte er doch schon irgendwo gesehen. Er musterte den schmalen braunen Lederriemen und dachte nach. Hm. Er sah aus wie ein Gürtel, das war es wohl.

Unschlüssig und ziellos wanderte er durch die dunkle Wohnung, die unbewohnt und vergessen roch, und landete im Schlafzimmer.

Er öffnete den Kleiderschrank und atmete den zarten Lavendelduft ein, den kleine Säckchen aus geblümtem Stoff verströmten, die zwischen den Kleidungsstücken lagen. Alles war sorgfältig geordnet, auf der Stange reihte sich Anzug an Anzug. Legere Kleidung oder gar Jogginghosen, die Beck so gern zu Hause trug, suchte man in diesem Schrank vergeblich. Grau, blau, anthrazit, dezente Farben, teure Stoffe. Die Krawatten hingen nach Farben geordnet auf einem Ständer.

Beck schloss die Schranktür und betrachtete sich in dem großen Spiegel, der darin eingelassen war. Hier hatte ein Herr gewohnt, ein Gentleman. In diesem Spiegel hatte von Düren sich angeschaut, wenn er seine Krawatte gebunden, das Brusttuch zurechtgezupft und sich ein letztes Mal über das volle schlohweiße Haar gestrichen hatte, bevor er in seine Schule aufbrach.

Ein Hauch von *Aramis* lag noch in der Luft, genauso so dezent und verfeinert wie das Leben, das so grausam und abrupt beendet worden war.

Auf dem Nachtisch lag noch aufgeschlagen das Buch, mit dem von Düren sich in seiner letzten Nacht in den Schlaf gelesen hatte. Beck trat heran und las den Titel nochmals. *Die göttliche Komödie* von Dante. Auch hier kein Riss im Bild des Kulturmenschen, des schöngeistigen Liebhabers von Kunst, Musik und ... Jungs.

Beck schüttelte den Kopf. Nein, nichts deutete darauf hin, dass von Düren eine pädophile oder auch nur homosexuelle Neigung gehabt hatte. Nichts deutete überhaupt auf ein sexuelles Interesse jedweder Art hin, sie hatten in der ganzen Wohnung noch nicht einmal einen Porno gefunden.

Dies wäre in der Bleibe eines alten Junggesellens nicht ungewöhnlich gewesen, schließlich musste man ja irgendwohin mit seinen Trieben. Von Düren hatte offensichtlich keine gehabt. Oder er hatte regelmäßig eine diskrete Dame aufgesucht, Küchenpersonal stand ja nicht mehr zur Verfügung.

Beck nahm sich vor, die Schwester dazu zu befragen, wahrscheinlich vergeblich. Männer dieser Generation pflegten nicht mit ihren Schwestern über ihre sexuellen Gewohnheiten zu sprechen. Sie hatten auch keinerlei Hinweise auf eine solche Beziehung gefunden, aber man pflegte ja auch nicht unbedingt Briefkontakt mit einem Callgirl.

Er wandte sich ab und ging in Richtung Wohnungstür. Seine kaiserliche Hoheit von Abessinien wollte gefüttert werden. Im Vorübergehen blieb sein Blick an einem der

Stühle hängen, die im Speisezimmer um den dunkelbraunen Tisch mit den schön gedrechselten Beinen stand.

Auf einem solchen Stuhl war von Düren gestorben, hatte um Luft ringend um sein Leben gekämpft. Beck trat in das Wohnzimmer und betrachtete erneut die Schleifspur, die der bewusste Stuhl hinterlassen hatte. Er strich sich ratlos über die Stirn und schüttelte den Kopf. Es ergab einfach überhaupt keinen Sinn. Warum sollte Stein eine Leiche hin- und hergeschoben haben, von der er behauptete, sie überhaupt nicht gesehen zu haben? Und warum war die Tür zum Kämmerchen erst geschlossen und dann offen? Wenn Steins Behauptung überhaupt stimmte, was noch sehr zu bezweifeln war. Aber warum sollte er in diesem Fall lügen? Was hatte er davon? Oder hatte er etwas in der Kammer gefunden, das der Ermittlung entgangen war? Was? Das wäre immerhin eine Möglichkeit.

Im Treppenhaus hallten Schritte und Beck fiel sein Kater wieder ein. Das Katzenfutter, das er auf dem Heimweg besorgt hatte, stand noch im Flur. Er trat den Rückzug an und öffnete die Wohnungstür.

Ein Bild blitzte auf. Der Stuhl, das Koppel, natürlich! Dort hatte er das Koppel gesehen, eng um den toten Leib von Dürens geschlungen hatte der Lederstriemen ihn unerbittlich fest an den Stuhl gezwungen und verhindert, dass er sich den todringenden Streifen vom Mund reißen konnte.

Mit dem Koppel des Vaters gefesselt war von Düren einen qualvollen Tod gestorben.

*

»Kinder, Kinder, Kinder, müsst ihr mich denn gleich am ersten Nachmittag betrunken machen?« Halt suchend griff Sascha nach Sarahs Schulter und kicherte.

»Das hast du schon ganz gut allein hingekriegt, mein Guter.« Filo gab ihrem Freund einen kleinen Schubs, der ihn nach vorn schwanken ließ.

»Lass das! Ich bin eine hilflose Person! Pfui!«

Mit viel Gekreische und Gelächter schafften die beiden Frauen es, ihren in mehrerer Hinsicht haltlosen Freund über den Schlosshof zurück in das Hauptgebäude zu bugsieren.

»Jetzt gibt's erst mal 'nen Kaffee zum Ernüchtern und dann wärme ich uns die Lasagne auf, die Asta gestern gemacht hat.« Sarah griff fester zu, um ihn halten zu können.

»Superplan, ich bin dabei.« Saschas Aussprache ließ etwas zu wünschen übrig. »Kommt denn dein Schnuckel heute auch?« Er verdrehte lüstern die Augen und schmachtete.

»Falls du Giovanni meinst, nein, eigentlich, sind wir heute nicht verabredet. Soll ich ihn anrufen?« Da hast du ja endlich mal einen guten Grund, Dittmann, deinem Lover hinterherzustalken.

Filo grinste. »Sag ja, Sascha, sie ist schon mindestens vierundzwanzig Stunden von ihm getrennt, wie soll sie das aushalten?«

Sarah steckte ihr die Zunge heraus.

»Oh ja, ruf ihn doch an, das Sahneschnittchen. Wenigstens ein Mensch in dieser Provinz, der sich anzuziehen versteht.« Sascha warf den Kopf zurück, was sein Gleichgewicht gefährlich beeinträchtigte, und ließ sich auf das Küchensofa sinken.

»Bitte?« Filo zog pikiert eine schwarze Braue hoch.

»Ja ja, gut, du siehst meistens auch ganz nett aus, für eine dürre Saatkrähe.« Sascha zog den Kopf ein.

»Das will ich wohl meinen, du zerrupfter Kolibri, du.«

»Danke, dass keiner von euch auf die Idee kommt, mir auch einen gewissen Sinn für Mode zuzugestehen.« Sarah brüllte, um den Lärm des Mahlwerks zu übertönen.

»Weil du keinen hast«, kam es von ihren reizenden Freunden im Chor.

»Danke.« Sie sah an sich hinunter. »Diesen wunderhübschen Cordrock habe ich für teures Geld gerade in einer der angesagtesten Boutiquen Braunschweigs erstanden, wenn ich das mal anmerken darf. Und er ist hip, wie mir die magersüchtige und minderjährige Verkäuferin versicherte.«

Sascha betrachtete das Kleidungsstück mit sichtlichem Zweifel. »Ja, Schatz, der Rock ist ganz nett. Cognac ist auch okay, wenn auch leicht abgängig. Aber warum ziehst du dazu bitte einen beigefarbenen Rollkragenpullover an? Mit deinen Haaren und diesen tollen Brüsten kannst du dich doch mehr trauen. Zeig doch mal was du hast, verdammt noch mal!«

»Klar, ich gehe in die Schule und führe meinen Grundschulkindern meine Titten vor, geht's noch? – Da, du Lagerfeld für Arme.« Sie reichte ihm den starken Kaffee in dem Mopsbecher, den Sascha ihr selbst mal aus New York mitgebracht hatte.

»Bist du in der Schule, oder was?« Sascha inhalierte gierig das Aroma. »Und Lagerfeld ist ein Katalogdesigner verglichen mit meinem Gespür für Stil. Ich bitte dich. Was ziehst du eigentlich zum Fest an? 'ne Kittelschürze?«

Filo lachte schnaubend. »Luise und ich waren doch mit ihr einkaufen«.

»Also, jetzt reicht's mir aber«, protestierte Sarah. »Ich gehe zum Fest in einem heruntergesetzten Fähnchen von Wunderkind, in dem ich mich totfrieren werde und das ich mir höchstselbst ausgesucht habe, zufrieden?«

»Nee, nicht, bis ich es mit eigenen Augen gesehen habe. Los, ruf Giovanni an, ich brauch was Hübsches in dieser ländlichen Ödnis.«

»Giovanni ist Sarahs Freund, lieber Sascha«, merkte Filo amüsiert an.

»Ja, ja. Langweiliger Hetero. Wahrscheinlich habt ihr Sex nur in der Missionarstellung.«

»Aber dafür auf dem Küchentisch.« Sarah steckte

ihrem Freund die Zunge raus. »Ich hoffe, ihr geht dann so lange mal raus.«

»Ich schon.« Filo grinste breit. »Bei Sascha bin ich mir da nicht so sicher.«

*

Aufatmend legte Beck die Füße auf seinen nagelneuen Lederhocker vor seinem ebenso nagelneuen Lehnsessel. Er knipste seine nagelneue Stehlampe an – gab sie nicht ein wunderbar goldenes Licht? – und griff mit einem wollüstigen Stöhnen nach seinem Cognacglas auf dem antiken Beistelltischen. Er lehnte den Kopf an und dachte an die Wohnung unter ihm.

Hatte von Düren seine Abende auch so verbracht? Viel Unterschied bestand ja auch nicht zwischen ihnen, beide waren sie Junggesellen, beide zogen sie sich gern gut an, mochten Musik und die schönen Künste und beide lebten sie gern allein.

Mit einem Maunzen sprang der Kater auf seinen Hocker und schaute ihn anklagend mit diesen beunruhigenden topasfarbenen Augen an. Nein, er lebte ja nicht mehr allein, er hatte jetzt Anhang, ägyptischen. Nein, abessinischen. »Na, du? Was du dir dabei gedacht hast, dich hier bei mir einzunisten, das würde ich doch gern mal wissen.«

Der Kater zuckte mit einem riesigen Ohr und starrte.

»Ich mag eigentlich keine Katzen, weißt du das? Ich mag Hunde. Ich wollte immer einen Golden Retriever, so wie Asta einen hat. Nicht so ein unterernährtes, hochbeiniges Katzenvieh wie dich.«

Der Kater schaute verächtlich beiseite und rollte sich auf Becks Füßen zusammen.

Er war auf dem besten Wege, ein alter Hagestolz zu werden. Der Lehnstuhl und der Kater passten wunderbar ins Bild, fehlten bloß noch Dressing Gown und Zigarillo – er war quasi ein Bild von Spitzweg. Der Genießer.

Er genoss das Bild, das er sich selbst bot, und schmunzelte. Wahrscheinlich war das schon Hospitalismus, er war entsozialisiert.

Das Telefon plärrte in das Idyll mit seiner blechernen Version von *A million miles away*, das hatte er bei Installation des Apparates witzig gefunden. Na ja. Er wuchtete sich aus dem Sessel, den Protest des Katers ignorierend und meldete sich. »Beck?«

Als sich sein Vater mit der ihm eigenen kühlen, etwas metallischen Stimme zu erkennen gab, hätte er am liebsten wieder aufgelegt. Warum hatte er nicht auf das Display geschaut? Zu spät. »Giovanni? Ich wollte gar nichts Bestimmtes, nur mal ein bisschen plaudern, wir haben uns so lange nicht gesehen.«

Plaudern? Sein Vater? Entweder dem hatten sie im Italienurlaub irgendwelche Gehirnzellen ausgetauscht oder er war es nicht. Noch nie war Beck, so lange er sich erinnern konnte, von seinem vielbeschäftigten Vater angerufen worden, um zu plaudern.

»Hast du nicht Lust, am Samstag nach Hannover zu kommen? Maria will italienisch kochen, ihr Sohn wird auch da sein.«

»Am Samstag kann ich nicht, tut mir leid. Da bin ich bei ... da bin ich schon eingeladen, eine große Geburtstagsparty.«

»Bei deiner Freundin? Frau Weigel hat mir erzählt, du hättest eine neue Beziehung?«

»Äh, ja, aber ist noch nichts ...« Beck unterbrach sich. Was redete er da? Er wollte doch nicht allen Ernstes seinem Vater über die Qualität einer Beziehung berichten, über die er sich selbst noch nicht im Klaren war? »Nein, eine Freundin von ihr feiert ein großes Fest im Schloss.«

»Sehr schön. Und deine Freundin lebt in einem Schloss? Ist sie von Adel?« Ja, das war Alexander. Geld oder Titel, das imponierte ihm.

»Nur von der mütterlichen Seite her. Sie trägt keinen

Titel.« Giovanni entsetzte die Genugtuung, die es ihm bereitete, seinen Vater in dieser Hinsicht enttäuschen zu können.

»Nun ja. Schade, dass du nicht kommen kannst. Dann vielleicht ein anderes Mal?«

»Ja, sicher.«

Nach einem kurzen Gruß legten beide auf. Der Anruf ließ Beck wütend und deprimiert zurück, diese Wirkung hatte sein Vater immer auf ihn. Er blickte zum Sessel zurück. Das Idyll schien irgendwie schal geworden, der Sessel albern, die Lampe kitschig.

Der Kater kam auf ihn zugeeilt und schaute zu ihm auf. Beck hätte ja seinem Vater erzählen können, dass er jetzt einen Mitbewohner hatte, in normalen Vater-Sohn-Beziehungen tat man so was. Wäre ihm im Traum nicht eingefallen.

Er dachte an Maria, die neue Freundin seines Vaters, die ihm zu seiner großen Überraschung nicht nur an seine Mutter erinnert, sondern ihm auch noch gefallen hatte. Nette Frau. Was fand sie nur an diesem karrieresüchtigen Eisblock? Wo die Liebe eben hinfiel.

Gedankenverloren griff er nach seiner Les Paul und klimperte einen Lauf. Jetzt ein bisschen Musik, um die trüben Gedanken zu vertreiben. Er stöpselte die Gitarre ein und suchte nach seinen Kopfhörern, die er sich mit Rücksicht auf seine Nachbarn zum Üben angeschafft hatte.

Das Telefon plärrte erneut und er stöhnte. Hatte Alexander noch was vergessen? Wohl kaum. Er schaute auf das Display. Erfreut drückte er auf Empfang. »Sarah!«

»Fast richtig, hier ist Sascha, Süßer!«

Innerlich trat Beck schnell einen Schritt zurück. »Sascha, das ist aber nett.«

»Das will ich meinen. Willst du nicht vorbeikommen? Wir haben es gerade so nett und Sarah sieht so scharf aus, das glaubst du nicht.«

»Du bist in Avessen?« Beck bewegte sich Richtung Flur.

»Ja, und wir haben es so hübsch *und* wir haben Lasagne. Kommst du? Die Mädels möchten es auch.«

Im Hintergrund hörte Giovanni Sarahs heiseres Lachen und Filos hellere Stimme etwas rufen. »Ja, gern. Doch, ich setze mich gleich ins Auto, wartet ja mit der Lasagne auf mich! Bis gleich.«

Beck stolperte fast über das Tier, so eilig hatte er es, seine Schuhe hervorzuholen. Am besten, er packte die Zahnbürste ein, man konnte ja nicht wissen. »Tja, eure Majestät, wenigstens einer von uns beiden hat heute Abend eine Verabredung. Du musst es dir leider aus den Rippen schwitzen, Kumpel.«

Der Kater jammerte und kletterte an Becks Bein hoch.

»Du kannst nicht mit, da sind Hunde.« Gott, es wurde Zeit, dass er unter Menschen kam. Er verkam geistig. Aber das Tier tat ihm leid, am liebsten hätte er es mitgenommen. Ob er sich so einen Transportkorb anschaffte? Einen mit rotem Samt ausgekleideten, damit Seine Majestät standesgemäß reisen konnte?

Eilig zog er seinen Mantel über und ertastete in der Seitentasche ein Stück festes Papier. Er zog es heraus und betrachtete es. Ach, das Foto von den von Dürens. Wieder zog der Vater seinen Blick magisch an. Noch eine Gemeinsamkeit mit von Düren, der hatte auch kein Glück mit seinem Alten gehabt.

Das Koppel fiel ihm wieder ein und das vage, unbehagliche Gefühl, das ihn schon vorhin in von Dürens Wohnung beschlichen hatte, kehrte zurück.

Irgendetwas war um dieses Koppel. Etwas Dunkles.

15. Kapitel

Sarah trat auf die Bremse und fluchte, als ihr Beetle ein gutes Stück nach vorn über die Straße schlidderte. Verdammt, war das glatt heute Morgen! Hörte dieser dämliche Winter eigentlich nie auf?

Sie kniff die Augen zusammen – brauchte sie etwa eine Brille? – und entzifferte die in groben schwarzen Sprühbuchstaben brüllende Schmähung, die das Haus der Dorenkamps verunstaltete. *Araber stinken!*

Wie eloquent und einfallsreich, ganz die Handschrift von Kevin Fuhrmann und seinen Hofschranzen. Vielleicht tatsächlich die Handschrift – die Deppen hatten noch nicht mal so viel Verstand bewiesen, in Druckbuchstaben zu schreiben.

Kurz entschlossen bugsierte sie ihren widerspenstigen Wagen an die Bordsteinkante und stieg aus.

Noch eh der erste Glockenschlag verklungen war, wurde die Tür geöffnet. Frau Dorenkamp winkte Sarah munter in das Hausinnere. »Ich habe Sie schon gesehen. Kommen Sie herein!« Hatte sie die Schrift noch nicht bemerkt?

»Guten Morgen, ich habe allerdings leider nicht viel Zeit.« Zögernd betrat Sarah den Flur.

»Nein, Sie müssen ja auch in die Schule, Farid ist schon fort.« Frau Dorenkamp wirkte animiert, fast fröhlich.

Sarah räusperte sich. »Haben Sie … das Geschmiere auf ihrem Haus schon gesehen?« Es tat ihr leid, Frau Dorenkamps offensichtliche Hochstimmung zu zerstören.

»Ja, die war gestern Abend schon dran. Blöde Kerle. Jürgen bringt heute gleich Farbe mit und ich habe schon Anzeige gegen Unbekannt erstattet. Aber ich wollte Ihnen mal meinen Entwurf für die Tischdekoration zeigen, Sie wissen schon, für die Feier von Frau von Seifen. Habe ich gestern fertig gemacht.«

Fassungslos folgte Sarah ihr durch den Flur in das hübsche Puppenwohnzimmer. Offensichtlich hatte der erneute Anwurf gegen Farids Herkunft seine Mutter diesmal nicht in Depressionen gestürzt, im Gegenteil, das schien nebensächlich zu sein. Hm. Hoffentlich hielt diese Verfassung an, Frau Dorenkamp schien ja nicht die Stabilste zu sein. Armer Farid.

Wut stieg heiß in ihrer Brust hoch, als sie an die Penetranz und Dickfelligkeit der Jungengruppe dachte. Na wartet, das gibt einen netten Schultag heute. Eventuell würde sie eine Klassenkonferenz einberufen – das konnte man so nicht mehr durchgehen lassen.

»Nicht ärgern, Frau Dittmann. Obwohl ich mich natürlich freue, dass Sie so auf unserer Seite stehen.« Farids Mutter hatte eine zierliche Hand auf Sarahs Arm gelegt.

»Jeder liberal denkende Mensch muss auf Ihrer Seite stehen. Ein Skandal, dass es so etwas überhaupt noch gibt und vor allem in Deutschland. Wir haben doch, weiß Gott, genügend Schande auf uns geladen, genügend Hass verbreitet.« Sarahs Blick fiel auf ein feenhaftes Arrangement aus weißen und gelben Ranunkeln in einem grünen Moosbett. »Oh, wie hübsch! Das ist ja der Frühling persönlich.« Sie trat näher und berührte vorsichtig das zarte Blumengesteck. »Wo haben Sie denn bloß diese entzückende Schale her?« Bewundernd strich sie über die zarten Ränder einer Porzellanschale in der Form eines Füllhorns.

»Ach, ich habe das ja mal professionell gemacht. Ich hatte einen Blumenladen, mit einer Freundin zusammen. Wir haben Hochzeiten ausgestattet und ähnliche Feiern.« Frau Dorenkamp strahlte und freute sich über Sarahs Lob. Ihr stark geschminktes Gesicht sah plötzlich viel jünger aus, das hoffnungsvolle Mädchen, das sie einmal gewesen sein musste, wurde unter der dicken Make-up-Schicht sichtbar.

»Das sieht man. Filo wird begeistert sein. Haben Sie

denn schon ein Kleid?« Sarah fiel nichts anderes ein, um die heitere Stimmung aufrechtzuerhalten. Kleider gingen doch immer. Und richtig.

»Ja, habe ich. Eine Freundin von mir hat vor kurzem geheiratet, das Kleid kann ich noch mal anziehen. Wollen Sie es mal sehen?«

Sarah blickte zur Uhr. »Ja, da kann ich noch schnell einen Blick drauf werfen. Ich war auch schon einkaufen. Meine Tante hat mich gezwungen.« Sie lachte.

»Ihre Tante? Diese schöne alte Dame, die aussieht wie ein Stummfilmstar?«

»Ja, die.« Missgünstig überlegte Sarah, warum eigentlich nie jemand sagte, ›diese durchgeknallte alte Dame‹ oder auch ›diese versoffene alte Dame‹. Eine leise Genugtuung konnte sie daraus ziehen, dass Luises Bemühungen, wie die Monroe auszusehen, mit zunehmendem Alter eher in die Mae-West-Richtung abglitten. Pfui. Sie war eine neidische, konkurrente Ziege. Schließlich liebte sie ihre Tante – sie wünschte nur manchmal, sie hätte eine Spur mehr von diesem Charisma geerbt.

Mit sich unzufrieden folgte sie der Frau in ein Schlafzimmer, das genauso überirdisch aufgeräumt und puppenhaft war wie das Wohnzimmer, nur dass hier die Farbe Lavendel dominierte. Sarah musterte die Tapete, die mit zarten Jugendstilornamenten in ein Boudoir der Jahrhundertwende gepasst hätte. Gar nicht so übel. Hätte eigentlich kitschig aussehen müssen, sah es aber nicht.

Sie zwang ihre Aufmerksamkeit auf einen cremefarbenen Alptraum mit goldfarben abgesetzten Rüschen. »Hübsch.« Wer kaufte sich so ein Zuckerbäckerkleid?

»Angezogen sieht es sehr elegant aus.«

Autsch, anscheinend sah man ihr mal wieder an, was sie dachte. Sie lächelte schnell und hoffte, damit den Unglauben zu überdecken. »An Ihnen sieht es bestimmt sehr gut aus, für mich wäre es absolut nichts, dafür bin ich viel zu groß.«

»Nein, Rüschen sind bestimmt nichts für Sie. Aber mit Ihren langen Beinen brauchen Sie solch ein Geraffel auch nicht.«

Wirklich nett, Farids Mutter.

Sarah zuckte zusammen und warf einen erneuten Blick auf die Uhr. »Oh Gott, ich muss los, ganz dringend! Wenn Sie meine Unterstützung brauchen in der Schmierangelegenheit, rufen Sie an. Ich werde das an meiner Schule verfolgen. Das geht so nicht weiter.« Während sie sprach, hastete Sarah mit einem entschuldigenden Lächeln schon in Richtung Tür. Das fehlte gerade noch, dass sie zu spät in den Unterricht kam wegen eines kitschigen Rüschenkleides.

»Soll ich Ihnen eine Entschuldigung schreiben?« Frau Dorenkamp eilte hinter ihr her um ihr die Wohnungstür zu öffnen. »Frau Dittmann wurde in dringenden Angelegenheiten aufgehalten.«

Sarah lachte und blieb wie angenagelt an der Tür stehen. Irgendein Arschloch hatte die Luft aus den Reifen ihres Beetles gelassen.

Das bedeutete Krieg.

*

Mit brummendem Schädel und knurrendem Magen faltete sich Beck ein letztes Mal in die Tiefen des Roadsters. Es war mal wieder spät geworden in Avessen. Der Alkohol war reichlich geflossen, zu reichlich für einen Arbeitstag, aber wenn Sascha einschenkte, gab es kein Entkommen.

Beck stöhnte, als Wagner mit einem Ruck anfuhr. »Mein Gott, fahren Sie doch mal nicht wie ein Bauer. Fließend anfahren, hat mein Fahrlehrer immer gesagt.«

Wagner schnaubte. »Gottchen, haben Sie Migräne? Ich fahr so, wie es mir passt.«

»Ja, leider. Ich habe Kopfschmerzen, keine Migräne.« Beck räusperte sich, als er merkte, wie wehleidig er klang.

»Tja, der eine verträgt den Schnaps, der andere nicht.« Wagner grinste selbstgefällig, offensichtlich zählte er sich zu den Ersteren.

Beck verzichtete darauf, ihn hinsichtlich der genauen Kategorie des Alkohols zu berichtigen, zudem war er sich nicht so ganz sicher, ob nicht doch auch der ein oder andere Schnaps dabei gewesen war.

Auch an die das Saufgelage abschließende Bettszene konnte er sich nicht mehr ganz genau erinnern. Hatte er es überhaupt noch gebracht? Oh Gott.

Doch, doch, es war recht erfolgreich gewesen. Sarah hatte einen erfreuten Eindruck gemacht, oder nicht? Heute Morgen hatte er sie gar nicht mehr gesprochen, sie hatte nur ein leises Grunzen von sich gegeben, als er sich aus dem Bett geschlichen hatte. Peinlich. Hoffentlich hatte er nicht irgendetwas Gefühlsduseliges gelallt. Du bisss die Einsssige, die isch je geliebt habe, du.

»Hallo?« Offensichtlich hatte Wagner versucht, Kontakt aufzunehmen.

»Ja? Ich habe gerade an etwas anderes gedacht.« Beck zwang seine Konzentration in das faltige Gesicht seines Kollegen.

Der schüttelte den Kopf, missbilligend natürlich. »So einfältig, wie Sie geschaut haben, muss das ja 'ne heiße Nummer gewesen sein gestern Abend. Ich habe gefragt, ob der noch auf der Intensivstation liegt, der Oppermann?«

»Was? Nein, nein, dann dürften wir ihn doch wahrscheinlich gar nicht sehen. Die OP ist so gut verlaufen, dass sie ihn gestern schon auf die Normalstation verlegt haben. Er ist stabil, aber natürlich müssen wir vorsichtig sein, nicht, dass er gleich wieder abklappt.«

»Gott, glücklicherweise sind nicht alle Zeugen so labil, sonst würden sich die Ermittlungen ja Jahre hinziehen.« Wagner verzog unzufrieden die schmalen Lippen. »Ist das eigentlich 'ne Tante von Ihrer Freundin, die Rothaarige?«

»Was? Welche Rothaarige?« Beck kam mit Wagners abrupten Themenwechseln heute Morgen nicht zurecht.

»Na, die mit den Zöpfchen. Die da mit ihr zusammenlebt, in dem Schloss«, knurrte Wagner.

»Asta? Ja, die ist eine Tante von Sarah. Warum?«

»Ach, nur so. Habe die gestern im Biomarkt getroffen.«

»Sie kaufen im Biomarkt?« Beck sah seinen Kollegen ungläubig an.

»Na und? Was glotzen Sie denn da so? Darf ich mich nicht gesund ernähren? Raucher müssen auf ihre Gesundheit achten.« Wie zur Unterstützung seiner These brach Wagner in einen beängstigenden Hustenanfall aus.

»Um Gottes willen!« Beck rückte unwillkürlich weiter zur Seite. »Sie klingen wie ein Schwindsüchtiger im letzten Stadium.«

»Danke. Ich habe bloß meinen Salbeibonbon in die falsche Kehle bekommen.« Wagner keuchte und rang nach Atem. »Wie alt ist die denn?«

»Wer? Ach so, Asta. Keine Ahnung, ich schätze mal so um die fünfzig. Wieso?«

»Fragen Sie doch nicht andauernd wieso, Mann. Wieso fragt ein Kerl wohl nach einer Frau? Sie leben ja auch nicht gerade im Zölibat.« Wagner ließ seinen Unmut an dem Gaspedal aus und trat zu, woraufhin der Wagen nach vorn schoss, beängstigend dicht an die Stoßtange eines holländischen LKW.

»Finden … finden Sie Asta scharf?« Beck kam sich dämlich vor, wie ein pubertierender Jüngling, der entsetzt feststellt, dass sein Vater auch einen Sexualtrieb hat.

»Na ja, was heißt scharf. Sieht nicht schlecht aus, das Mädel. Für ihr Alter. Wenn man sich noch die Pluderhosen wegdenkt …« Wagner grinste schief.

Beck war peinlich berührt. Niemand sollte sich Asta ohne Hosen vorstellen und schon gar nicht Wagner. Das war … das war fast als wenn jemand seiner Mutter Avancen gemacht hätte.

Mein Gott, er war wirklich ein Psychopath. Ein sexsüchtiger, versoffener Psychopath.

»Gott, Chef. Nun gucken Sie doch nicht so verklemmt. Man wird ja wohl noch mal fragen dürfen. Ist sowieso nicht mein Typ.«

Beck wollte sich lieber nicht vorstellen, was Wagners Typ war. Sicher etwas mit blonden Brüsten. Huh, lieber nicht an einen Wagner in, oder noch schlimmer, ohne Unterhosen denken. Ein Themenwechsel war dringend angesagt. »Wie lange brauchen wir denn noch?« Er plärrte wie ein Zweijähriger auf der Urlaubsreise an die Ostseeküste. »Ich meine, wo sind wir eigentlich, ich habe gar nicht drauf geachtet.«

»Themenwechsel, was?« Wagner bog ohne zu blinken von der Autobahn ab und feixte.

»Quatsch. Wir müssen jetzt einfach noch mal durchgehen, was wir eigentlich von Oppermann erwarten.«

»Was mich betrifft – nichts.« Ungeduldig trommelte Wagner auf das Lenkrad, als die Ampel auf Rot wechselte und er anhalten musste.

»Mein Gott, so bremsen Sie doch nicht immer so ruckartig.« Beck hielt sich den Schädel.

»Ich bremse ganz normal.«

Mit einem harten Ruck fuhr Wagner wieder an, Beck sparte sich den Kommentar.

»Ich hoffe, dass er uns doch zumindest erklären kann, wie er zu der Aussage kommt, er habe seinen Freund umgebracht.«

»Indem er ihn umgebracht *hat*? Schon mal dran gedacht?« Wagner überholte in einem Tempo auf der Stadtumgehung von Magdeburg, dass man nur hoffen konnte, die Kollegen aus Sachsen-Anhalt hätten heute verschlafen.

»Doch, denken Sie mal. Kann ich mir aber nicht vorstellen. Ich wüsste keinen Grund.«

»Keinen Grund? Na, vielleicht war die eine Schwuchtel eifersüchtig auf die andere? Was weiß ich?« Wagner schob entschlossen einen empörten Hutträger von der linken Spur und gab Gas.

»Ich meine einen Grund, der mit unserem Fall zu tun hat. Sonst wäre es doch ein merkwürdiger Zufall, nicht wahr. Zu merkwürdig, wenn Sie mich fragen.« Beck setzte ein bedauerndes Gesicht auf, als sie an dem schimpfenden älteren Herrn vorbeifuhren. Ich kann nichts dafür, dass ich mit einem Irren mitfahren muss. Die lassen heute jeden zur Polizei.

»Ich frage aber nicht. Weil ich weiß, dass der bloß wieder die Drama-Queen gegeben hat. Der könnte sich ja noch nicht mal selbst umbringen, dieses Hühnchen.« Wagner schwenkte schwungvoll in die Ausfahrt zum Klinikum und brachte Becks Magen zum Ächzen. »So. Da wären wir.« Wagner stieß den Wagen in eine Parklücke, die sich gerade eine ältere Dame mit einem antiken Mercedes ausgesucht hatte, und bremste.

Beck hätte fast den Arm schützend vor die Stirn gerissen. »Herrgott!« Er atmete tief ein und öffnete die Wagentür.

»Unverschämtheit!«

Ganz recht.

Die Dame hatte das Seitenfenster ihres Strich-Achters heruntergekurbelt und zeterte hinaus.

Wagner zeigte ihr einen Vogel und rauschte kommentarlos an ihr vorbei.

Beck lächelte entschuldigend. »Es tut mir leid, mein Kollege hat … psychische Probleme.«

»Das glaube ich Ihnen gern.« Die Dame lächelte zögernd zurück. »Was für Probleme hat er denn?«

Beck beugte sich zum Fenster herunter und raunte: » Er leidet unter dem Harzberger Autismus.«

»Ach, ja?« Die Dame blickte gespannt in Becks Augen. »Und da nimmt man anderen den Parkplatz weg?«

»Nun, man hat allgemein Probleme mit dem Besitz und den Ansprüchen anderer Menschen, verstehen Sie?«

»Sie meinen …?«

»Er stiehlt, lügt und betrügt, wo es nur möglich ist. Leider.« Er nickte der ungläubig staunenden Frau zu und eilte seinem Kollegen hinterher.

»Was haben Sie den noch so lange mit der besprochen?« Wagner presste misstrauisch die Lippen aufeinander.

»Och. Ich habe ihr gesagt, dass Ihre Frau Zwillinge bekommt – von Ihrem Sohn aus erster Ehe und dass Sie deshalb etwas in Rage sind.«

»Sie …«

Ein Tag war ein guter Tag, wenn Wagner die Worte fehlten.

*

»Und die größte Unverschämtheit ist, dass der Knabe das dreist bestreitet. Aber das sage ich dir, der wird mich kennenlernen. Nicht mit mir, nicht an meiner Schule. Die Klassenkonferenz ist schon anberaumt.« Sarah trat wütend mit dem Fuß gegen einen blauen Klappstuhl.

»Ja, ätzend. Aber jetzt komm mal runter, sonst verletzt du dich noch.« Filo legte beschwichtigend eine Hand auf Sarahs Schulter.

»Ja, ich weiß, blöd. Im Prinzip bin ich genauso intolerant wie die.«

»Na, das finde ich nicht. Intoleranz intoleranten Menschen gegenüber ist ein Absurdum und bestimmt zulässig.«

Asta wischte einen mit Taubendreck beschmutzten langen Holztisch ab und schüttelte den Kopf. »Scheißviecher.«

»Pfui, wie intolerant!« Filo, die schwarzen Haare unter ein geblümtes Kopftuch gepresst, schüttelte mahnend die schlanke Hand. »Tauben haben auch ein Recht zu leben.«

»Haben sie. Aber nicht in unserer Remise, in der all die schönen Möbel lagern. Guck dir mal diesen Tisch an. An dem hat schon Kaiser Wilhelm gespeist. Und die scheißen da drauf.« Asta wienerte entrüstet auf der Tischplatte herum.

»Das sind eben Demokraten.« Sarah schrubbte an einem Tisch herum, an dem der Familienlegende nach der alte Bismarck einen Brief geschrieben hatte.

Man konnte nie wissen.

»Ach, lasst man. Das wird ein Traum. Guckt doch mal, was wir schon geschafft haben.« Filo strahlte und wirbelte wie ein kleines Mädchen um die eigene Achse. »Juhu! Morgen wird Aschenputtel sich verwandeln!«

»In einen Kürbis.« Sarah lächelte gemein. Böses Mädchen.

»Sarah!« Asta schaute entsetzt auf.

Erleichtert stellte sie fest, dass Filo lachte. »Melone, bitte. Mein Kleid ist melonenfarben.«

Sarah wusste selbst nicht, was in sie gefahren war. Nahm sie Filo den Streit um Thomas immer noch übel? Versöhnlich lächelte sie ihre Freundin an. »Ja, ich weiß. Dir steht ja sowieso jede Farbe.« Leider.

»So ist es.« Filo wuchtete den Tisch entschlossen an die Stelle, die sie für ihn vorgesehen hatte. »Ich glaube, du bist immer noch ein bisschen sauer auf mich, allerliebste Sarah. Du kannst ganz schön nachtragend sein.«

Ja, das war wohl wahr. Sie hasste es, wenn Filomena ihr das Gefühl gab, sentimental und ein bisschen dämlich zu sein. Selbst wenn es stimmte. »Stimmt ja gar nicht.«

»Nun ist aber Schluss.« Asta blies sich ein paar lose Strähnen aus der Stirn und richtete sich auf. »Puh. Ich fühle mich wie durch die Mangel gezogen. Da sind heute Abend ein paar Yoga-Einheiten fällig. Aber schaut doch mal, was wir schon geschafft haben. Sieht der Saal nicht wunder-wunderschön aus?«

Sarah ließ den Lappen fallen und sah sich um. Tatsächlich. Der große Saal hatte durch ihre Bemühungen sehr gewonnen. Der riesige Lüster war poliert worden und strahlte fast im alten Glanz, wenn man großzügig darüber hinwegsah, dass noch einige Glühbirnen fehlten, da die altmodischen Fassungen nur noch schwer zu beschaffen waren.

Das Parkett hatte Asta mit Wasser und Bienenwachspolitur bearbeitet, bis es wieder in sanften Honigbraun glänzte und Filo hatte mit geschickter Hand die Stellen, an denen der Stuck heruntergekommen war, mit Styropor und Farbe ergänzt. Wer es nicht wusste, dass dort etwas fehlte, sah es auch nicht.

Die französischen Fenster waren geputzt und blinkten in der späten Nachmittagssonne, der Tulpenbaum an der Westterrasse würde mit ein wenig Glück seine dicken Knospen morgen öffnen. Es sollte mild werden, danke, Petrus.

Herr Wahrenholz, ihr ehemaliges Faktotum, hatte den Kamin aus gelbem Marmor gereinigt, damit morgen vor Beginn des Balls kräftig eingeheizt werden konnte, und Luise hatte ihre chinesischen Bodenvasen hergegeben, die mit gelben Lilien und Zweigen bestückt werden sollten. Himmlisch, es sah einfach himmlisch aus.

Sarah ging zum Kofferradio hinüber und suchte einen Klassiksender. Schon der erste Knopfdruck ließ die Klänge eines wunderbar leichten Walzer durch den Raum perlen. Perfekt. Ihr wurde leicht ums Herz. Es würde toll werden morgen, ein Jahrhundertfest. Es war Frühling, sie würde mit Giovanni tanzen und dabei fantastisch aussehen.

Mit einem Lachen rannte sie auf Filo zu und legte ihr einen Arm um die Taille. »Darf ich bitten, Aschenputtel?«

»Oh, mein Prinz …« Filo schlug züchtig die Augen nieder und knickste. »Meinen Arm dürft ihr haben, meine Unschuld nicht.«

»Man kann nichts vergeben, was man schon lange nicht mehr hat, euer Hoheit.« Sarah verneigte sich mit einem Kratzfuß.

Asta kicherte. »Jetzt drehen sie durch.«

Die Freundinnen wirbelten im Dreivierteltakt durch den Saal und legten sich mit Hingabe in die Wiegefiguren. Die gemeinsamen Tanzkurse vor ewigen Zeiten waren wohl doch nicht ganz vergeblich gewesen. Jeden Dienstag in der Tanzschule Mäusler-Miatowski – was hatten sie gelitten!

All die pickligen Jungs, die nur darauf warteten, einem auf die heimlich bei Luise geklauten Pumps zu treten. Und der eine, der angehimmelte Superjunge, der jeden blauen Zeh wert gewesen wäre, war natürlich nie gekommen und hatte sie aufgefordert.

Asta juchzte und ließ den Schrubber fallen. Anmutig über das Parkett wirbelnd gab auch sie auf dem glänzenden Parkett keine schlechte Figur ab.

Sarah schloss die Augen und gab sich ganz dem schwingenden Rhythmus hin. Ach, Giovanni.

Ein Rufen bahnte sich misstönend den Weg durch die Walzertöne und sie öffnete genervt die Augen. Oh, Luise. Mit Besuch.

Sie ließ Filo so abrupt los, dass diese strauchelte und empört aufkreischte. »Sag mal, spinnst du?« Irgendwie beunruhigt hastete Sarah zum Radio und drehte die Lautstärke herunter.

Der Mann, der mit Luise gekommen war, trat nach vorn und wurde vom goldenen Licht des Lüsters angestrahlt wie auf einer Theaterbühne. »Which of these beauties is my daughter?« Blendend weiße Zähne blitzten auf, hollywoodblaue Augen strahlten.

Ein Krachen hinter ihr ließ Sarah herumfahren.

Dieser Tag würde in die Geschichte eingehen.

Der Tag, an dem Filomena von Seifen beim Anblick ihres Vaters in Ohnmacht fiel.

*

»Was ist denn hier los?« Irritiert betrachtete Beck das Gewimmel auf dem Flur der Station und blieb noch vor der Glastür stehen. »Und da soll man gesund werden? Schauen Sie sich diese Hektik an.«

Ungewöhnlich viele der grün gekleideten Krankenhausameisen wimmelten scheinbar planlos über den Flur der Station, doch bei genauerem Betrachten zeichnete sich ein Muster ab. Alle Bemühungen konzentrierten sich letztlich auf einen Raum. Einen Raum, in dem, wenn sich Beck nicht völlig täuschte, Gabriel Oppermann lag.

Er riss die Tür auf und rannte los.

»Was ist denn los, Chef?« Wagner hechelte atemlos hinterher.

»Das ist Oppermanns Zimmer, in das die alle rennen. Da stimmt doch was nicht.« Beck erbarmte sich der Raucherlunge seines Kollegen und blieb stehen.

Der stöhnte angewidert. »Tatsächlich. Jetzt ist der Schwachmat wieder abgeklappt und wir können wieder mal unverrichteter Dinge nach Hause fahren. Na super.«

Wenn Beck nicht so beunruhigt gewesen wäre, hätte er die Leichtigkeit bewundert, mit der Wagner alle Geschehnisse so wendete, dass sie sich als persönlicher Affront des Universums gegen seine Person entpuppten.

Die schöne Afrikanerin kam in ihre Richtung geeilt und zog genervt die Augenbrauen zusammen, als sie die beiden Männer gewahrte.

»Oh. Wir kommen mal wieder ungelegen.« Beck lächelte sie versuchsweise an, jedoch ohne nennenswerten Erfolg.

Ungeduldig drängte die Ärztin sich an ihnen vorbei. »Das ist jetzt wirklich nicht der Zeitpunkt ...« Offensichtlich konnte sie sich nicht an Beck erinnern, was diesen ein wenig ärgerte.

Er unterdrückte diesen Anflug gekränkter Eitelkeit hastig und zückte seinen Ausweis.

»Ach ja, ich erinnere mich, der Kommissar aus Braunschweig. Wie unglücklich. Sie kamen wegen des Herrn Oppermann, nicht wahr?«

»Ja, in der Tat. Warum unglücklich? Ist Herr Oppermann unpässlich? Dann kommen wir noch einmal wieder.« Beck blickte fragend in die samtschwarzen Augen der Ärztin.

»Das hätte wenig Zweck, Herr Beck.« Sie blinzelte irritiert ob des lächerlichen Reims. »Herr Oppermann ist tot.«

»Tot?« krächzte Beck. Er und Wagner sahen sich ungläubig an.

»Wie – tot?« Wagner starrte die Ärztin an.

»Tot, tot. Toter geht's nicht.« Die Ärztin schüttelte den schönen Kopf und wandte sich zum Gehen.

»Einen Augenblick, Frau Doktor.« Wagner hatte zur gewohnt grantigen Form zurückgefunden.

»Ich habe jetzt wirklich keine Zeit für Sie.« Die Ärztin blieb stehen, wandte sich aber nicht um.

»Ich bitte Sie, Herr Oppermann ist in einen Mordfall verwickelt.« Beck trug ein wenig dicker auf. »Vielleicht hängt sein Tod ja damit zusammen? Das ist sehr wichtig für uns.«

Die Ärztin drehte sich nun doch um, ihre Gereiztheit war jetzt deutlich zu sehen. »Wohl kaum, Herr Beck. Der Patient verstarb an den Folgen seiner Herzoperation, ein Herzstillstand, eine bedauerliche, aber leider nicht seltene Komplikation nach einer Herzoperation. Genügt Ihnen das?«

Beck zuckte mit den Achseln. »Zunächst muss es das wohl, vielen Dank. Ich möchte jedoch selbst einen Blick auf den Patienten werfen, wenn es recht ist.«

Die Ärztin seufzte. »Und wenn nicht?«

»Dann auch.« Beck wartete ihre Antwort nicht ab, sondern drängelte sich an ihrer schmalen Gestalt vorbei. Er ignorierte die unangebrachte Reaktion seines Körpers auf ihre Nähe ebenso wie die aufgebrachten Rufe weiteren Krankenhauspersonals und ging in das Zimmer, in dem man die Bemühungen um den jungen Oppermann wohl gerade aufgegeben hatte.

Still und zart lag der Junge da, nur die blauen Lippen zeugten von der Endgültigkeit seines Schlafes. Beck trat näher und fühlte nach dem Puls, wohl wissend, dass er damit die schwarze Doktorin endgültig auf die Palme brachte. Sie hatte recht. Toter ging es nicht.

Er betrachtete die seidigen, braunen Locken, die sich an die bleiche Wange schmiegten, und dachte an die Mutter des Jungen. Nun würde es keine Teestunde mit Gabriel mehr geben. Nie wieder.

Er schluckte und wandte sich ab. Ihr Kummer würde groß sein und sie vielleicht endgültig zerbrechen. Tragisch. Bedrückt wandte er sich ab und blickte in Wagners graue Augen.

»Tja, den können wir nun nicht mehr befragen, Chef. So ein Mist.«

Fast hätte Beck aufgelacht. Er schaute die Ärztin entschuldigend an und bemerkte zu seiner Überraschung, dass ihr Blick wärmer geworden war und ihn fast mütterlich umfasste.

»Stand der Tote Ihnen nahe?«

»Nein, ich kannte ihn ja gar nicht. Er war Zeuge in einem Mordfall, sonst nichts.« Beck fuhr sich durch die Haare und sah sich nach Wagner um.

»Aha. Nun gut. Wenn sonst nichts ist, würde ich Sie bitten, den Raum zu verlassen, damit wir den Toten entsprechend versorgen können.«

Beck nickte und trat in den Flur, in dem wieder antiseptische Stille eingetreten war. »Und so eine Komplikation tritt häufig auf, sagen Sie?«

Die Ärztin strich über die kurzen schwarzen Locken und unterdrückte ein Gähnen. »Ja, schon. Allerdings hatten wir bei Herrn Oppermann damit nicht gerechnet, er war in sehr guter Verfassung für einen Patienten mit seiner Erkrankung und hatte die OP sehr gut überstanden. Aber – ganz ausschließen kann man so etwas leider nie. Wir müssen ja selbst noch schauen, was genau die

Ursache für den Stillstand gewesen sein könnte. Wenn wir's denn überhaupt feststellen können. Die Narkose war optimal eingestellt, ich weiß es nicht.«

»Gut. Sollte Ihnen irgendetwas Ungewöhnliches auffallen, bitte ich Sie, mich zu informieren. Ich melde mich aber in jedem Fall noch einmal. Wann genau werden Sie die Ergebnisse haben?«

Sie zuckte mit den athletischen Schultern. »Morgen. Aber erhoffen Sie sich nichts. Ich denke nicht, dass mehr herauskommt, als wir jetzt schon sagen können. Tod durch Herzversagen wegen Überlastung eines durch Erkrankung geschwächten Organs.«

Sie nickte und verschwand in den Tiefen ihres Ameisenhaufens, eine hochgewachsene Herrscherin über Leben und Tod.

*

»Gott, ist der sexy.« flüsterte Asta in Sarahs Ohr und kicherte. »Irgendwie unecht, findest du nicht?«

Sarah betrachtete den in der Tat unverschämt gut aussehenden Schauspieler, der sich mit Filo auf Luises Ottomane niedergelassen hatte und angeregt auf die immer noch blasse Freundin einredete.

Er spürte ihren Blick und zwinkerte ihr zu.

Sie lächelte ihn an und ignorierte den Aufruhr den dieser Blick in ihrem Unterleib anrichtete. Sie flirtete mit Filos Vater! Unglaublich, beides.

»Ich finde, wir sollten die beiden allein lassen.« Asta zog an Sarahs Arm und deutete verschwörerisch in Richtung Tür.

»Ja, meine ich auch, aber Luise findet das nicht.« Mit einem amüsierten Lächeln beobachtete sie die Versuche ihrer Großtante, die Aufmerksamkeit Mark Newtons zu gewinnen.

Doch der war so gefangen in dem Bemühen, sich seiner neu gefundenen Tochter anzunähern, dass er keinen

Blick für die schöne Luise hatte, eine Behandlung, die ihr nur selten von der Männerwelt entgegengebracht wurde.

Heldenhaft bemühte sich Sarah, den leisen Anflug von Genugtuung zu unterdrücken, und lächelte ihrer Tante aufmunternd zu. »Komm, wir gehen rüber und lassen den beiden ein bisschen Zeit, sich an ihren neuen Familienstand zu gewöhnen.« Sie drückte die zarte Schulter, die wie immer in weiße Seide gehüllt war, und nahm Marilyn auf den Arm, die ebenfalls ihre Bemühungen um den Neuzugang in ihrem Rudel beleidigt aufgegeben hatte.

»Ja, die werden wohl noch ein paar Stunden brauchen, um die Vergangenheit wenigstens grob aufzuarbeiten.« Luise schnüffelte beleidigt.

»Jahre werden es wohl eher werden.« Sarah dachte an ihren Vater, den sie nie mehr näher kennenlernen würde, weil er zu Lebzeiten die Nähe seiner Tochter nur selten gesucht hatte, und beneidete Filo um diese Möglichkeit. Was könnte sie für Gespräche führen! Alles, was sie über ihre Eltern wusste, wusste sie von Asta aus zweiter Hand und das, obwohl ihr Vater viele Jahre mit ihr in einem Haus gelebt hatte. Aber wirklich nah war er ihr nie gewesen. Sie schob das vertraute Gefühl des Bedauerns entschlossen beiseite und versuchte, sich für Filo zu freuen.

Luise tippelte auf ihren silbernen Hauspantöffelchen neben ihr her über den Hof und schnaubte misslaunig. »So gut sieht er gar nicht aus, findest du nicht? Ein bisschen zu braun. Na, diese Amerikaner haben eben nicht wirklich ein Gespür für solche Dinge.«

Sarah unterdrückte großmütig den spontanen Widerspruch, der ihr auf der Zunge lag, und nickte ergeben. »Ja, doch. Ein bisschen zu gegerbt, du hast recht. Aber von wem Filo ihre prächtigen Haare hat, das wissen wir nun.«

Luise lächelte befriedigt und nickte gnädig. »Ja, hübsche Haare hat er, das muss man ihm lassen.«

Sie stiegen die Treppe zu Sarahs Küche hinunter, in der sich schon die geliehenen Sektgläser und Teller stapelten. Bei aller Liebe zu Filo und zum Feiern hatte Luise ihr kostbares Meißen, das in rauen Mengen auf dem Dachboden eingelagert und ein Vermögen wert war, nicht hergegeben. Die Zeiten, in denen ganze Paletten von Tellern mühelos ersetzt werden konnten, waren lange vorbei.

»Schau mal, das ist das Muster, das Frau Dorenkamp für die Tische gesteckt hat. Hübsch, nicht wahr?«

Luise betrachtete das zarte Blumengesteck und rümpfte das zierliche Näschen. »Eine Spur bourgeoise, wenn du mich fragst. Bisschen viel Chichi.«

Entgeistert hob Sarah die Blümchen hoch und hielt sie Asta entgegen. »Was sagst du? Ist doch wunderhübsch, oder?«

Asta nickte und legte Luise besänftigend eine Hand auf den Unterarm. »Luischen hat heute ihren mäkeligen Tag. Heute Morgen hat sie doch tatsächlich behauptet, sie wolle Marilyn abschaffen, heute habe ja jeder einen Malteser.«

Schnaubend stellte Sarah die Blumenschale auf die schwere viktorianische Anrichte zurück. »Geht's noch? Du Rabenhundemutter! Das arme Vieh! Marilyn ist doch keine Handtasche, die man einfach ablegen kann.«

»Wer sagt das?« Luise warf die platinblonden Locken zurück und verzog die roten Lippen. »Nur Narren hängen ihr Herz an ein Tier. Hängen ihr Herz an überhaupt irgendjemandem.«

Sarah blickte alarmiert in Astas weit aufgerissene veilchenblaue Augen. »Wenn ich's nicht besser wüsste, dächte ich, du hast deine Tage.« Sie ging an Luise vorbei und warf ihre Kaffeemaschine an, die sich mit lautem Getöse in das Gespräch einbrachte.

»Gott! Muss das denn jetzt sein?« Luise setzte sich auf das Küchensofa und brach in Tränen aus.

»Luise!« Asta und Sarah riefen im Chor ihren Unglauben heraus. Sarah konnte sich nicht daran erinnern, ihre Großtante jemals weinen gesehen zu haben. Geistesabwesend stellte sie einen Becher unter den Auslass der Maschine und sah besorgt zu ihr hinüber.

Asta saß schon neben ihr und legte einen Arm um die von Schluchzern geschüttelte Schulter. »Was ist denn nur los mit dir heute, hm?«

Luise winkte ab und versuchte zu lächeln. »Ach, gar nichts, wirklich nicht. Beachtet mich gar nicht. Ich bin nur ein nutzloses altes Weib, dass in seinem Leben nichts weiter zustande gebracht hat, als ganz nett auszusehen. Und das ist jetzt auch schon lange vorbei.«

»Aber nein!« Sarah füllte den Becher mit fettarmer Milch auf und reichte ihn ihr. »Du bist immer noch die schönste Frau, die ich kenne. Giovanni vergöttert dich, ich bin manchmal regelrecht eifersüchtig auf dich.«

»So ein Quatsch.« Luises feine Züge hellten sich sichtbar auf. »Wer guckt mich alte Wachtel denn an, wenn du wie das blühende Leben daneben stehst.«

»Jeder schaut dich an, liebe Großtante, und das weißt du auch sehr gut. Du hast jene seltene Schönheit, die auch mit dem Alter nicht vergeht. Oh, wie oft habe ich mir gewünscht, ich hätte mehr von deinen Genen geerbt! Diese Wangenknochen, diese Haut!« Sarah lachte Luise an und strich ihr eine silberne Locke aus der verdächtig glatten Stirn.

»Ach, du Süße. Ich weiß zwar, dass du lügst, aber es hilft. Ich fühle mich schon ein klein bisschen weniger wachtelig.« Luise richtete sich auf, lächelte und sah aus wie die Garbo in ihren besten Jahren. Nachdenklich nahm sie einen Schluck Kaffee und seufzte. »Dieses Gerede über die Vergangenheit, das tut nicht gut. Es ist zu viel Schlimmes gewesen, damals. Neuerdings liege ich nachts wach und denke, was aus meinem Leben geworden wäre, wenn …« Sie schüttelte den Kopf.

»Wenn?« Sarah blickte gespannt in Luises nixengrüne Augen.

Mit einem gequälten Rasseln rang Luise nach Luft. Sie verbarg ihr Gesicht unter den silbernen Wellen. »Wenn ... wenn Leander dem Konzentrationslager entkommen wäre.«

Kapitel 16

Mit leisem Bedauern stieg Beck in seinen spießigen Mittelklassewagen und beschloss, noch am selben Tag einen Autohändler aufzusuchen. Für was wollte er sich eigentlich bestrafen mit dieser Opakarre? Wagner würde ihn hassen, das war klar. Na und? Dann blieb eben alles beim Alten.

Nun jedenfalls würde er sich einen Wagen zulegen, der zwar seinem Einkommen nicht, seinem Vermögen und Geschmack dafür umso mehr entsprach. Viva la dolce vita!

Rein zufällig tendierte er zu dem rassigen Roadster, den er gestern leider hatte zurückgeben müssen und der Luise und Sarah so gut gefallen hatte. Er tätschelte das Lenkrad seines braven Kombis entschuldigend und drehte das Radio an.

A night like this – oh ja, er hatte vor, diesen Samstagabend zu genießen. Filos Fest, der alte Ballsaal und eine Nacht mit Sarah. Erfüllt von Vorfreude wiegte er sich im schwingenden Rhythmus und sang mit Caro um die Wette.

Huch! War er zu schnell gefahren? Wie unangenehm, die Kollegen hielten die Kelle raus. Was war er doch blöde, schließlich wusste jedes Braunschweiger Kind, dass am Morgen auf der Friedrich-Ebert-Allee gern geblitzt wurde.

»Ihre Personalien, bitte.« Der Sheriff mit der Laserpistole.

Zähneknirschend kramte er seinen Dienstausweis heraus, sein Personalausweis lag gemeinsam mit dem Führerschein auf Fensterbank in der Küche. Das Schicksal konnte wirklich gemein sein.

»Ach? Da hat die Kripo es wohl heute Morgen ein bisschen eilig, was? Schnell'n Mord aufklären?«

Beck schluckte die bissige Erwiderung herunter, die ihm auf der Zunge lag (Nicht jeder konnte sich ja sein Geld auf der Straße verdienen, nicht wahr), und lächelte freundlich. »Ja, ich bin tatsächlich dienstlich unterwegs.«

Der ältere Kollege schob seine Mütze nach hinten und den Bierbauch nach vorn. »So, so. Das waren aber zwanzig Kilometer pro Stunde zu schnell, junger Mann. Knapp am Fahrverbot vorbei.«

Beck fror das entschuldigende Lächeln auf seinen Lippen ein und hoffte, dass dies hier schnell vorüberginge.

Hinter dem fülligen Beamten wurde ein eifriges junges Gesicht sichtbar, ein blondes Mädchen, dem die Dienstmütze ausgesprochen gut stand, lächelte ihm zu. »Sind Sie tatsächlich in einer Mordsache unterwegs?« Sie sprach etwas atemlos, was ihre heisere Stimme sehr erotisch klingen ließ.

Beck schob sich einen imaginären Borsalino ins Genick und nickte. »Ja, könnte man so sagen.« Ich mache die Straßen von Braunschweig sicher für dich, Baby.

»Ich will vielleicht auch noch zur Kripo, mal sehen, ich …«

»Frau Berger, das tut doch jetzt nichts zur Sache. Wir sind hier mit einer Ordnungswidrigkeit beschäftigt.« Der Beamte schob seinen Bauch wieder ins Sichtfeld. »Sie geben die Ordnungswidrigkeit zu?« Er holte einen Block heraus.

Nee, hätte Beck am liebsten gesagt, das bin gar nicht ich, der hier am Steuer sitzt. »Ja.«

»Gut. Zahlen Sie die fünfunddreißig Euro gleich?«

»Fünfunddreißig Euro?!« Beck wusste gar nicht, ob er noch so viel in der Brieftasche hatte.

Die Blonde schob sich am Bauch vorbei. »Seien Sie froh, ein Stundenkilometer mehr und Sie hätten achtzig bezahlt!«

»Ja, ich bin sehr froh.« Beck klaubte seine letzten Scheine aus der Jackentasche. Na prima, jetzt musste er auch noch irgendwo an den Geldautomaten, er wollte doch noch Blumen für Sarah besorgen, ganz altmodisch.

»Ja, haben Sie nun das Geld?« Der Bauch wackelte ungeduldig am Seitenfenster vorbei.

»Ja doch!« Beck reichte sein schwer verdientes Geld zum Fenster hinaus. Hätte heute nicht Wagner fahren können? Der Mann war auch zu nichts nütze. Mit einem kurzen Gruß an die hübsche Blonde beendete er das teure Intermezzo und fädelte sich wieder in den Verkehr ein. Das zarte Grün, das die Buchen des Prinzenparks wie ein von Elfen gewobener Schleier schmückte, stimmte ihn versöhnlich.

Was waren schon fünfunddreißig Euro für einen Mann, der in Bälde dasselbe in Tausendern hinblättern wollte, bloß um weitere Bußgeldbescheide auf Braunschweigs Straßen zu provozieren?

In welcher Farbe sollte er den Roadster nehmen? Rot? Zu plakativ. Schwarz? Zu bemüht. Silbern? Das hatten alle. Am besten, er behielt seine Schlurre, da war die Farbe egal.

Er schreckte auf und trat auf die Bremse. Mein Gott, das war nicht sein Morgen, er hätte zu Fuß nach Riddagshausen gehen sollen. Großvater Beck auf dem Morgenspaziergang. Ein Entenpärchen schaute ihn konsterniert an, quakte entrüstet und watschelte gemächlich über die Allee in Richtung Schapenbruchteich.

Er lächelte. Eigentlich sollten die Braunschweiger ihre Enten im Wappen tragen. Die durften hier alles, die heiligen Kühe von Riddagshausen. Er hatte mit eigenen Augen gesehen, wie sein geliebter Kollege Wagner, der normalerweise kaum, dass er im Wagen saß, alles verfluchte und bedrohte, was seinen Weg zu kreuzen wagte, mit versonnenem Lächeln minutenlang geduldig wartete, bis eine vielköpfige Entenfamilie die Straße in mehreren Versuchen überquert hatte. Vielleicht sollte er Wagner eine Ente zu Ostern schenken?

Er grinste und bremste erneut. Schon wieder war er an der kleinen Straße vorbeigefahren, in der die hübsche Villa der von Dürens lag. Ein Freudscher Verfahrer? Wer wusste schon, was in so einem umherirrenden Kriminalbeamten vor sich ging. Er jedenfalls nicht.

Bewusst genoss er den Weg durch die Buchshecke bis zur aprikosenfarbenen Villa und atmete die morgenfrische Luft tief ein. Im Augenblick leben, den Moment genießen. Ja, wenn er gerade mal dran dachte.

Er strich mit der Hand über die Bronzestatue eines molligen Hundes, die auf der obersten Stufe stand, und lächelte. Nett.

Die Haustür öffnete sich und er knipste eilig seinen Charme an, der sich sogleich wunschgemäß im Lächeln der Haushälterin widerspiegelte.

»Kommen Sie herein, Frau von Düren erwartet Sie schon.« Sie rückte die weiße Schürze zurecht und eilte voraus durch den langen, schmalen Flur. Das glänzende Parkett wurde von einem dunklen Orientteppich geschmückt, dessen verwaschene Seidigkeit auf hohes Alter und ebensolchen Wert schließen ließ. Beck ging ein wenig langsamer, um ihn genauer in Augenschein nehmen zu können.

Seit er in Braunschweig wohnte, konnte er keinen Raum mehr betreten, ohne ihn mit dem kargen Design seiner Altbauwohnung zu vergleichen. Und fast immer schnitt diese im Vergleich schlechter ab. Er hatte keinen eigenen Stil, keine eigene Meinung zum Interieur, das war es. Substanzlos. Vielleicht sollte er mal Sarah auf seine Wohnung loslassen, deren geniale Mischung aus wenigen modernen Designstücken, altem Trödel und wenigen Erbstücken gefiel ihm gut.

So versunken in seine Einrichtungsfragen wäre er fast in die Dame des Hauses hineingerannt, die ihn, wie immer teuer in Pastellfarben gewandet, nachsichtig lächelnd betrachtete. »Herr Beck?«

»Oh, ich, betrachtete gerade Ihren wunderschönen Teppich. Ich richte mich gerade neu ein und da …«

»… dachten Sie an einen hundert Jahre alten Perser?« Sie wies auf einen Sessel und setzte sich selbst mit anmutig gekreuzten Beinen.

»Nun, das nicht gerade. Aber etwas Ähnliches vielleicht?«

»Etwas Ähnliches ist aber nicht dasselbe, Herr Beck.« Sie schenkte Kaffee ein.

»Nein. Natürlich nicht.« Arrogante alte Wachtel.

»Ich habe da noch einen wunderschönen chinesischen Teppich, nicht ganz so alt, aber hübsch. Vielleicht hätten Sie Interesse?« Sie lächelte freundlich und rührte Sahne in ihre Tasse.

Er nahm die alte Wachtel zurück und lächelte ebenfalls freundlich. »Vielleicht. Ich bin jedoch nur ein kleiner Kriminalbeamter, wie Sie wissen, mit einem ebenso kleinen Gehalt.«

Sie lächelte nachsichtig. »Ich kenne Ihren Vater, Herr Beck. Ich denke nicht, dass ein antiker Teppich Ihre Möglichkeiten übersteigt.«

Beck hätte fast seinen Kaffee zurück in die Tasse gespuckt. »Sie kennen Alexander?« Im letzten Moment konnte er eine Frage nach der Gelegenheit herunterwürgen, bei der sie Alexander Beck kennengelernt haben mochte. Das war bei dem Beruf seines Vaters nicht unbedingt die Frage der Stunde.

Sie neigte den Kopf, als wisse sie, welche Frage er aus Höflichkeit nicht gestellt hatte.

Beck suchte verzweifelt nach einem Übergang zum Grund seines Kommens. Ihm fiel nichts ein. Schon die bloße Erwähnung seines Vaters machte einen Ölgötzen aus ihm. »Ähm, der kleine Hund draußen auf der Treppe – sehr nett.« Was redete er hier um den heißen Brei herum?

Frau von Düren lächelte. »Napoleon? Das war der

Hund meiner Mutter. Sie hat ihn sehr geliebt und deshalb bekam sie diese kleine Statuette von unserem Vater zum Geburtstag geschenkt. Das war bevor …« Sie schüttelte irritiert den Kopf.

»Bevor?« Beck beugte sich gespannt nach vorn.

»Bevor meine Schwester … verschwand. Danach änderte sich das Verhältnis meiner Eltern.« Sie schloss die Lippen fest, als wolle sie das Entschlüpfen weiterer Indiskretionen verhindern.

»Inwiefern?«

Sie seufzte. »Nun, es wurde distanzierter. Meine Mutter konnte den Verlust nicht verwinden und verschloss sich immer mehr.«

»Das ist doch verständlich, oder? Ein Kind verschwindet, es ist ungewiss, ob es noch lebt, wo es geblieben ist – welche Mutter würde da nicht in Schwermut versinken?«

»Sicher. Mein Vater sah das anders. Er warf ihr vor, ihre anderen Kinder – Augustus und mich – zu vernachlässigen. Seltsam, ansonsten war von seiner Sorge um uns nichts zu spüren.« Sie lächelte bitter und richtete sich entschlossen auf, wie um sich gegen die Erinnerungen zu wappnen.

Beck griff in die Seitentasche seines Sakkos und zog einen Lederriemen heraus. »Sie kennen diesen … Riemen?«

Frau von Düren nahm ihn in die Hand und setzte ihre Brille auf, die an einer goldenen Kette um ihren Hals hing. »Ist das … nein, das kann doch nicht sein.«

Beck wartete und schwieg.

»Das Koppel meines Vaters?« Sie setzte die Brille ab und blickte unsicher in Becks Richtung.

»Ja, ich denke auch.« Beck wies auf das mitgebrachte Foto Maximilian von Dürens, das ihn in vollem SS-Ornat zeigte.

Frau von Düren sprang auf und eilte an das Fenster zum Garten. Das Koppel fiel unbeachtet zu Boden.

»Frau von Düren?«

Sie wandte sich um und Beck erschrak. Verschwunden war die distinguierte, hübsche ältere Dame, Hass verzerrte die feinen Züge bis zur Unkenntlichkeit. Sie lachte, ein hässlicher Laut voller Bitterkeit und Wut. »Damit hat er uns geschlagen. Geschlagen, weil ein Saum herunterhing, geschlagen, weil der oberste Hemdknopf nicht geschlossen war. Geschlagen, weil bei Tisch gesprochen wurde, geschlagen, weil wir an unpassender Stelle lachten. Geschlagen, geschlagen, geschlagen, bis Blut kam. Unerbittlich.« Ihre Stimme wurde immer leiser, bis sie in einem Flüstern verklang.

Beck schwieg. Sollte er noch weiter gehen und ihr sagen, wo sie das Koppel gefunden hatten? Er zögerte.

»Warum kommen Sie mit diesem Koppel zu mir? Warum?«

»Ich dachte, es spiele vielleicht eine Rolle für meine Ermittlungen. Ihr Bruder war damit gefesselt, als er ... als wir ihn fanden.«

Sie schlug die Hände vor ihr Gesicht und weinte.

Beck erhob sich und geleitete sie sanft zu ihrem Sessel zurück.

Dort fasste sie sich und wischte die Tränen aus ihren Augen »Augustus. Nie war er frei, noch nicht einmal im Tod.«

»Diese kleinen Nachlässigkeiten waren ihm Grund genug für Schläge?« Beck dachte an die eisige Ablehnung, mit der sein eigener Vater seine kleinen Missetaten bestraft hatte. Oft hatte er gedacht, dass selbst Schläge besser gewesen wären als das. Dieses verächtliche Zucken der Mundwinkel, wenn Beck mit einem seiner unschuldigen Jungenstreiche in der Schule aufgefallen war. Wie komme ich zu diesem unzulänglichen Knaben, schien der Blick seines Vaters zu sagen, der ist noch nicht einmal eine Ohrfeige wert.

Doch wenn er die Verzweiflung in Daglind von Dürens

sonst so beherrschten Zügen Daglind sah, schien dieser Vater seinen noch bei weitem übertroffen zu haben.

Augustus' Schwester lachte auf, ein harter, metallischer Klang, der Beck eine Gänsehaut über die Unterarme kriechen ließ. »Diese Gründe schob er vor. In Wirklichkeit liebte er uns nicht, mochte es nicht, wie wir waren. Wir waren ihm zu weich, zu sehr mit Dingen beschäftigt, die er nicht verstand – Musik, Lyrik, Malerei. Vor allem Augustus nahm er das übel. Wie konnte sein Junge, der äußerlich das vollkommene Bild eines Hitlerjungen abgab, nur so ein Schwächling sein? Mit allen Mitteln suchte er, ihm das auszutreiben. Ich erinnere mich an einen Tag, als Augustus eine schwere Erkältung hatte und deshalb nicht zum Schießdienst ging. Er hasste das. Und mein Vater wusste es. Er kam nach Hause, holte Augustus aus dem Bett und stellte meinen hoch fiebernden Bruder unter die kalte Gartenpumpe. Im November. Als meine Mutter ihn dort wegholen wollte, schlug er sie. Ich sah aus meinem Fenster meinen Bruder unter dem Wasserstrahl zittern, sah in seine Augen und biss mir die Fingerknöchel blutig.« Sie betrachtete ihre gepflegten Hände und schwieg.

Beck schwieg auch, konnte sich das Entsetzen und die Angst nur vorstellen.

»Am nächsten Tag war Augustus so krank, dass der Arzt kommen musste. Er wies ihn mit einer schweren Lungenentzündung in ein Krankenhaus ein. Dort lag er vier Wochen. Mein Vater besuchte ihn nicht. Nicht ein einziges Mal.« Sie wischte eine einzelne Träne von der Wange und blickte Beck an. »Warum erzähle ich das bloß? Das interessiert doch keinen mehr. Und Sie schon gar nicht.«

»Ich habe gefragt.« Beck unterdrückte den Impuls, die zierliche Frau in den Arm zu nehmen. »Und es interessiert mich.«

»Aber warum bloß? Das kann doch alles nichts mit

dem Tod meines Bruders zu tun haben.« Frau von Düren richtete den lavendelblauen Blick ihrer erstaunlich jungen Augen fest auf ihn.

Ja, warum? Das wusste er nicht. Er wusste im Grunde überhaupt nicht, warum er hier herumsaß und Kaffee trank. Mal wieder. Was war er bloß für ein planloser Beamter. Wenn der Staat gewusst hätte, wie planlos, hätte er ihn bestimmt nicht mit feierlichem Eid auf sich eingeschworen.

»Oder denken Sie doch?«

»Was?« Beck schreckte aus seinen müßigen Gedanken um seinen unzulänglichen Dienst am Staat.

»Das es etwas mit dem Tod meines Bruders zu tun hat?«

»Nein. Nein eigentlich nicht, jedenfalls nicht direkt.« Beck lächelte entschuldigend. »Verzeihen Sie, wenn ich bei meiner Suche nach dem Hintergrund dieses Todesfalls in alten Wunden herumgestochert habe. Das war nicht meine Absicht.« Natürlich war das seine Absicht gewesen. Nichts tat er lieber als das. Aber manchmal war es einfach nicht angebracht.

»Warum wurde mein Bruder ausgerechnet mit dem Koppel meines Vaters gefesselt? War das ein Zufall?« Daglind von Düren hob den Lederriemen mit spitzen Fingern auf, wie eine Schlange, die sich jederzeit aufrichten und zubeißen konnte.

Beck zuckte mit den Schultern, betont gleichgültig. »Wahrscheinlich. Es wird irgendwo herumgelegen haben. Ihr Vater ist ja nicht vorsätzlich ermordet worden.« Zumindest konnte Beck das Gegenteil noch nicht beweisen. Vielleicht nie.

»Aber warum? Warum liegt das Koppel meines Vaters bei meinem Bruder im Wohnzimmer herum?«

*

»Schnell, Sarah schau mal, die ganzen Leute!« Aufgelöst kam Asta in in die Küche gerannt.

»Was für Leute? Erstaunt stand Sarah auf.

»Da draußen rotten sich Fans zusammen, Fans von Marc.« Ein anhimmelndes Lächeln irrlichterte über Astas Gesicht, als sie den Hollywoodstar kurz anblickte. »Ich weiß überhaupt nicht, wie sie mitgekriegt haben im Dorf, dass er hier ist.«

Filo übersetzte ihrem Vater die frohe Botschaft und lief an das große Fenster zum Hof.

»Ach, du Scheiße.« Sarah trat neben sie und runzelte die Stirn. »Wie peinlich. Diese Dorfschranzen!« Eine Gruppe von Menschen stand unschlüssig vor dem hohen schmiedeisernen Zaun, der das Schlösschen von den Niederungen des Dorfes trennte, und starrte durch die Gitterstäbe. »Und allen voran Frau Fuhrmann, die hat es gerade nötig. Die soll lieber nach Hause gehen und ihre Göre erziehen.« Sarah schnaubte.

»Ist das die Mutter von Kevin?« Asta presste eine Hand an ihre mit Glöckchen verzierte Brust und blickte auf den Hof.

»Ja, genau die.« Heiße Wut stieg erneut in Sarah hoch, als sie daran dachte, dass in Kürze eine Klassenkonferenz über das Benehmen des Schlachterenkels richten sollte. Das würde hoffentlich endlich eine Änderung des Verhaltens bewirken, wenn auch voraussichtlich keine Änderung der Einstellung. Aber hierher kommen und stalken. Eine Frechheit.

»Dabei ist es doch auch ein Ausländer, von dem sie hier ein Autogramm oder was auch immer haben will. Ein Polacke.«

»Filo!« Unsicher wandte sich Asta zu Marc Newton um, der gelassen und von der Aufregung völlig unbeeindruckt weiter mit Luise plauderte, die Wimpern schlagend ihr Vorkriegsenglisch hervorgekramt hatte.

»Ist doch wahr.«

Sarah lächelte ihre Freundin anerkennend an und tippte sich an die Stirn. Die Hoftür öffnete sich langsam und das Dorf quoll herein, bewaffnet mit Kameras und – Sarah traute ihren Augen kaum – Stofftieren.

»Denken die, Justin Bieber sitzt bei uns in der Küche?« Sarah schüttelte den Kopf und ging ohne Gewehr nach draußen, um gemeinsam mit Asta der Meute Einhalt zu gebieten. Groupies in Avessen – was noch alles?

»Bieber? Um Gottes willen, was ist das denn für ein Name?« Asta schaute ungläubig zu Sarah hoch und öffnete das schwere Tor zum Hof.

»Das ist DER Abgott der Teenager heutzutage, Asta.« Sarah schluckte angesichts der näher drängenden Gruppe, die nur aus Frauen bestand. Frauen, die sich in ihre besten Kirchgangskleider gepresst hatten und nun einen Hollywoodstar aus der Nähe begrabschen wollten.

»Die haben einen Abgott mit dem Namen eines Nagetiers?« Asta riss die blauen Augen auf und biss sich nervös auf die Unterlippe.

»Der Hund ist mal wieder zu nichts nütze!« Sarah verzog missbilligend den Mund, als sie die kritiklose Begeisterung bemerkte, mit der Muffin die Frauengruppe auf dem Anwesen begrüßte. »Der nächste wird ein Rottweiler.«

Sie richtete sich straff zu ihrer vollen Größe auf und trat auf die Gruppe zu. »Womit können wir Ihnen behilflich sein?« Sarah richtete den Blick direkt auf Kevins Mutter, die die Gruppe anzuführen schien, und versuchte, stählern zu schauen.

»Ich, wir haben gehört, dass angeblich Marc Newton hier sein soll ...« Die Frau verstummte verunsichert und senkte die Augen, von Sarahs bestem Lehrerinnenblick niedergezwungen.

»Der ist hier«, eine mollige Dame in beigefarbenem Rock und hellblauer Strickjacke schob sich nach vorn. »Ich habe ihn ja selbst gesehen, wie er über den Hof ging, Frau Dittmann.«

Die Bäckersfrau schwärmte also auch für Filos Neuvater. Irgendwie war es ja komisch, all die aufrechten Stützen des Landfrauenverbandes in pubertärer Anbetung eines Hollywoodstars versunken zu sehen.

Sarah wandte sich zum Küchenfenster um, plötzlich unsicher, was zu tun war. Hätte sie nicht besser mit Marc gesprochen, bevor sie auf den Hof hinausgerannt war? Schließlich hatte sie keine Erfahrung in der Betreuung eines Superstars. Wo war eigentlich seine nicht unbeträchtliche Entourage geblieben, seine Bodyguards, Stylisten und was auch immer er da aus Amerika mit in ihre ländliche Einöde geschleppt hatte?

Die Tür zur Halle sprang auf und das Objekt der Landfrauenbegierde wurde in voller Schönheit sichtbar. Geübt verweilte er einen Moment auf der obersten Stufe, um den Damen einen guten Ausblick auf den schönsten Männerkörper zu gewähren, den Avessen je gesehen hatte, dann schritt er lächelnd und mit ausgebreiteten Armen auf die Damen zu, als seien sie liebe und lang erwartete Gäste.

Sarah bemerkte, dass ihr Unterkiefer dümmlich herabgesackt war, und schloss rasch den Mund. Unglaublich, der Mann. Wollte man so etwas zum Vater haben? Was war echt, was war Show? War überhaupt etwas echt? Komm, Dittmann, das ist nicht dein Problem.

Sie schaltete die Sorge um Filos Familienleben ab und lehnte sich genüsslich zurück, um die stammelnden Konversationsversuche der Damen zu beobachten, die mit heftig errötenden Wangen und anbetend erhobenen Augen um die Aufmerksamkeit ihres Stars buhlten.

Daran würde sie sich erinnern, wenn sie mal wieder in ängstlicher Sorge um die Unterstützung schulischer Projekte auf den Knien betteln rutschte. Ach, übrigens, Frau Mehres, würde sie sagen, der Marc hat auch gespendet für unseren Basar und lässt Sie schön grüßen.

Vorerst stand der Marc auf ihrem Hof und gab Autogramme, lächelte hier in ein Handy, drückte dort ein

Küsschen auf eine rote Wange. Unglaublich. Dann trat er zurück und im selben Moment, wie herbeigezaubert, tauchten drei hoch gewachsene Kerle mit obligatorischer Sonnenbrille und ebensolchem Stiernacken auf, die lächelnd, aber nachdrücklich die Damen in Richtung Hoftor trieben. Marc Newton selbst blieb freundlich winkend stehen und wandte sich Sarah und ihrer Tante zu. »That's it, girls!« Er ließ sein Lächeln aufblitzen, das Sarah unmittelbar in die Kniekehle schoss.

Asta stammelte etwas von »embarrassing« und »pushy« (was in aller Welt hieß das?), woraufhin Marc sein Lächeln vertiefte und abwinkte.

»Don't worry.«

Sarahs Handy vibrierte und sie zog es, ihren faszinierten Blick nur ungern von der Szene abwendend, aus der Hosentasche. ›Giovanni‹ teilte es ihr mit.

Sie musste doch tatsächlich einen Moment überlegen, wer das war.

*

»Wer zum Teufel sind Sie?«

Beck zückte lächelnd seinen Ausweis und hätte gern gefragt: »Und Sie?«

Leider fragte man das nicht, wenn man im Dienst, nicht angemeldet und das Gegenüber der unter anderem auch für seine Eitelkeit bekannte Bürgermeister von Braunschweig war.

»Hm. Was gibt es denn noch?«

»Es tut mir leid, Herr Oppermann. Ich habe nur noch ein, zwei kleine Nachfragen.«

Der attraktiv an den Schläfen ergraute Kommunalpolitiker, dessen gefälliges Äußeres sich auch gut in einer Samstagabendshow im Fernsehen gemacht hätte, entspannte sich etwas und er setzte sein Wahlplakatlächeln auf. »Sie haben doch bereits mit meiner Frau gesprochen, nicht wahr?«

»Richtig. Allerdings noch vor dem Tod Ihres Sohnes. Dazu mein aufrichtiges Beileid. «

Ein Schatten legte sich über das zart gebräunte Gesicht Oppermanns und ließ es menschlicher, echter wirken. »Ja. Gabriel.« Er wandte sich zur Seite, wich Becks Blick kurz aus, um sich zu fassen. »Ich verstehe nicht, was der Tod meines Sohns mit Ihrem erneuten Bedürfnis zu tun hat, in Kontakt mit seiner Familie zu treten, Herr ...« Oppermann schob seine Manschetten zurück und runzelte die Stirn.

»Beck. Nicht der Tod Ihres Sohnes ist ausschlaggebend, Herr Oppermann, sondern etwas, das er kurz vor seinem Tod sagte.« Beck ließ seine Worte wirken. Sein Blick schweifte durch das großzügige Büro des Bürgermeisters, dessen Einrichtung entweder von dessen erlesenem Geschmack oder von dem eines teuren Innenarchitekten zeugte. Wahrscheinlich Letzteres. Hohe Glasfenster eröffneten den Blick auf den Rathausplatz, auf dem sich gerade eine kleine Gruppe frierender, festlich gekleideter Menschen um eine lachende Braut in Weiß scharrte, deren langer Schleier malerisch im Frühlingswind flatterte.

Was brachte Menschen dazu, zu heiraten? Es war doch schon schwer genug, zwei Menschenleben für einige Zeit kompatibel zu gestalten. Warum sich auch noch für ein ganzes Leben festlegen, wenn es dann doch in zwei, drei Jahren mit viel Heulen und Zähneklappern wieder auseinanderging? Der dazugehörige Bräutigam, ganz klassisch im grauen Cutaway, kam mit wehenden Rockschößen herbeigerannt und umhalste seine frischgebackene Ehefrau. Die Gruppe juchzte und ließ Reis fliegen.

»Herr Beck?«

Ruckartig kehrte Beck in die kultivierte Wirklichkeit des Bürgermeisterbüros zurück und räusperte sich. »Ja. Er sagte, er habe seinen Freund umgebracht.«

»Bitte?« Oppermann sprang auf und schlug hart auf seinen Schreibtisch. »Überlegen Sie, was Sie sagen!«

»Ich wiederhole nur, was Ihr Sohn sagte. Es ist nicht wörtlich, sondern im übertragenen Sinne zu verstehen, wir haben selbstverständlich sein Alibi überprüft, ihr Sohn kann diesen Mann nicht umgebracht haben.«

»Wovon sprechen Sie überhaupt? Von diesem Lehrer? Der meinem Sohn seit seinem Abitur nachstellte?«

»Nein, von Gabriels damaligen Partner, der tot im Elm aufgefunden wurde. Ein Zuckerschock, der Mann war Diabetiker.«

»Ja und? Das ist bedauerlich, aber was habe ich damit zu tun? Oder mein Sohn? Er hat sich halt einen kranken Partner ausgesucht und der ist an seiner Krankheit gestorben. Ich weiß nicht, was Sie von mir wollen.« Oppermann war aufgebracht stehen geblieben, trat nun an das große Fenster und betrachtete die heitere Hochzeitsszenerie.

Ich auch nicht, hätte Beck ehrlich antworten müssen, tat es aber nicht, sondern setzte sein wissendes Dienstgesicht auf. »Nun, der Partner Ihres Sohnes, Nicolaus Hahnewald, wurde kurz vor dem Tod des Studienrates in einer Gaststätte zusammen mit dem mutmaßlichen Mörder gesehen. Ein seltsamer Zufall, wenn es denn einer ist.«

»Tja, selbst wenn es keiner war – was ändert es? Der Studienrat ist tot, Sie haben seinen Mörder, was nützt es, wenn Sie da meinen Sohn noch künstlich mit hineinziehen? Der konnte doch keiner Fliege etwas zu leide tun.«

»Das sagt man über den ›Mörder‹ Herrn von Dürens auch. Alle, die mit diesem Mann in Zusammenhang gebracht werden können, sind vollkommen harmlose und friedfertige Menschen. Seltsamerweise ist Herr von Düren dennoch tot.« Beck dachte wieder daran, dass Stein durchaus zuzutrauen war, einen Menschen aus Versehen zu töten, und richtete den Blick fest auf Oppermann, als sei er auf dem schnurgeraden Weg zur Lösung des Falls.

»Ja, nun. Was soll ich sagen? Mein Sohn hat Herrn von Düren mit Sicherheit nicht umgebracht.« Oppermann wirkte erschöpft und griff sich an die auffallend faltenlose Stirn. Besuchte er denselben Arzt wie seine Frau?

»Das nehme ich auch nicht an. Es gibt jedoch einige Ungereimtheiten im Zusammenhang mit diesem Todesfall und denen würde ich gern auf die Spur kommen. Ihr Sohn schien ... bedrückt, schien etwas zu wissen. Und nun kann ich ihn nicht mehr fragen. Deshalb komme ich zu Ihnen.«

»Mein Sohn schien immer bedrückt. Der Junge hat dank seiner Krankheit seit seiner Geburt keinen wirklich unbeschwerten Tag erlebt, fragen Sie meine Frau. Die hat ... hatte es sich zur Lebensaufgabe gemacht, diesen Jungen glücklich zu machen. Vergeblich.« Oppermann setzte sich wieder auf seinen teuren Ledersessel und wirkte plötzlich um Jahre gealtert. »Ich kann Ihnen nicht helfen, ich weiß nichts von diesem Partner, weiß nichts von dieser abartigen Freundschaft zu diesem Lehrer und weiß nichts von meinem Sohn. Leider ist es so.« Oppermann schien den Tränen nahe zu sein.

»Abartig? Wieso empfanden Sie Gabriels Freundschaft zu Herrn von Düren als abartig?«

»Liegt das nicht auf der Hand? Die hatten doch was miteinander, ein achtundzwanzigjähriger herzkranker Junge und ein alter Sack von siebzig Jahren. Wenn das nicht abartig ist, was dann?«

»Aber Ihre Frau sagte, dass Ihr Sohn auf keinen Fall ein Verhältnis mit Herrn von Düren hatte, dass da keinerlei sexuelle Beziehung bestand, auch Ihr Sohn bestritt das vehement und auch überzeugend.«

Der Bürgermeister verzog die Lippen zu einem unschönen Lächeln. »Und das glauben Sie? Meine Frau lebt in ihrer eigenen Welt. Was die nicht mitbekommen will, dass bekommt sie auch nicht mit. Vollkommen naiv.«

»Und woher nehmen Sie die Sicherheit, dass Ihr Sohn

eine … erotische Beziehung zu Herrn von Düren unterhielt?

Oppermann seufzte, als bereue er, etwas gesagt zu haben. »Es war ein Fehler. Ich hätte meinen Mund halten sollen.«

»Ich brauche wohl nicht zu betonen, dass alles, was wir hier im Rahmen meiner Ermittlungen besprechen, streng vertraulich behandelt wird.«

»Ja, ja. Ansonsten würden Sie auch Ihres Lebens nicht mehr froh, glauben Sie mir.«

Beck unterdrückte die scharfe Entgegnung, die ihm angesichts dieser unverhüllten Drohung auf der Zunge lag, und dachte an seinen Vorgesetzten, der ihm erst vor kurzem ein behutsames Vorgehen mit angesehenen Persönlichkeiten der Stadt angeraten hatte. »Also, wie kommen Sie zu diesem Urteil?«

»Weil ich sie überrascht habe.«

Beck richtete sich auf und beugte sich gespannt nach vorn. »Überrascht?«

»Ja. Ich habe Gabriel im Wohnheim besucht, wollte ihm etwas vorbeibringen. Und da … war dieser Kerl in seinem Zimmer.«

»Ja und?«

Oppermann stöhnte gequält. »Sie küssten sich. Und glauben Sie mir, dieser Kuss hatte rein gar nichts mit Freundschaft zu tun. Dieses alte Schwein.«

*

Mein Gott, war sie aufgeregt. So aufgeregt war sie nicht mehr gewesen, seit sie mit vierzehn Gary Barlow um ein Autogramm gebeten hatte. Warum bloß? Es war doch nicht ihr Fest, nicht ihr Hollywood-Vater, nicht ihr … was auch immer.

Sie drehte sich ein letztes Mal vor dem Spiegel und bewunderte das meergrüne Wunder, das mit Designerzauberhand ihre etwas zu runden Hüften glättete und ihre

Beine auf Modellänge streckte. Einfach Wahnsinn, sie würde Joop ein Dankesschreiben schicken. Luises Friseurin hatte ebenfalls ganze Arbeit geleistet und Sarahs Haare in eine vollkommen glatte, goldbraun schimmernde Flut verwandelt. Sie steckte die fast schulterlangen Ohrgehänge in den Ohrläppchen fest – sie konnte sich glücklich schätzen, wen sie heute Abend nicht Ohrlappen hatte wie eine Zulukriegerin – und lächelte sich zu.

Schön, man konnte es nicht anders nennen. Sie sah schön aus. Jawoll. Marc und Giovanni würden sie nicht übersehen können. Marc und Giovanni, Dittmann? Interessante Reihenfolge. Kaum tauchte ein Hollywoodstar auf, wurden alle hübschen Kriminalkommissare auf dem Kompost entsorgt?

Sie warf sich einen Kuss zu und schrie auf, als ein heiseres Lachen vom Flur her schallte. »No, kiss, me! You're amazing, beautiful!«

Sarah befahl sich, erst später in den Erdboden zu versinken, und lächelte strahlend. »Thank you.« Sie ließ den Mund gleich offen stehen, als neben dem unnatürlich gut aussehenden Marc ihre ebenso schöne Freundin sichtbar wurde, die ihren zarten Körper in einen Traum aus melonenfarbener Seide gegossen hatte. »Musst du eigentlich *immer* besser aussehen als ich?« Sarah vergaß, dass ihr Fuß in einem zwölf Zentimeter-Highheel steckte, und stampfte auf. »Aua!«

»Tue ich doch gar nicht.« Filo tippte sich an die Alabasterstirn.

Marc ignorierte das Geplänkel der Frauen, das er ohnehin nicht verstand, und bot Sarah galant seinen zweiten Arm.

Vorsichtig tippelte sie an seiner Seite in die Halle und zog fröstelnd ihre Schultern hoch. »Ich hole noch schnell meinen Pashminaschal ...« Sie brach ab und ließ den Unterkiefer erneut heruntersacken. Seit einigen Tagen verbrachte sie viel Zeit mit offenem Mund.

Giovanni stand am Fuß der geschwungenen Treppe und lächelte sie an. Wer hatte gesagt, dass Kriminalkommissare nicht gegen Hollywoodstars anstinken konnten? Sie konnte das nicht gewesen sein. Giovannis blondes Haar leuchtete über dem dunklen Anzug und in der Hand hielt er einen Blumenstrauß, weiße gefüllte Rosen mit einem dekadenten grünlichen Stich, wie gemacht für ihr Kleid.

Sie merkte, dass sich ihre Mundwinkel hoben wie von einem unsichtbaren Marionettenspieler gezogen. Sarah hemmte ihren Schritt, der kleinmädchenhaft auf Giovanni zueilen wollte, zwang die Mundwinkel auf ein cooles Maß herunter und setzte zierlich einen Fuß direkt vor den anderen, so wie die Models in den Castingshows, die sie so gerne schaute.

Ihr Bemühen blieb nicht ohne Wirkung, Giovannis Unterkiefer zeigte ähnliche Tendenzen wie kurz zuvor ihr eigener. So ist es recht, Herr Kommissar, schau mal, was du da ergattert hast. Sie verdrängte den Gedanken an die ätherische Filo hinter ihr, und catwalkte ihrem Kommissar entgegen, als sei sie auf den Laufstegen der Welt zu Hause. Jahrmarkt der Eitelkeiten.

Natürlich knickte sie auf dem letzten Meter um und fiel dem Liebsten unbeabsichtigt temperamentvoll entgegen. So weit, so schlecht.

Der fing sie auf und grinste, was ein aufgeregtes Flattern sämtlicher Nervenstränge in Sarahs Körper zur Folge hatte, und drückte ihr einen Kuss auf, der nicht gerade zu ihrer Beruhigung beitrug. Contenance, Dittmann, Contenance! Sie atmete tief durch und gab den Kuss zurück, mit hoffentlich ähnlicher Wirkung.

Hinter ihnen räusperte sich jemand. »Wir sind hier!« Sascha hakte sich bei Marc unter und grinste seine Freundin an. »Behaltet bitte die Kleidung an. Oder wenigstens du, Sarah.«

Giovanni zog mit einem Blick auf Sascha eine Braue

hoch und hielt dann Sarah die Rosen entgegen. »Nicht halb so schön wie du.«

»Während man bei dir ja mal wieder nur wünschen kann, dass du die Kleidung wechseln würdest.« Sarah dankte Giovanni mit einem hoffentlich berückenden Lächeln und schüttelte missbilligend den Kopf in Saschas Richtung. Unter dessen Smoking blitzte seine trainierte nackte Brust braun hervor, nur von einer pinkfarbenen Fliege geschmückt, farblich passend zu dem dicken Strassstein im rechten Ohr. »Du hast vergessen, dein Hemd anzuziehen.«

»Nein, nein, Schatz, das muss so. Wer wird denn diese göttliche Brust mit einem schnöden Hemd bedecken wollen.« Sascha drehte sich anmutig um die eigene Achse und wirbelte seine pinkfarbene Paillettentasche durch die Luft. »I'm beautiful, no matter what they say!« Seine raue Soulstimme hallte von den hohen Decken zurück wie in einem Konzertsaal.

»Oh boy …« Marcs Aufruf ließ Sarah herumfahren und ihren Kiefer den bereits bekannten Weg einnehmen.

»Asta!«

Ihre Tante glitt durch die Halle, in dem smaragdgrünen Abendkleid, das sie gemeinsam ausgesucht hatten, die kupferroten Haare in glänzende Wellen gelegt wie die Filmstars der vierziger Jahre. Sie trug Abendhandschuhe in der Farbe ihres Kleides und an ihren Ohrläppchen schimmerten Diamanten, wahrscheinlich Luises. Sarahs Großtante, wie immer in Weiß, hielt sich ganz ungewöhnlich dezent im Hintergrund. um Astas Auftritt nicht zu beeinträchtigen.

»Rita Hayworth!« Marc fasste zusammen, was alle dachten, Asta sah einfach glamourös aus, umwerfend. Marc tätschelte Filos Arm entschuldigend und trat der Göttin entgegen, die irgendwer aus Asta gemacht hatte. »Let me be your Valentine.« Er bot ihr den Arm und führte sie die Treppe hinauf.

»Gott, was sind wir alle schön.« Sascha fächelte sich Luft zu.

Besorgt blickte Sarah zu Filo, doch die schickte dem Paar ein Lächeln hinterher und schien sich nicht zurückgesetzt zu fühlen. Nun, der schöne Thomas würde ja sicher auch bald eintreffen, so dass man sich um Filos Tanzkarte keine Sorgen machen musste.

Sie blickte in Giovannis eisblaue Augen und lachte glücklich.

Aschenputtel hatte ein Kleid bekommen und der Prinz war zum Tanz erschienen.

Der Ball konnte beginnen.

Kapitel 17

Irgendjemand hatte über Nacht seine Augenlider festgeklebt und versucht, ihm den Schädel einzuschlagen. Beck stöhnte und versuchte sich aufzurichten. Vergeblich. Seine Arme gaben empört sofort zu verstehen, dass sie sich nicht in der Lage sahen, seinen vollkommen muskellosen Körper in die Senkrechte zu hieven.

Er sank in die Kissen zurück, deren moschusschwerer Duft ihn geweckt hatte. Beck schnupperte angewidert und drehte sich auf die Seite. Das musste er Sarah aber sagen, dass dieses Parfüm überhaupt nicht sein Ding war. Durst!

Beck musste unbedingt etwas trinken, aber er konnte ja nicht aufstehen. Unruhig wälzte er sich auf die andere Seite und öffnete ein Auge. Sarah schlief anscheinend auch noch. Er versuchte sich an den gestrigen Abend zu erinnern. Ach ja, der Ball. Warum hatte er bloß diese grässliche rosafarbene Pfirsichbowle getrunken, die Sascha hergestellt und freigiebig verteilt hatte? Bescheuert. Er reckte sich und gähnte ausgiebig. Aber es war ein schöner Abend gewesen, er hatte getanzt wie seit Jahren nicht mehr, mit Sarah, Luise, Filo, mit Frau Dorenkamp, mit Asta, mit … hatte er etwa mit Sascha getanzt?

Oh Gott. Er hatte. Oder nicht? Vielleicht hatte er einfach schlecht geträumt? Scheißalkohol.

Er redete seinem Körper gut zu und begann sich vorsichtig zu erheben. Bloß Sarah nicht wecken, bevor er seine Mund mit einem Desinfektionsmittel ausgescheuert, zehn Aspirin genommen hatte und seine Zunge wieder fühlen konnte.

Beck stand auf und zog vorsichtig einen Vorhang beiseite. Auch noch Sonnenschein, also den konnte er heute aber gar nicht gebrauchen mit seinem Schädel. Musste die immer scheinen, wenn es gerade nicht passte?

Er grunzte unzufrieden und beobachtete den widerlich hellen Sonnenstrahl, der sich durch den Spalt auf Sarahs Rücken stahl.

Sarahs Rücken?

Er hob den Vorhang etwas höher und blinzelte. Das unverhältnismäßig helle Sonnenlicht fiel auf eine lackschwarze Strähne und ließ sie aufleuchten. Die Strähne ächzte und bewegte sich.

Beck wich zurück und hörte sich kreischen wie ein kleines Mädchen, dem eine Spinne unter den Schulrock gekrabbelt war. »Sascha?!«

»Ich weiß nicht genau. Bin ich's?« Ein gebräunter schlanker Arm reckte sich aus den weißen Kissen und ein Sonnenstrahl ließ ein schweres goldenes Gliederarmband aufleuchten.

Becks Magen meldete erhebliche Bedenken gegen diesen Bettgenossen an und seine Knie gaben den Dienst auf. Er torkelte gegen die Bettkante und stöhnte. »Was ... haben wir ... ich meine ...« Er gab auf und schlug eine Hand vor sein Gesicht. Sterben, er wollte sterben. Tot fühlte er sich ja schon. Was hatte er getan? Hatte er ... nein, diesen Gedanken konnte er nicht zu Ende denken.

»Na, aber, Baby! Das habe ich jetzt aber nicht gehört?! Was werden wir schon getan haben, wir zwei Hübschen, hier in diesen großen, weichen Kissen?!« Sascha nahm den Arm herunter und setzte sich auf. Das Federbett rutschte nach unten und ließ eine goldbraune, vollkommen haarlose Männerbrust mit einem martialisch in der Sonne glitzernden Brustwarzenpiercing sehen.

Beck stöhnte erneut und bedeckte seine Augen mit den Händen. Wo war Sarah, was sollte sie denken? Er schielte durch seine Finge auf seinen Unterleib. Unterhose. Er hatte seine Unterhose noch an. Das war doch mal etwas. Oder?

Die Matratze zitterte und er nahm misstrauisch eine Hand vom Gesicht. Sascha lachte.

Der lachte!

»Was ist so komisch? Kannst du mir mal sagen, wie ich hier hergekommen bin?« Beck wandte den Kopf und musterte den Raum, der ganz offensichtlich nicht Sarahs Schlafzimmer mit der hübschen Veilchentapete war, in dem er bis eben noch geglaubt hatte die Nacht verbracht zu haben. Irren ist männlich oder was? »Hör doch mal auf, so dämlich zu lachen! Was wird Sarah dazu sagen, dass ich, dass wir, dass du …« Er erwog, dem inzwischen vor Lachen kreischenden Sascha ein bis zwei Kopfkissen zwischen die blendend weißen Zähne zu schieben.

Sascha trommelte mit den Fäusten auf sein Kissen und keuchte. »Dein Gesicht! Du hättest dein Gesicht sehen sollen, ich kann nicht mehr!«

»Momentan reicht mir deins. Freut mich, dass ich zu deinem Amüsement beitragen kann.« Beck setzte sich auf den mit Chintz bezogenen Sessel, der unter dem Fenster stand. Vielleicht träumte er ja noch?

Sascha wischte sich die Tränen aus den Augen und stand auf. Beck schloss schnell die Augen.

»Gottchen, jetzt stell dich nicht so an, ich bin bekleidet.«

Beck öffnete ein Auge, nur um es sofort wieder zu schließen. Falls man einen schwarzen Lackstring mit Reißverschluss an strategisch bedeutsamer Stelle bekleidet nennen konnte, war es Sascha in der Tat. Immerhin war der Reißverschluss zu.

Sascha drängelte sich an Beck vorbei ins Bad und seufzte, als er sich im Spiegel erblickte. »Mein Gott, so eine Nacht stecke ich auch nicht mehr so weg wie früher.«

Was für eine Nacht? Beck erhob sich und folgte Sascha, blieb aber sicherheitshalber in der Badezimmertür stehen. »Jetzt sag schon endlich? Haben wir … haben wir …« Er konnte es nicht aussprechen. Wenn er es aussprach, wurde es wahr.

»Haben wir was?« Sascha blickte Beck im Spiegel an und zog eine sorgfältig gezupfte, lackschwarze Braue hoch.

»Zusammen geschlafen, Herrgott noch mal«, brüllte Beck.

»Nein, haben wir nicht. Hätten wir, wüsstest du es noch, glaube mir, Hase. Du bist noch Jungfrau.«

»Ich bin ...« Beck musste sich wieder setzen. Gott sei Dank, wenigstens das. »Aber warum liegen wir dann in einem Bett?« Wie konnte man sich in seinem Alter nur so besaufen? Ab morgen trank er keinen Tropfen Alkohol mehr.

Sascha gab die Divenpose auf und brach erneut in schallendes Gelächter aus. »Weil Sarah zu dir gesagt hat, du wärst homophob, weil du nicht mit mir tanzen wolltest.«

»Habe ich doch aber – oder?« Beck fuhr sich durch sein Haar und schüttelte den Kopf, was er sofort bereute.

»Ja, hast du. Und herumposaunt, du wärst in keiner Weise homophob, du würdest dich sogar mit mir in ein Bett legen, da wär doch überhaupt nichts dabei.«

»Oh nein.« Beck sah sich im Ballsaal mit einem Megaphon in der Hand stehen und seine Bekenntnisse in die Menge tröten.

»Zu deinem Pech hat dich die liebe Filo beim Wort genommen und mit dir um eine Kiste Champagner gewettet, dass du es nicht bringst. Mit mir in ein Bett zu gehen, meine ich. Da musstest du natürlich.« Sascha kicherte und drückte Zahnpasta auf seine Bürste.

»Gottogottogott, wie kann man nur so kindisch sein.« Beck stand auf und suchte nach seiner Hose. Er musste sich jetzt den Weibern stellen, besser gleich.

»Ich fand's nett. Ist schon länger her, dass ich so was Hübsches wie dich im Bett hatte.« Sascha formte seine vollen Lippen zu einem Kussmund und zwinkerte Beck zu.

»Länger her? Was heißt das, zwei Tage?« Beck zog seine schwarze Smokinghose vom Vorabend über und knöpfte sein Hemd zu.

»Bitte! Du musst nicht alles glauben, was diese falschen Schlangen über mich verbreiten. Zwei Wochen ist es her, dass ich mit meinem Bobby Schluss machen musste, zwei Wochen! Wenn das nicht das reinste Zölibat ist, dann weiß ich nicht.«

»Ich auch nicht. Ich gehe jetzt mal in die Küche und mache mir einen Kaffee, vielleicht überlebe ich dann diesen Tag doch noch.« Beck winkte schlaff in Saschas Richtung und schlurfte durch die Halle die Küchentreppe hinunter.

In der Küche war Frauengelächter zu hören, natürlich. Konnten die nicht alle noch im Bett liegen und ihn in Ruhe lassen? Er holte tief Luft und öffnete die Tür.

»Hey! Na wie war die Nacht am anderen Ufer?«

»Wie war Sascha denn so?«

»Du siehst so erschöpft aus!«

»Kinder, nun lasst den Jungen doch in Ruhe.« Natürlich war es Asta, die zu seiner Rettung herbeieilte.

Während seine Sarah breit grinsend am Küchenbuffet lehnte und überhaupt nicht mitleidig aussah.

Schlechtes Weib.

*

Sarah musste sehr an sich halten, um nicht gluckenhaft über ihren Giovanni herzufallen, so zerknittert und verunsichert hatte sie ihn noch nie erlebt. Wo war der selbstsichere Prince Charming von gestern Abend?

Prince Charming hatte sich allerdings unter starkem Zuspruch der Saschabowle langsam aber sicher in einen quakenden Frosch verwandelt. Aber einen liebenswerten. Und zum Schluss hatte der Frosch gequakt, er traue sich, mit Sascha in einem Bett zu schlafen, als sei dieser ein böses, kleine Jungs fressendes Monster. Herrlich.

Irgendwie mochte sie diese Seite an Giovanni – war

er doch endlich einmal nicht so perfekt glatt gebügelt und souverän gewesen. So konnte sie sich herrlich überlegen fühlen heute Morgen. Sie hatte ja wunderbar geschlafen allein in ihrem Bett und die Bowle hatte sie – kluges Mädchen – auch gemieden, wusste sie doch im Gegensatz zu ihren armen Liebhaber um deren fatale Folgen. Nur ungern erinnerte sie sich an eine rauschende Geburtstagsfeier Saschas, in deren nur teilweise erinnerbaren Verlauf sie mit einem seiner schillernden Freunde im Bett gelandet war. Und dieser Freund mochte ganz eindeutig auch Frauen.

Schnell schob sie die Erinnerung beiseite und widmete sich wieder ihrem zerzausten Lover. Dieser hatte sich inzwischen unter scheelen Seitenblicken an die Kaffeemaschine herangetastet und ließ sich von der guten Asta einen Kaffee einschenken.

Nach einem tiefen Schluck fühlte er sich offensichtlich in der Lage, etwas zu sagen. »Hört auf zu glotzen, es ist überhaupt nichts passiert. Jedenfalls soweit ich mich erinnere.« Ein schwacher Abglanz seines Lächelns erhellte seine blassen Züge und Sarahs Herz flog ihm entgegen.

»Das will ich Sascha auch geraten haben.« Sie erbarmte sich und trat neben ihm.

Prompt wandte er sich ihr zu und küsste sie.

»So muss ich es erfahren? Du küsst sie vor meinen Augen?« Die Küchentür flog auf und ein überraschend frischer Sascha segelte herein, die langen Beine in eine schwarze Lederhose gezwängt und die grünen Augen vorwurfsvoll auf Giovanni gerichtet.

»Tja. Auf die sanfte Tour verstehst du's ja nicht.« Giovanni zuckte nonchalant mit den Achseln, aber Sarah sah das unsichere Flackern in seinen Augen und liebte ihn dafür.

Sascha schlenderte zum Küchentisch und flegelte sich malerisch auf das rote Samtsofa. »Was machen wir denn heute, ihr Süßen?«

»Du meinst gleich nach der Kopftotaloperation, die ich heute noch vornehmen lasse?« Giovanni fuhr sich durch die blonden Haare und seufzte.

Sarah strich ihm über den Arm und bot ihm eine Rolle Aspirin aus der Buffetschublade an, die er dankbar ergriff.

Filo stellte ihren Kaffeebecher in die Spüle. »Ich dachte, wir machen vielleicht einen Ausflug zur Burg Warberg, damit Giovanni mal sieht, wo eure Urgroßeltern ums offene Feuer getanzt sind.«

»Ach? Ihr habt auch noch eine Burg?« Giovanni sah Sarah interessiert an.

Sie schüttelte den Kopf und lachte. »Nein. Das fehlte grade noch. Sicher war die Burg irgendwann mal in der Familie, aber das war Gott sei Dank lange vor unserer Zeit. Wir können gern mal hinfahren heute, wenn du magst.« Ihr gefiel der Gedanke, einen Familienausflug mit ihrem Liebsten zu machen, das war fast wie in einer Ehe.

Giovanni schien ihre Gedanken zu lesen, denn er trat einen Schritt zurück und lehnte sich an das Buffet. »Nein, ich werde wohl nach dem Frühstück noch mal ins Büro fahren.«

»Arbeiten? Am heiligen Sonntag?« Sascha zog einen Schmollmund. »Das ist aber nicht nett, nachdem du mir heute Nacht schon nicht zu Willen warst. Diese kleine Freude wirst du doch deinem Sascha nicht auch noch verwehren wollen?« Er lächelte gleißend und klimperte mit den Wimpern.

»Ja, Gio, nun stell dich nicht so an – du wirst doch an einem Sonntag noch mal zwei freie Stündchen erübrigen können.« Filo trat neben Giovanni und gab ihm einen missbilligenden Klaps auf die Schulter.

Sarah biss sich auf die Unterlippe und schwieg. Sie würde nicht in diesen Chor der Bittsteller einstimmen, ganz sicher nicht. Sollte er doch abhauen, sie würde sich auch ohne ihn amüsieren. Pff.

Giovanni legte einen Arm um ihre Schultern und sah ihr mit seinem Gletscherblick in die Augen. »Ich komme mit, wenn Sarah sich auch freut, dass ich's tu.« Er lächelte und legte den blonden Kopf schief.

Es war einfach nicht möglich für sie, zu widerstehen, jedenfalls nicht länger als zwei bockige Minuten. »Aber natürlich freue ich mich sehr, das ist doch viel schöner, wenn du mitkommst.« Fehlte nur noch, dass sie hechelte und Männchen machte. »Wenn du dich vorher noch rasierst, zumindest.« Wenigstens ein bisschen Würde bewahren.

»Na prima. So ist es recht. Giovanni macht sich noch hübsch und Sascha packt schon mal ein Picknickkörbchen zusammen. Haben wir noch ein Fläschchen Schampus, Astalein?« Sascha tänzelte durch die Küche.

Ein kollektives Aufstöhnen ging durch die Menge.

»Sascha, wie kannst du nur!« Sarah hatte zwar nicht so viel getrunken wie ihr Liebster, aber ausreichend, um mit einem leichten Magenheben auf Saschas Frage zu antworten.

»Ja, aber wirklich, ich kann die nächsten zwei Wochen erst mal keinen Alkohol mehr sehen.« Asta schüttelte ungläubig die roten Hayworth-Wellen, die noch vom gestrigen Abend übrig geblieben waren.

»Alkohol! Ich bitte dich, Champagner ist doch kein Alkohol, das ist ein Medikament!«

»Das sehe ich auch so.« Die Küchentür ging auf und Luise schwenkte eine der begehrten Flaschen.

Sarah betrachtete ihre fast achtzigjährige Großtante mit ungläubigem Staunen. Als sie erschöpft ins Bett gewankt war, hatte Luise noch getanzt und nun stand sie da wie der junge Frühlingsmorgen – frisch, schön und wie immer in strahlendes Weiß gehüllt.

»Hast du dir heute Morgen schon Botox spritzen lassen?« Aha, auch Filo hatte missgünstige Anwandlungen.

»Nein, das ist alles Natur, meine Liebe – nun ja, fast alles.« Luise strahlte ihren Busenfreund Sascha an.

Der hatte bereits diverse Lebensmittel und Utensilien, die er für ein Picknick für unerlässlich hielt – Lachs, Eier, Sektgläser, Brötchen und die große Dose Belugakaviar, die Sarah mal bei einer Tombola gewonnen hatte, zierlich in den Korb verstaut, den Sarah im Winter für Brennholz benutze. Das rotkarierte Geschirrhandtuch, mit dem er ihn ausgekleidet hatte, ließ das Ganze wie eine Dekoration der *Schöner Wohnen* wirken. Er eilte auf Luise zu und legte die Flasche in den Korb. »Eine reicht aber nicht.«

Resigniert öffnete Sarah den Kühlschrank und holte ihre Notreserve heraus. »Hier.« Sie reichte sie Sascha und betrachtete sich im Fenster ihres Küchenbuffets. Wie sah sie eigentlich aus? Ihre Haare standen in alle Richtungen und die Augenschatten sah man sogar im Fensterglas. Also wie immer.

Giovanni nahm ihre Hand herunter und hielt sie fest. »Lass deine hübschen Haare in Ruhe. Du siehst sexy aus«, flüsterte er ihr ins Ohr und biss in ihr Ohrläppchen. Ganz offensichtlich hatte er zu seiner üblichen Form zurückgefunden.

»Ich glaube es nicht! Ich glaube es einfach nicht!« Sascha kam aufgelöst in die Küche zurückgewedelt. »Mein Autochen! Mein hübsches, armes Autochen!« Er weinte fast.

»Was ist los?« Sarahs Herz tat einen ängstlichen Sprung und sie presste eine Hand auf ihre Brust.

»Diese Dorfschranzen haben mein Auto zerkratzt, meinen wunderschönen Alfa, meine Susi. Warum? Er hat doch niemanden gestört!«

Er nicht, dachte Sarah.

*

Beck starrte in den Burggraben und beobachtete die Schwäne, die paarweise angeordnet wie Attrappen herumschwammen und auf Brotbrocken lauerten. Die sollten ja monogam sein, diese Viecher. Aber wenn alle

Frauen gleich aussahen, war es ja eigentlich auch egal, oder? Oder sahen die Schwanenmänner da irgendeinen Unterschied? Hatte die eine Schwänin einen hübscheren Höcker auf der Nase als die andere? Oder einen sanfteren Charakter?

Wie als Antwort auf seine Frage richtete sich der eine Schwan auf, zischte und schlug mit den Flügeln, während der andere zurückwich. Offensichtlich eine Xanthippe. Oder ein Tyrann, je nachdem. Wie erkannte man eigentlich das Geschlecht eines Schwans?

Seine Gedanken wanderten zurück in den Schlosshof zu Saschas verschrammtem Auto und Saschas Tränen, die ungehindert über seine Wangen geflossen waren. Durfte ein Mann so weinen? Es hatte ihn unangenehm berührt, obwohl er genauso empört wie die Frauen über die Tat gewesen war.

Irgendein aufrechter Avesser hatte Anstoß genommen, Anstoß an Saschas schrillem Auftreten oder schlicht an seiner Homosexualität. War es derselbe Kreis gewesen, der Farid so zugesetzt hatte? Wahrscheinlich. Engstirnige Dorfpomeranzen, die alles, was von ihrer eng gestrickten Norm abwich, ablehnten. Hatte sich eigentlich nicht viel verändert seit den Hexenverbrennungen, außer dass die Verbrennung meistens verbal oder medial stattfand. Er zuckte mit den Achseln und wandte sich der Gruppe seiner Freunde zu.

Sascha hatte seine Tränen getrocknet und bewunderte lautstark die zarten Buschwindröschen unter den silbrig schimmernden Buchen. Sarah lachte gerade über eine pantomimische Darstellung Filos und ihre rotbraunen Locken schimmerten in der Aprilsonne. Wie sie da so stand, hoch aufgerichtet, die langen Locken vom Wind zersaust, sah sie aus wie ein Geschöpf des Waldes. Ihr olivgrüner Wollmantel verstärkte diese Wirkung noch. Sie wusste gar nicht, wie schön sie war, aber das machte gerade einen Teil ihres Charmes aus. Ein warmes Gefühl für sie füllte seine Brust. War das Liebe? Oder nur Sentimentalität? Er wusste es nicht.

Sie spürte seinen Blick und lächelte ihn an. »Komm her! Du hast doch noch gar nichts gegessen!«

Sein Magen bestätigte anklagend diese Aussage und er setzte sich gehorsam Richtung Picknickdecke in Bewegung. Nur Irre machten bei dreizehn Grad im April ein Picknick. Er würde nie verstehen, wieso eine Frau, die sonst schon beim Anblick einer Regenfront zu frösteln begann, sich unverdrossen bei diesen Temperaturen in einen Mantel hüllte und sich auf den feuchten Waldboden setzte.

Misstrauisch die dünne Schottendecke musternd, ließ er sich auf den Boden sinken und ergriff dankbar das von Sarah gereichte Lachsbrötchen. Seit er mit den Frauen derer zu Warberg verkehrte, schien er quasi ununterbrochen zu essen.

Ein Buntspecht hämmerte hektisch an eine Buche in der Nähe. Der hohle Laut ließ eine Erinnerung emporsteigen, an Alexander und ihn in irgendeinem Wald seiner Kindheit. Alexander lachte und der Wind zauste sein sonst so wohlsortiertes Blondhaar. Sein Herz wurde weit und er musste lächeln.

»Warum lachst du?« Sarah wandte sich ihm zu und strich sich die wirren Locken aus dem Gesicht.

»Ach, nur so. Ich musste gerade an meinen Vater denken, eigentlich kein Anlass zur Freude.«

»Hm. Hast du denn wirklich so ein schlechtes Verhältnis zu ihm? Gar keine Chance auf eine Annäherung?« Sarah legte den Kopf schräg und musterte ihn.

»Hättest du mich das vor einigen Monaten gefragt, hätte ich gesagt, auf keinen Fall. Nun …« Er zögerte und sah in den Wald. Die Waldfeen hatten einen hauchzarten Schleier aus Blattgrün über die silbernen Zweige geworfen und einen Teppich aus Buschwindröschen zu ihren Füßen ausgebreitet. Er atmete tief ein und versuchte, das Jetzt zu genießen.

»Und nun siehst du doch eine Möglichkeit?«

Beck zuckte mit einer Schulter. »Ich weiß nicht, mal sehen. Mein Vater hat eine neue Freundin, die mich an meine Mutter erinnert, Maria, ich habe dir von ihr erzählt. Vielleicht lasse ich mich davon blenden, aber er scheint mir – altersmilde zu werden.«

»Vielleicht wirst ja auch du altersmilde?« Sarah lachte und warf einen kleinen Zweig nach ihm.

»Möglich wäre es, ich bin ja auch nicht mehr der Jüngste.« Er zwinkerte ihr zu, froh über die kleine Ablenkung. Er wollte an diesem wunderbaren Frühlingsmorgen nicht an seinen Vater denken, nicht an die zahllosen großen und kleinen Kränkungen, die dieser ihm mit seiner kühlen Ablehnung zugefügt hatte.

»Vielleicht solltest du einfach mal mit ihm reden? Vielleicht weiß er gar nicht, wie du ihn so empfunden hast, als Kind?«

Beck schüttelte den Kopf. »Das weiß er. Schließlich habe ich es ihm oft genug an den Kopf geworfen. Lass uns über etwas anderes reden, zum Beispiel darüber, wer Saschas Auto so zugerichtet hat.«

»Na, das ist aber auch gar kein nettes Thema für ein Sonntagspicknick.« Sarah runzelte die Stirn und blickte ihn an. »Wer soll das schon gewesen sein? Die Schlachtersgang, nehme ich mal an. Scheißrassisten.«

»Die Kinder?« Beck zog ungläubig eine Braue hoch.

»Nein, Vater und Onkel. Das sind ganz rechte Typen, der Großvater auch. Der hat das ungeteilte Deutschland auf sein Scheunentor gemalt, ganz reizend. Schwule, Schwarze, Araber, sozial Schwache, die Liste derer, die von ihnen abgelehnt wird, ist lang. Luises Vater und der Urgroßvater von Kevin, die konnten gut miteinander, waren beide bei der SA.«

»Luises Vater?« Beck sah zu Sarahs Großtante hinüber, die anmutig wie immer in einen weißen Pelz gehüllt auf einem Campingstuhl Hof hielt und von Sascha mit Champagner und Berliner Anekdoten unterhalten wurde.

»Ja, das denkt man gar nicht, oder? Wo sie selbst so liberal ist. Sie hat mal den alten Schlachter verklagt.«

Beck lachte amüsiert. »Ach?«

»Ja, wegen der Malerei auf seinem Scheunentor. Sie hat gewonnen.«

»Aber die Malerei ist doch immer noch da.«

»Ja, die schon. Aber er musste den Text herunterschrubben: *Deutschland dreigeteilt – niemals!* Gott, war da was los im Gemeindesaal. Bürgermeister Ahrendt hatte damals alle Hände voll zu tun, die Ratsherren von einer Massenschlägerei abzuhalten.«

»Aber Luise ist doch im Dorf sicher viel beliebter als Schlachter Fuhrmann?«

»Nicht unbedingt. Viele halten uns für arrogant – einfach, weil wir in unserer barocken Bruchbude hausen und nicht in einem einfachen Hof, wie sie. Das kriegst du nicht raus. Ich hatte schon öfter Eltern in der Schule, die mich mit ›Baronesse‹ angeredet haben.« Sarah lachte und nahm sich noch eine Olive.

»Und? Bist du eine?« Beck sah unwillkürlich wieder zu Luise, Baronesse von dem Scheitel bis zu den roten Ledersohlen.

»Nein, keine Sorge, du musst keinen Kratzfuß vor mir machen. Mein Vater war doch nicht adlig, das wirft mich aus der Linie.« Sarah breitete die Hände in einer bedauernden Geste aus. »Aber Luise ist eine und Asta auch.«

»Asta?« Ungläubig sah Beck zu Asta hinüber, die gerade eine Dose mit soeben gepflückten Kräutern zuschraubte.

»Ja, natürlich, Luise ist die Tochter eines Barons von Warberg und Asta ebenfalls. Aber die Titel sind ja sowieso abgeschafft, sie sind nur noch als Teil des Namens zulässig.«

»Luise Baronin von Warberg.« Beck ließ sich den Namen auf der Zunge zergehen. Er hatte eindeutig einen

Hang zum Hofschranzen, spießbürgerlicher Niemand, der er war.

»Luise Walburga Charlotte Wilhelmine Germania von Warberg, geschiedene zu Waldstetten, geschiedene von Bulow.« Sarah feixte, offensichtlich hatte sie seinen Hang zum Royalisten wahrgenommen.

Wie peinlich. Aber er konnte nicht leugnen, dass sie ihn faszinierte, diese Welt der Reifröcke und Dienstboteneingänge. »Germania?«

»Ja, reizend, nicht wahr? Du weißt doch, Luises Vater war ein hoher Nazi. Immerhin hat sie ihn nur als fünften Namen bekommen, das hat sie wahrscheinlich ihrer Mama zu verdanken, der guten Adelaide. Die hatte als Engländerin nicht viel am Hute mit dem nationalen Getümel.«

»Luises Mutter war Engländerin? Gab das im Krieg keine Probleme?«

»Doch, doch. Sie kehrte dann nach Hause zurück, zumindest versuchte sie es.«

»Sie versuchte es?« Beck merkte, dass er wie ein hirnloser Kakadu alles nachplapperte, was Sarah sagte, und räusperte sich.

»Ja, sie kam nie in England an. Niemand weiß, was mit ihr geschah, wahrscheinlich wurde das Boot torpediert. Ihre Spur verliert sich an der französischen Küste.«

»Arme Luise.« Beck dachte an Tilrun von Düren und nahm sich vor, Luise nach ihr zu fragen. Oder würde das alte Wunden aufreißen?

Später. Das würde er später entscheiden, jetzt war es ganz bestimmt nicht angesagt, Luise diesen wunderschönen Tag zu verderben.

Aber der Gedanke an die von Dürens hatte ihn unruhig gemacht. Mit einem bedauernden Lächeln in Sarahs Richtung stand er auf und klopfte sich den Wald vom Mantel. »Ich muss jetzt doch mal los, noch ein bisschen im Büro vor mich hinbrüten.«

Sarah stand auf und gab ihm einen leichten, prickelnden Kuss auf die Lippen. Als sie sich lösen wollte, griff er nach ihr und zog sie fest an sich. Diese Frau hatte einen Mund – zum Darinversinken. Hm. Vielleicht war das doch Liebe.

Das übliche Gejohle ließ ihn einen Schritt zurückweichen.

»Na, Giovanni, willst du noch ein bisschen Räuber und Gendarm spielen?« Sascha kam herangetänzelt und spitze seine Lippen zum Kuss. »Du, mein allerliebster Bettgenosse?«

Beck lachte gequält und ignorierte den Knutschmund seines Gegenübers. »Genau. Und ihr spielt noch ein bisschen englische Landpartie.«

Unter dem anhaltenden Gelächter derer, die er für seine Freunde gehalten hatte, ergriff Beck die Flucht.

*

»Wo ist denn Daddy?« Sarah packte die Butter vom Korb in den Kühlschrank und drehte sich zu Filo um, die in Gedanken versunken auf ihrem Küchensofa saß.

»Im Hotel, mit L.A. telefonieren, ein paar Pressetermine wahrnehmen und so weiter.«

»Hast du ihn mal gefragt, ob er bei uns wohnen möchte?« Sarah betrachtete den unansehnlichen Rest Ziegenkäse und warf ihn in den Müll.

»Nein. Habe ich nicht, weil ich gar nicht weiß, ob ich das möchte, ihn Tag und Nacht hier haben, weißt du. Er ist so übergroß, so irreal. Lieb und nett, aber irreal. Das ist doch nicht mein Vater.«

»Hm. Sieht aber doch ganz danach aus?« Sarah sah ihre Freundin besorgt an.

»Ja, schon, biologisch. Aber er lässt wohl einen DNA-Test machen.« Filo verzog den schönen Mund.

»Stört dich das? Als weltbekannter Filmstar muss er wohl schon ein bisschen misstrauisch sein, oder?«

»Ja, klar. Das stört mich auch nicht. Aber selbst, wenn dabei herauskommt, dass er wirklich mein Erzeuger ist – und wir beide gehen davon aus – macht ihn das ja noch nicht zu meinem Vater. Ich meine, ich kenne ihn gar nicht.«

»Dann lernst du ihn eben kennen. Ist doch immer noch besser als der Mann, den du bisher für deinen Vater gehalten hast. Oder nicht?« Verwundert betrachtete Sarah ihre Freundin, deren offensichtliche Verwirrung so gar nicht zu ihrer üblichen Entschlussfreudigkeit passte.

»Ja, schon. Aber musste es gerade so ein Plastikvater sein?« Filo schüttelte den blauschwarzen Pagenkopf. »Ich weiß nicht. Er lebt in L.A., ich hier, was soll das bringen?«

»Ach, Filo. Dir einen Vater bringen, das soll es. Nun gib ihm mal eine Chance, deinem Plastikvater. Vielleicht steckt da mehr Fleisch und Blut hinter der Zelluloid-Fassade, als du denkst.«

»Ja, du hast ja recht. Ich bin undankbar. Was sollst du sagen, mit deinem Vater, der nie für dich da war.«

Sarah schluckte den Kloß herunter, der ihr den Hals zudrückte, wie immer, wenn die Rede auf ihren Vater kam. »Ja, ich würde mich vielleicht freuen, wenn sich herausstellte, dass er gar nicht mein Vater war und mich ... deshalb nicht lieben konnte. Dann wüsste ich wenigstens, warum.« Sie hasste sich dafür, dass ihre Stimme brach. Mein Gott, dreißig Jahre alt und immer noch nach Papi greinen, das war einfach unwürdig.

Filo kam auf sie zu und legte ihr einen Arm um die Schulter. »Wir armen vaterlosen Mädchen. Ich gebe dir die Hälfte von Marc ab.«

»Danke, ich nehme die mit den blauen Augen.« Sarah hob entschlossen das Kinn und drückte die Tränen in ihre Augen zurück. Schluss jetzt. »Viel mehr Sorge bereiten mir eigentlich diese widerlichen Aktionen.«

»Du meinst die Schrammen auf Saschas Auto?«

»Und meine platten Reifen, die Schmiererei auf Farids Haus, die Schläge, die er einstecken musste, die Fesselung – was kommt noch?«

»Habt ihr denn was unternommen?«

»Giovanni war mit bei Herrn Fuhrmann. Und ist ziemlich deutlich geworden. Der weiß jetzt, was denen ins Haus steht, wenn das nicht aufhört. Er hat's natürlich abgetan als Dummejungenstreich. Wir haben eine Klassenkonferenz einberufen und Kevin die Versetzung an eine andere Schule angedroht. Tja, das Nächste wird dann wohl eine Klage Saschas sein. Dazu müssen wir bloß nachweisen, dass die Schrammen auch von dieser Gruppe stammen.«

»Das wirst du wohl schwerlich können, es sei denn, du liegst bis zur nächsten Missetat nachts auf der Lauer.«

Sarah trat an das Fenster und sah in den Küchengarten, in dem die ersten Narzissen zögernd ihre noch fest verhüllten Köpfe aus dem schlammigen Boden steckten. Bald war Ostern, das höchste Fest der Christenheit. Jesus war angeblich für die Sünden der Menschheit gestorben – vergeblich wie es schien. Die Menschen dachten sich immer neue aus und konnten einfach nicht in Frieden miteinander auskommen, auch nach über zweitausend Jahren nicht.

Sie schlug mit der Hand auf die Fensterbank und wandte sich um. »Vielleicht sollte man ihnen mit gleicher Münze heimzahlen. Es wäre mir eine tiefe Genugtuung, dem Schlachter ›altes Rassistenschwein‹ auf die Fenster zu schmieren. Der und seine reaktionäre Sippe!«

»Ja, ich kann's auch nicht nachvollziehen. Dieselben, die sich jetzt bei Marc ein Autogramm holen, würden ihm wahrscheinlich bei entsprechender politischer Unterstützung die Fensterscheiben einschlagen. Gruselig.«

Die Küchentür flog auf und Sascha trippelte herein, dicht gefolgt von Marilyn, Luises Malteserhündchen, das genau wie seine Herrin den glamourösen Berliner fest in sein Herz geschlossen hatte. »So, Mädels, ich mache mich davon, mir ist schon ganz übel von der Landluft.«

»Was, jetzt schon? Aber, willst du denn gar nichts unternehmen wegen der Kratzer? Wenigstens Anzeige erstatten gegen Unbekannt?«

»Ach, nein. Das bringt doch eh nichts. Das nächste Mal miete ich mir einen Trecker, dann falle ich nicht so auf.« Sascha tänzelte auf Sarah zu und gab ihr einen leichten Kuss auf die Wange. »Sorg dich nicht, Sarahchen, Idioten gibt es überall, auch in Berlin. Mit so etwas musst du leben, wenn du dich irgendwie aus der grauen Masse hervorhebst.«

»Aus der braunen Masse, meinst du wohl.« Sarah schnaubte verächtlich.

»Oder so. Es gibt viele Menschen, die mit dem Anderssein nicht leben können. Es beunruhigt sie, zeigt es ihnen doch die Eingeschränktheit des eigenen Lebens auf. Im Grunde sind es ängstliche Menschen. Sie haben Angst, dass irgendetwas oder irgendjemand ihre gewohnte Ordnung in Frage stellen könnte.« Sascha blickte ungewohnt ernst und strich ihr über die Wange. »Bei Hunden sind die ängstlichen Tiere auch die gefährlichsten.«

Sarah nickte ihrem Freund zu. »Ja, so ist es. Damit müssen wir leben, Hunde wie Menschen.«

Sascha zwinkerte ihr zu und warf die violette Tolle zurück. »Na komm, blas keine Trübsal, ich tu's doch auch nicht. Die zwei Kratzer sind schnell überlackiert. Gib den Ignoranten nicht die Macht, dir deinen Sonntag zu verderben.«

Entschlossen zwang Sarah ein Lächeln in ihr Gesicht, da sie wusste, dass Sascha nicht von seiner nonchalanten Sichtweise abrücken würde. Zumindest offiziell. »Na gut. Ich finde es schade, dass du schon fährst, aber ich kann dich verstehen. Manchmal frage ich mich auch, was ich hier eigentlich verloren habe. Und jetzt erst recht.« Sie zupfte an Saschas Leopardencape und rückte es zurecht.

»Hier sind deine Wurzeln, Baby, das hast du hier verloren. Du hast hier ein wunderbares Zuhause mit zwei fantastischen Frauen, die deine Familie sind. Ich würde gern mit dir tauschen – vielleicht nicht gerade in Avessen, zugegeben.« Ihr Freund kniff ihr leicht in die Wange und wandte sich Filo zu, die ungewohnt schweigsam zugehört hatte. »Und wenn du genug von Papa Hollywood hast, Schnuckel, dann schick ihn mal vorbei, ich hätte da die eine oder andere Verwendung für ihn.«

»Marc ist aber so was von hetero, heteroer geht's nicht, such dir lieber einen anderen zum Anschwärmen.«

»Ach was. Ist doch alles nur PR, denk mal an Rock Hudson.« Sascha griff nach seinen Vuitton-Köfferchen und warf ihnen eine Kusshand zu.

»Wir bringen dich noch raus.« Plötzlich konnte Sarah ihren Freund nicht gehen lassen.

Sie gingen über den Hof zu dem spritzigem kleinen Sportwagen und mit jedem Schritt sank Sarahs Herz etwas tiefer. Sie hasste Abschiede. Schon ein Abschied im Film ließ sie in Tränen zerfließen, weshalb sie kaum noch ins Kino ging. Zu peinlich war es, mit rotgeweinten Augen aus einem sentimentalen Liebesfilm zu wanken, während andere amüsiert ihre Schulter tätschelten.

Sascha verstaute seine Köfferchen in dem briefmarkengroßen Kofferraum und faltete seinen langen Körper in das Innere des Wagens. Eine schmale Hand winkte aus dem Fenster, ein kurzes Hupen und weg war er.

»Na komm, nun weine mal nicht. Er ist ja nicht tot, sondern nur auf dem Weg nach Berlin, Schatz.« Filo nahm ihre Freundin bei der Hand und zog sie ihn Richtung Seitenflügel. »Wir genehmigen uns jetzt mal einen Tee mit Schuss gegen den Abschiedschmerz.«

Sarah schnüffelte und folgte ihrer Freundin über den Hof. Tee mit Schuss war zwar ein schlechter Ersatz für Sascha, aber eindeutig ein Ersatz.

*

Beck stierte aus seinem Bürofenster und beobachtete ein Pärchen, das seinen Mini auf dem Behördenparkplatz abgestellt hatte, wahrscheinlich um das Frühlingsfest im Bürgerpark zu besuchen.

Die hübsche junge Frau hatte den kleinen Wagen mit viel Hin und Her eingeparkt, was augenscheinlich eine Belehrung durch ihren Freund erforderlich machte. An den heftigen Gesten konnte Beck erkennen, dass der Parkvorgang anscheinend nicht zu seiner Zufriedenheit verlaufen war. Verständlich, stand sie doch, obwohl der riesige Platz fast gänzlich leer war, mit einem Rad in einer Baumschale. Amüsiert beobachtete Beck, wie sie die langen blonden Haare zurückwarf, ausstieg und dabei die Tür an den Baum knallte. Au wei. Aber wahrscheinlich war es ihr Wagen, welcher Mann würde schon freiwillig einen roten Mini fahren.

Und richtig, der Knabe nahm die Brusche an der Tür mit einem gleichgültigen Achselzucken hin, während seine Liebste wenig überzeugend ebenfalls Gleichgültigkeit heuchelte.

Männer und Frauen – waren sie nun kompatibel oder nicht? Er dachte an Sarah und schüttelte den Kopf. Irgendwann müsste er sich entscheiden, was das nun war mit ihr. Sie spürte, dass er sich nicht wirklich auf sie einließ, und zog sich zurück. Traurig.

Er war eine richtige Trauergestalt, um ihn herum nur Paare und Familien. War er so kalt und beziehungsunfähig wie sein Vater? Nein. Oder doch?

Er stöhnte und rief die von-Düren-Datei auf. Von Düren war immer noch tot und Stein noch immer der mutmaßliche Täter. Dennoch war Beck sich sicher, dass der es nicht gewesen war, warum auch immer. Das passte einfach alles nicht. Nichts passte in diesem Fall.

Oppermann hatte behauptet, er habe gesehen, wie von Düren seinen Sohn geküsst habe, das passte aber nicht zu den Aussagen, die die beiden jungen Männer und auch Gabriel selbst gemacht hatten. Auch Daglind von Düren, seine eigene Schwester, hielt ihren Bruder nicht für homosexuell und selbst wenn er es doch gewesen war – welche Rolle spielte das schon?

Hatte er seine Schüler sexuell belästigt und hatte doch einer von ihnen dem durch den Mord ein Ende gesetzt? Aber von Düren war doch gar nicht ermordet worden, jedenfalls nicht vorsätzlich. Es hatte wohl keiner der drei einen Einbruch begangen und gehofft, dass von Düren nebenbei erstickte?

Er setzte sich abrupt auf und schlug sich mit der Hand vor die Stirn. Und wenn es nun gar kein Einbruch gewesen war? Wenn von Düren im Rahmen einer sexuellen Handlung gefesselt worden und dabei zu Tode gekommen war? Und Stein ganz bewusst die Information zugespielt worden war, um das Ganze zu vertuschen?

Aber – Stein behauptete, er wäre schon einige Zeit vorher über die angeblich zu diesem Zeitpunkt verlassene Wohnung informiert worden. Und was das Ganze noch verwirrender machte: Er behauptete ja auch noch, von Düren sei nicht da gewesen. Also war von Düren tatsächlich auf dem Stuhl in die kleine Kammer geschleift worden? Aber warum?

Natürlich damit von Stein nicht sofort flüchtete. Oder die Polizei rief, haha.

Aber von den drei Schülern war einer tot und alle drei hatten ein Alibi. Das es erneut zu überprüfen galt. Er kam nicht weiter. Mal wieder.

Er verließ sein Büro und ging zum Wagen. Müde fragte er sich, wohin er eigentlich genau wollte und warum er so rastlos war. Wieso war er nicht bei Sarah geblieben? Er hatte den Vormittag an der Burg doch genossen? Alles, was er heute im Büro getrieben hatte, hätte er auch morgen treiben können. Und dennoch hatte er fahren müssen. Er würde sich bei Viktoria zur Therapie anmelden.

Er legte den Gang ein und fuhr los. Siehe da, er bog in die Spitzwegstraße ein, offensichtlich wollte sein Unterbewusstsein zu Phillip Karstens, ein Alibi überprüfen. Der würde sich über einen Sonntagsbesuch der Kripo sicher freuen.

Wie durch ein Wunder fand er in der schmalen Straße, die genau so zugeparkt war wie seine eigene, einen Parkplatz genau vor Karstens' Haus. Wenn das kein Zeichen war.

Beck warf einen prüfenden Blick in den Rückspiegel und wünschte sofort, er hätte es gelassen. Seine Augenschatten waren noch schlimmer als heute Morgen, vielleicht hätte er beim Picknick mehr essen sollen als das Lachsbrötchen, das ihm Sarah in den Mund gezwungen hatte. Aber ihm war ja übel gewesen von all der pinkfarbenen Bowle, die er in sich hineingeschüttet hatte. Schnell schob er die aufsteigenden Erinnerungen an diese Nacht beiseite und stieg aus.

Er sah an der Fassade des unscheinbaren Mietshauses empor, das wie ein armer Verwandter zwischen seinen reich verzierten Nachbarn aus der Gründerzeit stand. Eine Bombenlücke wahrscheinlich, schnell gefüllt mit den schäbigen Sozialbauten der fünfziger Jahre.

Nun, der Krieg hatte Wichtigeres zerstört als hübsche Jugendstilbauten. Er trat auf die Straße und wurde um ein Haar von einem schimpfenden Fahrradfahrer erfasst. Kaum brach der Frühling aus, krochen sie aus ihren Kellern und nahmen einem die Vorfahrt. Er hastete über die Fahrbahn und blieb auf dem Bürgersteig vor Karstens' Haustür stehen.

Was wollte er hier? Es war Sonntag, er war vollkommen unausgeschlafen, hatte einen Kater und Hunger. Wie zur Bestätigung heulte sein Magen auf.

Sollte er einfach nach Hause fahren und sich und seinen anderen Kater füttern? Aber dann musste er selbst auch Katzenfutter essen, denn er hatte mal wieder nichts im Haus. Die letzte Mahlzeit, die ihm seine hilfreiche Russin vorgekocht hatte, war längst verzehrt und der Herr Kommissar war mal wieder zu beschäftigt gewesen, um sich vor dem Wochenende in einen Supermarkt zu bewegen. Ob er mal einen Kochkurs machen sollte?

Seien Beine hatten entschieden, dass sie die unschlüssige Herumsteherei leid waren, und hatten ihn in das Haus und die Treppe in den ersten Stock bewegt.

Er klingelte und lauschte. Vielleicht war Karstens ja überhaupt nicht da? Bei Mama zum Tee? Eine Partnerin schien er ja nicht zu haben. Keiner der drei Herren im Bannkreise von Dürens hatte eine Partnerin, aber schwul war ja nur Oppermann gewesen. Oder?

Er schrak zusammen, als die Tür sich öffnete und Karstens' junges, vollkommen ausgeschlafenes Gesicht sichtbar wurde. »Sie?« Offensichtlich freute er sich doch nicht über einen Sonntagsbesuch.

»Ja. Störe ich? Ich würde gern noch mal mit Ihnen reden.« Dämlicher Frage, natürlich störte er. Wer setzte sich an seinem verdienten Sonntag schon gern mit der Kripo aufs Sofa?

»Ja, aber warum? Ich habe doch alles gesagt?« Karstens fuhr sich durch die dunkelblonden Haare und zog den Bund seiner Jogginghose höher. Über seinen mit ansehnlichen Muskeln ausgestatteten Oberkörper hatte er lediglich ein schmales Tanktop gezogen, offensichtlich hatte Beck ihn gerade bei einem Work-out gestört. Oder wie das heute hieß. Das, was er nie machte, jedenfalls. »Aber, kommen Sie doch herein, auch, wenn ich wirklich nicht weiß, wie ich Ihnen noch weiterhelfen kann.«

Als Beck an dem jungen Mann vorbeiging, nahm er frischen Schweißgeruch und eine starke Anspannung wahr. Beck ging voran in das makellose Wohnzimmer, das immer noch so unnatürlich aufgeräumt war wie beim letzten Mal. Ein Crosstrainer stand vor einem tonlos laufenden großen Flachbildschirm an der Wand, auf dem sich gerade halbnackte Tänzerinnen um einen singenden Milchbubi schlängelten.

Karstens nahm eine Fernbedienung vom gläsernen Couchtisch und stellte den Fernseher ab. »Entschuldigen Sie die Unordnung, ich habe gerade Sport gemacht.«

Unordnung? Wo war es nur mit der deutschen Jugend hingekommen? Wo waren die abgewetzten Flokatis geblieben, die Che-Guevara-Poster, der süßliche Geruch nach Cannabis, die zahllosen Ringe, die klebrige Gläser auf gammeligen Holztischen hinterlassen hatten? Beck winkte schwächlich ab und setzte sich unaufgefordert auf die weiße Ledercouch.

»Darf ich Ihnen etwas zu trinken anbieten?«

Nein, ich hätte gern ein großes Steak mit Pommes, medium, bitte. »Nein, danke. Ich habe mit Herrn Oppermann, Gabriels Vater, gesprochen.« Beck beobachtete Karstens' Mimik.

Bis auf ein leichtes Flackern in den Augen zeigte der jedoch keine Reaktion. »Ach? Und warum?«

»Nun, unter anderem, weil Gabriel Oppermann kürzlich verstorben ist.«

»Was?!« Karstens sank auf einen Sessel, Beck gegenüber. Sein schmales Gesicht war kreidebleich, die Augen weit aufgerissen. Offensichtlich hatte er es tatsächlich noch nicht gewusst.

»Ja, ziemlich hohe Sterblichkeitsrate um den Herrn von Düren herum, nicht wahr?« Beck wurde ungeduldig. Blödes Vorgeplänkel. »Sie bleiben dabei, das keiner von Ihnen, damit meine ich Sie, Gabriel und Bela Fröhlich, ein Verhältnis mit Herrn von Düren hatte? Kein sexuelles, meine ich.«

Karstens wurde noch blasser. »Warum fragen Sie?«

Beck schwieg.

»Nein. Nein, hatten wir nicht. Ich jedenfalls nicht.«

»Ach? Sie schränken es jetzt ein? Hatte einer der anderen möglicherweise eine solche Beziehung zu Ihrem ehemaligen Lehrer?«

»Nein, ich weiß es nicht. Ich …« Karstens fuhr sich mit der Hand durchs Gesicht. Er zitterte, ob vor Nervosität oder wegen der soeben unterbrochenen sportlichen Aktivitäten, vermochte Beck nicht genau zu sagen.

»Herr Oppermann sagte aus, er habe seinen Sohn und Augustus von Düren dabei überrascht, wie sie sich küssten. Auf den Mund.«

Kartens stieß einen kleinen Laut aus, wie das Winseln eines verletzten Tieres. Er stand ruckartig auf und stürzte aus dem Zimmer. Beck erhob sich irritiert und zögerte. Eindeutige Geräusche aus dem angrenzenden Badezimmer ließen darauf schließen, dass Karstens sich übergab. Mit einer derartig drastischen Reaktion hatte Beck nicht gerechnet. Wieso wurde Kartens schlecht, wenn er hörte, dass sein homosexueller Schulkamerad und sein ehemaliger Lehrer sich geküsst hatten? So erschreckend war das ja nun auch wieder nicht. Schließlich gab es auch genug alte Säcke, die sich an blutjungen Mädchen vergriffen.

Es konnte Karstens schließlich relativ egal sein, was die beiden miteinander getrieben hatten. Oder war es ihm nicht egal, weil er selbst betroffen war? Weil er ebenfalls eine sexuelle Beziehung zu von Düren unterhalten hatte? Lag hier der Schlüssel für den seltsamen Tod von Dürens?

Eine Tür knallte, Kartens kam zurück in das Wohnzimmer. Er sah so elend aus, wie Beck sich fühlte. »Entschuldigen Sie, mir geht's nicht so gut. Ich … Mir ist das alles auf den Magen geschlagen, der Tod von Augustus und so.«

»Und so?«

Karstens sank auf den Sessel zurück und stöhnte. »Also gut. Was soll's. Augustus war kein Freund von mir. Er war ein Schwein, ein sadistisches Monster. Aber umgebracht habe ich ihn nicht. Das schwöre ich.«

Kapitel 18

»Das müssen Sie schon ein bisschen genauer ausführen.« Beck betrachtete das übernächtigte Gesicht seines Gegenübers und lehnte sich in seinem Stuhl zurück. Er musterte müde die fleckige Wand des Verhörraums und überlegte flüchtig, dass hier dringend mal gestrichen werden müsste.

Karstens fuhr mit einer Hand über seine zerfurchte Stirn und schüttelte den Kopf. »Genauer? Ich habe Ihnen gestern schon gesagt, dass ich nicht mit Augustus befreundet war. Er war ein Arsch.«

»Und warum haben Sie dann so getan, als verehrten Sie ihn?« Wagner sah genauso grau aus wie Karstens, da es bei ihm jedoch der Naturzustand war, musste sich Beck keine Sorgen machen.

»Ja, warum denn wohl? Wenn Sie gehört hätten, dass ich den Alten gehasst habe, hätten Sie mir doch gleich was angehängt!«

»Was denn? Herr von Düren ist doch eines … nun ja, fast natürlichen Todes gestorben und den Einbruch hat ein anderer begangen. Wessen hätten wir Sie also beschuldigen sollen?« Angespannt richtete sich Beck auf und beugte sich nach vorn. Er war der Lösung ganz nah, das spürte er.

»Ach, was weiß ich. Sie müssen ja einen Grund haben, warum Sie immer nachbohren und stochern. Ich sage nichts mehr dazu, ich rede mich sonst noch um Kopf und Kragen. Ich habe keine Erfahrung mit Einbrüchen und … Todesfällen.«

»Sie zögerten. Wollten Sie ›Mord‹ sagen?«

»Nein. Wollte ich nicht, auch wenn Sie das gerne hätten.«

»Warum sollte ich?«

Beck spürte, wie ihm Karstens wieder entglitt und mit ihm die Lösung dieses merkwürdigen Nicht-Mordes.

Karstens hatte inzwischen die Arme vor der Brust verschränkt und schob die Unterlippe vor wie ein trotziges Kind. »Ich sage nichts mehr ohne meinen Anwalt.«

»Ja, ja, schauen Sie nicht so viele CSI-Krimis. Sie bekommen gleich Gelegenheit, Ihren Anwalt anzurufen. Vorher erzählen Sie uns vielleicht noch, warum Sie Augustus von Düren nicht mochten? War er als Lehrer zu streng mit Ihnen?« Beck zog eine Braue hoch und lächelte herablassend, um den Mann zu provozieren.

Karstens schnaubte verächtlich durch die Nase. »Zu streng!? Das ist eine nette Umschreibung für seine sadistische Art. Oh, offiziell hätte ihm niemand etwas vorwerfen können, diesem Schwein. Im Unterricht wahrte er immer die Form, war höflich und freundlich, auch gerecht. Aber ...« Karstens schüttelte den Kopf.

»Hatten Sie denn außerhalb des Unterrichts auch Kontakt zu ihm?«

»Ja. Notgedrungen.«

»Mein Gott, jetzt reden Sie doch, verflucht noch mal!« Wagner schlug mit der Faust auf den Tisch. »Warum waren Sie denn bloß auch nach der Schulzeit bei ihm zu Gast, wenn er so ein Schwein war? Ist das nicht ein bisschen krank?«

»Ich ... das ergab sich eben so.« Karstens wich Becks Blick aus und knetete seine Hände.

»Das ergab sich so? Ich hatte auch Lehrer in der Schule, die ich nicht ausstehen konnte. Keine zehn Pferde hätten mich dazu gebracht, mich nach dem Abi mit denen zu treffen.« Beck dachte an Kohlmann, den Physiklehrer, der von ihnen natürlich Kohlkopf genannt worden war. Ein grässlicher Kerl, misstrauisch und unnachsichtig. Warum wurden solche Männer Lehrer? Es gab doch genug andere Berufe, bei denen sie nicht ständig mit pubertierenden Kindern konfrontiert wurden. Das lag eben nicht jedem.

»Das habe ich mir auch nicht ausgesucht.« Karstens schluckte und kämpfte offensichtlich mit den Tränen.

Beck drückte das aufsteigende Mitgefühl nach unten in die Abgründe seiner Seele. »So?« Er wartete. Offensichtlich hatte Karstens seinen Wunsch nach juristischem Beistand vorübergehend vergessen. Umso besser, das hielt nur auf.

Wagner hustete ungeduldig, hielt aber Gott sei Dank die Klappe.

»Kann ich was zu trinken haben?«

Mist. Warum nur hatten sie vorher nicht an ein Glas Wasser gedacht? Jetzt wich er schon wieder aus.

Wagner ging zur Tür und rief heiser nachdem Getränk, er klang selbst wie ein Verdurstender. »Kommt sofort.«

»Sie sagten, Sie hätten sich den Kontakt zu von Düren nicht ausgesucht? Aber – er konnte Sie doch nicht dazu zwingen. Oder doch?«

Das Wasser kam in der Hand des jungen blonden Beamten, mit dem Beck sich neulich schon unterhalten hatte. Karstens stürzte es hinunter und wischte sich über den Mund wie ein kleiner Junge.

»Er konnte Sie doch nicht zwingen?« Beck zwang sich, ruhig zu bleiben, und unterdrückte den Wunsch, mit den Fingern auf der Tischplatte zu trommeln. Herr schenke mir Geduld, aber sofort.

»Doch. Er hatte uns … mich in der Hand. Er hat mich erpresst.«

*

»Glauben Sie, ich hätte nichts Besseres zu tun, als den Wagen von Ihrer Schwuchtel zu zerkratzen? Eine Unterstellung, ist das, aber eine ganz gewaltige!« Rotgesichtig und wutschnaubend stand Schlachter Fuhrmann vor Sarah und wippte auf den Fußballen, um sich zu ihrer Größe aufzuschaukeln. Vergeblich.

»Nun, der Verdacht liegt nahe, ist doch Ihrer Familie eine gewisse Abneigung gegen Fremde eigen.« Sarah bereute schon zutiefst, dass sie sich zu der spitzen Bemerkung im Schlachterladen hatte hinreißen lassen. Was sollte das bringen?

»Noch ein solch Spruch und ich verklage Sie wegen Verleumdung. Da können Sie sich Ihr ganzes adeliges Getue sparen, Frolleinchen. Schöne Lehrerin, die mein Enkel da hat.«

Sarah verkniff sich die Entgegnung, die ihr schon fast aus dem Mund quoll (Schöner Schlächter, den das Dorf da hat, aber leider können Sie ja mangels Gehirnmasse nicht auf Ihr prolliges Getue verzichten) und rauschte mit knallender Tür hinaus.

Schade war nur, dass sie ihr Mettgut auf dem Tresen vergessen hatte und noch einmal zu den gerade noch unterdrückten Klatschkaskaden der Landweiber zurückkehren musste. Am liebsten hätte sie den Idioten die Zunge rausgestreckt. Bäh! Die würden alle kein einziges Autogramm von Marc bekommen, dafür würde sie schon sorgen! Eine furchtbarere Strafe fiel ihr leider gerade nicht ein.

Vielleicht sollte sie alle nachsitzen lassen, mit der Aufgabe hundertmal zu schreiben: ›Ich soll meinen Nächsten lieben wie mich selbst, auch wenn es ein schwuler farbiger Iraner ist‹. Der liebe Gott hätte das zweite Gebot ruhig ein wenig genauer ausformulieren können. Menschen wie der Schlachter interpretierten es doch ein wenig frei, so etwa: Ich liebe meinen Nächsten, wenn er wie ich selbst aussieht, denkt und spricht. Puh.

»Huch.« Sie blieb abrupt stehen, als vor ihr auf dem Weg zwei große beturnschuhte Füße auftauchten. »Thomas!« Noch so ein glutäugiger Nichtschlachter.

»Träumst du von Giovanni?« Thomas lachte sie an.

»Nein, von Schlachter Fuhrmann und seinen netten rassistischen Anwandlungen. Geh lieber nicht rein, hinterher macht er noch Thüringer Mett aus dir. Du entsprichst absolut seinem Feindbild.«

»Ach? Ist das der mit dem bewussten Enkel?« Thomas

fuhr sich durch die rabenschwarzen Locken und sah zigeunerhafter aus denn je.

»Ja, genau der. Was machst du überhaupt in Avessen?«

»Na, was schon? Ich wollte eigentlich zu Filo, aber die ist wohl zu ihrem Glamourvater ins Hotel gefahren. Aber es ist gut, dass ich dich treffe, ich wollte sowieso mal mit dir sprechen.«

»Oh.« Sarah konnte sich schon denken, über wen er sprechen wollte, und wünschte, sie wäre eine Viertelstunde später zum Schlachter gegangen. Feigling. »Äh, ja. Gehen wir doch am besten zu mir, ich koche uns einen Kaffee.«

Sie gingen die in mittäglicher Ödnis verwaiste Hauptstraße entlang und bogen in die Schlossallee ein.

Die Küche sah natürlich mal wieder so aus, wie sie Sarah heute Morgen verlassen hatte – chaotisch. Aber man konnte ja von Prinzessin Filo nicht erwarten, dass sie ein paar Tassen in die Spülmaschine stellte, oder? Und jetzt konnte sie auch noch ihre Beziehungsarbeit übernehmen, danke auch.

Nachdem die Kaffeemaschine asthmatisch fauchend in Betrieb genommen war, stellte Sarah zwei sonnengelbe Becher und einen Teller mit Astas Orangenkeksen auf den Tisch. Die letzten Weihnachtskekse. Aber das wusste Thomas ja nicht.

Er rührte Milch in seinen Kaffee und runzelte die braune Stirn. »Du kannst dir ja bestimmt denken, dass ich über Filo reden will, oder?«

»Hm.« Sarah stopfte schnell einen Keks in den Mund.

»Also, ich weiß nicht, ob das mit Filo überhaupt eine Zukunft hat. Ich habe mich ziemlich in sie verliebt, aber sie? Ich kann es überhaupt nicht einschätzen, ob sie mir mehr als ein sexuelles Interesse entgegenbringt. Und jetzt ist auch noch diese Vatersache dazwischengekommen. Vielleicht sollte ich mich zurückziehen, bevor ich noch mehr Schaden nehme. Oder?«

Sarah betrachtete Thomas' schönes Gesicht mit den hohen Wangenknochen und dachte, dass dieser nette Typ wirklich kein großes Glück mit seiner Frauenwahl hatte. Erst die herzlose Claudia und jetzt die kühle Filo, die ihr Herz auch irgendwo im Keller versteckt hatte.

»Ach, Thomas, was soll ich sagen. Selbst ich kann Filo immer noch, nach all den gemeinsamen Jahren, schlecht einschätzen, was ihre Männer betrifft. Sie kommen und gehen, aber solange ich Filo kenne, ist noch keiner geblieben.«

Thomas seufzte. »Dachte ich mir. Und ich werde da keine Ausnahme sein, denke ich.«

»Ich bin mir nicht ganz sicher.« Halt dich da raus, Sarah! Immer dieses Helfersyndrom.

Hoffnung schimmerte hell in Thomas' schwarzen Augen. »Meinst du, es besteht eine Chance, dass ich mehr für sie bin als nur ein kleiner Zeitvertreib, während sie hier ist?«

»Ja, schon. Nur, ob sie es zulässt, das ist die große Frage. Filo – nun, sie hat Angst vor allzu festen Bindungen, weißt du?« War sie illoyal? Hatte sie schon zu viel gesagt? Aber auch Thomas war ihr ein guter Freund geworden, seit sie seine Tochter Karla letztes Jahr bei sich aufgenommen hatte. Er schien eindeutig einen Hang zu schönen, aber komplizierten Frauen zu haben.

Sarah dachte an Claudia, ihre alte Schulfreundin, die letztes Jahr ermordet worden war. Auch mit ihr hatte Thomas eine schwierige und irgendwie einseitige Beziehung geführt. Manche Menschen suchten sich immer wieder dieselben verkehrten Typen.

Und sie selbst? Hatte sie mit Giovanni auch wieder in den falschen Sack gegriffen? Den Sack, in dem die coolen, bindungsunfähigen Männer lagerten? Manchmal hatte sie das Gefühl.

Giovanni gab sich nie ganz, hielt immer etwas zurück, während sie ihm schon wieder ihr ganzes Herz zu Füßen geworfen hatte. Ganz oder gar nicht, anders bekam sie es einfach nicht hin. Hoffentlich würde sie nicht wieder bei ›gar nicht‹ landen, für eine schmerzlose Entsorgung Giovannis war es schon wieder viel zu spät. Scheißliebe.

»Sarah?«

»Ja? Hast du was gesagt?«

Thomas lachte freundlich und nickte. »Ob ich sie einfach noch mal fragen soll, habe ich gesagt. Einfach noch mal fragen, wie sie sich das mit uns vorstellt.«

»Hm.« Oh, oh, jetzt bloß kein falsches Wort. Dämliche Filo, konnte sie ihr Liebesleben nicht selbst in Ordnung halten? »Tja, das ist schwierig, ganz ehrlich, Thomas. Wenn du sie zu sehr bedrängst, ist sie weg, schneller als du ›Aber ich habe doch nur mal gefragt‹ sagen kannst. Wenn du nichts sagst, ist sie auch weg, weil sie es dann einfach laufen lässt wie immer: weggegangen, Typ vergangen.«

»Na, toll.« Thomas raufte sich die hübschen Locken. »Ach, scheiß drauf, ich lade sie zum Essen ein und setze ihr die Pistole auf die Brust. Dieses Herumgeeiere ist mir zu dämlich. Wenn sie nicht will, dann will sie nicht. Ich möchte nicht, dass sich Karla noch mehr an sie gewöhnt, wenn sie nichts in uns investieren will.«

»Ja, du hast recht. Mach es so.«

»Was soll er so machen?« Unbemerkt war Filo in die Küche gekommen und strich sich die schwarzen Haare aus dem erhitzten Gesicht.

Sonst knarrte die Tür immer, heute natürlich nicht. »Äh …« Sarah fiel nichts ein.

»Das erzähle ich dir heute Abend«, rettete Thomas. »wenn du zum Essen zu mir kommst.« Er blinzelte seiner Angebeteten zu und sah dabei so anziehend aus, dass Filo noch bescheuerter als gewöhnlich sein müsste, um diese männliche Sexbombe sitzen zu lassen. Trau dich, Filomena. Hast ja jetzt einen Papi, der sich auskennt mit Liebesgeschichten.

»Ach, tue ich das?« Filo sah irritiert zwischen ihrem Lover und ihrer Freundin hin und her. »Ihr habt irgendwas ausgeheckt, das fühle ich doch!«

»Ach, was. Wir haben nur ein bisschen geflirtet. Er lädt dich sowieso nur ein, weil ich heute Abend schon was anderes vorhabe.« Sarah streckte ihrer Freundin die Zunge heraus und stand auf. Bloß weg, bevor die noch alles aus ihr herausgepresst hatte.

Mal sehen, wohin ihr eigenes Liebesleben heute Abend so trieb.

*

»Erpresst?« Wagner und Beck fragten in perfektem Gleichklang.

Karstens senkte den Blick und nickte.

»Womit erpresste er Sie denn?« Beck konnte noch gar nicht fassen, welch neue Wendung dieses Gespräch plötzlich nahm.

»Mit meinem Abi.« Karstens stieß einen resignierten Seufzer aus und nahm einen Schluck Wasser.

»Mit Ihrem Abi?« Beck blickte irritiert zu Wagner. Der zuckte mit einer mageren Schulter.

»Ja. Wir ... Ich habe die Abinote manipuliert. Ich wäre sonst in Mathe durchgerasselt. Komplett. Er ist mir draufgekommen.«

»Aha? Und das trotz seiner regelmäßigen ... Nachhilfe?« Wagner formulierte ausnahmsweise genau den Gedanken, der Beck auch gerade durch den Kopf flackerte.

Karstens schnaubte verächtlich. »Nachhilfe!« Hass und Hilflosigkeit ließen das Wort wie eine Beschimpfung klingen.

»Ja, was denn sonst?« Beck wurde ungeduldig. »Jetzt sagen Sie doch mal! Wir sitzen noch übermorgen hier, wenn Sie uns immer bloß diese Brocken vorwerfen.«

»Ich war schlecht in Mathematik, schon immer. Und

in Latein war ich auch nicht viel besser. Da kam er irgendwann in der achten Klasse auf mich zu und bot mir Nachhilfestunden an. Ich wollte nicht, weil ich sowieso schon Angst vor ihm hatte.«

»Angst? Warum denn?« Beck hatte Mühe, sich den eleganten und distinguierten von Düren als angsteinflößenden Sadisten vorzustellen.

»Weil er fies war, gemein. Er konnte einen auf eine absolut gnadenlose Weise vorführen und verhöhnen. Wenn ich Mathe hatte, konnte ich schon den Abend vorher nicht gut schlafen.«

»Und dann bot er Ihnen Hilfe an? Obwohl er Sie verhöhnte?«

»Hilfe! Ja, er kam eines Tages auf mich zu und sagte, er könne mir helfen, eine bessere Note in Mathematik zu bekommen, das ginge ja so nicht weiter. Als ich sagte, ich könne mir ja auch anderswo Hilfe holen, lächelte er auf seine kalte Art und sagte, das würde wohl kaum etwas nützen. Er ließ keinen Zweifel daran, dass meine Noten sich auf keinen Fall bessern würden, wenn er das nicht wollte.« Karstens Stimme zitterte und Schweiß glänzte auf seiner weißen Stirn.

»Wie haben Sie das denn gemacht? Die Note manipuliert, meine ich?« Wagner brauchte anscheinend einen Tipp für seine Tochter.

»Na, wie schon? In den Schul-Server gehackt.«

»Und wie …?« Wagner unterbrach sich unter Becks genervtem Blick und hüstelte.

»Mir ist schlecht.«

Beck schoss nach vorn, um den zur Seite kippenden Karstens aufzufangen. »Schnell, der tritt weg!«

Wagner brüllte in den Flur nach medizinischer Versorgung.

Der junge Beamte von vorhin kam herangehastet und drängte sich in dem engen Raum am Tisch vorbei. »Lassen Sie mich mal, ich habe gerade meinen Erste-

Hilfe-Kurs aufgefrischt.« Er lagerte Karstens auf den Boden und legte die Füße auf den Stuhl. »Einen kalten Lappen, schnell!«

Beck eilte zur Toilette und sah sich suchend um. Natürlich nur Papiertücher. Was nun? »Hier ist nichts!« Er rannte in das nächstliegende Büro, riss das schmuddelige Handtuch vom Haken, das neben dem Handwaschbecken hing, und hielt es unter den eisigen Wasserstrahl.

Ein unrasierter Kollege schreckte vom Schreibtisch hoch. »Was ist los?«

»Nichts, nur eine kleine Ohnmacht.« Gott, das klang ja wie in einem Jane-Austen-Roman.

»Hier!«

Der junge Beamte legte das kalte Tuch vorsichtig auf die Stirn des Bewusstlosen. Die geröteten Augenlider flatterten leicht und Kartens kam zu sich. Er blickte in Becks Augen und fing an zu weinen wie ein kleiner Junge.

»Lassen Sie mich! Ich kann nicht ... kann nicht ...« Heftige Schluchzer ließen seinen Brustkorb beben.

»Den können Sie nicht mehr verhören, Herr Beck. Der ist für heute durch.« Der nette junge Kollege blickte bedauernd zu Beck auf.

»Ich weiß. Am besten, wir bringen ihn ins Krankenhaus, damit die ihn erst mal aufpäppeln. Abhauen kann er da ja auch nicht.« Wagner scharte ungeduldig mit den Füßen. »Jetzt kommen wir wieder nicht weiter. Mein Gott, was sind das nur alles für Weicheier!«

Beck wandte sich ihm zu und schüttelte sein Haupt. »Aber wirklich. Einer fällt in Ohnmacht und der andere stirbt schnell, damit er uns nichts erzählen muss. Die Jugend von heute hat wirklich kein Gefühl für den richtigen Zeitpunkt.«

*

Sarah eilte in ihr Schlafzimmer und betrachtete sich im Spiegel, Na ja, es ging. Giovanni hatte gerade angerufen und sich zum Tee angemeldet, Nicht etwa, weil er Sehnsucht nach ihr hatte, oh nein. Luise war es, um die es – mal wieder – ging.

Sie griff zu einem olivgrünen Wollkleid, das sie nur selten getragen hatte, weil sie eigentlich zu fett darin aussah. Vielleicht war ja ein Wunder geschehen und dem war nicht mehr so. Eilig streifte sie es über und schaute erneut in den Spiegel.

Doch, sah eigentlich ganz gut aus. Gebongt. Jetzt noch die Wimperntusche unter den Augen entfernen und dann rüber zu Luise und Asta.

Sie eilte gerade über den Hof, als Giovannis neuer Roadster in der Einfahrt sichtbar wurde. Der sah wirklich gut aus, schwarz, schnell und ein bisschen aggressiv. Er passte gut zu ihm, unterstützte aber auch die gefühlte Unerreichbarkeit ihres Liebsten. Schön, elegant und nicht erschwinglich, Mann wie Wagen. Sie verschwand eilig in Luises Halle und drapierte sich auf einem der Stühle, als habe sie schon seit Stunden lässig hier herumgehangen.

Luise erhob sich von ihrer Ottomane und gähnte. »Ist es schon so weit?«

Asta stieß die Salontür auf und stellte ein Tablett mit Teegeschirr auf den runden, mit hellen Intarsien verzierten Tisch. »Hat Giovanni ein neues Auto? Sehr schick, passt gut zu ihm.«

Sarah nickte und überkreuzte die Beine möglichst elegant.

»Hübsch siehst du aus, Schatz. Ist das Kleid neu?«

»Nein. Habe ich nur selten angehabt. Macht fett, dachte ich.«

Asta verteilte die Teller auf dem Tisch und schüttelte die roten Zöpfe. »Du hast sie doch nicht alle.«

»Wer hat sie nicht alle?« Giovanni trat ein.

»Niemand.« Sarah lächelte ihrem Liebsten entgegen.

»Oh, Blaubeer-Muffins?« Giovanni strahlte Asta an und die strahlte zurück.

Warum eigentlich gab er ihr den Vorzug vor Asta und Luise? Doch nur, weil sie biologisch im richtigen Alter war. Luise hatte den Glamour und Asta die Kochkunst. Und was hatte sie?

»Du siehst toll aus.« Giovanni beugte sich vor und küsste sie leicht auf den Mund.

Doch, irgendetwas schien auch sie zu haben, sollten es auch nur aktive Östrogene sein, sie wirkten jedenfalls.

»Nimm doch Platz, Gio.« Luise wies mit eleganter Handbewegung auf den freien Stuhl und Giovanni setzte sich.

Ein wenig erschöpft sah er aus, seine Augenschatten waren dunkler als sonst und die Falten um seinen Mund tiefer.

»Anstrengender Fall?« Sie legte eine Hand auf seine und sah ihn an. Wie gut, dass sie gerade ihre Nägel in einem aufregendem Blutrot lackiert hatte. Gott, war sie oberflächlich.

»Ja, er nimmt eine überraschende Wende. Von Düren scheint seinen ehemaligen Schüler erpresst zu haben.«

»Augustus?« Verwundert richtete Luise ihre schmale Gestalt auf.

»Ja, es sieht ganz so aus. Leider konnten wir den jungen Mann nicht weiter verhören, er hatte einen Schwächeanfall.«

»Mein Gott, die Jungen können aber auch nichts mehr ab.« Luise verzog den sorgfältig geschminkten Mund und schüttelte die silbernen Wellen.

»Du bist ganz einer Meinung mit meinem geschätzten Kollegen.« Giovanni lachte.

Asta legte einen Muffin auf Giovannis Teller und schenkte Tee ein. »Du siehst müde aus, schläfst du zu wenig?«

»Ach, eigentlich nicht. Und wenn, dann nur wegen dieses Katers. Wir können uns nicht darauf einigen, wer in meinem Bett schlafen darf und wer nicht.«

Alle lachten und Giovanni zwinkerte Sarah zu, mit einem Ausdruck in den Augen, der eindeutig besagte, dass sie zu den Personen gehörte, die in seinem Bett gern gesehen wurden. Ihr wurde warm und sie sah angelegentlich aus dem Fenster. Man konnte auch zu viele Östrogene haben.

Giovanni biss in den Muffin und schloss genüsslich die Augen. Sarah betrachtete seine dunklen Wimpern, die genau wie seine Brauen in erstaunlichem Kontrast zu seinen hellblonden Haaren standen, und wünschte sich wieder einmal, er wäre nicht ganz so schön.

Luise fütterte die unter dem Tisch hockende Marilyn mit einem Stück Kuchen, was von Asta mit einem missbilligenden Zungenschnalzen kommentiert wurde. »Du verziehst diesen Hund vollkommen! Die arme Muffin bekommt auch keinen Muffin.« Asta musste lachen und sah sich nach ihrer artig vor dem Kamin liegenden Hündin um.

»Da ist nichts mehr zu verziehen, die wurde schon zur Prinzessin geboren.« Luise kraulte ihr Malteserhündchen liebevoll hinter den flauschigen Ohren.

»Genau wie sein Frauchen.«, Giovanni lächelte Luise zu.

»Leider wahr, ich bin auch zu nichts nütze.« Luise seufzte und klimperte mit den Wimpern.

»Aber nein, was wäre denn das Schloss ohne sein dekoratives Aushängeschild«, widersprach Giovanni höflich.

Luise wedelte seine Bemerkung als unwesentlich beiseite und stellte ihre Tasse energisch ab. »Du wolltest mit mir sprechen?«

Scheinbar etwas irritiert über den abrupten Themenwechsel, schluckte Giovanni hastig seinen Muffin herunter. »Ich wollte dich nach Tilrun von Düren fragen. Sie ist ja damals verschwunden, nicht wahr? Sagt jedenfalls ihre Schwester.«

Luises Lächeln gefror.

»Luise?«

»Ja. Ich ... war auf diese Frage nicht gefasst.« Luise stand abrupt auf und ging zum Kamin. Sie betrachtete das Portrait der echten Marilyn und schwieg. Ihr zarter Rücken in dem tief ausgeschnittenen weißen Cocktailkleid wirkte angespannt.

»Entschuldige, wenn ich ...« Hilflos brach Giovanni ab und sah Sarah ratsuchend an.

Sie schüttelte den Kopf, sie wusste auch nicht, was Luise hatte. Wahrscheinlich erinnerte sie die Frage an ihren verlorenen Liebsten, Leander.

»Ich kann dir nichts Konkretes dazu sagen, Giovanni. Nur, was die Leute damals redeten.« Sie wandte sich um und sah plötzlich aus wie achtzig.

»Was redeten denn die Leute?« Giovanni schien bereits zu bereuen, dass er überhaupt nach Tilrun gefragt hatte.

»Nun, sie sagten ...« Luise wandte sich wieder ab. »Sie sagten, dass sie verraten worden war.«

»Verraten?« Verwirrt blickte Giovanni von Asta zu Sarah, doch beide zuckten mit den Schultern. Sarah hörte ja auch das erste Mal von dieser Geschichte. Luise erzählte so gut wie nie etwas aus dem Krieg.

»Ja, verraten. An die SS. Man munkelte, sie sei abgeholt worden.«

»Abgeholt?«

»Ins Konzentrationslager, Herrgott!« Luise drehte sich um, ihre feinen Züge verzerrt vor Pein.

Giovanni schreckte merklich zurück, Sarah musste an sich halten, um sich nicht schützend vor ihn zu werfen. »Aber, ich verstehe nicht ...«

Nein, Sarah verstand auch nichts, nicht das geringste. Warum sollte die Tochter eines hohen Nazioffiziers von den eigenen Schergen abgeholt werden?

»Weil sie nicht seine Tochter war, Maximilians Tochter. Angeblich war sie die Folge eines Fehltritts seiner Frau mit einem jüdischen Musiker.« Luise lachte schrill auf. »Ausgerechnet.« Sie kam zum Tisch zurück und setzte sich wieder.

Asta tätschelte beruhigend ihren dünnen Arm und schenkte ihr frischen Tee ein.

»Das könnte stimmen. Sie sah ja völlig anders aus als ihre Geschwister, dunkel und südländisch.« Beck runzelte nachdenklich die Stirn.

»Ja. Das muss aber nichts heißen, denn der Vater der Baronesse war Ungar.« Luise schien sich wieder gefasst zu haben und trank ihren Tee in zierlichen Schlückchen.

»Hm. Aber wie soll das – wenn es denn stimmt mit der Mesalliance – herausgekommen sein? Und wer sollte das dann an die SS weitergegeben haben? Der hohe Rang ihres Ehemannes sollte doch Schutz genug bedeuten?«

»Niemand war sicher, Giovanni. Niemand. Der Verrat war überall. Selbst in der eigenen Familie.« In Luises grünen Augen schimmerten Tränen.

Sarah fühlte ihren Kummer fast körperlich, eine schwere Last schien sich auf die Teegesellschaft herabzusenken. Sie atmete tief ein, um den Druck von ihrer Brust zu nehmen. Vergeblich.

»In der eigenen Familie? Heißt das …?« Giovanni blickte Luise fragend an.

Die nickte.

»Oh, mein Gott. Das hat er seiner Frau angetan?«

»Ja, das hat er. Sagt man.«

*

»Aber konnte das denn niemand verhindern?« Beck ignorierte die Tasse Kaffee, die verlockend duftend vor ihm stand, und blickte Daglind von Düren fragend an.

»Wie denn? Wir wussten ja gar nichts, bis zum dem Tag, als sie plötzlich verschwunden war. Meine Mutter schloss sich wochenlang in ihrem Zimmer ein und weinte sich die Augen aus dem Kopf. Und selbst wenn. Niemals hätten wir unseren Vater aufhalten können. Wir waren Kinder. Und hatten Angst vor ihm, vor allem Augustus. Es ist ja auch gar nicht erwiesen. Ich weiß nicht, wie damals dieses Gerücht entstanden ist.« Daglind von Düren trocknete ihre Tränen mit einem blütenweißen Spitzentaschentuch.

»Vielleicht hat sich Ihre Mutter damals jemandem anvertraut?«

Frau von Düren schüttelte den Kopf. »Das kann ich mir nicht vorstellen. Wem denn? Sie hatte keine Freundin, dafür hat mein Vater schon gesorgt.«

»Warum?«

»Sie hatte vor ihrer Ehe zahlreiche Verbindungen zu Künstlerkreisen, sie war ja selbst musisch begabt, wenn auch nicht ganz so wie Tilrun. Schauspieler, Maler, Schriftsteller, Musiker zählten zu ihrem Kreis. Das hat mein Vater nach der Hochzeit nach und nach abgestellt. Das waren nicht die Freunde, verstehen Sie, die er sich für seine Ehefrau vorstellte. Mit wenigen Ausnahmen gab meine Mutter sie nach und nach auf.«

»Wie traurig.« Beck dachte an die Ehe seiner Eltern, in der sein Vater ähnlich unnachsichtig den Ton angeben hatte. Er gab Menschen, die seiner Karriere nutzen konnten, gegenüber Freunden den Vorzug und erwartete das auch von seiner Frau. Arme Mama. Auch sie hatte auf verlorenem Posten gekämpft.

»Ja, das war es. Aber wir haben uns als Kinder natürlich keine Gedanken darüber gemacht, ob unsere Mutter glücklich war oder nicht, ob die Ehe unserer Eltern glücklich war. Wir kannten es ja nicht anders. Wir wussten, dass Mama es gern sah, wenn wir musizierten, während Papa sich davon gestört fühlte. Mehr nicht. Ich habe auch nie gemerkt, dass er Tilrun weniger mochte als uns.«

»Erstaunlich, unter den Umständen.« Beck fühlte sich versucht, doch einen Schluck von dem Kaffee zu nehmen und vielleicht einen Keks ... nein.

»Nein, eigentlich nicht. Er hat sich ja für uns alle nicht sonderlich interessiert, schon gar nicht für uns Mädchen. Nur Augustus kam manchmal in den fragwürdigen Genuss seiner Aufmerksamkeit.«

»Fragwürdig?«

Sie lachte bitter. »Ich habe Ihnen doch schon erzählt, dass er ihn häufiger geschlagen hat. Häufiger als uns.«

»Weil er ihm nicht hart genug war.« Wieder fühlte sich Beck unangenehm an seine eigene Jugend erinnert. Auch er und sein Vater hatten nichts gemein gehabt, hatten einander nicht verstanden. Er hatte sich immer unzulänglich gefühlt, zu weich und unsicher, um den Ansprüchen seines Vaters genügen zu können.

»Ja. Nicht hart genug, nicht männlich genug, nicht sportlich genug, was weiß ich. Er liebte ihn nicht, liebte uns alle nicht. ich frage mich, ob er dazu überhaupt fähig war.«

Das hatte sich Beck angesichts der Kälte seines Vaters auch oft gefragt. Er räusperte sich. »Einer seiner ehemaligen Schüler – Ihres Bruders, meine ich – behauptet, er sei von Augustus erpresst worden. Können Sie sich das von ihm vorstellen?«

Daglind von Düren fuhr zurück und hob eine Hand vor ihren zitternden Mund. »Was?« Ihre Augen füllten sich erneut mit Tränen.

»Ja. Er behauptet, Augustus habe um eine Notenmanipulation gewusst und ihn damit erpresst. Ist das für Sie vorstellbar?«

Sie schwieg und sah in den Garten hinaus. Beck bedauerte, der alten Dame zusätzlichen Kummer bereiten zu müssen, indem er das Andenken ihres Bruders beschmutzte.

»Ja, doch. Vorstellbar ist es. Augustus ist nicht

unbeschadet aus der Behandlung seines Vaters hervorgegangen, das könne Sie sich doch denken. Er wurde misstrauisch und neigte zur Häme und Schadenfreude anderen gegenüber. Das war früher nicht so. Er piesackte uns gern, Tilrun und mich, und gab so die Verletzungen, die ihm durch unseren Vater zugefügt wurden, an uns weiter. Dass es allerdings so weit ging, dass auch seine Schüler unter ihm litten, das wusste ich nicht. Er schien seinen Beruf immer sehr gern auszuüben.«

»Das tat er wahrscheinlich auch. Gab er ihm doch Macht, die ihn die Ohnmacht Ihrem Vater gegenüber vergessen ließ.« Beck mochte es eigentlich nicht, wenn er populärpsychologische Parolen von sich gab, aber das klang doch sehr einleuchtend, auch für ihn selbst. Er musste Viktoria danach fragen.

»Manchmal frage ich mich …« Daglind von Düren unterbrach sich und schnäuzte in ihr Taschentuch.

»Was fragen Sie sich?«

»Ob Tilrun noch lebt?«

Beck dachte an das Grauen der Konzentrationslager und schwieg.

»Würde ich sie überhaupt erkennen, wenn sie mir auf der Straße begegnen würde?«

*

Fluchend schlug Beck die Tür seines Wagens wieder zu und eilte ins Haus zurück. Zur Probe ohne Gitarre, so weit war es schon.

Aber der Nachmittag mit von Dürens Schwester war aufwühlend gewesen. Er hatte die Gedanken an diese Familie nicht abschütteln können, selbst die Zicken seines Kaiserkaters hatten ihn nicht ablenken können. Hatte er den überhaupt gefüttert?

Er sah in die Küche, doch ja, der halbe Napf war noch voll, wahrscheinlich war die Aldidose nicht nach dem Geschmack seiner Majestät. Beck war schon halb wieder zur Tür hinaus, als ihm die Gitarre wieder einfiel. Das gab's doch nicht.

Er rannte zurück in das Wohnzimmer und versuchte den missbilligenden Sonnenblick des Kaisers zu ignorieren. Wenn der Kater gekonnt hätte, hätte er wahrscheinlich den fledermausohrigen Kopf geschüttelt. Ts ts, diese unentspannten Menschen.

Wie zur Bestätigung zuckte Minas mit dem Ohr und wandte sich gelangweilt ab.

Beck griff endlich seine Les Paul und steckte seiner Katze die Zunge heraus.

Im Auto fiel ihm ein, dass er die Balkontür offen gelassen hatte, hoffentlich haute der jetzt nicht ab. Egal. Jetzt kehrte er nicht noch mal um.

Er raste durch die Stadt und bog bei Gelborange in die Hamburger Straße ein.

Im Schimmelhof angekommen, hörte er schon das Gelärme der Instrumente, unterbrochen von Männerstimmen und Gelächter. Man hatte offensichtlich nicht auf ihn gewartet, dabei war er doch nur eine halbe Stunde zu spät, eine Minute in Musikerzeitrechnung. Mussten die ausgerechnet heute alle pünktlich sein? Mit fliegenden Rockschößen eilte er den langen Kellerflur entlang, an dessen Ende der Übungsraum seiner Band lag.

»Hey, da kommt ja unser Bradieboy.« Karsten, der zweite Gitarrist, hatte einen ganz kleinen Hang zur Konkurrenz gegenüber Beck und er wusste genau, wie Giovanni den Vergleich mit Hollywoodschönlingen hasste.

Tja, Pech für ihn, dass Beck besser war als er. Er ignorierte die Anmache und hob die Hand zum Gruß. »'tschuldigung, hatte heute viel zu tun.« Er stellte die Gitarre auf den Ständer und griff nach einem Bier. Heute brauchte er das. Vor allem hätte er mehr Zeit gebraucht, um das Gehörte zu verarbeiten, zu sortieren und einzuordnen.

Sonst ging er immer gern zur Probe, das Highlight seiner Woche – heute nicht. Er konnte sich nur schwer auf das oberflächliche Geplänkel und Geprotze einstellen, das unter Kumpels üblich war. Vielleicht sollte er mal vorschlagen, dass sie sich alle um den Tisch setzten und er sein Herz ausschütten konnte? Vielleicht bei einem Gläschen Prosecco? Die würden durchdrehen.

»Was grinst du denn so dämlich?« Paul, der ruhige Bassist, drehte an seinem Verstärker herum. Wahrscheinlich wollte er wieder alle übertönen, wie immer. Darin lag er in einem ständigen Wettstreit mit Panne, dem cholerischen Schlagzeuger. Nur dass dieser dazu auch noch ein bescheidenes Timing mit einbrachte. Na ja, es konnte ja nicht jeder so perfekt sein wie er selbst. Haha.

»Na, Beck, was haste denn heute in Riddagshausen gemacht, bei meiner Tante?«

Beck drehte sich überrascht zu Tom um, dem ewig fröhlichen Sänger der Band. »Weißt du's noch nicht?«

»Was?« Alarmiert riss Tom die braunen Augen auf.

Beck musste sich setzen. »Ich habe da im Rahmen einer Ermittlung zu tun gehabt.«

»Ach? Hat Tante Dagi bei Karstadt was mitgehen lassen?« Tom feixte und stolperte über ein Kabel.

»Der ist doch bei der Kripo.« Michael ließ seine Strat im Tatort-Sound scheppern.

Tom riss in gespieltem Entsetzen den Mund auf. »Hat Tante Dagi jemanden umgebracht? Au wei!«

Beck verlor die Geduld. »Ihren Bruder?«

Jetzt musste Tom sich setzen. »Wie? Meinst du das … im Ernst? Augustus ist tot?«

»Ja, leider. Aber deine Tante Dagi hat ihn nicht umgebracht. Wenn überhaupt jemand.« Beck bereute, dass er seine Klappe nicht gehalten hatte.

»Was soll denn das heißen?«

»Ach, nichts. Mehr darf ich nicht sagen, tut mir leid.« Beck setzte eine bedauernde Miene auf.

»Ach!« Tom schlug sich vor die Stirn. »Deshalb hast du mich neulich gefragt, wo ich gewesen bin. Ich habe mich schon gewundert, dass du solche Sehnsucht nach mir hast. Sag nicht, dass du mich in Verdacht gehabt hast! Hast du sie noch alle?!«

Doch, für einen Moment warst du mein favorisierter Mörder. Beck winkte ab. »Nein, nicht ernsthaft, obwohl du ja kurz vorher mit deinem Erbe herumgeprotzt hast, nicht wahr?

Tom fasste sich an den Hals. »Gott! Ich quatsch mich noch mal um Kopf und Kragen.«

»Meine Rede. Proben wir heute noch mal, oder was?« Unbeeindruckt vom Gesprächsthema ließ Panne einen ohrenbetäubenden Trommelwirbel ertönen. »Sonst gehe ich jetzt nämlich nach Hause und gucke Bayern München gegen Barcelona, wenn ihr hier Mörder und Gendarm spielen wollt.«

»Ja doch.«

Tom beugte sich zu Beck. »Sag bloß, einer hat den Alten abgemurkst. Wundert mich nicht.«

Beck dagegen wunderte sich sehr, wie schnell das Gentleman-Image von Dürens plötzlich verfiel. Einer hatte einen Riss in die schöne Maske gekratzt und schon schaute das hässliche Antlitz des Toten hervor, Dr. von Düren and Mr. Hyde. »Warum nicht?«

»Weiß nicht. War irgendwie gruselig, der Typ. Als kleiner Junge bekam ich immer Magendrücken, wenn der in meine Nähe kam. Ich hatte Angst vor dem.«

Beck nahm einen großen Schluck Bier, weil seine Kehle plötzlich eng wurde. Auf einmal hatten alle Jungs Angst vor Augustus von Düren. Gestern noch der liebe, väterliche Freund, jetzt der angsteinflößende Sadist. Der Imagewechsel kam ein bisschen plötzlich.

Aber aus Angst taten die Menschen vieles. Sie töteten auch.

Kapitel 19

Sarah schaltete den PC aus und sah auf den Kalender. Nur noch drei Tage, dann waren Osterferien. Gott sei Dank.

Sie lehnte sich in ihrem alten Schreibtischstuhl zurück und sah aus dem Fenster. Einige Kinder waren nach dem Mittagessen zurückkehrt und spielten nun auf dem Schulhof, lärmend, kreischend und lachend, so wie es sich für Kinder gehörte.

Sie lächelte, als sie Farid erkannte, der mit seinem neuen Freund Phillip in einer Ecke stand und anscheinend eine sehr ernsthafte Unterredung führte. Farid neigte gerade seinen schwarz gelockten Kopf dicht an Philipps blonden und flüsterte ihm etwas zu. Der kleinere Junge nickte und sah über die Schulter in Richtung ihres Fensters. Hastig wandte sie das Gesicht ab. Zwecks besserer Beobachtung der Untaten auf dem Hof hatte sie keine Gardinen angebracht.

Aus den Augenwinkeln sah sie, dass die beiden auf ihr Büro zusteuerten. Nanu? Was wollten die denn nach Schulschluss noch von ihr? Sie stand auf und öffnete die Tür, gerade als die beiden den Flur betraten. Die Jungen blieben stehen und sahen Sarah zweifelnd an.

»Sag du!« Philipp schubste Farid nach vorn und lächelte Sarah unsicher an.

»Na? Was ist los? Gibt es wieder Ärger mit Kevin?« Sarah konnte sich keinen anderen Grund für diesen Besuch denken.

Farid nickte ernst und schob eine schwarze Locke aus der Stirn.

»Und?« Sarah blickte von Farid zu Philipp und wartete.

»Die haben auf Phil gewartet, vor seinem Haus. Sie haben gesagt ...« Farid blickte unschlüssig zu Philipp, der auf den Boden sah und mit einem Fuß auf den Ritzen der Bodenfliesen scharrte.

»Philipp?«

Der blonde Junge hob den Kopf. »Die haben gesagt, wenn ich weiter mit Farid spiele, kriege ich welche in die Fresse. So, dass ich den Tag bereuen werde, an dem ich mich mit dem Kümmeltürken angefreundet habe.« Er warf den hellen Schopf zurück. »Dabei ist Farid gar kein Türke, die sind einfach zu bescheuert.«

Sarah fühlte Wut hell lodernd aufsteigen und hätte am liebsten gefaucht. »Das gibt es doch nicht!«

Farid warf ihr seinen schwermütigen Blick zu und zuckte mit einer Schulter. »Doch.«

»Na wartet, jetzt reicht es aber endgültig! Gleich morgen berufe ich die zweite Klassenkonferenz ein. Ich werde auch noch mal mit Kevin reden.« Sie bezweifelte allerdings, ob das was brachte. Der Knabe war dermaßen dickfellig, wusste er doch seinen Großvater und die ganze Familie hinter sich, die dieses Verhalten nicht nur tolerierten, sondern auch noch wohlwollend förderten. Unglaublich.

»Das brauchen Sie nicht. Wir haben ... schon was gemacht.«

»Aha? Und was wollt ihr da bei mir? Ich kann euch nicht helfen, Kevin zu verprügeln, das ist euch ja wohl klar.« Schade eigentlich.

»Nee, das nicht. Aber – wir bräuchten einen Schlüssel. Geben Sie uns den Turnhallenschlüssel?« Philipp schlug die blauen Augen treuherzig zu Sarah auf.

»Nein! Wozu denn?« Interessiert blickte Sarah von Philipp zu Farid.

Der zog sehr erwachsen eine Augenbraue hoch und meinte: »Das wollen Sie gar nicht wissen.«

»Kinder! Ich kann euch bei nichts unterstützen, bei dem Kevin oder einer seiner Kumpels Schaden nehmen kann. Das ist ja wohl klar. Ich muss einen offiziellen Weg einschlagen.« Beinahe hätte sie ›leider‹ gesagt.

»Er würde aber keinen Schaden nehmen. Sie würden ihm eher helfen.« Farid blickte hoffnungsvoll auf Sarah.

Was hatten diese beiden Knaben getan? Oder was hatten sie vor? Sie schüttelte den Kopf. »Tut mir leid, Jungs. Da fragt ihr wirklich die Falsche. Ihr müsst euch für eure Rache etwas anderes aussuchen.« Zu spät fiel ihr ein, dass sie vielleicht von Rache gänzlich abzuraten hatte, als Pädagogin. »Lasst das am besten uns Erwachsene regeln, Jungs. Er kommt nicht einfach so davon, keine Angst.« Sie merkte selbst, wie lahm das klang.

Nach den Blicken der beiden zu schließen, fanden sie das auch.

Schließlich zuckte Farid mit den Achseln. »Okay. Komm, Philipp.« In diesen wenigen Worten lag die ganze Verachtung der Jugend für die durch Vernunft gehemmte Welt der Erwachsenen.

Sarah fühlte sich schlecht, musste es aber dabei belassen. Manchmal war es einfach lästig, erwachsen zu sein.

Good bye, Huckleberry Finn.

*

Beck wachte mal wieder mit einem schmerzenden Kopf auf. Er hatte doch nur zwei Bier auf der Probe getrunken? Stöhnend richtete er sich auf, was seine Katze mit einem genervten Zischen kommentierte, da sie es sich auf Becks Brust gemütlich gemacht hatte. Das wurde immer doller.

Ächzend wankte er in sein Bad und stierte in den Spiegel. Blutunterlaufene Augen und ein kalkweißes Gesicht. Er war krank, jedenfalls fühlte es sich so an. So ein Mist.

Stöhnend stellte er sich unter die Dusche und ließ den heißen Strahl über seinen Altmännerrücken prasseln. Schon besser.

Nach der Rasur sah er schon fast wieder normal aus. Jetzt noch ein bis fünf Aspirin und der Tag konnte beginnen. Mein Gott, er hatte in letzter Zeit dauernd irgendein Zipperlein, das Alter kam mit Macht.

Er tapste in die Küche und stellte den Kaffeeautomaten an. ›Wassertank füllen‹ blökte die Maschine.

Beck kam ihrer unfreundlichen Aufforderung nach und drückte erneut den Startknopf. ›Entkalken‹ forderte sie. Mein Gott, noch was? Er wollte doch einfach nur einen Kaffee, verflucht noch mal. Er schnitt dem maulenden Automaten eine Grimasse und drückte erneut. Entkalk dich doch selber. Fauchend produzierte die Maschine endlich den dringend benötigten Cappuccino. Er setzte sich an seinen Küchentisch und trank in gierigen Schlucken.

Minas kam in die Küche stolziert und maunzte nach Frühstück. Ja doch. Konnte man eigentlich nie seine Ruhe haben? Immerhin war das Tier überhaupt noch da. Trotz offener Balkontür hatte er gestern Abend brav im Wohnzimmer auf dem Sofa gelegen – natürlich nicht im Katzenkorb. Zu seinem eigenen Erstaunen war Beck erleichtert gewesen.

Wie musste das sein, wenn man zwei Kinder hatte? Unerträglich, die wollten doch auch ständig was von einem. Essen, Spielzeug, Streicheleinheiten. Aufmerksamkeit. Er konnte keine solchen Plagegeister in die Welt setzen, ihm ging ja schon seine Katze auf die Nerven. Er dachte an Sarah und verzog den Mund. Ihr könnt mich alle mal.

Die Türklingel schreckte ihn aus seinen misanthropischen Gedanken. Nanu? War heute Wir-nerven-Giovanni-Beck-Tag?

»Alexander!« Im Flur stand in blonder, hochgewachsener Eleganz sein Vater. Beck blinzelte, um sich zu vergewissern, dass dies kein Alptraum war. »Äh, guten Morgen.« Er lächelte mühsam und begrüßte seinen Vater mit einem schlappen Händedruck. »Was machst du denn hier?« Er klang wie ein jammernder kleiner Junge, grässlich. »Möchtest du einen Kaffee?« Er besann sich auf seine Manieren und führte seinen Vater in sein, Gott und Frau Kowalska sei Dank, halbwegs vorzeigbares Wohnzimmer.

Der blieb in der Tür stehen und sah sich um. Er nickte anerkennend. »Hübsche Wohnung. Jugendstil?«

Beck atmete auf. Die Wohnung hatte Gnade vor den Augen seines anspruchsvollen Erzeugers gefunden, na bitte. Er bot seinem Vater Platz an (wie gut, dass er das teure Designersofa gekauft hatte) und eilte in die Küche, um der meckernden Maschine zwei Kaffee zu entringen, verwirrt über diesen ebenso unerwarteten wie unwillkommenen Besuch. Musste der gerade das erste Mal zu ihm kommen, wenn er sich nicht wohlfühlte und außerdem längst hätte im Büro sein müssen? Typisch.

Mit dem Universum hadernd kehrte er in das Wohnzimmer zurück und verteilte die Kaffeetassen auf dem Couchtisch.

Sein Vater hatte sich auf dem Sofa niedergelassen und elegant die Beine übergeschlagen. Sein silbergrauer Anzug (Armani?) war makellos, so wie sein Vater eben immer makellos aussah.

Beck war sich der eigenen zerknitterten und alles andere als perfekten Erscheinung sehr bewusst, als er sich Alexander gegenüber in einem Sessel niederließ. »Was führt dich zu mir? Hast du in Braunschweig zu tun?«

Alexander nickte. »Ja, ganz überraschend, deshalb konnte ich dir auch nicht Bescheid geben. Ich habe die Vertretung für einen Vortrag über Brustimplantate übernommen, ein Kollege ist wegen Krankheit ausgefallen. Da es erst später losgeht – um zehn – wollte ich kurz vorbeischauen. Vielleicht können wir ja gemeinsam zu Mittag essen? Was meinst du?«

Beck dachte an die neueste Entwicklung in seinem Fall und zögerte, was seinem Vater nicht entging.

»Du hast keine Zeit?« Das klang so nach echtem Bedauern, dass Beck die schon fast ausgesprochene Ablehnung zurückhielt.

»Es ist ein bisschen knapp heute, aber doch, ich denke, das lässt sich machen.«

»Das ist gut, ich … habe dir nämlich etwas zu sagen, das ich nicht zwischen Tür und Angel erledigen möchte.«

Sein Vater scharrte verlegen mit den Füßen. Alexander verlegen? Beck hatte nicht gewusst, dass sein Vater dazu überhaupt in der Lage war.

Neugierig geworden schaute er Alexander in das alterslose Gesicht. Hatte der sich eigentlich liften lassen? Zuzutrauen wäre es ihm. Wenn ja, war es gut gemacht. Sein Vater sah mit seinen siebzig Jahren aus wie ein Mann Ende vierzig. Also wie sein älterer Bruder. Gruselig.

Er selbst hatte mehr Falten um die Augen als sein eigener Vater. Er schob diesen unerquicklichen Gedanken beiseite. »Gut. Gönnst du mir eine Andeutung, worum es geht?«

Alexander lächelte. »Es geht um Maria und mich. Wir …« Er zögerte.

Beck wurde flau.

»Wir wollen heiraten.«

»Aha.« Beck war wie vor den Kopf geschlagen. Wut wallte auf, vermischt mit Trauer und Eifersucht. Wie ein Betrug an seiner Mutter fühlte es sich an, obwohl sie mit diesem Mann nur unglücklich gewesen war. Er schluckte.

Sein Vater beobachtete ihn und nickte. »Ich dachte mir, dass du nicht erfreut darüber sein würdest. »Nur – weißt du, ich war auch unglücklich in der Ehe mit Chiara. Ich möchte auch noch mal erleben, wie es ist, in einer Partnerschaft aufgehoben zu sein, glücklich. Hast du daran mal gedacht? Wie es für mich war, mit einem unreifen kleinen Mädchen verheiratet zu sein, das wegen jeder Kleinigkeit einen Wutanfall bekam, das mich dafür verantwortlich machte, dass es sich in Deutschland nicht wohlfühlte und sich nicht zu beschäftigen wusste, wenn ich in der Klinik war? Es war nicht allein meine Schuld, dass unsere Ehe nicht funktionierte.« Alexander beugte sich nach vorn und gestikulierte heftig.

Beck wollte das nicht hören. »Warum hast du sie denn dann geheiratet? Du wusstest doch, wie jung sie war!«

»Weil ich mich heftig in sie verliebt habe. Ja, Giovanni, ich weiß, dass du das nicht glaubst, aber ich liebte deine Mutter – aus ganzem Herzen und lange noch, nachdem sie mich schon nicht mehr liebte.«

Beck schüttelte den Kopf. »Das hat sie mir anders erzählt. Du warst doch nie da.«

»Natürlich nicht. Ich stand am Beginn meiner Karriere. Und ich arbeitete nicht zuletzt, um meiner schönen jungen Frau und meinem neugeborenen Sohn ein sorgenfreies Leben zu bieten. Die Villa und die Annehmlichkeiten, die ihr mein gutes Auskommen bot, hat sie für selbstverständlich genommen und gering geschätzt. Es war leicht für sie, zu Hause zu sitzen und nach meiner Gesellschaft zu weinen, mir die Schuld für ihre Einsamkeit zu geben. Und für alles andere auch. Ich kam nach einem Zwölf-bis-vierzehn-Stunden-Tag nach Hause und musste mir nur Vorwürfe und Geschrei anhören. Das war auch nicht einfach.«

Beck dachte an seinen Beruf, der sich auch nicht in einen Acht-Stunden-Rhythmus pressen ließ, und schwieg.

Alexander stand auf und Beck folgte erleichtert seinem Beispiel. »Lassen wir das. Du musst zur Arbeit. Hast du einen Vorschlag für unser Mittagessen?«

Beck fuhr sich über die Stirn und nickte. »Ich buche uns einen Tisch im *La Campanella*. Das ist mein Lieblingsitaliener, ich denke, du wirst dich dort wohlfühlen.«

Sein Vater schob sich an ihm vorbei und ging voraus in den Flur.

Beck folgte, vollkommen durcheinander.

Alexander wandte sich um und blickte ihn an. »Dann bis später, Gio.« Er berührte seinen Sohn leicht an der Schulter und weg war er.

Geistesabwesend zückte Beck sein Handy und rief Wagner an.

»Na endlich! Wo stecken Sie denn? Brauchen Ihren Schönheitsschlaf, was?«

Beck lächelte. Wenn auch sein Vater anscheinend zum Gutmenschen mutierte – auf Wagner konnte man sich immer verlassen.

*

Sarah ging langsam die Stufen zu ihrer Küche hinunter und dachte an die Begegnung mit den beiden Jungs. Seltsam. Was hatten die beiden nur vorgehabt? Sie stieß die Küchentür auf und schrak zusammen, als sich eine große, dunkle Gestalt vor dem Küchenfenster erhob: Marc. Nanu? Was wollte der denn hier – ganz allein?

Plötzlich befangen stellte sie ihre Tasche ab und lächelte den Schauspieler an.

»Sarah, how are you! I've been waiting for you.«

«Oh? Why?«

«Speak german, please, I'll try to remember. I've got to learn.« Marc blinzelte ihr zu und ließ sein weißes Lächeln blitzen.

»Okay.« Sarah lachte. »Warum wartest du auf mich?«

»Ich wollte mit dir sprechen, about Filo.« Marc räusperte sich.

Plötzlich wollten alle mit ihr über Filo sprechen. Hm. »Ja? Was gibt es denn?«

Marc blickte aus dem Küchenfenster. »Ich machen mir Sorgen. Sie ist sehr unglucklich, I think.«

»Findest du? Sie ist, wie sie immer ist. Nur deinetwegen ein bisschen aus der Bahn geworfen. Aber eigentlich ist sie sehr glücklich darüber, dass sie dich gefunden hat.«

»Denkst du das?« Marc runzelte die unwahrscheinlich glatte Stirn.

»Ja, doch. Warum glaubst du, dass sie unglücklich ist, Marc?«

»Sie hat solche Angst davor ... wie sagt man... to fall in love, you know.«

»Ja, das stimmt. Das war schon immer so.«

»Aber – warum? Liebe ist schon!«

Sarah betrachtete den schönen Mann vor ihr und musste lächeln. Ja, mit der Liebe kannte sich dieser Prachtkerl bestimmt aus. »Für Filo ist Liebe gefährlich, weißt du? Sie hat damit keine guten Erfahrungen gemacht. Ihre ... Eltern waren nicht besonders liebevoll mit ihr, niemand hat ihr Liebe gegeben, als sie klein war.« Sarah dachte, dass sie hier auch ihr eigenes Klagelied sang, und schluckte. Jetzt bloß nicht sentimental werden. Sie hatte Asta gehabt, Filo nicht. Punkt.

Marc nickte nachdenklich. »I see. Was kann ich tun?«

»Sie lieben. Und es ihr zeigen.« Sarah hob die Hände in einer entschuldigenden Geste. »Das klingt jetzt sehr dramatisch, sorry.«

»No, no, you're right, baby. You're so right.«

Mit leichtem Befremden sah Sarah Tränen in den blauen Augen schimmern. Der weinte aber leicht. Fand sie das gut? Eher nicht. Aber Schauspieler mussten die Emotionen wahrscheinlich locker unter der Oberfläche sitzen haben, zwecks ständiger Abrufbarkeit. Pfui, Sarah.

»Ich weiß es genau, wie das ist. Ich hatte auch no father, no mother. Das hinterlasst ... wie sagt man? Marks.«

»Spuren?«

»Ja, das. Ist nicht einfach. Du tust dein Herz ganz weit weg in a wardrobe.«

Sarah sah Filos Herz blutend in einem finsteren viktorianischen Kleiderschrank schlagen, staubig und vergessen. Trauer überflutete sie plötzlich so heftig, dass sie blinzeln musste, um die Tränen zurückzuhalten. »Ja, das weiß ich auch. So ist das.«

Sie blickten einander an, jetzt ganz nah im Verständnis füreinander. Zwei verlorene Seelen.

»Warum bist du ohne Eltern aufgewachsen, Marc?« Noch bevor sie die Frage zu Ende gesprochen hatte, kannte sie die Antwort.

»They were jewish. Died in Treblinka. Holocaust.«

*

Beck ackerte sich entnervt durch den von-Düren-Befund des Pathologen. Nix Neues. Er fragte sich ohnehin, warum er geglaubt hatte, er sei auf einer neuen Spur, der Fall bewege sich in eine neue Richtung. Im Grunde war doch alles beim Alten. Stein war eingebrochen, von Düren war entgegen seiner Info anwesend gewesen, Stein war zu dämlich gewesen, ihn anständig zu knebeln, und dabei war von Düren hopsgegangen. Das wollte Stein nicht zugeben, weil er dann ein Totschläger wäre (noch nicht mal zum Mörder hatte es gereicht, das passte) und behauptete deshalb, von Düren sei gar nicht dagewesen. Basta, fine.

Außerdem war sein rechtes Nasenloch komplett verstopft, Scheißerkältung.

Das Mittagessen mit seinem Vater war merkwürdig gewesen, fremd. Alexander war ungewohnt heiter und zugewandt gewesen, Beck hatte gar nicht gewusst, wie er damit umgehen sollte. Sein Vater war verliebt, eindeutig.

Und Beck war eifersüchtig, eifersüchtig auf eine Liebe, die er nie bekommen hatte. Unreif. Er hatte wirklich gedacht, er sei damit durch. Papi, hab mich lieb!

Alexanders helle Augen hatten geleuchtet, wenn er von Maria sprach. Hatten sie jemals so gestrahlt, wenn er an Chiara, Becks Mutter, gedacht hatte? Nach seiner Aussage hatte er sie ja ebenfalls geliebt. Anscheinend war davon nicht viel bei seiner Mutter angekommen.

Zum ersten Mal in seinem achtunddreißigjährigen Leben gestattete sich Beck, die Position seiner Mutter zu verlassen und die seines Vaters einzunehmen. Und wenn es nun stimmte, so wie es Alexander sah? Dass seine Mutter zu jung und zu unreif gewesen war, um das schätzen zu können, was Alexander ihr zu Füßen legte?

Sicher war wie meistens an beiden Positionen etwas dran. Vielleicht war es Zeit, wie ein Erwachsener beide zu sehen und eine sachliche Distanz einzunehmen.

Er war immer noch durcheinander, wusste nicht, wie

er sich zu dem veränderten Vater stellen sollte. Bisher war alles bitter, aber klar gewesen: Hier der einsame, ungeliebte kleine Junge Gio und dort der kalte egozentrische Karrierevater, der unfähig zur Liebe war. Und nun? Wo waren sie nun?

Und war er wirklich so viel liebesfähiger als sein Vater? Er dachte an Sarah und schüttelte den Kopf. Kein Stück, aber wie hätte es auch anders kommen können? Bei dem Vater? Womit er wieder am Ausgangspunkt war.

Er betrachtete die Akte erneut und wollte sie gerade zuschlagen, als ihm die merkwürdige Schleifspur auf von Dürens Teppich wieder einfiel. Warum sollte Stein den leblosen oder noch lebenden Körper von Dürens hin- und hergeschoben haben? Es musste noch jemand dort gewesen sein, jemand, der den Leichnam vor Stein verbergen wollte.

Aber das ergab immer noch keinen Sinn. Doch, wenn jemand von Düren töten und dies Stein in die Schuhe schieben wollte, war das kein schlechter Gedanke. Aber hätte man dann von Düren nicht eher erschlagen oder erschossen? Man konnte doch niemandem ein Klebeband über die Nase kleben und hoffen, dass er erstickte? Doch, warum nicht. Das war doch genial. Aber ein Nasenloch war doch frei gewesen? Oh Gott, er drehte sich immer wieder im selben Kreis.

Moment!

Er fuhr auf und griff erneut nach dem Bericht, blätterte, suchte. Da! ›Der Tote litt an einer extremen Septumdeviation, so dass die Atemzufuhr nur über das linke Nasenloch möglich war.‹ Das hieß, von Düren war erstickt, da das freie Nasenloch zugeklebt gewesen war. Zufall? Oder geniale Perfidie?

Hatte Karstens das gewusst? Hatte von Düren über Atemnot oder häufige Erkältungen geklagt? Dies war eine Folge dieser Missbildung der Nasenscheidewand, wie Beck aus eigener Erfahrung wusste. Er war als

Jugendlicher deshalb operiert worden und hatte jetzt eine einigermaßen gerade Nase. Er gestattete sich einen Blick in den fleckigen Spiegel über seinem Waschtisch. Ja, doch, sah ziemlich mittig aus, das Ding.

Er hielt sich das linke Nasenloch zu und atmete pfeifend durch das verstopfte rechte ein. Das war ja grässlich. Er wechselte die Nasenseite, um zu sehen, wie von Düren geatmet hatte, wenn das aktive Nasenloch nicht zugeklebt war. Auch nicht viel besser. Und das ein Leben lang? Immer ein Gefühl wie kurz vorm Ersticken! Na, dann hatte Augustus ja schon Übung gehabt.

»Was machen Sie denn da?« Wagner grantelte in der Tür herum, wie immer, wenn man ihn nicht brauchte.

Hastig riss Beck den Finger herunter. Bestimmt hatte er ausgesehen, als ob er in der Nase popelte. Schön. »Ich versuche mich in die Nase von Herrn Düren zu versetzen. Der hatte eine Nasenscheidewandverengung.«

»Na und?« Das war Kollege Wagner. Flexibel im Denken und immer kooperativ.

»Deshalb ist er erstickt, capisce? Und wenn das einer wusste und das Klebeband gezielt geklebt hat, war es Mord.«

Ausnahmsweise hatte Beck die gesammelte Aufmerksamkeit seines Kollegen. »Das wäre ja ein Ding! Karstens?«

»Liegt nahe, nicht wahr?« Zufrieden mit dem Erfolg seiner Enthüllungen lehnte sich Beck zurück. Und fuhr sofort wieder hoch. »Es sei denn, er war nicht der Einzige, der von Düren gehasst hat.«

Wagner guckte wie ein Auto. »Wie?«

»Na, wer sagt denn, dass nur Karstens uns Freundschaft zu von Düren vorgegaukelt hat? Wer sagt denn, dass nicht auch Bela Fröhlich und Gabriel Hoffmann von Augustus gequält und terrorisiert worden sind? Und also Grund gehabt hätten, wütend auf ihn zu sein?«

Wagner nickte. »Möglich ist das.«

»Also, auf nach Magdeburg.«

Wagner stöhnte. »Schon wieder A2! Die längste Standspur Europas.«

Beck lachte. »Ich fahre.«

Wagner stöhnte nochmals. »Auch das noch. Mir bleibt auch nichts erspart.«

Vor der Klinik fand Beck sofort einen Parkplatz und fuhr triumphierend in die Lücke. »So. Das ist ja wohl Rekord. In fünfzig Minuten von Braunschweig nach Magdeburg.«

Wagner kroch ächzend aus dem Wagen und stützte sich schwer auf das Wagendach. »Ein Stau wäre mir lieber gewesen.«

»Jetzt stellen Sie sich mal nicht so an. Sie fahren doch selbst wie eine gesengte Sau.« Beck stieg ebenfalls aus und sah an der hässlichen Fassade des Klinikkolosses hoch. Ob wohl die hübsche Afrikanerin gerade Dienst hatte?

»Gegen Sie fahre ich in Zeitlupe.« Wenn Wagner nicht nölen konnte, war er nun mal nicht glücklich.

Beck wedelte unbestimmt mit einer Hand und eilte voraus. Beim Pförtner blieb er stehen und lächelte ihn freundlich an. »Ich muss mit einem bestimmten Arzt sprechen. Sicher können Sie mir sagen, wo ich ihn finde. Fröhlich, Bela Fröhlich, ich glaube, er ist Anästhesist.«

Der Mann nickte und sah in sein Personalverzeichnis.

Beck drehte sich nach Wagner um. Der stand vor der Klinik und quarzte noch eine. Unglaublich.

Der Pförtner runzelte die Stirn. »Einen Moment.« Er drückte einige Knöpfe und sprach in sein Headset. »Dr. Fröhlich? Aha. Ja, habe mich schon gewundert. Danke.«

Becks Magen krampfte nervös. Was war da los?

»Hören Sie? Der Doktor ist nicht mehr bei uns.«

»Was? Seit wann denn das?«

Der Mann zuckte desinteressiert mit einer Schulter. »Er hat gestern gekündigt. Fristlos. Tut mir leid.«

»Hat er einen Grund genannt?«

»Nein, mehr kann ich Ihnen nicht sagen.«

Beck dankte und sank auf einen Besucherstuhl am Rande der Eingangshalle. Hervorragend.

Wagner kam herangeschlurft. »Was ist?«

»Fröhlich ist weg. Gekündigt.«

Wagner hustete. »Hoppla.«

»Mehr haben Sie dazu nicht zu sagen?« Beck hätte seinem Kollegen einmal mehr eine reinhauen können.

Wagner zog eine Braue hoch. »Feige ist, wer sich fürchtet und davonläuft. Dostojewski.«

*

»Nein, keine Ahnung. Ja, er ist nach der Schule ganz normal nach Hause gegangen.« Sarah legte den Hörer auf und runzelte die Stirn.

»Was ist denn los?« Asta richtete ihre veilchenblauen Augen fragend auf ihre Nichte.

»Kevin ist heute nicht nach Hause gekommen, nach der Schule. Seltsam. Ich habe ihn nach Schulende noch auf dem Schulhof gesehen mit seiner üblichen Gang, meine ich. Oder war das gestern?« Sarah verfluchte ihr schlechtes Gedächtnis, bei dem das Gestern, Vorgestern und das letzte Jahr oft in einem diffusen Erinnerungsnebel miteinander verwoben waren. »Hm. Ob ich noch mal zur Schule gehe? Aber da war keiner mehr, als ich ging.«

»Kind, nun sorg dich nicht schon wieder. Bleib hier und mach dich hübsch für deinen Gio. Oder kommt er heute Abend nicht?«

»Wir sind noch nicht fest verabredet, er wollte sich noch mal melden.«

Sarah dachte an ein entspannendes Schaumbad und die Lektüre des neu erworbenen erotischen Romans, der sich gerade durch alle Bestsellerlisten stöhnte. Das wäre doch eine sehr angemessene Vorbereitung für heute Abend. Vielleicht konnte sie ja noch schnell ihr Repertoire erweitern? Obwohl Giovanni sich noch nie beschwert hatte. Im Gegenteil.

Sie gestattete sich ein selbstzufriedenes Grinsen. Im Bett passten sie gut zusammen. Aber außerhalb, da hatte sie manchmal das Gefühl, den Mann gar nicht zu kennen, mit dem sie gerade noch Dinge getrieben hatte, über die sie in Astas Gegenwart lieber nicht nachdenken wollte. Sie schob den Gedanken an Gios kränkende Zurückhaltung beiseite.

»Ich geh mal nachsehen, Frau Fuhrmann war ganz aufgelöst. Die ruft nicht ohne viel Not bei mir an, nach den Problemen, die wir in der letzten Zeit miteinander hatten.« Sarah eilte in die Halle und warf sich ihre Regenjacke über.

Auf dem Hof ging Muffin mit überschäumender Begeisterung davon aus, dass Sarah zu ihrem persönlichen Vergnügen nach draußen gekommen war. Sarah brachte es nicht über das Herz, die Hündin hinter dem Zaun zurückzulassen. »Na, dann komm mit, du alte Nervensäge.«

Sie schlug die Kapuze zum Schutz gegen den leichten Frühlingsregen über die Locken und schritt schnell aus, den freudig umhertollenden Hund vor den Füßen.

Das Schulgelände lag öde und verlassen da, die beiden Schaukeln bewegten sich im starken Wind. Sarah fröstelte und zog die Schultern hoch. Nichts und niemand. Mein Gott, was war das nur für ein furchtbares Frühjahr. Konnte nicht mal die Sonne scheinen? Sie dachte an ihren letzten Urlaub am Gardasee und sehnte sich nach blauem Himmel über zypressenbestandenen Terrassen. Ob Giovanni wohl Lust hätte, in den Osterferien …?

Muffins lautes Kläffen unterbrach ihre sehnsüchtigen Gedanken. Sie folgte dem hellen, aufgeregten Gebell und stolperte über ein liegen gebliebenes Rollbrett. Der Hund stand vor der Turnhalle und wedelte heftig, rannte auf und ab und bellte anhaltend.

Was war denn da los? So führte die sich doch sonst nicht auf? Irritiert eilte sie auf die Turnhalle zu und rüttelte an der Seitentür. Zu. Was auch sonst? »Was hast du denn?« Sie beugte sich zu der aufgeregten Hündin hinunter und streichelte sie. Doch die wich ihrer Hand aus und kläffte weiter die Turnhallentür an.

Verwundert eilte Sarah in ihr Büro und nahm den Schlüssel für die Halle von ihrem Brett.

Im dunklen Flur, der zu den Umkleidräumen führte, schlug ihr der typische Geruch nach Schweiß, Gummi und schimmeligen Duschen entgegen. Sie rümpfte die Nase und griff im Vorübergehen nach einem Hockeyschläger. Das Aufschließen der Trainerkabine klang unnatürlich laut in die muffige Stille hinein.

Ein Griff nach dem Schalter und die weißen Hallenscheinwerfer flammten mit der klinischen Unerbittlichkeit eines OP-Strahlers auf.

Sarah strich die Kapuze vom Kopf und befahl Muffin, in der Kabine zu bleiben. Sie ging leise auf Zehenspitzen in Richtung Halle. Irgendwie schien es angezeigt, sich leise zu bewegen. Warum auch immer.

Muffin kläffte noch einmal schrill auf, als Sarah schon erblickte, was den Hund so erregt hatte. An der Kletterwand hing ein Mensch, eingewickelt in Seile wie ein Rollbraten am Sonntag. Sarah eilte näher, aber sie wusste schon, wer es war, bevor sie es sah.

Hier hing Kevin Fuhrmann, auf der Brust ein Schild, das mit großen Druckbuchstaben schrie: ›Ich bin ein deutsches Schwein!‹ Kevin zappelte und bedeutete ihr mit wild rollenden Augen, ihn zu befreien.

Entsetzt rannte sie zu ihm und hangelte sich an der Wand weiter nach oben, um dem Jungen den Knebel aus dem Mund zu nehmen.

»Scheißkerle! Na endlich! Haben Sie mich mit Absicht hier so lange hängen lassen?«

Während Sarah versuchte, die vielfach verknoteten

Springseile zu lösen, schimpfte und zeterte der Junge mit puterrotem Gesicht, bis Sarah der Geduldsfaden riss. »Wenn du nicht sofort den Mund hältst, lasse ich dich hier hängen, bis dich die Feuerwehr oder die Polizei herunterholt, das sage ich dir. Benimm dich oder du hängst noch 'ne Weile!«

Abrupt verstummte die Beschimpfungen und der Junge schloss wütend den Mund.

»Wer war das?« Sarah wusste es zwar, tat aber so, als sei sie völlig ahnungslos. Besser war das.

»Na wer wohl?«, giftete Kevin. »Der Scheißaraber und seine Kumpels! Arschlöcher!«

Erfreut nahm Sarah zur Kenntnis, dass Kevin von mehreren Jungen sprach, also hatte Farid inzwischen Freunde gefunden, die sogar so weit gingen, ihm bei seiner Rache zu helfen.

Nicht, dass sie das gut gefunden hätte. Nein, nein. Natürlich war sie gegen jede Form gegen Gewalt, sogar gegen Kevin. Doch, doch.

Endlich hatte sie den Knaben abgeknüpft und hielt ihn fest, als er wütend aus der Halle stürmen wollte. »Was willst du jetzt tun?«

»Na, denen eine reinhauen, was denn sonst? Die werden noch ihre Freude haben, wenn ich das Opa erzähle!«

»Das würde ich mir noch mal gut überlegen.« Sarah sah dem kleinen Rotzlöffel direkt in die blauen Augen.

»Wieso? Das überleben die nicht!« Kevin grinste bei der Vorstellung.

»Gut, dann hättest du deine Rache. Aber das ganze Dorf weiß auch Bescheid und lacht sich tot über dich. Was werden wohl deine Freunde dazu sagen, dass der große Kevin in der Turnhalle gehangen hat wie ein Würstchen im Schlafrock? Ganz zu schweigen davon, dass ihr Farid ja das Gleiche angetan habt? Und zwar dort, wo ihn jeder sehen konnte!«

Kevin stutzte. »Na und?!« Er warf die blonde Tolle aus

der Stirn, aber Sarah bemerkte deutlich seine Verunsicherung. »Dann lachen sie eben!« Trotzig hob er sein sommersprossiges Gesicht und blickte Sarah an.

Die zuckte möglichst gelassen mit einer Schulter und rollte die Seile zusammen. »Das musst du wissen, Kevin – ich fänd's ja peinlich. Aber ich würde mir die Täter kräftig zur Brust nehmen, das verspreche ich dir.«

»Pff. Sie halten doch sowieso immer zu denen.« Nachdenklich geworden scharrte Kevin mit einem Fuß auf dem Hallenboden.

»Nein, ich halte zu denen, denen Unrecht geschieht, Kevin, und das bist in diesem Fall du. Auch wenn du vorher selbst derjenige warst, der anderen Ähnliches angetan hat.« Sarah wandte sich ab und ließ ihre Worte wirken.

»Würden die … würden die denn auch 'ne Strafe kriegen?« Kevins Blick flackerte, als er Sarah anblickte.

»Ja, sicher.« Sarah verbarg ein erleichtertes Lächeln.

»Was denn?« Kevins Blick wurde lauernd.

»Tja. Wie wär's denn mit einer Woche den Müll auf dem Schulhof wegräumen?« Bewusst schlug Sarah eine besonders unbeliebte Tätigkeit vor.

»Einen Monat.« Kevin schlug mit seiner Faust auf seinen Unterarm.

Sarah dachte nach. »Okay. Vier Wochen.«

Kevin hob die Hand zum Victory-Zeichen und rannte aus der Halle.

Sarah blickte ihm nach und schüttelte den Kopf. Hoffnungslos.

Mehr kann ich nicht für dich tun, Farid.

*

Beck wummerte mit einer Faust an die blaue Tür und stöhnte. »Wenn die jetzt nicht da ist, kriege ich 'ne Krise!«

»Sie haben doch schon eine.« Wagner lehnte am Verandapfosten und feixte.

»Warum bin ich da bloß nicht eher draufgekommen, dem mal ein bisschen mehr auf die Füße zu treten …?« Er brach irritiert ab, als sich die Tür öffnete und seine Faust ins Leere schlug.

»Nanu, der Herr Kommissar? Warum so eilig?« Frau Fröhlich stand in der Tür, hübsch und adrett anzusehen, wie immer. Sie trug ein weinrotes, langes Wollkleid, das gut mit ihren dunklen Locken harmonierte. An ihrem Saum rieb sich der dicke graue Kater und warf Beck einen mörderischen Blick aus schwefelgelben Augen zu.

Sie sieht aus wie eine hübsche Hexe, dachte Beck und zwang ein Lächeln in sein Gesicht. »Wir sind auf der Suche nach Ihrem Sohn, Frau Fröhlich. Wie Sie wahrscheinlich wissen, hat er in Magdeburg gekündigt.«

Frau Fröhlich wurde blass. »Gekündigt? Nein, das wusste ich nicht. Kommen Sie herein.« Sie eilte voraus in das Wohnzimmer am Ende des Flurs, dicht gefolgt von dem Riesenkater.

Beck nahm auf dem Sofa Platz und sah Frau Fröhlich in das schmale Gesicht. »Wann haben Sie denn Ihren Sohn das letzte Mal gesehen oder gesprochen?«

»Am Sonntag. Wie immer. Er kommt doch jedes Wochenende hierher. Seine Wohnung in Magdeburg ist nicht so schön, wissen Sie. Gekündigt, sagen Sie? Davon hat er nichts gesagt.« Sie rang die Hände und setzte sich in den großen Ohrensessel, in dem Bela Fröhlich bei Becks erstem Besuch gelesen hatte. Ihre dunklen Augen waren bang auf Beck gerichtet.

Er ließ den Blick kurz durch das schöne Zimmer wandern, das, anders als bei seinen ersten Besuchen, irgendwie leblos wirkte, staubig, als sei es schon länger nicht bewohnt worden. »Tja. Sie haben keine Ahnung, warum Ihr Sohn so unvermittelt seine Stellung kündigt?« Beck beobachtete die Frau genau.

Sie schüttelte den Kopf. »Nein.« Ihr Blick wich aus, sie schaute zu Boden.

»Hm. Es ist doch ein wenig ungewöhnlich, solch eine Stellung zu kündigen, oder? Stellen für die Facharztausbildung sind rar, soweit ich weiß. Und Ihr Sohn war doch noch nicht fertig? Oder doch?«

Die Frau schüttelte erneut den Kopf und sah aus dem Fenster.

»Warum hat er das getan, was meinen Sie? Und warum hat er Ihnen nichts erzählt?«

Frau Fröhlich flüsterte etwas.

»Wie bitte?« Beck beugte sich nach vorn.

»Ich weiß es nicht. Ich weiß es nicht.« Sie war jetzt sehr blass, fast grau und ihre Augen lagen tief in den Höhlen. Die Katze fauchte böse und machte einen Buckel.

»Aber – Sie vermuten doch etwas? Frau Fröhlich?«

Sie nickte, ihre Hände krampften in den dunkelroten Falten des Kleides und kneteten den Stoff.

»Was?«

Becks Blick wurde von etwas Glänzendem hinter dem Sessel auf dem hohen Bücherregal abgelenkt. Ein Kerzenleuchter, siebenarmig. Eine Menora, wichtiges Symbol des jüdischen Glaubens. Er schluckte.

Sein Magen hob sich, ihm wurde schlecht.

Ein tiefes Einatmen half ihm, seine Eingeweide wieder unter Kontrolle zu bringen, die etwas ahnten, was sein Verstand noch nicht erfasste. Er sah sich um, in diesem Hort der Gemütlichkeit, sah die hübschen Bilder an der Wand, die Blumen in der dicken, blauen Steingutvase, die bunten Kissen, sah ein Zuhause. Ein Blick fiel auf das Foto von Mutter und Sohn, das ihm schon zuvor aufgefallen war. Kein Vater.

»Nun?«

»Ich, ach, ich fürchte …« Sie brach in Tränen aus.

»Sie fürchten?« Beck fürchtete sich auch, fürchtete sich vor dem, was da kommen mochte.

Wagner hustete hohl.

»Dass Bela … etwas Schlimmes getan hat.«

20. Kapitel

Beck schaute Wagner an. Der sah genauso perplex aus, wie er sich fühlte.

»Etwas Schlimmes? Was, glauben Sie, hat Ihr Sohn getan?«

»Ich ...« Sie fasste sich etwas, und wischte die Tränen ab. »Ich weiß es nicht. Ich möchte dazu nichts mehr sagen.«

Wagner stöhnte. Beck hätte es ihm gern gleichgetan. »Sie befürchten, dass ihr Sohn Herrn von Düren umgebracht haben könnte?«

Esther Fröhlich schüttelte vehement den Kopf. »Nein, nein, nein. Das habe ich nicht gesagt. Das war nur die Aufregung. Weil er mir nichts gesagt hat von seiner Kündigung. Das wundert mich. Er erzählt mir sonst alles.« Sie wischte sich eine Träne aus dem Augenwinkel und streichelte geistesabwesend die Katze zu ihren Füßen.

Beck hätte sie am liebsten geschüttelt. »Sie sagten, Bela habe vielleicht etwas Schlimmes getan? Was meinten Sie denn dann?«

»Ach, ich weiß nicht. Einfach, dass er voreilig gekündigt hat, vielleicht hatte er eine Auseinandersetzung dort.«

»Neigt ihr Sohn zu Auseinandersetzungen?«

»Nun, zumindest lässt er sich nichts gefallen, er ist recht streitbar, mein Sohn.« Sie lächelte verzerrt.

»Hat er sich vielleicht auch die Terrorisierung durch Herrn von Düren nicht gefallen lassen?«

»Wie bitte?« Irritiert scheuchte Frau Fröhlich die Katze fort und setzte sich auf.

»Nun, Herr Karstens hat uns vor kurzem erzählt, dass die Freundschaft zu Herrn von Düren wohl doch nicht so dicke war, wie er und auch ihr Sohn es uns glauben machen wollten. Dass im Gegenteil Hass und Erpressung der Motor dieser Beziehung waren.« Wagner ätzte diesmal mit dem stillen Segen Becks.

»Hat Herr Karstens das gesagt? Dass Bela auch unter ihm gelitten hat?« Belas Mutter heftete ihren dunklen Blick auf Beck und er log, ohne mit der Wimper zu zucken.

»Ja, hat er. Er habe sie erpresst mit manipulierten Noten, mit einer manipulierten Abitursarbeit. Stimmt das?« Er gab seiner Stimme bewusst einen kalten, metallischen Klang.

»Ja.« Sie flüsterte fast unhörbar und brach erneut in Tränen aus. »Es war furchtbar, die ganze Schulzeit am Gymnasium. Was habe ich diesen Mann gehasst dafür, was er den Kindern antat!«

»Warum haben sie nicht dafür gesorgt, dass Ihr Sohn die Schule wechselte?« Wagner zog eine Braue hoch.

»Als ich mitbekam, was da lief, war es schon zu spät. Da hatte sich Bela … ihm schon verpflichtet, waren schon Mauscheleien gelaufen, die meinem Sohn sehr geschadet hätten, wenn sie publik geworden wären. Mein Sohn war sehr schlecht in Mathematik, obwohl er sonst ein hervorragender Schüler war. Heute frage ich mich, ob er wegen des Lehrers in diesem Fach versagt hat. Er war sehr ehrgeizig, wollte immer schon Arzt werden, da waren schlechte Noten nicht angesagt.«

»Aber von Düren hätte das Bekanntwerden dieser Schiebereien doch auch geschadet?«

»Theoretisch ja. Aber mit den Jungen war nicht zu reden, die waren in Panik vor diesem Schwein erstarrt. Bela hat …« Sie atmete tief ein.

»Bela hat …?« Beck blickte zu Wagner, der schüttelte den Kopf.

»Bela hat gedroht, dass er sich umbringt, wenn ich was sage, wenn ich das öffentlich mache. Dieser … Mann muss die Kinder psychisch so terrorisiert haben … Bela war regelrecht katatonisch, wenn er von diesen

›Nachhilfestunden‹ nach Hause kam. Er schrie mich an, rannte in sein Zimmer und knallte die Tür hinter sich zu. Er zog sich immer mehr zurück, sprach kaum noch.«

»Und Sie haben tatsächlich nichts unternommen?« Beck konnte es kaum glauben. Wie konnte man so etwas jahrelang mit ansehen?

»Was hätte ich denn tun sollen?!« Sie schrie jetzt, so unvermittelt, dass Beck zusammenzuckte. Ihre schönen Augen waren zu hasserfüllten Schlitzen zusammengekniffen. »Mir waren doch die Hände gebunden. Mein Sohn drohte mit Selbstmord, dieses Schwein ignorierte meine Fragen mit einem kalten Lächeln, für das ich ihm das Herz hätte herausreißen sollen, und informierte mich, es sei alles zum Besten meines Sohnes und ich wolle doch nicht, dass der als Betrüger aus der Stadt gejagt würde. Er tat, als schütze er die Jungen nur, als habe er mit diesen Fälschereien nichts zu tun. Ich hatte zum Schluss selbst Angst vor ihm ... Diesem Nazischwein.«

Beck musste sich zwingen, nicht vor dem schwarzen Hass zurückzuweichen, dieser unversöhnlichen Kälte, die ihm entgegenschlug. Sein Blick glitt erneut zur Menora, die blank geputzt im Regal stand, daneben lag ordentlich zusammengefaltet ein seidener Schal. Ein Gebetsschal? »Sie sind jüdischen Glaubens, Ihr Sohn und Sie?« Beck fühlte sich unbehaglich, als sei er in unangemessener Kleidung in ein Gotteshaus getreten.

»Ja. Aber deshalb habe ich nicht Nazi gesagt. Sondern weil er einer war.« Sie strich ihre Haare glatt und blickte Beck fest in die Augen.

»Ach ja? Soweit ich gehört habe, hat er selbst sehr unter seinem nationalsozialistisch gesinnten Vater gelitten.«

Esther Fröhlich lachte bitter auf und sah aus dem Wohnzimmerfenster in den noch spärlich bekleideten Garten. Beck folgte ihrem Blick und betrachtete die hübsche grün-weiß gestrichene Gartenlaube. Ein Rotkehlchen landete auf dem Fensterbrett und blickte mit unschuldigen Knopfaugen in das Zimmer.

Glücklicher Vogel, frei von Schuld. Die war ein Privileg der Menschheit.

»Mag sein, aber so etwas wird ja auch weitergegeben. Die Methoden, mit denen er die Jungs unterdrückt hat, waren sadistisch, entbehrten jeder Form von Mitgefühl und der Erinnerung daran, dass er selbst ein Junge voller Hoffnung gewesen sein mag. Kaum vorstellbar, aber sicher war es einmal so. Niemand kommt grausam auf die Welt, so viel weiß ich.«

»Was hat er mit den Jungen gemacht?« Wagner sprach das aus, was Beck nicht zu fragen gewagt hatte.

Sie wandte sich ab und hielt eine Hand an die Stirn. »Ich weiß nicht viel. Das, was ich weiß, hat mir Philipp erzählt. Mein eigener Sohn schwieg, schwieg mit einer Beharrlichkeit, die durch nichts zu beeinflussen war, nicht durch Tränen, Schreien, Bitten.« Sie schluchzte auf und drückte den Handrücken gegen ihren zitternden Mund.

Beck schwieg, wartete und wünschte, ihm würde das Elend der Frau nicht nahegehen, wünschte sich, abgebrüht zu sein, unempfindlicher gegen das aufgestörte Leid, dem er so oft begegnen musste.

»Er hat sie verhöhnt, vor der Klasse verspottet und sie mussten dazu schweigen. Er hat sie eingesperrt und gequält, körperlich und seelisch. Bela hatte manchmal Blutergüsse im Gesicht, auf dem Rücken. Mir sagte er dann, er sei gefallen, habe sich gestoßen, irgendetwas in der Art. Ich kam nicht an ihn heran. Phillip hat mir erzählt, dass er sie schlug, nicht oft, aber sie konnten nie sicher sein, wann. Mit einem Lederriemen. Dieser … dieser entmenschte Kerl.«

Das Uniformkoppel des Vaters, dachte Beck.

»Kam es zu … sexuellen Handlungen?« Wagners Stimme klang rau.

Sie nickte. Plötzlich sprang sie auf und schrie: »Ja! Kam es! Wollen Sie es genau wissen? Was er gemacht hat, was er sie hat machen lassen? Soll ich es Ihnen haarklein erzählen, damit Sie sich daran aufgeilen können, es zu Hause mit einem wonnigen kleinen Schauer am Abendbrottisch erzählen können?« Ihre Stimme überschlug sich und sie brach weinend im Sessel zusammen.

Beck sah hilfesuchend zu Wagner, der ungewöhnlich betroffen dreinsah.

»Sie braucht einen Arzt.« Wagner stand auf und zog sein Handy aus der Hosentasche. »Haben Sie einen? Jemanden, dem Sie vertrauen?«

Sie flüsterte etwas, so leise, dass Beck dicht an sie herangehen musste, um sie verstehen zu können.

»Mein Sohn ist mein Arzt. Aber ich vertraue ihm nicht.«

*

»Wann habt ihr denn Kevin in der Turnhalle aufgehängt?« Mein Gott, wie klang das denn? »Gefesselt, meine ich?«

»Nach dem Sportunterricht.«

»Aber da hat Frau Krause doch abgeschlossen?« Sarah fasste sich an die Stirn. Musste man denn alles selber machen?

»Hat sie ja auch. Aber wir haben uns einschließen lassen.« Farid warf Philipp einen Blick zu und konnte ein triumphierendes Lächeln nicht unterdrücken.

Sarah blickte die verlassene Straße entlang. »Wer hat denn noch mitgemacht? Kevin sprach von mehreren Jungen?«

Farid und Philipp sahen zu Boden und schwiegen.

»Euch ist doch klar, dass ich euch bestrafen muss?«

Die Jungen nickten und warfen sich einen resignierten Seitenblick zu.

» Vier Wochen Mülldienst.«

»Oh, nee! Das ist ungerecht! Kevin muss überhaupt nix machen, der Arsch!«

»Farid! Kevin muss wahrscheinlich an eine andere Schule! Das ist ja wohl Strafe genug, findest du nicht?! Wenn du willst, kann ich auch euretwegen eine Konferenz einberufen, so wie für Kevin!«

»Nee, ist schon gut.« Philipp stupste seinen Freund an und schüttelte den Kopf.

»Ich bin sehr unzufrieden mit euch. Und enttäuscht, dass ihr zu den gleichen Mitteln greift wie Kevin und seine Kumpels. Dann seid ihr doch auch nicht besser, oder?« Sarah glaubte irgendwie selbst nicht an ihre pädagogisch wertvollen Worte. Moralisch war sie einfach eine Niete. Sie fühlte sich eher der alttestamentarischen Rache nahe: Auge um Auge, Zahn um Zahn. Aber das durfte man ja keinem erzählen, schon gar nicht als Lehrerin. Eine rachsüchtige Pädagogin, die mit falscher Zunge redete. Sehr schön.

»Doch. Wir haben ja schließlich nicht angefangen.« Trotzig hob Farid den Blick.

»Und außerdem haben wir Kevin ja nur in der Halle angebunden, da konnte ihn keiner sehen«, eilig unterstützte der blonde Philipp seinen Freund. »Außerdem begreift Kevin das nicht, wenn wir nix machen. Der kapiert das nur so.«

Da könntest du recht haben, dachte Sarah. »Eigentlich reicht es, wenn man die eigene Meinung mit Worten vertritt. Gewalt ist nie in Ordnung, selbst wenn ... selbst wenn man vielleicht im Recht ist.« Lahme Worte, die aber wahr waren. Warum klangen sie nur so blutleer? Es war wenig befriedigend, mit Worten zu rechten ... Ihr Rechtsempfinden befand sich eindeutig auf Grundschulniveau. Dann war sie hier ja am richtigen Platz. »Na ja. Ihr kennt eure Strafe und ich finde, ihr seid dabei ganz schön gut weggekommen. Ich denke nicht, dass Kevin es zu Hause erzählen wird, also haltet auch eure Klappe, wenn ihr nicht noch mehr Schaden anrichten wollt, okay?«

Die Jungen nickten erleichtert und scharrten unruhig

mit den Füßen. Hinter ihr ging eine Tür auf und Sarah unterdrückte ein Stöhnen. Sie war so froh gewesen, die Jungen vor der Tür abgefangen zu haben.

»Frau Dittmann? Ist was passiert? Hat Farid etwas angestellt?« Frau Dorenkamp kam, perfekt zurechtgemacht wie immer, die Stufen heruntergeeilt.

Farid warf Sarah einen prüfenden Blick zu.

»Äh, nein, nein. Ich wollte mit den beiden nur noch etwas klären, wegen unserer Projektwoche nach den Ferien. Haben Sie unser Fest gut überstanden?«

Farids Mutter lächelte erleichtert. »Oh, ja, danke. Es war so eine schöne Feier. Und Sie haben so toll mit Jürgen getanzt, er hat noch so geschwärmt.«

»Äh, ja.« Sarah wickelte sich eine Locke um den Finger. Dieses Thema wollte sie lieber nicht vertiefen. »Ja, dann werde ich mal weiter. Tschüs.« Sie lächelte Frau Dorenkamp und den Jungs noch einmal zu.

»Ich wollte nur noch sagen – vielen Dank, Frau Dittmann. Für alles. Ich habe mich und Farid jetzt hier im Sportverein angemeldet, ihn beim Fußball und mich beim Bauchtanz. Das wird schon.«

»Sage ich doch. Bloß nicht unterkriegen lassen!« Sie hob den Daumen und wandte sich ab.

»Und – Kevin? Was hat sein Großvater gesagt?«

Sarah fuhr herum und blickte Frau Dorenkamp misstrauisch an. »Wozu?«

»Na, zu der Konferenz? Ich traue mich gar nicht, Fleisch bei ihm zu kaufen.«

»Ach, so, ja. Dann kaufen Sie eben im Supermarkt. Ist sowieso billiger. Kevin muss wahrscheinlich die Schule wechseln, ich warte noch auf die Entscheidung der vorgesetzten Behörde.«

»Ah. Das wäre ja schön. Dann muss Farid nicht mehr solche Angst haben.« Die Frau fuhr ihrem Sohn liebevoll durch die Locken, was der mit einem Augenrollen quittierte.

»Nein, muss er nicht.« Sarah blickte zu Farid, der ihr ein Auge kniff, wie ein Gauner in einer Schmierenkomödie.

Eine hervorragende Pädagogin war sie. Unparteiisch und integer.

Warum hatten sie ihr auch einen Namen aus dem Alten Testament gegeben. Das verpflichtete.

*

Beck starrte bedrückt aus seinem Bürofenster. Die Linde machte keine Anstalten, sich in Grün zu kleiden. Er seufzte und wandte sich ab.

Noch immer nicht am Ende mit diesem Fall, immer wieder aufgehalten durch Zusammenbrüche, Irrwege, Todesfälle. Als wenn irgendjemand da oben verhindern wollte, dass er herausfand, was passiert war. Und jetzt war Bela Fröhlich verschwunden.

Er gab sich einen Ruck und stand auf. Mal sehen, ob Viktoria da war, die Zusammenhänge mussten psychologisch entwirrt werden. Dass Opfer zu Tätern wurden, war ihm in seiner Laufbahn schon häufig begegnet. Aber warum hatte sich von Düren gerade diese Jungen ausgesucht und sie so beharrlich mit seinem Terror verfolgt? Schließlich hatte er Jahr für Jahr neues ‚Material' bekommen, jüngere Kinder, die vielleicht einfacher zu beeinflussen waren.

Krank. Wie konnte man nur so leben, gehasst, in Beziehungen, die nur über Machtausübung und Unterdrückung zustande kamen? Warum entwickelte man nicht das Bedürfnis, es besser zu machen, anders zu sein als der Tyrann, unter dem man selbst gelitten hatte?

War er etwa auch wie sein Vater? Und merkte es nur nicht? Ging er mit Sarah auch so um wie Alexander mit seinen Frauen, benutzte sie, ohne sich selbst preiszugeben?

Wie schrecklich wäre das.

Er klopfte an Viktorias Bürotür und hörte unmittelbar die erhoffte Aufforderung einzutreten.

»Na, mein Lieber? Lange nicht gesehen!«

»Wenn du nie da bist?« Beck trat an Viktorias Schreibtisch, um seine geschätzte Kollegin zu umarmen.

Sie wies einladend auf ihre schönen roten Besuchersessel und nahm selbst ebenfalls wieder hinter ihrem Schreibtisch Platz. Ganz offensichtlich war sie kürzlich beim Friseur gewesen, statt des gewohnten Bobs zierte nun ein asymmetrischer Kurzhaarschnitt ihren Kopf.

»Neue Frisur? Sehr hübsch.«

»Ja, findest du? Das wundert mich eigentlich. Ihr Männer steht doch sonst immer auf lange Wallehaare.« Viktoria lächelte ihm erfreut zu.

Beck dachte an Sarahs rotbraune Lockenpracht und gab seiner Kollegin im Stillen recht. Laut aber sagte er: »Nicht, wenn einer Frau die kurzen Haare so gut stehen wie dir.«

Sie lachte. »Alter Charmeur.«

»Na, so alt nun auch wieder noch nicht. Ich würde dir gern etwas von meinem Fall erzählen, der tote Studienrat, du weißt noch?«

»Hab mir schon gedacht, dass du nicht gekommen bist um mein Selbstbewusstsein aufzubauen.« Die Psychologin lehnte sich in ihrem Stuhl zurück und sah ihn erwartungsvoll an. »Schieß los.«

»Es stellt sich heraus, dass dieser Studienrat von Düren drei seiner Schüler in Abhängigkeit gehalten hat, erpresst hat mit manipulierten Noten bis hin zum Abitur. Die nach außen als Nachhilfestunden dargestellte Zeit, das waren wohl in Wirklichkeit Stunden der Qual für die drei Jungen, sowohl körperlich als auch seelisch. Er hat sie verhöhnt, geschlagen und zu sexuellen Handlungen gezwungen.«

»Und die Jungen haben sich niemandem anvertraut?«

»Nein, bis auf einen, Philipp. Er hat es der Mutter

eines anderen Betroffnen erzählt. Die ist aber erst jetzt damit herausgerückt, nachdem besagter Philipp uns selbst davon berichtet hat Seltsam daran ist, dass von Düren selbst unter einer ähnlichen Behandlung durch seinen Vater gelitten hat, einem hohen Nazioffizier.«

»Nun, besonders seltsam ist das ja nicht. Sehr häufig tun ehemalige Opfer anderen Menschen dasselbe an. Dieses Phänomen wäre seltener, würden die Menschen mehr das Know How meines Berufstandes in Anspruch nehmen.« Selbstgefällig lächelnd betrachtete Viktoria ihre dunkelroten Fingernägel.

»Da magst du recht haben. Aber – wieso hat er sich gerade diese Jungs ausgesucht? Sie wirken eigentlich alle völlig normal, sogar selbstbewusst. Nun, bis auf Gabriel Oppermann, vielleicht. Der war übersensibel und homosexuell, bot sich deshalb für die Opferrolle vielleicht an, in den Augen seines Lehrers.«

»Ja, vielleicht. Und die anderen beiden? Sagtest du nicht, er habe ihnen Nachhilfeunterricht gegeben?«

»Ja, sie waren schlecht in Mathematik oder Latein, die beiden Fächer hat von Düren unterrichtet. Deshalb waren sie wohl angreifbar, schätze ich.«

»Da muss noch mehr sein, viele Kinder sind schlecht in Mathe oder Latein. Ich selbst auch. Waren es irgendwie auffällige Jungs? Ausländer? Oder vielleicht gab es eine Behinderung, die sie aus der Masse hervorstechen ließen?«

»Wie kommst du gerade auf eine Behinderung?«

»Weil die Nationalsozialisten mit diesen Menschen kurzen Prozess machten.«

»Du meinst ...« Beck mochte diesen Gedanken nicht zu Ende denken. »Aber er hat doch selbst ... Er selbst war doch auch sensibel und musisch begabt. Nicht unbedingt der harte arische Jungkrieger, jedenfalls nach Aussage seiner Schwester.«

»Gerade deshalb. Die Jungen durften nicht sein, was er

auch nicht sein durfte. Das wäre jedenfalls eine Möglichkeit, seine Verfolgung dieser Kinder zu interpretieren.« Viktoria nickte bekräftigend.

Beck dachte nach. »Ich vermute, dass der eine, Philipp Karstens, mal gestottert hat. Er hat diese besonders sorgfältige Sprache. Und Bela Fröhlich …« Beck atmete tief ein und wunderte sich über die Traurigkeit, die ihn in einer Welle überflutete. »Der ist Jude.«

»Da hast du's.«

*

Ächzend nahm Beck das Edelkatzenfutter aus dem Kofferraum – dem Preis nach zu schließen, hatten sie Wachteln verarbeitet – und eilte die Treppen zu seiner Wohnung hoch. Die Stufen zum zweiten Stock ignorierend, die zu von Dürens Wohnung führten, schloss er seine schwere Wohnungstür auf und huschte in den Flur. Nur schnell die Tür zuschlagen, sonst waberte noch etwas von dem Unheil, das ein Stockwerk über ihm gewohnt hatte, in seine Behausung. Er lachte auf und fuhr sich durch die Haare. Paranoid. Das auch noch.

Das Greinen seines Mitbewohners lenkte ihn von seiner Paranoia ab.

»Ja doch! Ich habe dir was Feines mitgebracht, komm, Minas!« Laut Frau Kowalska und Sarah fraß das Tier zu schlecht, also musste jetzt das Feinschmeckermenu serviert werden. Der Kater stolzierte hoheitsvoll um die Ecke zum Wohnzimmer und starrte ihn an.

Beck schwenkte die Tüte. »Hier, schau mal!« Er ging in die Küche und richtete das Futter für seine Majestät an. Vielleicht sollte er noch ein Petersiliensträußchen darauf legen, so wie sie es in der Werbung immer taten.

Der Kaiser geruhte jedoch seine Mahlzeit auch ohne Dekor zur Kenntnis zu nehmen und verzehrte sie sogar unverzüglich. Endlich schien Beck dem verfeinerten Geschmack seines Tieres gerecht geworden zu sein.

Er ließ sich auf einen Küchenstuhl fallen und sah seinem Kater beim Fressen zu. Glückliches Tier. Hatte keine Sorgen, außer der nächsten Mahlzeit und ein bisschen fragwürdiger Gesellschaft durch sein liebloses Herrchen.

Er zog sich vom Küchenstuhl hoch und sah in den Kühlschrank. Da war noch ein Rest Lasagne, von Frau Kowalskas kundigen Händen bereitet. Er sah auf die Uhr. Nee, noch keine Abendbrotzeit. Er musste ja auch noch mal los, zu Esther Fröhlich, die laut Auskunft des herbeigerufenen Arztes wieder auf den Beinen war. Vielleicht war ja auch Bela wieder aufgetaucht, sonst ging eine Suchmeldung raus. Er seufzte.

Unschlüssig schlenderte er in sein Wohnzimmer und betrachtete angelegentlich sein schönes neues Ledersofa. Oder besser gesagt, sein nicht mehr ganz so neues und schönes Sofa. Der Kater hatte sich für Becks häufige Abwesenheit gerächt, indem er seine nicht unbeträchtlichen Krallen in das teure Leder schlug. Mistvieh. »Du wolltest es so. Keiner hat dich gebeten, hier einzuziehen.« Der Kater antwortete nicht. Zu Ostern würde er ihm einen Kratzbaum schenken.

Er seufzte. Ob er sich kurz mal hinlegte und versuchte, ein bisschen zu entspannen?

Nein, er war zu unruhig. Er ging in die Küche zurück und warf die Kaffeemaschine an – wenigstens einen Espresso wollte er seiner Seele gönnen. Er trat ans Küchenfenster und sah auf die Husarenstraße hinab.

Ein kleiner braun-weißer Hund hob gerade das Bein an der Kastanie vor seinem Fenster, das dazugehörige Frauchen unterhielt sich mit einer übergewichtigen Dame mit Hut. Zwei Jungen rangelten um eine Schultasche, die der eine dem anderen wohl entrissen hatte. Einer der beiden hatte so schwarze Locken wie Farid und seine dunkle Haut wies ihn als Angehörigen eines anderen Herkunftslandes aus. Migrantenkind, so hieß das jetzt, hatte Sarah ihm gesagt. Warum man wohl nicht mehr Immigranten sagen durfte? Weil sie aus der Sicht ihres Herkunftslandes ja nicht im-, sondern emigriert waren? Als wenn die Bezeichnung etwas ändern würde an der ewigen Angst der Menschen vor dem Fremden.

Ihm fiel das Foto ein, das er bei Frau Fröhlich unbemerkt in die Tasche gesteckt hatte, das Foto, das auf dem Regal gestanden hatte. Er holte es aus seiner Manteltasche und betrachtete es. Waren Deutsche jüdischen Glaubens eigentlich auch Migranten? Nein, nur wenn sie aus-, ein- oder umherwanderten, jedenfalls glaubte er das.

Die dunklen Haare, die schwarzen Augen und der leicht bräunliche Teint ließen Mutter und Sohn jedenfalls südländisch wirken, wobei sie genauso gut Italiener, Türken, Spanier oder Iraner sein konnten. Oder Deutsche.

Er dachte an seine Mutter, die italienische Temperamentsbombe mit ihren schwarzen Locken und den Glutaugen, die selbst seinen kühlen Vater geschmolzen hatten. Giovanni hatte so gar nichts von ihr mit seinen hellblonden Haaren und den blauen Augen und dennoch hatte er es in sich, das italienische Blut. Wenn er mal Kinder bekäme, wäre bestimmt ein kleines Mädchen mit schwarzen Augen dabei, vor allem, wenn er es mit Sarah bekäme, denn die hatte ja auch so dunkle …

Was dachte er sich eigentlich? Er hatte momentan, weiß Gott, andere Dinge zu bedenken als eine Familienplanung. Familienplanung?! Mit einer Frau, die er mal gerade drei Monate kannte? Er hatte sie ja wohl nicht mehr alle. Und das, obwohl er Kinder eigentlich gar nicht so richtig leiden konnte. Oder? Ob Sarah wohl … Nein, aus, Schluss.

Er betrachtete das Foto erneut. Beide lachten, jedoch bei Bela Fröhlich erreichte das Lachen die Augen nicht, er blickte, als lächelte er seiner Mutter zuliebe. Armer Kerl, die ganze Jugend unter von Düren gelitten.

Beck fiel es immer noch schwer, den distinguierten Gentleman aus der Wohnung über ihm mit dem sadistischen Tyrannen in Verbindung zu bringen, von dem Philipp Karstens und Frau Fröhlich berichteten. Was so unter den Fassaden der Menschen verborgen war ... Er dachte an einen Jungen aus seiner Klasse im Internat, Claudius, ein kleiner, schmächtiger Typ mit einer dicken Brille, der Prototyp des Opfers. Den hatten alle drangsaliert, mehr oder weniger. Beck hatte nicht mitgemacht, aber geholfen hatte er ihm auch nicht, obwohl es ihm damals schon unangenehm gewesen war. Eingeschritten war niemand, wenn die Rädelsführer der Gruppe Claudius verspottet und geschlagen hatten. Die Lehrer hatten auch davon gewusst, aber hatte jemand etwas unternommen? Nicht, dass Beck wüsste. Schlimm.

Vor siebzig Jahren hatte ein ganzes Volk zugesehen, wie andere ausgegrenzt, gequält, ja sogar getötet wurden. Zugesehen, weggesehen, verdrängt.

Er bewunderte die Menschen, die sich gegen das Hitlerregime gestellt hatten, die sich überall auf der Welt und in der Geschichte gegen eine grausame Diktatur stellten und das eigene Leben riskierten. Beck war sich in keiner Weise sicher, ob er selbst den Mut aufbrächte, ob er nicht auch weggesehen hätte, damals. Er dachte an seinen Vater, der zu jung gewesen war, um in den Krieg zu ziehen. Er wusste nichts über Alexanders Haltung zu dieser Zeit, wusste nicht, was der Junge von damals überhaupt mitbekommen hatte.

Immer wieder wurde sein Blick von dem Foto angezogen, sprang von Mutter zu Sohn und zurück. Suchte in den dunklen Augen nach einer Erinnerung an das Leid von damals, weitergegeben von den Alten, die überlebt hatten.

Konnte Belas Mutter selbst etwas erlitten haben? Nein, dazu war sie zu jung. Außerdem hatte das nichts mit dem Tod von Dürens zu tun. Wie schrecklich, dass ein

Nachkomme der Opfer von damals erneut hatte leiden müssen, leiden unter einem Erben der Täter von damals. War das Zufall?

Es stach zu sehr ins Auge, um einer zu sein. Aber die anderen beiden Jungen waren doch keine Juden? Viktoria hatte wohl recht, alle drei hatten gemein, dass sie durch eine Auffälligkeit aus der Masse hervorstachen, eine Besonderheit, die unter dem falschen Blickwinkel ein Makel, eine Schwäche sein mochten. Irgendetwas an diesem Foto beunruhigte ihn, ließen ihn eine Art Déjà vu verspüren, er wusste bloß nicht, warum. Er hatte diese beiden doch nie zuvor gesehen?

Die Türklingel schreckte Mann und Kater auf, letzterer sprang unter giftigem Fauchen von Becks Schoß, auf dem er es sich dreist bequem gemacht hatte. Beck eilte an die Gegensprechanlage.

»Kommen Sie?« Wagner bellte unten in das Mikrophon.

Beck winkte seinem Kater zu und hastete in den Flur, kehrte noch einmal zurück, um seinen Mantel anzuziehen, schloss die Tür ab, nur um sie gleich wieder aufzuschließen. Das Foto! Das musste er doch in das Regal zurückstellen, er wusste sowieso nicht genau, warum er es überhaupt mitgenommen hatte.

»Wo bleiben Sie denn?«

Beck sparte sich eine Antwort und knallte die Beifahrertür etwas lauter zu als nötig.

»Habe die Suchmeldung schon durchgegeben. Ich sage es Ihnen, der war's, der Knabe.«

Beck stöhnte auf. »Wir hatten doch vereinbart, dass wir den Nachmittag noch abwarten. Und wenn er jetzt bei seiner Mutter im Wohnzimmers sitzt?«

Wagner zuckte mit einer Schulter. »Na und? Dann nehme ich die Anzeige eben wieder raus.«

»Wäre aber schön, wenn Sie sich in Zukunft an unsere Absprachen hielten.« Sie Arsch. Ich bin hier der Chef.

Beck starrte wütend durch die Frontscheibe und schwieg. Immer, wenn er dachte, er hätte seinen Kollegen mal zur Räson gebracht, scherte der wieder zur Seite aus.

Wagner bremste abrupt wie immer und Beck wäre fast mit dem Kopf unter den Klappspiegel geknallt, dem er zum Schutz gegen die Sonne heruntergeklappt hatte.

»Geht's vielleicht mal ein bisschen sanfter?!« Aufgebracht stieg Beck aus und ging zügigen Schrittes durch den gepflegten Bauerngarten der Fröhlichs und wummerte kräftiger als eigentlich beabsichtigt an die kornblumenblaue Tür.

Esther Fröhlich öffnete so schnell, als habe sie hinter der Tür gestanden und auf sie gewartet. Blaue Schatten lagen unter ihren Augen und machten sie noch dunkler. Sie winkte sie mit einer müden Handbewegung herein.

»Wie geht es Ihnen?« Beck sah besorgt in ihr schmales Gesicht.

»Danke, wieder gut, der Arzt hat mir eine Spritze gegeben und ich habe geschlafen.«

»Ist Ihr Sohn ...?«

»Nein, Bela ist nicht aufgetaucht und er geht auch nicht ans Handy. Ich mache mir große Sorgen.«

Sie nahmen im Wohnzimmer Platz, Beck schaute zum Regal hinüber. Bestimmt hatte die Frau das Fehlen des Fotos schon bemerkt, er konnte es nicht unbemerkt zurückstellen. Möglichst beiläufig zog er es aus seiner Manteltasche.

Ihre Augen weiteten sich erstaunt. »Warum haben Sie das mitgenommen?«

»Ich weiß es selbst nicht, vielleicht der Inspiration wegen, um zu verstehen, was Ihren Sohn so umtreibt. Es erinnert mich an etwas ... Ich weiß aber nicht, an was.«

Frau Fröhlich sah ihn an, ihr schwarzer Blick von einer Intensität, dass Beck erschrak.

»Was ist? Was habe ich gesagt? Wissen Sie, woran mich das Foto erinnern könnte?« Noch während er sprach, schalt er sich schwachsinnig. Woher sollte die Frau wissen, was ihm an Erinnerungen, falschen Assoziationen und Gedankensprüngen durch den Kopf irrte?

Sie knetete die Hände im Schoß und senkte den Kopf. »Haben Sie es nicht bemerkt? Augustus von Düren hat die Ähnlichkeit sofort bemerkt, als er hier war, als ich ihn anbettelte, meinen Sohn in Ruhe zu lassen. Und sei es nur …«

Wagner, der muckelnd an der Tür stehen geblieben war, räusperte sich hart. »Und sei es nur?«

Becks Magen zog sich schmerzhaft zusammen, in angstvoller Erwartung dessen, was da kommen mochte.

»Und sei es nur, weil er sein eigener Großneffe ist.« Die Frau brach in trockenes Schluchzen aus, ihr schmaler Körper wurde von den harten Stößen geschüttelt.

»Sein eigener Neffe? Großneffe?« Beck starrte auf das Foto und sah es: Bela und die dunkle Tochter ähnelten sich. Die Tochter der von Dürens, die verschwunden war.

Völlig verwirrt schüttelte er den Kopf. War Frau Fröhlich … Nein, das konnte ja nicht sein.

»Sie sind Tilruns Tochter?« Wagner war schneller.

»Ja.« Sie hob den Kopf und blickte Beck fest aus rotgeränderten Augen an.

»Tilrun war meine Mutter. Sie starb, als ich noch ein kleines Mädchen war. Starb an Erschöpfung, an Leid und gebrochenem Herzen. Die Menschen, zu denen sie geflohen war, zogen mich groß.«

Beck schluckte. »Aber wie … Sie war doch …?«

»Im Konzentrationslager. Ja, da war sie. In Brunshausen. Dorthin verfrachtet vom eigenen Vater, zumindest demjenigen, den sie ihr ganzes Leben dafür gehalten hatte.« Sie schluchzte auf, rang die Tränen jedoch entschlossen nieder.

»Und sie hat überlebt.«

»Die Menschen lebten dort unter erbärmlichen Bedingungen. Viele erfroren und verhungerten. Sie hat überlebt, weil sie nur ein halbes Jahr dort war. Sie hat überlebt, weil sie die Geliebte des Kommandanten war. Die Hure von Standartenführer Koch, ein Freund ihres vermeintlichen Vaters, Maximilian von Düren.« Mit verzerrtem Gesicht schrie sie: »Da hat sie doch richtig Glück gehabt, nicht wahr!?« Sie schlug ihre Hände vor das Gesicht und begann zu schluchzen.

Beck erwachte aus seiner Erstarrung und sah zu Wagner. Der schaute zurück und schüttelte den grauen Kopf, offensichtlich ebenso erschüttert wie er.

»Und …?« Beck wagte gar nicht, nach dem Ende der Geschichte zu fragen, zu wenig wusste er von dieser Zeit, von diesem Leid.

Sie strich sich die wirren Haare aus dem Gesicht und fasste sich etwas. »Standartenführer Koch ist mein Vater. Er erschoss sich, als die Amerikaner kamen, das feige Schwein.« Sie lachte bitter auf. »Ich bin der Bastard eines jüdischen Halbbluts und eines Nazioffiziers. Damit muss ich leben.«

»Ihre Mutter wurde von den Amerikanern … befreit?«

»Nein. Sie wurde von den Nazis fortgetrieben, als die Amerikaner kamen. Die Todesmärsche, sicher wissen Sie davon. Sie floh in einem unbeaufsichtigten Moment.«

Nein, Beck wusste nichts, mit tiefer Beschämung dachte er an all die verpassten Gelegenheiten, seine Eltern nach dem Krieg zu fragen.

»Bevor sie floh, durfte sie noch mit ansehen, wie vierzig ihrer Mitgefangenen, die zu erschöpft, zu krank, zu gebrochen waren, um vor der Entdeckung durch die Feinde verborgen zu werden, erschossen wurden. Im Cluswald. Ich gehe einmal im Jahr hin und lege dort Blumen nieder.« Sie setzte sich auf, wieder völlig gefasst.

»Ihr Sohn wusste davon?« Wagner hielt den Faden der Untersuchung in der Hand, wenigstens einer. Beck nickte ihm anerkennend zu.

»Ja. Bela wusste davon, in groben Zügen. Er kannte lange keine Namen, bis … bis er diesen Lehrer bekam, da habe ich mich verraten, aus Entsetzen über diesen grausamen Zufall. Und ab da sann er auf Vergeltung, auf Rache, es vergiftete seinen Geist, seine Seele, ich konnte ihn nicht davon abbringen. Ich flehte ihn an, zu vergessen, mit mir fortzugehen, aber er lachte nur. Er ließ sich von ihm quälen, misshandeln, wie um seinen Hass noch zu schüren.«

»Und nun hat er seine Rache gehabt. Hat seinen Lehrer ersticken lassen, einen qualvollen Tod sterben lassen, um seine Großmutter zu rächen?«

Sie antwortete nicht und sah zur Seite.

Es passte plötzlich alles zusammen. Bela Fröhlich war Arzt, sicher hatte er von der beeinträchtigten Nasenatmung von Dürens gewusst. Er hatte von Düren überwältigt, gefesselt, geknebelt und ihn in die Kammer geschoben und dort sterben lassen. Nachdem Stein wieder weg war, hatte er die Leiche auf dem Stuhl wieder hervorgezerrt. Der fast perfekte Mord. Hätte Beck Stein nicht bereits vorher als harmlosen, kleinen Ganoven kennengelernt, wäre die Rechnung vielleicht aufgegangen, Stein als Mörder in einem Indizienprozess zu verurteilen. Eine grausame Gerechtigkeit, die Bela Fröhlich da hatte walten lassen wollen.

»Wo ist er?«

Sie sah ihn an. »Ich weiß es nicht, bitte glauben Sie mir. Ich weiß es nicht.« Sie flüsterte.

Beck trat an das Wohnzimmerfenster und sah in den Garten hinaus, sah die ersten Krokusse durch den Rasen spitzen, sah die grüne Gartenlaube, von Efeu umkränzt, den kleinen Teich, an dem eine blaue Bank im Sommer zum Verweilen einlud.

Ein Zuhause, in dem Bela Fröhlich nicht mehr zu Hause sein konnte. Er stutzte, als sein Auge über einen kleinen Grashügel glitt. War da eine Tür?

Er wandte sich um. »Was ist das dort im Garten, dieser Hügel, in dem sich eine Tür befindet?«

Frau Fröhlich stand auf und trat neben ihn, dicht, ihr Kleid streifte seine Hose und er konnte ihren warmen, erdigen Duft riechen, den Duft einer Mutter. »Das ist ein Eiskeller, der wird nicht mehr benutzt, er ist zu … feucht.« Sie erstarrte. »Bela! Nein!«

Ihr Klageschrei schnitt tief in Becks Brust und er atmete scharf ein, bevor er losrannte.

Losrannte in den Garten, das Tor in dem Hügel aufriss – und sah.

Er fing ihren Körper ab, der auf seinen prallte, und wehrte sie ab, als sie mit ihren Fäusten auf seine Brust schlug und schrie. »Lassen Sie mich, lassen sie mich … Ich muss hinein - Bela!«

Wagner ergriff ihre Arme und zog sie weg, weg von dem Eiskeller, weg von dem Grauen, das dort drinnen auf sie wartete, dort hing, hässlich, grotesk.

Der Schüler wie der Lehrer, gerichtet durch dieselbe Hand. War das Gerechtigkeit? Auge um Auge, Zahn um Zahn.

Beck wandte den Blick ab und nahm sein Handy hervor. Mit wenigen Worten leitete er die notwendigen Prozesse ein.

Er trat näher und zog seine Handschuhe aus der Manteltasche. Er musste auf den Hocker steigen, der umgestürzt neben dem Toten lag, auf denselben Hocker, den Bela Fröhlich mit einer seiner letzten Bewegungen beiseite gestoßen hatte. Nur so konnte Beck das Stück Papier an sich nehmen, das wie ein Spickzettel aus der Brusttasche des Toten lugte.

Sorgfältig legte er den Schemel wieder so hin, wie er ihn vorgefunden hatte. Es war sowieso egal. Hier hatte niemand als Bela Fröhlich selbst Hand angelegt.

Beck ging aus dem modrig nach Schimmel und Tod riechenden Keller ins Freie und entfaltete das Blatt.

Liebe Mama,

ich hoffe, nicht du bist es, die mich hier findet, sondern der Kommissar und seine Männer.

Bitte verstehe, dass ich nicht anders handeln konnte. Dieses Schwein musste sterben, musste sterben für seine Schandtaten und die seines Vaters.

Ich hatte gehofft, es geschickt genug angestellt zu haben, um verschont zu bleiben – verschont zu bleiben von einer ungerechten Gerichtsbarkeit, die glaubt, alles mit dem gleichen Recht zu be- und verurteilen können. Ich bin kein Mörder, ich bin ein Rächer. Versuche mich so zu sehen und in Erinnerung zu behalten.

Ich habe ihn ersticken lassen, unseren Peiniger, den Träger der Erbschuld, er erstickte an seiner eigenen Grausamkeit und Schwäche. Was für eine Wonne war es, ihn leiden zu sehen.

Schuldig geworden bin ich nur an Gabriels Freund und indirekt damit auch an ihm selbst – das bereue ich. So habe ich doch Schuld auf mich geladen, vielleicht gibt es keine Rache ohne Schuld.

Doch der Mann drohte den Plan zu verraten, den Plan, der mir so genial schien, nahezu perfekt. Deshalb musste er sterben.

Und nun werde auch ich sterben, gerichtet durch meine eigene Hand, denn auch ich bin grausam gewesen und habe den Eid des Hippokrates gleich zweimal gebrochen.

So lebe wohl, geliebte Mama, trauere nicht zu sehr um mich, ich habe es so gewollt. Lieber tot als ein Opfer, das sich nicht wehrt. Wir werden uns wiedersehen, wenn deine Zeit kommt.

Ich liebe dich. Verurteile mich nicht.
Dein Sohn Bela

Epilog

Sarah legte mehr als gesättigt die Gabel aus der Hand und sah in die Runde. Der frisch polierte Lüster warf ein warmes Licht auf den reich gedeckten Tisch und verwandelte die Runde ihrer Lieben in ein barockes Gemälde voller Sinnlichkeit und Lebenslust.

Sie betrachtete Giovanni, der sich gerade zu Luise hinüberbeugte. Ihre Großtante flirtete mit kokettem Wimpernschlag über noch tränenfeuchten Augen wie immer nach Kräften mit ihm.

Er hatte gerade erzählt, dass sich Esther Fröhlich bereit erklärt hatte, Daglind von Düren, ihre Tante, zu treffen. Sollte es da eine Annäherung geben, käme das einem Wunder gleich, das Sarah wie alle in dieser Runde sehr angerührt hatte. Bewegt schloss sie die Augen und schickte eine Bitte nach oben, dieses Wunder geschehen zu lassen.

Asta war in ein angeregtes Gespräch mit Marc vertieft, der heute seinen letzten Abend in Avessen verbrachte. Der riesige Strauß cremefarbener Rosen, den der Schauspieler ihrer Tante zum Dank für die Esseneinladung mitgebracht hatte, schmückte den Kopf der Tafel. Der Mann wusste, wie man Frauen glücklich machte. Astas Wangen glühten in einem warmen Pfirsichton und ließen sie zehn Jahre jünger aussehen, als sie war.

Sarahs Blick glitt weiter zu Filo, die schockiert gewesen wäre, hätte sie sich selbst sehen können und den Blick, mit dem sie Thomas Jankowski bedachte, verliebt und voller seelenvoller Versprechungen. Man würde sehen, was aus den beiden werden konnte. Auf jeden Fall mehr, als jeder von ihnen gedacht hätte.

Thomas spürte ihren Blick und zwinkerte ihr zu. Sarah hob ihr Glas und hätte am liebsten diesen Moment für immer eingefangen, festgehalten im Fotoalbum ihrer

Seele. Alle Menschen, die ihr wichtig waren, am Tisch vereint, fröhlich, zufrieden und vor allem bei ihr.

Das war Glück.

Sie sah zu Giovanni und lächelte ihm zu. Er hob ebenfalls sein Glas und formte seine Lippen zu einem Kuss. Ach, wenn er nur … Nein, schnell schob sie den störenden Gedanken fort. Sie wollte nichts wollen, nicht hoffen, sondern nur genießen, im Hier und Jetzt bleiben, wenigstens einmal.

Sie versank in Giovannis eisblauen Augen und zuckte zusammen, als ein helles Klirren sie aus ihrer Versunkenheit schreckte. Marc war aufgestanden und hatte mit seinem Dessertlöffel gegen ein Champagnerglas geschlagen.

»Eine Rede!« Animiert richtete Luise sich auf und ließ von Giovanni ab.

»Ich will mich bedanken bei euch, fur der Gastfreundschaft und die schone Zeit mit euch. Ich bin so happy fur hier zu sein, so happy for Filo, meine daughter. Ich mochte euch alle einladen zu mir nach L.A., in mein Haus. Bitte kommt, am besten in diese summer. Ich habe eine große Gästehaus, wir machen uns eine schone Zeit. Will you come?« Er hob sein Glas und sah in die Runde.

Allgemeines Nicken und Raunen setzte ein. Kalifornien! Bel Air! Bei einem der berühmtesten Schauspieler unserer Zeit wohnen! Poolpartys, Pazifik, Rodeo Drive, Brad Pitt!

Sarah zwinkerte Asta zu und sagte: »Was meinst du, Tantchen? Werden wir wohl eine Lücke in unserem Reisekalender für Kalifornien finden?«

Asta zwinkerte zurück. »Hm, mal sehen. Eventuell, wenn wir uns sehr anstrengen, könnte sich da ein Zeitfenster von, sagen wir vier bis sechs Wochen ergeben, ungefähr so lang wie deine Sommerferien.« Sie lachte und warf übermütig ihre roten Zöpfchen zurück.

Marc drückte ihr ein Küsschen auf die rosige Wange. »Great!«

»Was meint ihr? Schaffen wir das, alle zusammen zu fahren?« Sarah sah in die Runde, mied jedoch Giovannis Blick. Nein, diese Abfuhr hatte noch einen kleinen Moment Zeit.

Filo und Thomas sahen sich an und nickten. »Doch, warum nicht? Ich wollte eh im Sommer Urlaub nehmen.« Filo lachte Sarah zu.

»Gern.« Thomas legte einen Arm um Filo und sah ihr tief in die grauen Augen.

Sarah spürte, dass Giovanni sie ansah, und fürchtete den Blickkontakt. Fürchtete die Zurückweisung, die in seinen schönen Augen zu lesen sein würde, und sah dennoch hin.

Er bedeutete ihr mit einem leichten Kopfrucken, in den Flur hinauszugehen.

Ja, ja, du wirst schon die richtigen Worte finden, die Reise abzusagen und mich trotzdem bei der Stange zu halten. Sie erhob sich, ein kleines, höfliches Lächeln im Mundwinkel festgefroren, und mied die neugierigen Blicke der Tischrunde.

Idiot. Konnte er nicht einfach mal sagen: Superidee, gern komme ich mit und ich freue mich wie verrückt, etwas mehr Zeit mit meiner geliebten Sarah verbringen zu dürfen? Haha.

Sie folgte ihm möglichst beiläufig in den Flur und zog in hoffentlich gelungener Imitation von Luises Nonchalance eine Braue hoch. »Nun? Was gibt's denn?« Ein leicht zickiger Unterton war allerdings nicht zu überhören. Mist.

Giovannis Blick flackerte und er sah zur Seite. War der Mann etwa verlegen? Wenn ja, war dies ein Tag, den sie rot im Kalender anstreichen sollte. Diese ständige Überlegenheit konnte frau ja auch auf die Nerven gehen.

»Ich, nun ja, ich hatte gedacht ...« Giovanni lachte und sah sie an.

»Du hattest gedacht, dass du keine Zeit hast, im

Sommer nach L.A. zu fliegen? Ist schon klar.« Sarah schob hoffentlich dekorativ eine Hüfte nach vorn und blickte kühl. Die Kleinmädchentränen hob sie sich für später auf.

»Was? Nein, wieso, das wäre schön! Ich war noch nie dort. Wenn ... wenn du überhaupt möchtest, dass ich mitkomme.« Giovanni schob sich seine blonde Tolle aus der Stirn und blickte Sarah fragend an.

Ja, ja, ja! Er wollte mit! Es gab doch einen Gott! Oder eine Göttin.

»Nun ja, wenn du unbedingt mit willst, werde ich mich schon damit arrangieren können, denke ich.« Sie unterdrückte das breite Grinsen, das aus den Tiefen ihrer unverbesserlich romantischen Seele auf ihre Lippen drängte.

»Ich ... Ach, du scherzt.« Giovanni wirkte sehr nervös und scharrte tatsächlich mit den Füßen, wie ihre Grundschüler, wenn sie etwas ausgefressen hatten.

Nanu? Was kam da noch?

Er gab sich einen sichtlichen Ruck und sah ihr fest in die Augen. »Vielleicht willst du ja doch nicht im Sommer mit mir verreisen, denn ich hatte eigentlich gehofft, dass du Zeit und Lust hättest, mit mir in den Osterferien nach Italien zu fahren. Nach Dolcedo, zu meiner Nonna. Aber vielleicht wird das ja dann ein bisschen zu viel Giovanni?« Er räusperte sich.

Sarah war sprachlos.

»Wenn dir das zu ... familiär ist, können wir uns auch ein Ferienhaus mieten, ich kenne da genug Leute, die Häuser vermieten.« Er schaute Sarah mit sorgenvoll gerunzelter Stirn an. »Hast du Lust?«

»Ob ich Lust habe? Natürlich habe ich Lust, du Idiot! Ich kann mir nichts Schöneres vorstellen, als im Frühling nach Italien zu fliegen, mit dir!« Sarah warf sich vollkommen nonchalant um Giovannis Hals.

Der lachte und drückte sie an sich. »Puh, ein Glück,

ich habe die Flüge nämlich schon gebucht. Ich Wahnsinniger. Samstag geht's los – nach Genua.«

Sarah entfuhr ein freudiges Quieken – die kühle Maske unbeachtet zu ihren Füßen - und sie küsste ihren Liebsten auf den Hals. Endlich! Endlich ließ er mal merken, dass sie für ihn mehr war als ein netter Zeitvertreib.

Vielleicht, wenn sie erst einmal in Italien waren, und sie seiner Nonna gefiel und er merkte, dass sie ganz gut Italienisch konnte und überhaupt so wunderbar mit ihm harmonierte und der Mond auf die Riviera schien und der Chianti das Herz öffnete, dann würde er vielleicht …

»Hochzeit!?«

Sarah fuhr zurück. »Was?«

»Wo bist du denn mit deinen Gedanken?« Giovanni sah sie kopfschüttelnd an und zauste ihre Locken.

»Äh …« Ich habe gerade mein Brautkleid ausgesucht.

»Meine Kusine heiratet, das wird ein ganz großes Fest. Hättest du eventuell Spaß daran? Die Italiener feiern, bis der Arzt kommt, wird bestimmt lustig. Was meinst du?«

Sarah blickte ihn an und lächelte. Sie nahm diesen Augenblick, wickelte ihn in goldenes Glückspapier und verwahrte ihn sorgfältig in einer besonderen Schublade ihrer Erinnerung.

Werd' ich zum Augenblicke sagen:
Verweile doch! du bist so schön!
Dann magst du mich in Fesseln schlagen,
Dann will ich gern zugrunde gehn!

(Johann Wolfgang von Goethe)

Bettina Owczarski

geboren 1959, verheiratet mit einem Rockmusiker, studierte Germanistik und bildende Kunst. Einige Jahre arbeitete sie als Grundschullehrerin, lehrte dann in der Lehrerausbildung unter anderem »Kreatives Schreiben« und leitet heute ein Studienseminar für das Lehramt an Grund-, Haupt- und Realschulen bei Braunschweig.
Das Texten ist ihr aus der Arbeit mit ihrer regional erfolgreichen Comedy-Gruppe DilleTanten vertraut, für die sie alle Stücke schrieb.
Drei ihrer Theaterstücke wurden im Deutschen Theaterverlag unter dem Titel *Geschlossene Zweierbeziehung* veröffentlicht.

Ihr erster Kriminalroman mit Sarah Dittmann und Giovanni Beck, *Elmfeuer,* erschien 2010 im Leda-Verlag.

Bettina Owczarski
Elmfeuer
Kriminalroman
Braunschweig/Elm
978-3-939689-53-9

Klaus Nührig
Penny Lane
Kriminalroman
Braunschweig-
978-3-939689-08-9

Klaus Nührig
Auge
Kriminalroman
Braunschweig/Peine
978-3-934927-20-9

Klaus Nührig
Das Haus an der Paulikirche
Kriminalroman
Braunschweig
978-3-86412-017-6

Isa Schikorsky
Abt Jerusaleum und die Hohe Schule des Todes
Historischer Krimi-
Braunschweig
978-3-939689-29-4

Isa Schikorsky
Fortunas tödliches Füllhorn
Historischer Krimi
Braunschweig
978-3-939689-80-5

Angelika Stucke
Kaltmond
Historischer Krimi
Harz
978-3-939689-29-4

Corina C. Klengel
Harzhimmel
Kriminalroman
Harz
978-3-86412-063-3

Corina C. Klengel
Todesrune
Kriminalroman
Harz
978-3-939689-32-4

Rüdiger A. Glässer
König der Schlangen
Harz
978-3-939689-54-9

Rüdiger A. Glässer
Fährte der Wölfin
Harz
978-3-86412-012-1

Peter Gerdes
Zorn und Zärtlichkeit
Kriminalroman
978-3-939689-64-5

Benny Bothe
Zwei Fingerbreit Ehre
Kriminalroman
978-3-939689-77-5

Peter Gerdes
Zorn und Zärtlichkeit
Kriminalroman
978-3-939689-64-5

Maeve Carels
Nur ein Schatten
Kriminalroman
978-3-939689-81-2

Thomas Breuer
Leander und der tiefe Frieden
Inselkrimi Föhr
978-3-86412-006-0

Thomas Breuer
Leander und die Stille der Koje
Inselkrimi – Föhr
978-3-939689-82-9

Monika Detering
Witwenlust auf Spiekeroog
Inselkrimi
978-3-86412-015-2

Ulrike Barow
Baltrumer Bescherung
Inselkrimi
978-3-86412-014-5

Tatjana Kruse
Pizza, Pasta, Sanddorngrog
Inselkrimi – Juist
978-3-86412-001-5

Barbara Wendelken
Tod an der Blauen Balje
Wangerooge
978-3-939689-78-2

Regula Venske
Bankraub mit Möwenschiss
Inselkrimi – Juist
978-939689-18-8

Sandra Lüpkes
Die Sanddornkönigin
Der Brombeerpirat
Juist, Norderney
978-3-939689-06-5

Peter Gerdes
Der Fluch der goldenen Möwe
Langeoog
978-3-86412-013-8